Buch

16. Januar 1996: Einen Tag nach Ablauf des westlichen Ultimatums an Saddam Hussein greifen alliierte Bomber irakische Stellungen an. Während alle Welt die »Operation Wüstensturm« erwartet, kämpft eine Handvoll Männer fieberhaft darum, die Menschheit vor einer Atomkatastrophe zu bewahren. Mike Martin, ein britischer SAS-Major, ist der Kopf des geheimen Unternehmens. Seit Monaten operiert er bereits als Spitzel im besetzten Kuweit. Als es ihm endlich gelingt, Kontakt mit dem mysteriösen Spion ›Jericho‹ aufzunehmen, werden Martins schlimmste Befürchtungen bestätigt: Hussein ist im Besitz der ›Qubth-ut-Allah‹ – der Faust Gottes, wie er die Atombombe nennt. Martin bleiben vier Tage für den gefährlichsten Auftrag seines Lebens: die ›Faust Gottes‹ zu finden und zu zerstören.

Autor

Frederick Forsyth, 1938 in Ashford/Kent geboren, war mit 19 der jüngste Jet-Pilot der Royal Air Force. Er arbeitete lange als Journalist für Reuter in mehreren europäischen Großstädten und berichtete während des Biafra-Krieges als Fernsehreporter der BBC aus dem Krisengebiet. Mit seinen Romanen, von denen viele verfilmt wurden, hat er Thriller-Geschichte geschrieben und sich weltweit einen Namen als Bestsellerautor gemacht. Forsyth ist berühmt für seine meisterhafte Recherche und brillante Erzähltechnik, die Fakten und Fiktion auf packende Weise verbindet.

Frederick Forsyth

Die Faust Gottes

Roman

Aus dem Englischen von
Wulf Bergner

GOLDMANN VERLAG

Die Originalausgabe erschien 1994 unter dem Titel
»The Fist of God« bei Bantam Press, London

Umwelthinweis:
Alle bedruckten Materialien dieses Taschenbuches
sind chlorfrei und umweltschonend.
Das Papier enthält Recycling-Anteile.

Der Goldmann Verlag
ist ein Unternehmen der Verlagsgruppe Bertelsmann

Taschenbuchausgabe 9/96
Copyright © der Originalausgabe 1994
by Transworld Publishers Ltd, London
Copyright © der deutschsprachigen Ausgabe 1994
by C. Bertelsmann GmbH, München
Umschlaggestaltung: Design Team München
Druck: Presse-Druck Augsburg
Verlagsnummer: 43394
AB · Herstellung: Heidrun Nawrot
Made in Germany
ISBN 3-442-43394-0

1 3 5 7 9 10 8 6 4 2

Für die Witwen und Waisen
des Special Air Service Regiment.

Und für Sandy, ohne deren Unterstützung
dies alles soviel schwieriger gewesen wäre.

Meinen aufrichtigen Dank all denen, die wissen,
was am Golf wirklich geschehen ist,
und mit mir darüber gesprochen haben.
Ihr wißt, wer ihr seid;
lassen wir's dabei bewenden.

Personen der Handlung

BRITEN

MARGARET THATCHER	Premierministerin
JOHN MAJOR	Thatchers Nachfolger im Amt
GENERALLEUTNANT SIR PETER DE LA BILLIÈRE	Oberbefehlshaber der britischen Truppen im Golfkrieg
SIR COLIN MCCOLL	Chef des Secret Intelligence Service (SIS)
SIR PAUL SPRUCE	Vorsitzender des Medusa-Ausschusses
BRIGADEGENERAL J. P. LOVAT	Direktor der Special Forces
OBERST BRUCE CRAIG	Kommandeur des 22. Special Air Service (SAS)Regiment
MAJOR MIKE MARTIN	SAS-Major
MAJOR »SPARKY« LOW	SAS-Offizier, Khafji
DR. TERRY MARTIN	Wissenschaftler und Arabist
STEVE LAING	Leiter der SIS-Hauptabteilung Nahost
SIMON PAXMAN	Leiter der SIS-Abteilung Irak
STUART HARRIS	britischer Geschäftsmann, Bagdad
JULIAN GRAY	SIS-Resident, Riad
DR. BRYANT	Bakteriologe im Medusa-Ausschuß
DR. REINHART	Giftgasexperte im Medusa-Ausschuß
DR. HIPWELL	Atomphysiker im Medusa-Ausschuß
SEAN PLUMMER	Leiter der GCHQ-Abteilung Arabien
OBERSTLEUTNANT PHILIP CURZON	Chef der 608. Staffel

Major Lofty Williamson	Pilot der 608. Staffel
Hauptmann Sid Blair	sein Navigator
Hauptmann Peter Johns	Pilot der 608. Staffel
Hauptmann Nicky Tyne	sein Navigator
Sergeant Peter Stephenson	SAS-Mann
Korporal Ben Eastman	SAS-Mann
Korporal Kevin North	SAS-Mann

AMERIKANER

George Bush	Präsident
James Baker	Außenminister
Colin Powell	Vorsitzender der Vereinten Stabschefs
General Norman Schwarzkopf	Oberbefehlshaber der alliierten Streitkräfte am Golf
Generalleutnant Charles »Chuck« Horner	Oberbefehlshaber der alliierten Luftstreitkräfte am Golf
Brigadegeneral Buster Glosson	sein Stellvertreter
William Webster	CIA-Direktor
Bill Stewart	stellvertretender CIA-Direktor (Beschaffung)
Chip Barber	Leiter der CIA-Abteilung Nahost
Don Walker	Jagdflieger, USAF
Steve Turner	Staffelchef, USAF
Randy Roberts	Walkers Rottenflieger

Jim Henry	sein Waffensystemoffizier
Harry Sinclair	CIA-Resident, London
Saul Nathanson	Bankier und Philanthrop
»Daddy« Lomax	pensionierter Atomphysiker

ISRAELIS

General Yaacov »Kobi« Dror	Mossad-Direktor
Sami Gershon	Leiter der Kombattanten-Abteilung im Mossad
David Sharon	Leiter der Mossad-Abteilung Irak
Benjamin Netanyahu	stellvertretender Außenminister
Itzhak Shamir	Ministerpräsident
Gideon »Gidi« Barzilai	Leiter des Unternehmens Josua, Wien
Dr. Moshe Hadari	Arabist, Universität Tel Aviv
Avi Herzog alias Karim Aziz	Mossad-Agent, Wien

ÖSTERREICHER

| Wolfgang Gemütlich | Vizepräsident der Winkler-Bank |
| Edith Hardenberg | seine Chefsekretärin |

KUWAITER

Achmed al-Khalifa	kuwaitischer Geschäftsmann
Oberst Abu Fuad	Führer der kuwaitischen Widerstandsbewegung
Asrar Qabandi	Heldin des kuwaitischen Widerstands

IRAKER

SADDAM HUSSEIN	Staatspräsident
IZZAT IBRAHIM	Vizepräsident
HUSSEIN KAMIL	Schwiegersohn Husseins, Chef des Ministeriums für Industrie und militärische Industrialisierung (MIMI)
TAHA RAMADAM	Ministerpräsident
SADOUN HAMMADI	stellvertretender Ministerpräsident
TARIQ AZIZ	Außenminister
ALI HASSAN MAJID	Gouverneur im besetzten Kuwait
GENERAL SAADI TUMAH ABBAS	Kommandeur der Republikanischen Garde
GENERAL ALI MUSULI	Kommandeur des Pionierkorps
GENERAL ABDULLAH KADIRI	Kommandeur des Panzerkorps
DR. AMER SAADI	Stellvertreter Hussein Kamils
BRIGADEGENERAL HASSAN RAHMANI	Chef der Spionageabwehr
DR. ISMAIL UBAIDI	Chef der Auslandsaufklärung
BRIGADEGENERAL OMAR KHATIB	Chef der Geheimpolizei (Amn al-Amm – AMAM)
OBERST OSMAN BADRI	Oberst der Heerespioniere
OBERST ABDEL-KARIM BADRI	Oberst der Luftwaffe (Jagdflieger)
DR. JAAFAR AL-JAAFAR	Direktor des Nuklearprogramms
OBERST SABAAWI	Chef der Geheimpolizei im besetzten Kuwait
DR. SALAH SIDDIQUI	Atomphysiker

1

Der Mann, der noch zehn Minuten zu leben hatte, lachte.

Der Grund für seine Heiterkeit war eine Geschichte, die Monique Jaminé, seine persönliche Assistentin, ihm gerade erzählte, während sie ihn an diesem naßkalten Abend des 22. März 1990 vom Büro heimfuhr.

Sie betraf eine gemeinsame Kollegin im Büro der Space Research Corporation in der Rue de Stalle: eine Frau, die allgemein als männerverschlingender Vamp galt... und sich nun als Lesbierin entpuppt hatte. Diese Irreführung gefiel dem Mann mit seinem Sinn für schmuddeligen Humor.

Die beiden hatten das Büro im Brüssler Vorort Uccle gegen 18.50 Uhr verlassen, und Monique saß am Steuer eines Renault-Kombis R 21. Den Volkswagen ihres Arbeitgebers hatte sie vor einigen Monaten verkauft, denn er war ein so miserabler Autofahrer, daß sie fürchtete, er werde irgendwann tödlich verunglücken.

Ihre Fahrt vom Büro zu seinem Apartment im Mittelbau der aus drei Gebäuden bestehenden Wohnanlage Cheridreu an der Rue François Folie dauerte nur zehn Minuten, aber sie hielten auf halber Strecke bei einer Bäckerei. Beide gingen hinein – er, um einen Laib des Landbrots zu kaufen, das er am liebsten aß. Der Wind brachte Regen mit sich; sie hielten ihre Köpfe gesenkt und merkten nicht, daß ein anderer Wagen ihnen gefolgt war.

Das war nicht verwunderlich. Keiner der beiden hatte eine Geheimdienstausbildung. Der neutrale Wagen mit seinen beiden schwarzbärtigen Insassen hatte den Wissenschaftler seit Wochen beschattet, ihn nie aus den Augen verloren, sich ihm nie genähert, ihn nur beobachtet; und er hatte ihn nicht bemerkt. Andere hatten ihn gesehen, aber davon wußte er nichts.

Nun kam er aus der Bäckerei gleich vor dem Friedhof, warf seinen Brotlaib auf den Rücksitz und stieg ein. Um 19.10 Uhr hielt Monique vor den Glastüren des Apartmentgebäudes, dessen Ein-

11

gang fünfzehn Meter von der Straße zurückversetzt war. Sie bot ihm an, ihn noch hinaufzubegleiten, aber er lehnte dankend ab. Sie wußte, daß er seine Freundin Hélène erwartete, der sie nicht begegnen sollte. Zu seinen kleinen Schwächen, die seine Mitarbeiterinnen, die ihn alle verehrten, ihm gern nachsahen, gehörte die Fiktion, Hélène sei nur eine gute Freundin, die ihm Gesellschaft leistete, während er in Brüssel und seine Frau in Kanada war.

Er stieg aus, hatte den Kragen seines mit einem Gürtel geschlossenen Trenchcoats wie immer hochgeschlagen und schwang sich die große schwarze Segeltuchtasche, von der er sich nur selten trennte, über die Schulter. Sie wog über fünfzehn Kilogramm und enthielt einen Wust von wissenschaftlichen Unterlagen, Projekten, Daten und Berechnungen. Der Mann hatte kein Vertrauen zu Safes und glaubte unlogischerweise, alle Einzelheiten seiner neuesten Projekte seien an seiner Schulter hängend sicherer aufbewahrt.

Als Monique ihren Arbeitgeber zum letztenmal sah, stand er mit der Tasche über einer Schulter vor der Glastür, hatte sich das Brot unter den anderen Arm geklemmt und wühlte nach seinen Schlüsseln. Sie beobachtete noch, wie er durch die Tür ging, die hinter ihm von selbst wieder ins Schloß fiel. Dann fuhr sie davon.

Der Wissenschaftler wohnte im fünften Stock des siebenstöckigen Gebäudes. Um die beiden Aufzüge an der Rückwand des Hauses wand sich die Treppe mit einer Brandschutztür auf jedem Absatz nach oben. Er benutzte den Aufzug und verließ ihn im fünften Stock. Dabei flammte automatisch die schwache, in die Bodenleisten eingelassene Flurbeleuchtung auf. Er klimperte weiter mit seinen Schlüsseln, hielt sich wegen des Gewichts seiner Tasche nicht ganz gerade und trug sein Brot unter dem Arm, während er links und wieder links über den rostbraunen Läufer abbog und dann versuchte, seinen Schlüssel ins Schloß seiner Wohnungstür zu stecken.

Der Killer hatte auf der anderen Seite des Aufzugschachts gewartet, der in den schwach beleuchteten Vorraum hineinragte. Als er lautlos dahinter hervorkam, war seine schußbereite Pistole, eine 7,65-mm-Beretta mit Schalldämpfer, mit einem Plastikbeutel umwickelt, damit die ausgeworfenen Patronenhülsen nicht über den ganzen Teppich flogen.

Fünf Schüsse aus weniger als einem Meter Entfernung, alle in den

Hinterkopf und den Nacken, waren mehr als genug. Der große, stämmige Mann sackte nach vorn gegen seine Wohnungstür und rutschte zu Boden. Der Attentäter machte sich nicht die Mühe, sich von seinem Tod zu überzeugen; das wäre überflüssig gewesen. Er hatte diese Methode zuvor an Häftlingen erprobt und wußte, daß sein Auftrag ausgeführt war. Leichtfüßig rannte er die fünf Treppen hinunter, durch den Hinterausgang aus dem Gebäude und quer durch den kleinen Park der Wohnanlage zu dem wartenden Wagen. Nach einer Stunde war er in der Botschaft seines Landes, nach einem Tag nicht mehr in Belgien.

Hélène kam fünf Minuten später. Zunächst glaubte sie, ihr Geliebter habe einen Herzanfall erlitten. In panischer Angst sperrte sie auf und telefonierte nach einem Krankenwagen. Als ihr später einfiel, daß der Hausarzt ihres Freundes im selben Gebäude wohnte, rief sie ihn ebenfalls. Die Sanitäter kamen als erste.

Einer von ihnen wollte den noch immer auf dem Bauch liegenden schweren Mann umdrehen. Dabei wurde seine Hand blutig. Wenige Minuten später stellten der Arzt und er übereinstimmend fest, das Opfer des Mordanschlags sei tot. Die einzige weitere Bewohnerin eines der vier Apartments in diesem Stockwerk kam an die Tür – eine ältliche Dame, die ein Klassikkonzert gehört und hinter ihrer massiven Wohnungstür nichts mitbekommen hatte. Typisch Cheridreu, alles sehr diskret.

Der Tote auf dem Läufer war Dr. Gerald Vincent Bull, ein widerspenstiges Genie, Kanonenkonstrukteur für alle Welt und seit neuestem Waffenschmied des Irakers Saddam Hussein.

Im Anschluß an Dr. Gerry Bulls Ermordung begannen sich überall in Europa merkwürdige Dinge zu ereignen. In Brüssel gab die belgische Spionageabwehr zu, der Wissenschaftler sei monatelang fast täglich von wechselnden neutralen Fahrzeugen beschattet worden, in denen jeweils zwei dunkle, schwarzbärtige, levantinisch aussehende Männer gesessen hatten.

Am 11. April beschlagnahmten britische Zollfahnder im Hafen Middlesborough acht riesige Stahlröhren: wundervoll geschmiedete und bearbeitete Teilstücke, die sich mit großen Flanschen an beiden Enden, durch die massive Bolzen und Muttern führten, zusammensetzen ließen. Die Beamten gaben triumphierend bekannt, diese Röhren seien nicht, wie im Seefrachtbrief und der Exportbescheinigung angegeben, für eine petrochemische Fabrik bestimmt, sondern Teile eines von Gerry Bull für den Irak konstruierten gigantischen Kanonenrohrs. So entstand die Farce mit der Superkanone, die endlos lange aufgeführt werden und dabei Doppelzüngigkeit, die Samtpfoten mehrerer Nachrichtendienste, reichlich bürokratische Unfähigkeit und auch politische Schikanen enthüllen sollte.

Binnen weniger Wochen tauchten überall in Europa Teile der Superkanone auf. Am 23. April gab die Türkei bekannt, sie habe einen ungarischen Lastwagen aufgehalten, dessen Ladung – eine zehn Meter lange Stahlröhre für den Irak – wahrscheinlich Bestandteil der Kanone sei. Am selben Tag beschlagnahmten griechische Beamte einen weiteren Lastwagen mit Stahlteilen und behielten den glücklosen britischen Fahrer wochenlang als Komplizen in Haft.

Im Mai fingen die Italiener fünfundsiebzig Tonnen von der Società della Fucine hergestellte Teile ab; im Stammwerk der Firma bei Rom wurden weitere fünfzehn Tonnen Schmiedestücke beschlagnahmt. Letztere bestanden aus Titanstahl und sollten Teile des Verschlußstücks der Kanone bilden – ebenso wie verschiedene andere Formstücke, die in einem Lagerhaus im norditalienischen Brescia entdeckt wurden.

Danach waren die Deutschen an der Reihe: In Frankfurt und Bremerhaven wurden von der Mannesmann AG hergestellte Teile entdeckt und ebenfalls als Bestandteile der inzwischen weltberühmten Superkanone identifiziert.

In der Tat hatte Gerry Bull die Bestellungen für seine Erfindung geschickt und gut plaziert. Die Röhren, aus denen die Kanonenrohre zusammengesetzt wurden, waren wirklich von zwei englischen Firmen – Walter Somers in Birmingham und Sheffield Forgemasters – hergestellt worden. Aber die acht im April 1990 abgefangenen Teilstücke waren die letzten von zweiundfünfzig gewesen, aus denen sich zwei komplette Rohre zusammensetzen ließen, die mit einhundertsechsundfünfzig Meter Länge und dem unglaublichen Kaliber von einem Meter eine Granate von der Größe einer zylindrischen Telefonzelle verschießen konnten.

Die Lagerzapfen oder Stützen kamen aus Griechenland, die Röhren, Pumpen und Ventile der Rücklaufbremse aus der Schweiz und Italien, das Verschlußstück aus Österreich und Deutschland, das Treibmittel aus Belgien. Insgesamt waren acht Nationen als Auftragnehmer beteiligt, und keine wußte genau, was sie eigentlich herstellte.

Die Boulevardpresse hatte ebenso ihren großen Tag wie die triumphierenden Zollbeamten, und die britische Justiz machte sich eifrig an die Strafverfolgung aller schuldlos in den Fall Verwickelten. Was niemand laut sagte, war die Tatsache, daß der Schaden längst passiert war – die abgefangenen Teile gehörten zu den Superkanonen II, III und IV.

Was den Mord an Gerry Bull betraf, erzeugte er in den Medien einige ausgefallene Theorien. Erwartungsgemäß wurde die CIA von der Die-CIA-ist-an-allem-schuld-Brigade verantwortlich gemacht. Auch das war Unsinn. Obwohl Langley in der Vergangenheit und unter bestimmten Umständen die Liquidierung bestimmter Personen geduldet hat, sind sie fast alle aus der Branche gewesen: Aussteiger, Verräter und Doppelagenten. Die Vorstellung, in der Eingangshalle von Langley türmten sich die Leichen ehemaliger Agenten, die auf Befehl massenmörderischer Direktoren aus der Chefetage von ihren eigenen Kollegen umgelegt worden sind, ist belustigend, aber völlig irreal.

Außerdem kam Gerry Bull nicht aus dieser geheimniskrämerischen Welt. Er war ein bekannter Wissenschaftler, ein Konstrukteur und Lieferant von konventioneller oder höchst unkonventioneller Artillerie und ein amerikanischer Staatsbürger, der früher jahrelang für Amerika gearbeitet hatte und seinen Freunden in der U. S. Army stets bereitwillig erzählte, woran er gerade arbeitete. Sollte jeder Konstrukteur und Unternehmer aus der Rüstungsindustrie, der für ein Land arbeitet, das (wie der Irak damals) nicht als Feind Amerikas gilt, »beseitigt« werden, kämen etwa fünfhundert Gentlemen in ganz Nord- und Südamerika sowie Europa dafür in Frage.

Außerdem befindet Langley sich seit mindestens zehn Jahren im Würgegriff der neuen Bürokratie mit ihren Kontrollen und Überwachungsausschüssen. Kein professioneller Geheimdienstmann würde einen »Hit« ohne einen unterzeichneten schriftlichen Befehl anordnen. Im Falle eines Mannes wie Gerry Bull hätte der Director of Central Intelligence ihn persönlich unterschreiben müssen.

Der DCI war damals William Webster, ein streng nach Vorschrift arbeitender ehemaliger Richter aus Kansas. Von William Webster die schriftliche Genehmigung zu einem »Hit« zu erlangen, wäre ungefähr so einfach gewesen, wie sich mit einem stumpfen Teelöffel einen Fluchtstollen aus dem berüchtigten Zuchthaus Marion zu graben.

Aber der absolute Spitzenreiter in bezug auf das Wer-hat-Gerry-Bull-umgelegt-Rätsel war natürlich der israelische Geheimdienst Mossad. Die gesamte Presse und wohl die meisten von Bulls Freunden und Angehörigen zogen voreilig diesen falschen Schluß. Bull hatte für den Irak gearbeitet; der Irak war ein Feind Israels. Zwei und zwei ist vier. Das Dumme ist nur, daß in dieser Welt aus Schatten und Zerrspiegeln etwas, das wie zwei aussieht oder auch nicht, durch Multiplikation mit einem Faktor, der zwei sein kann oder auch nicht, möglicherweise vier ergeben könnte, was aber eher unwahrscheinlich ist.

Der Mossad ist der kleinste, skrupelloseste und schneidigste der führenden Geheimdienste. In der Vergangenheit hat er seine drei »Kidon«-Teams – nach dem hebräischen Wort für Bajonett – zweifellos viele Attentate verüben lassen. Die Kidonim gehören zur Kombattanten- oder Komemiute-Abteilung, den unter strenger Geheimhaltung operierenden Männern des Exekutionskommandos. Aber selbst der Mossad hält sich an gewisse Regeln, auch wenn es nur die eigenen sind.

So gibt es zwei Kategorien von Liquidierungen. Die erste betrifft »operative Erfordernisse«, beispielsweise einen unvorhergesehenen Notfall, der ein Unternehmen mit eigenen oder dem Mossad nahestehenden Kräften so gefährdet, daß der Störfaktor schnell und für immer aus dem Weg geräumt werden muß. In diesen Fällen ist der Katsa, der zuständige Mossad-Agent, berechtigt, den Gegenspieler, der den ganzen Einsatz gefährdet, zu beseitigen, und kann mit nachträglicher Unterstützung durch seine Vorgesetzten in Tel Aviv rechnen.

Die zweite betrifft Personen, die bereits auf der Exekutionsliste stehen. Diese Liste existiert an zwei Orten: im Privatsafe des Ministerpräsidenten und im Safe des Mossad-Direktors. Jeder neue Ministerpräsident sieht diese Liste ein, die dreißig bis achtzig Namen enthalten kann. Er kann jeden Namen einzeln abzeichnen und damit genehmigen, daß der Mossad bei nächster Gelegenheit zuschlägt, oder darauf bestehen, vor jedem neuen Einsatz konsultiert zu werden. In beiden Fällen muß er den Hinrichtungsbefehl unterschreiben.

Grob gesehen bilden die Personen auf der Liste drei Kategorien. Zur ersten gehören die wenigen noch lebenden prominenten Nazis, obwohl diese Kategorie fast ausgestorben ist. Während Israel vor vielen Jahren ein großangelegtes Unternehmen zur Entführung Adolf Eichmanns inszenierte, weil es mit seinem Prozeß ein internationales Exempel statuieren wollte, wurden andere Nazis einfach stillschweigend liquidiert.

Die zweite Kategorie enthält fast alle gegenwärtigen Terroristen – hauptsächlich Araber, die wie Achmed Jibril oder Abu Nidal bereits jüdisches oder israelisches Blut vergossen haben oder das vorhaben, sowie einige wenige Nichtaraber.

Zur dritten Kategorie, in der Gerry Bulls Name gestanden haben könnte, gehören alle, die für Israels Feinde arbeiten und deren Arbeit eine große Gefahr für Israel und seine Bürger darstellt, falls sie ungehindert weitergeht.

Als gemeinsamen Nenner müssen die zu Liquidierenden tatsächlich oder potentiell Blut an den Händen haben.

Wird eine Exekution beantragt, übergibt der Ministerpräsident den Fall einem Sonderermittler, dessen Tätigkeit so geheim ist, daß in Israel nur wenige Juristen und keine Bürger von seiner Existenz wissen. Dieser Ermittler setzt eine »Gerichtsverhandlung« mit Ankläger und Verteidiger an, bei der die Anklage verlesen wird. Geht der Mossad-Antrag durch, muß der Befehl vom Ministerpräsidenten unterschrieben werden. Den Rest erledigt dann das Kidon-Team ... falls möglich.

Das Problem bei der These, der Mossad habe Bull liquidiert, war jedoch, daß sie nicht zutraf. Gewiß, Bull *arbeitete* für Saddam Hussein und entwickelte für ihn neue konventionelle Artillerie (die Israel nicht erreichen konnte), Raketen (die eines Tages gefährlich werden konnten) und eine Riesenkanone (die Israel überhaupt nicht beunruhigte), aber das taten Hunderte von anderen auch. Ein halbes Dutzend deutscher Firmen stand hinter der scheußlichen Giftgasindustrie des Irak, mit deren Produkten Hussein Israel bereits gedroht hatte. Deutsche und Brasilianer arbeiteten mit Hochdruck an den Raketen von Saad 16. Und die Franzosen waren Triebfeder und Hauptlieferant für die irakische Forschung mit dem Ziel, eine Atombombe zu bauen.

Daß Israel sich brennend für Gerry Bull, seine Ideen, seine Konstruktionen, seine Aktivitäten und seine Fortschritte interessierte, steht außer Frage. Nach seinem Tod wurde viel Aufhebens davon gemacht, daß er sich Sorgen gemacht hatte, weil in den letzten Monaten in seiner Abwesenheit mehrmals heimliche Besucher in seinem Apartment gewesen waren. Sie hatten nichts entwendet, aber Spuren hinterlassen. Gläser standen nicht am gewohnten Platz; Fenster blieben offen; ein Videoband wurde zurückgespult und aus dem Recorder genommen. Soll ich gewarnt werden, fragte er sich, und steckt dahinter der Mossad? Beides stimmte – aber aus einem nicht so ohne weiteres ersichtlichen Grund.

Nach Bulls Ermordung wurden die schwarzbärtigen Unbekannten mit dem kehligen Akzent, die ihn durch ganz Brüssel verfolgt hatten, von den Medien als die israelischen Attentäter identifiziert, die auf ihre Chance gewartet hatten. Diese Theorie krankt nur daran, daß Mossad-Agenten nicht wie Pancho Villa aussehen und sich so benehmen. Gewiß, sie waren da, aber sie fielen keinem auf: Bull nicht, seinen Freunden und Angehörigen nicht, der belgischen Polizei nicht. Ihr Team in Brüssel bestand aus Agenten, die jederzeit als Europäer durchgehen konnten – als Belgier, Amerikaner, was auch immer. Ihnen verdankten die Belgier den Tip, Gerry Bull werde von einem *anderen* Team beschattet.

Außerdem war Gerry Bull ein ungewöhnlich indiskreter Mann, der keiner Herausforderung widerstehen konnte. Er hatte früher für Israel gearbeitet, mochte Land und Leute, hatte viele Freunde in der israelischen Armee und konnte einfach nicht den Mund halten. Wurde er beispielsweise mit folgender Feststellung geködert: »Gerry, ich wette, daß Sie die Raketen in Saad 16 nie zum Funktionieren bringen ...«, stürzte Bull sich in einen dreistündigen Monolog, in dem er detailliert schilderte, woran er gerade arbeitete, wie weit das Projekt gediehen war, wo die Probleme lagen und wie er sie zu lösen hoffte ... einfach alles. Aus nachrichtendienstlicher Sicht war er traumhaft indiskret. Noch in der letzten Woche seines Lebens hatte er in seinem Büro zwei israelische Generale empfangen und ihnen einen umfassenden Überblick gegeben, den die Recorder in ihren Aktenkoffern aufgezeichnet hatten. Wozu ein solches Füllhorn an Insiderinformationen vernichten?

Und letztlich hat der Mossad eine weitere Angewohnheit im Umgang mit Wissenschaftlern oder Industriellen, nicht jedoch mit Terroristen: Es gibt eine letzte Warnung – keinen sonderbaren Einbruch, um Gläser zu verrücken oder Videokassetten zurückzuspulen, sondern eine deutlich ausgesprochene Warnung. Selbst bei Dr. Jahia al-Meshad, einem am ersten irakischen Atomreaktor arbeitenden ägyptischen Atomphysiker, der am 13. Juni 1980 in seinem Zimmer im Pariser Hotel Méridien ermordet wurde, wurde dieses Verfahren eingehalten. Ein arabisch sprechender Katsa suchte ihn auf und sagte ganz deutlich, was passieren werde, wenn er seine Tätigkeit nicht aufgebe. Der Ägypter forderte den unbekannten Besucher auf zu verschwinden – kein kluger Schachzug. Ein Kidon-Team des Mossad aufzufordern, sich in Luft aufzulösen, ist keine von Versicherungsgesellschaften empfohlene Taktik. Zwei Stunden später war Meshad tot. Aber er hatte seine Chance bekommen. Ein Jahr danach wurde der gesamte von Frankreich gelieferte Nuklearkomplex Osirak I und II durch einen israelischen Luftangriff vernichtet.

Bull war ein anderer Typ – ein aus Kanada stammender amerikanischer Staatsbürger, umgänglich, aufgeschlossen und ein Whiskytrinker mit erstaunlichem Fassungsvermögen. Die Israelis konnten freundschaftlich mit ihm reden und taten es auch ständig. Nichts wäre leichter gewesen, als einen Freund zu ihm zu schicken, um ihn offen warnen zu lassen, wenn er nicht aufhöre, werde man ein Killerkommando entsenden – nichts gegen dich persönlich, Gerry, aber so sind die Dinge nun mal.

Bull legte es keineswegs darauf an, postum mit einer Medaille ausgezeichnet zu werden. Außerdem hatte er den Israelis und seinem engen Freund George Wong bereits anvertraut, er wolle sich vom Irak lösen – physisch und in bezug auf seinen Vertrag. Ihm reiche es. Was Dr. Gerry Bull zustieß, hatte ganz andere Gründe.

Gerald Vincent Bull wurde 1928 in North Bay, Ontario, geboren. In der Schule war er aufgeweckt und davon besessen, Erfolg zu haben und es in der Welt weit zu bringen. Er schaffte die Abschlußprüfung schon mit sechzehn Jahren, aber die einzige Hochschule, die einen Jugendlichen in seinem Alter aufnehmen wollte, war die University of Toronto, an der er sich für Maschinenbau einschrieb. Dort bewies er, daß er nicht nur clever, sondern brillant war. Mit zweiundzwanzig wurde er zum jüngsten Doktor in der Geschichte dieser Universität promoviert. Besonders angetan hatte es ihm die Luftfahrttechnik, vor allem die Ballistik – das Studium von Körpern, seien es nun Granaten oder Raketen, im Flug. Damit war sein späterer Weg zur Artillerie vorgezeichnet.

Nach dem Studium ging Bull zum Canadian Armament and Research Development Establishment (CARDE) in Valcartier, damals noch eine ruhige Kleinstadt bei Quebec. Anfang der fünfziger Jahre begann die Menschheit, nicht nur zum Himmel, sondern auch zum Weltraum darüber aufzublicken, und das Schlagwort hieß »Raketen«. Damals bewies Bull, daß er keineswegs nur ein brillanter Techniker war. Er war ein Einzelgänger – erfinderisch, unkonventionell und einfallsreich. In seinen zehn Jahren bei CARDE entwickelte er die Idee, die für den Rest seines Lebens sein großer Traum blieb.

Wie alle neuen Ideen war Bulls Vorschlag scheinbar recht einfach. Bei Betrachtung der Ende der fünfziger Jahre gebauten amerikanischen Raketen wurde ihm klar, daß neun Zehntel dieser damals eindrucksvoll wirkenden Raketen nur die erste Stufe bildeten. Das restliche Zehntel setzte sich zusammen aus den viel kleineren zweiten und dritten Stufen oben sowie der winzigen Nutzlast an der Spitze.

Die riesige erste Stufe sollte die Rakete durch die untersten 150 Kilometer der Lufthülle der Erde aufsteigen lassen, wo die Atmosphäre am dichtesten und die Schwerkraft am größten ist. Oberhalb der 150-km-Grenze war weit weniger Leistung erforderlich, um den Satelliten in 400 bis 500 Kilometer Höhe in eine Erdumlaufbahn zu bringen. Bei jedem Raketenstart ging die ganze sperrige und sehr teure erste Stufe verloren: sie brannte aus und stürzte unwiederbringlich ins Meer.

Was wäre, fragte Bull sich, wenn man die zweite und dritte Stufe mitsamt der Nutzlast von einer gigantischen Kanone in 150 Kilometer Höhe schießen lassen würde? Theoretisch, erklärte er den Finanzmenschen, sei das einfacher und leichter zu machen, und die Kanone lasse sich immer wieder verwenden.

Dies war seine erste wirkliche Auseinandersetzung mit Politikern und Bürokraten, und er unterlag – hauptsächlich seiner Persönlichkeit wegen. Er haßte sie, und sie haßten ihn. Aber 1961 hatte er Glück. Die McGill University machte mit, weil sie interessante Publicity witterte, und die U. S. Army beteiligte sich wiederum aus eigenen Gründen: Als Verwalter der amerikanischen Artillerie befand das Heer sich in einem Machtkampf mit der Luftwaffe, weil diese die Zuständigkeit für alle Raketen oder Granaten mit über hundert Kilometern Flughöhe für sich beanspruchte.

Mit den Geldern konnte Bull auf der Insel Barbados eine kleine Forschungseinrichtung aufbauen. Für Versuchszwecke überließ die U. S. Army ihm ein ausgemustertes 40,6-cm-Schiffsgeschütz (das größte Kaliber der Welt), ein Ersatzrohr, ein kleines Bahnverfolgungsradar, einen Kran und ein paar Lastwagen. Die McGill University richtete eine Werkstatt für Metallbearbeitung ein. Das war etwa so, als wollte man der Grand-Prix-Rennindustrie mit der Ausstattung einer Hinterhofwerkstatt Konkurrenz machen. Aber er schaffte es! Seine Karriere als Vater erstaunlicher Erfindungen hatte begonnen, und er war jetzt dreiunddreißig: zurückhaltend, schüchtern, unordentlich, erfinderisch und weiterhin ein Einzelgänger.

Seiner Forschungseinrichtung auf Barbados gab er den Namen High Altitude Research Project (HARP). Das alte Schiffsgeschütz wurde prompt aufgestellt, und Bull begann an Granaten zu arbeiten. Er nannte sie »Martlet« – nach der heraldischen Schwalbe im Wappen der McGill University.

Bull wollte Instrumente als Nutzlast billiger und schneller in eine Erdumlaufbahn bringen als jeder andere. Während er sich darüber im klaren war, daß kein Mensch die Beschleunigung in einem Kanonenrohr würde aushalten können, sagte er sich ganz richtig, daß in Zukunft Maschinen, nicht Menschen, neunzig Prozent aller Forschung und Arbeit im Weltraum übernehmen würden. Unter Kennedys Führung und durch den Flug des Russen Gagarin angestachelt, verfolgte Amerika das prestigeträchtigere, aber letztlich doch recht sinnlose Ziel, von Cape Canaveral aus Mäuse, Hunde, Affen und schließlich Menschen dort hinaufzuschicken.

Drunten auf Barbados machte Bull mit seinem einzigen Geschütz und den Martlet-Granaten unverdrossen weiter. 1964 jagte er eine

Martlet 92 Kilometer hoch, verlängerte das Kanonenrohr dann um 16 Meter (was nur 41 000 Dollar kostete) und hatte nun das mit 36 Metern längste Kanonenrohr der Welt. Damit erreichte er bei 180 Kilogramm Nutzlast die magische Höhe von 150 Kilometern.

Schwierigkeiten löste er, sobald sie auftauchten. Ein wesentliches Problem bildete zum Beispiel das Treibmittel. In einem kleineren Geschütz versetzt die Treibladung der Granate einen einzigen starken Schlag, während sie sich in einer Mikrosekunde vom festen in den gasförmigen Zustand ausdehnt. Dieses unter hohem Druck stehende Gas kann nur durchs Rohr entweichen und treibt dabei die Granate vor sich her. Aber für ein Kanonenrohr, das so lang wie Bulls war, wurde ein spezielles, langsamer abbrennendes Treibmittel benötigt, sonst wäre das Rohr aufgesprengt worden. Er brauchte ein Treibmittel, das seine Granate mit stetig zunehmender Beschleunigung aus diesem langen Kanonenrohr trieb; also entwickelte er eines.

Weiterhin war er sich darüber im klaren, daß kein Instrument die 10 000 g ausgehalten hätte, die selbst bei der Detonation des langsamer abbrennenden Treibsatzes entstanden; deshalb konstruierte er ein Stoßdämpfersystem, das diese Belastung auf 200 g verringerte. Ein drittes Problem stellte der Rückstoß dar. Bulls Kanone war kein Kleinkalibergewehr, und der Rückstoß würde gewaltig zunehmen, wenn Rohre, Treibladungen und Nutzlasten größer wurden. Deshalb konstruierte er ein System aus Federn und Ventilen, um ihn in annehmbaren Grenzen zu halten.

Bulls alte Feinde unter den Bürokraten im kanadischen Verteidigungsministerium rächten sich 1966 an ihm, indem sie ihrem Minister dringend empfahlen, die Finanzierung der Versuche einzustellen. Bull protestierte mit dem Hinweis, er könne eine aus Instrumenten bestehende Nutzlast für einen Bruchteil der in Cape Canaveral anfallenden Kosten in den Weltraum bringen. Vergeblich. Um ihre Interessen zu wahren, verlegte die U. S. Army seine Versuchseinrichtung von Barbados nach Yuma, Arizona.

Dort schoß er im November des gleichen Jahres eine Nutzlast 180 Kilometer hoch: ein Rekord, der zwanzig Jahre lang Bestand hatte. Aber 1967 zog Kanada sich völlig zurück – der Staat ebenso wie die McGill University. Die U. S. Army folgte ihrem Beispiel.

Das Projekt HARP wurde beendet. Bull etablierte sich in rein beratender Funktion auf der von ihm gekauften grenzüberschreitenden Ranch, die teils in North Vermont, teils in Kanada lag.

Zum Fall HARP sind noch zwei Anmerkungen zu machen. 1990 kostete jedes Kilogramm Instrumente, das eine Raumfähre von Cape Canaveral aus in den Weltraum brachte, zehntausend Dollar. Bull wußte bis zum letzten Tag seines Lebens, daß er das für sechshundert Dollar pro Kilogramm könnte. Und 1988 lief im kalifornischen Lawrence Livermore National Laboratory ein neues Projekt an. Auch dabei geht es um eine Riesenkanone – bisher allerdings nur mit einem Kaliber von zehn Zentimetern und einem fünfzig Meter langen Rohr. Wenn alles gutgeht, soll irgendwann und mit einem Aufwand von Hunderten von Millionen Dollar eine viel, viel größere Kanone gebaut werden, um damit Nutzlasten in den Weltraum schießen zu können. Dieses Projekt trägt den Namen Super-High Altitude Research Project oder SHARP.

Gerry Bull wohnte und arbeitete ein ganzes Jahrzehnt lang auf seiner Ranch in Highwater. In dieser Zeit nahm er Abschied von seinem unerfüllten Traum von einer Kanone, die Nutzlasten in den Weltraum schießen würde, und konzentrierte sich auf sein zweites Fachgebiet – den finanziell lohnenderen Bereich herkömmlicher Artillerie.

Als erstes nahm er sich das Hauptproblem vor: Die Artillerieparks fast aller Heere der Welt basierten auf der 15,5-cm-Haubitze, einem universal verwendbaren Feldgeschütz. Er war sich darüber im klaren, daß bei einem Artillerieduell der Mann mit der größeren Reichweite der König ist. Er kann seinen Gegner in aller Ruhe wegputzen und bleibt selbst unverwundbar. Deshalb beschloß Bull, Reichweite und Treffsicherheit der 15,5-cm-Feldkanone zu erhöhen. Er begann mit der Munition. Damit hatten sich schon viele befaßt, aber niemand war erfolgreich gewesen. Nach vier Jahren hatte Bull das Problem gelöst.

Bei einem Vergleichsschießen flog Bulls Granate aus einem 15,5-cm-Standardgeschütz eineinhalbmal weiter, war treffsicherer und zerlegte sich bei gleicher Sprengwirkung in 4700 Splitter, während eine NATO-Granate nur 1350 ergab. Aber die NATO war nicht daran interessiert. Dank einer glücklichen Fügung auch die Sowjetunion nicht.

Bull arbeitete unbeirrt weiter und entwickelte eine neue Vollkalibergranate mit gesteigerter Schußweite. Trotzdem blieb die NATO weiter desinteressiert und zog es vor, bei ihren Stammlieferanten und der Granate mit geringerer Schußweite zu bleiben.

Aber was die Großmächte nicht interessierte, war für den Rest der Welt höchst interessant. Militärdelegationen strömten nach Highwater, um Gerry Bull zu konsultieren. Sie kamen aus Israel (bei dieser Gelegenheit vertiefte er Freundschaften, die er auf Barbados mit Beobachtern geschlossen hatte), Ägypten, Venezuela, Chile und dem Iran. In anderen Artilleriefragen beriet Bull auch Großbritannien, die Niederlande, Italien, Kanada und die USA, deren militärische Wissenschaftler (wenn auch nicht das Pentagon) seine Arbeit weiterhin fast ehrfürchtig verfolgten.

1972 wurde Bull ohne großes Aufsehen Bürger der Vereinigten Staaten. Im folgenden Jahr machte er sich an die Arbeit, um das 15,5-cm-Feldgeschütz zu verbessern. Binnen zwei Jahren gelang ihm ein weiterer Durchbruch, als er entdeckte, daß die Ideallänge eines Geschützrohrs nicht mehr und nicht weniger als das 45fache seines Kalibers beträgt. Er konstruierte das 15,5-cm-Feldgeschütz erfolgreich um und bezeichnete es als GC (Gun Calibre)-45. Mit seinen Granaten zur Erhöhung der Schußweite wäre dieses neue Geschütz der gesamten Artillerie aller kommunistischen Länder überlegen gewesen. Aber falls er auf Aufträge gehofft hatte, so wurde er enttäuscht. Auch diesmal blieb das Pentagon bei der Geschützlobby und ihrer neuen Idee, achtmal so teure Raketengranaten zu verwenden, deren Leistungen mit denjenigen von Bull identisch waren.

Die Ereignisse, durch die Bull letztlich in Ungnade fiel, begannen ganz harmlos, als er mit stillschweigender Duldung der CIA gebeten wurde, Artillerie und Granaten der Südafrikaner zu verbessern, die damals in Angola gegen die von Moskau unterstützten Kubaner kämpften.

Bull war vor allem eines: politisch erstaunlich naiv. Er reiste hin, stellte fest, daß er die Südafrikaner mochte, und kam gut mit ihnen aus. Die Tatsache, daß Südafrika wegen seiner Apartheidpolitik international geächtet war, störte ihn nicht im geringsten. Er half den Südafrikanern, ihren Artilleriepark nach dem Vorbild seines zunehmend gefragten Langrohrgeschützes GC-45 mit großer

Schußweite umzukonstruieren. Später bauten sie eine eigene Ausführung, und diese Geschütze zerschmetterten dann die sowjetische Artillerie und warfen die Russen und Kubaner zurück.

Nach seiner Rückkehr nach Amerika verschiffte Bull weiter seine Granaten. Inzwischen war Präsident Jimmy Carter im Amt, und in Washington war neuerdings »politische Korrektheit« angesagt. Bull wurde verhaftet und wegen illegaler Lieferungen an ein boykottiertes Regime angeklagt. Die CIA ließ ihn fallen wie eine heiße Kartoffel. Bull wurde dazu überredet, den Mund zu halten und auf schuldig zu plädieren. Das Ganze sei nur eine Formalität, wurde ihm versichert.

Am 16. Juni 1980 verurteilte ein Bundesrichter ihn zu einem Jahr Haft, davon sechs Monate auf Bewährung, und 105 000 Dollar Geldstrafe. Tatsächlich mußte er davon vier Monate und siebzehn Tage im Gefängnis Allenwood in Pennsylvania absitzen.

Aber für Bull war das nicht der springende Punkt. Es waren vor allem die Schande und die Demütigung, die ihm zusetzten – und das Gefühl, verraten worden zu sein. Wie hatten sie ihm das antun können?, fragte er sich. Er hatte Amerika geholfen, wo er nur konnte, die amerikanische Staatsbürgerschaft angenommen und 1976 einem Ersuchen der CIA Folge geleistet. Während er in Allenwood einsaß, ging seine Firma SRC pleite und mußte schließen. Er war ruiniert.

Nach seiner Entlassung verließ er Amerika und Kanada für immer, wanderte nach Brüssel aus und fing dort in einem Einzimmerapartment mit Kochnische neu an. Freunde sagten später, durch den Prozeß habe er sich verändert und sei nie mehr wie früher geworden. Er verzieh der CIA nie, und er verzieh Amerika nie – und trotzdem kämpfte er jahrelang um eine Wiederaufnahme seines Verfahrens und eine Begnadigung.

Er war wieder beratend tätig und nahm ein Angebot an, das ihm bereits vor dem Prozeß gemacht worden war – für China an der Verbesserung seiner Artillerie zu arbeiten. Anfang und Mitte der achtziger Jahre arbeitete Bull hauptsächlich für Peking und konstruierte den chinesischen Artilleriepark nach dem Vorbild seiner Kanone GC-45 um, die jetzt weltweit durch den österreichischen Konzern VOEST-Alpine vermarktet wurde, der Bulls Patente gegen eine Einmalzahlung von zwei Millionen Dollar gekauft hatte. Bull war ein miserabler Geschäftsmann, sonst wäre er längst Multimillionär gewesen.

Während Bulls Abwesenheit hatte sich einiges ereignet. Die Südafrikaner hatten seine Entwürfe überarbeitet und wesentlich verbessert: Auf der Grundlage seines GC-45 waren die G-5, eine Haubitze mit Zugmaschine, und die G-6, eine Kanone auf Selbstfahrlafette, entstanden. Ihre Schußweite mit Granaten zur Schußweitenerhöhung betrug vierzig Kilometer. Diese Waffen verkaufte Südafrika in alle Welt, aber wegen seines schlechten Vertrags mit den Südafrikanern erhielt Bull niemals auch nur einen Cent Lizenzgebühren.

Zu den Abnehmern der Geschütze gehörte ein gewisser Saddam Hussein im Irak. Mit diesen Kanonen wurde im achtjährigen iranisch-irakischen Krieg der Ansturm iranischer Fanatiker gebrochen, bis sie schließlich in den Fao-Sümpfen besiegt waren. Aber Saddam Hussein hatte – vor allem in der Schlacht um Fao – eine neue Variante eingeführt: Er hatte die Granaten mit Giftgas füllen lassen.

Danach arbeitete Bull für Spanien und in Jugoslawien, wo er die sowjetischen 13-cm-Geschütze des alten jugoslawischen Heers in neue 15,5-cm-Kanonen mit Granaten zur Schußweitenerhöhung umbaute. Obwohl er diese Verwendung nicht mehr erlebte, waren das die Kanonen, die beim Zerfall Jugoslawiens in den Besitz der Serben übergingen und von ihnen im Bürgerkrieg eingesetzt wurden, um die Städte der Kroaten und Moslems in Trümmer zu schießen. 1987 erfuhr er, daß amerikanische Forscher nun doch an einer Kanone arbeiten würden, die Nutzlasten in den Weltraum schießen sollte – allerdings ganz entschieden ohne Gerry Bulls Mitwirkung.

Im Winter dieses Jahres erhielt er einen seltsamen Anruf von der irakischen Botschaft in Bonn. Dürfe man Dr. Bull einladen, Bagdad als Gast des Irak zu besuchen?

Nicht ahnen konnte Bull, mit welcher Sorge der Irak Mitte der achtziger Jahre die »Operation Staunch« beobachtet hatte – eine konzertierte Aktion der Amerikaner mit dem Ziel, den Iran von allen Waffenlieferungen abzuschneiden. Auslöser dafür war ein Massaker unter amerikanischen Marineinfanteristen gewesen, deren Unterkunft in Beirut von Hisbollah-Fanatikern, die vom Iran unterstützt wurden, angegriffen worden war.

Obwohl die Iraker im Krieg gegen den Iran von der Operation Staunch profitierten, stand für sie fest: Was heute dem Iran passiert, kann morgen uns passieren. Von diesem Augenblick an waren sie entschlossen, statt weiterer Waffen möglichst die Technologie zu ihrer Herstellung zu importieren. Bull war in erster Linie ein Konstrukteur; deshalb waren sie an ihm interessiert.

Mit seiner Anwerbung beauftragt wurde Dr. Amer Saadi, der zweite Mann im Ministerium für Industrie und militärische Industrialisierung (MIMI). Als Bull im Januar 1988 in Bagdad eintraf, verstand es Amer Saadi, ein liebenswürdiger, kosmopolitischer Diplomat und Wissenschaftler, der außer Arabisch auch Deutsch, Englisch und Französisch spricht, ihn elegant einzuwickeln.

Die Iraker, erklärte er Bull, wünschten sich seine Unterstützung bei der Verwirklichung ihres Traums, Satelliten für friedliche Zwecke im Weltraum zu stationieren. Ihre ägyptischen und brasilianischen Wissenschaftler hätten vorgeschlagen, die erste Stufe solle aus fünf gebündelten sowjetischen Scud-Raketen bestehen, von denen der Irak neunhundert Stück gekauft habe. Aber es gäbe technische Probleme, viele Probleme. Sie bräuchten Zugang zu einem Supercomputer. Ob Bull ihnen dabei helfen könne?

Bull liebte Probleme; sie waren sein Daseinszweck. Er hatte keinen Zugang zu einem Supercomputer – aber er selbst kam einem lebenden sehr nahe. Falls der Irak wirklich als erste arabische Nation Satelliten in den Weltraum bringen wollte, gab es außerdem eine andere Möglichkeit... billiger, einfacher und schneller, als mit Raketen ganz von vorne anzufangen. Erzählen Sie mir alles! forderte der Iraker ihn auf. Und genau das tat der Gast.

Für nur drei Millionen Dollar, sagte Bull, könne er eine für diesen Zweck geeignete Riesenkanone bauen. Erforderlich sei ein Fünfjahresprogramm. Damit könne er den Amerikanern im Livermore zuvorkommen. Das sei dann ein arabischer Triumph. Dr. Saadi äußerte sich offen bewundernd. Er werde das Projekt seiner Regierung unterbreiten und ihr nachdrücklich empfehlen. Ob er Dr. Bull bitten dürfe, bis dahin die irakische Artillerie zu begutachten?

Bei Abschluß seines einwöchigen Besuchs hatte Gerry Bull es übernommen, die Probleme im Zusammenhang mit der Bündelung von fünf Scuds zur ersten Stufe einer Interkontinental- oder Trägerrakete für Satelliten zu lösen, zwei neue Geschütze für das irakische Heer zu konstruieren und ein detailliertes Angebot für seine Super-

27

kanone vorzulegen, die Nutzlasten in den Weltraum schießen konnte.

Wie im Fall Südafrika war er imstande, bewußt zu ignorieren, was für einem Regime er jetzt dienen würde. Von Freunden wußte er, daß Saddam Hussein in dem traurigen Ruf stand, der Mann mit den blutigsten Händen des Nahen Ostens zu sein. Aber 1988 gab es Dutzende von Staaten und Tausende von angesehenen Firmen, die sich eifrig bemühten, mit dem Irak, der mit Geld um sich warf, ins Geschäft zu kommen.

Für Bull war der Köder eine Kanone, seine geliebte Kanone, der Traum seines Lebens, für den er endlich einen Finanzier gefunden hatte, der ihm helfen würde, seinen Traum zu verwirklichen und ins Pantheon der Wissenschaftler aufgenommen zu werden.

Im März 1988 schickte Amer Saadi einen Diplomaten zu Bull nach Brüssel. Ja, sagte der Geschützkonstrukteur, er sei mit der Lösung der technischen Probleme der ersten Stufe der irakischen Rakete vorangekommen. Nach Unterzeichnung eines Vertrags mit seiner Firma – die wieder Space Research Corporation hieß – stelle er die Ergebnisse gern zur Verfügung. Der Vertrag wurde geschlossen. Die Iraker sahen ein, daß sein Angebot, die Kanone für drei Millionen Dollar zu liefern, unsinnig war; sie boten zehn Millionen, verlangten aber schnellere Lieferung.

Bull arbeitete erstaunlich schnell. In nur einem Monat stellte er ein Team aus den besten Freiberuflern zusammen, die er finden konnte. Leiter des Superkanonenteams im Irak war der britische Projektingenieur Christopher Cowley. Bull selbst gab dem Raketenprogramm im nordirakischen Saad 16 den Namen »Project Bird«. Die Superkanone lief unter der Bezeichnung »Project Babylon«.

Im Mai standen die genauen Abmessungen Babylons fest. Ein unglaubliches Gerät mit 1665 Tonnen Gewicht, einem Meter Kaliber und 156 Meter Rohrlänge – mehr als das Doppelte der Höhe der Nelsonsäule in London, fast die Höhe des Kölner Doms oder des Washington-Obelisks. Die vier Zylinder der Rücklaufeinrichtung würden je sechzig Tonnen, die beiden Pufferzylinder je sieben Tonnen schwer sein. Und das Verschlußstück würde 182 Tonnen wiegen.

Um einen Innendruck bis 5000 bar verkraften zu können, sollte die Kanone aus einem Spezialstahl mit 1250 MPa Zugfestigkeit hergestellt werden.

Bull hatte Bagdad bereits klargemacht, daß er einen kleinen Prototyp, eine Mini-Babylon mit 35 Zentimeter Kaliber und nur 113 Tonnen Gewicht bauen müsse, aber darin Kopfteile von Granaten testen könne, was dem Raketenprojekt zugute kommen werde. Das gefiel den Irakern, denn sie brauchten auch diese Technologie.

Die ganze Bedeutung dieser unersättlichen Gier der Iraker nach Bugkegeltechnologie scheint Gerry Bull damals nicht erkannt zu haben. Vielleicht hat er in seiner grenzenlosen Begeisterung, endlich den Traum seines Lebens verwirklichen zu können, diese Erkenntnis einfach verdrängt. Mit sehr komplizierten Verfahren errechnete Bugkegel sind notwendig, um zu verhindern, daß eine Nutzlast beim Wiedereintritt in die Erdatmosphäre wegen der Reibungshitze verglüht. Aber Nutzlasten in einer Erdumlaufbahn kommen nicht wieder zurück; sie bleiben dort oben.

Ende Mai 1988 erteilte Christopher Cowley der Firma Walter Somers in Birmingham den ersten Auftrag für die Röhrenabschnitte, aus denen das Rohr der Mini-Babylon zusammengesetzt werden sollte. Die Teile für Babylon I, II, III und IV in Originalgröße würden später folgen. In ganz Europa wurden weitere seltsame Stahlteile bestellt.

Bulls Arbeitstempo war atemberaubend. In zwei Monaten erledigte er ein Pensum, für das ein Staatsunternehmen zwei Jahre gebraucht hätte. Bis Ende 1988 konstruierte er für den Irak zwei neue Geschütze auf Selbstfahrlafetten – im Gegensatz zu den von Südafrika gelieferten mit Zugmaschinen. Beide Geschütze würden der Artillerie der Nachbarstaaten Iran, Türkei, Jordanien und Saudi-Arabien, deren Waffenlieferanten Amerika und die NATO-Staaten waren, weit überlegen sein.

Bull gelang es auch, das Problem zu lösen, wie fünf Scuds sich so bündeln ließen, daß die erste Stufe der »Bird«-Rakete entstand, die den Namen Al-Abeid – der Gläubige – tragen sollte. Er entdeckte, daß die Iraker und Brasilianer in Saad 16 mit fehlerhaften Meßwerten arbeiteten, die aus einem defekten Windkanal stammten. Er übergab ihnen seine neuen Berechnungen und ließ die Brasilianer weitermachen.

Im Mai 1989 drängten sich Fachleute der meisten Rüstungskonzerne, Journalisten, Regierungsvertreter und Nachrichtendienstler aus aller Welt auf einer großen Waffenschau in Bagdad. Beträchtliches Interesse erweckten die im originalgroßen Modell gezeigten Prototypen der beiden schweren Geschütze. Im Dezember fand unter großem Medienrummel der Erstflug der Rakete Al-Abeid statt, der westlichen Analytikern einen schweren Schock versetzte.

Vor Batterien irakischer Fernsehkameras im Raumfahrtzentrum Al-Anbar löste die gewaltige Dreistufenrakete sich donnernd von der Erde, stieg in den Himmel auf und verschwand. Drei Tage später gab Washington zu, die Rakete scheine tatsächlich imstande zu sein, einen Satelliten in eine Umlaufbahn zu bringen.

Aber die Analytiker zogen weitergehende Schlußfolgerungen. War die irakische Al-Abeid als Trägerrakete geeignet, konnte sie auch als ICBM eingesetzt werden. Das schreckte die westlichen Geheimdienste jäh aus ihrem Glauben auf, Saddam Hussein sei nicht wirklich gefährlich und noch Jahre davon entfernt, eine ernstliche Bedrohung darzustellen.

Die drei führenden Nachrichtendienste, die amerikanische CIA, der britische SIS und der israelische Mossad, gelangten bei der Beurteilung der beiden Waffensysteme zu der Ansicht, die Babylon-Kanone sei ein amüsantes Spielzeug, während die Bird-Rakete die eigentliche Gefahr darstelle. Alle drei irrten sich: Die Rakete Al-Abeid hatte nicht funktioniert.

Bull, der die Hintergründe kannte, erzählte den Israelis, was passiert war. Die Al-Abeid stieg auf zwölftausend Meter und geriet außer Sicht. Die zweite Stufe wollte sich nicht von der ersten trennen. Die dritte Stufe existierte überhaupt nicht, sondern war eine Attrappe gewesen. Das alles wußte Bull, weil er den Auftrag erhalten hatte, sich zu bemühen, China dazu zu überreden, eine dritte Stufe zu liefern, und im Februar nach Peking reisen sollte.

Tatsächlich fuhr er hin, aber die Chinesen schlugen ihm seinen Wunsch glatt ab. Während seines Aufenthalts traf er mit seinem alten Freund George Wong zusammen und sprach lange mit ihm. Irgend etwas an dieser Sache mit den Irakern war schiefgelaufen – irgend etwas, das Gerry Bull verdammt große Sorgen machte, und die Israelis hatten nichts damit zu schaffen. Er beteuerte mehrmals, er wolle so schnell wie möglich »raus« aus dem Irak. Irgend etwas hatte sich in seinem eigenen Kopf abgespielt, und er wollte den Irak verlassen. Diese Entscheidung war völlig richtig, aber sie kam zu spät.

Für den 15. Februar 1990 berief Staatspräsident Saddam Hussein in seinem Palast in Sarseng, hoch in den Bergen Kurdistans, eine Vollversammlung seiner engsten Berater ein.

Er war gern in Sarseng. Durch die dreifach verglasten Fenster seines auf einem Hügel erbauten Palastes bot sich ihm ein weiter Blick übers Bergland, in dem die kurdischen Kleinbauern sich in den eisigen Wintern in ihren elenden Hütten verkrochen. Und der Palast stand nur wenige Kilometer von der verängstigten Stadt Halabja entfernt, deren siebzigtausend Einwohner er am 17. und 18. März 1988 wegen angeblicher Kollaboration mit den Iranern hatte bestrafen lassen.

Als seine Artillerie den letzten Schuß abgefeuert hatte, waren fünftausend der kurdischen Hunde tot und siebentausend lebenslänglich verstümmelt. Persönlich hatte ihn die Wirkung des von den Granaten versprühten Wasserstoffzyanids sehr beeindruckt. Die deutschen Firmen, die ihm die Technologie zur Herstellung dieses Giftgases sowie der Nervenkampfstoffe Tabun und Sarin geliefert hatten, konnten seines Dankes sicher sein. Sie hatten ihn sich mit einem Gas verdient, das große Ähnlichkeit mit dem Zyklon B hatte, das vor Jahrzehnten mit gutem Erfolg gegen die Juden eingesetzt worden war und möglicherweise wieder zum Einsatz kommen würde.

An diesem Morgen stand er an einem Fenster seines Ankleidezimmers und blickte übers Land. Er war seit sechzehn Jahren an der Macht, unbestritten an der Macht, und hatte in dieser Zeit viele Leute bestrafen müssen. Aber gleichzeitig war auch viel erreicht worden.

Ein neuer Sanherib hatte sich aus Ninive erhoben, ein weiterer Nebukadnezar aus Babylon. Manche hatten leicht gelernt, durch Unterwerfung. Andere hatten schwer, sehr schwer gelernt und waren jetzt fast alle tot. Wieder andere, viele andere, mußten noch lernen. Aber das würden sie tun, garantiert.

Er horchte nach draußen, als der Hubschrauberschwarm von Süden heranknatterte, während sein Kammerdiener das olivgrüne

Halstuch zurechtzupfte, das er gern im V-Ausschnitt seiner Kampfjacke trug, um sein Doppelkinn zu verbergen. Als er mit seiner
Erscheinung zufrieden war, griff er nach dem Koppel mit seiner
Pistole, einer vergoldeten Beretta aus irakischer Produktion, und
schnallte es um. Mit dieser Waffe hatte er schon einen seiner
Minister erschossen und würde es vielleicht wieder tun wollen. Er
war stets bewaffnet.

Ein Lakai klopfte an und meldete dem Präsidenten, die Herbeizi-
tierten erwarteten ihn im Konferenzraum.

Alle standen gleichzeitig auf, als er den langgestreckten Raum
betrat, dessen riesige Fenster auf die verschneite Landschaft hinaus-
führten. Nur hier oben in Sarseng klang seine Angst vor Mordanschlägen etwas ab. Er wußte, daß der Palast von drei Kordonen mit
den besten Leuten der Amn al-Khass, einer Polizeitruppe zum
Schutz des Präsidenten unter dem Kommando seines eigenen Sohns
Kusay, abgeriegelt war. An diese Fenster kam niemand heran. Auf
dem Palastdach standen französische Fla-Lenkwaffen Crotale, und
seine Jäger patrouillierten am Himmel über den Bergen.

Er nahm in dem thronartigen Sessel in der Mitte des Quertischs
der T-förmigen Anordnung Platz. Rechts und links neben ihm
saßen je zwei seiner engsten Mitarbeiter. Von einem Mann, der in
seiner Gunst stand, verlangte Saddam Hussein nur eines: Loyalität
– absolute, sklavische Loyalität. Aber selbst darin, das wußte er aus
Erfahrung, gab es Abstufungen. Ganz oben auf der Liste steht die
Familie; darunter folgen der Clan und zuletzt der Stamm. Ein
arabisches Sprichwort lautet: »Ich und mein Bruder gegen unseren
Vetter; ich und mein Vetter gegen die Welt.« Daran glaubte er. Es
funktionierte.

Er kam aus der Gosse der Kleinstadt Tikrit und gehörte dem
Stamm der Al-Tikriti an. Ungewöhnlich viele Angehörige seiner
Familie und der Al-Tikriti bekleideten im Irak hohe Ämter und
konnten darauf bauen, daß ihnen jegliche Brutalität, jegliches Ver-
sagen, alle persönlichen Exzesse nachgesehen wurden, solange sie
loyal zu ihm hielten. Hatte nicht sein zweiter Sohn, der Psychopath
Urday, einen Dienstboten erschlagen und war begnadigt worden?

Rechts neben ihm saßen Izzat Ibrahim, sein erster Stellvertreter,
und sein Schwiegersohn Hussein Kamil, der als MIMI-Chef für
Waffenbeschaffung zuständig war. Links neben ihm hatten der

Ministerpräsident Taha Ramadam und der stellvertretende Ministerpräsident Sadoun Hammadi, ein gläubiger Schiit, Platz genommen. Saddam Hussein war Sunnit, aber das einzige Gebiet, auf dem er Toleranz bewies, war die Religion. Als nichtpraktizierender Moslem (außer wenn es angebracht schien) kümmerte er sich nicht weiter darum. Sein Außenminister Tariq Aziz war Christ. Na und? Er tat, was ihm befohlen wurde.

Die Heeresgenerale hatten ihre Plätze am oberen Ende des langen T-Balkens: die Kommandeure der Republikanischen Garde, der Infanterie, der Panzertruppe, der Artillerie und der Pioniere. Weiter unten saßen die vier Experten, deren Berichte und Fachwissen ihn dazu bewogen hatten, diese Besprechung einzuberufen.

Zwei saßen an der rechten Tischseite: Dr. Amer Saadi, Wissenschaftler und Stellvertreter seines Schwiegersohns; neben ihm Brigadegeneral Hassan Rahmani, Leiter der Abteilung Spionageabwehr des Nachrichtendiensts Muchabarat. Den beiden gegenüber saßen Dr. Ismail Ubaidi, Leiter der Auslandsaufklärung im Muchabarat, und Brigadegeneral Omar Khatib, Chef der gefürchteten Geheimpolizei Amn al-Amm.

Die drei Geheimdienstler hatten klar definierte Aufgaben: Dr. Ubaidi war für Spionage im Ausland zuständig; Rahmani bekämpfte die Agenten ausländischer Nachrichtendienste im Inland; Khatib sorgte dafür, daß die eigene Bevölkerung spurte und unterdrückte jegliche potentielle Opposition durch eine Kombination aus dichtem Aufpasser- und Spitzelnetz sowie purem nackten Terror, der aus Gerüchten über das Schicksal von Regimegegnern entstand, die verhaftet und ins Gefängnis Abu Ghraib westlich von Bagdad eingeliefert oder in sein scherzhaft als »Turnhalle« bezeichnetes privates Vernehmungszentrum unter der AMAM-Zentrale geschleppt wurden.

Zahlreiche Beschwerden über die Brutalität seines Geheimdienstchefs waren Saddam Hussein vorgetragen worden, aber er schmunzelte stets nur und tat sie mit einer Handbewegung ab. Gerüchteweise verlautete, Omar Khatib habe seinen Beinamen Al-Mu'asib, der Folterer, von ihm selbst erhalten. Auch Khatib war natürlich ein Al-Tikriti und bedingungslos loyal.

Soll über brisante Themen gesprochen werden, halten manche Diktatoren den Teilnehmerkreis lieber klein. Saddam Hussein war genau anderer Meinung; gab es Schmutzarbeit zu erledigen, sollten alle daran beteiligt sein. Dann konnte keiner sagen: Meine Hände sind sauber, ich habe von nichts gewußt. Auf diese Weise verstanden alle in seiner Umgebung die Warnung: Falle ich, fallt auch ihr.

Als alle wieder Platz genommen hatten, nickte der Präsident seinem Schwiegersohn Hussein Kamil zu, der nun Dr. Saadi aufforderte, Bericht zu erstatten. Der Technokrat las seinen Bericht vor, ohne einmal den Blick zu heben. Kein kluger Mann hob den Kopf, um Saddam Hussein ins Gesicht zu starren. Der Präsident behauptete, durch die Augen eines Mannes in seine Seele blicken zu können, und viele glaubten das. Ihm ins Gesicht zu starren, konnte Mut, Widerspenstigkeit, Treulosigkeit ausdrücken. Vermutete der Präsident Treulosigkeit, starb der Missetäter im allgemeinen eines grausigen Todes.

Als Dr. Saadi fertig war, dachte Saddam Hussein eine Zeitlang nach.

»Dieser Mann, dieser Kanadier – wieviel weiß er?«

»Nicht alles, aber vermutlich genug, um sich alles zusammenreimen zu können, Sajidi.«

Saadi gebrauchte eine dem englischen »Sir« entsprechende, aber noch respektvollere arabische Höflichkeitsform der Anrede. Zulässig wäre auch der Titel »Sajid Rais« – Herr Präsident – gewesen.

»Wie bald?«

»Bald, wenn nicht schon jetzt, Sajidi.«

»Und er hat mit den Israelis gesprochen?«

»Ständig, Sajid Rais«, antwortete Dr. Ubaidi. »Er ist seit vielen Jahren ihr Freund. Hat Tel Aviv besucht und vor ihren Artillerieoffizieren Vorträge über Ballistik gehalten. Er hat dort viele Freunde, vermutlich auch Mossad-Agenten, obwohl er davon vielleicht nichts weiß.«

»Könnten wir das Projekt ohne ihn zu Ende bringen?« fragte Saddam Hussein.

»Er ist ein komischer Kauz«, warf sein Schwiegersohn Hussein Kamil ein. »Er besteht darauf, seine geheimsten wissenschaftlichen Unterlagen in einer großen Segeltuchtasche mit sich herumzuschleppen. Ich habe unseren Abwehrleuten den Auftrag gegeben, sich diese Unterlagen anzusehen und sie zu kopieren.«

»Und das ist geschehen?« Der Präsident starrte Hassan Rahmani an, der die Spionageabwehr leitete.

»Unverzüglich, Sajid Rais. Als er letzten Monat hier auf Besuch gewesen ist. Er trinkt viel Whisky. Wir haben ihn mit einem Mittel versetzt, und er hat lange und tief geschlafen. Wir haben seine Tasche mitgenommen und jedes Blatt darin fotokopiert. Außerdem haben wir alle seine Gespräche über technische Fragen mitgeschnitten. Alle Unterlagen und Wortprotokolle hat der Genosse Dr. Saadi erhalten.«

Der Präsident starrte den Wissenschaftler erneut an.

»Also noch einmal: Können Sie das Projekt auch ohne seine Hilfe zu Ende führen?«

»Ja, Sajid Rais, das können wir meiner Überzeugung nach. Einige seiner Berechnungen sind nur ihm selbst verständlich, aber ich habe seit einem Monat unsere besten Mathematiker auf sie angesetzt. Sie haben sie enträtselt. Den Rest können unsere Ingenieure bewältigen.«

Hussein Kamil warf seinem Stellvertreter einen warnenden Blick zu. Hoffentlich behältst du recht, mein Freund!

»Wo ist er jetzt?« fragte der Präsident.

»Er ist nach China abgereist, Sajidi«, antwortete Ubaidi, der Leiter der Auslandsaufklärung. »Dort versucht er, uns eine dritte Stufe für die Rakete Al-Abeid zu beschaffen. Aber das wird ihm leider nicht gelingen. Mitte März soll er wieder in Brüssel sein.«

»Sie haben Männer dort, gute Männer?«

»Gewiß, Sajidi. Ich lasse ihn seit zehn Monaten in Brüssel überwachen. Daher wissen wir, daß er in seinem dortigen Büro Delegationen aus Israel empfangen hat. Außerdem haben wir die Schlüssel zu seinem Apartmentgebäude.«

»Dann veranlassen Sie alles weitere. Nach seiner Rückkehr.«

»Wie Sie wünschen, Sajid Rais.« Ubaidi dachte an die vier Männer, die in Brüssel zur Beschattung auf Tuchfühlung eingesetzt waren. Einer von ihnen hatte schon einmal einen Auftrag dieser Art durchgeführt. Abdelrahman Mojeddin. Ihn würde er beauftragen.

Die drei Geheimdienstler und Dr. Saadi durften gehen. Die anderen blieben noch. Als sie unter sich waren, wandte Saddam Hussein sich an seinen Schwiegersohn.

»Und nun zu dieser anderen Sache. Wann bekomme ich sie?«

»Bis Jahresende, versichert man mir, Abu Kusay.«

Als Familienangehöriger durfte Kamil jetzt die vertraulichere Anrede »Vater Kusays« benützen. Außerdem erinnerte sie die anderen daran, wer hier zur Familie des Präsidenten gehörte – und wer nicht. Der Präsident grunzte.

»Wir brauchen ein Bauwerk, einen ganz neuen Bau, eine Festung; keine schon existierende Einrichtung, selbst wenn sie noch so geheim wäre. Einen neuen Geheimbau, von dem niemand weiß. Nur eine Handvoll Männer, nicht einmal alle hier Anwesenden. Kein ziviles Bauprojekt, sondern ein unter militärischer Geheimhaltung errichtetes. Können Sie das übernehmen?«

General Ali Musuli von den Heerespionieren nahm die Schultern zurück und starrte den obersten Jackenknopf des Präsidenten an.

»Mit großem Stolz, Sajid Rais.«

»Der Verantwortliche muß Ihr bester, Ihr allerbester Mann sein.«

»Ich habe den richtigen Mann, Sajidi. Ein Oberst, der sich ausgezeichnet auf Architektur und Tarnung versteht. Der Russe Stepanow hat ihn als seinen Meisterschüler im Fachgebiet Maskirowka bezeichnet.«

»Dann bringen Sie ihn zu mir. Aber nicht hierher, übermorgen in Bagdad. Ich will ihm den Auftrag selbst erteilen. Ist er ein guter Ba'thist, dieser Oberst? Der Partei und mir loyal ergeben?«

»Bedingungslos, Sajidi. Er wäre bereit, für Sie zu sterben.«

»Das seid ihr hoffentlich alle.« Nach kurzer Pause fügte er ruhig hinzu: »Hoffen wir, daß es nicht dazu kommt.«

Danach herrschte betroffenes Schweigen. Zum Glück war die Besprechung ohnehin zu Ende.

Am 17. März 1990 kam Dr. Gerry Bull erschöpft und deprimiert nach Brüssel zurück. Seine Kollegen nahmen an, er sei wegen der Abfuhr in China so niedergeschlagen. Aber dahinter steckte mehr.

Seit seiner Ankunft in Bagdad vor über zwei Jahren hatte er sich einreden lassen – weil er das glauben wollte –, das Raketenprogramm und die Babylon-Kanone sollten dazu dienen, kleine Satelliten mit Instrumenten an Bord in Erdumlaufbahnen zu bringen. Zumindest er sah einen gewaltigen Zuwachs an Selbstbewußtsein und Stolz für die ganze arabische Welt voraus, wenn dem Irak das gelang. Außerdem konnte dieses Projekt sich rentieren, indem der Irak kommerzielle Fernmelde- und Wettersatelliten für andere Nationen startete.

Seiner Ansicht nach sah der Plan vor, daß die Babylon-Kanone ihre Satellitengranate nach Südosten abschoß, damit sie den Irak, Saudi-Arabien und den Indischen Ozean überflog, um dann in die Umlaufbahn zu gelangen. Dafür hatte er die Superkanone konstruiert.

In Diskussionen mit seinen Kollegen hatte er zugeben müssen, daß kein westlicher Staat die Dinge so sehen würde. Alle würden die Kanone für eine Waffe halten – daher die Täuschungsmanöver bei der Bestellung von Rohrteilen, Verschlußstücken und Rücklaufeinrichtungen.

Allein er, Gerald Vincent Bull, kannte die Wahrheit, die sehr einfach war – die Kanone ließ sich nicht als Waffe zum Verschießen konventioneller Sprenggranaten einsetzen.

Der Grund war einfach: Das 156 Meter lange Rohr der Babylon-Kanone brauchte viele Stützen, um ausreichend steif zu bleiben. Selbst wenn das Kanonenrohr wie geplant einen Hang mit 45 Grad Steigung hinaufführte, war an jedem zweiten seiner sechsundzwanzig Abschnitte eine Stütze erforderlich. Ohne Stützen hätte das Rohr wie eine nasse Makkaroni durchgehangen und wäre beim ersten Schuß an den Flanschen aufgeplatzt. Deshalb konnte die Kanone weder in der Höhe noch nach der Seite gerichtet werden. Folglich konnte sie keine Mehrfachziele bekämpfen. Der Schußwinkel ließ sich nur durch Demontage und Wiederaufbau der Kanone verändern, was Wochen in Anspruch nahm. Selbst das Rohrreinigen und Nachladen nach jedem Schuß würde ein paar Tage dauern.

Außerdem war die Abnutzung des sehr teuren Rohrs bei wiederholten Schüssen groß. Und letztlich ließ die Kanone sich nicht gegen feindliche Angriffe tarnen. Beim Schuß würde vor der Mündung eine neunzig Meter lange Flammenzunge entstehen, die von jedem Satelliten, jedem Aufklärungsflugzeug geortet werden konnte. Die Amerikaner würden die Standortkoordinaten innerhalb weniger Sekunden herausfinden. Außerdem würden die Stoßwellen von Seismographen bis nach Kalifornien aufgezeichnet werden. Deshalb erzählte Bull jedem, der es hören wollte: »Als Waffe ist sie nicht verwendbar.«

Sein Problem war, daß er nach zwei Jahren im Irak begriffen hatte, daß die Wissenschaft in Saddam Husseins Augen nur einen Zweck erfüllte: Sie mußte auf Kriegswaffen angewendet werden, um seine Macht zu mehren, *und auf sonst nichts*. Warum, zum Teufel, finanzierte er die Babylon-Kanone? Sie konnte nur einmal schießen, bevor die feindlichen Jagdbomber sie in Trümmer legten, und nur einen Satelliten oder eine konventionelle Granate verschießen.

Die Antwort auf diese Frage fand er in China, in Gesellschaft des verständnisvollen George Wong. Das war die letzte Gleichung, die er jemals lösen sollte.

2

Der große Ram Charger war in schnellem Tempo auf der Hauptverkehrsstraße von Qatar nach Abu Dhabi in den Vereinigten
Arabischen Emiraten unterwegs und kam flott voran. Die Klimaanlage hielt das Wageninnere kühl, und der Fahrer hatte seine liebste
MC mit Country & Western eingeschoben, die den Wagen mit
heimatlichen Klängen erfüllte.

Hinter Ruweis befanden sie sich in freiem Gelände, hatten zu
ihrer Linken das nur gelegentlich zwischen den Dünen auftau-
chende Meer und sahen auf der rechten Seite die große Wüste, die
sich über Hunderte von trostlos sandigen Meilen bis zum Dhofar
und dem Indischen Ozean erstreckte.

Maybelle Walker blickte aufgeregt in die unter der Mittagssonne
flimmernde ockerbraune Wüste hinaus. Ihr Ehemann Ray konzentrierte sich auf die Straße. In lebenslanger Tätigkeit im Ölgeschäft
hatte er schon einige Wüsten gesehen. Kennt man eine, kennt man
alle, knurrte er jeweils, wenn seine Frau wegen der für sie so neuen
Bilder und Laute wieder einmal in Begeisterung ausbrach.

Aber für Maybelle Walker war dies alles ganz neu, und obwohl
sie vor ihrer Abreise aus Oklahoma genügend Medikamente eingepackt hatte, um eine Apotheke ausstatten zu können, hatte sie jede
Minute ihrer zweiwöchigen Rundreise am Persischen Golf genossen.

Sie hatten im Norden mit Kuwait angefangen, waren danach mit
dem von der Firma zur Verfügung gestellten Geländewagen nach
Süden durch Khafji und Al-Khobar nach Saudi-Arabien gefahren,
hatten den Fahrdamm nach Bahrain benutzt, waren von dort zurückgekommen und befanden sich nun auf der Weiterfahrt nach
Süden durch Qatar und die Vereinigten Arabischen Emirate. An
den Etappenzielen hatte Ray Walker die jeweilige Niederlassung
seiner Firma flüchtig »inspiziert« – schließlich war das der angebliche Grund seiner Reise –, während seine Frau in Begleitung eines

Führers aus dem Büro die örtlichen Sehenswürdigkeiten besichtigte. War sie in all diesen engen Gassen mit nur einem einzigen Weißen als Begleiter unterwegs, fühlte sie sich sehr tapfer – ohne zu ahnen, daß sie in irgendeiner von fünfzig amerikanischen Großstädten in größerer Gefahr gewesen wäre als unter den Golfarabern.

Auf ihrer ersten und vielleicht letzten Auslandsreise war sie von den Sehenswürdigkeiten fasziniert. Sie bewunderte die Paläste und Minarette, staunte über die in den Gold-Suks zum Verkauf ausliegenden Schätze und gruselte sich ein bißchen vor der Flut aus dunklen Gesichtern und vielfarbenen Gewändern, die in Altstadtvierteln um sie herumbrandete.

Sie hatte alles und jeden fotografiert, damit sie daheim im Ladies Club zeigen konnte, wo sie gewesen war und was sie gesehen hatte. Und sie hatte sich die Warnung des Niederlassungsleiters in Qatar zu Herzen genommen, keinen Wüstenaraber ohne seine Erlaubnis zu fotografieren, weil manche noch glaubten, beim Knipsen eines Bildes werde ein Teil der Seele des Abgelichteten eingefangen.

Wie sie sich häufig selbst sagte, war sie eine glückliche Frau und hatte viele Gründe, glücklich zu sein. Praktisch sofort nach der High-School hatte sie den jungen Mann geheiratet, mit dem sie zwei Jahre lang »gegangen« war, und er hatte sich als guter, solider Mann erwiesen, der bei einer heimischen Ölgesellschaft arbeitete, stetig in ihr aufstieg, als die Firma größer wurde, und nun als einer ihrer Vizepräsidenten in den Ruhestand treten würde.

Sie hatten ein hübsches Haus außerhalb von Tulsa und für den Sommerurlaub ein Strandhaus in Hatteras, North Carolina, zwischen Atlantik und Pamlico-Sund. Die dreißig Ehejahre waren gut gewesen und mit einem wohlgeratenen Sohn belohnt worden. Und jetzt dies hier: eine zweiwöchige Rundreise auf Geschäftskosten zu all den exotischen Bildern und Leuten, Düften und Erlebnissen einer anderen Welt, der des Persischen Golfs.

»Die Straße ist gut«, meinte sie, als sie über eine Kuppe fuhren und das Asphaltband flimmernd und schimmernd vor sich liegen sahen. Während die Temperatur im Wageninnern zwanzig Grad betrug, erreichte sie draußen in der Wüste eher fünfzig.

»Muß sie wohl«, grunzte ihr Mann. »Wir haben sie gebaut.«

»Die Firma?«

»Nö. Onkel Sam, verdammt noch mal.«

Ray Walker hatte die Angewohnheit, »verdammt noch mal« anzuhängen, wenn er knappe Informationen herausrückte. Sie saßen eine Zeitlang in geselligem Schweigen nebeneinander, während Tammy Wynette sie vom Tonband aufforderte, zu ihrem Mann zu stehen, was sie stets getan hatte und auch im Ruhestand zu tun beabsichtigte.

Als angehender Sechziger würde Ray Walker mit einer guten Pension und einem gesunden Aktienpaket in den Ruhestand treten, und die dankbare Firma hatte ihm eine zweiwöchige Rundreise erster Klasse zum Persischen Golf spendiert, wo er ihre verschiedenen Niederlassungen entlang der Küste »inspizieren« sollte. Obwohl auch er noch nie hiergewesen war, mußte er zugeben, daß er von allem weniger fasziniert war als seine Frau, aber er war ihretwegen entzückt.

Persönlich freute er sich darauf, Abu Dhabi und Dubai abzuhaken und danach ein Flugzeug zu besteigen, das ihn erster Klasse über London in die USA zurückbrachte. Dort konnte er sich wenigstens ein großes, kühles Budweiser bestellen, ohne dazu in eine Niederlassung seiner Firma schleichen zu müssen. Für manche mag der Islam ja in Ordnung sein, überlegte er sich, aber nachdem er in den besten Hotels von Kuwait, Saudi-Arabien und Qatar gewohnt und dort gehört hatte, sie seien völlig »trocken«, fragte er sich, was für eine Religion das sein mußte, die einen Mann daran hinderte, an einem heißen Tag ein kühles Bier zu trinken.

Walkers Kleidung entsprach seiner Vorstellung von der Aufmachung eines Ölmanns in der Wüste: hohe Stiefel, Jeans, Gürtel, Hemd und Stetson. Alles nicht unbedingt nötig, weil er in Wirklichkeit als Chemiker für Qualitätsüberwachung zuständig war.

Er warf einen Blick auf den Meilenzähler; achtzig Meilen bis zur Abzweigung nach Abu Dhabi.

»Muß bald mal austreten, Honey«, murmelte er.

»Schön, aber sei vorsichtig«, warnte Maybelle ihn. »Dort draußen gibt's Skorpione.«

»Aber die können keinen halben Meter hoch springen!« sagte er und lachte schallend über seinen eigenen Witz. Von einem Hochspringer-Skorpion in den Pimmel gestochen zu werden – das war 'ne gute Story für die Jungs daheim.

»Ray, du bist ein schrecklicher Kerl«, antwortete Maybelle und lachte ebenfalls. Walker lenkte den Ram Charger aufs Bankett der leeren Straße, stellte den Motor ab und stieß die Fahrertür auf. Von draußen kam ein Hitzeschwall herein, als habe er eine Kesseltür geöffnet. Er stieg aus und knallte die Tür hinter sich zu, damit die kühle Luft im Wagen blieb.

Während ihr Mann zur nächsten Düne marschierte und seinen Hosenreißverschluß öffnete, blieb Maybelle auf dem Beifahrersitz. Dann starrte sie nach vorn durch die Windschutzscheibe und murmelte: »O mein Gott, sieh dir bloß den an!«

Sie griff nach ihrer Pentax, öffnete die Beifahrertür und glitt aus dem Wagen.

»Ray, glaubst du, daß er was dagegen hat, wenn ich ihn fotografiere?«

Ray stand mit dem Rücken zu ihr und konzentrierte sich auf eine der größeren Befriedigungen alternder Männer.

»Bin gleich wieder da, Honey. Wer?«

Der Beduine, der offenbar zwischen zwei Dünen hervorgekommen war, stand ihrem Mann gegenüber auf der anderen Straßenseite. Eben war er noch nicht dagewesen, nun stand er da. Maybelle Walker blieb mit ihrer Kamera in der Hand unschlüssig an der vorderen Stoßstange des Geländewagens stehen. Ihr Mann drehte sich um und zog seinen Reißverschluß hoch. Er starrte die Gestalt auf der anderen Straßenseite an.

»Keine Ahnung«, sagte er. »Wahrscheinlich nicht. Aber geh nicht zu dicht ran. Hat vermutlich Flöhe. Ich laß inzwischen den Motor an. Du knipst ihn schnell, und falls er böse wird, springst du rein. Aber dalli!«

Er kletterte wieder auf den Fahrersitz und ließ den Motor an. Damit arbeitete die Klimaanlage wieder, was eine Erleichterung war.

Maybelle Walker trat zwei, drei Schritte vor und hielt ihre Kamera hoch.

»Darf ich Sie fotografieren?« fragte sie. »Kamera? Foto? Klickklick? Für mein Album daheim?«

Der Mann stand einfach da und starrte sie an. Seine ehemals weiße Djellaba, jetzt staubig und fleckig, hing von den Schultern bis zum Sand unter seinen Füßen herab. Eine zweistrangige schwarze Kordel hielt die rot-weiß gemusterte Keffija fest, und einer der herabhängenden Zipfel war an der gegenüberliegenden Schläfe so untergesteckt, daß das Kopftuch sein Gesicht unterhalb des Nasensattels verdeckte. Über dem karierten Tuch starrten seine Augen sie an. Das bißchen Haut, das sie von Stirn und Augenhöhlen sehen konnte, war von der Wüstensonne dunkelbraun verbrannt. Sie hatte schon viele Aufnahmen für das Album, das sie daheim zusammenstellen wollte – aber noch keine von einem echten Beduinen mit der saudischen Wüste im Hintergrund.

Sie hob ihre Kamera. Der Mann machte keine Bewegung. Sie blickte durch den Sucher, achtete darauf, die Gestalt in die Bildmitte zu bekommen, und fragte sich dabei, ob sie's schaffen würde, wieder rechtzeitig einzusteigen, falls der Araber auf sie zustürmte. Klick. »Vielen herzlichen Dank«, sagte sie. Er bewegte sich noch immer nicht. Sie lächelte freundlich, während sie sich rückwärtsgehend dem Wagen näherte. Immer lächeln – das hatte sie einmal in einem Artikel in *Reader's Digest* gelesen, der Ratschläge für Amerikaner enthielt, die mit Leuten umgehen mußten, die kein Englisch verstanden.

»Honey, steig ein!« rief ihr Mann.

»Schon gut, er ist okay, glaub' ich«, sagte sie und machte die Beifahrertür auf.

Während sie die Aufnahme gemacht hatte, war die MC abgelaufen. Dadurch war automatisch auf einen Sender umgeschaltet worden. Ray Walkers Hand packte ihren Arm und zerrte sie in den Wagen, der mit quietschenden Reifen davonraste.

Der Beduine sah ihnen nach, zuckte mit den Schultern und ging hinter die Düne, wo sein eigener Landrover mit Wüstentarnanstrich stand. Sekunden später fuhr auch er in Richtung Abu Dhabi davon.

»Wozu die Eile?« beschwerte Maybelle Walker sich. »Er hat mich nicht angreifen wollen.«

»Darum geht's nicht, Honey.« Ray Walker sprach schmallippig – ganz der Mann, der alles im Griff hat, der jede internationale Krise meistern kann. »Wir fahren nach Abu Dhabi und fliegen mit der nächsten Maschine heim. Anscheinend ist der Irak heute morgen in Kuwait einmarschiert, verdammt noch mal. Die Iraker können jeden Augenblick hier sein!«

Es war zehn Uhr Ortszeit am Morgen des 2. August 1990.

Zwölf Stunden zuvor hatte Oberst Osman Badri unweit des kleinen Flugplatzes Safwan nervös und aufgeregt neben dem Laufwerk eines bereitstehenden Panzers T-72 gewartet. Obwohl er das nicht ahnen konnte, würde der Krieg um Kuwait hier beginnen und auch hier in Safwan enden.

Gleich außerhalb des Flugplatzes, der nur Start- und Landebahnen, aber keine Hallen aufwies, führte die in Nord-Süd-Richtung verlaufende Hauptverkehrsstraße vorbei. Im Nordabschnitt, den er vor drei Tagen entlanggefahren war, lag eine Straßengabel, an der man nach Osten in Richtung Basra oder nach Nordwesten in Richtung Bagdad weiterfahren konnte.

In südlicher Richtung führte die Straße geradewegs durch den sieben bis acht Kilometer entfernten kuwaitischen Grenzposten. Blickte er von seinem Standort aus nach Süden, konnte er den schwachen Lichtschein von Jahra und dahinter – etwas weiter östlich und jenseits der Bucht – sogar den Widerschein des Lichtermeers von Kuwait City sehen.

Aufgeregt war er, weil die Stunde seines Landes gekommen war. Endlich konnten die elenden Kuwaiter für das bestraft werden, was sie seinem Land angetan hatten: für ihren heimlichen Wirtschaftskrieg, die finanziellen Schäden, für ihren Hochmut und ihre Arroganz.

Hatte der Irak nicht acht blutige Jahre lang verhindert, daß die persischen Horden den nördlichen Golf überrannten und dem dortigen Luxusleben ein Ende setzten? Und sollte ihr Lohn jetzt daraus bestehen, daß sie schweigend duldeten, wie die Kuwaiter mehr als ihren fairen Anteil an der Förderung des gemeinsamen Ölfelds Rumaila stahlen? Sollten sie jetzt verarmen, weil Kuwait seine Förderquote überschritt und so den Ölpreis drückte? Sollten sie jetzt klein beigeben, wenn die Al-Sabah-Hunde auf Rückzahlung der kümmerlichen fünfzehn Milliarden Dollar bestanden, die sie im Krieg dem Irak als Darlehen zur Verfügung gestellt hatten?

Nein, der Rais hatte wie gewöhnlich recht. Historisch gesehen war Kuwait die neunzehnte Provinz des Irak; es war nie etwas anderes gewesen, bis die Engländer 1913 ihren verdammten Strich im Sand gezogen und damit das reichste Emirat der Welt geschaffen hatten. Aber jetzt, in dieser Nacht, in ebendieser Nacht, würde Kuwait heimgeholt werden – und Osman Badri würde daran teilnehmen. Als Heerespionier würde er nicht zur ersten Welle gehören, aber er würde mit Brückenbaugerät, Planierraupen, Räumgerät und Minensuchtrupps dicht hinter ihr folgen, um den Weg frei zu machen, falls die Kuwaiter versuchten, den Vormarsch aufzuhalten. Nicht daß die Luftaufklärung irgendwelche Hindernisse gezeigt hätte. Keine Schützengräben, keine Panzergräben, keine Höckerhindernisse. Aber die Pioniere unter Osman Badris Befehl würden für alle Fälle bereitstehen, um die Straße für die Panzer und motorisierte Infanterie der Republikanischen Garde frei zu machen.

Nur wenige Meter von ihm entfernt war das Zelt mit dem Befehlsstand voller hoher Offiziere, die Landkarten studierten und letzte Änderungen an ihren Angriffsplänen vornahmen, während die Stunden und Minuten verstrichen, in denen sie darauf warteten, daß der Rais in Bagdad endgültig den Befehl zum Losschlagen gab.

Badri war schon zu einer Besprechung mit seinem Kommandierenden General Ali Musuli zusammengetroffen, der das gesamte Pionierkorps des irakischen Heeres befehligte und dem er zu größtem Dank verpflichtet war, seit Musuli ihn im vergangenen Februar für den »Sonderauftrag« empfohlen hatte. Er hatte seinem Vorgesetzten versichern können, die Truppe sei vollständig ausgerüstet und einsatzbereit.

Während dieses Gesprächs mit Musuli hatte sich ein weiterer General zu ihnen gesellt, und Badri war Abdullah Kadiri, dem Kommandeur des Panzerkorps, vorgestellt worden. Aus dem Augenwinkel heraus hatte er beobachtet, wie General Saadi Tumah Abbas, der Oberbefehlshaber der Elitetruppe Republikanische Garde, den Befehlsstand betrat. Als loyales Parteimitglied und Verehrer Saddam Husseins war er verblüfft gewesen, als er hörte, wie Panzergeneral Kadiri »politischer Kriecher« murmelte. Wie war das möglich? War Tumah Abbas denn nicht ein Vertrauter Saddam Husseins, und war er nicht dafür ausgezeichnet worden, daß er in der Schlacht um Fao den entscheidenden Sieg über die Iraner davongetragen hatte?

Oberst Badri hatte verdrängt, daß er gerüchteweise gehört hatte, der wirkliche Sieger von Fao sei der jetzt verschwundene General Maher Rashid gewesen.

Um ihn herum wimmelte es in der Dunkelheit von Mannschaften und Offizieren der Divisionen Medina und Tawakkulna der Republikanischen Garde. Er war in Gedanken wieder bei jener denkwürdigen Februarnacht, in der General Musuli ihn von den Abschlußarbeiten am Projekt Al-Qubai nach Bagdad ins Oberkommando gerufen hatte. Badri hatte vermutet, er solle eine neue Aufgabe erhalten.

»Der Präsident will Sie sprechen«, hatte Musuli ihm knapp erklärt. »Er läßt Sie dann holen. Sie beziehen hier die Offiziersunterkunft und halten sich Tag und Nacht bereit.«

Badri biß sich auf die Unterlippe. Was hatte er getan? Was hatte er gesagt? Nichts Kritisches, das wäre undenkbar gewesen. War er fälschlich denunziert worden? Nein, solch einen Mann hätte der Präsident nicht zu sich bestellt. Statt dessen hätte eines der Rollkommandos von Brigadegeneral Khatibs Amn al-Amm sich den Übeltäter geschnappt, um ihm eine Lektion zu erteilen. Als Musuli seinen Gesichtsausdruck sah, brach er in schallendes Gelächter aus, wobei seine Zähne unter dem buschigen schwarzen Schnurrbart blitzten, den so viele höhere Offiziere trugen, um Saddam Hussein zu imitieren.

»Seien Sie unbesorgt, er hat einen Auftrag für Sie, einen Sonderauftrag.«

Und so war es tatsächlich gekommen. Binnen vierundzwanzig Stunden war Osman Badri in die Eingangshalle der Offiziersunterkunft gerufen worden, wo ihn zwei Männer der Amn al-Khass, der Leibwache des Präsidenten, erwarteten. Sie hatten ihn mit ihrem langen schwarzen Dienstwagen geradewegs in den Präsidentenpalast gefahren – zur aufregendsten und wichtigsten Begegnung seines Lebens.

Der Palast stand damals in dem Geviert zwischen der Kindi Street und der Straße des 14. Juli in der Nähe der gleichnamigen Brücke – beide zur Erinnerung an den ersten der beiden Staatsstreiche im Juli 1968 benannt, der die Ba'th-Partei an die Macht gebracht und die Herrschaft der Generale beendet hatte. Badri wurde in ein Wartezimmer geführt und mußte dort zwei Stunden lang schmoren. Er wurde zweimal gründlich nach Waffen durchsucht, bevor er zur Audienz vorgelassen wurde.

Sobald die Wachen neben ihm stehenblieben, blieb auch Badri

stehen und grüßte mit zitternder Hand drei Sekunden lang, bevor er sich das Barett vom Kopf riß, um es sich unter den linken Arm zu klemmen. Danach blieb er in Grundstellung stehen.

»So, Sie sind also das Maskirowka-Genie?«

Er war angewiesen worden, dem Rais nicht in die Augen zu sehen, aber als er angesprochen wurde, hob er unwillkürlich den Kopf. Saddam Hussein war guter Laune. Die Augen des vor ihm stehenden jungen Offiziers leuchteten vor Liebe und Bewunderung. Gut, nichts zu befürchten. Er setzte dem Pionieroffizier in gemessenem Tonfall auseinander, was er brauchte. Osman Badri spürte, wie seine Brust sich vor Stolz und Dankbarkeit weitete.

Dann hatte er fünf Monate lang geschuftet, um den unmöglichen Termin einzuhalten, was ihm mit wenigen Tagen Vorsprung gelungen war. Er hatte über alle Hilfsmittel verfügen können, die der Rais ihm versprochen hatte. Alles und jeder stand ihm zur Verfügung. Hatte er mehr Beton oder Stahl gebraucht, hatte er nur Kamils Privatnummer wählen müssen, und der Schwiegersohn des Präsidenten hatte dafür gesorgt, daß sein Industrieministerium sofort alles lieferte. Brauchte er mehr Arbeitskräfte, kamen Hunderte von Arbeitern – immer koreanische oder vietnamesische Gastarbeiter. Sie hackten und schaufelten, sie hausten in diesem Sommer in elenden Barackenlagern drunten im Tal und wurden dann mit unbekanntem Ziel abtransportiert.

Außer den Kulis kam niemand über die Straße auf die Baustelle, denn die einzige primitive Fahrspur, die später wieder beseitigt werden würde, war für die Lastwagen mit Stahl und Frachtgut und die Fahrzeuge mit Transportbeton bestimmt. Außer den Lastwagenfahrern wurden alle Besucher mit sowjetischen Mil-Hubschraubern eingeflogen, bekamen ihre Augenbinde erst nach der Landung abgenommen und mußten sie vor dem Abflug wieder anlegen. Dies galt für hochgestellte ebenso wie für einfache Iraker.

Badri hatte den Platz selbst ausgesucht, nachdem er tagelang mit einem Hubschrauber in den Bergen unterwegs gewesen war. Er hatte sich zuletzt für diese Stelle hoch im Dschebel al-Hamrin entschieden – nördlich von Kifri, wo die Hügel der Hamrin-Kette entlang der Straße nach Sulajmanijam zu richtigen Bergen werden.

Er hatte zwanzig Stunden pro Tag gearbeitet, unter primitiven Umständen auf der Baustelle geschlafen, durch Strenge, Drohungen, Überredung und Bestechung erstaunliche Arbeitsleistungen aus seinen Männern herausgeholt und das Projekt tatsächlich vor Ende Juli fertiggestellt. Danach waren auf dem Gelände sämtliche Spuren beseitigt worden: jeder Ziegel oder Betonklumpen, jedes Stück Stahl, das in der Sonne hätte glitzern können, jeder Kratzer, jede Schramme an den Felsen.

Auch die drei Wachdörfer waren fertiggestellt und mitsamt Schafen und Ziegen bevölkert worden. Zuletzt wurde die einzelne Fahrspur von einem rückwärtsfahrenden Bagger abgebrochen und als Geröll und Gesteinsschutt in das unter ihr verlaufende Tal gekippt. Danach wirkten die drei Täler und der geschundene Berg wieder so wie früher. Beinahe.

Denn hier hatte er, Osman Badri, Pionieroberst, Nachfahre der Baumeister, die Ninive und Es Sur errichtet hatten, Schüler des großen Russen Stepanow, eines Meisters der Maskirowka genannten Kunst, etwas so zu tarnen, daß es nach nichts oder wie etwas anderes aussah, für Saddam Hussein die Qa'ala, die Festung, errichtet. Niemand konnte sie sehen, keiner wußte, wo sie lag.

Bevor die letzten Stahlbetondecken gegossen wurden, hatte Badri beobachtet, wie Waffenmeister und Wissenschaftler die imposante Kanone zusammenbauten, deren Rohr bis zu den Sternen zu reichen schien. Als alles fertig war, zogen sie ab und ließen nur die Garnison zurück. Die Festungsbesatzung lebte dort oben. Niemand durfte die Festung zu Fuß verlassen. Wer ankam oder sie verließ, würde einen Hubschrauber benutzen müssen. Aber keiner würde dort landen; sie würden weit vom Berg entfernt über einer mit Gras bewachsenen kleinen Landefläche im Schwebeflug bleiben. Die wenigen Ankommenden oder Abfliegenden würden stets eine Augenbinde tragen. Die Piloten und Besatzungsmitglieder würden auf einem abgelegenen Flugplatz kaserniert werden, wo sie weder Besuch empfangen noch telefonieren durften. Das letzte Wildgras wurde gesät, die letzten Büsche wurden gepflanzt, und die Festung blieb in ihrer Einsamkeit zurück.

Obwohl Badri nichts davon wußte, wurden die Arbeiter, die auf Lastwagen angekommen waren, schließlich weggefahren und danach in Busse mit schwarzgestrichenen Fenstern gesetzt. In einer weit entfernten Schlucht hielten diese Busse mit dreitausend asiatischen Arbeitern, und die Wachen rannten davon. Als Sprengladungen die Wände der Schlucht einstürzen ließen, wurden die Busse für immer begraben. Dann wurden die Wachen von anderen Soldaten erschossen. Sie alle hatten die Qa'ala gesehen.

Badri schreckte aus seinen Erinnerungen hoch, als im Befehlszelt Jubel ausbrach und sich rasch durch die Reihen der wartenden Soldaten fortpflanzte: Der Angriffsbefehl war da!

Der Pionieroberst rannte zu seinem Lastwagen und kletterte auf den Beifahrersitz, während sein Fahrer den Motor aufheulen ließ. Sie hielten Abstand, während die Panzerbesatzungen der beiden Gardedivisionen, die als Angriffsspitze der Invasionstruppen vorstoßen würden, die Nachtluft von Motorenlärm erzittern ließen. Dann rasselten die sowjetischen T-72 vom Flugplatz auf die Straße nach Kuwait.

Wie er später seinem Bruder Abdelkarim, der als Luftwaffenoberst Jagdflieger war, erzählen würde, hatte ihn das Ganze an ein Tontaubenschießen erinnert. Der elende Polizeiposten an der Grenze wurde beiseite geschoben und demoliert. Um zwei Uhr hatte die Angriffskolonne die Grenze überschritten und rollte nach Süden weiter. Falls die Kuwaiter sich einbildeten, dieses Heer, das viertstärkste stehende Heer der Welt, werde bis zu den Mutla-Höhen vorrücken und dort mit den Säbeln rasseln, bis Kuwait die Forderungen des Rais erfüllte, hatten sie diesmal Pech. Falls der Westen glaubte, sie würden nur die begehrten Inseln Warbah und Bubijan erobern, um dem Irak seinen lang ersehnten Zugang zum Golf zu verschaffen, täuschte er sich ebenfalls. Denn der Befehl aus Bagdad lautete: Alles besetzen!

Kurz vor Tagesanbruch kam es nördlich von Kuwait City bei der kleinen kuwaitischen Ölstadt Jahra zu einem Panzergefecht. Die einzige kuwaitische Panzerbrigade war eilig nach Norden geworfen worden, nachdem sie in der Woche vor der Invasion zurückgehalten worden war, um die Iraker nicht zu provozieren.

Es war ein einseitiger Kampf. Die Kuwaiter, die angeblich bloß Kaufleute und Ölgewinnler sein sollten, kämpften mutig und gut. Sie hielten die Elite der Republikanischen Garde eine Stunde lang auf, so daß einige ihrer weiter südlich auf dem Stützpunkt Ahmadi stationierten Jäger Skyhawk und Mirage starten konnten, aber sie hatten keine Chance. Die riesigen sowjetischen T-72 machten Hackfleisch aus den kleineren chinesischen T-55 der Kuwaiter. Die

Verteidiger verloren zwanzig Panzer in ebenso vielen Minuten, und die Überlebenden brachen schließlich das Gefecht ab und zogen sich zurück.

Osman Badri, der aus eineinhalb Kilometern Entfernung beobachtete, wie die Mastodonten zwischen aufgewirbelten Staub- und Rauchwolken umherkurvten und feuerten, während sich der Himmel über dem Iran allmählich rötete, konnte nicht ahnen, daß eines Tages ebendiese T-72 der Divisionen Medina und Tawakkulna von den Challengers und Abrams der Briten und Amerikaner in Stücke geschossen werden würden.

Im Morgengrauen rasselten die Angriffsspitzen in die nordwestlichen Außenbezirke von Kuwait City und teilten sich auf, um die vier Hauptverkehrsadern zu sperren, die aus dieser Himmelsrichtung in die Stadt führen: die Küstenstraße nach Abu Dhabi, die Jahra Road zwischen den Vororten Granada und Andalus und weiter südlich die Fünften und Sechsten Autobahnringe. Nach dieser Aufteilung stießen vier Kolonnen in Richtung Innenstadt vor.

Oberst Badri wurde praktisch nicht gebraucht. Es gab keine Gräben, die seine Pioniere auffüllen mußten, weder Sperren, die gesprengt, noch Panzerhöcker, die mit Planierraupen weggeräumt werden mußten. Nur einmal mußte er sich in Deckung werfen, um sein Leben zu retten.

Als sie durch Sulaibikhat rollten, ganz in der Nähe (obwohl er das nicht wußte) des Christenfriedhofs, stieß eine einzelne Skyhawk aus der Sonne herab und beschoß den Panzer vor ihnen mit vier Luft-Boden-Raketen. Der Panzer ruckte, verlor eine Kette und begann zu brennen. Seine Besatzung rettete sich in panischer Angst aus dem Turm. Die Skyhawk kam zurück, um die nachfolgenden Lastwagen anzugreifen, und raste mit aus ihren Flügelwurzeln züngelndem Mündungsfeuer heran. Badri sah die Geschoßspuren über den Asphalt näher kommen und warf sich in dem Augenblick von der Beifahrertür weg, in dem sein schreiender Fahrer den Lastwagen von der Fahrbahn in den Straßengraben lenkte, wo er umkippte.

Niemand war verwundet, aber Badri war wütend. Dieser dämliche Hundesohn! Er fuhr mit einem anderen Lastwagen weiter.

Tagsüber kam es immer wieder zu vereinzelten Feuergefechten, während die beiden irakischen Divisionen – Panzer, Artillerie und motorisierte Infanterie – durch das weitläufige Stadtgebiet von Kuwait rollten. Im Verteidigungsministerium verschanzte sich eine Gruppe kuwaitischer Offiziere und versuchte, die Invasoren mit einigen dort vorgefundenen Handfeuerwaffen zu bekämpfen.

Ein irakischer Offizier machte ihnen freundlich, aber bestimmt klar, daß sie tot seien, sobald er das Feuer mit seiner Panzerkanone eröffne. Während einige wenige der kuwaitischen Verteidiger mit ihm diskutierten, bevor sie sich ergaben, vertauschten die anderen ihre Uniform mit Kopftuch und Ghutra und verschwanden durch den Hinterausgang. Einer dieser Männer sollte später der Anführer des kuwaitischen Widerstands werden.

Am stärksten verteidigt wurde die Residenz von Emir Al-Sabah, obwohl er und seine Familie längst nach Süden geflüchtet waren, um Zuflucht in Saudi-Arabien zu suchen. Auch dieser Widerstand wurde rasch gebrochen.

Bei Sonnenuntergang stand Oberst Osman Badri am nördlichsten Punkt der Stadt mit dem Rücken zum Meer auf der Arabian Gulf Street und starrte die Fassade des Dasman-Palasts an, in dem der Emir residiert hatte. Ein paar irakische Soldaten waren bereits im Palast, und gelegentlich kam einer von ihnen mit irgendeinem kostbaren Kunstwerk, das er von der Wand gerissen hatte, unter dem Arm heraus und stieg über die Gefallenen auf Treppe und Rasen hinweg, um das Beutestück auf einem Lastwagen zu verstauen.

Er war versucht, selbst etwas mitzunehmen, ein kostbares, würdiges Geschenk für seinen Vater, aber irgend etwas hinderte ihn daran. Das Erbe der verdammten englischen Schule, die er damals vor vielen Jahren in Bagdad besucht hatte – nur wegen der Freundschaft seines Vaters mit diesem Engländer Martin und seiner Bewunderung für alles Britische.

»Plündern ist stehlen, Jungs, und stehlen ist Unrecht. Die Bibel und der Koran verbieten es. Tut's also nicht.«

Noch heute glaubte er zu hören, wie Mr. Hartley, der Direktor der unter dem Patronat des British Council stehenden Foundation Preparatory School, seine vor ihm an ihren Pulten sitzenden englischen und irakischen Schüler belehrte.

Wie oft hatte er seit seinem Eintritt in die Ba'th-Partei seinem Vater gepredigt, die Engländer seien stets imperialistische Aggressoren gewesen, von denen die Araber um des eigenen Profits willen jahrhundertelang in Ketten gehalten worden seien.

Und sein Vater, der jetzt siebzig und schon so bei Jahren war, weil Osman und sein Bruder aus seiner zweiten Ehe stammten, hatte immer nur gelächelt und gesagt: »Gut, meinetwegen sind sie Ausländer und sogar Ungläubige, aber sie sind höflich, und sie haben Wertmaßstäbe, mein Sohn. Und was für Wertmaßstäbe hat dein Saddam Hussein, wenn ich fragen darf?«

Es war unmöglich gewesen, dem alten Dickschädel begreiflich zu machen, wie wichtig die Partei für den Irak war und daß ihr Generalsekretär das Land zu Ruhm und Triumph führen werde. Nach einiger Zeit verzichtete er auf diese Gespräche, damit sein Vater nicht irgend etwas über den Rais sagte, das ein Nachbar mitbekam, wodurch sie alle in Schwierigkeiten geraten konnten. Dies war der einzige Punkt, in dem er anderer Meinung war als sein Vater, den er sehr liebte.

Aber immerhin verdankte er diesen Jahren in der Tasisiya (Foundation) School seine perfekten Englischkenntnisse, die sich als nützlich erwiesen hatten, weil das die Sprache war, in der er sich am besten mit Oberst Stepanow hatte verständigen können. Stepanow war jahrelang der ranghöchste Pionieroffizier unter den sowjetischen Militärberatern im Irak gewesen, bevor der kalte Krieg zu Ende gegangen und er nach Moskau zurückgekehrt war.

Osman Badri war fünfunddreißig, und das Jahr 1990 war in Begriff, sich als das großartigste seines Lebens zu erweisen. Wie er seinem älteren Bruder später erzählte: »Ich hab' einfach mit dem Rücken zum Golf und dem Dasman-Palast vor mir dagestanden und gedacht: ›Beim Propheten, wir haben's geschafft! Wir haben Kuwait endlich erobert. Und das in nur einem Tag.‹ Und das war's dann schon.«

Wie sich zeigen sollte, hatte er sich getäuscht. Das war erst der Anfang.

Während Ray Walker sich, wie er selbst sagte, auf dem Flughafen Abu Dhabi »den Arsch aufriß« und mit der Faust auf die Theke hämmerte, um das verfassungsmäßige Recht des Amerikaners auf ein sofortiges Flugticket einzufordern, endete für eine Anzahl seiner Landsleute eine schlaflose Nacht.

In Washington, sieben Zeitzonen weit entfernt, hatte der National Security Council die ganze Nacht lang konferiert. Früher hatten die NSC-Mitglieder persönlich im Lageraum im Keller des Weißen Hauses zusammenkommen müssen; neuere Technologie machte es jetzt möglich, daß sie von verschiedenen Orten aus über abhörsichere Leitungen an einer Videokonferenz teilnahmen.

Am Vorabend, in Washington noch immer der 1. August 1990, waren erste Meldungen über sporadische Kampfhandlungen an der Nordgrenze Kuwaits eingegangen. Sie waren nicht überraschend gekommen. Bei Flügen über die nördliche Golfregion hatten die großen Satelliten KH-11 den Aufmarsch irakischer Kräfte erkennen lassen und Washington damit mehr gezeigt, als der amerikanische Botschafter in Kuwait tatsächlich wußte. Das Problem war nur: Was hatte Saddam Hussein vor? Wollte er drohen oder einmarschieren?

In den vergangenen Tagen war die CIA-Zentrale in Langley mit verzweifelten Anfragen bestürmt worden, aber der Geheimdienst hatte sich als kaum hilfreich erwiesen und schwammige Analysen geliefert, die einerseits auf von der National Reconnaissance Organisation gesammelten Satellitenaufnahmen und andererseits auf politischem Sachwissen basierten, das in der Nahostabteilung des Außenministeriums bereits vorhanden war.

»Das kann jeder Halbidiot«, knurrte Brent Scowcroft, der NSC-Vorsitzende. »Haben wir niemanden direkt im Machtzentrum des irakischen Regimes?«

Die Antwort darauf war ein bedauerndes Nein. Dieses Problem sollte noch monatelang immer wieder auftreten.

Des Rätsels Lösung kam vor 22 Uhr, als Präsident Bush zu Bett ging und keine weiteren Anrufe von Scowcroft mehr entgegennahm. Am Persischen Golf war es um diese Zeit schon hell, und die irakischen Panzer hatten Jahra hinter sich gelassen und stießen in die nordwestlichen Außenbezirke von Kuwait City vor.

Es war, wie die Beteiligten sich später erinnerten, eine denkwürdige Nacht. Die acht Teilnehmer der Videokonferenz repräsentierten den NSC, das Finanzministerium, das Außenministerium, die CIA, die Vereinten Stabschefs und das Verteidigungsministerium. Ein Schwall von Befehlen wurde erteilt und ausgeführt. Ähnlich viele erteilte das hastig einberufene COBRA-Komitee (Cabinet Office Briefing Room Annexe) in London, das fünf Stunden von Washington, aber nur zwei Stunden vom Persischen Golf entfernt war.

Nicht nur alle irakischen Auslandsguthaben wurden von beiden Regierungen eingefroren, sondern (mit Zustimmung der kuwaitischen Botschafter in beiden Hauptstädten) auch sämtliche kuwaitischen Guthaben, damit keine von Bagdad eingesetzte neue Marionettenregierung über sie verfügen konnte. Durch diese Entscheidungen wurden Milliarden und Abermilliarden Petrodollar eingefroren.

Präsident Bush wurde am 2. August um 4.45 Uhr geweckt, um diese Anordnungen zu unterzeichnen. In London hatte Mrs. Margaret Thatcher, die schon lange auf den Beinen war und gewaltig Stunk machte, ihre Unterschriften schon geleistet, bevor sie losfuhr, um ihr Flugzeug nach Amerika zu erreichen.

Eine weitere wichtige Maßnahme war die Einberufung einer Dringlichkeitssitzung des Sicherheitsrats der Vereinten Nationen in New York, damit er den Einmarsch verurteilte und den sofortigen Rückzug der Iraker forderte. Das geschah durch die UNO-Resolution 660, die an diesem Morgen um 4.30 Uhr verabschiedet wurde.

Als die Videokonferenz etwa bei Tagesanbruch zu Ende ging, hatten die Teilnehmer zwei Stunden Zeit, um heimzufahren, sich zu waschen, zu rasieren und umzuziehen und bis acht Uhr wieder im Weißen Haus zu sein, wo der gesamte NSC zu einer von Präsident Bush persönlich geleiteten Sitzung zusammentrat.

Zu den neuen Teilnehmern an der Plenarsitzung gehörten Richard Cheney vom Verteidigungsministerium, Nicholas Brady vom Finanzministerium und Justizminister Richard Thornburgh. Bob Kimmitt vertrat weiterhin das Außenministerium, weil Minister James Baker und Staatssekretär Lawrence Eagleburger verreist waren.

Colin Powell, Vorsitzender der Vereinten Stabschefs, war wieder aus Florida zurück und hatte den General mitgebracht, dem das Central Command unterstand – ein kräftiger, bulliger Mann, von dem man später noch hören würde. Norman Schwarzkopf begleitete General Powell zu dieser Sitzung.

George Bush verließ die Sitzung um 9.15 Uhr, als Ray und Maybelle Walker sich zu ihrer Erleichterung in der Luft und irgendwo über Saudi-Arabien auf Nordwestkurs in Richtung Heimat und Sicherheit befanden. Der Präsident bestieg auf der Rasenfläche südlich des Weißen Hauses einen Hubschrauber, der ihn zur Andrews Air Force Base brachte, stieg in die Air Force One um und flog nach Aspen, Colorado. Dort sollte er eine Rede über amerikanische Verteidigungsbedürfnisse halten. Wie sich zeigte, war das ein hochaktuelles Thema, aber dieser Tag sollte viel hektischer werden als geplant.

Im Flugzeug führte er ein langes Telefongespräch mit König Hussein von Jordanien, dem Monarchen des kleineren und sehr im Schatten des Irak stehenden Nachbarlands. Der Haschemitenkönig befand sich zu Beratungen mit dem ägyptischen Staatspräsidenten Hosni Mubarak in Kairo.

König Hussein wollte unbedingt erreichen, daß Amerika den arabischen Staaten einige Tage Zeit ließ, damit sie versuchen konnten, die offenen Probleme ohne Krieg zu lösen. Er selbst schlug eine Vierstaatenkonferenz mit Präsident Mubarak, ihm selbst und Saddam Hussein unter Vorsitz Seiner Majestät König Fahds von Saudi-Arabien vor. Er war zuversichtlich, eine Konferenz dieser Art könnte den irakischen Diktator dazu bewegen, sich kampflos aus Kuwait zurückzuziehen. Aber er brauchte drei, möglicherweise vier Tage Zeit und die Garantie, daß keiner der an der Konferenz beteiligten Staaten den Irak öffentlich verurteilen werde.

Präsident Bush erklärte ihm: »Die haben Sie. Ich überlasse alles Ihnen.« Der bedauernswerte George hatte noch nicht mit der Lady aus London gesprochen, die ihn in Aspen erwartete. Die beiden trafen an diesem Abend zusammen.

Die Eiserne Lady gewann sehr bald den Eindruck, ihr guter Freund sei dabei, wieder einmal wankelmütig zu werden. Binnen zwei Stunden zog sie dem Präsidenten solche Korsettstangen ein, daß er sich kaum noch rühren konnte.

»Wir dürfen nicht zulassen, einfach nicht zulassen, daß er damit durchkommt, George.«

Mit diesen blitzenden blauen Augen und einer das Summen der Klimaanlage übertönenden scharfen Stimme konfrontiert, die Kristallgläser zerspringen lassen konnte, räumte George Bush ein, das sei auch nicht Amerikas Absicht. Seine Vertrauten hatten später das

Gefühl, Saddam Hussein mit seinen Panzern und Geschützen habe ihn weniger geängstigt als diese bedrohliche Handtasche.

Am 3. August führte Amerika ein vertrauliches Gespräch mit Ägypten. Präsident Mubarak wurde daran erinnert, wie groß die Abhängigkeit seiner Streitkräfte von amerikanischen Waffenlieferungen war, wie hoch Ägypten bei Weltbank und Internationalem Währungsfond verschuldet war und wieviel amerikanische Wirtschaftshilfe sein Land jährlich erhielt. Am 4. August gab die ägyptische Regierung eine öffentliche Erklärung ab, in der sie Saddam Husseins Invasion rundweg verurteilte.

Zur Enttäuschung des jordanischen Königs, aber keineswegs zu seiner Überraschung, lehnte der irakische Despot es sofort ab, an der Konferenz in Dschidda teilzunehmen und unter Vorsitz König Fahds neben Hosni Mubarak zu sitzen.

Für den saudiarabischen König war das ein großer Affront – noch dazu innerhalb einer Kultur, die auf ihre kunstvollen Höflichkeitsformen stolz ist. König Fahd, hinter dessen stets verbindlicher Art sich ein gerissener Politiker verbirgt, war ziemlich ungehalten.

Dies war einer der beiden Faktoren, der die Konferenz in Dschidda platzen ließ. Der zweite war die Tatsache, daß dem saudiarabischen Monarchen amerikanische Satellitenaufnahmen vorgelegt worden waren, die bewiesen, daß das irakische Heer seine Offensive keineswegs eingestellt hatte, sondern sich im Süden Kuwaits weiterhin in voller Schlachtordnung und auf dem Vormarsch nach Saudi-Arabien befand.

Würden die Iraker es tatsächlich wagen, weiter vorzustoßen und in Saudi-Arabien einzufallen? An sich war das nur schlüssig. Saudi-Arabien besitzt die größten Ölvorräte der Welt. An zweiter Stelle steht Kuwait, dessen Vorräte bei Beibehaltung der gegenwärtigen Fördermengen noch über hundert Jahre reichen. Den dritten Platz nimmt der Irak ein. Durch die Besetzung Kuwaits hatte Saddam Hussein diese Relationen umgekehrt. Außerdem sind neunzig Prozent der saudiarabischen Ölfelder und -vorräte im äußersten Nordosten des Königreichs um Dharran, Al-Khobar, Dammam und Jubail sowie im Hinterland dieser Hafenstädte konzentriert. Das Öldreieck lag genau in der Vormarschrichtung der Republikanischen Garde, und die Satellitenaufnahmen bewiesen, daß weitere irakische Divisionen nach Kuwait verlegt wurden.

Glücklicherweise entdeckte Seine Majestät nie, daß diese Aufnahmen frisiert waren. Die Divisionen in Grenznähe hatten sich eingegraben, aber die Planierraupen waren herausretuschiert worden.

Am 6. August ersuchte das Königreich Saudi-Arabien offiziell um Stationierung von Truppen der Vereinigten Staaten zu seiner Verteidigung.

Noch am gleichen Tag flogen die ersten Jagdbomberstaffeln in den Nahen Osten ab. Das Unternehmen Desert Shield war angelaufen.

Brigadegeneral Hassan Rahmani sprang aus seinem Dienstwagen und rannte die Treppe zum Hotel Hilton hinauf, das sofort als Zentrale der irakischen Sicherheitskräfte im besetzten Kuwait beschlagnahmt worden war. Als er an diesem Morgen des 4. August durch die Glastür in die Hotelhalle stürmte, belustigte ihn der Gedanke, daß das Hilton gleich neben der amerikanischen Botschaft lag – beide am Strand mit herrlicher Aussicht über das glitzernde Blau des Persischen Golfs.

Die schöne Aussicht war alles, was das Botschaftspersonal in nächster Zeit bekommen würde: Auf seinen Vorschlag hin war das Gebäude sofort von der Republikanischen Garde abgeriegelt worden und würde es auch bleiben. Er konnte nicht verhindern, daß ausländische Diplomaten von exterritorialen Geländen aus ihren Regierungen in der Heimat Berichte übermittelten, und wußte, daß er nicht über die Supercomputer verfügte, die nötig gewesen wären, um die raffinierten Codes zu knacken, mit denen die Briten und Amerikaner arbeiten würden.

Aber als Leiter der Abteilung Spionageabwehr im Muchabarat würde er dafür sorgen, daß sie nicht viel Interessantes nach Hause zu berichten hatten, indem er ihre Beobachtungsmöglichkeiten auf Blicke aus ihren Fenstern beschränkte.

Auch dann konnten sie natürlich von Landsleuten, die sich weiterhin irgendwo in Kuwait auf freiem Fuß befanden, telefonische Informationen erhalten. Deshalb würde er als nächstes dafür sorgen, daß alle Fernverbindungen gekappt oder abgehört wurden. Abhören wäre besser gewesen, aber die meisten seiner besten Leute waren daheim in Bagdad voll ausgelastet.

Er stürmte in die für das Spionageabwehrteam reservierte Suite, zog seine Uniformjacke aus, warf sie dem schwitzenden Adjutanten zu, der die beiden Koffer mit Unterlagen heraufgebracht hatte, und trat ans Fenster, um auf den Swimmingpool der Hilton Marina hinabzublicken. Gute Idee, später ein bißchen zu schwimmen, dachte er, aber dann fielen ihm zwei Soldaten auf, die ihre Feldflaschen daraus füllten, während zwei andere in den Swimmingpool pißten. Er seufzte.

Mit siebenunddreißig war Rahmani ein drahtiger, gutaussehender, bartloser Mann, der keine Lust hatte, einen Schnauzbart à la Saddam Hussein zu tragen, wie es Mode geworden war. Er wußte recht gut, daß er seine Position nur erreicht hatte, weil er gute Arbeit leistete, nicht weil er politischen Einfluß besaß; er war ein Technokrat in einer Welt von Kretins, die durch Politik Karriere gemacht hatten.

Warum, war er von ausländischen Freunden gefragt worden, dienen Sie diesem Regime? Die Frage wurde meist gestellt, wenn er sie in der Bar des Hotels Rashid oder in eher privater Umgebung halb betrunken gemacht hatte. Er durfte mit ihnen verkehren, weil das zu seinem Job gehörte. Trotzdem blieb er immer stocknüchtern. Er verabscheute Alkohol nicht aus religiösen Gründen – er bestellte einfach Gin and Tonic, sorgte aber dafür, daß der Barkeeper wußte, daß er nur das Tonic wollte.

Deshalb quittierte er die Frage mit einem Lächeln, zuckte mit den Schultern und antwortete: »Ich bin stolz darauf, ein Iraker zu sein – und welcher Regierung sollte ich Ihrer Meinung nach dienen?«

Privat wußte er recht gut, warum er einem Regime diente, dessen führende Persönlichkeiten er insgeheim mehrheitlich verachtete. Falls er Gefühle kannte, was er häufig bestritt, äußerten sie sich in wahrer Liebe zu seinem Land und seinem Volk – zu den einfachen Leuten, deren Vertreterin die Ba'th-Partei schon längst nicht mehr war.

Aber der Hauptgrund war sein Ehrgeiz, Karriere zu machen. Einem Iraker seiner Generation standen nur wenige Möglichkeiten offen. Er konnte sich gegen das Regime stellen und aussteigen, um dann im Ausland von der Hand in den Mund zu leben, ständig auf der Flucht vor Attentätern zu sein und für einen Hungerlohn

Übersetzungen aus dem Arabischen ins Englische und umgekehrt zu machen, oder er konnte im Irak bleiben.

Dann blieben ihm drei Möglichkeiten. Er konnte sich wieder gegen das Regime stellen und in einer der Folterkammern dieser Bestie Omar Khatib enden – einer Kreatur, die er persönlich in dem vollen Bewußtsein haßte, daß dieses Gefühl auf Gegenseitigkeit beruhte. Oder er konnte versuchen, in einer Volkswirtschaft, die systematisch zugrunde gerichtet wurde, als selbständiger Geschäftsmann zu überleben. Oder er konnte den Dummköpfen weiter zulächeln und durch Intelligenz und Begabung in ihren Reihen aufsteigen.

Letzteres konnte er nicht verwerflich finden. Wie Reinhard Gehlen, der erst Hitler, dann den Amerikanern und danach den Westdeutschen gedient hatte, oder Markus Wolf, der für die ostdeutschen Kommunisten gearbeitet hatte, ohne ein Wort von ihrer Ideologie zu glauben, war er ein Schachspieler. Er lebte für das Spiel, für all die Winkelzüge von Spionage und Spionageabwehr. Der Irak war sein persönliches Schachbrett. Er wußte, daß andere Profis in aller Welt das verstanden hätten.

Hassan Rahmani kam vom Fenster zurück, setzte sich an den Schreibtisch und begann, sich Notizen zu machen. Es gab verdammt viel zu tun, wenn in Kuwait der einer neunzehnten irakischen Provinz angemessene Sicherheitsstandard auch nur einigermaßen erreicht werden sollte.

Das erste Problem war, daß er nicht wußte, wie lange Saddam Hussein in Kuwait bleiben wollte. Er bezweifelte, daß der Mann es selbst wußte. Es wäre sinnlos gewesen, eine riesige Spionageabwehr aufzubauen, um alle erreichbaren Lecks und Sicherheitslücken zu schließen, wenn der Irak sich wieder zurückziehen würde.

Persönlich glaubte er, Saddam Hussein könne auch diesmal ungestraft davonkommen. Aber dazu mußte man klug taktieren, die richtigen Schachzüge machen und die richtigen Dinge sagen. Der Eröffnungszug mußte sein, morgen an dieser Konferenz in Dschidda teilzunehmen, König Fahd zu schmeicheln, bis ihm beinahe schlecht wurde, und zu behaupten, der Irak wolle lediglich einen gerechten Vertrag über Ölförderrechte, Zugang zum Golf und den gewährten Kredit, damit er seine Truppen wieder abziehen könne. Indem Saddam Hussein so dafür sorgte, daß die Sache in arabischen

Händen blieb, während die Amerikaner und Briten unter allen Umständen herausgehalten wurden, konnte er auf die arabische Vorliebe bauen, bis in alle Ewigkeit zu reden und zu verhandeln.

Der Westen, dessen Aufmerksamkeitsspanne nur wenige Wochen betrug, würde die Warterei bald satt haben und die Sache den vier Arabern – zwei Königen und zwei Präsidenten – überlassen, und solange das Öl weiterfloß, das den Smog erzeugte, an dem sie erstickten, würden die Anglo-Amerikaner keinen Grund zum Eingreifen sehen. Falls Kuwait nicht brutal unterdrückt wurde, würden die Medien sich von diesem Thema abwenden, das Regime Al-Sabah würde irgendwo im saudiarabischen Exil in Vergessenheit geraten, die Kuwaiter würden sich mit der neuen Verwaltung arrangieren und die Konferenz, auf der über den irakischen Rückzug aus Kuwait beraten werden sollte, würde ein Jahrzehnt lang sinnlos debattieren, bis sie selbst sinnlos geworden war.

Das war zu schaffen, aber es erforderte die richtige Manier, Hitlers Manier... ich verlange nichts als die friedliche Erfüllung meiner rechtmäßigen Forderungen, dies ist mein absolut letzter Gebietsanspruch. König Fahd würde darauf hereinfallen – die Kuwaiter, schon gar nicht die Al-Sabah-Lotusesser, waren ohnehin nicht beliebt. König Fahd und König Hussein würden sie fallenlassen, wie Chamberlain 1938 die Tschechoslowaken.

Das Problem war nur, daß Saddam Hussein zwar gerissen wie der Teufel war, sonst wäre er längst nicht mehr am Leben gewesen, sich aber strategisch und diplomatisch wie ein Tölpel verhielt. Irgendwie, davon war Hassan Rahmani überzeugt, würde der Rais alles falsch machen: weder den Rückzug antreten, noch weiter vorstoßen, um die saudiarabischen Ölfelder zu besetzen und die westliche Welt mit vollendeten Tatsachen zu konfrontieren, die sie hinnehmen mußte, wenn sie nicht die Ölfelder – und damit die Grundlagen ihres eigenen Wohlstands in der kommenden Generation – zerstören wollte.

Der Westen bedeutete die Amerikaner mit den Briten an ihrer Seite, die alle Angelsachsen waren. Und die Angelsachsen kannte er. Fünf Jahren in Mr. Hartleys Prep. School verdankte er perfekte Englischkenntnisse, Verständnis für die englische Mentalität und gesundes Mißtrauen gegenüber der angelsächsischen Gewohnheit, einem ohne Vorwarnung einen kräftigen Kinnhaken zu verpassen.

Er rieb sich sein Kinn, das vor langer Zeit von einem dieser Haken getroffen worden war, und lachte laut. Sein Adjutant auf der anderen Seite des Raums fuhr erschrocken zusammen. Mike Martin, du verdammter Kerl, wo bist du jetzt?

Hassan Rahmani, clever, kultiviert, weltmännisch, gebildet und vielseitig interessiert, ein Abkömmling einer Familie der Oberschicht, der einem Verbrecherregime diente, konzentrierte sich auf seinen Auftrag. Vor ihm lag eine Herkulesarbeit. Von den 1,8 Millionen Menschen, die in diesem August in Kuwait lebten, waren nur 600 000 Kuwaiter. Dazu kamen 600 000 Palästinenser, von denen einige zu Kuwait halten und einige sich für die PLO auf die Seite des Irak stellen würden, während die meisten den Kopf einziehen und versuchen würden, irgendwie zu überleben. Dann 300 000 Ägypter, von denen einige zweifellos für Kairo arbeiteten, was heutzutage gleichbedeutend mit einer Tätigkeit für Washington oder London war, und 250 000 Pakistanis, Inder, Bangladeschis und Filipinos, vor allem Arbeiter oder Hausangestellte – als Iraker glaubte er, die Kuwaiter könnten sich keinen Flohstich am Arsch kratzen, ohne einen ausländischen Dienstboten zu rufen.

Und dann 50 000 Personen aus Ländern der ersten Welt: Briten, Amerikaner, Franzosen, Deutsche, Spanier, Dänen, Schweden und so fort. Und er sollte die Spionage fürs Ausland unterbinden... Er trauerte den Zeiten nach, in denen Nachrichten durch Boten oder am Telefon übermittelt worden waren. Als Leiter der Spionageabwehr konnte er die Grenzen abriegeln und alle Telefonverbindungen kappen lassen. Aber heutzutage konnte jeder Idiot mit einem Satelliten eine Nummer in ein Mobiltelefon oder ein Computermodem eintippen und mit Kalifornien sprechen. Schwierig abzuhören oder zum Ausgangspunkt zurückzuverfolgen – außer mit den besten Geräten, die er aber nicht hatte.

Rahmani wußte, daß er den Abfluß von Informationen und das stetige Tröpfeln von über die Grenze entweichenden Flüchtlingen nicht unterbinden konnte. Noch hatte er Einfluß auf die Überflüge amerikanischer Satelliten, die inzwischen vermutlich so umprogrammiert waren, daß ihre Bahnen alle paar Minuten über Kuwait und den Irak hinwegführten. (Mit dieser Vermutung hatte er recht.)

Es wäre sinnlos gewesen, das Unmögliche zu versuchen, obwohl er würde vorgeben müssen, es getan und damit Erfolg gehabt zu haben. Hauptziel mußte es sein, aktive Sabotage durch Ermordung von Irakern und Zerstörung von Kriegsmaterial sowie das Entstehen einer echten Widerstandsbewegung zu unterbinden. Und er würde verhindern müssen, daß der kuwaitische Widerstand vom Ausland durch Männer, Know-how oder Material unterstützt wurde.

Dabei würde er es mit seinen Konkurrenten von der Geheimpolizei AMAM, die sich zwei Stockwerke unter ihm eingerichtet hatte, zu tun bekommen. Wie er seit diesem Morgen wußte, war Khatib dabei, diesen Verbrecher Sabaawi – ein ebenso brutaler Dummkopf wie er selbst – als AMAM-Chef in Kuwait einzusetzen. Falls Widerstand leistende Kuwaiter *denen* in die Hände fielen, würden sie lernen, ebenso laut zu schreien wie die Dissidenten daheim. Deshalb würde er, Rahmani, sich einfach nur um die Ausländer kümmern. Das war sein Auftrag.

An diesem Vormittag beendete Dr. Terry Martin, Dozent an der School of Oriental and African Studies, einer Fakultät der London University in der Gower Street, kurz vor zwölf Uhr seine Vorlesung und kehrte ins Dozentenzimmer zurück. Unmittelbar vor der Tür begegnete er seiner Sekretärin Mabel, die er sich mit zwei weiteren Arabistikdozenten teilte.

»Oh, Dr. Martin, ich habe eine Nachricht für Sie.«

Sie wühlte in ihrem Aktenkoffer, stützte ihn auf ihr von einem Tweedrock verhülltes Knie und fand endlich den richtigen Zettel.

»Dieser Gentleman hat für Sie angerufen. Er läßt Sie bitten, dringend zurückzurufen.«

Im Dozentenzimmer legte er sein Skriptum über das Kalifat der Abbasiden weg und benutzte das Münztelefon an der Wand. Nach dem zweiten Klingeln meldete sich eine muntere weibliche Stimme, die lediglich die Nummer wiederholte. Kein Firmenname, nur die Rufnummer.

»Kann ich Mr. Stephen Laing sprechen?« fragte Martin.

»Wen darf ich melden?«

»Äh, Dr. Martin, Terry Martin. Er hat mich angerufen.«

»Ah ja, Dr. Martin, bleiben Sie bitte am Apparat?«

Martin runzelte die Stirn. Sie wußte von dem Anruf, kannte seinen Namen. Er konnte sich beim besten Willen an keinen Stephen Laing erinnern. Dann hörte er eine Männerstimme.

»Steve Laing. Hören Sie, es ist *schrecklich* nett von Ihnen, daß Sie so prompt zurückrufen. Ich weiß, daß der Termin unglaublich knapp ist, aber wir haben uns vor einiger Zeit im Institute of Strategic Studies kennengelernt. Gleich nach Ihrem brillanten Vortrag über das irakische Waffenbeschaffungsprogramm. Ich habe mich gefragt, was Sie zum Mittagessen vorhaben.«

Laing, wer immer er sein mochte, hatte sich diese Art des Selbstausdrucks angewöhnt, die schüchtern und überzeugend zugleich wirkt und der schwer zu widerstehen ist.

»Heute? Jetzt?«

»Nur wenn Sie nichts anderes vorhaben. Was hatten Sie sich vorgenommen?«

»Sandwiches in der Kantine«, sagte Martin.

»Dürfte ich Sie zu einer guten *Sole meunière* bei Scott's einladen? Das kennen Sie natürlich. Mount Street.«

Martin kannte Scott's vom Hörensagen als eines der besten und teuersten Londoner Fischrestaurants. Zwanzig Minuten mit dem Taxi entfernt. Auf seiner Uhr war es kurz nach zwölf. Und er aß sehr gern Fisch. Und Scott's war für einen kleinen Dozenten unerschwinglich. Wußte Laing das etwa alles?

»Sind Sie wirklich beim ISS?« fragte er.

»Darüber reden wir beim Essen, Doktor. Sagen wir ein Uhr? Freue mich schon drauf.« Am anderen Ende wurde aufgelegt.

Als Martin das Restaurant betrat, kam der Oberkellner auf ihn zu, um ihn persönlich zu begrüßen.

»Dr. Martin? Mr. Laing ist an seinem Tisch. Wenn Sie bitte mitkommen wollen?«

Es war ein ruhiger Ecktisch, sehr diskret. Dort konnte man ungestört miteinander reden. Laing, den Martin, wie er inzwischen wußte, bestimmt nicht kannte, erhob sich, um ihn zu begrüßen: ein hagerer, knochiger Mann mit schütter werdendem grauen Haar, der zu seinem dunklen Anzug eine gedeckte Krawatte trug. Er bot seinem Gast einen Platz an und deutete mit hochgezogenen Augenbrauen auf eine im Eiskübel bereitstehende gute Flasche Meursault. Martin nickte.

»Sie arbeiten nicht am Institut, stimmt's, Mr. Laing?«

Laing blieb völlig gelassen. Er beobachtete, wie die klare, kalte Flüssigkeit eingeschenkt wurde und der Ober sich zurückzog, nachdem er ihnen zwei Speisekarten hingelegt hatte. Dann hob er sein Glas, um seinem Gast zuzutrinken.

»Tatsächlich im Century House. Stört Sie das?«

Der britische Secret Intelligence Service hat seinen Sitz im Century House, einem recht heruntergekommenen Gebäude südlich der Themse zwischen Elephant & Castle und der Old Kent Road. Das Gebäude ist nicht neu, für seinen Verwendungszweck nicht wirklich geeignet und in seinem Innern so verwinkelt, daß Besucher ihren Sicherheitsausweis eigentlich nicht brauchen: Sie verlaufen sich sofort und rufen dann flehentlich laut um Hilfe.

»Nein, es interessiert mich nur«, antwortete Martin.

»Tatsächlich sind *wir* interessiert. Ich bin ein ziemlicher Fan von Ihnen. Ich bemühe mich, auf dem laufenden zu bleiben, aber mir fehlt Ihre Detailkenntnis.«

»Das kann ich kaum glauben«, sagte Martin, aber er fühlte sich geschmeichelt. Wird man als Wissenschaftler bewundert, ist man natürlich erfreut.

»Doch, doch, das stimmt«, versicherte Laing ihm. »Zweimal Seezunge? Ausgezeichnet. Ich hoffe, daß ich alle Ihre Vorträge mitbekommen habe, die Sie im Institut, am United Services und im Chatham gehalten haben. Und natürlich Ihre beiden Artikel in *Survival*.«

In den vergangenen fünf Jahren war Dr. Martin trotz seiner erst fünfunddreißig Jahre immer häufiger eingeladen worden, in Einrichtungen wie dem Institute of Strategic Studies, dem United Services Institute und dem Chatham House – jener weiteren Institution, die sich intensiv mit Außenpolitik befaßt – wissenschaftlich fundierte Vorträge zu halten. *Survival* ist das ISS-Magazin, von dem das Foreign and Commonwealth Office in der King Charles Street automatisch je fünfundzwanzig Exemplare erhält, von denen fünf ins Century House hinuntersickern.

An Terry Martin waren diese Leute nicht wegen seiner hervorragenden wissenschaftlichen Leistungen in bezug aufs mittelalterliche Mesopotamien interessiert, sondern wegen seines Fachwissens auf einem anderen Gebiet. Vor vielen Jahren hatte er aus privater Neigung begonnen, die Streitkräfte des Nahen Ostens zu studieren, war auf Ausstellungen für Militärtechnik gewesen und hatte die Bekanntschaft von Industriellen und ihren arabischen Kunden gemacht, wobei sein fließendes Arabisch ihm zu vielen Kontakten verholfen hatte. Nach zehn Jahren war er in bezug auf sein Hobby ein wandelndes Lexikon geworden und wurde selbst von Profis in der Rüstungsindustrie anerkannt, ähnlich wie der amerikanische Schriftsteller Tom Clancy weltweit als Experte für Militärtechnik der NATO und des ehemaligen Warschauer Pakts gilt.

Ihre *Soles meunières* wurden serviert, und die beiden begannen mit Genuß zu speisen.

Vor nunmehr acht Wochen hatte Laing, gegenwärtig Einsatzleiter der Nahostabteilung im Century House, sich vom Archiv den Lebenslauf Terry Martins zusammenstellen lassen. Was darin stand, hatte ihn beeindruckt.

Der in Bagdad geborene, im Irak aufgewachsene und dann in England ausgebildete Martin hatte Haileybury mit besonderer Auszeichnung in drei Fächern absolviert: Englisch, Geschichte und Französisch. Haileybury beurteilte ihn als brillanten Schüler, der für ein Stipendium in Oxford oder Cambridge prädestiniert sei.

Aber der junge Mann, der bereits fließend Arabisch sprach, wollte Arabistik studieren, bewarb sich daher in London bei der School of Oriental and African Studies und nahm im Frühjahr 1973 an einer Auswahlprüfung teil. Er wurde sofort angenommen, schrieb sich für Geschichte des Nahen Ostens ein und nahm sein Studium im Wintersemester 1973 auf.

Nach dem Diplom, das er mühelos in drei Jahren schaffte, hängte er weitere drei Jahre an, um zu promovieren, und spezialisierte sich dabei auf den Irak vom achten bis fünfzehnten Jahrhundert – mit besonderer Berücksichtigung des Kalifats der Abbasiden zwischen 750 und 1258 nach Christus. Martin wurde 1979 zum Doktor der Philosophie promoviert, trat danach ein Sabbatjahr an und hielt sich 1980 im Irak auf, als dieser in den Iran einfiel und so den achtjährigen Krieg auslöste. Durch dieses Erlebnis wurde Martins Interesse für die Streitkräfte des Nahen Ostens geweckt.

Nach seiner Rückkehr bekam er mit nur sechsundzwanzig Jahren die Position eines Lehrbeauftragten angeboten – eine große Ehre, denn die SOAS gehört nun einmal zu den besten und daher auch anspruchsvollsten Arabistik-Hochschulen der Welt. Als Anerkennung für hervorragende originale Forschungstätigkeit wurde er zum Dozenten befördert, war mit vierunddreißig Dozent für Geschichte des Nahen Ostens und konnte fest damit rechnen, mit vierzig Jahren Professor zu werden.

Das alles hatte Laing dem Lebenslauf entnommen. Noch mehr interessierte ihn jedoch die zweite Ebene: Martins enzyklopädisches Wissen über die Waffenarsenale des Nahen Ostens. Im Schatten des kalten Kriegs waren sie jahrelang nur ein Randthema gewesen, aber jetzt...

»Es geht um diese Sache in Kuwait«, sagte er schließlich. Die Überreste der Fische waren abgetragen worden. Beide Männer hatten ein Dessert dankend abgelehnt. Der Meursault hatte gut gemundet, und Laing hatte geschickt dafür gesorgt, daß Martin das meiste davon trank. Nun erschienen wie von selbst zwei Gläser Portwein eines ausgezeichneten Jahrgangs.

»Wie Sie sich vorstellen können, hat's in den letzten Tagen verdammt viel Wirbel gegeben.«

Damit untertrieb Laing noch. Aus Colorado war die Lady in ihrer Boadicea-Art zurückgekommen, wie die Mandarine sagten – ein Hinweis auf jene altenglische Königin, die Römern mit Schwertern an den Rädern ihres Streitwagens die Beine in Kniehöhe abhackte, wenn sie ihr in die Quere kamen. Außenminister Douglas Hurt wurde nachgesagt, er trage sich mit dem Gedanken, einen Stahlhelm aufzusetzen, und ihre Forderungen nach augenblicklicher Aufklärung waren über die Spökenkieker im Century House hereingebrochen.

»Tatsächlich möchten wir jemanden nach Kuwait einschleusen, um genau zu erfahren, was dort vorgeht.«

»Unter irakischer Besatzung?« fragte Martin.

»Darauf läuft's wohl hinaus, nachdem sie am Ruder zu sein scheinen.«

»Und warum kommen Sie damit zu mir?«

»Ich will ganz offen sein«, sagte Laing, der genau das Gegenteil vorhatte. »Wir müssen wirklich wissen, was in Kuwait vorgeht. Die irakische Besatzungsarmee – wie viele, wie gut, welche Ausrüstung. Unsere eigenen Staatsbürger – wie kommen sie zurecht, sind sie in Gefahr, können sie realistischerweise ungefährdet herausgeholt werden. Wir brauchen einen Mann vor Ort. Diese Informationen sind entscheidend. Also... jemand, der Arabisch wie ein Einheimischer, wie ein Iraker oder Kuwaiter spricht. Sie kommen ständig mit solchen Leuten zusammen, viel häufiger als ich...«

»Aber es muß doch hier in Großbritannien Hunderte von Kuwaitern geben, die heimlich zurückgehen könnten«, wandte Martin ein.

Laing entfernte seelenruhig eine Faser Fischfleisch, die zwischen zwei Zähne geraten war.

»Tatsächlich«, murmelte er, »würde man lieber einen seiner eigenen Leute nehmen.«

»Einen Briten? Der als Araber durchgehen könnte – mitten unter ihnen?«

»Genau den bräuchten wir. Aber den gibt es nicht, fürchte ich.«

Es mußte am Wein oder Portwein gelegen haben. Terry Martin war es eben nicht gewöhnt, zum Mittagessen Wein und Portwein zu trinken. Später hätte er sich bereitwillig die Zunge abgebissen, wenn er dadurch die Uhr um ein paar Sekunden hätte zurückdrehen können. Aber er sprach, und danach war's zu spät.

»Ich kenne einen. Mein Bruder Mike. Er ist Major im SAS. Er kann als Araber durchgehen.«

Laing ließ sich die jähe Aufregung, die ihn durchzuckte, nicht anmerken, während er seinen Zahnstocher mit dem lästigen Stückchen Seezunge aus dem Mund nahm.

»Ach, wirklich«, murmelte er, »ach, wirklich?«

3

Steve Laing fuhr leicht überrascht und in gewisser Hochstimmung mit einem Taxi ins Century House zurück. Er hatte den gelehrten Arabisten in der Hoffnung zum Mittagessen eingeladen, ihn für eine andere Aufgabe, die weiter aktuell blieb, anwerben zu können, und das Thema Kuwait nur angesprochen, um ihr Gespräch listig in Gang zu bringen.

Aus jahrelanger Erfahrung wußte er, daß es zweckmäßig war, mit einer Frage oder einer Bitte anzufangen, die der Betreffende nicht beantworten oder erfüllen konnte, und dann aufs eigentliche Thema zu kommen. Laings Theorie ging davon aus, daß der Fachmann, der beim ersten Anlauf hatte passen müssen, schon aus Gründen der Selbstachtung eher geneigt sein würde, auf die zweite Bitte einzugehen.

Dr. Martins überraschende Mitteilung beantwortete zufällig eine Frage, die im Century schon am Vortag bei einer Besprechung auf höchster Ebene gestellt worden war. Zum damaligen Zeitpunkt war die Sache allgemein als aussichtslos abgetan worden. Aber wenn Dr. Martin recht hatte... Ein Bruder, der noch besser Arabisch sprach als er... Und der bereits im Special Air Service Regiment diente und folglich an ein Leben im Untergrund gewöhnt war... Interessant, höchst interessant.

Im Century marschierte Laing geradewegs zu seinem unmittelbaren Vorgesetzten, dem Controller Nahost. Nach einstündiger Diskussion gingen die beiden nach oben, um mit einem der beiden stellvertretenden Chefs zu sprechen.

Der Secret Intelligence Service (SIS), in der Öffentlichkeit auch unter der unzutreffenden Bezeichnung MI-6 bekannt, bleibt selbst in einer Zeit angeblich »offener« Regierungsarbeit eine schemenhafte Organisation, die ihre Geheimnisse wahrt. Erst in neuerer Zeit hat eine britische Regierung offiziell zugegeben, daß er überhaupt existiert. Und erst 1991 hat dieselbe Regierung den Namen des Geheimdienstchefs bekanntgegeben – ein nach Ansicht der meisten Insider törichter und kurzsichtiger Schritt, der nichts anderes bewirkt hat, als diesen bedauernswerten Gentleman mit der unwillkommenen Neuerung zu konfrontieren, Leibwächter zu brauchen, für die der Steuerzahler aufkommen muß.

Die SIS-Mitarbeiter stehen in keinem Verzeichnis, sondern erscheinen – falls überhaupt – als Beamte in den Gehaltslisten verschiedener Ministerien, hauptsächlich des Außenministeriums, in dessen Zuständigkeit der SIS fällt. Sein Budget ist nirgends aufgeschlüsselt, sondern in den Haushalten von einem Dutzend Ministerien versteckt.

Selbst seine schäbige Zentrale galt viele Jahre lang als Staatsgeheimnis, bis klarwurde, daß jeder Londoner Taxifahrer bei der Nennung des Fahrtziels Century House gefragt hätte: »Oh, Sie meinen das Spook House, Chef?« Von diesem Augenblick an gestand man sich ein, wenn die Londoner Taxigilde wußte, wo die Geheimdienstzentrale war, könnte es auch der KGB rausgekriegt haben.

Obwohl die »Firma« viel weniger berühmt ist als die CIA und unendlich viel kleiner und mit weniger reichlichen Geldmitteln ausgestattet, hat sie sich durch die Qualität ihres »Produkts« (geheim beschaffte Informationen) bei Freund und Feind einen guten Namen gemacht. Unter den wichtigsten Nachrichtendiensten der Welt ist nur der israelische Mossad kleiner und noch schemenhafter.

Der Mann an der Spitze des SIS ist ganz offiziell als der Chef bekannt, *niemals* jedoch – auch trotz endloser Falschbenennungen in der Presse – als Generaldirektor. Statt dessen hat die Schwesterorganisation MI-5 oder Security Service, die für Spionageabwehr innerhalb der Grenzen Großbritanniens zuständig ist, einen Generaldirektor.

Intern wird der Chef als »C« bezeichnet, was eine Abkürzung für Chef sein könnte, aber nicht ist. Der erste Geheimdienstchef überhaupt war Admiral Sir Mansfield Cummings, und das »C« steht für den Familiennamen dieses längst verstorbenen Gentlemans.

Unter dem Chef stehen seine beiden Stellvertreter, denen die fünf Hauptabteilungsleiter unterstehen. Diese Männer leiten fünf Hauptabteilungen: Beschaffung (das Sammeln nachrichtendienstlicher Erkenntnisse), Auswertung (ihre Zusammenstellung zu einem hoffentlich aussagekräftigen Gesamtbild), Technik (zuständig für gefälschte Ausweise, Minikameras, Geheimschriften, ultrakompakte Nachrichtenmittel und alle sonstigen Metallkleinteile, die man so braucht, um in einer feindseligen Welt etwas Illegales zu tun, ohne dabei erwischt zu werden), Verwaltung (zuständig für Gehälter, Pensionen, Personalien, Buchhaltung, Rechtsabteilung, Zentralregistratur etc.) und Abwehr (die durch Überprüfung und Kontrollen versucht, den SIS von feindlichen Agenten sauberzuhalten).

Der Beschaffungsabteilung unterstehen die Controller, die für ihre verschiedenen Einsatzgebiete – Westliche Hemisphäre, Ostblock, Afrika, Europa, Naher Osten und Australasien – zuständig sind, sowie die Verbindungsstelle mit ihrem heiklen Auftrag, eine Zusammenarbeit mit »befreundeten« Diensten zu versuchen.

Ehrlich gesagt ist nicht alles ganz so ordentlich (nichts Britisches ist jemals *ganz* so ordentlich), aber sie scheinen sich durchzuwursteln.

In diesem August 1990 konzentrierte sich alles Interesse auf den Nahen Osten, vor allem die Abteilung Irak, über die der gesamte politische und bürokratische Apparat von Westminster und Whitehall wie ein lärmender und höchst unwillkommener Fanclub hereinzubrechen schien.

Der stellvertretende SIS-Chef hörte sich aufmerksam an, was der Controller Nahost und sein Leiter Beschaffung vorzutragen hatten, und nickte mehrmals. Das ist eine interessante Option, dachte er, oder konnte möglicherweise eine sein.

Nun war es durchaus nicht so, daß aus Kuwait keine Informationen herausgekommen wären. In den ersten achtundvierzig Stunden, bevor die Iraker die Fernmeldeverbindungen ins Ausland kappten, hatte jede britische Firma mit einer Niederlassung in Kuwait sich über Telefon, Fernschreiber oder Fax mit ihrem dortigen Mann in Verbindung gesetzt. Und die kuwaitische Botschaft hatte das Außenministerium mit den ersten Horrorstorys und Forderungen nach sofortiger Befreiung bombardiert.

Das Problem war, daß praktisch keine dieser Informationen von der Art war, die der Chef dem Kabinett als völlig zuverlässig hätte vorlegen können. Im besetzten Kuwait herrschte ein gigantischer

»Schietkuddelmuddel«, wie der Außenminister sechs Stunden zuvor sarkastisch festgestellt hatte.

Selbst das Personal der britischen Botschaft saß jetzt in seinem Gebäudekomplex an der Golfküste und fast im Schatten des nadelspitzen Kuwait-Towers fest und versuchte, alle auf einer jämmerlich unvollständigen Liste stehenden britischen Staatsbürger telefonisch zu erreichen, um nachzufragen, wie sie zurechtkamen. Die Quintessenz der Auskünfte dieser verängstigten Geschäftsleute und Ingenieure war, daß sie gelegentlich Schüsse hören konnten – »Erzählen Sie mir etwas, das ich *nicht* weiß«, war die Reaktion im Century auf solche nachrichtendienstlichen Perlen.

Aber ein Mann vor Ort, ein für Einsätze hinter den feindlichen Linien, für verdeckte Einsätze ausgebildeter Mann, der als Araber durchgehen konnte ... das konnte sehr interessant sein. Außer der Möglichkeit, zuverlässig zu erfahren, was zum Teufel dort vorging, bot sich die Chance, den Politikern zu zeigen, daß tatsächlich etwas unternommen wurde, und dafür zu sorgen, daß William Webster drüben bei der CIA sich an seinen Pfefferminzpastillen nach dem Abendessen verschluckte.

Der stellvertretende SIS-Chef machte sich keine Illusionen über Margaret Thatchers (auf Gegenseitigkeit beruhende) fast kindliche Wertschätzung des SAS seit jenem Nachmittag im Mai 1980, an dem ein SAS-Team die Terroristen in der iranischen Botschaft in London weggeblasen hatte und sie den Abend mit dem Team in seiner Kaserne in der Albany Road verbracht, mit den Männern Whisky getrunken und sich ihre Storys über wagemutige Einsätze angehört hatte.

»Ich denke«, sagte er schließlich, »ich sollte mal mit dem DSF sprechen.«

Offiziell hat das Special Air Service Regiment nichts mit dem SIS zu tun. Ihre Befehlsverhältnisse sind völlig unterschiedlich. Das aktive 22nd SAS (im Gegensatz zu dem aus Reservisten bestehenden 23rd SAS) ist außerhalb des westenglischen Landstädtchens Hereford in einer schlicht als Stirling Lines bezeichneten Kaserne untergebracht. Der Kommandeur untersteht dem Director Special Forces, dessen Dienststelle in einem weitläufigen Gebäudekomplex in West-London liegt. Das DSF-Dienstzimmer befindet sich im Obergeschoß eines ehemaligen eleganten Gebäudes, dessen Säulenfront von einem scheinbar permanenten Baugerüst verdeckt wird, und gehört zu einem ganzen Labyrinth aus kleinen Räumen, deren fehlender äußerer Glanz leicht über die Bedeutung der dort geplanten Unternehmungen hinwegtäuscht.

Der DSF untersteht dem Direktor für Militäreinsätze (einem General), der dem Chef des Generalstabs (einem noch höheren General) untersteht, und der Generalstab untersteht dem Verteidigungsministerium.

Aber das »Special« im Kürzel SAS hat eine bestimmte Bedeutung. Seit seiner Gründung im Jahr 1941 durch David Stirling im Westlichen Großen Erg hat der SAS im Untergrund gearbeitet. Zu seinen Aufgaben gehören seit jeher Einsätze hinter feindlichen Linien, um sich dort versteckt zu halten und die Bewegungen des Feindes zu beobachten; Einsätze hinter feindlichen Linien, um durch Sabotage, Mordanschläge und Terrorakte Angst und Schrecken zu verbreiten; Terroristenbekämpfung; Geiselbefreiung; Personenschutz, ein Euphemismus für die Abstellung von Leibwächtern für hochgestellte Persönlichkeiten; und Ausbildungstätigkeit im Ausland.

Wie die Angehörigen jeder Eliteeinheit tendieren die SAS-Offiziere, -Unteroffiziere und -Mannschaften dazu, unauffällig in ihrem eigenen Kreis zu leben, dürfen mit Außenstehenden nicht über ihre Arbeit sprechen, lehnen es ab, sich fotografieren zu lassen, und treten nur selten aus dem Schatten hervor.

Da die Lebensweise der Angehörigen dieser beiden Geheimgesellschaften so viele Gemeinsamkeiten aufwies, kannten SIS und SAS sich zumindest vom Sehen und hatten schon früher häufig zusammengearbeitet – entweder bei gemeinsamen Unternehmen oder indem die Nachrichtendienstleute sich für einen bestimmten Auftrag einen Spezialisten vom Regiment »ausgeliehen« hatten. An etwas in dieser Art dachte der stellvertretende SIS-Chef (der seinen Besuch zuvor mit Sir Colin abgestimmt hatte), als er sich an diesem Abend bei Sonnenuntergang von Brigadegeneral J. P. Lovat in dessen geheimem Londoner Hauptquartier zu einem Single Malt Whisky einladen ließ.

Der ahnungslose Gegenstand solcher Diskussionen und privater Überlegungen in Kuwait und London war in diesem Augenblick in einer viele Meilen entfernten anderen Kaserne damit beschäftigt, eine Landkarte zu studieren. Seit acht Wochen lebten er und sein

Team aus zwölf Ausbildern in einem Seitenflügel der Unterkunft der persönlichen Leibwache von Scheich Sajid Bin Sultan al-Nahjan von Abu Dhabi.

Sie hatten einen Auftrag, den das Regiment schon viele Male übernommen hatte. Entlang der gesamten Westküste des Persischen Golfs, vom Sultanat Oman im Süden bis zum Staat Bahrain im Norden, erstreckt sich eine Kette von Sultanaten, Emiraten und Scheichtümern, in denen die Briten seit Jahrhunderten ein und aus gegangen sind. Die Schutzgebiete, heute die Vereinigten Arabischen Emirate, verdankten ihren Namen der Tatsache, daß England einen Waffenstillstand mit ihren Herrschern geschlossen hatte, in dem es sich gegen Gewährung von Handelsrechten verpflichtete, sie mit der Royal Navy vor marodierenden Piraten zu schützen. Diese Beziehungen bestehen weiter, und viele dortige Herrscher haben fürstliche Leibwachen, die von abkommandierten SAS-Ausbilderteams für wirksamen Personenschutz trainiert worden sind. Dafür ist natürlich eine Gebühr zu entrichten – aber ans Verteidigungsministerium in London.

Major Mike Martin hatte eine große Landkarte der Golfregion und fast des gesamten Nahen Ostens auf dem Kantinentisch ausgebreitet und studierte sie von mehreren seiner Leute umgeben. Mit siebenunddreißig war er nicht der älteste Mann im Raum; zwei seiner Sergeanten waren über vierzig: zähe, drahtige und topfitte Soldaten, mit denen auch ein zwanzig Jahre jüngerer Mann sich nur unter Lebensgefahr hätte anlegen dürfen.

»Ist was für uns drin, Boß?« fragte einer der Sergeanten.

Wie in allen kleinen, überschaubaren Einheiten werden im Regiment häufig Vornamen gebraucht, aber Offiziere werden von Unteroffizieren und Mannschaften normalerweise Boß genannt.

»Keine Ahnung«, gab Martin zu. »Saddam Hussein hat sich in Kuwait festgesetzt. Die Frage ist: Geht er freiwillig wieder? Falls nein – genehmigt die UNO die Aufstellung einer Truppe, um ihn von dort zu verjagen? Falls ja, glaube ich schon, daß es dabei für uns was zu tun geben wird.«

»Gut!« sagte der Sergeant nachdrücklich, und die anderen sechs Männer am Tisch nickten. Aus ihrer Sicht lag ihr letzter richtiger Kampfeinsatz mit hohem Adrenalinspiegel schon viel zu lange zurück.

Im Regiment gibt es vier Grunddisziplinen, von denen jeder Rekrut eine beherrschen muß. Es gibt Freifaller, die auf Fallschirmsprünge aus großen Höhen spezialisiert sind, Kletterer, deren bevorzugtes Terrain Felswände und hohe Berggipfel sind, Fahrer von Panzerspähwagen, die mit abgespeckten, schwer gepanzerten Landrovern mit langem Radstand in freiem Gelände operieren, und Amphibien, die sich auf Kanus, lautlos gepaddelte Schlauchboote und Unterwasserarbeit verstehen.

In seinem Zwölferteam hatte Martin vier Freifaller, zu denen er selbst gehörte, vier Fahrer von Panzerspähwagen, die den Abu-Dhabis die Grundlagen schneller Angriffe und Gegenangriffe in Wüstengelände beibrachten, und – weil Abu Dhabi am Golf liegt – vier Froschmänner als Ausbilder.

SAS-Männer beherrschen nicht nur ihre eigene Spezialität, sondern müssen auch gute praktische Kenntnisse in den übrigen Disziplinen besitzen, so daß Austauschbarkeit die Regel ist. Darüber hinaus müssen sie weitere Fachgebiete meistern: Funken, Erste Hilfe, Fremdsprachen.

Die Standardkampfgruppe besteht aus nur vier Mann. Fällt einer von ihnen aus, werden seine Aufgaben sofort unter den drei Überlebenden aufgeteilt, gleichgültig, ob sie zuvor als Funker oder Sanitäter eingesetzt waren.

Sie sind stolz darauf, das bei weitem höchste Bildungsniveau aller Heereseinheiten zu besitzen, und da sie alle Welt bereisen, sind Sprachkenntnisse unerläßlich. Jeder Soldat muß außer Englisch eine weitere Sprache lernen. Russisch war viele Jahre lang Favorit, kommt jedoch seit dem Ende des kalten Kriegs außer Mode. Malaiisch ist im Fernen Osten, wo das Regiment jahrelang in Borneo gekämpft hat, sehr nützlich. Spanisch ist seit den Geheimunternehmen in Kolumbien gegen die Drogenbarone von Cali und Medellín groß im Kommen. Auch Französisch wird gelernt – für alle Fälle.

Und da das Regiment viele Jahre damit verbracht hat, Sultan Quabus Bin Sa'id von Oman in seinem Krieg gegen aus dem Südjemen ins Innere des Dhofars einsickernde kommunistische Guerilla zu unterstützen, und zusätzliche Ausbildungsaufgaben entlang der gesamten Golfküste und in Saudi-Arabien übernommen hat, sprechen viele SAS-Männer einigermaßen Arabisch. Der Sergeant, der sich Action gewünscht hatte, gehörte zu ihnen, aber selbst er mußte zugeben: »Der Boß ist 'n verdammtes Genie. So hab' ich noch keinen reden hören. Er sieht sogar wie 'n Einheimischer aus.«

Mike Martin richtete sich auf und fuhr sich mit einer nußbraunen Hand durch sein pechschwarzes Haar.

»Wird Zeit, daß wir in die Falle kommen.«

Es war kurz vor 22 Uhr. Sie würden vor Tagesanbruch aufstehen, um mit ihren Rekruten den gewohnten Zehnmeilenlauf zu machen, bevor die Sonne zu heiß wurde. Die Abu-Dhabis haßten diese Übung, aber ihr Scheich bestand darauf. Wenn die Elitesoldaten aus England sagten, das sei gut für sie, dann war es gut für sie. Außerdem zahlte er dafür und wollte einen Gegenwert für sein Geld.

Major Mike Martin ging auf sein Zimmer und schlief rasch und traumlos ein. Der Sergeant hatte recht; er sah *wirklich* wie ein Araber aus. Seine Männer fragten sich oft, ob er seinen dunklen Teint, die schwarzen Augen und sein pechschwarzes Haar irgendwelchen Vorfahren aus dem Mittelmeerraum verdankte. Er selbst äußerte sich nie dazu, aber sie irrten sich.

Der Großvater väterlicherseits der Brüder Martin war britischer Teepflanzer im indischen Darjeeling gewesen. Als Kinder hatten die beiden Fotos von ihm gesehen, auf denen ein großer Mann mit rosigem Teint, blondem Schnurrbart, der Pfeife im Mund und einem Gewehr in der Hand mit einem erlegten Tiger posierte. Durch und durch der Pukka Sahib, der Engländer auf einem Vorposten des Empire.

Im Jahr 1928 hatte Terence Granger dann das Undenkbare getan: Er hatte sich in eine junge Inderin verliebt und darauf bestanden, sie zu heiraten. Daß sie sanft und schön war, spielte keine Rolle. Es gehörte sich einfach nicht. Die Teefirma entließ ihn nicht – dadurch wäre alles herausgekommen. Sie schickte ihn ins interne Exil (so bezeichnete sie es tatsächlich) auf eine abgelegene Teeplantage im fernen Assam.

Falls das als Strafe gedacht war, verfehlte es jedoch seinen Zweck. Granger und seiner jungen Frau, der früheren Miss Indira Bohse, gefiel dort alles – das wilde, von Schluchten durchzogene Land mit seinem Wildreichtum, die steilen grünen Hügel der Teeplantagen, das Klima, die Menschen... Und dort wurde 1930 Susan geboren. Sie wuchs als angloindisches Mädchen mit indischen Freundinnen auf.

Im Jahr 1943 bedrohte der Krieg auch Indien, als die Japaner durch Burma zur Grenze vorstießen. Obwohl Granger sich in seinem Alter nicht mehr freiwillig hätte zu melden brauchen, bestand er darauf und wurde nach einer Grundausbildung in Delhi als Major zu den Assam Rifles versetzt. Alle britischen Kadetten wurden sofort zum Major befördert; sie sollten nicht *unter* einem indischen Offizier dienen, aber Inder konnten Leutnant oder Hauptmann werden.

1945 fiel er bei der Überschreitung des Irrawaddys. Seine Leiche wurde nie zurückgebracht; sie verschwand im burmesischen Regenwald – nur eine von Zehntausenden, die bei einigen der erbittertsten Nahkämpfe dieses Krieges gefallen waren.

Mit einer kleinen Hinterbliebenenrente zog die Witwe sich in ihre eigene Kultur zurück. Zwei Jahre später kündigte sich neues Unheil an. Der indische Subkontinent wurde 1947 aufgeteilt. Die Briten zogen ab. Ali Jinnah bestand auf einem moslemischen Pakistan im Norden; Pandit Nehru gab sich mit dem überwiegend hinduistischen Indien im Süden zufrieden. Während Flüchtlingsströme aus Angehörigen beider Religionen nach Norden und Süden brandeten, kam es zu heftigen Kämpfen. Über eine Million Menschen starben. Aus Sorge um die Sicherheit ihrer Tochter schickte Mrs. Granger sie zur Fortsetzung ihrer Ausbildung zum jüngeren Bruder ihres gefallenen Ehemanns, einem sehr korrekten Architekten in Haslemere, Surrey. Ein halbes Jahr später kam sie selbst bei Unruhen ums Leben.

Mit siebzehn kam Susan Granger nach England, das Land ihrer Väter, das sie noch nie gesehen hatte. Nach einem Jahr in einem Mädcheninternat bei Haslemere arbeitete sie zwei Jahre als Lernschwester im Farnham General Hospital und anschließend ein Jahr als Sekretärin eines Rechtsanwalts in Farnham.

Mit einundzwanzig Jahren, zum frühestmöglichen Zeitpunkt, bewarb sie sich als Stewardeß bei der British Overseas Airways Corporation. Ausgebildet wurde sie gemeinsam mit anderen Bewerberinnen in der BOAC School im früheren St. Mary's Convent, einem ehemaligen Kloster in Heston am Rande Londons. Ihre

Vorbildung als Krankenschwester war entscheidend gewesen; ihr Aussehen und ihre Wesensart brachten weitere Pluspunkte.

Mit ihren einundzwanzig Jahren war sie eine Schönheit mit kastanienbrauner Mähne, haselnußbraunen Augen und dem Teint einer ständig sonnengebräunten Europäerin. Nach Abschluß ihrer Ausbildung wurde sie auf der Strecke Nr. 1 London–Indien eingesetzt – nur logisch für ein Mädchen, das fließend Hindi sprach.

Damals war das ein langer, langer Flug an Bord der viermotorigen Argonaut. Die Strecke führte von London über Rom, Kairo, Basra, Bahrain und Karatschi nach Bombay. Von dort aus weiter über Delhi, Kalkutta, Colombo, Rangun, Bangkok, Singapur und Hongkong nach Tokio. Selbstverständlich konnte eine Besatzung nicht die gesamte Strecke fliegen, und der erste Wechsel fand im südirakischen Basra statt, wo die erste Besatzung einen Ruhetag einlegte, während eine andere die Maschine übernahm.

Dort lernte Susan 1951 bei einem Drink im Port Club einen ziemlich schüchternen jungen Mann kennen, der Buchhalter bei der damals noch britischen Iraq Petroleum Company war. Er hieß Nigel Martin und lud sie zum Abendessen ein. Sie war vor Schürzenjägern gewarnt worden – unter den Passagieren, unter Besatzungsmitgliedern und bei Zwischenstopps. Aber er schien nett zu sein, deshalb nahm sie seine Einladung an. Als er sie zur BOAC-Niederlassung zurückbrachte, wo die Stewardessen untergebracht waren, streckte er ihr die Hand hin. Sie war so überrascht, daß sie seine Hand schüttelte.

Danach lag sie in der schrecklichen Hitze wach und fragte sich, wie es sein würde, Nigel Martin zu küssen.

Bei ihrem nächsten Zwischenstopp in Basra war er wieder da. Erst als sie verheiratet waren, gestand er ein, daß er sich so in sie verknallt hatte, daß er sich bei BOAC-Stationsleiter Alex Reid erkundigt hatte, wann sie wiederkommen würde. Im Herbst 1951 spielten sie Tennis, schwammen im Port Club und streiften gemeinsam durch die Basare der Stadt. Auf seinen Vorschlag hin nahm sie Urlaub und begleitete ihn nach Bagdad, wo er arbeitete.

Sie erkannte bald, daß dies eine Umgebung war, in der sie sich wohl fühlen konnte. Die Menschenmassen in farbenprächtigen Gewändern, die Bilder und Gerüche des Straßenlebens, die Garküchen am Tigrisufer, die unzähligen kleinen Läden, in denen Kräuter und Gewürze, Gold und Juwelen feilgeboten wurden – das alles erinnerte sie an ihre Heimat Indien. Als er um ihre Hand anhielt, sagte sie sofort ja.

Sie heirateten 1952 in der St. George's Cathedral, der anglikanischen Kirche an der Haifa Street, und obwohl von Susans Seite niemand zur Trauung kam, füllten Gäste von IPC und der britischen Botschaft fast die ganze Kirche.

Damals lebte es sich gut in Bagdad. Der Alltag war behaglich streßfrei, auf dem Thron saß der Kindkönig Feisal, während in Wirklichkeit Nuri as-Sa'id das Land regierte, und an ausländischen Einflüssen überwogen die britischen. Das beruhte teils auf dem gewaltigen Beitrag der IPC zum Bruttosozialprodukt, teils darauf, daß die meisten Offiziere eine britische Ausbildung genossen hatten, aber vor allem darauf, daß die gesamte Oberschicht von steifen englischen Kindermädchen aufs Töpfchen gesetzt worden war, was stets einen bleibenden Eindruck hinterläßt.

Aus der Ehe der Martins gingen zwei Söhne hervor, die 1953 und 1955 zur Welt kamen. Sie wurden Michael und Terry getauft und waren so verschieden wie Kalk und Käse. Bei Martin setzten sich die von Miss Indira Bohse vererbten Gene durch: Er war schwarzhaarig, braunäugig und dunkelhäutig; Klatschbasen in der britischen Kolonie sagten, er sehe eher wie ein Araber aus. Terry, sein zwei Jahre jüngerer Bruder, schlug ihrem Vater nach: Er war klein und stämmig, mit rosigem Teint und aschblondem Haar.

Um drei Uhr morgens wurde Major Martin von einer Ordonnanz wachgerüttelt.

»Eine Nachricht für Sie, Sajidi.«

Die Nachricht war nur kurz, aber ihre Dringlichkeitsstufe lautete »Blitz«, und die Absenderkennung besagte, daß sie vom Direktor der Special Forces persönlich kam. Eine Antwort war nicht erforderlich. Mike Martin wurde lediglich mit dem nächsten Flugzeug nach London zurückbeordert.

Er übergab das Kommando einem SAS-Hauptmann, der seine erste turnusmäßige Dienstzeit im Regiment absolvierte und für die Dauer dieser Ausbildung sein Stellvertreter war, und raste in Zivil zum Flughafen.

Die Maschine um 2.55 Uhr nach London hätte längst starten sollen. An Bord schnarchten oder murrten über hundert Passagiere, während die Stewardeß mit munterer Stimme ankündigte, die »betriebliche Ursache« der eineinhalbstündigen Verspätung werde bald beseitigt sein.

Als die Tür nochmals geöffnet wurde, damit ein einzelner drahtiger Mann in Jeans, Wüstenstiefeln, Hemd und Bomberjacke und mit einer Reisetasche über der Schulter an Bord gehen konnte, starrten etliche der noch wachen Passagiere ihn aufgebracht an. Der Mann bekam einen freien Platz in der Clubklasse angewiesen, machte es sich bequem, kippte wenige Minuten nach dem Start seine Sitzlehne nach hinten und war bald fest eingeschlafen.

Der Geschäftsmann neben ihm, der sein reichliches Abendessen mit großen Mengen eines illegalen Erfrischungsgetränks genossen und danach zwei Stunden auf dem Flughafen und zwei weitere in der Maschine gewartet hatte, schluckte noch eine Tablette gegen Sodbrennen und starrte die entspannte, schlafende Gestalt seines Nachbarn erbost an.

»Scheißaraber«, murmelte er und bemühte sich vergeblich, Schlaf zu finden.

Zwei Stunden später brach am Golf der Tag an, aber die Düsenmaschine der British Airways lieferte sich auf Nordwestkurs einen Wettlauf mit der Sonne und landete kurz vor zehn Uhr Ortszeit in Heathrow. Mike Martin kam als einer der ersten durch den Zoll, weil er kein Reisegepäck gehabt hatte. Er wurde nicht abgeholt, aber das hatte er auch nicht erwartet. Er wußte, wohin er zu fahren hatte. Er nahm ein Taxi.

In Washington war es noch nicht einmal hell, aber der erste rosige Schimmer des kommenden Tages lag über den fernen Hügeln des George County, aus denen der Patuxent River sich in die Chesapeake-Bai ergießt. Im fünften und obersten Stock des großen rechteckigen Gebäudes innerhalb des Komplexes, der die CIA-Zentrale bildet und schlicht als Langley bekannt ist, brannte noch Licht.

Richter William Webster, der Director of Central Intelligence (DCI), rieb sich seine müden Augen mit den Fingerspitzen, stand auf und trat an die Panoramafenster. Das Weißbirkenwäldchen, das ihm die Sicht auf den Potomac nahm, wenn es wie jetzt in vollem Laub stand, lag noch im Dunkel. Innerhalb einer Stunde würde die aufgehende Sonne den Birken ihr blasses Grün zurückgeben. Webster hatte eine weitere schlaflose Nacht hinter sich. Seit der Besetzung Kuwaits hatte er zwischen Anrufen des Präsidenten, vom National Security Council, des Außenministeriums und – diesen Eindruck hatte er jedenfalls – praktisch allen anderen, die seine Nummer besaßen, nur noch sporadisch geschlafen.

Hinter ihm saßen Bill Stewart, der stellvertretende Direktor (Beschaffung), und Chip Barber, der Leiter der Nahostabteilung – beide so übermüdet wie er.

»Das war's dann also?« fragte der DCI, als könne die Wiederholung dieser Frage eine bessere Antwort bringen.

Aber es gab keine Veränderung. Die Lage war, daß der Präsident, der NSC und das Außenministerium alle lärmend zuverlässige hypergeheime nachrichtendienstliche Erkenntnisse direkt aus Bagdad, direkt aus dem engsten Beraterkreis um Saddam Hussein verlangten. Würde er in Kuwait bleiben? Würde er unter dem Druck von UNO-Resolutionen, die der Sicherheitsrat serienweise verabschiedete, den Rückzug antreten? Würden das Ölembargo und die Handelsblockade ihn in die Knie zwingen? Was dachte er? Was plante er? Wo zum Teufel steckte er überhaupt?

Und die Central Intelligence Agency wußte es nicht. Es gab natürlich einen CIA-Residenten in Bagdad. Aber der Mann war schon seit Wochen isoliert. Der CIA-Mann war diesem Hundesohn Rahmani, der die irakische Spionageabwehr leitete, selbstverständlich bekannt, und wie sich jetzt zeigte, war alles, was dem Residenten wochenlang zugetragen worden war, nur Bockmist gewesen. Seine besten »Quellen« hatten offenbar für Rahmani gearbeitet und ihn gezielt falsch informiert.

Natürlich hatten sie Satellitenaufnahmen, ganze Berge von Satellitenaufnahmen. Die Satelliten KH-11 und KH-12 überflogen den Irak in Abständen von wenigen Minuten und nahmen im ganzen Land alles auf, was ihnen vor die Linse kam. Bildauswerter arbeiteten Tag und Nacht und identifizierten, was eine Giftgasfabrik sein *konnte*, was eine Atomanlage sein konnte – oder genau das sein konnte, was es angeblich war: eine Fahrradfabrik.

Ausgezeichnet. Die Auswerter im National Reconnaissance Office, in dem CIA und Luftwaffe zusammenarbeiten, und ihre Kollegen vom National Photographic Interpretation Center (ENPIC) setzten ein Bild zusammen, das eines Tages vollständig sein

80

würde. Das hier ist eine militärische Kommandozentrale, dies eine SAM-Stellung, dies ein Jägerstützpunkt. Gut, das sagten die Bilder aus. Und eines Tages würde das alles möglicherweise in die Steinzeit zurückgebombt werden müssen. Aber was hat er *noch*? Geschickt getarnt, tief unter dem Erdboden versteckt?

Nun rächte sich die jahrelange Vernachlässigung des Irak. Die Männer, die hinter ihm zusammengesunken in ihren Sesseln hockten, waren erfahrene Nachrichtendienstler, die sich ihre Sporen an der Berliner Mauer verdient hatten, noch bevor der Beton ganz trocken gewesen war. Ihre Erfahrungen stammten aus der alten Zeit, bevor elektronische Apparaturen das Geschäft der Nachrichtenbeschaffung übernommen hatten.

Und sie hatten ihm auseinandergesetzt, daß die Kameras der NRO und die Horchposten der National Security Agency drüben in Fort Meade keine Planungen enthüllen, keine Absichten ausspionieren, nicht in die Gedanken eines Diktators eindringen konnten.

Das NRO machte also Aufnahmen, und die Horchposten von Fort Meade hörten jedes Telefongespräch und jeden Funkspruch in den, aus dem und im Irak ab und zeichneten ihn auf. Und trotzdem hatte er keine Antworten.

Dieselbe Regierung und derselbe Kongreß, die von elektronischem Schnickschnack so fasziniert gewesen waren, daß sie für Entwicklung und Einsatz der modernsten Geräte, die menschlicher Erfindergeist sich ausdenken konnte, Milliarden Dollar bewilligt hatten, forderten jetzt lautstark Antworten, die ihnen alle Apparaturen offenbar nicht liefern konnten.

Und die Männer hinter ihm sagten, die elektronische Nachrichtenbeschaffung könne eine Nachrichtenbeschaffung durch Menschen nur untermauern und ergänzen, nicht aber ersetzen. Was eine nützliche Information, aber keine Lösung seines Problems war – das darin bestand, daß das Weiße Haus Antworten verlangte, die nur eine Quelle, ein Informant, ein Maulwurf, ein Spion, ein Verräter, wer auch immer, ganz hoch oben in der irakischen Hierarchie zuverlässig liefern konnte. *Den er jedoch nicht hatte.*

»Sie haben das Century House gefragt?«

»Ja, Director. Fehlanzeige wie bei uns.«

»Ich fliege übermorgen nach Tel Aviv«, sagte Chip Barber. »Dort komme ich mit Yaacov Dror zusammen. Soll ich ihn fragen?«

Der DCI nickte. General Yaacov »Kobi« Dror leitete den israelischen Mossad, den am wenigsten kooperativen aller »befreundeten« Dienste. Der DCI ärgerte sich noch immer über Jonathan Pollard, den der Mossad hier in Amerika gegen die Vereinigten Staaten eingesetzt hatte. Schöne Freunde! Es widerstrebte ihm, den Mossad um einen Gefallen zu bitten.

»Setzen Sie ihn unter Druck, Chip. Die Lage ist verdammt ernst. Falls er eine Quelle in Bagdad hat, wollen wir daran teilhaben. Wir brauchen diese Informationen. Ich fahre inzwischen am besten ins Weiße Haus zurück und spreche wieder mit Scowcroft.«

Mit dieser wenig hilfreichen Feststellung endete ihre Besprechung.

Die vier Männer, die an diesem Morgen des 5. August im Londoner SAS-Hauptquartier warteten, waren fast die ganze Nacht lang beschäftigt gewesen.

Brigadegeneral J. P. Lovat, der Direktor der Special Forces, hatte die meiste Zeit am Telefon verbracht und sich nur zwischen zwei und vier Uhr ein Nickerchen an seinem Schreibtisch gegönnt. Wie viele kampferprobte Soldaten verstand er sich längst darauf, ein paar Stunden zu »pennen«, wann und wo die Lage es erlaubte. Schließlich wußte man nie, wie lange es dauerte, bis man wieder Gelegenheit hatte, die Batterien aufzuladen. Vor Tagesanbruch hatte er sich gewaschen und rasiert und war bereit, mit unverminderter Energie einen weiteren Tag durchzuarbeiten.

Sein Anruf um Mitternacht (Ortszeit) bei seinem Kontaktmann in der Chefetage der British Airways hatte bewirkt, daß die Verkehrsmaschine in Abu Dhabi zurückgehalten wurde. Will das britische Establishment schnell handeln und die Formalitäten umgehen, kann es äußerst nützlich sein, den »Burschen« am rechten Ort zu kennen. Der aus dem Schlaf gerissene leitende Angestellte der British Airways fragte nicht, weshalb er eine Maschine auf einem fünftausend Kilometer entfernten Flughafen aufhalten sollte, damit ein zusätzlicher Passagier an Bord gehen konnte. Er kannte Lovat, weil beide Mitglieder im Special Forces Club am Herbert Crescent waren, wußte ungefähr, welche Dienststellung er hatte, und tat ihm den Gefallen, ohne nach dem Grund dafür zu fragen.

Zur Frühstückszeit erfuhr der Sergeant vom Dienst telefonisch von Heathrow, daß die Maschine aus Abu Dhabi ein Drittel ihrer eineinhalbstündigen Verspätung aufgeholt hatte und gegen zehn Uhr landen würde. Folglich mußte der Major gegen elf Uhr in der Kaserne aufkreuzen.

Ein Motorradkurier hatte eilig eine ganz bestimmte Personalakte aus den Browning Barracks, dem Stabsquartier des Parachute Regiments in Aldershot, nach London gebracht. Der Regimentsadjutant hatte sie kurz nach Mitternacht in der Registratur herausgesucht. Diese Akte enthielt alle Einzelheiten von Mike Martins Laufbahn bei den Paras seit dem Tag, an dem er als Achtzehnjähriger zu den Fallschirmjägern gegangen war, und seinen neunzehn Jahren als Berufssoldat – mit Ausnahme der beiden langen Zeitabschnitte, in denen er zum SAS-Regiment abkommandiert gewesen war.

Der Kommandeur des 22nd SAS, Oberst Bruce Craig – auch ein Schotte –, war nachts von Hereford nach London gefahren und brachte die Akte mit, die diese beiden Zeiten abdeckte. Kurz vor Tagesanbruch betrat er Lovats Dienstzimmer.

»Morgen, J. P. Wo brennt's denn?«

Sie kannten sich gut. Lovat, allgemein als J. P. oder Jaypee bekannt, hatte das Kommando befehligt, das vor zehn Jahren die iranische Botschaft von den Terroristen zurückerobert hatte, und Craig war damals einer seiner Schwadronschefs gewesen. Die beiden waren alte Kameraden.

»Century will einen Mann nach Kuwait einschleusen«, sagte er. Das erschien ihm ausreichend. Er hielt nichts von langen Reden.

»Einen unserer Leute? Martin?« Der Oberst warf die mitgebrachte Personalakte auf den Schreibtisch.

»Sieht so aus. Ich habe ihn aus Abu Dhabi zurückgerufen.«

»Der Teufel soll sie holen! Machst du da mit?«

Mike Martin war einer von Craigs Offizieren, und auch sie kannten sich schon viele Jahre. Er hatte es nicht gern, wenn das Century House einen seiner Männer zu »klauen« versuchte. Der DSF zuckte mit den Schultern.

»Geht möglicherweise nicht anders. Falls er geeignet ist. Können sie ihn brauchen, gehen sie wahrscheinlich bis zu den höchsten Stellen.«

Craig knurrte und nahm einen starken schwarzen Kaffee von dem Sergeanten vom Dienst entgegen, den er als Sid begrüßte – die beiden hatten gemeinsam im Dhofar gekämpft. Wenn es um Politik ging, wußte der Oberst Bescheid. Die SIS-Leute gaben sich gern zurückhaltend, aber wenn sie etwas erreichen wollten, konnten sie bis zu den höchsten Stellen gehen. Beide Offiziere kannten Mrs. Margaret Thatcher recht gut und gehörten zu ihren großen Bewunderern; sie wußten auch, daß sie wie Churchill eine Vorliebe für »sofortiges Handeln« hatte. Das Century House würde sich in dieser Sache vermutlich durchsetzen können, wenn es darauf bestand. Das Regiment würde mitmachen müssen, obwohl das Century House den Einsatz unter dem Vorwand eines »gemeinsamen Unternehmens« leiten würde.

Die beiden Männer aus dem Century House kamen wenig später, und Lovat machte alle miteinander bekannt. Der Ranghöhere war Steve Laing. Mitgebracht hatte er Simon Paxman, den Leiter der Nahostabteilung. Sie wurden gebeten, in einem Wartezimmer Platz zu nehmen, bekamen einen Kaffee und erhielten die beiden Personalakten vorgelegt. Die Besucher vertieften sich in Mike Martins Werdegang ab dem achtzehnten Lebensjahr. Am Abend zuvor hatte Paxman vier Stunden lang mit dem jüngeren Bruder gesprochen, um sich über Martins Familienverhältnisse und seine Kindheit und Jugend in Bagdad und dem Internat Haileybury informieren zu lassen.

Im letzten Schuljahr hatte Martin sich im Sommer 1971 mit einem persönlichen Schreiben bei den Paras beworben und war im September dieses Jahres zu einem Einstellungsgespräch im Depot in Aldershot eingeladen worden – gleich neben der ausgestellten alten Dakota, aus der einst britische Fallschirmjäger abgesetzt worden waren, um zu versuchen, die Brücke von Arnheim zu nehmen.

Von seiner Schule (bei der die Paras routinemäßig nachgefragt hatten) wurde er als mäßiger Schüler, aber ausgezeichneter Sportler beurteilt. Das war den Paras gerade recht. Der Junge wurde angenommen und begann noch im gleichen Monat die Ausbildung: knochenharte zweiundzwanzig Wochen, die für die Überlebenden des Lehrgangs bis April 1972 dauerten.

Die ersten vier Wochen bestanden aus Exerzieren, Schießausbildung, Geländedienst und Konditionstraining; dann folgten zwei Wochen, in denen zusätzlich Erste Hilfe, Funken und ABC-Abwehr (gegen atomare, biologische und chemische Kampfmittel) geübt wurden.

In der siebten Woche gab es Konditionstraining, das ständig härter wurde, aber nicht so schlimm war wie die achte und neunte Woche mit Ausdauermärschen durch die Brecon Range in Wales, bei denen schon starke, durchtrainierte Männer an Entkräftung, Unterkühlung und Erschöpfung gestorben sind.

Die zehnte Woche verbrachten die Rekruten auf dem Schießplatz Hythe in Kent, wo der eben neunzehn gewordene Martin sich als Scharfschütze qualifizierte. Die elfte und zwölfte Woche waren »Testwochen«, die bei Aldershot in freiem Gelände stattfanden. Dieser Test bestand daraus, mitten im Winter zwei Wochen lang Baumstämme durch Schlamm, Regen und gefrierenden Hagel über sandige Hügel zu schleppen.

»Testwochen?« murmelte Paxman, als er umblätterte. »Was zum Teufel ist der Test gewesen?«

Nach den Testwochen bekamen die jungen Männer die begehrten roten Barette und Sprungkombinationen, bevor sie weitere drei Wochen in den Brecons verbrachten, wo sie Abwehrkampf, Spähtrupptätigkeit und Gefechtsschießen übten. Um diese Jahreszeit (Ende Januar 1972) waren die Brecons grimmig kalt und finster. Die Männer schliefen durchnäßt im Freien, ohne Feuer machen zu dürfen.

In der sechzehnten bis neunzehnten Woche fand die Sprungausbildung auf dem RAF-Stützpunkt Abingdon statt, bei der einige weitere ausstiegen – und nicht nur aus der Absetzmaschine. Den Abschluß bildete dann die »Wings Parade«, bei der die Springerabzeichen angesteckt wurden. Obwohl davon nichts in Martins Personalakte stand, floß an diesem Abend im alten 101 Club das Bier in Strömen.

Nach weiteren zwei Wochen, in der die Gefechtsübung »Letztes Hindernis« stattfand und die Exerzierkenntnisse etwas aufgefrischt wurden, fand in der zweiundzwanzigsten Woche die Abschlußparade statt, bei der stolze Eltern endlich die pickeligen Jugendlichen wiedersehen durften, die vor sechs Monaten ihr Haus verlassen hatten.

Schütze Mike Martin, der längt als POM (potentielles Offiziersmaterial) beurteilt worden war, wurde ab Mai 1972 zur Royal

Military Academy Sandhurst abkommandiert und nahm dort am ersten einjährigen Standard Military Course teil, der die bis dahin üblichen Zweijahreslehrgänge für angehende Offiziere ersetzte.

Das führte dazu, daß die Abschlußparade im Frühjahr 1973 mit 490 Kadetten die größte in der Geschichte Sandhursts war, weil die Absolventen der älteren Lehrgänge 51 und 52 gemeinsam mit den Einjährigen aus dem ersten SMC aufmarschierten. Abgenommen wurde diese Parade von General Sir Michael Carver, später Feldmarschall Lord Carver und Chef des Verteidigungsstabs.

Der frischgebackene Leutnant Martin fuhr geradewegs nach Hythe, um einen Zug zu übernehmen, der eine Zusatzausbildung für den Einsatz in Nordirland erhielt. Danach hockte er als Zugführer zwölf scheußliche Wochen lang im Beobachtungsposten Flax Hill, der die ultrarepublikanische Belfaster Enklave Ardoyne überwachte. In diesem Sommer war das Leben in Flax Hill jedoch geruhsam, weil die IRA sich seit dem Blutigen Sonntag im Januar 1972 angewöhnt hatte, die britischen Paras wie die Pest zu meiden.

Martin war zu dem als Three Para bezeichneten Dritten Bataillon versetzt worden und kam aus Belfast ins Depot in Aldershot zurück, um den Rekrutenzug zu übernehmen und Neulinge durchs gleiche Fegefeuer zu schicken, das er selbst erduldet hatte. Im Sommer 1976 kehrte er zu Three Paras zurück, das seit dem vorigen Februar als Teil der britischen Rheinarmee in Osnabrück stationiert war.

Auch die Zeit dort war scheußlich. Three Para war in den Quebec Barracks, einem fast baufälligen ehemaligen Lager für Verschleppte, untergebracht. Die Paras waren im »Pinguinmodus« eingesetzt, was bedeutete, daß sie für drei von neun Jahren, in jeder dritten turnusmäßigen Dienstzeit, nicht als Fallschirmjäger, sondern als gewöhnliche motorisierte Infanterie eingesetzt wurden. Alle Paras hassen den Pinguinmodus. Die Moral der Truppe war schlecht, es gab Schlägereien zwischen Paras und Infanteristen, Martin mußte Männer bestrafen, für die er volles Verständnis hatte. Er hielt über ein Jahr lang durch, aber im November 1977 meldete er sich freiwillig zum SAS.

Ziemlich viele SAS-Freiwillige kommen von den Paras, was daran liegen mag, daß die Ausbildung ähnlich ist, obwohl der SAS behauptet, seine sei härter. Martins Personalakte kam zur Registratur des Regiments in Hereford, wo sofort auffiel, daß er fließend Arabisch sprach, und er wurde zu dem Auswahllehrgang im Sommer 1978 eingeladen.

Der SAS behauptet, voll durchtrainierte Männer zu nehmen und etwas aus ihnen zu machen. Martin absolvierte den üblichen sechswöchigen Auswahllehrgang gemeinsam mit anderen Paras, Marines und Freiwilligen aus Infanterie, Panzertruppe, Artillerie und sogar dem Pionierkorps. Das war ein einfacher Lehrgang, der auf einer einfachen Prämisse basierte.

Gleich am ersten Tag erklärte ein grinsender Ausbilder ihnen allen: »Bei diesem Lehrgang versuchen wir nicht, euch auszubilden. Wir versuchen, euch umzubringen.«

Genau das taten sie dann. Nur zehn Prozent bestehen diesen Auswahllehrgang für den SAS. Das spart später Zeit. Martin bestand ihn. Danach folgten Weiterausbildung, Dschungelausbildung in Belize und wieder ein Monat in England, um zu lernen, wie man bei Vernehmungen Widerstand leistet. »Widerstand« bedeutet, daß man zu schweigen versucht, während man auf alle mögliche Weisen mißhandelt wird. Der einzige Vorteil dabei ist, daß das Regiment und der Freiwillige jederzeit das Recht haben, auf seiner Rückkehr zur Truppe zu bestehen.

»Die sind verrückt«, sagte Paxman, warf die Personalakte hin und goß sich Kaffee nach. »Die spinnen alle!«

Laing grunzte nur. Er war in die zweite Personalakte vertieft; sie enthielt die Erfahrungen ihres Mannes in Arabien, die er für den geplanten Einsatz brauchen würde.

In den drei Jahren seiner ersten turnusmäßigen Dienstzeit war Martin im SAS Hauptmann und Schwadronschef gewesen. Er hatte sich zur Freifallerabteilung A gemeldet – die Abteilungen sind mit A, B, C und G bezeichnet –, was für einen ehemaligen Springer der Red Devils, des Höhenspringer- und Freifallerteams der Paras, ganz natürlich war.

Während die Paras keinen Grund gehabt hatten, seine Arabischkenntnisse zu nutzen, hatte das Regiment Verwendung dafür. Von 1979 bis 1981 hatte er gemeinsam mit Truppen des Sultans von Oman im West-Dhofar gekämpft, in zwei Emiraten am Golf Unterricht in Personenschutz erteilt, die saudiarabische Nationalgarde in Riad ausgebildet und vor der persönlichen Leibwache

Scheich Isas von Bahrain Vorträge gehalten. Nach dieser Aufzählung seiner dienstlichen Verwendung folgten Anmerkungen der jeweiligen Vorgesetzten – daß Martin seine starke Affinität zur arabischen Kultur wiederentdeckt habe, besser Arabisch als jeder andere Offizier des Regiments spreche und die Angewohnheit habe, auftretende Probleme auf langen Wüstenstreifzügen durchzudenken, ohne sich durch Hitze und Fliegen stören zu lassen.

Die Personalakte zeigte, daß er nach dreijähriger Abkommandierung zum SAS im Winter 1981 zu den Paras zurückgekommen war, um dort zu seiner Freude zu erfahren, daß sie im Januar und Februar 1982 an dem Unternehmen »Rocky Lance« teilnehmen würden, das ausgerechnet in Oman stattfand. So kehrte er für diese Zeit in den Dschebel Akdar zurück, bevor er im März in Urlaub ging. Im April wurde er hastig zurückgerufen – Argentinien hatte die Falklandinseln besetzt.

Während One Para in der Heimat blieb, wurden Two und Three in den Südatlantik verlegt. Sie gingen an Bord des eilig zum Truppentransporter umgerüsteten Passagierschiffs *Canberra* und wurden in San Carlos Water an Land gesetzt. Während Two Para die Argentinier aus Goose Green zurückwarf, wobei sein Kommandeur, Oberst H. Jones, sich postum das Viktoriakreuz erkämpfte, treckte Three Para durch Regen und Schneeregen quer durch East Falkland in Richtung Port Stanley.

»Ich dachte, es hieße tigern«, bemerkte Laing dem Sergeanten gegenüber, der ihm Kaffee nachschenkte. Sid schob die Unterlippe vor. Scheißzivilisten.

»Die Marines nennen es tigern, Sir. Die Paras und das Regiment nennen es trecken.«

Trotzdem bedeuteten beide Worte das gleiche: einen Gewaltmarsch unter miserablen Bedingungen mit fünfzig Kilogramm Gepäck und Ausrüstung.

Three Para quartierte sich auf der einsamen Farm Estancia House ein und bereitete sich darauf vor, nach Port Stanley hinein vorzustoßen. Aber zuvor mußte noch der stark verteidigte Mount Longdon erstürmt werden. In dieser schlimmen Nacht vom 11. auf den 12. Juni bekam Hauptmann Martin seine Kugel ab.

Die Erstürmung begann als lautloser Nachtangriff auf die argentinischen Stellungen, der sehr laut wurde, als Korporal Milne auf eine Mine trat, die ihm den Fuß abriß. Die feindlichen MGs hämmerten los, Leuchtkugeln ließen den Berg in taghellem Licht erstrahlen, und Three Para konnte entweder in Deckung zurücklaufen oder nach vorn ins Feuer stürmen und den Mount Longdon erobern. Die Fallschirmjäger erstürmten ihn und verloren dabei dreiundzwanzig Männer, vierzig wurden verwundet. Zu letzteren gehörte Mike Martin, der mit einer Kugel im Bein halbblau einen endlosen Strom unflätiger Verwünschungen ausstieß – zum Glück auf arabisch.

Nachdem er den größten Teil dieses Tages auf dem Berg zugebracht, acht vor Kälte zitternde argentinische Gefangene in Schach gehalten und sich bemüht hatte, ja nicht ohnmächtig zu werden, wurde er zum Truppenverbandsplatz Ajax Bay gebracht, dort zusammengeflickt und mit dem Hubschrauber aufs Lazarettschiff *Uganda* geflogen. An Bord fand er sich in einer Koje neben einem argentinischen Leutnant wieder. Auf der Seereise nach Montevideo wurden die beiden gute Freunde, die noch immer Briefe wechselten.

Die *Uganda* lief die Hauptstadt Uruguays an, um ihre Argentinier auszuschiffen, und Martin gehörte zu denen, die sich soweit erholt hatten, daß sie mit einer Verkehrsmaschine nach Brize Norton zurückfliegen konnten. Dann schickten die Paras ihn für drei Wochen zur Genesung nach Leatherhead ins Headley Court.

Dort lernte er die Krankenschwester Susan kennen, die nach einer kurzen Romanze seine Frau werden sollte. Vermutlich imponierte ihr der Glanz des Kriegshelden, aber sie hatte sich getäuscht. Sie zogen in ein kleines Landhaus bei Chobham, das günstig zu ihrer Arbeitsstätte in Leatherhead und seiner in Aldershot lag. Aber nach drei Jahren, in denen sie ihn tatsächlich nur viereinhalb Monate gesehen hatte, stellte Susan ihn resolut vor die Wahl: Du kannst die Paras und deine verdammte Wüste haben – oder du kannst mich haben. Mike dachte darüber nach und entschied sich für die Wüste.

Susan hatte recht, als sie sich von ihm trennte. Im Herbst 1982 lernte er fürs Staff College, als dessen Absolvent ihm Beförderungen und ein netter Schreibtisch, vielleicht im Ministerium, sicher gewesen wären. Im Februar 1983 versiebte er die Aufnahmeprüfung.

»Das hat er absichtlich getan«, sagte Paxman. »Sein Kommandeur schreibt hier, er hätte die Prüfung mit links bestanden, wenn er gewollt hätte.«

»Ja, ich weiß«, bestätigte Laing. »Ich hab's gelesen. Der Mann ist... ungewöhnlich.«

Im Sommer 1983 wurde Martin auf den Posten des britischen Stabsoffiziers im Oberkommando der Landstreitkräfte des Sultans von Oman in Muskat versetzt. Danach kam eine zweijährige Abkommandierung, in der er sein Springerabzeichen behielt, aber das Grenzregiment Nord in Muskat kommandierte. Im Sommer 1986 wurde er in Oman zum Major befördert.

Offiziere, die eine turnusmäßige Dienstzeit im SAS absolviert haben, können eine zweite anschließen – jedoch nur auf Einladung. Im Winter 1987 war er kaum wieder in England gelandet, wo seine Scheidung unterdessen glatt über die Bühne gegangen war, als die Einladung aus Hereford kam. Im Januar 1988 kam er als Schwadronschef zurück, diente beim Northern Flank Command (Norwegen), war dann Berater des Sultans von Brunei und gehörte zuletzt ein halbes Jahr zum Sicherheitsdienst in der SAS-Kaserne in Hereford. Im Juni 1990 wurde er mit seinem Ausbilderteam nach Abu Dhabi entsandt.

Sergeant Sid klopfte an und streckte den Kopf zur Tür herein.

»Der Brigadegeneral läßt fragen, ob Sie rüberkommen möchten. Major Martin ist auf dem Weg nach oben.«

Als Martin eintrat, fielen Laing sofort der dunkle Teint, die schwarzen Augen und das dunkle Haar auf, und er wechselte einen raschen Blick mit Paxman. Ein Punkt abgehakt, zwei unerledigt. Er sieht echt aus, aber... übernimmt er den Auftrag – und spricht er so gut Arabisch, wie alle behaupten?

J. P. trat vor und ergriff Martins Hand mit seiner Rechten, die wie ein Schraubstock zupackte.

»Freut mich, Sie wiederzusehen, Mike.«

»Danke, Sir.« Er schüttelte auch Oberst Craig die Hand.

»Ich darf Sie mit diesen beiden Gentlemen bekannt machen«, sagte der DSF. »Mr. Laing und Mr. Paxman, beide vom Century. Sie haben einen... äh... Vorschlag zu unterbreiten. Gentlemen, schießen Sie los! Oder möchten Sie Major Martin lieber privat sprechen?«

»O nein, durchaus nicht«, wehrte Laing hastig ab. »Für den Fall, daß sich aus dieser Besprechung etwas ergeben sollte, hofft der Chef natürlich, daß daraus ein gemeinsames Unternehmen wird.«

Hübsch gemacht, dachte J. P., wie er Sir Colin erwähnt hat. Bloß um zu demonstrieren, wieviel Druck diese Schweinehunde notfalls machen wollen.

Die fünf Männer nahmen Platz. Laing ergriff das Wort, erläuterte den politischen Hintergrund und sprach über die Ungewißheit, ob Saddam Hussein Kuwait schnell, langsam oder nur unter Zwang räumen werde. Die politische Analyse gehe jedoch dahin, daß der Irak Kuwait erst ausplündern und danach seinen Abzug mit der Forderung nach Konzessionen verzögern werde, zu denen die Vereinten Nationen einfach nicht bereit seien. Im schlimmsten Fall könne sich das viele Monate lang hinziehen.

Großbritannien müsse wissen, was in Kuwait vorgehe – aber nicht durch Klatsch und Gerüchte oder die Schauergeschichten, die in den Medien die Runde machten, sondern durch gesicherte Erkenntnisse. Über die dort noch festsitzenden britischen Staatsbürger, die Besatzungstruppen und – für den Fall, daß später Gewalt angewendet werden mußte – die Frage, ob eine eventuell vorhandene kuwaitische Widerstandsbewegung mithelfen könne, mehr und mehr von Saddam Husseins Fronttruppen zu binden.

Martin nickte und hörte zu, stellte einige Zwischenfragen zum Thema und hielt ansonsten den Mund. Seine beiden Vorgesetzten sahen aus dem Fenster. Kurz nach zwölf Uhr war Laing mit seinem Vortrag fertig.

»Das wär's in etwa, Major. Ich erwarte keine sofortige Antwort, nicht auf der Stelle, aber die Sache ist eilig.«

»Sie haben wohl nichts dagegen, wenn wir uns vertraulich mit unserem Kameraden besprechen?« fragte J. P.

»Natürlich nicht. Hören Sie, Simon und ich ziehen wieder ins Büro ab. Meine Durchwahlnummer haben Sie. Vielleicht können Sie's mich heute nachmittag wissen lassen?«

Sergeant Sid begleitete die beiden Zivilisten hinaus und zur Straße hinunter, wo er beobachtete, wie sie ein Taxi anhielten. Dann stieg er wieder in seinen Horst unter dem Dachstuhl hinter dem Baugerüst hinauf.

J. P. trat an den kleinen Kühlschrank und holte drei kalte Biere heraus.

»Also, Mike, Sie wissen jetzt, worum's geht. Was die Kerle von Ihnen wollen. Wenn Sie's für verrückt halten, stehen wir voll hinter Ihnen.«

»Hundertprozentig«, bestätigte Craig. »Vom Regiment kriegen Sie keine Minuspunkte, wenn Sie nein sagen. Das ist *deren* Idee gewesen, nicht unsere.«

»Aber falls Sie mitmachen wollen«, fuhr J. P. fort, »falls Sie sozusagen die Schwelle überschreiten, haben Sie mit diesen Leuten zu tun, bis Sie zurückkommen. Wir sind natürlich eingeschaltet, ohne uns könnten sie die Sache wahrscheinlich nicht durchziehen, aber Sie unterstehen ihnen. Zuständig für diesen Einsatz sind allein sie. Und Sie kommen danach zu uns zurück, als seien Sie im Urlaub gewesen.«

Darüber war Martin sich im klaren. Er wußte von anderen, die fürs Century gearbeitet hatten. Fürs Regiment existierte man erst wieder, wenn man zurückkam. »Schön, daß Sie wieder da sind«, sagten dann alle, ohne jemals zu erwähnen oder danach zu fragen, wo man gewesen war.

»Ich übernehme den Auftrag«, sagte er. Oberst Craig stand auf. Er mußte nach Hereford zurück. Er streckte ihm die Hand hin.

»Alles Gute, Mike.«

»Übrigens«, sagte der Brigadegeneral, »sind Sie zum Mittagessen verabredet. Gleich um die Ecke. Den Termin hat das Century vereinbart.«

Er drückte Martin einen Zettel in die Hand und verabschiedete sich von ihm. Mike Martin ging die Treppe hinunter und trat auf die Straße hinaus. Auf dem Zettel stand, ein Mr. Wafik al-Khouri erwarte ihn zum Mittagessen in einem vierhundert Meter entfernten kleinen Restaurant.

Neben MI-5 und MI-6 besteht in Großbritannien ein weiterer wichtiger Nachrichtendienst, der als Government Communications Headquarters (GCHQ) bekannt und in einem weitläufigen, streng bewachten Gebäudekomplex außerhalb der geruhsamen Stadt Cheltenham in Gloucestershire untergebracht ist.

Das GCHQ ist die britische Version der amerikanischen National Security Agency, mit der es sehr eng zusammenarbeitet – zwei Lauscher, deren Antennen fast jeden Funkspruch, fast jedes Telefongespräch der Welt mithören können, falls sie es wünschen.

Dank seiner Zusammenarbeit mit dem GCHQ verfügt die amerikanische NSA über eine Anzahl von Außenstationen in Großbritannien, zu denen weitere Horchposten in aller Welt kommen, und das GCHQ hat eigene Stationen im Ausland, vor allem eine sehr große auf britischem Hoheitsgebiet bei Akrotiri auf Zypern.

Wegen ihrer räumlichen Nähe zu den Ereignissen überwacht die Station Akrotiri den Nahen Osten, übermittelt das gesammelte Material aber zur Auswertung nach Cheltenham. Zu den dortigen Analytikern gehören einige Experten, die zwar geborene Araber sind, aber Material sehr hoher Geheimhaltungsstufen auswerten dürfen. Einer dieser Männer war Mr. Al-Khouri, der sich schon vor langer Zeit dafür entschieden hatte, sich in Großbritannien niederzulassen, britischer Staatsbürger zu werden und eine Engländerin zu heiraten.

Dieser umgängliche ehemalige jordanische Diplomat arbeitete jetzt beim GCHQ als Chefanalytiker in der Arabienabteilung, wo er trotz der Vielzahl britischer Arabisten oft den verborgenen Sinn aus dem scheinbaren Sinn einer aufgezeichneten Rede eines Führers der arabischen Welt heraushören konnte. Heute kam er einer Bitte aus dem Century House nach, indem er Mike Martin in einem Restaurant erwartete.

Bei ihrem zweistündigen Mittagessen unterhielten die beiden sich sehr angeregt und sprachen ausschließlich arabisch. Dann verabschiedete Martin sich und schlenderte zum SAS-Gebäude zurück. Vor ihm lagen stundenlange Einsatzbesprechungen, bevor er nach Riad fliegen konnte – mit einem Reisepaß, den das Century House bis dahin mit auf seinen Decknamen lautenden Visa fertiggestellt haben würde.

Bevor Mr. Al-Khouri das Restaurant verließ, führte er vom Wandapparat im Toilettenvorraum eine Telefongespräch.

»Kein Problem, Steve. Er ist die Idealbesetzung. Tatsächlich habe ich noch keinen wie ihn gehört, glaube ich. Natürlich spricht er kein Gelehrtenarabisch, aber für Ihre Zwecke ist seines noch besser geeignet. Straßenarabisch mit sämtlichen Flüchen, Dialektwörtern, Slangausdrücken... Nein, völlig akzentfrei... ja, er geht ohne weiteres als Araber durch... praktisch auf jeder Straße im Nahen Osten... Nein, nein, keineswegs, alter Junge. Freut mich, daß ich Ihnen einen Gefallen tun konnte.«

93

Eine halbe Stunde später hatte er seinen Wagen aus einer Tiefgarage geholt und fuhr auf der M4 nach Cheltenham zurück. Bevor Mike Martin in die Zentrale ging, telefonierte auch er mit einer Nummer in der Gower Street. Der Mann, den er sprechen wollte, nahm selbst ab.

»Hallo, Bro, ich bin's.«

Der Offizier brauchte seinen Namen nicht zu nennen. Seit ihrer gemeinsamen Schulzeit in Bagdad nannte er seinen jüngeren Bruder Bro. Der Mann am anderen Ende holte tief Luft.

»Martin? Wo zum Teufel bist du?«

»In London, in einer Telefonzelle.«

»Ich dachte, du seist irgendwo am Golf.«

»Bin heute morgen zurückgekommen. Voraussichtlich fliege ich abends wieder zurück.«

»Hör zu, Martin, tu's nicht. Daran bin nur ich schuld ... Ich hätte die Klappe halten sollen.«

Aus dem Hörer drang das tiefe Lachen seines älteren Bruders.

»Ich hab' mich schon gefragt, warum die Kerle sich plötzlich für mich interessieren. Sie haben dich zum Essen eingeladen, stimmt's?«

»Ja, aber wir haben über etwas anderes gesprochen. Diese Sache ist nur zufällig erwähnt worden, sie ist mir gewissermaßen rausgerutscht. Hör zu, du brauchst wirklich nicht hin. Sag einfach, ich hätte mich geirrt ...«

»Zu spät. Ich hab' jedenfalls zugesagt.«

»O Gott ...« In seinem Büro, von Folianten über das mittelalterliche Mesopotamien umgeben, war der jüngere Mann den Tränen nahe.

»Mike, paß gut auf dich auf. Ich werde für dich beten.«

Mike überlegte kurz. Ja, Terry war schon immer etwas religiös gewesen. Wahrscheinlich würde er's tun.

»Tu das, Bro. Wir sehen uns, wenn ich zurück bin.«

Er hängte ein. Allein in seinem Büro, verbarg der Gelehrte, der seinen Soldatenbruder heroisierte, sein Gesicht in den Händen.

Als die Maschine der British Airways an diesem Abend auf die Minute pünktlich um 20.45 Uhr nach Saudi-Arabien startete, war Mike Martin mit einem auf einen anderen Namen ausgestellten Reisepaß an Bord, um kurz vor Tagesanbruch vom SIS-Residenten in der britischen Botschaft in Riad abgeholt zu werden.

4

Als Don Walker leicht auf die Bremse trat, hielt seine 63er Corvette Stingray einen Augenblick lang am Haupttor der Seymour Johnson Air Force Base, um ein paar Wohnmobile vorbeizulassen, bevor sie auf die Fernstraße hinausfuhr.

Es war heiß. Die Augustsonne brannte auf die kleine Stadt Goldsboro in North Carolina herab, so daß der Asphalt vor ihm fast wie bewegtes Wasser schimmerte. Es tat gut, mit offenem Verdeck zu fahren und den Wind, so warm er auch war, in seinem kurzgeschnittenen blonden Haar zu spüren.

Er lenkte den klassischen Sportwagen, den er so liebevoll pflegte, durch die noch schlafende Kleinstadt zum Highway 70 und bog dann zum Highway 13 nach Nordosten ab.

In diesem heißen Sommer 1990 war Don Walker neunundzwanzig: ein Jagdflieger, der eben erfahren hatte, daß er in den Krieg ziehen würde. Nun ja, vielleicht. Anscheinend hing das von irgendeinem komischen Araber namens Saddam Hussein ab.

Heute morgen hatte ihr Geschwaderkommodore, Oberst (später General) Hal Hornburg, den Einsatzbefehl bekanntgegeben: In drei Tagen, am 9. August, würde seine Staffel, die 336th »Rocketeers« der 9th Air Force im Tactical Air Command, an den Persischen Golf verlegt werden. Dieser Befehl kam vom TAC auf der Langley Air Force Base in Hampton, Virginia. Es ging also los. Alle Piloten waren restlos begeistert gewesen. Wozu taugte ihr jahrelanges Training schließlich, wenn man nie zum scharfen Schuß kam?

In diesen drei Tagen war eine Unmenge Arbeit zu bewältigen, und als Waffenoffizier der Staffel hatte er mehr zu tun als die meisten anderen. Aber er hatte um nur vierundzwanzig Stunden Urlaub gebeten, um sich von seinen Angehörigen verabschieden zu können, und Oberstleutnant Steve Turner, der Waffenoffizier des Geschwaders, hatte ihm gedroht, wenn am 9. August beim Start der F-15E Eagle auch nur die geringste Kleinigkeit fehle, werde er ihn persönlich in den Hintern treten. Dann hatte er gegrinst und Walker erklärt, wenn er bis Sonnenaufgang zurück sein wolle, solle er sich lieber beeilen.

Also raste Walker an diesem Morgen gegen neun Uhr auf der Fahrt zu der Inselkette östlich des Pamlico-Sunds durch Snow Hill und Greenville nach Norden. Zum Glück waren seine Eltern gerade nicht daheim in Tulsa, Oklahoma, sonst hätte er's nie schaffen können. Wie jedes Jahr im August machten sie Urlaub im Strandhaus der Familie bei Hatteras, fünf Autostunden von seinem Stützpunkt entfernt.

Don Walker wußte, daß er als Pilot große Klasse war – und genoß dieses Bewußtsein. Neunundzwanzig zu sein, seiner Lieblingsbeschäftigung nachzugehen und darin zu brillieren, war schon ein tolles Gefühl. Er war gern auf diesem Stützpunkt, mochte die anderen Jungs und genoß die begeisternden Flugleistungen der von ihm geflogenen McDonnell Douglas F-15E Strike Eagle, der Jagdbomberversion des Luftüberlegenheitsjägers F-15C. Seiner Überzeugung nach gab es in der gesamten U.S. Air Force keine bessere Maschine – und zum Teufel damit, was die Piloten der Fighting Falcons sagten! Nur die F-18 Hornet der U.S. Navy sei damit zu vergleichen, hieß es, aber er hatte noch keine Hornet geflogen und war mit der Strike Eagle völlig zufrieden.

In Bethel bog er genau östlich ab, um über Columbia nach Whalebone zu fahren; dort erreichte die Straße die Inselkette, führte an Kitty Hawk links hinter ihm vorbei nach Süden und endete dann in Hatteras, das auf drei Seiten vom Meer umgeben war. Als Junge hatte er dort viele schöne Ferien verlebt und war im Morgengrauen mit Grandpa aufs Meer hinausgefahren, um Blaubarsche zu angeln, bis der Alte so krank geworden war, daß er nicht mehr mitkommen konnte.

Nachdem Dad jetzt seinen Job im Ölgeschäft in Tulsa aufgab, würden Mom und er vielleicht mehr im Strandhaus wohnen, so daß er sie öfter besuchen konnte. Er war noch jung genug, um nicht ein einziges Mal daran zu denken, daß er womöglich nicht vom Golf zurückkommen würde, falls es Krieg gab.

Als Achtzehnjähriger hatte Walker die High-School in Tulsa mit guten Noten und dem brennenden Ehrgeiz verlassen, Pilot zu werden. Soweit er zurückdenken konnte, hatte er schon immer fliegen wollen. Ein vierjähriges Flugzeugbaustudium an der Oklahoma State University schloß er im Juni 1983 mit dem Diplom ab. Nachdem er schon als Student ins Reserve Officer Training Corps eingetreten war, kam er im Herbst dieses Jahres zur Luftwaffe.

Die Pilotenausbildung erhielt er auf der Williams AFB bei Phoenix, Arizona, wo er T-33 und T-38 flog und nach elf Monaten bei der Verleihung der Pilotenschwingen hörte, daß er als Viertbester von vierzig Flugschülern mit Auszeichnung bestanden hatte. Zu seiner großen Freude kamen die fünf Besten auf einen Vorbereitungslehrgang für Jagdflieger auf der Holloman AFB bei Alamagordo, New Mexico. Alle übrigen, dachte er mit der maßlosen Arroganz eines jungen Mannes, der zum Jagdflieger bestimmt ist, würden bestenfalls zu Bombenschmeißern oder Müllkutschern ausgebildet werden.

Beim Replacement Training Unit in Homestead, Florida, kam er endlich von der T-38 weg und stieg auf die F-4 Phantom um, die ein großes, brutales Biest von einem Flugzeug, aber endlich ein richtiger Jäger war.

Nach neun Monaten in Homestead wurde er erstmals zu einer Staffel versetzt, kam nach Osan in Südkorea und flog dort ein Jahr lang Phantoms. Er war gut, das wußte er, und seine Vorgesetzten schienen ähnlich zu denken. Von Osan aus schickten sie ihn auf die USAF Fighter Weapon School auf der McConnell AFB bei Wichita, Kansas.

Die Lehrgänge an der FWS sind wahrscheinlich die schwierigsten der amerikanischen Luftwaffe. Ihre Absolventen stehen als Überflieger fest, was ihre Karriere betrifft. Die Technologie der neuen Waffen ist fast beängstigend kompliziert. McConnell-Absolventen müssen jede Mutter und Schraube, jeden IC und Mikrochip der verwirrenden Waffenvielfalt kennen und verstehen, mit denen ein moderner Jäger den Gegner in der Luft oder am Boden bekämpfen kann. Walker gehörte wieder zu den Lehrgangsbesten, was bedeutete, daß jede Jagdstaffel der Air Force ihn gern in ihren Reihen begrüßt hätte.

Im Sommer 1987 bekam ihn die 336th in Goldsboro. Nachdem er ein Jahr lang Phantoms geflogen hatte, war er vier Monate lang auf der Luke AFB in Phoenix, Arizona, um auf die F-15E Strike Eagle, das neue Flugzeug der Rocketeers, umgeschult zu werden.

Dieses Muster flog er seit über einem Jahr, als Saddam Hussein in Kuwait einmarschierte.

Kurz vor Mittag bog der Stingray auf die Inselkette ab – wenige Meilen südlich des Denkmals in Kitty Hawk, wo Orville und Wilbur Wright mit ihrer fliegenden Kiste ein paar kurze Sprünge gemacht hatten, um zu beweisen, daß der bemannte Motorflug möglich sei. Wenn sie damals geahnt hätten ...

Durch Nag's Head kroch er in einer Schlange aus Wohnmobilen und Wohnwagen, bis sie endlich dünner wurde, so daß die Straße ab Kap Hatteras bis zur Inselspitze wieder frei war. Wenige Minuten vor ein Uhr parkte er den Stingray in der Einfahrt des Holzhauses seiner Eltern. Er fand sie auf der Veranda mit Blick übers stille blaue Meer.

Ray Walker sah seinen Sohn zuerst und stieß einen Freudenschrei aus. Maybelle kam aus der Küche, wo sie das Mittagessen zubereitete, und warf sich in seine Arme. Sein Großvater saß im Schaukelstuhl und starrte aufs Meer hinaus. Don ging zu ihm hinüber und sagte:

»Hi, Grandpa, ich bin's, Don.«

Der Alte sah auf und nickte lächelnd; dann starrte er wieder aufs Meer hinaus.

»Ihm geht's nicht so gut«, sagte Ray. »Manchmal kennt er einen, manchmal nicht. Schön, setz dich hin und erzähl uns, was es Neues gibt. Hey, Maybelle, wie wär's mit 'nem Bier für zwei durstige Kerle?«

Beim Bier erzählte Don seinen Eltern, daß er in drei Tagen zum Persischen Golf abfliegen werde. Maybelle bedeckte ihren Mund mit der Hand; sein Vater machte ein ernstes Gesicht.

»Nun, dafür ist's wohl – die Ausbildung und alles«, sagte er schließlich.

Don ließ sein Bier im Glas kreisen und fragte sich wieder einmal, warum seine Eltern sich dauernd Sorgen machten. Sein Großvater starrte ihn an. In seinem wäßrigen Blick schien ein gewisses Erkennen zu liegen.

»Don geht dort in den Krieg, Grandpa«, erklärte Ray Walker ihm schreiend laut. In den Augen des Alten blitzte etwas Leben auf.

Er war sein ganzes Berufsleben lang Marineinfanterist gewesen, nachdem er damals vor vielen Jahrzehnten frisch aus der Schule zum Marine Corps gegangen war. Im Jahr 1941 hatte er seine Frau zum Abschied geküßt und sie mit ihrer neugeborenen Tochter Maybelle bei ihrer Familie in Tulsa zurückgelassen, um im Pazifik zu kämpfen. Er war mit General MacArthur auf Corregidor gewesen, hatte gehört, wie er »Ich komme zurück!« sagte, und war bei MacArthurs Rückkehr keine zwanzig Meter von ihm entfernt gewesen.

Bis dahin hatte er um ein Dutzend elender Marianenatolle gekämpft und die Hölle von Iwo Jima überlebt. Er trug siebzehn Narben am Körper, alle von Verwundungen, und durfte einen Silver Star, zwei Bronze Stars und sieben Purple Hearts auf der Brust tragen.

Er hatte sich stets geweigert, eine Beförderung zum Offizier anzunehmen, und sich damit begnügt, Master Sergeant zu bleiben, denn er wußte, wo die wahre Macht lag. In Korea war er bei Inchon an Land gewatet, und als das Marine Corps ihn auf seine alten Tage als Ausbilder nach Parris Island abkommandierte, trug seine Ausgehuniform mehr Orden als jedes andere Stück Tuch auf diesem Stützpunkt. Als er nach zweimaliger Dienstzeitverlängerung schließlich in den Ruhestand ging, kamen vier Generale zu seiner Abschiedsparade – mehr als selbst ein General hätte erwarten dürfen.

Der Alte winkte seinen Enkel zu sich heran. Don stand vom Tisch auf und beugte sich über ihn.

»Paß auf die Japaner auf, mein Junge«, flüsterte der Alte, »sonst kriegen sie dich.«

Don legte ihm einen Arm um die knochigen, von Rheuma verkrümmten Schultern.

»Mach dir keine Sorgen, Grandpa, die kommen gar nicht an mich ran.«

Der Alte nickte und schien zufrieden zu sein. Er war achtzig. Zuletzt hatten weder Japaner noch Koreaner, sondern Mr. Alzheimer den gußeisernen Sergeanten bezwungen. Jetzt verbrachte er die meiste Zeit in angenehmen Träumen, während Tochter und Schwiegersohn ihn versorgten, da er sonst keine Angehörigen hatte.

Nach dem Mittagessen erzählten ihm Dons Eltern von ihrer Rundreise am Persischen Golf, von der sie vor vier Tagen zurückgekehrt waren. Maybelle stand auf und holte ihre Fotos, die gerade aus dem Labor zurückgekommen waren.

Don saß neben seiner Mutter, während sie den Bilderstapel durchging und die Paläste und Moscheen, die Märkte und Basare der Kette von Scheichtümern und Emiraten benannte, die sie besucht hatten.

»Sei ja vorsichtig, wenn du dort runterkommst«, ermahnte sie ihren Sohn. »Mit Leuten dieser Art wirst du's zu tun bekommen. Gefährliche Leute, sieh dir bloß diese Augen an!«

Don Walker betrachtete das Foto in ihrer Hand. Der Beduine stand vor einem Wüstenhintergrund zwischen zwei Dünen und hatte einen Zipfel seines Kopftuchs hochgeschlagen und vors Gesicht gezogen. Nur die schwarzen Augen starrten mißtrauisch in die Kamera.

»Ich nehm' mich vor ihm in acht, verlaß dich drauf«, versprach er ihr. Das schien sie zufriedenzustellen.

Gegen fünf Uhr wollte er allmählich wieder zum Stützpunkt zurückfahren. Seine Eltern begleiteten ihn vors Haus, wo sein Wagen in der Einfahrt stand. Maybelle umarmte ihren Sohn und ermahnte ihn nochmals, gut auf sich aufzupassen, und Roy umarmte ihn und sagte, sie seien stolz auf ihn. Don setzte sich ans Steuer und legte den Rückwärtsgang ein, um auf die Straße hinauszustoßen. Er blickte nochmals auf.

Aus dem Haus kam sein Großvater, auf zwei Stöcke gestützt, auf die Veranda geschlurft. Er nahm seine Stöcke langsam in die linke Hand, richtete sich auf und zwang den Rheumatismus aus Rücken und Schultern, bis er aufrecht dastand. Dann legte er die Rechte mit gestreckten Fingern an den Schirm seiner Baseballmütze und behielt sie dort: ein alter Krieger, der seinen Enkel grüßte, der in einen weiteren Krieg zog.

Don legte im Wagen sitzend die Fingerspitzen seiner rechten Hand an die Schläfe, um den Gruß zu erwidern. Dann gab er Gas und röhrte davon. Seinen Großvater sah er nie wieder. Ende Oktober starb der Alte im Schlaf.

Um diese Zeit war es in London bereits dunkel. Terry Martin hatte noch spät gearbeitet, denn obwohl die Studenten in den langen Sommerferien waren, mußte er Vorlesungen vorbereiten und war wegen der spezialisierten SOAS-Ferienkurse selbst in den Sommermonaten ziemlich eingespannt. Aber an diesem Abend zwang er sich dazu, sich mit irgend etwas zu beschäftigen, um von seinen Sorgen abgelenkt zu werden.

Er wußte, wohin sein Bruder unterwegs war, und malte sich aus, wie gefährlich es war, sich ins irakisch besetzte Kuwait einschleichen zu wollen.

Um zehn Uhr, als Don Walker von Hatteras aus wieder nach Süden fuhr, verließ er die SOAS, wünschte dem alten Hausmeister, der hinter ihm zusperrte, höflich eine gute Nacht und ging durch Gower Street und St. Martin's Lane in Richtung Trafalgar Square. Vielleicht, dachte er, muntert der Lichterglanz mich ein bißchen auf. Der Abend war mild und warm.

Als er an St. Martin-in-the-Fields vorbeikam, sah er das Portal offenstehen und hörte Stimmen, die Choräle sangen. Er betrat die Kirche, setzte sich in die letzte Bankreihe und hörte bei der Chorprobe zu. Aber die klaren Stimmen der Chorsänger machten ihn nur noch deprimierter. Er dachte an ihre gemeinsame Kindheit zurück, die Mike und er vor dreißig Jahren in Bagdad verbracht hatten.

Nigel und Susan Martin hatten dort in Saadun, einer vornehmen Wohngegend in der als Risafa bezeichneten einen Hälfte der Stadt, in einem schönen, geräumigen alten Haus gelebt. Michael war 1953 zur Welt gekommen; er zwei Jahre später. Zu seinen frühesten Erinnerungen gehörte die Szene, als sein schwarzhaariger Bruder für seinen ersten Tag in Miss Saywells Kindergarten angezogen wurde. Das bedeutete Hemd und kurze Hose, Socken und Schuhe – die Kleidung eines englischen Jungen –, und Mike hatte lautstark protestiert, weil er sich nicht von seinem gewohnten Dischdasch, dem weißen Baumwollgewand, das Bewegungsfreiheit gewährte und den Körper kühl hielt, trennen wollte.

Damals in den fünfziger Jahren führte die britische Kolonie in Bagdad ein behagliches, elegantes Leben. Man war Mitglied im Mansour Club und im Alwiya Club mit Swimmingpool, Tennisplätzen und Squashcourts, wo Angestellte der Iraq Petroleum Company und Angehörige der britischen Botschaft sich trafen, um zu spielen, zu schwimmen, zu faulenzen oder an der Bar kühle Drinks zu sich zu nehmen.

Er erinnerte sich an Fatima, ihre Dada oder Kindermädchen, ein molliges, sanftes Mädchen aus den Bergen, das seinen Lohn als Mitgift sparte, um nach der Rückkehr in die Heimat einen wohlhabenden jungen Mann heiraten zu können. Fatima spielte immer mit ihm auf dem Rasen, bis es Zeit wurde, Mike gemeinsam aus Miss Saywells Kindergarten abzuholen.

Schon bevor sie drei Jahre alt waren, sprachen die beiden Jungen Englisch und Arabisch, wobei sie letzteres von Fatima, dem Koch und dem Gärtner lernten. Vor allem Mike sprach bald fließend Arabisch, und da ihr Vater ein großer Bewunderer der arabischen Kultur war, hatte er oft seine irakischen Freunde zu Gast.

Araber lieben kleine Kinder ohnehin und bringen weit mehr Geduld mit ihnen auf als Europäer, und wenn Mike mit schwarzem Haar und dunklen Augen in seinem Dischdasch über den Rasen tobte und auf arabisch schwatzte, lachten die Freunde seines Vaters vor Vergnügen und riefen: »Wirklich, Nigel, er gehört eher zu uns!«

An den Wochenenden gab es Ausflüge, um die Royal Harithiya Hunt zu beobachten: eine in den Nahen Osten verpflanzte Kopie einer englischen Fuchsjagd, die mit dem Städtebauer Philip Hirst als Jagdmeister Schakale jagte und nach der alle zu einem »Hammelgrapschen« mit Kusi und Gemüsen eingeladen wurden. Und es gab wundervolle Picknicks auf der flußabwärts gelegenen Schweineinsel mitten im langsam fließenden Tigris, der die Stadt in zwei Hälften teilte.

Nach zwei Jahren folgte er Mike in Miss Saywells Kindergarten, aber weil er aufgeweckt und frühreif war, kamen sie miteinander in die von Mr. Hartley geleitete Foundation Prep. School.

Er war sechs und sein Bruder acht gewesen, als sie zum erstenmal in die Tasisija gingen, die von einigen englischen Jungen, aber hauptsächlich von irakischen Schülern aus Familien der Oberschicht besucht wurde.

Unterdessen hatte es bereits einen Staatsstreich gegeben. Der Kindkönig und Nuri as-Sa'id waren hingeschlachtet worden, und der neokommunistische General Kassem hatte die Macht an sich gerissen. Obwohl die beiden englischen Jungen nichts davon wahrnahmen, waren ihre Eltern und die britische Kolonie zunehmend besorgt. Kassem, der die Kommunistische Partei des Irak bevorzugte, führte einen Ausrottungsfeldzug gegen die Mitglieder der nationalistischen Ba'th-Partei, die ihrerseits versuchten, den General zu ermorden. Mit zu der Gruppe, deren MG-Attentat auf den Diktator fehlschlug, gehörte ein junger Heißsporn namens Saddam Hussein.

Am ersten Tag in der Prep. School fand Terry sich von einer Gruppe irakischer Jungen umzingelt.

»Er ist 'ne Made«, sagte einer.

Terry fing zu heulen an. »Ich bin keine Made!« schniefte er.

»Doch, du bist eine«, stellte der größte Junge fest. »Du bist dick und weiß und hast komische Haare. Du siehst wie 'ne Made aus. Made, Made, Made!«

Die anderen stimmten in den Sprechgesang ein. Dann tauchte plötzlich Mike hinter ihm auf. Sie sprachen natürlich alle arabisch.

»Nennt meinen Bruder nicht Made!« sagte er warnend.

»Deinen Bruder? Er sieht nicht wie dein Bruder aus. Aber er sieht wie 'ne Made aus.«

Der Gebrauch der geballten Faust ist nicht Bestandteil der arabischen Kultur. Tatsächlich ist er – außer in bestimmten Gebieten des Fernen Ostens – den meisten Kulturen fremd. Auch südlich der Sahara wird die geballte Faust nicht traditionell als Waffe eingesetzt. Schwarze aus Afrika und ihre Nachkommen mußten darin unterwiesen werden, die Fäuste zu ballen und damit zuzuschlagen; später wurden sie dann die besten Boxer der Welt. Der Faustschlag gehört hauptsächlich zur westlich-mediterranen, vor allem zur angelsächsischen Tradition.

Mike Martins rechte Gerade traf das Kinn des Jungen, der Terry am meisten gehänselt hatte, und holte ihn von den Beinen. Der Junge war mehr überrascht als verletzt. Aber danach wagte es keiner mehr, Terry eine Made zu nennen.

Erstaunlicherweise wurden Mike und dieser irakische Junge die besten Freunde. In ihrer gemeinsamen Schulzeit waren sie unzertrennlich. Der große Junge hieß Hassan Rahmani. Zu Mikes Bande gehörte auch Abdelkarim Badri, dessen jüngerer Bruder Osman in Terrys Alter war. Also wurden Osman und Terry ebenfalls Freunde, was nützlich war, weil Badri senior viel bei den Martins verkehrte. Er war praktischer Arzt, und die Familie schätzte sich glücklich, ihn als Hausarzt zu haben.

Dr. Badri betreute Mike und Terry Martin während der üblichen Kinderkrankheiten wie Masern, Mumps und Windpocken.

Der ältere der beiden Brüder Badri, daran erinnerte Terry sich noch gut, schwärmte für Lyrik, trug ständig irgendwelche englischen Gedichtbände mit sich herum und gewann Vorlesewettbewerbe selbst gegen englische Jungen. Osman, sein jüngerer Bruder, war in Mathematik gut und sagte, er wolle später Architekt oder Ingenieur werden und herrliche Bauten errichten. An diesem warmen Abend im Jahr 1990 saß Terry auf seiner Kirchenbank und fragte sich, was aus ihnen allen geworden sein mochte.

Während sie an der Tasisija lernten, gingen um sie herum im Irak große Veränderungen vor. Vier Jahre nachdem General Kassem durch die Ermordung des Königs an die Macht gekommen war, wurde er von der Armee, die sein Flirt mit dem Kommunismus zunehmend beunruhigte, selbst gestürzt und ermordet. Nun folgten elf Monate einer Koalitionsregierung aus Militär und Ba'th-Partei, in denen die Ba'thisten blutige Rache an ihren ehemaligen Verfolgern, den Kommunisten, nahmen.

Dann entmachtete das Militär die Ba'th-Partei, trieb sie erneut in den Untergrund und regierte bis 1968 allein.

Aber 1966 war Mike mit dreizehn Jahren zur Vervollständigung seiner Ausbildung ins englische Internat Haileybury geschickt worden. Terry folgte zwei Jahre später. Ende Juni 1968 reisten seine Eltern mit ihm nach England, damit sie die langen Sommerferien gemeinsam verbringen konnten, bevor Terry zu Mike nach Haileybury kam. So verpaßten sie zufällig die beiden Staatsstreiche am 14. und 30. Juli, die das Militärregime stürzten und die Ba'th-Partei mit Staatspräsident Bakr und einem Vizepräsidenten namens Saddam Hussein an die Macht brachten.

Nigel Martin hatte diese Entwicklung vorausgeahnt und entsprechend disponiert. Er kündigte bei der IPC, ging zu der britischen Ölgesellschaft Burmah Oil, löste den Haushalt in Bagdad auf und ließ sich mit seiner Familie in der Nähe von Hereford nieder.

Martin senior wurde ein begeisterter Golfspieler, und an Wochenenden fungierten seine Söhne oft als Caddies, wenn er mit einem Kollegen aus der Führungsetage von Burmah Oil, einem gewissen Mr. Denis Thatcher, dessen Frau sich sehr für Politik interessierte, Golf spielte.

Terry genoß die Jahre in Haileybury, dessen Direktor damals Mr. Bill Stewart war; die beiden Brüder wohnten im Melvill House, das von Richard Rhodes-James geleitet wurde. Wie zu erwarten gewesen war, glänzte Terry durch schulische Leistungen, während Mike der große Sportler war. Mikes schon an Mr. Hartleys Schule in Bagdad gezeigte Bereitschaft, seinen kleineren, etwas rundlichen Bruder in Schutz zu nehmen, verstärkte sich in Haileybury ebenso wie Terrys Bewunderung für seinen älteren Bruder.

Anstatt sich um einen Studienplatz an einer Universität zu bewerben, kündigte Mike frühzeitig an, Berufsoffizier werden zu wollen. Das war ein Entschluß, dem Mr. Rhodes-James freudig zustimmen konnte.

Als mit dem Ende der Chorprobe die Lichter ausgingen, verließ Terry Martin die Kirche, überquerte den Trafalgar Square und erreichte den nächsten Bus nach Bayswater, wo er mit Hilary zusammenlebte. Auf der Fahrt die Park Lane entlang erinnerte er sich an jenes letzte Rugbyspiel gegen Tonbridge, mit dem Mike seine fünfjährige Schulzeit in Haileybury abgeschlossen hatte.

Das Match gegen Tonbridge – immer ein Prestigespiel – war damals ein Heimspiel auf The Terrace, dem Rugbyfeld in Haileybury. Mike war Fullback, das Spiel dauerte noch fünf Minuten, und Haileybury lag mit zwei Punkten im Rückstand. Terry rannte wie ein treuer Spaniel die Seitenauslinie entlang und beobachtete seinen Bruder.

Aus einem Gedränge heraus schnappte sich der Fly-Half den ovalen Ball, umlief damit einen gegnerischen Spieler und warf ihn seinem nächsten Centre-Threequarter zu. Aus dem Rückraum heraus setzte Mike zu einem Spurt an. Nur Terry sah ihn lospreschen. Nach blitzschnellem Antritt überquerte er die eigene Dreiviertellinie, fing in vollem Lauf einen für den Winger bestimmten Paß ab, durchbrach die gegnerische Verteidigung und rannte auf die Touchlinie zu. Terry sprang wie verrückt auf und ab und schrie sich heiser. Er hätte alle seine glänzenden Noten, alle seine schulischen Erfolge dafür gegeben, jetzt draußen auf dem Feld neben seinem Bruder herrennen zu dürfen – obwohl er wußte, daß seine kurzen weißen Beine, deren aschblonde Stoppelhaare an Stachelbeeren erinnerten, ihn keine zehn Meter weit getragen hätten, bevor die Horde aus Tonbridge ihn zu Boden gerissen und unter sich begraben hätte.

Das Kreischen verstummte, als der gegnerische Fullback zum Tackling ansetzte. Die beiden achtzehnjährigen Schüler krachten mit voller Wucht zusammen, der Abwehrspieler aus Tonbridge torkelte atemlos zur Seite, und Mike Martin überquerte die Linie, um die benötigten drei Punkte zu erzielen.

Als die Mannschaften vom Feld gingen, stand Terry grinsend an dem mit Seilen abgesperrten Durchgang. Mike streckte eine Hand aus und zerzauste ihm das Haar.

»Nun, wir haben's geschafft, Bro.«

Und weil er dummes Zeug geschwatzt hatte, statt die Klappe zu halten, war er jetzt schuld daran, daß sein Bruder ins besetzte Kuwait geschickt wurde. Er war nahe daran, aus Sorge und Frustration in Tränen auszubrechen.

Er stieg aus und hastete die Chepstow Gardens entlang. Hilary, die drei Tage geschäftlich verreist gewesen war, mußte wieder zu Hause sein. Das hoffte er, denn er war trostbedürftig. Als er aufsperrte, rief er ihren Namen und hörte voller Freude ihre Stimme aus dem Wohnzimmer.

Er stürmte hinein und platzte sofort mit der Dummheit heraus, die er gemacht hatte. Dann fühlte er sich in der warmen, tröstlichen Umarmung der freundlichen, sanften Börsenmaklerin geborgen, die sein Leben teilte.

In Riad hatte Mike Martin zwei Tage mit dem dortigen SIS-Residenten verbracht, dessen Personal jetzt durch zwei Männer aus dem Century House verstärkt worden war.

Die SIS-Residentur in Riad arbeitet normalerweise von der Botschaft aus, und da Saudi-Arabien als ein britischen Interessen äußerst wohlgesinntes Land gilt, hatte ihre Arbeit nie als »harter« Job gegolten, der viel Personal und technische Ausrüstung erfordert hätte. Aber die zehn Tage alte Golfkrise hatte vieles geändert.

Die neugeschmiedete Allianz aus westlichen und arabischen Staaten, die sich entschieden gegen die weitere Besetzung Kuwaits durch den Irak wandte, hatte bereits zwei gemeinsam agierende Oberkommandierende bestimmt: General Norman Schwarzkopf aus den Vereinigten Staaten und Prinz Khalid Ibn Sultan Ibn Abdulaziz, einen im englischen Sandhurst und in den USA ausgebildeten vierzigjährigen Berufsoffizier, der ein Neffe König Fahds und Sohn des Verteidigungsministers Prinz Sultan war.

Auf ein britisches Ersuchen hin hatte Prinz Khalid zuvorkommend wie immer veranlaßt, daß die britische Botschaft bemerkenswert schnell eine große alleinstehende Villa am Stadtrand mieten konnte.

Techniker aus London bauten Sender und Empfänger mitsamt den unvermeidlichen Schlüsselmaschinen für abhörsichere Verbindungen auf, und die Villa war dabei, für die Dauer dieser Krise die britische Geheimdienstzentrale zu werden. Irgendwo am anderen Ende der Stadt taten die Amerikaner ziemlich das gleiche für die CIA, die hier offensichtlich sehr stark präsent sein wollte. Die Animositäten, die sich später zwischen hohen amerikanischen Militärs und den Zivilisten der Central Intelligence Agency entwickeln sollten, waren noch nicht ausgebrochen.

In der Übergangszeit hatte Mike Martin im Privathaus des SIS-Residenten Julian Gray gewohnt. Beide Männer waren sich darüber einig, daß es eher nachteilig wäre, wenn Martin von jemandem aus der Botschaft gesehen würde. Als Frau eines Profis hätte seine Gastgeberin, die charmante Mrs. Gray, nicht einmal im Traum daran gedacht, ihn nach seinem Namen oder dem Zweck seines Aufenthalts in Saudi-Arabien zu fragen. Mit den Dienstboten sprach Martin kein Arabisch, sondern nahm den angebotenen Kaffee nur mit einem Lächeln und einem »Thank you« entgegen.

Am Abend des zweiten Tages bekam er von Gray die letzten Informationen. Sie schienen alles abzudecken, was möglich war – zumindest von Riad aus.

»Morgen früh fliegen Sie nach Dharran. Mit einer Linienmaschine der Saudi. Die Direktverbindung nach Khafji ist eingestellt worden. Sie werden abgeholt. In Khafji hat die Firma inzwischen einen Dispatcher, der Sie abholt und nach Norden weiterleitet. Ich glaube übrigens, daß er früher beim Regiment gewesen ist. Sparky Low – kennen Sie ihn?«

»Ich kenne ihn«, sagte Martin.

»Er hat alles Material, das Sie angefordert haben. Und er hat einen jungen kuwaitischen Piloten aufgetrieben, mit dem Sie sich mal unterhalten sollten. Von uns bekommt er die aktuellen amerikanischen Satellitenaufnahmen, die das Grenzgebiet und zu vermeidende irakische Truppenkonzentrationen zeigen, und was sonst bis dahin eingeht. Hier sind noch ein paar Aufnahmen, die gerade aus London gekommen sind.«

Auf dem Eßtisch breitete er eine ganze Reihe großformatiger Hochglanzfotos aus.

»Saddam Hussein scheint bisher keinen irakischen Generalgouverneur ernannt zu haben; er versucht noch immer, mit kuwaitischen Quislingen eine Verwaltung aufzubauen, kommt damit aber nicht weiter. Selbst die kuwaitische Opposition verweigert die Mitarbeit. Aber die irakische Geheimpolizei ist offenbar schon recht aktiv. Dieser hier scheint der dortige AMAM-Chef zu sein: ein gewisser Sabaawi, ein richtiger Bluthund. Sein Boß, der vermutlich aus Bagdad auf Besuch kommen wird, ist Omar Khatib, der Chef der Amn al-Amm. Hier.«

Martin starrte Khatibs Gesicht auf dem Foto an: mißmutig, mürrisch, eine Mischung aus Grausamkeit und Bauernschläue in den Augen und um die Mundwinkel.

»Sein Ruf ist ziemlich blutig. Wie der seines Kumpans Sabaawi in Kuwait. Khatib ist Mitte Vierzig, kommt aus Tikrit, ist ein Stammesbruder Saddam Husseins und seit vielen Jahren sein Hauptscherge. Über Sabaawi wissen wir nicht viel – aber in Kuwait dürfte er die größere Rolle spielen.«

Gray deutete auf ein weiteres Foto.

»Außer dem AMAM hat Bagdad ein Team der Abteilung Spionageabwehr im Muchabarat entsandt, das vermutlich die Ausländer überwachen und vom Ausland gesteuerte Spionage und Sabotage verhindern soll. Der Abwehrchef ist dieser Mann hier – steht in dem Ruf, verdammt clever und gerissen zu sein. Wahrscheinlich ist er der Mann, vor dem Sie sich in acht nehmen müssen.«

Man schrieb den 8. August. Eine weitere C-5 Galaxy dröhnte übers Haus hinweg, um auf dem nahegelegenen Militärflugplatz zu landen: ein Bestandteil des riesigen amerikanischen Logistikapparats, der bereits in Gang gekommen war und seine Unmengen von Kriegsmaterial in ein nervöses, verständnisloses und extrem traditionsverhaftetes moslemisches Königreich pumpte.

Mike Martin senkte den Blick und starrte das Gesicht Hassan Rahmanis an.

Am Telefon war wieder Steve Laing.

»Ich will nicht mit Ihnen reden«, sagte Terry Martin.

»Ich denke, wir sollten miteinander reden, Dr. Martin. Hören Sie, Sie machen sich Sorgen um Ihren Bruder, stimmt's?«

»Große Sorgen.«

»Das ist nicht nötig, wissen Sie. Er ist ein verdammt zäher Kerl, der überall zurechtkommt. Er wollte hin, das steht außer Zweifel. Wir haben ihm absolut das Recht gegeben, diesen Auftrag abzulehnen.«

»Ich hätte den Mund halten sollen.«

»Versuchen Sie mal, die Sache so zu sehen, Doktor: Sollte der schlimmste Fall eintreten, müssen wir wahrscheinlich eine Menge anderer Brüder, Ehemänner, Söhne, Onkel und sonstiger Angehöriger an den Golf schicken. Falls es etwas gibt, das irgend jemand von uns tun kann, um ihre Verluste zu begrenzen, sollten wir's dann nicht versuchen?«

»Schon gut. Was wollen Sie?«

»Oh, wieder ein Mittagessen, glaube ich. Von Mann zu Mann redet es sich leichter. Kennen Sie das Hotel Montcalm? Sagen wir ein Uhr?«

»Trotz seiner Intelligenz ist er ein ziemlich emotionaler kleiner Knilch«, hatte Laing erst an diesem Vormittag Simon Paxman gegenüber bemerkt.

»Du lieber Gott«, hatte Paxman wie ein Entomologe gesagt, der gerade von einer unter einem Stein entdeckten amüsanten neuen Spezies gehört hat.

Der Spionagechef und der Wissenschaftler hatten eine ruhige Sitznische für sich – dafür hatte Mr. Costa gesorgt. Als die Räucherlachsröllchen serviert waren, schnitt Laing sein Thema an.

»Tatsache ist, daß wir unter Umständen wirklich vor einem Krieg am Golf stehen. Natürlich nicht gleich; die erforderliche Kräftekonzentration dauert gewisse Zeit. Aber die Amerikaner haben sich in diese Sache verbissen. Mit voller Unterstützung unserer guten Lady in der Downing Street sind sie fest entschlossen, Saddam Hussein und seine Ganoven aus Kuwait zu vertreiben.«

»Nehmen wir mal an, er würde freiwillig abziehen«, schlug Martin vor.

»Na gut, dann ginge es ohne Krieg«, antwortete Laing, obwohl

109

er persönlich diese Möglichkeit für letztlich doch nicht so gut hielt. Es gab zutiefst beunruhigende Gerüchte, die ihm zu Ohren gekommen und der eigentliche Grund zu diesem Mittagessen mit dem Arabisten waren.

»Aber falls nicht, müssen wir im Auftrag der Vereinten Nationen losmarschieren und ihn rausbefördern.«

»Wir?«

»Nun, hauptsächlich die Amerikaner. Wir entsenden Truppenkontingente zu ihrer Unterstützung: Land, See, Luft. Wir haben schon jetzt Schiffe im Golf, Jäger- und Jagdbomberstaffeln werden nach Süden verlegt. Damit machen wir weiter. Mrs. T. ist entschlossen, nicht den Eindruck entstehen zu lassen, als trödelten wir. Im Augenblick läuft erst ›Desert Shield‹, damit der Hundesohn nicht auf die Idee kommt, nach Süden vorzustoßen und in Saudi-Arabien einzufallen. Aber daraus könnte mehr werden. Sie wissen natürlich, was MVW sind?«

»Massenvernichtungswaffen. Natürlich.«

»Die sind das Problem. ABC-Waffen. Atomar, biologisch und chemisch. Im Vertrauen gesagt: Unsere Leute im Century haben schon seit ein paar Jahren versucht, die politische Führung vor etwas in dieser Art zu warnen. Letztes Jahr hat der Chef seine Denkschrift ›Nachrichtendienstliche Erkenntnisse der neunziger Jahre‹ vorgelegt. Eine Warnung davor, daß die größte Gefahr nach dem Ende des kalten Krieges jetzt und zukünftig von der Weiterverbreitung modernster Waffen ausgeht. Aufgeputschte Diktatoren in höchst labiler Geistesverfassung beschaffen sich High-Tech-Waffen und setzen sie dann womöglich ein. Erstklassig, haben alle gesagt, ganz ausgezeichnet; danach haben sie sich den Teufel darum gekümmert. Jetzt haben sie natürlich alle vor Angst die Hosen voll.«

»Er hat jede Menge davon, wissen Sie – Saddam Hussein«, merkte Dr. Martin an.

»Das ist der springende Punkt, mein Lieber. Unserer Schätzung nach hat er im vergangenen Jahrzehnt fünfzig Milliarden Dollar für Waffenkäufe ausgegeben. Deshalb ist er bankrott – schuldet den Kuwaitern fünfzehn Milliarden, den Saudis weitere fünfzehn, und das sind bloß die Kredite, die er im iranisch-irakischen Krieg aufgenommen hat. Einmarschiert ist er, weil sie sich geweigert haben, alles abzuschreiben und ihm weitere dreißig Milliarden zur Sanierung der irakischen Wirtschaft zu pumpen.

Kern des Problems ist nun, daß ein Drittel dieser fünfzig Milliarden, unglaubliche siebzehn Milliarden Greenbacks, für die Beschaffung von MVW oder der Mittel zu ihrer Herstellung ausgegeben worden sind.«

»Und der Westen ist endlich aufgewacht?«

»Und wie! Im Augenblick läuft ein Riesenunternehmen. Langley hat den Auftrag bekommen, weltweit nach allen Staaten zu fanden, die dem Irak jemals etwas verkauft haben, und die Ausfuhrgenehmigungen zu überprüfen. Wir tun das gleiche.«

»Dürfte nicht allzulange dauern, wenn alle mitmachen, was sie vermutlich tun werden«, sagte Martin, als sein Rochenfilet serviert wurde.

»So einfach ist die Sache nicht«, widersprach Laing. »Obwohl wir erst angefangen haben, steht bereits fest, daß Saddam Husseins Schwiegersohn Kamil einen verdammt raffinierten Beschaffungsapparat aufgebaut hat. Hunderte von Scheinfirmen in ganz Europa und Nord-, Mittel- und Südamerika, die Material kaufen, das auf den ersten Blick nicht sonderlich wichtig zu sein scheint. Die Ausfuhranträge fälschen, das Produkt ungenau bezeichnen, in bezug auf den Verwendungszweck lügen und Lieferungen aus den in der Ausfuhrgenehmigung genannten Staaten ins wahre Bestimmungsland weiterleiten. Zählt man jedoch all die scheinbar harmlosen Kleinigkeiten zusammen, kann etwas wirklich Häßliches rauskommen.«

»Wir wissen, daß er Gas hat«, sagte Martin. »Er hat's gegen die Kurden und bei Fao gegen die Iraner eingesetzt. Phosgen, Senfgas. Aber ich habe gehört, daß er auch Nervenkampfstoffe haben soll. Geruchlos, unsichtbar. Tödlich und äußerst kurzlebig.«

»Ich hab's gewußt, mein Lieber! Sie sind eine Fundgrube an Informationen.«

Laing wußte alles über das Gas, aber er wußte noch besser, was Schmeichelei bewirken konnte.

»Dazu kommt noch Milzbrand. Damit hat er experimentiert – möglicherweise auch mit Lungenpest. Aber solche Sachen kann man nicht einfach mit Haushaltshandschuhen anrühren, wissen Sie. Dazu braucht man sehr spezielle chemische Apparate. Die müßten in den Ausfuhrgenehmigungen auftauchen«, stellte Martin fest.

Laing hörte zu und nickte frustriert.

»Klar, müßten. Aber die Ermittler stehen bereits vor zwei Problemen: Verschleierungsmanöver mancher Firmen, hauptsächlich in Deutschland, und doppelte Verwendungsmöglichkeiten. Jemand liefert eine Ladung Pestizid – was wäre harmloser für ein Land, das angeblich versucht, seine landwirtschaftliche Produktion zu steigern? Eine andere Firma in einem weiteren Land liefert eine andere Chemikalie – angeblich auch wieder ein Pestizid. Dann mixt irgendein begabter Chemiker die beiden zusammen, wodurch – simsalabim! – Giftgas entsteht. ›Das haben wir nicht gewußt‹, jammern beide Lieferanten.«

»Der Schlüssel liegt in den chemischen Apparaten zur Herstellung solcher Mischungen«, sagte Martin. »Das ist chemische Hochtechnologie. So was kann man nicht in der Badewanne anrühren. Finden Sie die Leute, die schlüsselfertige Fabriken geliefert, und die Männer, die sie errichtet haben. Sie werden sich drehen und winden, aber sie haben genau gewußt, was sie getan haben, als sie's getan haben. Und was dort hergestellt werden sollte.«

»Schlüsselfertige Fabriken?« fragte Laing.

»Richtig, ganze Fabriken, die ausländische Vertragsfirmen gebaut haben. Der neue Besitzer sperrt nur auf und spaziert hinein... Aber das alles ist keine Erklärung für unser Mittagessen. Sie müssen Zugang zu Chemikern und Physikern haben. Ich habe diese Dinge nur gehört, weil sie mich privat interessieren. Warum ich?«

Laing rührte nachdenklich seinen Kaffee um. Hier mußte er vorsichtig agieren.

»Ja, wir haben Chemiker und Physiker. Eierköpfe jeglicher Couleur. Und sie werden bestimmt irgendwelche Antworten finden, die wir dann in verständliches Englisch übersetzen. Wir arbeiten in dieser Angelegenheit sehr eng mit Washington zusammen. Die Amerikaner tun das gleiche wie wir, und wir vergleichen dann unsere Analysen.

Wir werden einige Antworten, aber eben nicht alle bekommen. Wir glauben, daß Sie etwas anderes zu bieten haben. Daher dieses

Mittagessen. Wissen Sie eigentlich, daß die meisten unserer Bonzen noch immer die Ansicht vertreten, Araber könnten kein Kinderfahrrad zusammenbauen – und erst recht keines erfinden?«

Er hatte an einen Nerv gerührt, das wußte er. Jetzt mußte sich zeigen, ob das Psychoporträt, das er von Dr. Terry Martin bestellt hatte, etwas taugte. Der Wissenschaftler lief rot an, beherrschte sich dann aber.

»Ich bin wirklich stinksauer«, sagte er, »wenn meine eigenen Landsleute behaupten, die arabischen Völker seien bloß eine Horde von Kameltreibern mit der komischen Angewohnheit, Geschirrtücher um den Kopf zu tragen. Ja, genau das habe ich mit eigenen Ohren gehört! Tatsächlich haben sie schon großartige Paläste, Moscheen, Häfen, Straßen und Bewässerungsanlagen gebaut, als unsere Vorfahren noch in Bärenfellen herumgelaufen sind. Sie haben Herrscher und Gesetzgeber von erstaunlicher Weisheit gehabt, als bei uns noch finsteres Mittelalter herrschte.«

Er beugte sich mit einer Bewegung nach vorn, als wolle er den Mann vom Century mit seinem Kaffeelöffel durchbohren.

»Ich sage Ihnen, die Iraker haben etliche brillante Wissenschaftler und sind als Baumeister konkurrenzlos. In tausend Meilen Umkreis um Bagdad gibt's keine besseren Bauingenieure, auch in Israel nicht. Viele sind in der Sowjetunion oder im Westen ausgebildet worden, aber sie haben unser Wissen Schwämmen gleich aufgesogen und danach gewaltig erweitert und vermehrt...«

Als er eine Pause machte, stieß Laing zu.

»Dr. Martin, ich stimme völlig mit Ihnen überein. Ich bin erst seit einem Jahr in der Nahostabteilung im Century, aber ich bin zur selben Auffassung wie Sie gelangt – daß die Iraker ein sehr begabtes Volk sind. Aber es wird leider von einem Mann beherrscht, der sich als Völkermörder erwiesen hat. Soll all dieses Geld, all diese Begabung wirklich dafür eingesetzt werden, Zehntausende, vielleicht Hunderttausende von Menschen zu töten? Führt Saddam Hussein das irakische Volk zu neuem Ruhm, oder führt er es zur Schlachtbank?«

Martin seufzte.

»Sie haben recht. Er ist anomal. Ursprünglich, vor vielen Jahren, ist er das nicht gewesen, aber jetzt ist er's. Er hat sich von Adolf Hitler inspirieren lassen und den Nationalismus der alten Ba'th-

113

Partei auf perverse Weise in Nationalsozialismus umgewandelt. Was wollen Sie von mir?«

Laing überlegte kurz. Er war sehr nahe dran, schon zu nahe, um diesen Mann noch verlieren zu wollen.

»George Bush hat mit Mrs. T. vereinbart, daß unsere beiden Länder einen Ausschuß bilden, der das ganze Spektrum von Saddam Husseins Massenvernichtungswaffen untersuchen und analysieren soll. Die Ermittler legen die Fakten auf den Tisch, wie sie entdeckt werden, und die Eierköpfe erklären uns, was sie bedeuten. Was hat er? Wie entwickelt? Wieviel davon? Was brauchen wir, um uns davor zu schützen, falls es zum Krieg kommt? Gasmasken? Schutzanzüge? Injektionsspritzen mit einem Gegenmittel? Wir wissen noch nicht, was er eigentlich hat – oder was wir brauchen werden...«

»Aber von solchen Dingen verstehe ich nichts«, unterbrach Martin ihn.

»Richtig, aber Sie kennen etwas, das wir nicht kennen. Die arabische Denkweise, Saddam Husseins Denkweise. Wird er einsetzen, was er hat, wird er um Kuwait kämpfen oder es freiwillig aufgeben, was könnte ihn zum Rückzug bewegen, wird er bis zum äußersten gehen? Unsere Leute haben einfach kein Verständnis für diese arabische Auffassung von Märtyrertum.«

Martin lachte.

»Präsident Bush«, sagte er, »und alle Leute in seiner Umgebung handeln ihrer Erziehung entsprechend. Die auf der jüdisch-christlichen Moralphilosophie basiert und von dem griechisch-römischen Logikbegriff gestützt wird. Und Saddam Hussein reagiert dann auf der Grundlage seiner eigenen Vision von sich selbst.«

»Als Araber und als Moslem?«

»Nein, der Islam hat nichts damit zu tun. Saddam Hussein schert sich den Teufel um die Hadis, die kodifizierten Lehren des Propheten. Er betet vor der Kamera, wenn's ihm gerade paßt. Nein, da muß man nach Ninive und Assyrien zurückgehen. Solange er glaubt, siegen zu können, ist's ihm egal, ob viele sterben müssen.«

»Er kann nicht gewinnen, nicht gegen Amerika. Das kann keiner.«

»Falsch. Sie gebrauchen das Wort ›gewinnen‹, wie ein Brite oder Amerikaner es gebrauchen würde. Wie Bush und Scowcroft und alle anderen es noch jetzt gebrauchen. Er sieht die Sache anders. Räumt er Kuwait, weil König Fahd ihn dafür bezahlt, was hätte passieren können, wenn die Dschidda-Konferenz stattgefunden hätte, siegt er ehrenvoll. Ein Rückzug gegen Bezahlung ist akzeptabel. Er bliebe Sieger. Aber das wird Amerika nicht zulassen.«

»Ausgeschlossen!«

»Räumt er Kuwait dagegen unter Androhung von Gewalt, ist er der Verlierer. Das wird ganz Arabien so sehen. Das kostet ihn vermutlich auch das Leben. Folglich wird er nicht aufgeben.«

»Und wenn die amerikanische Kriegsmaschinerie auf ihn losgelassen wird? Die zerfetzt ihn in Stücke«, sagte Laing.

»Das spielt keine Rolle. Er hat seinen Bunker. Seine Leute werden sterben. Unwichtig. Aber wenn er Amerika schaden kann, ist er Sieger. Kann er Amerika schwer, wirklich schwer schaden, ist er mit Ruhm bedeckt. Tot oder lebendig. Er wäre Sieger.«

»Verdammt, ist das kompliziert«, seufzte Laing.

»Nicht wirklich. Mit der Überquerung des Jordans ist ein Quantensprung in Moralphilosophie verbunden. Lassen Sie mich noch mal fragen: Was wollen Sie von mir?«

»Der Ausschuß konstituiert sich gerade, um zu versuchen, unsere Führung in der Frage dieser Massenvernichtungswaffen zu beraten. Die Geschütze, Panzer, Flugzeuge – dafür ist das Verteidigungsministerium zuständig. Die sind nicht das Problem. Alles nur Hardware, die wir aus der Luft zerstören können.

Tatsächlich gibt es zwei Ausschüsse, einen in Washington und einen hier in London. Britische Beobachter in ihrem, amerikanische Beobachter in unserem. Gebildet wird er von Leuten aus dem Außenministerium, aus Aldermaston, Porton Down. Das Century bekommt zwei Sitze. Ich entsende Simon Paxman. Ich möchte, daß Sie ihm assistieren und darauf achten, daß keine mögliche Interpretation deshalb übersehen wird, weil es sich um einen speziell arabischen Aspekt handelt. Darin liegt Ihre Stärke – damit können Sie Ihren Beitrag leisten.«

»Gut, ich will's versuchen, obwohl ich vielleicht nichts beizutragen habe. Wie heißt er, dieser Ausschuß? Wann tritt er zusammen?«

»Ah, richtig, Simon ruft Sie an, um Ihnen zu sagen, wann und wo. Tatsächlich trägt er einen passenden Namen. Medusa.«

In North Carolina sank an diesem Spätnachmittag eine sanfte, warme Abenddämmerung über die Seymour Johnson Air Force Base herab und ging kaum merklich in einen Abend über, der zu einem Krug Rumpunsch auf Eis und einem Grillsteak von maisgefütterten Rindern eingeladen hätte.

Die Männer der 334th Tactical Fighter Squadron, deren Umschulung auf die F-15E noch nicht abgeschlossen war, und die der 335th TFS, der »Chiefs«, die im Dezember in die Golfregion verlegt werden würde, standen vor dem Stabsgebäude und sahen zu. Gemeinsam mit der 336th bildeten sie das vierte Jabo-Geschwader der 9th Air Force. Und heute startete die 336th nach Saudi-Arabien.

Zwei Tage hektischer Aktivität näherten sich jetzt ihrem Ende; zwei Tage, in denen die Maschinen überprüft, die Streckenführung geplant, die Ausrüstung festgelegt und die geheimen Handbücher und der Staffelcomputer, in dem alle Einsatzaktivitäten gespeichert waren, für den Lufttransport in Container verpackt werden mußten. Die Verlegung einer ganzen Jagdstaffel ist nicht wie ein Umzug, der schon schlimm genug sein kann. Sie hat Ähnlichkeit mit der Umsiedlung einer Kleinstadt.

Draußen auf dem Vorfeld standen die vierundzwanzig Eagles mit noch schweigenden Triebwerken: gefährliche Bestien, die darauf warteten, daß die spinnenbeinigen kleinen Wesen derselben Spezies, von der sie konstruiert und gebaut worden waren, an Bord kletterten und mit schwachen Händen ihre brutale Kraft entfesselten.

Sie waren für den langen Nonstopflug über ein Drittel der Welt zur Arabischen Halbinsel ausgerüstet. In den Innentanks trug jede Eagle 5900 Kilogramm Kerosin. An beiden Rumpfseiten waren Konturtanks angebracht, die flachen Blasen glichen und dafür konstruiert waren, im Flug möglichst wenig zusätzlichen Widerstand zu verursachen. In diesen Außentanks wurden weitere 4500 Kilogramm Treibstoff mitgeführt. Unter jedem Rumpf hingen drei lange, torpedoförmige Zusatztanks mit nochmals 5450 Kilogramm Kerosin. Allein dieses Treibstoffgewicht von beinahe sechzehn Tonnen entsprach der Nutzlast von fünf Bombern des Zweiten Weltkriegs. Und dabei ist die F-15E ein Jäger.

Das persönliche Gepäck der Besatzungen war in den Reisebehältern (ehemaligen Napalmbehältern, die jetzt einem menschlicheren

Zweck dienten) an Aufhängepunkten unter den Flügeln verstaut: Hemden, Socken, Unterhosen, Toilettenartikel, Rasierzeug, Uniformen, Maskottchen und Sexmagazine. Soviel sie wußten, konnte es bis zur nächsten Singles Bar verdammt weit sein.

Die vier großen Tanker KC-10, von denen jeder sechs Eagles auf dem Flug über den Atlantik und dann bis nach Saudi-Arabien mit Treibstoff versorgen würden, waren schon in der Luft und warteten draußen auf dem Meer.

Später würde eine fliegende Karawane mit Transportern der Muster Galaxy und Starlifter den Rest nachbringen: das kleine Heer von Mechanikern und Waffenwarten, Elektronikern und Nachschubpersonal, aber auch Waffen und Ersatzteile, Hebebühnen und Werkstatteinrichtungen, Maschinenwerkzeuge und Werkbänke. Sie konnten nicht darauf zählen, am anderen Ende irgend etwas vorzufinden; was alles nötig war, um zwei Dutzend der modernsten Jagdbomber der Welt einsatzbereit zu halten, würde im Rahmen dieser selben Odyssee übers Meer in die Arabische Wüste gebracht werden müssen.

An diesem Abend verkörperte jede F-15E Strike Eagle einen Wert von vierundvierzig Millionen Dollar in Form von Elektronik, Duralumin, Verbundwerkstoffen, Computern und Hydraulikanlagen in Kombination mit einigen fast genialen konstruktiven Lösungen. Obwohl ihr Entwurf schon dreißig Jahre zurücklag, war die Eagle ein neuer Jäger, so lange dauern Entwicklung und Erprobung eines neuen Musters.

An der Spitze einer Honoratiorendelegation aus Goldsboro war Bürgermeister Hal K. Plonk erschienen. Dieser hervorragende Kommunalpolitiker trägt voller Stolz seinen Spitznamen »Knaller«, den seine zwanzigtausend dankbaren Mitbürger ihm verliehen haben – einen Beinamen, den er seiner Fähigkeit verdankt, Delegationen aus dem politisch korrekten Washington, die mit versteinerten Mienen zuhören, mit seinem in breitem Südstaatendialekt erzählten Fundus an Witzen zu unterhalten. Wie man hört, sollen manche Besucher aus der Hauptstadt nach einer Stunde solcher zwerchfellerschütternden Knaller des Bürgermeisters nach Washington abgereist sein, um sich in Traumatherapie zu begeben. Logischerweise wird Bürgermeister Plonk nach Ablauf jeder Amtsperiode mit immer besseren Ergebnissen wiedergewählt.

Die Honoratiorendelegation stand neben Geschwaderkommodore Hal Hornburg und beobachtete stolz, wie die F-15E Strike Eagle von Schleppern gezogen ihre Hangars verließen und von ihren Besatzungen bestiegen wurden: der Pilot auf dem vorderen Sitz des Tandemcockpits, der Weapons System Officer oder »Wizzo« auf dem hinteren. Um jede Maschine herum waren Männer des Bodenpersonals mit den letzten Überprüfungen beschäftigt.

»Hab' ich Ihnen schon mal«, fragte der Bürgermeister den hohen Luftwaffenoffizier neben ihm freundlich, »die Geschichte vom General und der Nutte erzählt?«

In dieser Sekunde ließ Don Walker zum Glück seine Triebwerke an, und das Heulen der beiden Strahltriebwerke Pratt & Whitney F100-PW-220 übertönte die Details der bedauerlichen Erlebnisse dieser Lady mit dem General. Das F100 kann fossilen Brennstoff in eine Menge Lärm und 10 000 Kilopond Schub umsetzen und war gerade dabei, das zu tun.

Die vierundzwanzig Eagles der 336th ließen nacheinander ihre Triebwerke an und rollten die gut eineinhalb Kilometer bis zur Startlinie. Die unter ihren Flügeln flatternden roten Bänder zeigten, wo die Lenkwaffen Stinger und Sidewinder noch mit Stiften an ihren Aufhängepunkten gesichert waren. Obwohl ihr Überführungsflug nach Arabien friedlich verlaufen würde, wäre es undenkbar gewesen, die F-15E völlig ohne Mittel zur Selbstverteidigung starten zu lassen.

Den Rollweg bis zur Startlinie flankierten kleine Gruppen bewaffneter Wachposten und Männer der Air Force Police. Manche winkten, manche grüßten militärisch. Unmittelbar vor der Startbahn hielten die Eagles erneut an und wurden von einem Schwarm aus Flugzeug- und Waffenwarten einer letzten Inspektion unterzogen. Sie legten Bremsklötze vor, überprüften dann jede F-15E einzeln und suchten Lecks, lose Verbindungen oder aufgesprungene Inspektionsöffnungen – lauter Dinge, die während des Rollens aufgetreten sein konnten. Zuletzt wurden die Sicherungsstifte der Lenkwaffen herausgezogen.

Die Eagles warteten geduldig: 19,2 Meter Länge, 5,5 Meter Höhe, 12,2 Meter Spannweite, 18 150 Kilogramm Leergewicht und 36 750 Kilogramm maximales Startgewicht, das sie diesmal fast erreichten. Heute würde die Startstrecke lang sein.

Zuletzt rollten die F-15E auf die Startbahn hinaus, drehten gegen den leichten Wind und beschleunigten die Asphaltbahn hinunter. Ihre Nachbrenner setzten ein, als die Piloten die Leistungshebel durch die Sperre ganz nach vorn drückten, und aus den Triebwerksdüsen schossen zehn Meter lange Feuerstrahlen. Neben der Startbahn standen die Chefmechaniker mit aufgesetzten Lärmschutzhelmen und salutierten, als ihre Babys zu einem Auslandseinsatz starteten. Sie würden sie erst in Saudi-Arabien wiedersehen.

Nach gut eineinhalb Kilometern, bei 185 Knoten, verließen die Räder den Asphalt, und die Eagles waren gestartet. Fahrwerk ein, Klappen ein, Leistungshebel aus Nachbrennerstellung auf Militärleistung zurück. Die vierundzwanzig F-15E stiegen mit 25 Metersekunden weiter und verschwanden in der Abenddämmerung.

Nachdem sie in 25 000 Fuß in den Horizontalflug übergegangen waren, sahen sie eine Stunde später die Blitzleuchten und Positionslichter des ersten Tankers KC-10. Zeit zum Nachtanken. Die beiden Strahltriebwerke F100 sind erschreckend durstig. Bei eingeschaltetem Nachbrenner verbrauchen sie je 18 000 Kilogramm Treibstoff pro Stunde, was der Grund dafür ist, daß der Nachbrenner nur zum Start, im Luftkampf oder in Notsituationen, in denen es auf Höchstleistung ankommt, benutzt wird. Selbst bei Marschgeschwindigkeit müssen F-15E alle eineinhalb Stunden in der Luft betankt werden. Um Saudi-Arabien zu erreichen, waren sie dringend auf die KC-10 – ihre »Tankstellen am Himmel« – angewiesen.

Die Staffel flog inzwischen in weit auseinandergezogener Formation, in der jeder Rottenflieger seine Führungsmaschine etwa eineinhalb Kilometer querab hatte. Don Walker, mit seinem Wizzo Tim hinter sich, sah nach draußen und stellte fest, daß ihr Rottenflieger wie vorgesehen seine Position hielt. Auf Ostkurs waren sie jetzt in der Nacht über dem Atlantik, aber das Radar zeigte die Standorte aller durch ihre Positionslichter gekennzeichneten Maschinen.

Im Heck der KC-10 vor und über ihnen schob der Sondenoperator die Abdeckung seines Fensters zur Außenwelt auf und blickte auf das Lichtermeer unter sich. Die Sonde wurde ausgefahren und wartete auf den ersten Kunden.

Die Gruppen zu je sechs F-15E hatten die ihnen zugewiesenen Tanker bereits identifiziert, und Walker wartete darauf, daß er an die Reihe kam. Etwas mehr Leistung genügte, um die Eagle leicht steigen und in Reichweite der Sonde gelangen zu lassen. Der Operator an Bord der KC-10 »flog« seine Sonde in den aus der linken Flügelvorderkante der F-15E ragenden Füllstützen. Sobald sie verriegelt war, begann der Treibstoff zu fließen: 900 Kilogramm JP-4 pro Minute.

Sobald Walker volle Tanks hatte, ließ er sich zurückfallen, damit sein Rottenflieger tanken konnte. Um sie herum waren drei weitere Tanker dabei, ihre jeweils sechs Schutzbefohlenen zu versorgen.

Sie flogen durch die Nacht weiter, die kurz war, weil sie der Sonne mit 450 Knoten TAS, gut 820 Stundenkilometer über Grund, entgegenrasten. Als nach sechs Stunden die Sonne aufging, waren sie über der spanischen Küste und flogen nördlich der afrikanischen Küste weiter, um Libyen zu meiden. Danach wurde Ägypten erreicht, das zur Allianz gegen den Irak gehörte; dort drehte die 336th nach Südosten ab, überflog das Rote Meer und hatte nun erstmals das endlos weite ockerbraune Sand- und Steinrelief der Arabischen Wüste unter sich.

Nach fünfzehn Stunden Flugzeit landeten die achtundvierzig jungen Amerikaner müde und steif im saudi-arabischen Dhahran. Wenige Stunden später wurden sie auf ihren Einsatzflugplatz, den omanischen Luftwaffenstützpunkt Thumrait im Sultanat Muskat und Oman, verlegt.

Dort lebten sie über elfhundert Kilometer von der irakischen Grenze und der Gefahrenzone entfernt vier Monate lang bis Mitte Dezember unter Bedingungen, an die sie sich später nostalgisch erinnern würden. Sobald das Wartungspersonal mit seiner Ausrüstung eingetroffen war, flogen sie Übungseinsätze über dem Landesinneren, badeten im blauen Wasser des Indischen Ozeans und warteten ab, was der liebe Gott und Norman Schwarzkopf ihnen schicken würden.

Im Dezember würden sie nach Saudi-Arabien verlegt werden, und einer von ihnen – obwohl er's nie erfahren sollte – würde dem Krieg eine entscheidende Wendung geben.

5

Der Flughafen Dhahran war hoffnungslos überlaufen. Bei seiner Ankunft aus Riad hatte Mike Martin den Eindruck, die Einwohnerschaft der gesamten Ostküste sei unterwegs. Als Herzstück jener großen Kette von Ölfeldern, denen Saudi-Arabien seinen sagenhaften Reichtum verdankte, war Dhahran anders als Taif, Riad, Jenbo und die übrigen Städte des Königreichs seit langem an Amerikaner und Europäer gewöhnt.

Selbst in der geschäftigen Hafenstadt Dschidda war man es nicht gewöhnt, allzu viele angelsächsische Gesichter auf den Straßen zu sehen, aber Dhahran wurde in der zweiten Augustwoche regelrecht überflutet.

Manche versuchten rauszukommen; viele hatten den Fahrdamm nach Bahrain hinüber benutzt, um von dort aus heimzufliegen. Andere warteten auf dem Flughafen Dhahran, vor allem die Ehefrauen und Familien von Ölmännern, um nach Riad und von dort aus in die Heimat weiterzufliegen.

Wieder andere kamen erst an: ein endloser Strom von Amerikanern mit ihren Waffen und Versorgungsgütern. Martins eigene Verkehrsmaschine mußte rasch zwischen zwei schwerfälligen C-5 Galaxy landen, die zu einer fast endlosen Kette von Transportern aus Großbritannien, Deutschland und den USA gehörten, die Material für den stetigen Truppenaufmarsch heranschafften, der den Nordosten Saudi-Arabiens in ein einziges großes Militärlager verwandeln würde.

Dies war noch nicht Desert Storm, der Feldzug zur Befreiung Kuwaits, der erst in fünf Monaten beginnen würde; dies war erst das Unternehmen Desert Shield, das verhindern sollte, daß die irakischen Streitkräfte, die jetzt mit vierzehn Divisionen in Kuwait und entlang der Grenze standen, weiter nach Süden vorstießen.

Einem Beobachter auf dem Flughafen Dhahran mochte das alles imponieren, aber bei näherer Betrachtung hätte sich gezeigt, daß dieser Schutzschild papierdünn war. Die amerikanischen Panzer und Geschütze waren noch nicht eingetroffen – die ersten Frachter standen noch vor der amerikanischen Küste –, und die von Transportern der Muster Galaxy, Starlifter und Hercules herangeschafften Materialmengen entsprachen nur einem Bruchteil der Ladung eines Frachtschiffs.

Die in Dhahran stationierten Eagles, die Hornets des Marine Corps in Bahrain und die britischen Tornados, die erst vor kurzem in Dhahran gelandet und nach ihrer Überführung aus Deutschland kaum abgekühlt waren, besaßen gemeinsam genügend Waffen, um ein halbes Dutzend Einsätze fliegen zu können, bevor sie sich verschossen hatten.

Zur Abwehr eines mit starken Panzerkräften geführten entschlossenen Angriffs ist erheblich mehr nötig. Trotz der eindrucksvollen Massierung militärischer Hardware auf ein paar Flugplätzen lag der Nordosten Saudi-Arabiens weiter schutzlos in der Wüstensonne.

Mit der Reisetasche über einer Schulter bahnte Martin sich einen Weg durchs Gedränge im Empfangsgebäude und sah dann ein bekanntes Gesicht in der Menge hinter der Absperrung.

Damals bei seinem SAS-Auswahllehrgang, bei dem sie nicht versucht hatten, ihn auszubilden, sondern umzubringen, hätten sie's beinahe geschafft. Eines Tages war er bei Schneeregen und mit fünfundvierzig Kilogramm Ausrüstung in seinem Bergen-Rucksack dreißig Meilen weit durch die Brecons marschiert – durch eines der kargsten, unwirtlichsten Gebiete Großbritanniens. Wie die anderen war auch er über das Stadium völliger Erschöpfung hinaus, eingesponnen in einem Kokon des Schmerzes, und hielt sich nur noch durch reine Willenskraft auf den Beinen.

Dann sah er den Lastwagen, diesen herrlichen auf ihn wartenden Lastwagen! Das Ende des Marschs und zugleich die äußerste Grenze menschlichen Durchhaltevermögens. Noch hundert Meter, achtzig, fünfzig; das Ende aller körperlichen Qualen kam langsam, ganz langsam näher, als seine gefühllosen Beine ihn und seinen Rucksack diese letzten Meter weit trugen.

Auf der Ladefläche saß ein Mann, der die mit regennassem, schmerzverzerrtem Gesicht auf sich zustolpernde Gestalt beobachtete. Als die ausgestreckten Finger fünfundzwanzig Zentimeter von

der Heckklappe entfernt waren, klopfte der Mann mit den Finger-
knöcheln an die Rückwand des Fahrerhauses, und der Lastwagen
rollte davon. Er rollte nicht nur hundert Meter weit; er fuhr zehn
Meilen weit. Der Mann auf der Ladefläche war Sparky Low gewesen.

»Hi, Mike, freut mich, dich zu sehen...«

Über so was kommt man nur verdammt schwer hinweg.

»Hi, Sparky, wie geht's, wie steht's?«

»Ziemlich beschissen, wenn du schon fragst.«

Sparky holte seinen unauffälligen Jeep vom Parkplatz, und eine
halbe Stunde später hatten sie Dhahran hinter sich gelassen und
waren nach Norden unterwegs. Nach Khafji waren es gut dreihundert Kilometer, drei Stunden Autofahrt, aber nachdem die Hafenstadt Jubail rechts hinter ihnen zurückgeblieben war, hatten sie die
Straße wenigstens für sich. Niemand hatte Lust auf einen Abstecher
nach Khafji, einer kleinen Ölbohrsiedlung an der Grenze zu Kuwait, die jetzt zu einer Geisterstadt herabgesunken war.

»Kommen noch immer Flüchtlinge rüber?« fragte Mike.

»Einzelne«, sagte Sparky nickend, »aber nur noch ein Rinnsal.
Der große Flüchtlingsstrom ist versiegt. Auf der Fernstraße sind's
vor allem Frauen und Kinder mit Passierscheinen – die Iraker lassen
sie durch, um sie loszuwerden. Ziemlich clever. Hätte ich Kuwait zu
verwalten, würde ich auch versuchen, die Ausgebürgerten loszuwerden.

Auch ein paar Inder kommen durch – sie werden anscheinend
von den Irakern ignoriert. Nicht so clever. Die Inder haben gute
Informationen, und ich habe ein paar überredet, umzukehren und
mit Nachrichten für unsere Leute zurückzugehen.«

»Hast du die Sachen, die ich angefordert habe?«

»Klar. Gray muß seine Beziehungen genutzt haben. Sie sind
gestern von einem Lastwagen mit saudischem Kennzeichen angeliefert worden. Ich hab' sie vorerst im zweiten Gästezimmer gelagert.
Heute abend essen wir mit dem jungen kuwaitischen Piloten, von
dem du gehört hast. Er behauptet, Verbindung zu Leuten in der
Heimat zu haben, zu Leuten, die nützlich sein könnten.«

Martin knurrte.

»Mein Gesicht kriegt er nicht zu sehen. Könnte abgeschossen
werden.«

Sparky dachte darüber nach.

»Richtig.«

Sparky Lows beschlagnahmte Villa war nicht mal übel, fand Martin. Sie gehörte einem leitenden Angestellten der amerikanischen Ölgesellschaft Aramco, die ihren Mann nach Dhahran abgezogen hatte.

Mike wäre es nicht eingefallen, Sparky zu fragen, was er denn in dieser gottverlassenen Gegend zu suchen habe. Offensichtlich war auch er vom Century House »ausgeliehen« worden und schien den Auftrag zu haben, nach Süden ziehende Flüchtlinge abzufangen und die Redewilligen unter ihnen danach zu befragen, was sie gehört und gesehen hatten.

Abgesehen von der saudiarabischen Nationalgarde, die sich in und vor der Stadt zur Verteidigung eingegraben hatte, war Khafji praktisch verlassen. Aber auf den Straßen waren noch einzelne trübselige Saudis unterwegs, und von einem Standbesitzer auf dem Markt, der es kaum fassen konnte, tatsächlich einen Kunden zu haben, kaufte Martin einige Kleidungsstücke, die er noch brauchte.

Mitte August gab es in Khafji noch Strom, was bedeutete, daß nicht nur die Klimaanlage, sondern auch die Wasserpumpe am Brunnen und der Warmwasserboiler funktionierten. Er hätte baden können, aber er hütete sich davor, ein Bad zu nehmen.

Seit drei Tagen hatte er auf Waschen, Rasieren und Zähneputzen verzichtet. Falls Mrs. Gray, Martins Gastgeberin in Riad, seinen zunehmenden Körpergeruch bemerkt hatte, der ihr aufgefallen sein mußte, war sie viel zu wohlerzogen gewesen, um davon zu sprechen. Seine ganze Zahnpflege bestand darin, daß er nach jeder Mahlzeit einen Zahnstocher benutzte. Auch Sparky Low äußerte sich nicht dazu, aber er kannte natürlich den Grund dafür.

Der kuwaitische Offizier erwies sich als ein gutaussehender junger Mann von sechsundzwanzig Jahren, der über die Vergewaltigung seines Landes empört und ganz offenbar ein Anhänger der ins Exil getriebenen Herrscherfamilie Al-Sabah war, die jetzt als Gast König Fahds von Saudi-Arabien in einem Luxushotel in Taif lebte.

Außerdem war er verwirrt, denn obwohl sein Gastgeber ganz wie erwartet ein britischer Offizier in Freizeitkleidung war, schien der dritte Mann beim Abendessen ebenfalls ein Araber zu sein, der jedoch zu einem schmutzigen, ehemals weißen Gewand eine karierte Keffija trug und einen der Zipfel dieses Kopftuchs vor seine untere Gesichtshälfte gezogen hatte. Low machte die beiden miteinander bekannt.

»Sie sind wirklich Engländer?« fragte der junge Mann überrascht. Er bekam erklärt, warum Martin sich so kleidete und sein Gesicht bedeckt hielt. Hauptmann Al-Khalifa nickte.

»Ich bitte um Entschuldigung, Major. Das verstehe ich natürlich.«

Seine Geschichte war klar und unkompliziert. Am Abend des 1. August war er daheim angerufen und angewiesen worden, sich auf dem Luftwaffenstützpunkt Ahmadi, wo er stationiert war, zu melden. Die ganze Nacht hatten er und seine Offizierskameraden die Radiomeldungen über den irakischen Einmarsch aus Norden gehört. Bei Tagesanbruch stand seine Skyhawk-Staffel aufgetankt und bewaffnet startbereit. Obwohl die amerikanische Skyhawk durchaus kein moderner Jäger war, konnte sie als Jagdbomber noch recht nützlich sein. Den MiG-23, -25 und -29 der Iraker oder ihren französischen Mirages wäre sie natürlich hoffnungslos unterlegen gewesen, aber bei seinem bisher einzigen Einsatz war er zum Glück keiner begegnet. Seine Ziele hatte er kurz nach Tagesanbruch in einem der nördlichen Vororte entdeckt.

»Ich hab' einen ihrer Panzer mit meinen Raketen abgeschossen!« berichtete er aufgeregt. »Er hat sofort zu brennen angefangen. Dann hatte ich nur noch die Kanonen, mit denen ich die Lastwagen dahinter angegriffen habe. Den ersten hab' ich erwischt – er ist in einen Graben geraten und umgestürzt. Danach hatte ich mich verschossen und bin zurückgeflogen. Aber dann hat uns Ahmadi Turm angewiesen, über die Grenze nach Süden weiterzufliegen, um die Maschinen zu retten. Mein Treibstoff hat gerade noch bis Dhahran gereicht.

Wir haben über sechzig unserer Maschinen herausgebracht, wissen Sie. Skyhawks, Mirages und die britischen Kampftrainer Hawk. Außerdem Hubschrauber der Muster Gazelle, Puma und Super Puma. Jetzt fliegen wir von hier aus, bis wir nach der Befreiung zurückkönnen. Wann beginnt Ihrer Meinung nach die Gegenoffensive?«

Sparky Low lächelte zurückhaltend. Der Junge war sich seiner Sache so ahnungslos sicher.

»Nicht so bald, fürchte ich. Sie müssen Geduld haben. Die Vorbereitungen brauchen ihre Zeit. Erzählen Sie uns von Ihrem Vater.«

Der Vater des Piloten war anscheinend ein äußerst reicher Großkaufmann, ein Freund der königlichen Familie, eine höchst einflußreiche Persönlichkeit.

»Wird er die Besatzungsmacht unterstützen?« fragte Low.

Der junge Al-Khalifa war sichtlich aufgebracht.

»Niemals, niemals! Er wird alles tun, was in seiner Macht steht, um die Befreiung zu fördern.« Er wandte sich an die dunklen Augen über dem karierten Tuch. »Suchen Sie meinen Vater auf? Ihm können Sie vertrauen.«

»Vielleicht«, sagte Martin.

»Überbringen Sie ihm eine Nachricht von mir?«

Er schrieb einige Minuten lang einen Brief, den er Martin gab. Sobald der Junge nach Dhahran abgefahren war, verbrannte Martin den Brief im Aschenbecher. Nach Kuwait City durfte er nichts Belastendes mitnehmen.

Am nächsten Morgen verstauten Low und er die von ihm angeforderte Ausrüstung hinten im Jeep und fuhren wieder nach Süden bis Manifah, wo sie nach Westen abzogen und der Tapline Road folgten, die unmittelbar entlang der irakischen Grenze quer durch Saudi-Arabien verläuft. Der Name Tapline ist von der Abkürzung TAP – Trans Arab Pipeline – abgeleitet, und die Straße dient zur Wartung dieser Pipeline, die soviel saudiarabisches Rohöl nach Westen transportiert.

Später würde die Tapline Road zur Hauptverkehrsverbindung für die größte Landstreitmacht der Geschichte avancieren, als 400 000 amerikanische, 70 000 britische, 10 000 französische und 200 000 saudische und andere arabische Soldaten zusammengezogen wurden, um von Süden nach Kuwait und in den Irak vorzustoßen. Aber an diesem Tag war sie verlassen.

Nach einigen Meilen bog der Jeep erneut nach Norden ab – wieder in Richtung kuwaitische Grenze, aber diesmal weit im Landesinneren. In der Nähe des schmuddeligen Wüstendorfs Hamatijat auf der saudischen Seite ist die Grenze Kuwait City am nächsten.

Außerdem zeigten von Gray in Riad beschaffte amerikanische Luftbilder, daß die Masse der irakischen Kräfte unmittelbar nördlich der Grenze, aber in Küstennähe konzentriert war. Je weiter man ins Land hineinfuhr, desto dünner wurden die Vorposten der Iraker. Sie massierten ihre Truppen zwischen dem Grenzübergang Muwaisib an der Küste und dem Grenzposten Al-Wafra fünfundsechzig Kilometer landeinwärts.

Das Dorf Hamatijat liegt rund hundertsechzig Kilometer von der Golfküste entfernt in einer Ausbuchtung der Grenze, durch die sich die Entfernung nach Kuwait City verkürzt.

Die Kamele, die Martin angefordert hatte, standen auf einem kleinen Hof außerhalb des Dorfes: eine hochbeinige Kamelstute im besten Alter und ihr noch nicht entwöhntes sandfarbenes Junges mit samtigweichen Nüstern und sanften Augen. Es würde weiterwachsen, um später ebenso bösartig wie seine Artgenossen zu werden, aber vorläufig war es noch sanft.

»Wozu das Junge?« fragte Low, als sie im Jeep sitzend die Tiere auf der Koppel betrachteten.

»Tarnung. Falls jemand fragt, bin ich mit ihm zu den Kamelfarmen bei Sulaibija unterwegs, um es zu verkaufen. Dort sind die Preise besser.«

Er glitt aus dem Jeep und schlurfte mit in Sandalen steckenden Füßen los, um den Kameltreiber zu wecken, der im Schatten seiner Hütte döste. Die beiden Männer hockten eine halbe Stunde lang im Sand und feilschten um den Preis für die beiden Tiere. Während der Kameltreiber das dunkle Gesicht, die verfärbten Zähne und den Stoppelbart des in einem schmutzigen, stinkenden Gewand vor ihm Hockenden betrachtete, hatte er keine Sekunde lang den Verdacht, etwa keinen Beduinen vor sich zu haben, der das Geld für zwei gute Kamele besaß.

Als sie sich handelseinig waren, zahlte Martin mit Scheinen aus einem Packen saudiarabischer Dinare, die er von Low bekommen und eine Zeitlang unter einer Achsel getragen hatte, bis sie weniger neu waren. Dann führte er die beiden Kamele fast zwei Kilometer weit fort und hielt zwischen Dünen an, wo sie vor neugierigen Blicken sicher waren. Dort holte Low ihn mit dem Jeep ein.

Er hatte einige hundert Meter von der Koppel des Kamelbesitzers gewartet und zugesehen. Obwohl er die Arabische Halbinsel gut kannte, hatte er noch nie mit Martin zusammengearbeitet und war beeindruckt. Der Mann gab nicht nur vor, ein Araber zu sein;

sobald er sich aus dem Jeep gleiten ließ, verwandelte er sich in Ausdruck und Haltung einfach in einen Beduinen.

Obwohl Low nichts davon wußte, hatten am Vortag zwei britische Ingenieure, die aus Kuwait flüchten wollten, ihr dortiges Apartment in der landesüblichen Kleidung mit bodenlangem weißen Gewand und kariertem Kopftuch mit Kordel verlassen. Sie waren erst auf halbem Weg zu ihrem keine zwanzig Meter entfernt geparkten Wagen, als ein Kind aus dem Rinnstein rief: »Ihr könnt euch als Araber anziehen, aber ihr geht noch immer wie Engländer!« Die Ingenieure kehrten in ihre Wohnung zurück und blieben dort.

In der Sonne schwitzend, aber außer Sichtweite aller, die von solcher Arbeit in der Sonnenhitze hätten überrascht sein können, verstauten die beiden SAS-Männer Martins Ausrüstung in den Packkörben auf beiden Seiten der Kamelstute. Obwohl sie auf allen vieren ruhte, protestierte sie gegen diese zusätzliche Last, indem sie brüllte und nach den Männern biß, die sie beluden.

Die hundert Kilogramm Plastiksprengstoff Semtex-H in Fünfpfundblöcken, die einzeln in Stoff gewickelt waren, füllten einen Korb und wurden für den Fall, daß ein neugieriger irakischer Soldat unbedingt nachsehen wollte, mit einigen Jutesäcken mit Kaffeebohnen abgedeckt. Der zweite Packkorb enthielt die Maschinenpistolen, Munition, Sprengkapseln, Zeitzünder und Handgranaten sowie ein kleines, aber leistungsfähiges Funkgerät mit einklappbarer Satellitenantenne und zusätzlichen NC-Akkus. Auch diese Ladung wurde mit Kaffeesäcken getarnt.

Als sie fertig waren, fragte Low:

»Kann ich sonst noch was für dich tun?«

»Nein, danke, das war's. Ich bleibe bis Sonnenuntergang hier. Du brauchst nicht so lange zu warten.«

Low streckte ihm die Hand hin.

»Sorry wegen der Brecons.«

Martin schüttelte sie.

»Kein Problem. Ich hab's überlebt.«

Low lachte, ein kurzes Bellen.

»Yeah, das tun wir. Wir sind beschissene Überlebenskünstler. Laß dich nicht unterkriegen, Mike.«

Er fuhr davon. Die Kamelstute verdrehte die Augen, würgte

rülpsend etwas Futter hoch und begann wiederzukäuen. Das Junge versuchte, an ihre Zitzen zu kommen, schaffte es nicht und ließ sich neben ihr nieder.

Martin lehnte sich mit dem Rücken an den Kamelsattel, zog die Keffija vor sein Gesicht und dachte über die vor ihm liegende Zeit nach. Die Wüste würde kein Problem sein, aber das lebhafte Treiben im besetzten Kuwait City konnte eines werden. Wie streng waren die Kontrollen, wie undurchlässig die Straßensperren, wie aufgeweckt die Soldaten, die sie bewachten? Das Century hatte sich erboten, ihm nach Möglichkeit gefälschte Papiere zu verschaffen, aber er hatte sie abgelehnt. Möglicherweise gaben die Iraker neue Personalausweise aus.

Er war zuversichtlich, sich für eine der besten Tarnungen der arabischen Welt entschieden zu haben. Die Beduinen kommen und gehen, wie es ihnen gefällt. Fremden Herren leisten sie keinen Widerstand, denn sie haben zu viel erlebt: Sarazenen und Türken, Kreuzfahrer und Tempelritter, Deutsche und Franzosen, Engländer und Ägypter, Israelis und Iraker. Sie haben sie alle überlebt, weil sie sich aus allen politischen und militärischen Dingen heraushalten.

Viele Regime haben versucht, sie zu domestizieren – alle erfolglos. König Fahd von Saudi-Arabien, der per Dekret verordnet hatte, jeder seiner Untertanen solle ein Haus haben, ließ das moderne Dorf Escan erbauen und mit allen neuzeitlichen Errungenschaften ausstatten: mit einem Swimmingpool, Toiletten, Bädern, fließendem Wasser. Einige Beduinen wurden zusammengeholt und dort untergebracht.

Sie tranken aus dem Swimmingpool (der an eine Oase erinnerte), kackten auf die Veranda, spielten mit den Wasserhähnen und zogen dann aus, wobei sie ihrem Monarchen höflich erklärten, sie schliefen doch lieber unter freiem Himmel. Escan wurde gründlich gesäubert und während der Golfkrise den Amerikanern zur Verfügung gestellt.

Martin wußte aber auch, daß seine Körpergröße das eigentliche Problem darstellte. Mit ziemlich genau einsachtzig war er viel größer als die meisten Beduinen. Nach Jahrhunderten des Siechtums und der Unterernährung sind die meisten von ihnen krank und kleinwüchsig. In der Wüste dient Wasser nur als Trinkwasser für Menschen, Ziegen oder Kamele; deshalb hatte Martin sich nicht mehr gewaschen. Die Romantik des Wüstenlebens, das wußte er, ist nur etwas für Abendländer.

Er hatte keine Ausweispapiere, aber das war kein Problem. Mehrere Regierungen haben versucht, die Beduinen mit Personalausweisen auszustatten. Die Nomaden sind meistens begeistert, weil sie sich so gut als Toilettenpapier eignen; viel besser als eine Handvoll Sand. Ein Soldat oder Polizeibeamter, der darauf besteht, den Ausweis eines Beduinen zu sehen, vergeudet nur seine Zeit – und das wissen beide Beteiligten. Aus der Sicht staatlicher Stellen ist entscheidend, daß die Beduinen keine Schwierigkeiten machen. Sie hätten nicht einmal im Traum daran gedacht, sich an irgendeiner kuwaitischen Widerstandsbewegung zu beteiligen. Das wußte Martin; er hoffte, daß die Iraker es ebenfalls wußten.

Er döste bis Sonnenuntergang und stieg dann in den Sattel. Auf sein »Hat, hat, hat!« hin kam die Kamelstute auf die Beine, ließ ihr am Zaumzeug angebundenes Junges kurz trinken und setzte sich danach in dem raumgreifenden Wiegeschritt in Bewegung, der sehr langsam aussieht, mit dem sich aber erstaunliche Entfernungen bewältigen lassen. Das Muttertier war auf der Koppel gut gefüttert und getränkt worden, so daß es jetzt tagelang nicht ermüden würde.

Als Martin kurz vor acht Uhr die Grenze überschritt, befand er sich weit nordwestlich des Polizeipostens Ruqaifah, wo eine aus Kuwait kommende Piste Saudi-Arabien erreicht. Die Nacht war dunkel und sternenklar. Ein Lichtschein rechts voraus markierte das kuwaitische Ölfeld Managisch, wo vermutlich Iraker patrouillierten, aber die Wüste vor ihm war einsam und menschenleer.

Auf seiner Karte waren es fünfzig Kilometer bis zu den Kamelfarmen unmittelbar südlich von Sulaibija, einem Vorort von Kuwait City, wo er seine Tiere in einem Mietstall einstellen wollte, bis er sie wieder brauchte. Aber zuvor würde er seine Ausrüstung in der Wüste vergraben und diese Stelle kennzeichnen.

Falls er nicht kontrolliert und aufgehalten wurde, wollte er seine Ladung noch bei Dunkelheit vor Sonnenaufgang – also in neun Stunden – vergraben. In der zehnten Stunde würde er die Kamelfarmen erreichen.

Als das Ölfeld Managisch hinter ihm zurückblieb, hielt er mit Hilfe seines Marschkompasses geradewegs auf sein Ziel zu. Wie er ganz richtig vermutet hatte, kontrollierten irakische Streifen die Straßen, sogar die Pisten, aber niemals die menschenleere Wüste. Kein Flüchtling würde versuchen, auf diesem Weg zu entkommen; kein Feind würde dort versuchen einzufallen.

Von der Kamelfarm aus, das wußte er, konnte er sich bei Tag von irgendeinem Lastwagen ins dreißig Kilometer entfernte Stadtzentrum mitnehmen lassen.

Hoch über Martin zog ein Satellit KH-11 des National Reconnaissance Office lautlos seine Bahn am Nachthimmel. In der Vergangenheit hatten frühere Generationen amerikanischer Aufklärungssatelliten noch wirklich fotografiert und die Filme in regelmäßigen Abständen in Kapseln ausgestoßen, die mühsam geborgen werden mußten, damit die Filme entwickelt und ausgewertet werden konnten.

Die 19,5 Meter langen und 13,6 Tonnen schweren KH-11 sind intelligenter. Während sie die Erdoberfläche unter sich überwachen, verschlüsseln sie die Bilder automatisch in elektronische Impulse, die dann nach *oben* zu einem weiteren Satelliten über ihnen gesendet werden.

Dieser Empfängersatellit gehört zu einem in geosynchronen Positionen stationierten Netzwerk, dessen Bahnen und Bahngeschwindigkeiten so gewählt sind, daß die Satelliten über einem bestimmten Punkt der Erdoberfläche stillzustehen scheinen.

Hat der geostationäre Satellit die KH-11-Aufnahmen empfangen, kann er sie direkt nach Amerika übermitteln oder – für den Fall, daß die Erdkrümmung im Weg ist – quer durchs All an einen anderen Fernmeldesatelliten weitergeben, der die Aufnahmen an seine amerikanischen Herrn weiterleitet. Auf diese Weise erhält das NRO die Aufklärungsergebnisse in »Echtzeit« – nur wenige Sekunden nach der jeweiligen Aufnahme.

Im Krieg bringt das unschätzbare Vorteile. Ein KH-11 kann beispielsweise eine fahrende feindliche Lastwagenkolonne so rechtzeitig ausmachen, daß ein Luftangriff angesetzt werden kann, der die Kolonne zersprengt. Die bedauernswerten Soldaten auf den Lastwagen würden niemals erfahren, wie die Jagdbomber sie entdeckt haben, denn KH-11 sind bei Tag und Nacht, trotz Nebel und Wolken, einsatzbereit.

Gelegentlich sind sie als »allsehend« bezeichnet worden. Das ist leider eine Selbsttäuschung. In dieser Nacht raste der KH-11 von Saudi-Arabien kommend über Kuwait hinweg. Aber er sah den einzelnen Beduinen nicht, der in ein Sperrgebiet einritt, und hätte ihn auch nicht beachtet, wenn er ihn gesehen hätte. Er flog über Kuwait und den Irak weiter. In der Umgebung von Al-Hillah und Tarmija, Al-Athir und Tuwaitha sah er viele Gebäude und weitläufige industrielle Ministädte, aber er sah nicht, was sich in diesen Gebäuden befand. Er sah weder die für eine Giftgasproduktion vorbereiteten Tanks noch das für die Gasdiffusionszentrifugen der Isotopentrennanlage bestimmte Uranhexafluorid.

Er flog nach Norden weiter und erfaßte Flugplätze, Fernstraßen und Brücken. Er sah sogar den Autofriedhof in Al-Qubai, ohne ihn jedoch zu beachten. Er sah die Industriegebiete Al-Quaim, Jasira und Al-Schirgat westlich und nördlich von Bagdad, aber nicht die dort zum Einsatz bereitstehenden Massenvernichtungswaffen. Er überflog den Dschebel al-Hamrin, ohne die von Pionieroberst Osman Badri erbaute Festung zu entdecken. Er sah nur einen Berg unter anderen Bergen, Bergdörfer wie andere Bergdörfer. Danach zog er über Kurdistan und die Türkei hinweg.

Mike Martin ritt durch die Nacht in Richtung Kuwait City weiter – unsichtbar in dem Gewand, das er letztmals vor fast zwei Wochen getragen hatte. Er lächelte, als er an den Augenblick zurückdachte, in dem er nach einem Streifzug durch die Wüste außerhalb Abu Dhabis bei der Rückkehr zu seinem Landrover überraschend einer molligen Amerikanerin gegenübergestanden hatte, die ihre Kamera auf ihn richtete und dabei »Klick-klick!« rief.

Man war übereingekommen, den Medusa-Ausschuß zu seiner konstituierenden Sitzung in einem Raum unter dem Cabinet Office in Whitehall zusammentreten zu lassen. Dafür sprach vor allem, daß das Gebäude abhörsicher war, weil es regelmäßig auf Wanzen untersucht wurde, obwohl der Eindruck vorherrschte, da die Russen heutzutage so schrecklich *nett* seien, könnten sie endlich aufgehört haben, solch lästige Machenschaften zu versuchen.

Der Raum, in den die Gäste geführt wurden, lag zwei Stockwerke tiefer unter dem Erdboden – Terry Martin hatte schon von dem Labyrinth aus bomben- und abhörsicheren Bunkerräumen unter dem harmlos aussehenden Gebäudeblock gegenüber dem Cenotaph gehört, in denen sensibelste Staatsgeschäfte in völliger Vertraulichkeit besprochen werden konnten.

Den Ausschußvorsitz übernahm Sir Paul Spruce, ein weltmännischer, erfahrener Bürokrat im Rang eines Zweiten Ständigen Kabinettssekretärs. Er stellte sich selbst vor und machte dann alle mit allen bekannt. Die Vertreter der amerikanischen Botschaft und somit der USA waren der Zweite Militärattaché und Harry Sinclair, ein cleverer und erfahrener Mann aus Langley, der seit drei Jahren die CIA-Residentur in London leitete.

Sinclair war ein großer hagerer Mann, der Tweedjacken bevorzugte, häufig in die Oper ging und sich mit seinen britischen Kollegen hervorragend verstand.

Der CIA-Mann nickte und blinzelte Simon Paxman zu, den er schon früher bei einer Sitzung des Joint Intelligence Committees, in dem die CIA einen ständigen Sitz hat, in London kennengelernt hatte.

Sinclairs Aufgabe würde es sein, interessante Erkenntnisse, mit denen die britischen Wissenschaftler möglicherweise aufwarten konnten, zur Kenntnis zu nehmen und diese Informationen nach Washington weiterzuleiten, wo der erheblich größere amerikanische Teil des Medusa-Ausschusses ebenfalls tagte. Im Rahmen fortgesetzter Bemühungen um eine Analyse des irakischen Potentials, erschreckend hohe Verluste zu verursachen, würden dann alle Untersuchungsergebnisse zusammengestellt und verglichen werden.

Zwei Wissenschaftler waren aus Aldermaston, aus dem Waffenforschungsinstitut in Berkshire gekommen – dort läßt man die Vorsilbe »Atom-« am liebsten weg, aber darum geht es in Aldermaston hauptsächlich. Ihre Aufgabe würde es sein, aufgrund von Informationen aus den USA, Europa und sonstigen Quellen und von Luftaufnahmen möglicher nuklearer Forschungseinrichtungen im Irak festzustellen, wie weit – falls überhaupt – der Irak bei seinen Bemühungen, die zum Bau einer eigenen Atombombe notwendige Technologie zu meistern, gekommen war.

Aus Porton Down waren zwei weitere Wissenschaftler gekommen. Der eine war Chemiker, der andere ein auf Bakteriologie spezialisierter Biologe.

In der linksstehenden Presse ist Porton Down oft beschuldigt worden, chemische und biologische Waffen fürs britische Militär zu entwickeln. Tatsächlich konzentriert seine Forschungsarbeit sich seit Jahren auf die Suche nach Gegengiften gegen alle Formen chemischer und biologischer Kriegführung, denen britische und verbündete Truppen ausgesetzt sein könnten. Leider ist es unmöglich, ein Antidot zu entwickeln, ohne zuerst die Eigenschaften des Toxins zu studieren. Deshalb hatten die beiden Eierköpfe aus Porton unter massiven Sicherheitsvorkehrungen einige ziemlich häßliche Substanzen in ihrer Obhut. Genau das traf an diesem 13. August auch auf Mr. Saddam Hussein zu. Der Unterschied war nur, daß Großbritannien nicht die Absicht hatte, sie gegen Iraker einzusetzen, während andererseits der Eindruck vorherrschte, Hussein werde vielleicht weniger zurückhaltend sein.

Den Männern aus Porton würde die Aufgabe zufallen, aus Listen von Chemikalien, die der Irak in den letzten Jahren gekauft hatte, nach Möglichkeit festzustellen, was er hatte – wieviel, wie wirksam und wie einsetzbar. Außerdem würden sie Luftaufnahmen zahlreicher irakischer Fabriken und Industrieanlagen studieren, um zu sehen, ob sich verräterische Anzeichen in Form von Bauten in bestimmter Form und Größe finden ließen – Entgiftungsanlagen, Rauchgaswaschanlagen, die auf Giftgasfabriken hinwiesen.

»Also, Gentlemen«, begann Sir Paul, indem er sich an die vier Wissenschaftler wandte, »die Hauptlast liegt auf Ihren Schultern. Wir anderen sind Ihnen behilflich und unterstützen Sie, wo wir können.

Ich habe hier zwei Ordner mit Informationen, die wir bisher von unseren Leuten im Ausland erhalten haben: Botschaftspersonal, Handelsmissionen und die ... äh ... im verborgenen arbeitenden Gentlemen. Wir stehen allerdings erst am Anfang. Dies sind die ersten Ergebnisse der Auswertung von Ausfuhrgenehmigungen in den Irak, die in den letzten zehn Jahren erteilt worden sind, und ich brauche wohl nicht hinzuzufügen, daß sie von Regierungen stammen, die uns äußerst prompt unterstützt haben.

Wir haben das Netz so weit wie möglich ausgeworfen. Erfaßt sind Ausfuhren von Chemikalien, Baumaterial, Laboreinrichtungen, Verfahrenstechnik – so ziemlich alles außer Regenschirmen, Strickwolle und Kuscheltieren.

Einige dieser Exporte, tatsächlich wohl die meisten, werden sich als ganz normale Einkäufe eines aufstrebenden arabischen Landes für friedliche Zwecke erweisen, und ich entschuldige mich im voraus für die Zeitvergeudung, die ihre Untersuchung bedeuten dürfte. Aber konzentrieren Sie sich bitte nicht nur auf Einkäufe speziell für die Herstellung von Massenvernichtungswaffen, sondern auch auf Mehrzweckkäufe – auf Gegenstände, die für einen anderen als den genannten Verwendungszweck abgeändert oder ausgeschlachtet werden könnten.

Nun, soviel ich weiß, sind unsere amerikanischen Kollegen ebenfalls nicht untätig gewesen.«

Sir Paul reichte einen der Ordner an die Männer aus Porton Down und einen an die aus Aldermaston weiter. Auch der CIA-Mann holte zwei Ordner aus seinem Aktenkoffer und verteilte sie. Die verwirrten Eierköpfe saßen plötzlich vor einem Stapel Unterlagen.

»Die Amerikaner und wir selbst haben versucht«, erläuterte Sir Paul, »Überschneidungen zu vermeiden, aber leider ist das nicht immer möglich gewesen. Auch dafür entschuldige ich mich. Bitte, Mr. Sinclair.«

Im Gegensatz zu dem Beamten aus Whitehall, der die Wissenschaftler durch seine Redseligkeit fast eingeschläfert hatte, kam der CIA-Resident sofort zur Sache.

»Der Kernpunkt ist, Gentlemen, daß wir unter Umständen gegen diese Scheißkerle antreten müssen.«

Das klang schon besser. Sinclair sprach, wie Briten sich Amerikaner gern vorstellen: geradeheraus und ungeschminkt offen. Die vier Eierköpfe hingen wie gebannt an seinen Lippen.

»Sollte dieser Tag jemals kommen, greifen wir zuerst aus der Luft an. Wie die Briten wollen wir die eigenen Verluste auf ein absolutes Minimum begrenzen. Also nehmen wir uns ihre Infanterie, ihre Geschütze, Panzer und Flugzeuge vor. Wir fliegen Einsätze gegen ihre SAM-Stellungen, Nachrichtenverbindungen und Befehlszentralen. Würde Saddam Hussein jedoch Massenvernichtungswaffen einsetzen, hätten beide – die Briten und wir – verdammt hohe Verluste. Deshalb müssen Sie uns zwei Fragen beantworten.

Erstens: Was hat er? Dann können wir die Ausstattung mit Gasmasken, Schutzkleidung und Antidoten planen. Zweitens: Wo zum Teufel hat er's versteckt? Dann können wir die Fabriken und

Vorratslager angreifen und alles vernichten, bevor er's einsetzen kann. Studieren Sie also die Luftaufnahmen, benutzen Sie Vergrößerungsgläser, suchen Sie nach verräterischen Hinweisen. Wir ermitteln und befragen weiter die Bauunternehmer, die ihm diese Fabriken hingestellt, und die Wissenschaftler, die sie eingerichtet haben. Das müßte uns erheblich weiterhelfen. Aber die Iraker haben die Produktionsstätten möglicherweise verlagert. Somit sind wir wieder auf Sie als Analytiker angewiesen, Gentlemen.

Sie könnten hier 'ne Menge Leben retten – also geben Sie sich verdammt Mühe. Identifizieren Sie diese Massenvernichtungswaffen für uns, dann fliegen wir hin und zerbomben den ganzen Scheiß.«

Die vier Wissenschaftler waren fasziniert. Sie hatten einen Auftrag und wußten, was man von ihnen erwartete. Sir Paul schien von einer leichten Kriegsneurose befallen zu sein.

»Gewiß... nun, ich bin sicher, daß wir alle Mr. Sinclair für seine... äh... Ausführungen sehr dankbar sind. Darf ich vorschlagen, daß wir wieder zusammentreten, sobald Aldermaston oder Porton Down etwas für uns hat?«

Simon Paxman und Terry Martin verließen das Gebäude gemeinsam und schlenderten in der warmen Augustsonne die Whitehall entlang auf den Parliament Square hinaus. Dort stauten sich wie üblich ganze Kolonnen von Touristenbussen. Sie fanden eine freie Bank in der Nähe des aus Marmor gehauenen Winston Churchill, der die sich unter ihm drängenden unverschämten Sterblichen finster zu mustern schien.

»Haben Sie das Neueste aus Bagdad gehört?« fragte Paxman.

»Natürlich.«

Saddam Hussein hatte soeben angeboten, sich aus Kuwait zurückzuziehen, wenn Israel die West Bank und Syrien den Libanon räumten. Der Versuch, ein Junktim herzustellen. Die Vereinten Nationen hatten sofort abgelehnt. Der Sicherheitsrat verabschiedete weiter eine Resolution nach der anderen, die Außenhandel, Ölexporte, Devisengeschäfte, Luftverkehr und Auslandsguthaben des Irak blockierten. Und die systematische Zerstörung Kuwaits durch die Besatzungstruppen ging weiter.

»Irgendwelche Bedeutung?«

»Nein, bloß eine der üblichen Schaufensterreden. Vorhersehbar.

Fürs Publikum bestimmt. Der PLO hat sie natürlich gefallen, aber das ist schon alles. Das ist kein vernünftiger Plan.«

»Hat er einen vernünftigen Plan?« fragte Paxman. »Falls ja, wird keiner daraus schlau. Die Amerikaner halten ihn für verrückt.«

»Ich weiß. Ich hab' Bush gestern abend im Fernsehen gesehen.«

»Ist er verrückt, Saddam?«

»Wie ein Fuchs.«

»Warum stößt er dann nicht nach Süden zu den saudiarabischen Ölfeldern vor, solange die Gelegenheit günstig ist? Der amerikanische Aufmarsch beginnt erst, unserer auch. Ein paar Staffeln, Flugzeugträger im Golf. Aber nichts auf dem Boden. Nur mit Flugzeugen ist er nicht aufzuhalten. Dieser amerikanische General, der eben zum Oberbefehlshaber ernannt worden ist...«

»Schwarzkopf«, sagte Martin. »Norman Schwarzkopf.«

»Richtig, das ist er. Nach seiner Schätzung dauert es volle zwei Monate, bis er genügend Truppen hat, um einen Großangriff abwehren und zu einer Gegenoffensive antreten zu können. Warum also nicht jetzt angreifen?«

»Weil er damit einen arabischen Bruderstaat angreifen würde, mit dem er keinen Streit hat. Das brächte Schande. Damit hätte er alle Araber gegen sich. Das wäre gegen ihre Kultur. Er will die arabische Welt beherrschen und von ihr bejubelt, nicht von ihr geschmäht werden.«

»Er hat Kuwait überfallen«, stellte Paxman fest.

»Das ist etwas anderes gewesen. Er hat behaupten können, damit ein imperialistisches Unrecht wiedergutzumachen, weil Kuwait historisch gesehen schon immer ein Teil des Irak gewesen sei. Wie Nehrus Einmarsch in die portugiesische Besitzung Goa.«

»Unsinn, Terry! Saddam Hussein hat Kuwait überfallen, weil er bankrott ist. Das wissen wir alle.«

»Ja, das ist der wahre Grund. Aber der vorgeschobene ist, daß er rechtmäßig irakisches Gebiet zurückgeholt hat. Sehen Sie, das passiert überall auf der Welt. Indien hat Goa annektiert, China hat Tibet annektiert, Indonesien hat Ost-Timor annektiert. Argentinien hat versucht, die Falklandinseln zu besetzen. Jedesmal wird behauptet, man hole sich rechtmäßig eigenes Gebiet zurück. Das ist eine innenpolitisch schrecklich populäre Haltung, wissen Sie.«

»Warum treten manche seiner arabischen Brüder dann gegen ihn auf?«

»Weil sie glauben, daß er damit nicht durchkommen wird«, sagte Martin.

»Und er *wird* damit nicht durchkommen. Sie haben recht.«

»Nur wegen Amerika, nicht wegen der arabischen Welt. Will er den Beifall der arabischen Welt erringen, muß er Amerika, nicht seinen arabischen Nachbarn demütigen. Sind Sie schon mal in Bagdad gewesen?«

»Nicht in letzter Zeit«, sagte Paxman.

»Die Stadt ist voller Bilder, die Saddam Hussein als Wüstenkrieger mit erhobenem Schwert auf einem weißen Streitroß zeigen. Natürlich alles Unsinn; der Mann ist ein Heckenschütze. Aber so sieht er sich selbst.«

»Das ist alles sehr theoretisch, Terry. Aber trotzdem besten Dank für Ihre Überlegungen. Das Dumme ist nur, daß ich mit nüchternen Tatsachen arbeiten muß. Jedenfalls ist nicht zu erkennen, wie er Amerika demütigen könnte. Die Yankees besitzen alle Macht, alle Technologie. Wenn sie soweit sind, können sie angreifen und sein Heer und seine Luftwaffe zerschlagen.«

Terry Martin blinzelte in die Sonne.

»Verluste, Simon. Amerika kann vieles ertragen, nur keine schweren Verluste. Saddam Hussein schon. Für ihn spielen sie keine Rolle.«

»Aber dafür sind noch nicht genügend Amerikaner dort.«

»Genau.«

Der Rolls-Royce mit Achmed al-Khalifa im Fond glitt vor den Eingang des Bürogebäudes, das sich in englischer und arabischer Schrift als Sitz der Al-Khalifa Trading Corporation Ltd. auswies, und hielt fast lautlos.

Der Chauffeur, ein kräftiger Mann in Livree, halb Fahrer, halb Leibwächter, stieg aus und ging nach hinten, um seinem Herrn die Tür zu öffnen.

Vielleicht war es töricht, mit dem Rolls zu fahren, aber der kuwaitische Multimillionär hatte es rundweg abgelehnt, den Volvo zu nehmen, um die irakischen Soldaten an den Straßensperren nicht zu provozieren.

»In der Hölle sollen sie braten!« hatte er beim Frühstück ge-knurrt. Tatsächlich war die Fahrt von seiner Luxusvilla in einem von Mauern umgebenen Garten im Prominentenvorort Andalus zu seinem Bürogebäude in Schamija ohne besondere Vorkommnisse verlaufen.

Innerhalb von zehn Tagen nach der Invasion waren die diszipli-nierten und professionellen Soldaten der irakischen Republikani-schen Garde aus Kuwait City abgezogen und durch den wehrpflich-tigen Pöbel der Volksarmee ersetzt worden. Während er erstere gehaßt hatte, empfand er für letztere nichts als Verachtung.

In den ersten Tagen ihrer Besetzung hatte die Garde seine Stadt geplündert – aber bewußt und systematisch. Er hatte gesehen, wie Gardisten in die Nationalbank eingedrungen waren und die kuwai-tische Goldreserve, Goldbarren im Wert von fünf Milliarden Dol-lar, abtransportiert hatten. Aber das war keine Plünderung gewe-sen, um sich persönlich zu bereichern. Die Goldbarren waren in Container verpackt und auf versiegelten Lastwagen nach Bagdad abtransportiert worden.

Und im Gold-Suk waren massivgoldene Schmuckstücke für eine weitere Milliarde Dollar beschlagnahmt und gleichfalls abtrans-portiert worden.

Die Kontrollen durch Gardisten, die man an den schwarzen Baretten und ihrem gesamten Auftreten erkannte, waren gründlich und professionell gewesen. Dann waren sie ganz plötzlich weiter im Süden gebraucht worden, um dort Stellungen entlang der Grenze zu Saudi-Arabien zu beziehen.

Abgelöst worden waren sie durch Soldaten der Volksarmee: abgerissen und undiszipliniert – und deshalb unberechenbarer und gefährlicher. Vereinzelte Morde an Kuwaitis, die sich geweigert hatten, ihre Uhr oder ihr Auto herzugeben, zeugten davon.

Mitte August schlug die Hitze zu wie ein Hammer auf einen Amboß. Um vor ihr Schutz zu finden, rissen irakische Soldaten die Gehsteige auf, bauten sich entlang der Straßen, die sie kontrollie-ren sollten, aus den Platten kleine Steinhäuser und verkrochen sich darin. In der kühlen Morgen- und Abenddämmerung kamen sie daraus hervor, um sich als Soldaten aufzuspielen. Dann schikanier-ten sie Zivilisten und klauten unter dem Vorwand, Fahrzeuge nach Konterbande zu durchsuchen, Lebensmittel und Wertsachen.

Al-Khalifa kam normalerweise um sieben Uhr ins Büro, aber indem er gewartet hatte, bis die Sonne um zehn vom Himmel brannte, hatte er an den Steinunterkünften der Volksarmee vorbeirauschen können, ohne angehalten zu werden. Zwei Soldaten, beide zerlumpt und ohne Mütze, hatten den Rolls sogar lasch gegrüßt – offenbar in der Annahme, er befördere eine hochgestellte Persönlichkeit der eigenen Seite.

Auf die Dauer konnte das natürlich nicht gutgehen. Früher oder später würde irgendein Ganove ihm den Rolls mit vorgehaltener Pistole rauben. Na, und? Sobald sie wieder vertrieben waren – auch wenn vorerst noch nicht abzusehen war, wie das geschehen sollte –, würde er sich einen neuen kaufen.

Nun stand er in seinem schneeweißen bodenlangen Gewand auf dem Gehsteig und fühlte, wie der leichte Baumwollstoff der Guthra, die von einer schwarzen Doppelkordel auf seinem Kopf gehalten wurde, sein Gesicht umfächelte. Der Chauffeur schloß die Wagentür und kehrte auf die andere Seite zurück, um den Rolls auf den Firmenparkplatz zu fahren.

»Eine milde Gabe, Sajidi, eine milde Gabe. Für einen Mann, der drei Tage nichts mehr gegessen hat.«

Al-Khalifa hatte den in der Nähe des Eingangs auf dem Gehsteig Hockenden, der in der Sonne zu schlafen schien – ein in jeder Stadt des Nahen Ostens häufiger Anblick –, kaum wahrgenommen. Jetzt stand der Mann plötzlich neben ihm: ein Beduine in schmutziger Kleidung und mit ausgestreckter Hand.

Sein Chauffeur kam bereits wieder hinter dem Rolls hervor, um den Bettler mit einem Schwall von Verwünschungen fortzujagen. Achmed al-Khalifa hob abwehrend eine Hand. Als praktizierender Moslem bemühte er sich, die Lehren des Korans zu beherzigen, zu denen auch Mildtätigkeit nach bestem Vermögen gehört.

»Fahr den Wagen weg«, befahl er. Dann zog er seine Geldbörse aus der Seitentasche des weißen Gewands und entnahm ihr einen Zehndinarschein. Der Beduine nahm den Schein mit beiden Händen entgegen, um mit dieser Geste anzudeuten, die Gabe des Wohltäters sei so gewichtig, daß er dafür beide Hände brauche.

»Schukran, Sajidi, schukran.« Ohne seinen Tonfall im geringsten zu verändern, fuhr der Mann fort: »Lassen Sie mich holen, sobald Sie im Büro sind. Ich habe Nachrichten von Ihrem Sohn im Süden.«

140

Der Geschäftsmann glaubte, nicht richtig gehört zu haben. Der Beduine steckte den Geldschein ein und schlurfte über den Gehsteig davon. Al-Khalifa betrat das Bürogebäude, nickte dem Türsteher grüßend zu und fuhr leicht benommen in sein Büro im obersten Stock hinauf. Als er am Schreibtisch saß, dachte er kurz nach und drückte dann auf die Taste seiner Gegensprechanlage.

»Draußen auf dem Gehsteig ist ein Beduine. Ich möchte mit ihm sprechen. Schicken Sie ihn bitte herauf.«

Falls seine Privatsekretärin glaubte, ihr Arbeitgeber sei übergeschnappt, ließ sie sich nichts anmerken. Als sie drei Minuten später den Beduinen in das klimatisierte Büro führte, zeigte nur ihre gerümpfte Nase, was sie von dem persönlichen Geruch dieses unmöglichen Besuchers hielt. Sobald sie hinausgegangen war, deutete der Geschäftsmann auf einen Sessel.

»Du hast meinen Sohn gesehen, sagst du?« fragte er knapp, weil er den Verdacht hegte, der Mann sei nur gekommen, um einen noch größeren Geldschein zu schnorren.

»Ja, Sajidi Al-Khalifa. Ich bin erst vorgestern in Khafji mit ihm zusammengewesen.«

Das Herz des Kuwaiters schlug höher. Nach zwei Wochen das erste Lebenszeichen! Er hatte nur indirekt erfahren, daß sein einziger Sohn an jenem Morgen vom Luftwaffenstützpunkt Ahmadi gestartet war, und danach... nichts. Keiner seiner Informanten schien zu wissen, was passiert war. An diesem Tag, dem 2. August, hatte es viel Verwirrung gegeben.

»Du hast eine Nachricht von ihm?«

»Ja, Sajidi.«

Al-Khalifa streckte eine Hand aus.

»Bitte, gib sie mir. Ich werde dich gut belohnen.«

»Ich habe sie im Kopf. Papier durfte ich keines mitbringen. Also habe ich sie auswendig gelernt.«

»Auch gut. Erzähl mir bitte, was er gesagt hat.«

Mike Martin sagte den eine Seite langen Brief des Skyhawk-Piloten wortwörtlich auf.

»›Mein lieber Vater, trotz seines Aussehens ist der Mann vor dir ein britischer Offizier...‹«

Al-Khalifa setzte sich ruckartig auf, starrte Martin forschend an und schien seinen Augen und Ohren nicht zu trauen.

141

»›Er ist in geheimer Mission nach Kuwait gekommen. Seitdem du das nun weißt, liegt sein Leben in deinen Händen. Ich bitte dich, ihm zu vertrauen, wie er dir vertrauen muß, weil er um deine Hilfe bitten wird.

Ich bin gesund und jetzt bei der saudiarabischen Luftwaffe in Dhahran stationiert. Ich habe noch einen Angriff gegen die Iraker fliegen können, bei dem ich einen Panzer und einen Lastwagen zerstört habe. Bis zur Befreiung unseres Landes bleibe ich bei den saudiarabischen Luftstreitkräften.

Ich bete jeden Tag zu Allah, er möge die Stunden verfliegen lassen, bis ich zurückkehren und dich wieder in die Arme schließen kann. Dein getreuer Sohn Khalid.‹«

Martin verstummte. Achmed al-Khalifa stand auf, trat ans Fenster und starrte hinaus. Er holte mehrmals tief Luft. Als er die Fassung wiedergewonnen hatte, kam er zu seinem Sessel zurück.

»Danke. Vielen Dank! Was wünschen Sie also?«

»Die Besetzung Kuwaits wird nicht nur ein paar Tage oder Wochen dauern. Sie wird viele Monate dauern, falls es nicht gelingt, Saddam Hussein zum Rückzug zu bewegen...«

»Die Amerikaner werden nicht schnell kommen?«

»Die Amerikaner, die Briten, die Franzosen und die übrigen Alliierten brauchen Zeit, um ihre Verbände aufzustellen. Saddam Hussein hat das viertgrößte stehende Heer der Welt – über eine Million Mann. Manche taugen nichts, andere dafür um so mehr. Diese Besatzungsmacht läßt sich nicht von einer Handvoll Soldaten vertreiben.«

»Ja, natürlich. Das ist mir klar.«

»Für den Augenblick geht man davon aus, daß jeder irakische Soldat, jedes Geschütz und jeder Panzer, der hier blockiert ist, weil er für die Besatzung Kuwaits benötigt wird, nicht an der Grenze eingesetzt werden kann...«

»Sie sprechen von Widerstand, bewaffnetem Widerstand, organisierter Gegenwehr«, sagte Al-Khalifa. »Das haben einige Hitzköpfe bereits versucht. Sie haben auf irakische Streifen geschossen – und sind wie Hunde abgeknallt worden.«

»Ja, das glaube ich. Sie sind tapfer, aber unbesonnen gewesen. Es gibt bessere Möglichkeiten, mehr zu erreichen. Dabei geht's nicht darum, Hunderte von feindlichen Soldaten zu töten und womöglich selbst umzukommen. Es geht darum, die irakischen Besatzer in ständiger Nervosität, in ständiger Angst zu halten, so daß jeder Offizier überall von Bewaffneten geschützt werden muß und kein Iraker mehr ruhig schlafen kann.«

»Hören Sie, Mr. English, ich weiß, daß Sie's gut meinen, und vermute, daß Sie ein Mann sind, der solche Dinge gewöhnt ist und sie beherrscht. Ich bin's nicht. Diese Iraker sind wilde, grausame Leute. Wir kennen sie seit jeher. Lassen wir uns darauf ein, was Sie vorschlagen, gibt es Vergeltungsmaßnahmen.«

»Das ist wie eine Vergewaltigung, Sajidi Al-Khalifa.«

»Vergewaltigung?«

»Eine Frau, die vergewaltigt werden soll, kann sich wehren oder nachgeben. Ist sie gefügig, wird sie vergewaltigt, vermutlich geschlagen, vielleicht umgebracht. Wehrt sie sich, wird sie vergewaltigt, bestimmt geschlagen, vielleicht umgebracht.«

»Kuwait ist die Frau, der Irak der Vergewaltiger. Das ist mir bereits klar. Wozu sich also wehren?«

»Weil es ein Morgen gibt. Morgen wird Kuwait sich im Spiegel betrachten. Ihr Sohn wird das Gesicht eines Kriegers sehen.«

Achmed al-Khalifa starrte den dunkelhäutigen, bärtigen Engländer lange an, bevor er sagte: »Sein Vater auch. Allah sei meinem Volke gnädig. Was wollen Sie? Geld?«

»Nein, danke. Geld habe ich.«

Tatsächlich besaß er zehntausend kuwaitische Dinare, die der Botschafter in London von der Bank of Kuwait an der Ecke Baker/ George Street abgehoben hatte.

»Ich brauche Häuser, in denen ich bleiben kann. Insgesamt sechs...«

»Kein Problem. Hier gibt's bereits Tausende von verlassenen Wohnungen...«

»Keine Apartments, sondern alleinstehende Villen. In Wohnungen gibt's Nachbarn. Niemand interessiert sich für einen armen Mann, der den Auftrag hat, in einer verlassenen Villa nach dem Rechten zu sehen.«

»Gut, die finde ich.«

»Und Ausweise – echte kuwaitische Personalausweise. Drei. Einen für einen kuwaitischen Arzt, einen für einen indischen Buchhalter und einen für einen Gemüsegärtner von außerhalb der Stadt.«

»Verstanden. Ich habe Freunde im Innenministerium. Soviel ich weiß, haben sie die Druckpressen für Ausweiskarten noch unter ihrer Kontrolle. Woher bekomme ich die nötigen Paßbilder?«

»Als Gemüsegärtner holen Sie sich irgendeinen alten Mann von der Straße und geben ihm eine Kleinigkeit. Den Arzt und den Buchhalter sollen Leute aus Ihrer Firma spielen, die ungefähr wie ich aussehen – allerdings ohne Bart. Auf schlechten Paßbildern ist ohnehin niemand zu erkennen.

Als letztes drei Autos. Einen weißen Kombi, einen Geländewagen und einen alten, klapprigen Pick-up. Alle in Einzelgaragen, alle mit neuen Kennzeichen.«

»Gut, das läßt sich machen. Wo wollen Sie die Ausweise und die Schlüssel für die Häuser und Garagen abholen?«

»Kennen Sie den Christenfriedhof?«

Al-Khalifa runzelte die Stirn.

»Ich habe davon gehört, bin aber selbst noch nie dort gewesen. Warum?«

»Er liegt an der Jahra Road in Sulaibighat neben dem moslemischen Hauptfriedhof. Ein ganz unauffälliges Tor mit einem winzigen Schild, auf dem *Für Christen* steht. Bestattet sind dort hauptsächlich Libanesen und Syrer, aber auch einige Filipinos und Chinesen. In der rechten hinteren Ecke liegt ein Seemann namens Shepton bestattet. Die Marmorplatte auf seinem Grab ist locker. Ich habe darunter ein Loch ausgehöhlt, in dem Sie die Sachen zurücklassen können. Auch Nachrichten, falls Sie welche für mich haben. Sehen Sie einmal in der Woche nach, ob ich eine Nachricht für Sie hinterlegt habe.«

Al-Khalifa schüttelte verwirrt den Kopf.

»Das alles liegt mir wirklich nicht.«

Mike Martin tauchte wieder in dem Mahlstrom aus Menschen unter, der durch die engen Straßen und Gassen des Stadtviertels Bneid al-Qar brandete. Fünf Tage später fand er unter der Marmorplatte auf Seemann Sheptons Grab drei Personalausweise, drei Garagenschlüssel mit den dazugehörigen Adressen, drei Sätze Autoschlüssel und sechs Hausschlüssel mit Adreßanhängern.

Zwei Tage später flog ein irakischer Militärlaster auf der Rückfahrt vom Ölfeld Umm Gudayr nach Kuwait in die Luft, als er über eine versteckt angebrachte Sprengladung fuhr.

Chip Barber, der Chef der CIA-Abteilung Naher Osten, war seit zwei Tagen in Tel Aviv, als das Telefon in seinem Büro in der amerikanischen Botschaft klingelte. Am Apparat war der dortige CIA-Resident.

»Chip, der Termin geht in Ordnung. Er ist wieder zurück. Ich habe ein Treffen für sechzehn Uhr vereinbart. Dann können Sie gerade noch den letzten Rückflug vom Flughafen Ben Gurion aus erwischen. Die Jungs sagen, daß sie im Büro vorbeikommen und uns abholen wollen.«

Der CIA-Resident befand sich außerhalb der Botschaft, deshalb drückte er sich für den Fall, daß ihr Gespräch abgehört wurde, bewußt vage aus. Er wurde natürlich abgehört, aber nur von den Israelis, die ohnehin Bescheid wußten.

Der »Er« war Mossad-Chef General Yaacov »Kobi« Dror, das »Büro« war die amerikanische Botschaft, und die »Jungs« waren zwei Männer aus Drors persönlichem Stab, die um 15.10 Uhr in einem neutralen Wagen vorfuhren.

Barber fand, fünfzig Minuten seien sehr reichlich für die Fahrt vom Botschaftskomplex zur Mossad-Zentrale, die im Hadar Dafna Building, einem Bürohochhaus am König-Salomo-Boulevard, untergebracht ist.

Aber dort sollte das Treffen nicht stattfinden. Die Limousine verließ in raschem Tempo die Stadt, fuhr nach Norden am Militärflugplatz Sde Dov vorbei und erreichte die Küstenstraße nach Haifa.

Knapp außerhalb von Herzlia liegt eine weitläufige Anlage mit Ferienwohnungen und Hotels, die einfach The Country Club heißt. Dorthin kommen einige Israelis, aber vor allem ältere ausländische Juden, um sich zu erholen und die vielfältigen Kur- und Badeangebote des Clubs zu genießen. Diese sorglosen Urlauber blicken selten zu dem Hügel oberhalb der Ferienanlage hinauf.

Täten sie es doch einmal, würden sie hoch oben auf dem Hügel ein ziemlich prächtiges Gebäude mit herrlichem Blick über Land und Meer sehen. Würden sie sich danach erkundigen, würden sie hören, das sei die Sommerresidenz des Ministerpräsidenten.

In der Tat gehört der israelische Ministerpräsident zu den sehr wenigen Menschen, die dort Zutritt haben, denn dies ist die intern unter den Namen Midrasha bekannte Mossad-Ausbildungsstätte.

Yaacov Dror empfing die beiden Amerikaner in seinem Büro im obersten Stock, einem hellen, luftigen Raum mit hochgedrehter Klimaanlage. Er war ein kleiner, stämmiger Mann, der das standardmäßige israelische Hemd mit kurzen Ärmeln und offenem Kragen trug und die standardmäßigen sechzig Zigaretten pro Tag rauchte.

Barber war froh, daß der Raum eine Klimaanlage hatte; Zigarettenrauch war Mord für seine Stirnhöhlen.

Der israelische Spionagechef stand auf und kam schwerfällig hinter seinem Schreibtisch hervor.

»Chip, mein alter Freund, wie geht's denn immer?«

Dror schloß den größeren Amerikaner in die Arme. Es machte ihm Spaß, wie ein schlechter jüdischer Charakterschauspieler zu poltern und den freundlichen, tapsigen Bären zu spielen. Alles nur Schau. Bei früheren Einsätzen als Senioragent oder Katsa hatte er sich als sehr gerissen und äußerst gefährlich erwiesen.

Chip Barber erwiderte die Begrüßung. Ihr Lächeln war ebenso mechanisch wie ihr Gedächtnis lang. Und es war noch nicht *so* lange her, daß ein amerikanisches Gericht Jonathan Pollard vom Marinenachrichtendienst zu einer langjährigen Haftstrafe verurteilt hatte, weil er für Israel spioniert hatte – ein gegen Amerika gerichtetes Unternehmen, dessen Kopf zweifellos der joviale Kobi Dror gewesen war.

Nach zehn Minuten waren sie beim Thema. Irak.

»Ich darf Ihnen sagen, Chip, daß Sie die Sache meiner Ansicht nach genau richtig angehen«, sagte Dror und goß seinem Gast eine weitere Tasse Kaffee ein, die ihn tagelang wach halten würde. Er drückte seine dritte Zigarette in einem großen Glasaschenbecher aus. Barber versuchte, nicht mehr zu atmen, mußte jedoch aufgeben.

»Falls wir offensiv werden müssen«, sagte Barber, »falls er Kuwait nicht räumt und wir ihn rauswerfen müssen, setzen wir als erstes die Luftwaffe ein.«

»Natürlich.«

»Und wir konzentrieren uns auf seine Massenvernichtungswaffen. Das liegt auch in Ihrem Interesse, Kobi. Deshalb erwarten wir, daß Sie uns unterstützen.«

»Chip, wir haben die Entwicklung dieser Waffen jahrelang beobachtet. Wir haben vor ihnen gewarnt, verdammt noch mal! Für wen ist all das Giftgas, sind diese Bakterien- und Pestbomben Ihrer Meinung nach bestimmt? Für uns. Vor neun Jahren haben wir seine Atomreaktoren in Osirak zerbombt und ihn in seinem Streben nach einer eigenen Atombombe um ein Jahrzehnt zurückgeworfen. Dafür hat uns die ganze Welt verdammt – auch Amerika . . .«

»Aber nur pro forma. Das wissen wir alle.«

»Okay, Chip, aber jetzt, wo das Leben von Amerikanern auf dem Spiel steht, gibt's keine Pro-forma-Lösungen mehr. Jetzt könnten wirklich Amerikaner sterben.«

»Kobi, Ihr Verfolgungswahn macht sich bemerkbar.«

»Unsinn! Hören Sie, uns paßt's, wenn Sie alle seine Giftgasfabriken, seine Pestlabors und seine Atomforschungsanlagen zerstören. Das paßt uns sehr. Und wir brauchen nicht mal mitzumachen, weil Onkel Sam jetzt arabische Verbündete hat. Wer beschwert sich also? Bestimmt nicht Israel! Sie haben alles bekommen, was wir über seine geheimen Waffenprogramme wissen. Sämtliche Erkenntnisse. Wir halten nichts zurück.«

»Wir brauchen mehr, Kobi. Okay, wir haben den Irak in den letzten Jahren etwas vernachlässigt. Wir sind mit dem kalten Krieg ausgelastet gewesen. Jetzt geht's um den Irak, und uns fehlt Material. Wir brauchen Informationen, nicht bloß Straßenklatsch; wirklich zuverlässige Erkenntnisse aus Führungskreisen. Deshalb frage ich Sie geradeheraus: Haben Sie einen Agenten ganz oben in der Führung des irakischen Regimes? Wir haben Fragen zu stellen, und wir brauchen Antworten. Und wir bezahlen dafür, wir kennen die Regeln.«

Dann herrschte eine Zeitlang Schweigen. Kobi Dror betrachtete das glühende Ende seiner Zigarette. Die beiden CIA-Führungskräfte starrten den Tisch an.

»Chip«, sagte Dror zuletzt langsam, »ich gebe Ihnen mein Wort. Hätten wir irgendeinen Agenten direkt in der Bagdader Führungsriege, würde ich's Ihnen sagen. Ich würde Ihnen alles Material zur Verfügung stellen. Glauben Sie mir, wir haben nichts.«

Später würde General Dror seinem Ministerpräsidenten, dem sehr aufgebrachten Itzhak Shamir, erklären, er habe zu diesem Zeitpunkt nicht gelogen. Aber er hätte Jericho wirklich erwähnen sollen.

6

Mike Martin sah den Jugendlichen zuerst, sonst wäre der Junge an diesem Tag gestorben. Er fuhr seinen klapprigen, verbeulten, rostigen Pick-up, dessen Ladefläche unter Wassermelonen verschwand, die er auf einem der Bauernhöfe draußen bei Jahra gekauft hatte, als er hinter einem Schutthaufen am Straßenrand ein weißes Leinenkopftuch auftauchen und wieder verschwinden sah. Und bevor der Jugendliche hinter den Trümmerschutt wegtauchte, sah er noch den Lauf seines Gewehrs.

Der Pick-up leistete ihm gute Dienste. Er hatte ein schon klappriges Fahrzeug verlangt, weil er ganz richtig vermutete, daß die irakischen Soldaten früher oder später anfangen würden, elegante Wagen zum eigenen Gebrauch zu beschlagnahmen.

Er sah in seinen Rückspiegel, bremste und bog von der Jahra Road ab. Mit einigem Abstand folgte ihm ein Lastwagen voller Soldaten der irakischen Volksarmee.

Der junge Kuwaiter zielte auf den Militärlaster und versuchte, den schnell fahrenden Wagen im Visier seines Gewehrs zu behalten, als eine harte Hand ihm den Mund zuhielt und eine andere ihm das Gewehr wegriß.

»Ich glaube nicht, daß du wirklich heute sterben willst, oder?« knurrte eine Stimme ihm ins Ohr. Der Lastwagen rollte vorbei, und mit ihm verschwand die Gelegenheit zu einem Schuß aus dem Hinterhalt. Der Junge hatte schon Angst vor der eigenen Courage gehabt; jetzt zitterte er vor Entsetzen.

Als der Lastwagen verschwand, lockerte sich der Griff des Unbekannten. Der Junge kam los und wälzte sich auf den Rücken. Über ihm kauerte ein großer, bärtiger, hart aussehender Beduine.

»Wer bist du?« murmelte der Junge.

»Jemand, der nicht so dumm wäre, einen Iraker zu erschießen, der mit zehn anderen auf einem Lastwagen sitzt. Wo hast du dein Fluchtfahrzeug?«

»Dort drüben«, antwortete der Junge, der ungefähr zwanzig zu sein schien und offenbar versuchte, sich den ersten Bart stehen zu lassen. Er zeigte auf einen Motorroller, den er in der Nähe unter Bäumen abgestellt hatte. Der Beduine seufzte. Er legte das Gewehr nieder – ein uraltes Lee Enfield Kaliber 303, das der Junge bei irgendeinem Trödler gekauft haben mußte – und führte den Jugendlichen mit festem Griff zu seinem Pick-up.

Er fuhr die kurze Strecke zu dem Schutthaufen zurück; das Gewehr wurde unter den Wassermelonen versteckt. Danach fuhr er zu dem Motorroller hinüber und hievte ihn auf die Ladung. Mehrere Melonen platzten.

»Steig ein!« forderte er den Jungen auf.

Sie fuhren zu einer einsamen Stelle in der Nähe des Hafens Schuwaich und hielten dort.

»Wie bist du überhaupt darauf gekommen?« fragte der Beduine.

Der Junge starrte nach vorn durch die Windschutzscheibe, an der Fliegen klebten. Er hatte feuchte Augen, und seine Unterlippe zitterte.

»Sie haben meine Schwester vergewaltigt. Sie ist Krankenschwester . . . im Krankenhaus Al-Adan. Vier von ihnen. Sie ist vernichtet.«

Der Beduine nickte.

»Das wird häufig vorkommen«, bestätigte er. »Du willst alle Iraker umbringen?«

»Ja, so viele ich nur kann. Bevor ich sterbe.«

»Der Trick dabei ist, nicht zu sterben. Wenn du das wirklich tun willst, bilde ich dich lieber aus. Sonst überlebst du keinen Tag lang.«

Der Junge schnaubte.

»Beduinen kämpfen nicht.«

»Schon mal was von der Arabischen Legion gehört?« Der Jugendliche schwieg. »Und zuvor von Prinz Faisal und dem Araberaufstand? Lauter Beduinen. Gibt's noch andere wie dich?«

Der Jugendliche erwies sich als Jurastudent, der vor der Invasion an der Universität Kuwait studiert hatte.

»Wir sind zu fünft. Wir wollen alle das gleiche. Ich habe mich dafür gemeldet, es als erster zu versuchen.«

»Merk dir folgende Adresse«, sagte der Beduine. Er nannte ihm die einer Villa in einer Seitenstraße in Jarmuk. Der Junge wiederholte sie zweimal falsch, dann richtig. Martin ließ sie ihn zwanzigmal aufsagen.

»Heute abend um sieben Uhr. Dann ist's schon dunkel. Aber die Ausgangssperre beginnt erst um zehn. Kommt einzeln. Parkt mindestens zweihundert Meter entfernt und geht das letzte Stück zu Fuß. Kommt in Abständen von zwei Minuten rein. Gartentor und Haustür sind offen.«

Er sah dem Jungen nach, als er auf seinem Motorroller davonfuhr, und seufzte. Ziemlich kümmerliches Material, dachte er, aber im Augenblick alles, was ich habe.

Die jungen Leute kamen pünktlich. Er lag auf einem Flachdach auf der anderen Straßenseite und beobachtete sie. Sie waren nervös und unsicher, sahen sich immer wieder um, verschwanden in Einfahrten und tauchten wieder auf. Zu viele Bogart-Filme! Nachdem sie alle drinnen waren, ließ er sich weitere zehn Minuten Zeit. Als keine irakischen Sicherheitsbeamten auftauchten, glitt er vom Dach, überquerte die Straße und betrat die Villa durch den Hintereingang. Sie saßen bei Licht im Wohnzimmer und hatten nicht einmal die Vorhänge zugezogen: vier junge Männer und ein Mädchen, schwarzhaarig und fanatisch eifrig.

Alle behielten die Tür zur Diele im Auge, als er aus der Küche hereinkam. Eben war er noch nicht dagewesen; im nächsten Augenblick war er da. Die jungen Leute bekamen ihn nur flüchtig zu sehen, bevor er das Licht ausknipste.

»Zieht die Vorhänge zu«, verlangte er halblaut. Das machte das Mädchen. Frauenarbeit. Dann knipste er das Licht wieder an.

»Ihr dürft niemals bei offenen Vorhängen in einem beleuchteten Raum sitzen«, sagte Martin. »Ihr wollt nicht miteinander gesehen werden.«

Er hatte seine sechs Villen in zwei Gruppen aufgeteilt. In vier Häusern lebte er, indem er in unregelmäßigen Abständen seine Unterkunft wechselte. Jedesmal hinterließ er unauffällig Markierungen für sich selbst – ein in den Türspalt geklemmtes welkes Blatt, eine Blechbüchse auf der Stufe vor der Haustür. Sollten sie jemals fehlen, würde er wissen, daß Besucher dagewesen waren. In den beiden anderen Häusern hatte er die Hälfte seiner Ausrüstung gelagert, die er inzwischen aus ihrem Wüstengrab geholt hatte. Die

150

Villa, in der er sich mit den jungen Leuten verabredet hatte, war der am wenigsten geeignete Unterschlupf, den er jetzt nie mehr als Nachtquartier benutzen würde.

Bis auf einen, der in einer Bank arbeitete, waren sie alle Studenten. Er ließ sie sich selbst vorstellen.

»Jetzt braucht ihr Namen.« Er gab ihnen fünf neue Namen. »Diese Namen erzählt ihr niemandem – weder Freunden, Eltern, Geschwistern, *keinem* Menschen. Werden sie benutzt, wißt ihr, daß die Nachricht von einem von uns kommt.«

»Wie nennen wir dich?« fragte das Mädchen, das soeben »Rana« genannt geworden war.

»Ich bin ›Bedu‹«, antwortete er. »Das genügt. Du, wie lautet die Adresse dieses Hauses?«

Der junge Mann, auf den er zeigte, überlegte kurz und zog dann einen Zettel aus der Tasche. Martin nahm ihm den Zettel weg.

»Keine Notizen! Ihr müßt alles im Kopf haben. Die Volksarmee mag dumm sein, aber die Geheimpolizei ist's nicht. Wie wollt ihr das erklären, wenn ihr gefilzt werdet?«

Er sorgte dafür, daß die drei, die sich die Adresse aufgeschrieben hatten, ihre Zettel verbrannten.

»Wie gut kennt ihr eure Stadt?«

»Ziemlich gut«, sagte der Älteste, der fünfundzwanzigjährige Bankangestellte.

»Das genügt nicht. Beschafft euch morgen Stadtpläne. Studiert sie, als ginge es um eure Abschlußprüfung. Prägt euch alle Straßen und Gassen, alle Plätze und Anlagen, alle Boulevards und Seitenstraßen, alle wichtigen öffentlichen Gebäude, alle Moscheen und Innenhöfe ein. Ihr wißt, daß immer mehr Straßenschilder verschwinden?«

Sie nickten. Sobald die Kuwaiter sich von ihrem Schock erholt hatten, begannen sie keine fünfzehn Tage nach der Invasion eine Form des passiven Widerstands, des zivilen Ungehorsams. Er entwickelte sich spontan und unkoordiniert. Zu den ersten Maßnahmen gehörte, daß Straßenschilder heruntergerissen wurden. Kuwait City ist an sich schon eine komplizierte Stadt – ohne Straßennamen wurde sie zu einem Labyrinth.

Irakische Militärstreifen verfuhren sich zunehmend gründlicher. Für die Geheimpolizei war die Suche nach der Adresse eines Ver-

151

dächtigen ein Alptraum. Die Wegweiser an Hauptkreuzungen wurden nachts herausgerissen oder verdreht.

An diesem ersten Abend unterrichtete er sie zwei Stunden lang in grundlegenden Sicherheitsmaßnahmen. Immer eine nachprüfbare Erklärung haben – für jede Fahrt, für jeden Treff. Niemals belastende Unterlagen bei sich haben. Irakische Soldaten mit Achtung behandeln, die an Unterwürfigkeit grenzt. Niemandem trauen.

»Von nun an seid ihr zwei Menschen gleichzeitig. Der eine ist der ursprüngliche, den jeder kennt: der Student, der Bankangestellte. Er ist höflich, zuvorkommend, gesetzestreu, unauffällig, harmlos. Die Iraker lassen ihn in Ruhe, weil er sie nicht bedroht. Er beleidigt niemals ihr Land, ihre Flagge oder ihren Führer. Er macht niemals die AMAM auf sich aufmerksam. Er bleibt am Leben und in Freiheit. Nur bei besonderen Gelegenheiten, nur im Einsatz taucht der zweite Mensch auf. Er ist dann listenreich und gefährlich – und bleibt weiter am Leben.«

Martin unterrichtete sie in den Sicherheitsvorkehrungen, die bei einem Treff zu einer Besprechung unerläßlich waren. Kommt frühzeitig, parkt weit entfernt. Taucht in den Schatten unter. Wartet zwanzig Minuten lang. Behaltet die Häuser in der näheren Umgebung im Auge. Sucht nach Köpfen am Dachrand, nach einem im Hinterhalt liegenden Kommando. Achtet auf das Knirschen von Soldatenstiefeln im Kies, das Glühen einer Zigarette, das Klirren von Metall auf Metall.

Dann entließ er sie so rechtzeitig, daß sie noch vor Beginn der Ausgangssperre heimkommen konnten. Die jungen Leute waren enttäuscht.

»Was ist mit den Besatzern? Wann fangen wir an, sie umzubringen?«

»Wenn ihr wißt, wie man's macht.«

»Gibt's nichts, was wir schon jetzt tun können?«

»Wie bewegen sich die Iraker durch die Stadt? Marschieren sie?«

»Nein, sie fahren mit Lastwagen, Kleinbussen, Jeeps oder gestohlenen Wagen«, antwortete der Jurastudent.

»Die Tankdeckel haben«, sagte der Beduine, »die sich mit einer raschen Drehbewegung abschrauben lassen. Würfelzucker, zwan-

152

zig Würfel pro Tank. Der Zucker löst sich im Treibstoff auf, gelangt durch Vergaser oder Einspritzpumpe in den Motor und wird durch seine Hitze zu einer karamelartig harten Masse, die den Motor blockiert.

Seid vorsichtig, damit ihr nicht erwischt werdet. Arbeitet paarweise und nur bei Dunkelheit. Einer hält Wache, der andere wirft den Würfelzucker hinein. Achtet darauf, den Tankdeckel wieder fest zuzuschrauben. Das Ganze dauert nur zehn Sekunden.

Oder ihr bereitet ein etwa zehn mal zehn Zentimeter großes Stück Sperrholz vor, in dem vier spitz zugefeilte Stahlnägel stecken. Laßt es unter eurer Kleidung unauffällig vor eure Füße fallen. Schiebt es mit der Zehenspitze vorn unters Vorderrad eines geparkten Fahrzeugs.

In Kuwait gibt es Ratten und folglich auch Läden, die Rattengift verkaufen. Kauft das weiße Pulver, das Strychnin enthält, und Brotteig beim Bäcker. Mischt das Pulver mit Gummihandschuhen darunter, die ihr anschließend verbrennt. Das Brot backt ihr bei euch daheim, aber nur wenn ihr allein seid.«

Die Studenten starrten ihn mit offenem Mund an.

»Wir müssen es den Irakern geben?«

»Nein, ihr transportiert die Laibe in offenen Körben hinten auf Motorrollern oder in Kofferräumen von Autos. Die Iraker halten euch an Straßensperren an und beschlagnahmen das Brot. In sechs Tagen kommen wir wieder hier zusammen.«

Vier Tage später blieben mehr und mehr irakische Militärfahrzeuge stehen. Manche wurden abgeschleppt, andere aufgegeben – vier Jeeps und sechs Lastwagen. Die Mechaniker entdeckten die Ursache dieser Pannen, konnten aber nicht feststellen, wer den Treibstoff mit Zucker versetzt hatte. Autoreifen platzten, und die Sperrholzquadrate wurden der Geheimpolizei übergeben, die in ohnmächtigem Zorn mehrere willkürlich von der Straße geholte Kuwaiter verprügelte.

Die Krankenhäuser füllten sich mit Soldaten, die alle unter Erbrechen und Magenschmerzen litten. Da sie kaum jemals Truppenverpflegung erhielten und an ihren Straßensperren und in Steinunterständen entlang der Straßen von der Hand in den Mund lebten, wurde vermutet, sie hätten verschmutztes Wasser getrunken.

Dann untersuchte ein kuwaitischer Labortechniker des Amiri-

153

Krankenhauses in Dasman eine Probe des Erbrochenen eines irakischen Soldaten. Mit dem Ergebnis ging er in großer Verwirrung
zum Chefarzt seiner Abteilung.

»Er hat eine Dosis Rattengift abbekommen, Professor, aber er
behauptet, seit drei Tagen nur Brot und etwas Obst gegessen zu
haben.«

Der Professor zog die Augenbrauen hoch.

»Brot aus einer Heeresbäckerei?«

»Nein, das ist ein paar Tage lang ausgeblieben. Er hat es einem
vorbeifahrenden Bäckerjungen abgenommen.«

»Wo sind die Proben?«

»Noch auf dem Arbeitstisch im Labor. Ich wollte erst Sie informieren.«

»Richtig! Das haben Sie gut gemacht. Vernichten Sie diese Proben. Sie haben nichts festgestellt, verstanden?«

Der Professor ging kopfschüttelnd ins Büro zurück. Rattengift,
wer zum Teufel hatte sich das ausgedacht?

Am 30. August trat der Medusa-Ausschuß erneut zusammen, weil
der promovierte Bakteriologe aus Porton Down glaubte, inzwischen alles herausbekommen zu haben, was sich zu diesem Zeitpunkt über das – angebliche oder vermeintliche – Programm des
Irak zur Entwicklung biologischer Waffen sagen ließ.

»Unsere Ergebnisse sind nicht sehr aussagekräftig, fürchte ich«,
erklärte Dr. Bryant seinen Zuhörern. »Das liegt vor allem daran,
daß bakteriologische Forschung durchaus in Labors für Gerichts-
medizin oder Tierheilkunde möglich ist, die im wesentlichen wie
Chemielabors eingerichtet sind, ohne daß ihre Geräte auf Ausfuhrgenehmigungen erscheinen.

Die überwältigende Mehrheit aller Forschungsarbeiten dient
dem Wohl der Menschheit, müssen Sie wissen – der Heilung von
Krankheiten, nicht ihrer Verbreitung. Deshalb ist nichts natürli-
cher, als wenn ein Schwellenland den Wunsch hat, Bilharziose,
Beriberi, Gelbfieber, Malaria, Cholera, Typhus oder Hepatitis zu
erforschen. Das sind Menschenkrankheiten. Und dann gibt's eine
ganze Reihe von Tierseuchen, an denen die Veterinärkollegen
ebenso legitimes Interesse haben.«

»Es ist also praktisch unmöglich, festzustellen, ob der Irak eine Produktionsstätte für biologische Waffen besitzt oder nicht?« fragte Sinclair von der CIA.

»Praktisch unmöglich«, bestätigte Bryant. »Wir wissen allerdings, daß der Irak schon 1974, sozusagen vor Saddam Husseins Thronbesteigung...«

»Er ist damals Vizepräsident und die wirkliche Macht hinter dem Thron gewesen«, warf Terry Martin ein. Bryant war einen Augenblick verwirrt.

»Nun, was auch immer... Der Irak hat mit dem Pariser Institut Merieux einen Vertrag für den Aufbau eines bakteriologischen Forschungsprojekts im eigenen Land unterzeichnet. Es sollte der Erforschung von Tierseuchen dienen – und hat's vielleicht auch getan.«

»Was ist an den Gerüchten über Milzbrandkulturen zum Einsatz gegen Menschen dran?« fragte der Amerikaner.

»Nun, das wäre möglich. Milzbrand ist eine besonders ansteckende Krankheit. Er befällt hauptsächlich Rinder und andere Viehrassen, aber auch Menschen können angesteckt werden, wenn sie mit infizierten Tierprodukten umgehen oder sie verzehren. Sie erinnern sich vielleicht daran, daß die britische Regierung im Zweiten Weltkrieg auf der Hebrideninsel Grinard mit Milzbranderregern experimentiert hat. Die Insel darf noch heute nicht betreten werden.«

»So schlimm, was? Wo könnte er dieses Zeug herbekommen?«

»Das ist der springende Punkt, Mr. Sinclair. Man kann sich nicht einfach an ein angesehenes europäisches oder amerikanisches Labor wenden und sagen: ›Kann ich ein paar gute Milzbrandkulturen haben, um sie gegen Menschen einzusetzen?‹ Außerdem wäre das unnötig. Überall in der dritten Welt gibt's von Milzbrand befallene Rinderbestände. Man bräuchte nur einen Ausbruch abzuwarten und ein paar verendete Tiere zu kaufen. Aber sie würden dann auf einer staatlichen Ausfuhrgenehmigung erscheinen.«

»Er könnte also Kulturen dieses Erregers für den Einsatz in Bomben oder Granaten haben, aber wir wissen es nicht? Ist das die Lage?« fragte Sir Paul Spruce. Sein Golddoublé-Kugelschreiber war über seinem Notizblock schreibbereit.

»Das dürfte in etwa stimmen«, sagte Bryant. »Aber das ist die schlechte Nachricht. Die bessere ist, daß ich bezweifle, daß dieser Einsatz gegen ein vorrückendes Heer zweckmäßig wäre. Stünde man einem vorrückenden Heer gegenüber und wäre skrupellos genug, würde man es sofort zum Stehen bringen wollen, nehme ich an.«

»Darauf läuft's hinaus«, bestätigte Sinclair.

»Nun, mit Milzbranderregern wäre das nicht zu machen. Würden sie durch Bomben oder Granaten in der Luft vor und über dem Gegner freigesetzt, würden sie das Erdreich verseuchen. Was auf diesem Boden wüchse – Gras, Gemüse, Obst –, wäre infiziert. Alle dort weidenden Tiere bekämen Milzbrand. Jeder Mensch, der ihr Fleisch äße, ihre Milch tränke oder ihnen das Fell abzöge, würde angesteckt. Aber die Wüste ist kein guter Nährboden für Sporenkulturen. Unsere Soldaten sollen vermutlich Fertigmahlzeiten essen und in Flaschen abgefülltes Wasser trinken?«

»Richtig, das tun sie bereits«, sagte Sinclair.

»Dann wäre die Wirkung nicht allzugroß, solange sie keine Sporen einatmen. Eine Infektion ist nur durch Luft- oder Speiseröhre möglich. Angesichts der zu erwartenden Gasgefahr darf ich vermutlich annehmen, daß sie ohnehin Gasmasken tragen werden?«

»Ja, Sir, das haben wir vorgesehen.«

»Wir auch«, fügte Sir Paul hinzu.

»Dann sehe ich wirklich keine Verwendung für Milzbranderreger«, sagte Bryant. »Im Gegensatz zu einer Vielzahl von Gasen würden sie den Vormarsch nicht sofort zum Stehen bringen, und die Erkrankten könnten durch starke Antibiotika geheilt werden. Bei Milzbrand gibt es eine gewisse Inkubationszeit, wissen Sie. Die Soldaten könnten den Krieg gewinnen und erst danach erkranken.

Offen gesagt sind Milzbranderreger mehr eine Terror- als eine Kriegswaffe. Würde man eine Phiole Milzbrandkonzentrat beispielsweise in den Trinkwasserspeicher einer Großstadt werfen, könnte man eine katastrophale Epidemie auslösen, die alle medizinische Versorgung zusammenbrechen ließe. Aber um Soldaten in der Wüste zu besprühen, würde ich eines der verschiedenen Nervengase nehmen. Unsichtbar und schnellwirkend.«

»Also keine Hinweise darauf, wo Saddam Husseins Labor für

biologische Waffen liegen könnte, falls er eines hat?« fragte Sir Paul Spruce.

»An Ihrer Stelle würde ich bei allen tierärztlichen Fakultäten und Instituten im Westen nachfragen. Lassen Sie prüfen, ob es in den letzten zehn Jahren Gastvorlesungen oder Besuche von Wissenschaftlerdelegationen im Irak gegeben hat. Fragen Sie die Irakreisenden, ob es irgendeine Einrichtung gegeben hat, die sie auf keinen Fall betreten durften und für die strenge Quarantänevorschriften gegolten haben. Sollte es eine gegeben haben, ist das Ihr Labor«, sagte Bryant.

Sinclair und Paxman schrieben hastig mit. Wieder ein Auftrag für die Überprüfer.

»Sollte dabei nichts herauskommen«, schloß Bryant, »könnten Sie versuchen, einen Informanten zu finden – einen auf diesem Gebiet tätigen irakischen Wissenschaftler, der sich in den Westen abgesetzt hat. Bakteriologen gibt es nicht allzu viele, und die wenigen bilden eine ziemlich geschlossene Gemeinschaft, fast wie in einem Dorf. Wir wissen im allgemeinen, was in unseren Ländern vorgeht, selbst in einer Diktatur wie dem Irak. Sollte Saddam Hussein ein derartiges Labor haben, könnte dieser Mann wissen, wo es liegt.«

»Nun, wir sind Ihnen zutiefst dankbar, Dr. Bryant«, sagte Sir Paul, als sie aufstanden. »Wieder Arbeit für unsere regierungsamtlichen Detektive, was, Mr. Sinclair? Wie ich höre, will Dr. Reinhart, unser anderer Kollege in Porton Down, uns in etwa zwei Wochen seine Schlußfolgerungen in der Giftgasfrage vorlegen. Ich halte Sie natürlich auf dem laufenden, Gentlemen. Besten Dank für Ihr Kommen.«

Die Gruppe in der Wüste lag still da und beobachtete, wie es über den Dünen ganz langsam hell wurde. Als die jungen Leute am Vorabend zum Haus des Beduinen gekommen waren, hatten sie nicht geahnt, daß sie die ganze Nacht unterwegs sein würden. Sie hatten einen weiteren Ausbildungsabend erwartet.

Sie hatten keine warme Kleidung mitgebracht, und die Nächte in der Wüste sind selbst Ende August bitterkalt. Sie zitterten und fragten sich, wie sie ihren verängstigten Eltern ihr Ausbleiben erklären würden. Von der Ausgangssperre überrascht? Warum dann kein Anruf? Ein defektes Telefon? ... das würde genügen müssen.

Drei der fünf fragten sich, ob ihre Entscheidung wirklich richtig gewesen war, aber es gab jetzt kein Zurück mehr. Der Beduine hatte ihnen einfach erklärt, es werde Zeit, daß sie sich im Einsatz bewähren, und sie aus dem Haus zu seinem in der übernächsten Straße geparkten stabilen Geländewagen geführt. Noch vor Beginn der Ausgangssperre hatten sie Kuwait City verlassen und waren in die nur sanft gewellte, kahle Wüste hinausgefahren. Dort draußen hatten sie keinen Menschen mehr gesehen.

Im Sand waren sie über dreißig Kilometer weit nach Süden gefahren, bis sie auf eine schmale Straße stießen, die vermutlich vom Ölfeld Managisch im Westen zur Äußeren Autobahn im Osten führte. Alle Ölfelder, das wußten sie, hatten irakische Garnisonen, und auf allen Fernstraßen waren ständig Militärstreifen unterwegs. Irgendwo südlich von ihnen lagen sechzehn irakische Heeres- oder Gardedivisionen eingegraben. Sie waren nervös.

Drei der Gruppe lagen neben dem Beduinen im Sand und beobachteten bei langsam zunehmendem Tageslicht die Straße. Sie war ziemlich schmal. Bei Gegenverkehr hätten beide Fahrzeuge auf den Geröllstreifen des Banketts ausweichen müssen.

Gut die Hälfte der Straßenbreite war von einem mit Nägeln gespickten Balken bedeckt. Der Beduine hatte ihn aus seinem Wagen geholt, auf die Fahrbahn gelegt und mit zusammengenähten Jutesäcken bedeckt. Die jungen Leute hatten Sand auf die Säcke werfen müssen, bis der Balken wie unter einer natürlichen Sandverwehung verschwunden war.

Die beiden anderen, der Bankangestellte und der Jurastudent, waren Späher. Sie lagen auf zwei jeweils hundert Meter entfernten Dünen und hielten die Straße hinauf und hinunter nach Fahrzeugen Ausschau. Falls ein großer irakischer Militärlaster oder eine Kolonne aus mehreren Wagen kam, sollten sie ein bestimmtes Zeichen geben.

Kurz nach sechs Uhr winkte der Jurastudent. Sein Zeichen bedeutete: »Nicht zu bewältigen!« Der Beduine zog an der um seine Hand gewickelten Angelleine. Der Balken glitt von der Fahrbahn. Eine halbe Minute später brummten zwei vollbesetzte Lastwagen mit irakischen Soldaten ungehindert vorbei. Der Beduine lief zur Straße, legte den Balken wieder hin, breitete die Jutesäcke darüber und bedeckte sie mit Sand.

Einige Minuten später winkte der Bankangestellte. Diesmal war es das richtige Signal. Von der Autobahn her war ein irakisches Stabsfahrzeug in flottem Tempo in Richtung Ölfeld unterwegs.

Der Fahrer kam gar nicht auf die Idee, dem schmalen Sandstreifen auszuweichen, erfaßte die Nägel aber nur mit einem Vorderreifen. Das genügte. Der Reifen platzte, die Jutesäcke wickelten sich ums Rad, und der Wagen geriet ins Schleudern. Der Fahrer konnte ihn gerade noch abfangen, bremste dann und brachte den Wagen auf dem Bankett zum Stehen. Das Rad mit dem geplatzten Reifen sackte in den flachen Straßengraben.

Vorn sprang der Fahrer heraus, und hinten stiegen zwei Offiziere – ein Major und ein Leutnant – aus. Sie brüllten ihren Fahrer an, der wortlos mit den Schultern zuckte und aufs Vorderrad deutete. Das Fahrzeug lag so schief im Graben, daß es unmöglich war, den Wagenheber unter das Rad zu bringen.

»Ihr bleibt hier«, wies der Beduine seine vor Angst starr daliegenden Schüler an, bevor er aufstand und durch den Sand zur Straße hinunterstapfte. Über der rechten Schulter trug er eine Satteldecke, die seinen Arm verbarg. Er grinste breit, als er den Major anrief.

»Salam alaikum, Sajidi Major. Sie haben Schwierigkeiten, wie ich sehe. Vielleicht kann ich Ihnen helfen. Meine Leute sind ganz in der Nähe.«

Der Major griff nach seiner Pistole, ließ dann jedoch die Hand sinken. Er nickte mit finsterer Miene.

»Alaikum salam, Beduine. Dieser Sohn eines Kamels hat meinen Wagen in den Graben gefahren.«

»Er wird herausgezogen werden müssen, Sajidi. Ich habe viele Brüder.«

Die Entfernung hatte sich auf weniger als drei Meter verringert, als der Beduine den Arm hochriß. Bei der Anforderung von Maschinenpistolen hatte er an die MP5 von Heckler & Koch oder die Mini-Uzi gedacht. Da letztere Waffe aus Israel kam, war sie in Saudi-Arabien nicht erhältlich, und es gab dort auch keine MP5. Deshalb hatte er sich für das Sturmgewehr Kalaschnikow AK-47 in der von der tschechoslowakischen Firma Omnipol hergestellten MS-Version mit Klappschulterstütze entschieden. Dann hatte er die Schulterstütze abgeschraubt und die Spitzen der 7,62-mm-Geschosse abgefeilt. Schließlich hatte es keinen Zweck, den Gegner damit zu durchlöchern.

Er schoß nach SAS-Manier: ein Feuerstoß mit zwei Schüssen, Pause, zwei Schüsse, Pause... Der Major wurde aus zweieinhalb Metern Entfernung ins Herz getroffen. Nach einem kurzen Schwenk des AK-47 nach rechts wurde dem Leutnant das Brustbein zerschmettert, so daß er über den Fahrer fiel, der sich von dem zerfetzten Vorderreifen aufrichtete. Der Soldat kam jedoch nicht mehr ganz hoch, sondern brach tot zusammen, als das dritte Kugelpaar ihn in die Brust traf.

Die kurzen Feuerstöße schienen von den Dünen widerzuhallen, aber die Wüste in der Umgebung der schmalen Straße war menschenleer. Der Beduine winkte die drei schreckensbleichen Studenten aus ihrem Versteck heran.

»Setzt die Leichen wieder in den Wagen – den Fahrer hinters Lenkrad, die Offiziere hinten«, wies er die beiden jungen Männer an. Dem Mädchen gab er einen nadelspitz zugefeilten kurzen Schraubenzieher.

»Damit stößt du drei Löcher in den Benzintank.«

Er sah zu den Spähern hinüber. Beide signalisierten ihm, die Straße sei frei. Dann forderte er das Mädchen auf, sein Taschentuch zu nehmen, einen Stein hineinzuknoten und es mit Benzin zu tränken. Als die drei Toten wieder im Wagen saßen, zündete er das benzingetränkte Taschentuch an und warf es in die Benzinlache unter dem Tank.

»Los, weg!«

Sie brauchten keine weitere Aufforderung, sondern hetzten durch den Sand zu ihrem einige Dünen weiter abgestellten Geländewagen. Der Beduine dachte als einziger daran, den Nagelbalken aufzuheben und mitzunehmen. Als er die Dünen erreichte, fing der Benzintank des brennenden Wagens Feuer und explodierte. Das Militärfahrzeug verschwand in einem Feuerball.

Auf der Rückfahrt nach Kuwait herrschte bedrücktes Schweigen. Zwei der fünf jungen Leute saßen vorn neben ihm, die anderen drei auf dem Rücksitz.

»Habt ihr's gesehen?« fragte Martin schließlich. »Habt ihr alles beobachtet?«

»Ja, Bedu.«

»Was habt ihr dabei gedacht?«

»Es ist... so schnell gegangen«, sagte das Mädchen Rana.

»Mir ist's wie eine Ewigkeit vorgekommen«, sagte der Bankangestellte.

»Es ist schnell und es ist brutal gewesen«, sagte Martin. »Wie lange sind wir deiner Schätzung nach auf der Straße gewesen?«

»Eine halbe Stunde.«

»Sechs Minuten. Bist du entsetzt gewesen?«

»Ja, Bedu.«

»Gut. Nur Psychopathen sind beim erstenmal nicht entsetzt. Es hat mal einen amerikanischen General namens Patton gegeben. Jemals von ihm gehört?«

»Nein, Bedu.«

»Er hat gesagt: ›Es ist nicht meine Aufgabe, dafür zu sorgen, daß meine Soldaten für ihr Land sterben; ich muß dafür sorgen, daß die anderen armen Kerle für ihres sterben.‹ Kapiert?«

George Pattons Philosophie läßt sich nicht gut ins Arabische übertragen, aber die jungen Leute begriffen sie zuletzt doch.

»Zieht man in den Krieg, gibt's einen Punkt, bis zu dem man sich verstecken kann. Danach muß man sich entscheiden. Du stirbst, oder er stirbt. Trefft jetzt alle eure Entscheidung. Ihr könnt euer Studium fortsetzen oder in den Krieg ziehen.«

Sie überlegten einige Minuten lang. Rana meldete sich als erste zu Wort.

»Ich ziehe in den Krieg – wenn du mich darin unterweist, Bedu.«

Nun konnten die drei jungen Männer nicht zurückstehen.

»Ausgezeichnet. Aber zuerst bringe ich euch bei, wie man zerstört, tötet und überlebt. Übermorgen in meinem Haus, sobald die Ausgangssperre bei Tagesanbruch aufgehoben ist. Jeder von euch bringt Lehrbücher mit – auch du, Bankier. Werdet ihr kontrolliert, gebt ihr euch ganz natürlich; ihr seid nur Studenten, die zum Lernen fahren. Das stimmt gewissermaßen, auch wenn ihr etwas anderes lernt. Hier müßt ihr aussteigen. Fahrt einzeln per Anhalter auf Lastwagen in die Stadt zurück.«

Sie fuhren wieder auf Asphaltstraßen und hatten den Fünften Autobahnring erreicht. Er zeigte auf eine Tankstelle vor ihnen, wo Lastwagen hielten, deren Fahrer sie mitnehmen würden. Sobald die jungen Leute gegangen waren, fuhr er in die Wüste zurück, grub sein Funkgerät aus, fuhr noch fünf Kilometer weiter, klappte die Satellitenschüssel auf und begann über sein abhörsicheres Motorola mit automatischer Sprachverschlüsselung mit einer Nummer in Riad zu sprechen.

Eine Stunde nach dem Überfall wurde der inzwischen ausgebrannte Dienstwagen von der nächsten Militärstreife entdeckt. Sie brachte die drei Toten ins nächste Krankenhaus: Al-Adan bei Fintas an der Küste.

Der Gerichtsmediziner, der die Autopsie unter dem finsteren Blick eines Oberst der Geheimpolizei AMAM vornahm, entdeckte die Einschüsse als winzige Öffnungen in der aufgequollenen, verkohlten Haut. Er war ein Familienvater, der selbst Töchter hatte. Er kannte die Krankenschwester, die vergewaltigt worden war.

Er schlug das Laken über den dritten Toten zurück und begann seine Gummihandschuhe auszuziehen.

»Tut mir leid, aber sie sind erstickt, als ihr Wagen nach dem Unfall in Brand geraten ist«, sagte er. »Allah sei ihnen gnädig.«

Der Oberst knurrte etwas und ging.

Bei ihrer dritten Zusammenkunft fuhr der Beduine mit seiner kleinen Gruppe von Freiwilligen weit in die Wüste hinaus bis zu einer Stelle westlich von Kuwait City und südlich von Jahra, wo sie ungestört waren. Die fünf jungen Leute bildeten wie zu einem Picknick einen Halbkreis im Sand und beobachteten, wie ihr Lehrer aus einem Rucksack mehrere seltsame Gegenstände auf seine Kameldecke leerte. Er hielt sie nacheinander hoch und bezeichnete sie einzeln.

»Plastiksprengstoff. Leicht zu handhaben, chemisch sehr stabil.«

Sie wurden sichtlich blaß, als er das Zeug mit beiden Händen wie Modelliermasse knetete. Einer der jungen Männer, dessen Vater ein Tabakgeschäft betrieb, hatte auftragsgemäß ein paar leere Zigarrenkisten mitgebracht.

»Das hier«, fuhr der Beduine fort, »ist eine Kombination aus Sprengkapsel und Zeitzünder. Durch eine Drehung der Flügelmutter hier oben wird ein Röhrchen mit Säure zerquetscht. Die Säure beginnt, sich durch eine Kupfermembran zu fressen. Das dauert sechzig Sekunden. Danach läßt Knallquecksilber den Sprengstoff detonieren. Paßt gut auf!«

Ihre ungeteilte Aufmerksamkeit war ihm sicher. Er nahm ein Stück Semtex von der Größe einer Zigarettenschachtel, legte es in eine kleine Zigarrenkiste und drückte die Sprengkapsel mitten in die Masse.

»Nachdem ihr die Flügelmutter so wie ich jetzt gedreht habt, braucht ihr nur noch den Deckel zuzuklappen und ein Gummiband darüberzuschieben ... so ..., damit er geschlossen bleibt. Das tut ihr erst im letzten Augenblick.«

Er legte die Zigarrenkiste mitten in den Halbkreis.

»Aber sechzig Sekunden sind viel länger, als man glaubt. Ihr habt genügend Zeit, zu einem irakischen Bunker, Lastwagen oder Halbkettenfahrzeug zu gehen, die Kiste reinzuwerfen und wegzugehen. *Gehen,* niemals rennen. Ein Wegrennender ist sofort ein Alarmsignal. Laßt euch genug Zeit, um die nächste Straßenecke zu erreichen. Auch nach der Detonation geht ihr weiter, statt loszurennen.«

Er behielt unauffällig seine Armbanduhr im Auge, dreißig Sekunden.

»Bedu ...«, sagte der Bankier.

»Ja?«

»Das ist keine echte, stimmt's?«

»Was?«

»Die Bombe, die du eben hergestellt hast. Die ist nur eine Attrappe, stimmt's?«

Fünfundvierzig Sekunden. Er beugte sich nach vorn und hob die Zigarrenkiste auf.

»O nein, die ist echt. Ich wollte euch nur vorführen, wie lang sechzig Sekunden wirklich sind. Keine Panik im Umgang mit diesen Dingern! Panik kostet das Leben, bringt euch die tödliche Kugel ein. Also einfach immer Ruhe bewahren.«

Mit einer raschen Handbewegung ließ er die Zigarrenkiste sich überschlagend über die Dünen segeln. Sie fiel hinter eine Düne und detonierte. Der Knall erschütterte die Sitzenden, und der Wind trug feine Sandschleier zu ihnen herüber.

Hoch über dem Norden des Persischen Golfs registrierte ein amerikanisches AWACS-Flugzeug die Detonation mit einem ihrer Infrarotsensoren. Der vom Operator darauf aufmerksam gemachte Wachleiter starrte auf den Bildschirm. Das Glühen der Wärmequelle erstarb langsam.

»Intensität?«

»Ungefähr wie eine Panzergranate, Sir.«

»Okay. In die Kladde eintragen. Keine weiteren Maßnahmen.«

»Heute lernt ihr, diese Bomben selbst herzustellen«, sagte der Beduine. »Die Sprengkapseln und Zeitzünder lagert und transportiert ihr in solchen Behältern.«

Er hielt ein Zigarrenröhrchen aus Aluminium hoch, wickelte die Sprengkapsel in Watte, steckte sie hinein und schraubte den Deckel zu.

»Plastiksprengstoff transportiert ihr in dieser Form.«

Er streifte die Papierhülle von einem Stück Seife ab, gab hundert Gramm Sprengstoff die Form des Seifenstücks, wickelte ihn ein und verschloß die Packung mit durchsichtigem Klebeband.

»Zigarrenkisten besorgt ihr euch selbst. Nicht die großen für Havannas, sondern die kleinen für Zigarillos. Laßt immer zwei Zigarillos in der Kiste, für den Fall, daß ihr kontrolliert und gefilzt werdet. Sollte ein Iraker euch das Aluminiumröhrchen, die Kiste oder die Seife abnehmen wollen, gebt sie ihm.«

Er ließ sie in der Sonnenhitze üben, bis sie keine dreißig Sekunden mehr brauchten, um die »Seife« auszupacken, die Zigarillos auszuleeren, die Bombe herzustellen und das Gummiband über die Zigarrenkiste zu streifen.

»Das geht sogar auf dem Rücksitz eines Autos, auf der Toilette eines Cafés, in einem Hauseingang oder nachts hinter einem Baum«, erklärte er ihnen. »Ihr wählt ein Ziel aus, achtet darauf, daß in sicherer Entfernung keine weiteren Soldaten sind, die überleben würden, dreht die Flügelmutter, macht den Deckel zu, streift das Gummiband darüber, geht hin, werft eure Bombe und geht weg. Sobald ihr die Flügelmutter gedreht habt, zählt ihr langsam bis fünfzig. Seid ihr sie nach fünfzig Sekunden nicht losgeworden, werft ihr sie möglichst weit weg. Das alles tut ihr hauptsächlich bei Nacht, deshalb wollen wir's jetzt üben.«

Den jungen Leuten wurden nacheinander die Augen verbunden, und die anderen sahen zu, wie jeweils einer sich unbeholfen abmühte und Teile fallen ließ. Spätnachmittags beherrschten alle den Zusammenbau mit verbundenen Augen. Am frühen Abend verteilte er den restlichen Inhalt seines Rucksacks: Jeder Student bekam genügend Sprengstoff für sechs Stück Seife und sechs Sprengkapseln mit Zeitzündern. Der Sohn des Tabakwarenhändlers versprach, für alle kleine Zigarrenkisten und Aluminiumröhrchen zu besorgen. Watte, Seifenpackungen und Gummibänder sollte sich jeder selbst beschaffen. Dann fuhren sie in die Stadt zurück.

Im September gingen in der AMAM-Zentrale im Hotel Hilton immer mehr Meldungen über ständig zunehmende Angriffe auf irakische Soldaten und Militäreinrichtungen ein. Oberst Sabaawi wurde um so wütender, je frustrierter er wurde.

Das war nicht vorgesehen gewesen. Die Kuwaiter, hatte man ihm gesagt, seien ein Volk von Feiglingen, das keine Schwierigkeiten machen werde. Eine Andeutung von Bagdader Methoden würde genügen, um sie gefügig zu machen. Aber damit klappte es nicht ganz.

Tatsächlich gab es mehrere Widerstandsbewegungen, überwiegend zufällig entstanden und unkoordiniert. Im Schiitenviertel Rumaithija verschwanden irakische Soldaten einfach. Die schiitischen Moslems hatten besonderen Grund, die Iraker zu hassen, denn ihre Glaubensbrüder im Iran waren im iranisch-irakischen Krieg zu Hunderttausenden hingeschlachtet worden. Irakische Soldaten, die sich ins Gassenlabyrinth von Rumaithija verirrten, verschwanden mit durchschnittener Kehle in den Abwasserkanälen. Ihre Leichen wurden nie geborgen.

Die Widerstandszentren der Sunniten waren ihre Moscheen, in die sich die Iraker nur selten wagten. Dort wurden Nachrichten weitergegeben, Waffen getauscht und Angriffe geplant.

Den bestorganisierten Widerstand leistete die kuwaitische Führungsschicht, reiche und gebildete Männer. Achmed al-Khalifa, der ihr Bankier wurde, setzte eigene Mittel dafür ein, Lebensmittel zu kaufen, damit die Kuwaiter zu essen hatten, und andere Dinge zu beschaffen, die dann unter Lebensmittellieferungen versteckt in die Stadt kamen.

Die Organisation hatte sechs Ziele, von denen fünf unterschiedliche Formen passiven Widerstands betrafen. Das erste waren Personalausweise: Jeder Widerstandskämpfer erhielt Papiere, die Angehörige der Widerstandsbewegung im Innenministerium perfekt gefälscht hatten. Das zweite waren nachrichtendienstliche Erkenntnisse: Das alliierte Hauptquartier in Riad wurde ständig über

irakische Truppenbewegungen und vor allem über Mannschafts-
und Waffenstärken, Küstenbefestigungen und Lenkwaffenstellun-
gen informiert. Eine dritte Brigade sorgte dafür, daß die öffentlichen Dienste weiterhin funktionierten – Wasser- und Stromversorgung, Feuerwehr, Gesundheitswesen. Als der schon besiegte Irak
zuletzt anfing, die Ölquellen sprudeln zu lassen, um den Golf in eine
ökologische Katastrophe zu stürzen, gaben kuwaitische Ölinge-
nieure amerikanischen Jagdbomberpiloten genau an, welche Ventile sie beschießen mußten, um diesen Strom versiegen zu lassen.

In allen Vierteln waren Mitglieder städtischer Solidaritätsaus-
schüsse unterwegs, nahmen oft Verbindung mit Europäern und
anderen Bürgern aus der ersten Welt auf, die sich noch in ihren
Wohnungen versteckt hielten, und sorgten dafür, daß sie nicht in
die Schleppnetze der Iraker gerieten.

Im doppelbödigen Tank eines Jeeps wurde ein Satellitentelefon-
system aus Saudi-Arabien herübergeschmuggelt. Im Gegensatz zu
Martins arbeitete es unverschlüsselt, aber indem der kuwaitische
Widerstand es ständig in Bewegung hielt, konnte er es vor den
Irakern verbergen und Verbindung mit Riad aufnehmen, wenn
etwas mitzuteilen war. Ein ältlicher Amateurfunker sendete während der Besetzung weiter und übermittelte einem Kollegen in
Colorado über siebentausend Funksprüche, die ans Außenministerium weitergeleitet wurden.

Und dann gab es den bewaffneten Widerstand, der in erster Linie
von einem kuwaitischen Oberstleutnant geleitet wurde – einem der
Männer, die am ersten Tag aus dem Verteidigungsministerium
entkommen waren. Da er einen Sohn namens Fuad hatte, lautete
sein Deckname Abu Fuad, Vater Fuads.

Saddam Hussein hatte schließlich den Versuch aufgegeben, eine
Marionettenregierung einzusetzen, und seinen Halbbruder Ali
Hassan Majid zum Generalgouverneur ernannt.

Dieser Widerstand war nicht nur ein Spiel. Im Untergrund entwickelte sich ein kleiner, aber äußerst schmutziger Krieg. Die
AMAM reagierte darauf, indem sie im Sportzentrum Kathma und
im Qadisija-Stadion zwei Verhörzentren einrichtete. Die Methoden
von AMAM-Chef Omar Khatib wurden aus dem Gefängnis Abu
Ghraib außerhalb Bagdads importiert und in großem Umfang an-
gewandt. Bis zur Befreiung fanden fünfhundert Kuwaiter den

166

Tod, von denen zweihundertfünfzig hingerichtet wurden – viele nach langen Foltern.

Hassan Rahmani, der Leiter der Spionageabwehr, saß im Hotel Hilton an seinem Schreibtisch und las die von seinen in Kuwait stationierten Mitarbeitern zusammengestellten Berichte. Trotz seiner dienstlichen Verpflichtungen in Bagdad war er am 15. September zu einem kurzen Besuch eingetroffen. Die Berichte waren eine deprimierende Lektüre.

Es gab eine ständig wachsende Zahl von Anschlägen auf irakische Posten an einsamen Straßen, auf Wachlokale, Fahrzeuge und Straßensperren. Das war in erster Linie Problem der AMAM – für den hiesigen Widerstand war sie zuständig; und wie Rahmani nicht anders erwartet hatte, vermurkste dieser brutale Hornochse Khatib wieder alles.

Rahmani hatte wenig Zeit für die Folter, deren begeisterter Anhänger sein Konkurrent in der irakischen Geheimdiensthierarchie war. Er vertraute lieber auf geduldige Detektivarbeit, Schlußfolgerungen und Gerissenheit, obwohl er zugeben mußte, daß im Irak allein Terror den Rais in all diesen Jahren an der Macht gehalten hatte. Trotz seiner ganzen Bildung mußte selbst er eingestehen, daß der in allen Straßentricks erfahrene, verschlagene Psychopath aus den Gassen von Tikrit ihm Angst einjagte.

Rahmani hatte versucht, seinen Präsidenten zu überreden, ihm die Zuständigkeit für die innere Sicherheit in Kuwait zu übertragen, aber die Antwort war ein nachdrückliches Nein gewesen. Das sei eine Frage des Prinzips, hatte Außenminister Tariq Aziz ihm erklärt. Er, Rahmani, habe den Auftrag, den Staat vor Spionage und Sabotage aus dem Ausland zu schützen. Der Rais wollte nicht zugeben, daß Kuwait zum Ausland gehöre, sondern betrachtete Kuwait als neunzehnte irakische Provinz. Folglich sei Omar Khatib für die Aufrechterhaltung der inneren Sicherheit zuständig.

Während Rahmani an diesem Morgen im Hotel Hilton den Stapel Berichte betrachtete, war er recht erleichtert darüber, daß dies nicht seine Aufgabe war. Das Ganze war ein Alptraum, und Saddam Hussein hatte seine Karten erwartungsgemäß ständig falsch ausgespielt.

Der Einfall, westliche Geiseln als lebende Schutzschilde gegen Angriffe zu verwenden, erwies sich als Desaster, total kontraproduktiv. Er hatte die Chance verpaßt, nach Süden vorzustoßen, die saudiarabischen Ölfelder zu besetzen und König Fahd an den Konferenztisch zu zwingen – und jetzt warfen die Amerikaner massive Kräfte auf den Kriegsschauplatz.

Alle Versuche, Kuwait zu assimilieren, waren fehlgeschlagen, und in einem Monat, vermutlich schon früher, würde Saudi-Arabien hinter dem amerikanischen Schild entlang seiner Nordgrenze unangreifbar sein.

Saddam Hussein, davon war er überzeugt, konnte Kuwait weder räumen, ohne gedemütigt zu werden, noch gegen einen Angriff verteidigen, ohne noch mehr gedemütigt zu werden. Aber trotzdem herrschte in der Umgebung des Rais weiterhin Zuversicht, als vertraue er darauf, daß sich irgend etwas ergeben werde. Was zum Teufel erwartete der Mann? Daß Allah sich persönlich vom Himmel herabbeugen und seinen Feinden ins Gesicht schlagen werde?

Rahmani stand vom Schreibtisch auf und trat ans Fenster. Er ging gern auf und ab, während er nachdachte; dabei wurden seine Gedanken in geordnete Bahnen gelenkt. Er blickte nach unten. Der einst blitzblanke Jachthafen war jetzt eine Müllkippe.

Irgend etwas in den Berichten auf seinem Schreibtisch beunruhigte ihn. Er ging zurück und überflog sie nochmals. Ja, das war merkwürdig. Bei einigen Anschlägen auf Iraker waren Gewehre und Faustfeuerwaffen, bei manchen Sprengladungen aus industriellem TNT verwendet worden. Aber es gab auch andere, ein beunruhigend gleichbleibender Bodensatz, bei denen eindeutig Plastiksprengstoff benutzt worden war. Hier in Kuwait hatte es nie Plastiksprengstoff gegeben, schon gar nicht Semtex-H. Wer verwendete es also – und wo kam das Zeug her?

Dazu kamen verschlüsselte Meldungen über Funk: Irgend jemand war draußen in der Wüste unterwegs, meldete sich zu verschiedenen Zeiten an ständig wechselnden Orten, redete zehn bis fünfzehn Minuten lang unverständliches Zeug und verstummte dann wieder.

Und dann gab es diese Berichte über einen geheimnisvollen Beduinen, der offenbar ungehindert umherstreifte, auftauchte, verschwand, erneut auftauchte und stets eine Spur der Verwüstung hinter sich herzog. Zwei schwerverletzte Soldaten hatten vor ihrem Tod noch aussagen können, sie hätten den Beduinen gesehen: groß und selbstbewußt, mit einer rot-weiß karierten Keffija, die sein Gesicht teilweise verdeckte.

Zwei Kuwaiter hatten unter der Folter von dem sagenhaften unsichtbaren Beduinen gesprochen, aber behauptet, ihn nie gesehen zu haben. Sabaawis Männer versuchten, ihnen durch noch mehr Schmerzen das Geständnis zu entlocken, den Beduinen doch gesehen zu haben. Dummköpfe. Natürlich würden sie's zugeben – irgend etwas erfinden, damit die Schmerzen aufhörten.

Je länger Hassan Rahmani darüber nachdachte, desto überzeugter war er, es hier mit einem ausländischen Eindringling zu tun zu haben, für den eindeutig er zuständig war. Er konnte nicht recht glauben, daß es einen Beduinen geben sollte, der mit Plastiksprengstoff und Funkgeräten mit Scramblertechnik umgehen konnte – falls es sich dabei um denselben Mann handelte. Vermutlich hatte er ein paar Bombenleger ausgebildet, aber er schien auch viele dieser Anschläge selbst auszuführen.

Es würde einfach nicht möglich sein, jeden Beduinen festzunehmen, der Kuwait City und die Wüste durchstreifte – das wäre die AMAM-Methode gewesen, aber die hätten jahrelang Fingernägel herausgerissen, ohne irgendwie weiterzukommen.

Aus Rahmanis Sicht gab es drei denkbare Lösungen des Problems: Man konnte den Mann bei einem seiner Anschläge fassen, aber das hätte einen Zufall vorausgesetzt, der womöglich nie eintreten würde. Man konnte einen seiner kuwaitischen Komplizen fassen, um den Mann dadurch in seinem Schlupfwinkel aufzuspüren. Oder man konnte ihn fassen, während er über das Funkgerät gebeugt in der Wüste hockte.

Rahmani entschied sich für letzteres. Aus dem Irak würde er zwei oder drei seiner besten Teams für Funkpeilung entsenden, sie an verschiedenen Orten postieren und versuchen, den Sender genau einpeilen zu lassen. Außerdem brauchte er einen Heereshubschrauber, der mit einem Kommando Sondertruppen an Bord bereitstand. Das würde er veranlassen, sobald er wieder in Bagdad war.

Hassan Rahmani war nicht der einzige in Kuwait, der sich für den Beduinen interessierte. In einem kilometerweit vom Hilton entfernten Vorstadthaus saß ein gutaussehender, schnurrbärtiger junger Kuwaiter, der ein bodenlanges weißes Gewand trug, in seinem

Sessel und hörte einem Freund zu, der ihm ein aufregendes Erlebnis schilderte.

»Ich hab' in meinem Wagen an einer roten Ampel gestanden und auf nichts Bestimmtes geachtet, als mir dieser irakische Militärlaster auf der anderen Seite der Kreuzung aufgefallen ist. Er war dort abgestellt, und eine Gruppe von Soldaten hat essend und rauchend an der Motorhaube gelehnt. Dann ist ein junger Mann, einer unserer Leute, mit einem kleinen Päckchen in der Hand aus einem Café getreten. Wirklich bloß 'ne kleine Schachtel. Ich hab' mir nichts dabei gedacht, bis er sie mit einer raschen Handbewegung unter den Lastwagen geworfen hat. Danach ist er um die nächste Straßenecke verschwunden. Die Ampel hat umgeschaltet, aber ich bin trotz Grün stehengeblieben.

Fünf Sekunden später hat's den Lastwagen in Stücke gerissen. Ich meine, er ist einfach zerplatzt. Die Soldaten haben alle mit abgerissenen Beinen auf der Straße gelegen. Ich hab' noch nie erlebt, daß ein so kleines Päckchen soviel Schaden anrichtet. Du kannst mir glauben, ich hab' schleunigst gewendet und bin abgehauen, bevor die AMAM angerückt ist!«

»Plastiksprengstoff«, sagte der Heeresoffizier nachdenklich. »Was würde ich dafür nicht alles geben! Das muß einer der Männer des Beduinen gewesen sein. Wer ist der Kerl überhaupt? Ich würde ihn verdammt gern kennenlernen.«

»Entscheidend ist, daß ich den Jungen erkannt habe.«

»Was?« Der junge Oberstleutnant beugte sich sichtlich gespannt nach vorn.

»Ich wäre nicht so weit gefahren, nur um dir zu erzählen, was du bestimmt schon gehört hast. Ich hab' den Bombenwerfer erkannt, sag' ich dir! Abu Fuad, ich kaufe seit Jahren meine Zigaretten bei seinem Vater.«

Dr. Reinhart sah übermüdet aus, als er drei Tage später vor dem Londoner Medusa-Ausschuß sprach. Obwohl er in Porton Down alle sonstigen Verpflichtungen ruhen ließ, hatten die Unterlagen aus der ersten Sitzung und die Flut zusätzlichen Materials, die seither nicht mehr versiegt war, ihn vor eine Riesenaufgabe gestellt.

»Die Untersuchung ist vermutlich noch nicht vollständig«, sagte er, »aber sie ergibt ein ziemlich umfassendes Bild.

Erstens wissen wir natürlich, daß Saddam Hussein über große Kapazitäten zur Giftgasherstellung verfügt, die ich auf über tausend Tonnen pro Jahr schätze.

Während des irakisch-iranischen Kriegs sind einige iranische Soldaten, die Opfer von Giftgasangriffen waren, hier behandelt worden, und ich habe sie untersuchen können. Schon damals haben wir Vergiftungen mit Senfgas und Phosgen festgestellt.

Schlimmer ist jedoch, daß der Irak jetzt zweifellos über beträchtliche Vorräte an zwei weit gefährlicheren Gasen verfügt – den ursprünglich in Deutschland entwickelten Nervenkampfstoffen Sarin und Tabun. Falls sie im irakisch-iranischen Krieg eingesetzt worden sind, was ich annehme, hat sich die Frage nach einer Behandlung der Opfer in britischen Krankenhäusern gar nicht erst gestellt. Sie wären nämlich tot.«

»Wie schlimm sind diese ... äh ... Kampfstoffe, Dr. Reinhart?« fragte Sir Paul Spruce.

»Sir Paul, sind Sie verheiratet?«

Der weltmännische Mandarin war verblüfft.

»Nun, ja, das bin ich allerdings.«

»Benutzt Lady Spruce jemals einen Parfümzerstäuber?«

»Ja, das habe ich gelegentlich schon beobachtet.«

»Ist Ihnen schon mal aufgefallen, wie fein der Strahl aus einem Zerstäuber ist? Wie winzig die Tröpfchen sind?«

»Gewiß, und wenn ich daran denke, was Parfüm kostet, bin ich recht froh darüber.«

Das war ein gelungener Scherz. Sir Paul gefiel er jedenfalls.

»Zwei solcher Tröpfchen Sarin oder Tabun auf Ihrer Haut, und Sie sind tot«, sagte der Chemiker aus Porton Down.

Jetzt lächelte niemand mehr.

»Die Bemühungen der Iraker, selbst Nervengas herzustellen, reichen bis ins Jahr 1976 zurück. In diesem Jahr haben sie sich wegen der Produktion von vier Insektenvertilgungsmitteln an die britische Firma ICI gewandt – aber ihre Materialbestellung hat ICI dazu veranlaßt, sie glatt abzuweisen. Die in der irakischen Ausschreibung geforderten korrosionsfesten Kessel, Röhren und Pumpen haben ICI zu der Überzeugung gebracht, das wahre Endprodukt seien nicht Pestizide, sondern Nervenkampfstoffe. Der Auftrag ist abgelehnt worden.«

»Dafür sei Gott Dank«, sagte Sir Paul und machte sich eine Notiz.

»Aber sie sind nicht überall abgewiesen worden«, stellte der ehemalige Flüchtling aus Wien fest. »Immer mit der Ausrede, der Irak habe Bedarf an Herbiziden und Pestiziden, zu deren Herstellung natürlich Gifte gebraucht werden.«

»Sie können nicht wirklich geplant haben, diese landwirtschaftlichen Produkte herzustellen?« fragte Paxman.

»Garantiert nicht!« sagte Reinhart. »Für uns Chemiker sind die Mengen und die Verbindungen aufschlußreich. Im Jahr 1981 haben sie sich von einer deutschen Firma ein Labor mit ganz spezieller und ungewöhnlicher Einrichtung bauen lassen. Dort sollte Phosphorpentachlorid hergestellt werden: der Ausgangsstoff für organischen Phosphor, der zu den Bestandteilen von Nervengas gehört. Kein normales Forschungslabor einer Universität müßte jemals mit so grauenhaft giftigen Stoffen umgehen. Das müssen auch die beteiligten Chemieingenieure gewußt haben. Weitere Ausfuhrgenehmigungen sind für irakische Bestellungen von Thiodiglykol erteilt worden. In Verbindung mit Salzsäure entsteht daraus Senfgas. In kleinen Mengen läßt Thiodiglykol sich allerdings auch zur Herstellung von Schreibpaste für Kugelschreiber verwenden.«

»Wieviel haben sie gekauft?« fragte Sinclair.

»Fünfhundert Tonnen.«

»Das sind verdammt viele Kugelschreiber«, murmelte Paxman.

»Das ist Anfang 1983 gewesen«, sagte Reinhart. »Im Sommer dieses Jahres hat ihre große Giftgasfabrik in Samarra den Betrieb aufgenommen und Yperit hergestellt, was nichts anderes als Senfgas ist. Im Dezember ist es dann erstmals gegen die Iraner eingesetzt worden.

Bei den ersten Angriffen gegen die iranischen Menschenmassen haben die Iraker gelben Regen, eine Mischung aus Senfgas und Tabun, eingesetzt. Bis 1985 hatten sie eine verbesserte Mischung aus Zyanwasserstoff, Senfgas, Tabun und Sarin entwickelt, die bei der iranischen Infanterie sechzig Prozent der Todesfälle bewirkt hat.«

»Können wir uns nur auf die Nervengase konzentrieren, Doktor?« fragte Sinclair. »Die scheinen das wirklich tödliche Zeug zu sein.«

»Allerdings«, bestätigte Dr. Reinhart. »Ab 1984 haben sie versucht, folgende Chemikalien zu kaufen: Phosphoroxichlorid, das ein wichtiger Ausgangsstoff für Tabun ist, und Trimethylphosphit sowie Kaliumfluorid, beides Ausgangsstoffe für Sarin. Von der ersten Verbindung wollten sie bei einer niederländischen Firma zweihundertfünfzig Tonnen bestellen. Das wäre genug Unkrautvertilgungsmittel gewesen, um jeden Baum, Busch und Grashalm im Nahen Osten verdorren zu lassen. Die Niederländer haben sie wie ICI abgewiesen, aber sie haben trotzdem zwei damals frei erhältliche Chemikalien gekauft: Dimethylamin für Tabun und Isopropanol für Sarin.«

»Weshalb können sie nicht zur Pestizidherstellung gedient haben, wenn sie in Europa frei verkäuflich waren?« erkundigte Sir Paul sich.

»Wegen der Mengen«, antwortete Reinhart, »aber auch wegen der Produktions- und Lagereinrichtungen und der ganzen Auslegung der Fabriken. Für einen erfahrenen Chemiker oder Chemieingenieur konnten diese Käufe nur für eine Giftgasproduktion bestimmt sein.«

»Wissen Sie, wer über Jahre hinweg der Hauptlieferant gewesen ist, Doktor?« fragte Sir Paul.

»O ja. In der Anfangsphase haben die Sowjetunion und Ostdeutschland einiges an wissenschaftlicher Hilfestellung geleistet, und es hat Importe aus etwa acht Staaten gegeben – in den meisten Fällen kleine Mengen frei verkäuflicher Chemikalien. Aber die Fabriken, Einrichtungen, Spezialausrüstungen und Chemikalien, die Technologie und das Know-how stammen zu achtzig Prozent aus Westdeutschland.«

»Tatsächlich«, sagte Sinclair in seiner gedehnten Sprechweise, »haben wir seit Jahren in Bonn protestiert. Unsere Bedenken sind stets vom Tisch gewischt worden. Doktor, können Sie die Gasfabriken auf den von uns zur Verfügung gestellten Luftbildern identifizieren?«

»Ja, natürlich. Manche Standorte gehen aus den schriftlichen Unterlagen hervor, andere sind mit einem Vergrößerungsglas zu erkennen.«

Der Chemiker breitete fünf großformatige Luftbilder auf dem Tisch aus.

»Die arabischen Ortsnamen kenne ich nicht, aber durch diese Nummern sind die Standorte bezeichnet, nicht wahr?«

»Richtig, Sie brauchen uns nur die Gebäude zu zeigen«, bestätigte Sinclair.

»Hier, der ganze Komplex aus siebzehn Gebäuden... hier, dieser große alleinstehende Bau... sehen Sie die Filteranlage? Und hier, das ist auch eine... und dieser Komplex mit acht Gebäuden... und dieser hier.«

Sinclair studierte eine Liste aus seinem Aktenkoffer. Er nickte grimmig. »Genau wie erwartet. Al-Qaim, Fallujah, Al-Hillah, Salman Pak und Samarra. Doktor, ich bin Ihnen sehr dankbar. Unsere Leute in den Staaten sind zum genau gleichen Ergebnis gekommen. Alle diese Fabriken werden zu den Zielen der ersten Angriffswelle gehören.«

Nachdem der Ausschuß sich vertagt hatte, schlenderte Harry Sinclair mit Simon Paxman und Terry Martin zum Piccadilly hinüber, um mit ihnen bei Richoux einen Kaffee zu trinken.

»Ich weiß nicht, wie ihr diese Sache seht, Leute«, sagte Sinclair, während er seinen Cappuccino umrührte, »aber für uns liegt der Schwerpunkt auf der Gasgefahr. General Schwarzkopf ist bereits von dem überzeugt, was er das ›Alptraum-Szenario‹ nennt. Massive Gasangriffe, ein Regen von Luftsprengpunkten über allen unseren Truppen. Greifen sie dann an, tragen sie Gasmasken und Gasschutzkleidung – von Kopf bis Fuß. Das einzig Gute ist, daß das Gas in der Luft schnell seine Wirkung verliert. Berührt es den Wüstenboden, ist die Gefahr vorbei. Terry, Sie scheinen nicht überzeugt zu sein?«

»Dieser Regen von Luftsprengpunkten«, sagte Martin. »Womit soll Saddam Hussein den erzielen?«

Sinclair zuckte mit den Schultern.

»Vermutlich mit Artilleriefeuer. Das hat er gegen die Iraner eingesetzt.«

»Wollen Sie seine Artillerie nicht pulverisieren? Sie hat nur dreißig Kilometer Reichweite. Sie muß irgendwo draußen in der Wüste stehen.«

»Klar«, sagte der Amerikaner, »wir haben die Technologie, um dort draußen jedes Geschütz, jeden Panzer aufzuspüren – auch wenn sie eingegraben oder getarnt sind.«

»Wie soll Saddam Hussein den Gasregen in die Luft bringen, wenn seine Geschütze zerstört sind?«

»Vermutlich mit Jagdbombern.«

»Aber die werden Sie auch zerstört haben, bis die Bodentruppen vorgehen«, wandte Martin ein. »Saddam Hussein besitzt dann nichts Flugfähiges mehr.«

»Okay, dann Scud-Raketen, was auch immer. Damit wird er's versuchen. Und wir werden eine nach der anderen abschießen. Sorry, Jungs, ich muß weiter.«

»Worauf wollen Sie hinaus, Terry?« fragte Paxman, als der CIA-Mann gegangen war. Terry Martin seufzte.

»Ach, das weiß ich selbst nicht. Ich denke nur, daß Saddam Hussein und seine Planer das alles auch wissen. Sie werden die amerikanische Luftmacht nicht unterschätzen. Simon, können Sie mir alle Reden beschaffen, die Saddam Hussein im letzten Jahr gehalten hat? Im arabischen Original?«

»Ja, das müßte sich machen lassen. Das GCHQ in Cheltenham dürfte sie haben – oder der Arabiendienst der BBC. Auf Band oder als Transkript?«

»Möglichst auf Band.«

Terry Martin hörte sich drei Tage lang die gutturale, geifernde Stimme aus Bagdad an. Während er die Bänder immer wieder abspielte, wurde er den hartnäckigen Verdacht nicht los, die Äußerungen des irakischen Despoten paßten nicht zu einem Mann, der in solchen Schwierigkeiten steckte. Entweder ignorierte oder verkannte er, wie groß seine Schwierigkeiten waren, oder er wußte mehr als seine Feinde.

Am 21. September hielt Saddam Hussein eine weitere Ansprache in Form einer mit seinem Vokabular abgefaßten Verlautbarung des Kommandorats der Revolution. Darin erklärte er, ein irakischer Abzug aus Kuwait sei völlig ausgeschlossen und jeder Versuch, den Irak dort zu vertreiben, werde zur »Mutter aller Schlachten« führen.

So wurde sein Ausdruck übersetzt. Die Medien griffen ihn begierig auf, und der Ausdruck wurde ein häufig verwendetes Schlagwort.

Dr. Martin studierte den Redetext und rief dann Simon Paxman an.

175

»Ich habe mich mit dem Dialekt des oberen Tigristals befaßt«, sagte er.

»Großer Gott, was für ein Hobby!« antwortete Paxman.

»Mir geht's um den Ausdruck ›Mutter aller Schlachten‹, den er gebraucht hat.«

»Ja, was ist damit?«

»Das Wort ist mit ›Schlacht‹ übersetzt worden. In seiner Heimat bedeutet es auch ›Verlust‹ oder ›Blutbad‹.«

Am anderen Ende herrschte kurzes Schweigen.

»Machen Sie sich deswegen keine Sorgen.«

Aber Terry Martin tat trotzdem genau das.

7

Der Sohn des Tabakwarenhändlers war ängstlich – und sein Vater nicht weniger.

»Um Himmels willen, sag ihnen, was du weißt, mein Sohn«, drängte er den Jungen.

Die beiden Abgesandten des kuwaitischen Widerstandskommandos hatten sich dem Ladenbesitzer sehr höflich vorgestellt, aber recht nachdrücklich darauf bestanden, daß sein Sohn ihnen offen und ehrlich Auskunft gebe.

Obwohl der Tabakwarenhändler wußte, daß ihm statt richtiger Namen zwei Decknamen genannt worden waren, war er clever genug, um zu erkennen, daß er mit mächtigen und einflußreichen Angehörigen seines eigenen Volkes sprach. Das Schlimme war, daß die Mitteilung, sein Sohn sei überhaupt am aktiven Widerstand beteiligt, ihn völlig überrascht hatte.

Und das Allerschlimmste war, daß er eben erfahren hatte, daß sein Sohn nicht einmal der offiziellen kuwaitischen Widerstandsbewegung angehörte, sondern dabei gesehen worden war, wie er auf Geheiß irgendeines Banditen, den niemand zu kennen schien, eine Bombe unter einen irakischen Lastwagen warf. Das reichte eigentlich, um jedem Vater einen Herzanfall zu bescheren.

Die vier saßen im Wohnzimmer des behaglichen Hauses, das der Tabakwarenhändler in Keifan besaß, während einer der Besucher erläuterte, sie hätten nichts gegen den Beduinen, sondern wollten lediglich Verbindung mit ihm aufnehmen, um dann mit ihm zusammenarbeiten zu können.

Der Junge schilderte also die Ereignisse seit dem Augenblick, in dem sein Freund hinter einem Schutthaufen zu Boden gerissen worden war, bevor er auf einen irakischen Lastwagen schießen konnte. Die Männer hörten schweigend zu; nur einer von ihnen stellte ein paar Zwischenfragen. Der andere Mann, der nichts sagte und eine dunkle Sonnenbrille trug, war Abu Fuad.

Der Befrager interessierte sich vor allem für das Haus, in dem die Gruppe sich mit dem Beduinen traf. Der Junge nannte die Adresse, fügte jedoch hinzu: »Ich glaube nicht, daß es viel Sinn hat, überhaupt hinzufahren. Er ist äußerst wachsam. Einer von uns ist mal dort gewesen, weil er mit ihm reden wollte, aber das Haus war abgesperrt. Wir glauben nicht, daß er dort lebt – aber er hat gewußt, daß jemand dort war. Er hat uns verboten, jemals wieder unangemeldet zu kommen. Sollte das erneut passieren, würde er die Verbindung abbrechen, und wir würden ihn nie wieder sehen.«

Aus seiner Ecke nickte Abu Fuad anerkennend. Im Gegensatz zu den anderen war er ein ausgebildeter Soldat und glaubte, darin das Vorgehen eines weiteren ausgebildeten Mannes zu erkennen.

»Wann trefft ihr ihn wieder?« fragte er ruhig.

Immerhin war es möglich, daß der Junge eine Nachricht, eine Einladung zu einem Gespräch überbringen konnte.

»Dazu setzt er sich mit einem von uns in Verbindung. Der bringt dann die anderen mit. Das kann einige Zeit dauern.«

Die beiden Kuwaiter verabschiedeten sich. Sie hatten die Beschreibung zweier Fahrzeuge: eines klapprigen Pick-ups, der einem Gärtner zu gehören schien, der damit seine Erzeugnisse in die Stadt brachte, und eines starken Geländewagens für Wüstenfahrten.

Abu Fuad ließ die Kennzeichen beider Fahrzeuge von einem Freund im Verkehrsministerium überprüfen, aber die Spur verlief im Sand. Diese Kennzeichen waren nie ausgegeben worden. Damit blieb nur noch der Personalausweis, den der Mann brauchen würde, um die überall errichteten irakischen Kontrollpunkte und Straßensperren passieren zu können.

Über sein Komitee nahm er Verbindung mit einem Beamten im Innenministerium auf. Diesmal hatte er Glück. Der Beamte erinnerte sich daran, einen gefälschten Personalausweis für einen Gärtner aus Jahra ausgestellt zu haben. Diese Gefälligkeit hatte er vor sechs Wochen dem Millionär Achmed al-Khalifa erwiesen.

Abu Fuad war ermutigt und verblüfft. In ihrer Bewegung war der Geschäftsmann eine angesehene, einflußreiche Persönlichkeit. Aber alle glaubten, er beschränke sich ausschließlich auf den finanziellen, den gewaltlosen Aspekt des Widerstands. Wie kam er nur dazu, als Gönner des geheimnisvollen Beduinen aufzutreten?

Südlich der kuwaitischen Grenze stieg die hereinkommende Flut amerikanischer Waffen immer höher. Als die letzte Septemberwoche verstrich, erkannte General Norman Schwarzkopf in dem Labyrinth aus Geheimräumen zwei Stockwerke unter dem saudiarabischen Luftwaffenministerium an der Old Airport Road in Riad schließlich, daß er nun stark genug war, um endlich erklären zu können, Saudi-Arabien sei vor einem irakischen Angriff sicher.

In der Luft hatte General Chuck Horner einen Schutzschirm aus ständig patrouillierendem Stahl eingerichtet: eine schnelle und reichlich versorgte Armada aus Abfangjägern, Jagdbombern, Tankflugzeugen, schweren Bombern und Erdkampfflugzeugen, die ausreichte, um angreifende irakische Verbände in der Luft und am Boden zu zerstören.

Er verfügte über Technologie an Bord von Flugzeugen, mit deren Hilfe er jeden Quadratmeter des Irak mit Radar überwachen, jedes schwere metallische Objekt, das auf Straßen rollte, sich durch die Wüste bewegte oder zu starten versuchte, orten sowie den gesamten irakischen Funkverkehr abhören und jede Wärmequelle genau lokalisieren konnte.

Am Boden verfügte Norman Schwarzkopf über genügend motorisierte Verbände, leichte und schwere Panzer, Artillerie und Infanterie, um jeden irakischen Angriff aufzuhalten und niederzuschlagen.

In der letzten Septemberwoche lief unter so strenger Geheimhaltung, daß nicht einmal Amerikas Verbündete davon erfuhren, die Planung für die Umstellung von der Defensive auf die Offensive an. Der Angriff auf den Irak wurde vorbereitet, obwohl das Mandat der Vereinten Nationen nach wie vor auf den Schutz Saudi-Arabiens und der Golfstaaten beschränkt war.

Aber Norman Schwarzkopf stand auch vor Problemen. Eines war, daß die Zahl der ihm gegenüberstehenden irakischen Soldaten, Panzer und Geschütze sich verdoppelt hatte, seit er vor sechs Wochen in Riad eingetroffen war. Ein weiteres war, daß er für die Befreiung Kuwaits doppelt so viele alliierte Truppen brauchen würde wie für den Schutz Saudi-Arabiens.

Norman Schwarzkopf war ein Mann, der George Pattons Maxime sehr ernst nahm; jeder gefallene Amerikaner, Brite, Franzose oder sonstige alliierte Soldat oder Flieger war schon ein Toter zuviel. Als Voraussetzung für seinen Angriff verlangte er folgendes: eine Verdoppelung der gegenwärtigen Truppenstärke und eine Luftoffensive, die ihm die Garantie gab, daß die Kampfkraft der nördlich der Grenze stehenden irakischen Verbände um fünfzig Prozent »reduziert« wurde.

Das erforderte mehr Zeit, mehr Material, mehr Nachschub, mehr Geschütze, mehr Panzer, mehr Soldaten, mehr Flugzeuge, mehr Treibstoff, mehr Verpflegung und viel mehr Geld. Dann erklärte er den verdutzten Schreibtischstrategen auf dem Capitol Hill, wenn sie einen Sieg wollten, sollten sie ihm das alles lieber bewilligen.

Tatsächlich übermittelte General Colin Powell, der weltmännischere Vorsitzende der Vereinten Stabschefs, diese Forderung, aber er milderte die Ausdrucksweise etwas ab. Politiker lieben Soldatenspiele, aber sie hassen es, in der Soldatensprache angeredet zu werden.

Die Planungsarbeit in der letzten Septemberwoche war also streng geheim. Wie sich zeigen sollte, war es gut, daß sie unternommen worden war. Die Vereinten Nationen, die unermüdlich Friedenspläne schmiedeten, würden bis zum 29. November warten, bevor sie beschlossen, der Irak solle durch Anwendung notwendiger Gewalt aus Kuwait vertrieben werden, wenn er nicht bis zum 16. Januar räume. Wäre die Planung erst Ende November angelaufen, wäre sie niemals rechtzeitig abgeschlossen worden.

Achmed al-Khalifa befand sich in großer Verlegenheit. Natürlich kannte er Abu Fuad und wußte, wer und was er war. Darüber hinaus hatte er Verständnis für seinen Wunsch. Aber er hatte sein Wort gegeben und wollte es nicht brechen.

Selbst seinem kuwaitischen Mitbürger und Kameraden in der Widerstandsbewegung verriet er nicht, daß dieser Beduine in Wirklichkeit ein britischer Offizier war. Aber er erklärte sich bereit, eine Nachricht für ihn an einem Platz zu hinterlegen, wo der Mann sie früher oder später finden würde.

Am nächsten Morgen legte er einen Brief mit seiner persönlichen dringenden Empfehlung an den Beduinen, einem Treffen mit Abu Fuad zuzustimmen, auf dem Christenfriedhof unter Seemann Sheptons marmorne Grabplatte.

Die Gruppe bestand aus sechs Soldaten unter dem Kommando eines Sergeants, und als der Beduine um die Straßenecke kam, waren sie ebenso überrascht wie er.

Mike Martin hatte seinen Pick-up in einer Garage untergestellt und war zu Fuß auf dem Weg durch die Stadt zu der Villa, in der er diesmal übernachten wollte. Er war müde und daher weniger wachsam als sonst. Als er die Iraker sah und wußte, daß sie ihn gesehen hatten, verwünschte er sich selbst. Einem Mann wie ihm konnte jede kurze Unaufmerksamkeit den Tod bringen.

Die Ausgangssperre war längst in Kraft, und obwohl er daran gewöhnt war, durch die Stadt zu streifen, wenn keine gesetzestreuen Bürger, sondern nur die irakischen Patrouillen unterwegs waren, achtete er darauf, sich durch schlecht beleuchtete Seitenstraßen, über unbebaute Grundstücke und durch finstere Gassen zu bewegen, während die Iraker ihrerseits bewußt auf Durchgangsstraßen und großen Kreuzungen blieben. So kamen sie einander nie in die Quere.

Aber seit Hassan Rahmanis Rückkehr nach Bagdad und seinem ätzend scharfen Bericht über die Untauglichkeit der Volksarmee hatte sich einiges verändert. Jetzt erschienen immer häufiger die grünen Barette der Sondertruppen.

Obwohl die Grünen Barette nicht an die Eliteeinheiten der Republikanischen Garde heranreichten, waren sie immerhin disziplinierter als der wehrpflichtige Pöbel, der sich Volksarmee nannte. An einer Straßenkreuzung, wo sonst keine Iraker kontrolliert hatten, standen sechs dieser Soldaten unauffällig neben ihrem Lastwagen.

Martin hatte gerade noch Zeit, sich schwer auf den Krückstock zu stützen, den er für solche Fälle in der Hand hielt, und die Haltung eines alten Mannes anzunehmen. Das war eine gute Tarnung, denn im arabischen Kulturbereich bringt man den Alten Respekt oder wenigstens Mitleid entgegen.

»He, du«, rief der Sergeant, »komm mal her!«

Dabei waren vier Sturmgewehre auf die einzelne Gestalt mit der karierten Keffija gerichtet. Der Alte blieb kurz stehen und humpelte dann weiter.

»Was hast du um diese Zeit noch auf der Straße zu suchen, Beduine?«

»Bloß ein alter Mann, der vor der Ausgangssperre heim will, Sajidi«, winselte der Alte.

»Die Ausgangssperre hat längst begonnen, Dummkopf. Schon vor zwei Stunden.«

Der Alte schüttelte verwirrt den Kopf.

»Das hab' ich nicht gewußt, Sajidi, ich hab' keine Uhr.«

Im Nahen Osten sind Armbanduhren nicht unentbehrlich; sie sind nur teuer, ein äußeres Zeichen für Wohlstand. Nach Kuwait versetzte irakische Soldaten hatten bald eine – sie nahmen sie sich einfach. Aber der Name »Beduine« kommt von »bidun«, was »ohne« bedeutet.

Der Sergeant grunzte. Die Erklärung war glaubwürdig.

»Papiere«, verlangte er.

Der Alte tastete sein schmutziges Gewand mit der freien Hand ab.

»Die muß ich verloren haben«, murmelte er.

»Filzt ihn«, befahl der Sergeant. Einer der Soldaten trat vor. Die Handgranate, die Martin mit Klebeband an der Innenseite des linken Oberschenkels befestigt hatte, fühlte sich an wie eine der Wassermelonen von seinem Pick-up.

»Faß mir nicht zwischen die Beine!« sagte der alte Beduine scharf. Der Soldat blieb stehen. Einer der anderen kicherte. Der Sergeant hatte Mühe, ein Grinsen zu verbergen.

»Los, mach schon, Zuhair, filz ihn!«

Der junge Soldat zögerte verlegen. Er merkte, daß die anderen sich auf seine Kosten amüsierten.

»Das darf bloß meine Frau«, fügte der Beduine hinzu. Zwei der Soldaten prusteten los und ließen ihre Gewehre sinken. Die übrigen folgten ihrem Beispiel. Zuhair machte noch immer keine Anstalten, den Befehl auszuführen.

»Aber das nutzt ihr nichts, versteht ihr. Darüber bin ich längst hinaus«, sagte der alte Mann.

Das war zuviel. Die Streife brüllte vor Lachen. Sogar der Sergeant grinste.

»Schon gut, Alter. Troll dich! Und laß dich nicht wieder nachts erwischen.«

Der Beduine humpelte zur nächsten Straßenecke weiter und kratzte sich dabei unter seinem Gewand. An der Ecke drehte er sich um. Die Handgranate, deren Zündhebel unbeholfen seitlich wegragte, kullerte über die Pflastersteine und blieb an der Zehenkappe von Zuhairs Stiefel liegen. Alle sechs starrten sie an. Dann detonierte sie. Das war das Ende der sechs Soldaten. Und damit war auch der September zu Ende.

Weit entfernt in Tel Aviv saß Mossad-Direktor General Yaacov »Kobi« Dror nach der Arbeit sehr spät an diesem Abend mit Shlomo Gershon, seinem allgemein als »Sami« bekannten alten Freund und Kollegen, in seinem Dienstzimmer im Hadar Dafna Building bei einem Bier zusammen.

Als Leiter der Kombattanten- oder Komemiute-Abteilung war Sami Gershon für die Führung »illegaler« Agenten zuständig – an der gefährlichen vordersten Spionagefront. Er war einer der beiden Mossad-Leute, die dabeigewesen waren, als sein Boß Chip Barber angelogen hatte.

»Du findest nicht, daß wir's ihnen hätten sagen müssen?« fragte er, weil dieses Thema wieder angesprochen worden war. Dror ließ das Bier in seiner Flasche kreisen und nahm einen Schluck.

»Scheiß drauf«, knurrte er, »die sollen ihre verdammten Agenten selbst anwerben!«

Als ganz junger Soldat hatte er damals im Frühjahr 1967 in der Wüste unter seinem Kampfpanzer Patton gekauert und gewartet, während vier arabische Staaten sich daranmachten, ihre Rechnungen mit Israel ein für allemal zu begleichen. Er erinnerte sich noch gut daran, wie der Rest der Welt sich darauf beschränkt hatte, »Na, na!« zu murmeln.

Mit den Kameraden seiner Panzerbesatzung unter ihrem zwanzigjährigen Kommandanten hatte er zu den von Israel Tal geführten Verbänden gehört, die durch den Mitla-Paß vorgestoßen waren und das ägyptische Heer bis zum Suezkanal zurückgeworfen hatten.

Und er dachte daran zurück, wie dieselben westlichen Medien, die im Mai wegen der bevorstehenden Vernichtung seines Landes die Hände gerungen hatten, Israel nach der Zerschlagung von vier Heeren und vier Luftwaffen in sechs Tagen vorgeworfen hatten, mit seinen Siegen eine Einschüchterungstaktik zu betreiben.

Seit damals stand Kobi Drors Lebensphilosophie fest. Zum Teufel mit ihnen allen! Er war ein Sabre, in Israel geboren und aufgewachsen, und besaß weder eine große Vision noch die Duldsamkeit von Leuten wie David Ben Gurion.

Seine politische Loyalität gehörte der weit rechtsstehenden Likud-Partei mit Menachem Begin, der in der Irgun gewesen war, und Itzhak Shamir, ehemals Mitglied der Stern Gang.

Als Dror einmal im Lehrsaal in der letzten Bank gesessen und zugehört hatte, wie ein Offizier aus seinem Stab zukünftige Mitarbeiter unterrichtete, hatte der Mann den Ausdruck »befreundete Nachrichtendienste« gebraucht. Daraufhin war er aufgestanden und hatte den Vortragenden unterbrochen.

»Es gibt keinen Freund Israels, außer vielleicht unter Juden in der Diaspora«, hatte er ihnen erklärt. »Für uns gibt's auf der Welt nur zweierlei: Feinde und Neutrale. Mit unseren Feinden wissen wir umzugehen. Von den Neutralen nehmt ihr alles, ohne was zu geben. Lächelt sie an, klopft ihnen auf die Schulter, trinkt mit ihnen, schmeichelt ihnen, bedankt euch für Tips und erzählt ihnen nichts.«

»Na ja, Kobi, hoffentlich kriegen sie's nie raus«, sagte Gershon.

»Wie sollen sie das rauskriegen? Eingeweiht sind nur acht von uns. Und wir gehören alle zum Büro.«

Es mußte am Bier liegen. Er hatte jemanden übersehen.

Im Frühjahr 1988 besuchte der britische Geschäftsmann Stuart Harris eine Industriemesse in Bagdad. Er war Verkaufsdirektor einer Firma in Nottingham, die Straßenbaumaschinen herstellte und vertrieb. Veranstaltet wurde die Messe vom irakischen Verkehrsministerium. Wie fast alle Besucher aus dem Westen war Harris im Hotel Rashid in der Yafa Street untergebracht, das hauptsächlich für Ausländer erbaut worden war und unter ständiger Überwachung stand.

Als Harris am dritten Messetag in sein Hotelzimmer zurückkam, fand er einen unter seiner Tür durchgeschobenen neutralen Briefumschlag. Er trug keinen Namen, nur seine Zimmernummer, und diese Nummer stimmte.

Der Umschlag enthielt ein einzelnes Blatt Papier und einen völlig unbeschrifteten Luftpostumschlag. Auf dem Blatt Papier stand auf englisch und in Druckschrift: *Übergeben Sie diesen Umschlag nach Ihrer Rückkehr ungeöffnet der israelischen Botschaft in London.*

Das war alles. Stuart Harris befielen panische Angst und Entsetzen. Er kannte den schlimmen Ruf des Irak, seiner gefürchteten Geheimpolizei. Was immer sich in dem unbeschrifteten Umschlag befand, konnte ihm Verhaftung, Folter und sogar den Tod bringen.

Zu seiner Ehre sei gesagt, daß er cool blieb, sich hinsetzte und das Rätsel zu lösen versuchte. Warum zum Beispiel er? In Bagdad gab es Dutzende von britischen Geschäftsleuten. Wie waren sie auf Stuart Harris gekommen? Sie konnten nicht wissen, daß er Jude war, daß sein Vater 1935 als Samuel Horowitz aus Deutschland nach England emigriert war – oder etwa doch?

Obwohl er das nie erfahren würde, hatten zwei Beamte des irakischen Verkehrsministeriums sich zwei Tage zuvor in der Kantine auf dem Messegelände unterhalten. Der eine hatte dem anderen von seinem Besuch im Herbst 1987 in der Nottinghamer Fabrik erzählt; wie Harris ihn am ersten und zweiten Tag betreut habe, dann für einen Tag verschwunden und danach wieder aufgetaucht sei. Er, der Iraker, habe Harris gefragt, ob er krank gewesen sei. Daraufhin habe ein Kollege ihm lachend erklärt, Harris habe sich den Jom Kippur freigenommen.

Die beiden irakischen Beamten dachten sich nichts weiter dabei, aber am Nebentisch hatte jemand aufmerksam zugehört. Er berichtete seinem Vorgesetzten von diesem Gespräch. Sein Vorgesetzter schien kaum zuzuhören, wurde später jedoch sehr nachdenklich und ließ Mr. Stuart Harris aus Nottingham überprüfen und seine Zimmernummer im Rashid feststellen.

Harris saß da und fragte sich, was um Himmels willen er tun sollte. Selbst wenn der anonyme Absender entdeckt hatte, daß er Jude war, überlegte er, konnte er etwas anderes nicht wissen. Niemals! Ein fast unglaublicher Zufall wollte es, daß Stuart Harris ein Sajan war.

Das 1951 auf persönliche Anweisung Ben Gurions gegründete israelische Institut für Nachrichtenbeschaffung und Spezialeinsätze ist außerhalb seiner Mauern als Mossad – nach dem hebräischen Wort für Institut – bekannt. Intern heißt er nie so, sondern wird stets als »Büro« bezeichnet. Von den führenden Nachrichtendiensten der Welt ist er der bei weitem kleinste. An der Zahl seiner

Gehaltsempfänger gemessen ist er winzig. An der CIA-Zentrale in Langley, Virginia, arbeiten etwa 25 000 Angestellte – ohne das Personal sämtlicher Außenstellen. Auf ihrem Höchststand hatte die wie CIA und Mossad für Auslandsaufklärung zuständige Erste Hauptverwaltung des KGB weltweit 15 000 Angestellte, von denen rund 3000 in der Zentrale Jasenewo arbeiteten.

Der Mossad hat immer nur 1200 bis 1500 Angestellte und weniger als vierzig Führungsoffiziere, die als Katsas bezeichnet werden.

Daß er mit so geringen Geldmitteln und winzigem Personalstand arbeiten und trotzdem das »Material« beschaffen kann, das er liefert, hängt von zwei Faktoren ab. Einer davon ist die Möglichkeit, sich jederzeit der israelischen Bevölkerung zu bedienen – einer Bevölkerung, die noch immer erstaunlich kosmopolitisch ist und über eine verwirrende Vielzahl von Talenten, Sprachen und geographischen Abstammungen verfügt.

Der andere Faktor ist ein internationales Netz aus Helfern oder Assistenten, die auf hebräisch Sajanim heißen. Das sind in der Diaspora lebende Juden (ausschließlich hundertprozentig jüdischer Abstammung), die zwar dem Land, in dem sie leben, loyal gegenüberstehen, aber auch mit dem Staat Israel sympathisieren.

Allein in London gibt es zweitausend Sajanim, im übrigen Großbritannien fünftausend und in den USA zehnmal mehr. Sie werden niemals in Unternehmen verwickelt, sondern nur um Gefälligkeiten gebeten. Und sie müssen überzeugt sein, daß die Hilfe, um die sie gebeten werden, nicht für ein Unternehmen gegen ihr Geburts- oder Gastland bestimmt ist. Loyalitätskonflikte dürfen nicht entstehen. Aber die Sajanim tragen dazu bei, die Kosten für Auslandseinsätze um bis zu neun Zehntel zu verringern.

Zum Beispiel: Ein Mossad-Team trifft zu einem Unternehmen gegen ein palästinensisches Untergrundkommando in London ein. Dafür braucht es ein Fahrzeug. Ein Sajan in der Autobranche wird gebeten, einen zugelassenen Gebrauchtwagen an einem bestimmten Ort abzustellen und die Schlüssel unter die Fußmatte zu legen. Nach dem Unternehmen wird der Wagen zurückgegeben. Der Sajan erfährt nie, wozu er benutzt worden ist; aus seinen Büchern geht hervor, daß der Wagen für einige Tage einem potentiellen Käufer überlassen worden war.

Dasselbe Team braucht eine »Tarnadresse«: Ein Sajan mit Immobilienbesitz stellt ein leeres Ladenlokal zur Verfügung, und ein Sajan aus der Süßwarenbranche stattet es mit passender Ware aus. Das Team braucht einen »Briefkasten«: Ein Sajan, der Immobilienmakler ist, leiht ihm die Schlüssel eines leerstehenden Büros aus seinem Vermittlungsbestand.

Bei einem Urlaub im israelischen Badeort Eilat war Stuart Harris in der Bar des Hotels Red Rock mit einem netten jungen Israeli, der ausgezeichnet Englisch sprach, ins Gespräch gekommen. Zu einem weiteren Gespräch brachte der Israeli einen Freund mit – einen älteren Mann, der Harris unauffällig über seine Gefühle gegenüber Israel aushorchte. Bei Urlaubsende hatte Harris seine Bereitschaft erklärt, wenn es jemals etwas gebe, das er tun könne...

Nach dem Urlaub flog er weisungsgemäß nach Hause und lebte wie zuvor weiter. Er wartete zwei Jahre lang auf den Anruf, der aber nie kam. Von Zeit zu Zeit meldete sich jedoch ein freundlicher Besucher – zu den lästigeren Pflichten von Katsas im Auslandseinsatz gehört es, Verbindung zu den Sajanim auf ihrer Liste zu halten.

Nun saß Stuart Harris von wachsender Panik ergriffen in seinem Hotelzimmer in Bagdad und überlegte, was er tun sollte. Der Brief konnte recht gut eine Provokation sein: Er würde auf dem Flughafen geschnappt werden, während er ihn hinauszuschmuggeln versuchte. Heimlich ins Gepäck eines Mitreisenden stecken? Das wäre unanständig gewesen. Und wie hätte er ihn in London zurückbekommen?

Zuletzt beruhigte er sich, entwarf einen Plan und machte alles genau richtig. Er verbrannte den äußeren Umschlag und den Zettel im Aschenbecher, zerdrückte die Asche und spülte sie im WC hinunter. Nachdem er den Blankoumschlag sorgfältig abgewischt hatte, versteckte er ihn unter der zweiten Wolldecke auf dem Regal über der Garderobe.

Falls sein Zimmer durchsucht wurde, würde er einfach behaupten, er habe die Wolldecke nie gebraucht, sei nie am oberen Regal gewesen und könne nur vermuten, daß der Brief von einem früheren Gast zurückgelassen worden sei.

In einem Papierwarengeschäft kaufte er einen festen braunen Umschlag, einen Adreßaufkleber und Klebestreifen, auf einem Postamt genügend Briefmarken, um eine Broschüre von Bagdad nach London schicken zu können. Auf der Messe steckte er eine

Werbeschrift mit Lobpreisungen des Irak ein und ließ sich sogar das Messesignet auf den leeren Umschlag stempeln.

Am letzten Tag, kurz bevor er mit seinen beiden Kollegen zum Flughafen fuhr, zog er sich in sein Zimmer zurück. Er legte den Brief in die Broschüre, schob sie in den Umschlag und klebte ihn zu. Dann adressierte er ihn an seinen Onkel in Long Eaton und frankierte den Umschlag. Wie er wußte, gab es in der Hotelhalle einen Briefkasten, der in vier Stunden geleert werden würde. Selbst falls die Geheimpolizei den Brief über Dampf öffnete, sagte Harris sich, war er schon in einem britischen Verkehrsflugzeug über den Alpen.

Wie es heißt, begünstigt das Glück die Tapferen oder die Törichten – oder beide. Die Hotelhalle *wurde* von AMAM-Leuten überwacht, die aufpaßten, ob ein Iraker versuchte, einem abreisenden Ausländer etwas zuzustecken. Harris trug seinen Umschlag unter der Jacke in die linke Achselhöhle geklemmt. Aus einer Ecke beobachtete ein Mann hinter einer Zeitung die Hotelhalle, aber ein Gepäckkarren versperrte ihm die Sicht, als Harris den Umschlag in den Briefkasten warf. Als der Beobachter ihn wieder sah, stand er vor der Rezeption und gab seinen Schlüssel ab.

Eine Woche später landete die Sendung im Briefkasten seines Onkels. Harris, der wußte, daß sein Onkel im Urlaub war, und für den Fall eines Brandes oder eines Einbruchs den Hausschlüssel hatte, holte sie sich aus dem Kasten. Dann fuhr er in die israelische Botschaft in London und verlangte seinen Verbindungsmann zu sprechen. Er wurde in einen Raum geführt und gebeten, etwas zu warten.

Ein Mann in mittleren Jahren kam herein, fragte nach seinem Namen und erkundigte sich, weshalb er »Norman« sprechen wolle. Harris gab Auskunft, zog den Luftpostumschlag aus der Tasche und legte ihn auf den Tisch. Der israelische Diplomat wurde blaß, bat ihn nochmals, etwas zu warten, und ging hinaus.

Das Botschaftsgebäude am Palace Green ist ein ansehnlicher Bau, aber seine klassizistischen Linien geben keinen Hinweis auf den Aufwand an Sicherungsanlagen und Technologie, hinter dem sich die Mossad-Residentur im Keller verbirgt. Aus dieser unterirdischen Festung wurde dringend ein jüngerer Mann heraufgerufen. Harris wartete und wartete.

Obwohl er nichts davon ahnte, wurde er durch einen Einwegspiegel beobachtet, wie er mit dem Umschlag auf dem Tisch vor sich dasaß. Zudem wurde er fotografiert, während man verifizierte, daß er wirklich ein Sajan und kein palästinensischer Terrorist war. Als feststand, daß das Foto von Stuart Harris aus Nottingham, das sich bei seiner Akte befand, mit dem Mann vor dem Einwegspiegel übereinstimmte, betrat der junge Katsa schließlich den Raum.

Er lächelte, stellte sich als Rafi vor und forderte Harris auf, seine Geschichte von Anfang an zu erzählen – ab dem Urlaub in Eilat. Harris erzählte sie ihm also. Rafi wußte über Eilat Bescheid (weil er vorhin die ganze Akte gelesen hatte), aber er mußte sichergehen. Als Harris zu seinem Aufenthalt in Bagdad kam, wuchs sein Interesse. Er stellte anfangs nur wenige Fragen und ließ Harris die ganze Geschichte mit eigenen Worten erzählen. Dann kamen die Fragen, viele Fragen, bis Harris alles, was er in Bagdad getan hatte, mehrmals nacherlebte. Rafi machte sich keine Notizen; jedes Wort wurde ohnehin aufgezeichnet. Zuletzt benutzte er das Wandtelefon, um auf hebräisch halblaut mit einem Vorgesetzten im Raum nebenan zu sprechen.

Abschließend dankte er Stuart Harris überschwenglich, beglückwünschte ihn zu seinem Mut und seiner Kaltblütigkeit, schärfte ihm ein, niemals *irgend jemandem* von dieser ganzen Geschichte zu erzählen, und wünschte ihm eine gute Heimfahrt. Dann wurde Harris hinausbegleitet.

Ein Mann mit Splitterschutzhelm, Flakweste und Schutzhandschuhen nahm den Brief m Er wurde fotografiert und durchleuchtet. Die israelische Bots aft hatte bereits einen Mann durch eine Briefbombe verloren und war entschlossen, dafür zu sorgen, daß sich ein solcher Vorfall nicht wiederholte.

Zuletzt wurde der Brief geöffnet. Er enthielt zwei Blätter hauchdünnes Pelürepapier mit handschriftlichem Text. In arabischer Schrift. Rafi sprach kein Arabisch, konnte es erst recht nicht lesen. Auch sonst gab es in der Londoner Außenstelle niemanden, der diese Sprache gut genug beherrschte, um einen Brief in krakeliger arabischer Handschrift übersetzen zu können. Rafi setzte einen langen, sorgfältig verschlüsselten Funkspruch nach Tel Aviv ab und verfaßte danach einen noch ausführlicheren Bericht in dem beim Mossad als NAKA bezeichneten steifen Formalstil. Brief und

Bericht kamen ins diplomatische Kuriergepäck und erreichten den Abendflug der El Al von Heathrow zum Ben Gurion.

Ein Motorradkurier mit bewaffneter Eskorte holte die Sendung gleich vom Flugzeug ab und brachte den Segeltuchbeutel in das große Gebäude am König-Salomo-Boulevard. Dort erhielt ihn unmittelbar nach dem Frühstück der Leiter der Mossad-Abteilung Irak, ein sehr fähiger junger Katsa namens David Sharon.

Er sprach fließend Arabisch, und was er auf diesen beiden Blättern Pelürepapier las, rief in ihm dasselbe Gefühl hervor, das er empfunden hatte, als er sich während seiner Ausbildung bei den Paras zum erstenmal über der Wüste Negev aus einem Flugzeug gestürzt hatte.

Sharon verzichtete auf Sekretärin oder PC, benutzte seine Schreibmaschine und übersetzte den Brief wörtlich ins Hebräische. Dann ging er mit dem Original, seiner Übersetzung und Rafis Bericht darüber, wie der Mossad zu diesem Brief gekommen war, zu seinem unmittelbaren Vorgesetzten, dem Direktor der Nahostabteilung.

Zusammengefaßt besagte der Brief, sein Verfasser habe Zugang zu höchsten Führungskreisen des irakischen Regimes und sei bereit, Israel für Geld, aber nur für Geld, Informationen zu liefern.

Das Schreiben enthielt noch einiges mehr und für die Antwort eine Postfachnummer auf dem Bagdader Hauptpostamt, aber das war der Kernpunkt.

An diesem Abend fand in Kobi Drors Dienstzimmer eine Besprechung auf höchster Ebene statt. Teilnehmer waren der General und Sami Gershon, der Chef der Kombattanten, und Eitan Hadar, als Direktor der Nahostabteilung Sharons unmittelbarer Vorgesetzter, auf dessen Schreibtisch der Brief aus Bagdad vormittags gelandet war. Auch David Sharon wurde hinzugezogen.

Gershon wollte von Anfang an nichts von dieser Sache wissen.

»Das ist ein Schwindel«, sagte er. »Ich habe noch keinen eindeutigeren, plumperen, offenkundigeren Versuch erlebt, uns eine Falle zu stellen. Kobi, ich schicke keinen meiner Männer hin, um diese Sache überprüfen zu lassen. Das würde bedeuten, ihn in den sicheren Tod zu schicken. Ich würde nicht mal einen Oter nach Bagdad schicken, damit er Verbindung aufzunehmen versucht.«

Ein »Oter« ist ein Araber, den der Mossad einsetzt, um erste Kontakte mit anderen Arabern zu knüpfen: ein untergeordneter Verbindungsmann, der viel eher entbehrlich ist als ein voll ausgebildeter israelischer Katsa.

Gershon schien sich mit seiner Ansicht durchzusetzen. Der Brief war verrückt und schien einzig und allein den Zweck zu haben, einen Senior-Katsa nach Bagdad zu locken, um ihn verhaften, foltern, vor Gericht stellen und öffentlich hinrichten zu können. Zuletzt wandte Dror sich an David Sharon.

»Na, David, wollen Sie sich nicht dazu äußern? Was halten *Sie* davon?«

Sharon nickte bedauernd.

»Ich denke, daß Sami sehr wahrscheinlich recht hat. Es wäre verrückt, einen guten Mann hinzuschicken.«

Eitan Hadar warf ihm einen warnenden Blick zu. Zwischen den einzelnen Abteilungen herrschte die übliche Rivalität. Es war nicht nötig, Gershon den Sieg auf einem Silbertablett zu überreichen.

»Mit neunundneunzigprozentiger Wahrscheinlichkeit muß dieses Angebot eine Falle sein.«

»Nur zu neunundneunzig Prozent?« fragte Dror neckend. »Und das eine Prozent, mein junger Freund?«

»Oh, das ist bloß eine verrückte Idee. Mir ist nur eingefallen, daß dieses eine Prozent bedeuten könnte, daß wir völlig unerwartet einen neuen Penkowski haben.«

Die Reaktion war Schweigen. Der Name hing wie eine unausgesprochene Herausforderung in der Luft. Gershon atmete geräuschvoll aus. Kobi Dror starrte den Chef der Irakabteilung an. Sharon betrachtete seine Fingerspitzen.

In der Spionage gibt es nur vier Methoden, einen Agenten anzuwerben, der Informationen aus Führungskreisen des Zielstaates beschafft.

Die erste ist die bei weitem schwierigste: Man setzt einen eigenen Staatsbürger ein, der jedoch ungewöhnlich gründlich ausgebildet ist, um sich in der Machtzentrale des Zielstaats als Bürger ebendieses Staats ausgeben zu können. Das ist fast unmöglich – außer der Infiltrator ist im Zielstaat zur Welt gekommen und aufgewachsen und kann mit einer Legende, die seine Abwesenheit erklärt, wieder dort eingeschleust werden. Selbst danach muß er als »Schläfer« bis zu zehn Jahre warten, um in eine nützliche Stellung zu gelangen, in der er Zugang zu Geheimsachen hat.

Trotzdem hatte Israel diese Methode in der Vergangenheit meisterhaft beherrscht. Grundlage dafür war die Zuwanderung von Juden aus aller Welt in den noch jungen Staat Israel gewesen. Es gab Juden, die sich als Marokkaner, Algerier, Libyer, Ägypter, Syrer, Iraker und Jemeniten ausgeben konnten. Und dazu kamen noch die vielen Zuwanderer aus Rußland, Polen, Westeuropa und Nord- und Südamerika.

Der erfolgreichste dieser Agenten war Elie Cohen, der in Syrien zur Welt gekommen und aufgewachsen war. Er wurde als angeblicher Syrer, der nach jahrelangem Auslandsaufenthalt heimgekehrt war, nach Damaskus eingeschleust. Unter seinem syrischen Namen gewann Cohen das Vertrauen hoher Politiker, Beamter und Generale, die auf seinen üppigen Festen offen mit ihrem unbegrenzt großzügigen Gastgeber sprachen. Was sie dabei preisgaben – auch den gesamten syrischen Schlachtplan –, erfuhr Tel Aviv gerade noch rechtzeitig vor dem Sechstagekrieg. Cohen wurde enttarnt, gefoltert und auf dem Revolutionsplatz in Damaskus gehenkt. Solche Unterwanderungen sind äußerst gefährlich und gelingen nur selten.

Aber im Lauf der Jahre wurden die ursprünglich zugewanderten Israelis älter; ihre Sabre-Kinder lernten kein Arabisch mehr und hätten nicht versuchen können, was Elie Cohen geleistet hatte. Deshalb verfügte der Mossad 1990 über weit weniger brillante Arabisten, als man hätte annehmen können.

Aber es gab einen weiteren Grund. Die Ausforschung arabischer Geheimnisse ist in Europa oder Amerika leichter. Kauft ein arabischer Staat einen amerikanischen Jäger, können die genauen Details leichter und viel risikoloser in Amerika beschafft werden. Scheint ein arabischer Würdenträger ansprechbar zu sein, ist es einfacher, mit ihm Verbindung aufzunehmen, während er die Fleischtöpfe Europas besucht. Daher wurden 1990 die weitaus meisten Mossad-Unternehmen mit geringem Risiko in Europa und Amerika anstatt mit hohem Risiko in den arabischen Staaten durchgeführt.

Der König aller Einschleuser war jedoch Markus Wolf, der jahrelang die ostdeutsche Spionage leitete. Dabei konnte er einen großen Vorteil nutzen: DDR-Bürger konnten sich als Bürger der Bundesrepublik ausgeben.

In seiner erfolgreichsten Zeit als Spionagechef schleuste »Mischa« Wolf Dutzende und Aberdutzende seiner Agenten, von denen einer sogar zum persönlichen Referenten von Bundeskanzler Willy Brandt aufstieg, nach Westdeutschland ein. Wolfs Spezialität war die korrekte, mausgraue, altjüngferliche kleine Sekretärin, die sich ihrem Chef, einem westdeutschen Minister, unentbehrlich machte und alle über ihren Schreibtisch gehenden Schriftstücke fotokopierte und nach Ost-Berlin weiterleiten konnte.

Bei der zweiten Einschleusungsmethode entsendet der aufklärende Dienst einen seiner eigenen Staatsbürger, der sich als Bürger eines dritten Staats ausgibt. Der Zielstaat kennt ihn als Ausländer, muß aber glauben, er komme aus einem befreundeten, ihm wohlgesonnenen Land.

Auch das gelang dem Mossad brillant mit einem Mann namens Ze'ev Gur Arieh, der 1921 in Mannheim als Wolfgang Lotz auf die Welt gekommen war. Wolfgang war einsachtzig groß, blond, blauäugig, unbeschnitten und trotzdem Jude. Er kam als Junge nach Israel, wuchs dort auf, nahm seinen hebräischen Namen an, kämpfte in der Untergrundbewegung Hagana und wurde später Major in der israelischen Armee. Dann übernahm der Mossad seinen weiteren Einsatz.

Er wurde für zwei Jahre nach Deutschland zurückgeschickt, damit er seine Deutschkenntnisse auffrischen und mit Mossad-Kapital »erfolgreich« sein konnte. Dann wanderte er mit seiner neuen Frau, einer deutschen Christin, nach Kairo aus und gründete dort eine Reitschule.

Sie war ein großer Erfolg. Ägyptische Stabsoffiziere entspannten sich gern mit ihren Pferden und saßen mit Wolfgang Lotz zusammen, der Champagner servieren ließ und ein stramm rechter, antisemitischer Deutscher war, dem man sich anvertrauen konnte. Und genau das taten sie auch. Was sie erzählten, wurde nach Tel Aviv weitergemeldet. Lotz wurde eines Tages geschnappt, entging glücklich dem Galgen und wurde nach dem Sechstagekrieg gegen ägyptische Gefangene ausgetauscht.

Ein noch erfolgreicherer Verwandlungskünstler war jedoch ein Deutscher aus einer früheren Generation gewesen. Richard Sorge war bis in den Zweiten Weltkrieg Auslandskorrespondent in Tokio, sprach Japanisch und besaß gute Verbindungen zu Hideki Tojos Regierung. Diese Regierung sympathisierte mit Hitler und hielt Sorge für einen loyalen Nationalsozialisten – als den er sich jedenfalls ausgab.

Tokio kam nie auf die Idee, Sorge sei womöglich kein deutscher Nazi, aber in Wirklichkeit war er ein deutscher Kommunist, der für Moskau arbeitete. Er legte Moskau über Jahre hinweg die Kriegsplanung der Regierung Tojo zum Studium vor. Sein größter Coup war zugleich sein letzter. Als Hitlers Armeen 1941 vor Moskau standen, mußte Stalin dringend wissen, ob Japan beabsichtigte, von seinen mandschurischen Stützpunkten aus in die UdSSR einzufallen. Sorge stellte fest, daß es dafür keine Pläne gab. Nun konnte Stalin vierzigtausend Mann mongolischer Truppen aus Fernost nach Moskau verlegen. Das asiatische Kanonenfutter hielt die Deutschen für ein paar Wochen in Schach, bis der Winter einsetzte. Damit war Moskau gerettet.

Nicht jedoch Richard Sorge; er wurde enttarnt und gehenkt. Aber vor seinem Tod hatten seine Informationen vermutlich den Lauf der Geschichte verändert.

Die häufigste Methode, sich einen Agenten im Zielstaat zu sichern ist die dritte: Man wirbt einfach einen Mann an, der schon »vor Ort« ist. Die Anwerbung kann quälend langsam oder überraschend schnell vor sich gehen. Zu diesem Zweck wird das Umfeld diplomatischer Vertretungen von »Talentsuchern« überwacht, die Ausschau nach einem höheren Mitarbeiter »der anderen Seite« halten, der desillusioniert, enttäuscht, unzufrieden, verbittert oder für einen Anwerbungsversuch anfällig zu sein scheint.

Ins Ausland entsandte Delegationen werden daraufhin überprüft, ob jemand beiseite genommen, großzügig bewirtet und auf seine Bereitschaft zu einem Loyalitätswechsel hin abgeklopft werden kann. Beurteilt der Talentsucher einen Fall als »möglich«, tritt ein Anwerber auf, der meist eine lockere Bekanntschaft schließt, aus der sich eine Freundschaft entwickelt. Irgendwann schlägt der »Freund« vor, sein Kumpel könne ihm einen Gefallen tun und ihm eine kleine, an sich unbedeutende Information beschaffen.

Ist die Falle zugeschnappt, gibt's kein Zurück mehr, und je brutaler das Regime des Landes ist, in dem der Neuangeworbene lebt, desto weniger wahrscheinlich ist, daß er alles gesteht und sich der nichtexistenten Barmherzigkeit dieses Regimes ausliefert.

Die Bereitschaft, sich auf diese Weise dafür anwerben zu lassen, einem anderen Land zu dienen, hat unterschiedliche Gründe. Der Anzuwerbende hat möglicherweise Schulden, lebt in einer unerträglichen Ehe, ist bei einer Beförderung übergangen worden oder giert einfach nur nach viel Geld und einem neuen Leben. Angeworben werden kann er aufgrund seiner eigenen Schwächen, sexueller oder homosexueller, oder einfach durch Überredungskunst und Schmeichelei.

Wie Penkowski und Gordiewski haben nicht wenige Sowjetbürger aus echten »Gewissensgründen« die Seite gewechselt, aber die meisten Spione, die ihr eigenes Land verraten, tun es aus einer gemeinsamen monströsen Eitelkeit heraus: aus der Überzeugung, eine im Weltmaßstab wahrhaft wichtige Rolle zu spielen.

Aber die verrückteste aller Anwerbemethoden wird schlicht als »Reinkommen« bezeichnet. Wie der Ausdruck vermuten läßt, kommt der potentielle Agent unerwartet und unangemeldet herein und bietet seine Dienste an.

Die Reaktion des Nachrichtendienstes, dem das Angebot gemacht wird, ist unweigerlich äußerst skeptisch – das muß doch ein Täuschungsmanöver der anderen Seite sein? Als ein großgewachsener Russe sich 1960 in Moskau an die Amerikaner wandte, Oberst im sowjetischen militärischen Geheimdienst GRU zu sein behauptete und sich erbot, für den Westen zu spionieren, wurde er abgewiesen.

Der Abgewiesene wandte sich an die Briten, die es mit ihm versuchten. Oleg Penkowski erwies sich als einer der verblüffendsten Agenten aller Zeiten. In seiner nur dreißig Monate langen Karriere als Spion übergab er seinen anglo-amerikanischen Führungsoffizieren über fünftausend Schriftstücke, die ausnahmslos als »geheim« oder »streng geheim« eingestuft waren. Während der Kubakrise ahnte die Welt nicht, daß Präsident Kennedy Nikita Chruschtschows Karten so gut kannte wie ein Pokerspieler, hinter dessen Gegenspieler ein großer Spiegel hängt. Dieser Spiegel war Penkowski.

Der Russe ging wahnwitzige Risiken ein und weigerte sich, in den Westen zu flüchten, solange er noch die Chance hatte. Nach der

Kubakrise wurde er von der sowjetischen Spionageabwehr enttarnt, vor Gericht gestellt und erschossen.

Keinem der drei Israelis, die an diesem Abend in Tel Aviv in Kobi Drors Dienstzimmer saßen, brauchte man etwas über Oleg Penkowski zu erzählen. In ihrer Welt genoß er einen geradezu legendären Ruf. Sobald Sharon diesen Namen ausgesprochen hatte, hingen alle demselben Traum nach: Ein echter, lebendiger, nicht nur vergoldeter, sondern vierundzwanzigkarätiger Verräter in Bagdad? Konnte das wahr sein, konnte das wirklich wahr sein?

Kobi Dror starrte Sharon lange prüfend an.

»Was schlagen Sie vor, junger Mann?«

»Ich hab' mir bloß gedacht«, sagte Sharon gespielt verlegen, »ein Brief ... ohne Risiko für irgend jemanden ... bloß ein Brief ... mit ein paar Fragen, schwierigen Fragen ... zu Dingen, die uns schon lange interessieren ... darauf antwortet er – oder eben nicht.«

Dror sah zu Gershon hinüber. Der Mann, dem die »illegalen« Agenten unterstanden, zuckte mit den Schultern. »Ich schicke Männer ins Ausland«, schien diese Geste zu besagen, »was kümmern mich Briefe?«

»Also schön, David. Wir schreiben ihm einen Antwortbrief. Wir stellen ihm einige Fragen. Dann sehen wir weiter. Eitan, Sie arbeiten in dieser Sache mit David zusammen. Ich möchte den Brief sehen, bevor er rausgeht.«

Eitan Hadar und David Sharon gingen miteinander hinaus.

»Hoffentlich weißt du, was zum Teufel du da tust«, knurrte der Direktor der Nahostabteilung seinen Schützling an.

Der Antwortbrief wurde sehr sorgfältig aufgesetzt. Mehrere Experten im Haus waren damit befaßt – zumindest mit der hebräischen Version. Die Übersetzung würde später kommen.

David Sharon stellte sich gleich anfangs und nur mit seinem Vornamen vor. Er bedankte sich bei dem Briefschreiber für seine Mühe und versicherte ihm, sein Brief habe die genannte Adresse sicher erreicht.

Danach wurde ausgeführt, daß der Briefschreiber wohl verstehen werde, daß sein Brief wegen des Verfassers und der Beförderungsweise große Überraschung und viel Mißtrauen hervorgerufen habe.

David wisse, erklärte er, daß der Briefschreiber eindeutig kein Dummkopf sei, deshalb werde der Verfasser bestimmt verstehen,

196

daß »meine Leute« einige Beweise für seine Glaubwürdigkeit brauchten.

Danach versicherte er dem Absender, sobald seine Glaubwürdigkeit bewiesen sei, stelle seine Forderung nach Bezahlung für Informationen kein Problem dar, aber der Wert des Materials müsse natürlich den Honoraren entsprechen, die »meine Leute« zu zahlen bereit seien. Ob der Briefschreiber deshalb freundlicherweise versuchen wolle, die Fragen auf dem beigelegten Blatt zu beantworten?

Der gesamte Brief war länger und komplizierter, aber das waren die Hauptpunkte. Zuletzt gab Sharon dem Briefschreiber für seine Antwort eine Adresse in Rom an.

Tatsächlich war das die Adresse eines aufgegebenen sicheren Hauses, die Tel Aviv von der Mossad-Residentur in Rom auf dringende Anforderung mitgeteilt worden war. In Zukunft würden die Kollegen in Rom das Haus nur noch weiter im Auge behalten. Falls dort irakische Geheimdienstleute auftauchten, würden sie erkannt und die Verbindung mit dem Briefschreiber abgebrochen werden.

Auch die zwanzig Punkte der Fragenliste waren sorgfältig ausgewählt und formuliert worden. Die Antworten auf acht dieser Fragen kannte der Mossad bereits, obwohl das nicht anzunehmen war. Folglich war jeder Versuch, Tel Aviv zu täuschen, zum Scheitern verurteilt.

Weitere acht Fragen betrafen Entwicklungen, die auf ihren Wahrheitsgehalt überprüft werden konnten, sobald sie eingetreten waren. Vier Fragen betrafen Dinge, die Tel Aviv wirklich interessierten – vor allem in bezug auf Saddam Husseins wahre Absichten.

»Mal sehen, wie hoch der Kerl wirklich angesiedelt ist«, sagte Kobi Dror, während er die Liste las.

Zum Schluß wurde ein Professor der Arabischen Fakultät der Universität Tel Aviv herangezogen, der den Brief in den wort- und blumenreichen Stil der arabischen Schriftsprache übertrug. Sharon unterzeichnete ihn in arabischer Schrift mit »Daoud«, der arabischen Schreibweise seines Vornamens.

Der Brief enthielt noch einen weiteren Punkt: David wollte seinem Briefpartner einen Namen geben und erkundigte sich, ob der Unbekannte in Bagdad etwas dagegen habe, schlicht als Jericho bezeichnet zu werden?

Der Brief wurde in der einzigen arabischen Hauptstadt aufgegeben, in der Israel eine Botschaft unterhielt: Kairo.

Nachdem er abgeschickt war, widmete David Sharon sich wieder seiner Arbeit und wartete. Je länger er darüber nachdachte, desto verrückter kam ihm die ganze Sache vor. Eine Postfachadresse in einem Land, dessen Spionageabwehr von einem so cleveren Mann wie Hassan Rahmani geleitet wurde, war beängstigend und gefährlich. Nicht weniger erschreckend war die Vorstellung, streng geheime Informationen »in Klartext« mitzuteilen, denn nichts wies darauf hin, daß Jericho sich auf Geheimschriften verstand. Auch der normale Postweg kam nicht in Frage, falls es mit dieser Sache weiterging, was jedoch eher unwahrscheinlich war.

Aber es ging weiter. Vier Wochen später traf Jerichos Antwortbrief in Rom ein und wurde ungeöffnet in einer splittersicheren Stahlkassette nach Tel Aviv gebracht. Dort wurden strengste Sicherheitsvorkehrungen getroffen. Der Umschlag konnte eine Briefbombe enthalten oder mit tödlichen Giftstoffen präpariert sein. Erst als die Wissenschaftler ihn zuletzt als »clean« bezeichneten, wurde er geöffnet.

Zu ihrem maßlosen Erstaunen war das von Jericho gelieferte Material erstklassig. Alle acht Fragen, auf die der Mossad bereits die Antworten kannte, waren völlig richtig beantwortet. Acht weitere in bezug auf Truppenverlegungen, Beförderungen, Entlassungen und Auslandsreisen bekannter Würdenträger des Regimes würden ihre Bestätigung erst finden, wenn sie eintraten – falls sie jemals eintraten. Die letzten vier Antworten konnte Tel Aviv nicht überprüfen, aber sie klangen alle durchaus plausibel.

David Sharon schrieb rasch einen unverfänglichen Antwortbrief, der keine Sicherheitsprobleme aufwerfen würde, falls er abgefangen wurde: »Lieber Onkel, vielen Dank für Deinen Brief, der jetzt angekommen ist. Ich freue mich zu hören, daß es Dir gutgeht und Du weiter bei guter Gesundheit bist. Einige der von Dir angesprochenen Punkte müssen erst noch geklärt werden, aber wenn alles klappt, schreibe ich Dir bald wieder. Dein Dich liebender Neffe Daoud.«

Im Hadar Dafna Building festigte sich allmählich die Überzeugung, dieser Mann Jericho meine es vielleicht doch ernst. Falls das stimmte, mußte dringend etwas unternommen werden. Der Aus-

tausch zweier Briefe war eine Sache, die Führung eines Geheim-
agenten in einer brutalen Diktatur war etwas ganz anderes. Auf
keinen Fall konnte die Verbindung weiterhin auf der Grundlage
von Mitteilungen »in Klartext«, Briefsendungen und Postfach-
adressen aufrechterhalten werden. Das hätte nur eine baldige Katastrophe provoziert.

Also wurde ein Führungsoffizier gebraucht, der nach Bagdad
ging, dort lebte und Jericho nach allen Regeln der Spionagekunst
»führte« – mit Geheimschriften, Schlüsselunterlagen, toten Briefkästen und einer sicheren Methode, das Material aus Bagdad nach
Israel zu übermitteln.

»Kommt nicht in Frage«, wiederholte Gershon. »Ich schicke
keinen israelischen Senior-Katsa für längere Zeit zu einem ›schwarzen‹ Unternehmen nach Bagdad. Ich verlange Diplomatenstatus für
ihn, sonst bleibt er hier.«

»Also gut, Sami«, sagte Dror, »er bekommt seinen Diplomatenstatus. Mal sehen, was sich da machen läßt.«

Ein »schwarzer« Agent kann verhaftet, gefoltert, gehängt werden – was auch immer, ein akkreditierter Diplomat jedoch ist selbst
in Bagdad vor solchen Unannehmlichkeiten sicher; erwischt man
ihn beim Spionieren, wird er zur unerwünschten Person erklärt und
ausgewiesen. Das kommt laufend vor.

In diesem Sommer begannen mehrere Mossad-Hauptabteilun-
gen, vor allem die Forschungsabteilung, auf Hochtouren zu arbeiten. Gershon konnte ihnen gleich mitteilen, daß er in keiner einzigen der in Bagdad akkreditierten Botschaften einen Agenten hatte,
was ihn ohnehin schon lange ärgerte. Also begann die Suche nach
einem passenden Diplomaten.

Alle ausländischen Botschaften in Bagdad wurden identifiziert.
Aus den jeweiligen Hauptstädten wurden Listen mit den Namen
sämtlicher Botschaftsangehörigen beschafft. Keiner kam in Frage;
keiner hatte jemals für den Mossad gearbeitet, so daß man ihn hätte
reaktivieren können. Auf den Listen stand nicht einmal ein Sajan.

Dann hatte ein Mitarbeiter eine Idee: die Vereinten Nationen. In
Bagdad gab es 1988 mit der UNO-Wirtschaftskommission für
Westasien eine Behörde der Weltorganisation.

Dank der starken Unterwanderung der Vereinten Nationen in
New York durch den Mossad konnte die Personalliste beschafft

werden. Ein Name war ein Volltreffer: der des jungen jüdisch-chilenischen Diplomaten Alfonso Benz Moncada. Er war kein ausgebildeter Agent, aber er *war* ein Sajan und somit vermutlich bereit, Hilfestellung zu leisten.

Jerichos Tips bewahrheiteten sich einer nach dem anderen. Die Überprüfung ergab, daß die Heeresdivisionen, deren Verlegung er angekündigt hatte, tatsächlich verlegt wurden; die vorausgesagten Beförderungen traten ebenso ein wie die Entlassungen.

»Entweder steckt Saddam Hussein persönlich hinter dieser Sache, oder Jericho verrät sein Land nach Strich und Faden«, lautete Kobi Drors Einschätzung.

David Sharon schickte einen ebenfalls unverfänglich abgefaßten dritten Brief ab. Für seine zweite und dritte Mitteilung war der Professor nicht mehr gebraucht worden. Dieses Schreiben bezog sich auf eine Bestellung sehr empfindlicher Glas- und Porzellanwaren durch den Kunden in Bagdad. Natürlich, schrieb David, sei noch etwas Geduld erforderlich, bis ein Versandweg gefunden sei, der Transportschäden zuverlässig ausschließe.

Ein spanischsprechender Katsa, der bereits in Südamerika stationiert war, wurde eiligst nach Santiago entsandt, wo er die Eltern von Señor Benz Moncada dazu überredete, ihren Sohn aufzufordern, dringend heimzukommen, weil seine Mutter schwer erkrankt sei. Der Vater übernahm es, mit Alfonso in Bagdad zu telefonieren. Sein besorgter Sohn beantragte und erhielt sofort drei Wochen Sonderurlaub aus familiären Gründen und flog nach Chile zurück.

Dort erwartete ihn statt einer kranken Mutter ein ganzes Team von Mossad-Ausbildern, die ihn dringend ersuchten, sich ihrer Bitte nicht zu verschließen. Er besprach die Angelegenheit mit seinen Eltern und stimmte zu. Der emotionale Sog der Bedürfnisse des Landes Israel, das keiner von ihnen je gesehen hatte, war stark.

Ohne den Grund dafür zu kennen, stellte ihnen ein weiterer Sajan aus Santiago seine Sommervilla, die außerhalb der Stadt in Meeresnähe in einem von Mauern umgebenen Park lag, zur Verfügung, und das Ausbilderteam machte sich an die Arbeit.

Damit ein Katsa einen Agenten im feindlichen Ausland führen kann, braucht er eine mindestens zweijährige gründliche Ausbildung. Die Ausbilder hatten genau drei Wochen Zeit. Sie arbeiteten sechzehn Stunden täglich. Sie unterrichteten den dreißigjährigen

Chilenen in Geheimschrift und Schlüsselverfahren, Miniaturfotografie und Verkleinerung von Fotos zu Mikropunkten. Sie waren mit ihm auf der Straße unterwegs und zeigten ihm, wie man merkt, daß man beschattet wird. Und sie warnten ihn davor, jemals einen Verfolger abzuschütteln – es sei denn im äußersten Notfall, wenn er mit sehr belastendem Material unterwegs war. Hatte er auch nur den Verdacht, beschattet zu werden, sollte er auf den Treff oder die Übergabe verzichten, um es später erneut zu versuchen.

Sie zeigten ihm, wie man in einem angeblichen Füllfederhalter mitgeführte brennbare Chemikalien gebraucht, um belastendes Material auf der Herrentoilette versteckt oder einfach hinter der nächsten Ecke sekundenschnell zu vernichten.

Sie fuhren mit ihm Auto, damit er lernte, ihn verfolgende Wagen zu erkennen – einer als Ausbilder neben ihm, der Rest des Teams als »feindliche« Beschatter. Sie stopften ihn mit Wissen voll, bis er Ohrensausen und tränende Augen bekam und um Schlaf bettelte.

Danach unterwiesen sie ihn in Anlage und Benutzung toter Briefkästen – Geheimverstecken, in denen eine Nachricht zurückgelassen werden oder zur Abholung bereitliegen kann. Sie zeigten ihm, wie man tote Briefkästen hinter einem lockeren Mauerziegel, unter einem Grabstein, im Spalt eines alten Baumes oder unter Gehsteigplatten anlegen kann.

Nach drei Wochen verabschiedete Alfonso Benz Moncada sich von seinen Eltern, die Tränen in den Augen hatten, und flog über London nach Bagdad zurück. Der Ausbildungsleiter lehnte sich in der Villa in einen Sessel zurück, fuhr sich erschöpft mit einer Hand über die Stirn und erklärte seinem Team:

»Wenn dieser kleine Scheißer am Leben bleibt und nicht geschnappt wird, mache ich die Pilgerfahrt nach Mekka.«

Das Team lachte; der Chef war ein streng orthodoxer Jude. Während sie Moncada ausgebildet hatten, hatte keiner von ihnen gewußt, daß er nach Bagdad zurückkehren würde. Es gehörte nicht zu ihrem Job, das zu wissen. Auch der Chilene hatte es nicht gewußt.

Während seiner Zwischenlandung in London wurde er ins Hotel Heathrow Penta gefahren. Dort erwarteten ihn Sami Gershon und David Sharon, die es ihm sagten.

»Versuchen Sie nicht, ihn zu identifizieren«, warnte Gershon den jungen Diplomaten. »Überlassen Sie das uns. Sie richten lediglich tote Briefkästen ein, hinterlassen Mitteilungen und holen welche ab. Wir schicken Ihnen unsere Fragenlisten, die Sie nicht verstehen werden, weil sie auf arabisch abgefaßt sind. Wir vermuten, daß Jericho nur sehr wenig oder kein Englisch spricht. Versuchen Sie niemals, unsere Anfragen zu übersetzen. Sie legen sie einfach in einen der toten Briefkästen und bringen das entsprechende Kreidezeichen an, damit er weiß, daß etwas für ihn bereitliegt.

Sobald Sie *sein* Kreidezeichen sehen, suchen Sie den vereinbarten toten Briefkasten auf und übermitteln uns die Antwort.«

Im Schlafzimmer nebenan erhielt Alfonso Benz Moncada sein neues Gepäck. Dazu gehörte eine Kamera, die wie die Pentax eines Touristen aussah, aber mit einer speziellen Filmkassette über hundert Aufnahmen machen konnte. Ergänzt wurde sie durch ein harmlos aussehendes Leichtstativ, das beim Fotografieren von Schriftstücken den richtigen Aufnahmeabstand garantierte. Das Objektiv war fest auf diese Entfernung eingestellt.

Der Toilettenbeutel enthielt eine als Rasierwasser getarnte leicht entzündbare Flüssigkeit und verschiedene Geheimtinten. In einer Briefmappe steckte für Geheimschriften präpariertes Papier. Zuletzt erfuhr er, wie er mit ihnen Verbindung halten sollte – durch ein Verfahren, das sie während seiner Ausbildung in Chile ausgearbeitet hatten.

Er würde Briefe, die von seiner Schachbegeisterung handelten – tatsächlich war er ein begeisterter Schachspieler –, an seinen Brieffreund Justin Bokomo aus Uganda schreiben, der im Generalsekretariat des New Yorker UNO-Gebäudes arbeitete. Seine Briefe würden Bagdad *grundsätzlich* in der UNO-Diplomatenpost nach New York verlassen. Und die Antworten würden von Bokomo in New York kommen.

Obwohl Benz Moncada das nicht wußte, gab es bei der UNO in New York tatsächlich einen Ugander namens Bokomo. Und in der Poststelle arbeitete ein Mossad-Agent, der die Briefe abfangen würde.

Die leeren Rückseiten von Bokomos Briefen mußten chemisch behandelt werden, um die Fragelisten des Mossad sichtbar zu machen. Die Listen sollten heimlich fotokopiert und über einen der vereinbarten toten Briefkästen an Jericho weitergegeben werden.

Seine Antworten würden vermutlich in krakeliger arabischer Schrift geschrieben sein. Sobald jede Seite zehnmal fotografiert worden war (für den Fall, daß einzelne Stellen fleckig waren), sollte der Film an Bokomo geschickt werden.

Nach seiner Rückkehr nach Bagdad richtete der junge Chilene, dem das Herz dabei bis zum Hals schlug, sechs tote Briefkästen ein – vor allem hinter lockeren Ziegeln in alten Mauern oder verfallenen Häusern, unter Steinplatten in kaum begangenen kleinen Gassen, einen auch unter der steinernen Fensterbank eines aufgegebenen Ladens.

Er hatte jedesmal Angst, gleich von der gefürchteten AMAM umzingelt zu werden, aber die Einwohner Bagdads wirkten unverändert höflich, und niemand beachtete ihn, als er wie ein neugieriger ausländischer Tourist die Gassen und Seitenstraßen der Altstadt, das Armenierviertel, den Obst- und Gemüsemarkt in Kasra und die alten Friedhöfe durchstreifte – ständig auf der Suche nach abbröckelnden alten Mauern und lockeren Steinplatten, unter denen kein Mensch ein Versteck vermuten würde.

Er verfaßte eine genaue Ortsbeschreibung der sechs toten Briefkästen: drei für seine Mitteilungen an Jericho, drei für Jerichos Antworten an ihn. Und er legte sechs Stellen fest – Mauern, Tore, Rolläden –, an denen ein unauffälliges Kreidezeichen Jericho signalisieren würde, daß eine Nachricht auf ihn wartete, oder ihm selbst anzeigen würde, daß er eine Antwort Jerichos abholen sollte.

Jedes Kreidezeichen entsprach einem ganz bestimmten toten Briefkasten. Diese Briefkästen und die Stellen für Kreidezeichen beschrieb er so genau, daß Jericho sie allein nach seiner Beschreibung finden konnte.

Die ganze Zeit über achtete er darauf, ob er zu Fuß oder im Auto beschattet wurde. Das passierte nur einmal, aber die Überwachung war plump und routinemäßig, denn die AMAM schien an einzelnen Tagen völlig willkürlich einzelne Diplomaten zu beschatten. Als er am nächsten Tag nicht mehr verfolgt wurde, machte er weiter.

Als seine Vorbereitungen abgeschlossen waren, schrieb er alles mit der Schreibmaschine auf, verbrannte das Farbband, fotografierte die Seiten, verbrannte die Blätter und schickte den Film an

Mr. Bokomo. Über die Poststelle des UNO-Gebäudes am New Yorker East River kam das Päckchen wieder zu David Sharon in Tel Aviv.

Der riskante Teil war die Weitergabe aller dieser Informationen an Jericho. Das bedingte einen allerletzten Brief an dieses verdammte Postfach in Bagdad. Sharon schrieb seinem »Freund«, die benötigten Papiere würden in vierzehn Tagen, am 18. August 1988, um Punkt zwölf Uhr hinterlegt und sollten dann innerhalb einer Stunde abgeholt werden.

Am 16. August hielt Moncada in Arabisch geschriebene genaue Anweisungen in den Händen. Zwei Tage später betrat er um 11.55 Uhr das Postamt, ließ sich das Postfach zeigen und warf den großen Umschlag ein. Er wurde nicht angehalten oder verhaftet. Eine Stunde später schloß Jericho das Postfach auf und nahm den Umschlag heraus. Auch er wurde nicht angehalten oder verhaftet.

Nachdem nun ein sicherer Kontakt hergestellt war, setzte der Nachrichtenfluß ein. Jericho bestand darauf, für die Beantwortung jeder Anfrage aus Tel Aviv seinen »Preis« zu nennen, und wollte die Informationen jeweils liefern, sobald das Geld eingegangen war. Er benannte eine sehr diskrete Bank in Wien, die Winkler-Bank in der Ballgasse, unmittelbar am Franziskanerplatz, und gab eine Kontonummer an. Tel Aviv erklärte sich einverstanden und überprüfte sofort die Bank. Sie war klein, ultradiskret und faktisch unbezwingbar. Offensichtlich existierte dort ein entsprechendes Nummernkonto, denn die ersten zwanzigtausend Dollar, die Tel Aviv überwies, kamen nicht mit einer Anfrage an die beauftragte Bank zurück.

Der Mossad machte Jericho den Vorschlag, seine Identität preiszugeben – »zu seinem eigenen Schutz, für den Fall, daß etwas schiefgehe und seine Freunde im Westen ihm helfen könnten«. Jericho weigerte sich nachdrücklich; er ging sogar noch weiter. Falls jemals versucht werde, die toten Briefkästen zu überwachen oder ihn sonstwie zu enttarnen, oder falls jemals Zahlungen nicht pünktlich eingingen, werde er sich sofort zurückziehen.

Damit mußte der Mossad sich abfinden, aber er versuchte es mit anderen Mitteln. Psychoporträts wurden angefertigt, seine Handschrift wurde analysiert, Listen irakischer Würdenträger wurden aufgestellt und studiert. Die Analytiker konnten jedoch nur vermuten, Jericho sei ein Mann in mittleren Jahren, spreche kaum oder nur schlecht Englisch und habe einen militärischen oder quasimilitärischen Hintergrund.

»Das gilt für die Hälfte des verdammten irakischen Oberkommandos, die fünfzig Spitzenleute der Ba'th-Partei und John Does Cousin Fred«, knurrte Kobi Dror.

Alfonso Benz Moncada führte Jericho zwei Jahre lang, und das von ihm gelieferte Material war vierundzwanzigkarätiges Gold. Er berichtete über Politik, konventionelle Waffen, Militärplanung, Wechsel in der Führungsstruktur, Waffenkäufe, Raketenentwicklung, chemische und biologische Kriegführung und zwei fehlgeschlagene Attentate auf Saddam Hussein. Lediglich in bezug auf das Nuklearprogramm des Irak war Jericho merkwürdig zurückhaltend. Er wurde natürlich nach dem Grund dafür gefragt. Es sei streng geheim und nur dem Atomphysiker Dr. Jaafar al-Jaafar, dem irakischen Robert Oppenheimer, in allen Einzelheiten bekannt. Allzu drängende Nachfragen könnten zu seiner Enttarnung führen, berichtete er.

Im Herbst 1989 meldete er Tel Aviv, Gerry Bull werde verdächtigt und in Brüssel von einem irakischen Muchabarat-Team überwacht. Da der Mossad Bull inzwischen als weitere Informationsquelle über die Fortschritte des irakischen Raketenprogramms nutzte, versuchte er, ihn so unauffällig wie möglich zu warnen. Es gab keine Möglichkeit, ihm offen zu sagen, was der Mossad wußte, denn das wäre dem Eingeständnis gleichgekommen, in der Bagdader Führungsriege einen Agenten zu haben – und kein Geheimdienst würde einen Topagenten auf diese Weise preisgeben.

Deshalb ließ der Katsa, der die beachtliche Mossad-Residentur in Brüssel leitete, seine Männer im Herbst und Winter mehrmals in Bulls Apartment eindringen und verdeckte Warnungen hinterlassen, indem sie eine Videokassette zurückspulten, Weingläser anders hinstellten, ein Verandafenster offenließen und sogar ein langes Frauenhaar auf seinem Kopfkissen plazierten.

Der Geschützkonstrukteur machte sich tatsächlich Sorgen, nur leider nicht genug. Jerichos Warnung vor Bulls geplanter Liquidierung kam zu spät. Der Anschlag war bereits ausgeführt worden.

Jerichos Informationen lieferten dem Mossad ein fast komplettes Bild der irakischen Vorbereitungen für den Überfall auf Kuwait im

Jahr 1990. Was er über Saddam Husseins Massenvernichtungswaffen meldete, bestätigte und ergänzte das Bildmaterial von Jonathan Pollard, der inzwischen zu lebenslänglicher Haft verurteilt worden war.

Angesichts der Erkenntnisse, die der Mossad gewonnen hatte und die Amerika vermutlich ebenfalls haben mußte, wartete Israel auf eine Reaktion Amerikas. Aber während die irakische Aufrüstung mit ABC-Waffen weiterging, blieb der Westen weiter apathisch, deshalb schwieg auch Tel Aviv.

Bis August 1990 hatte der Mossad schon zwei Millionen Dollar auf Jerichos Nummernkonto in Wien überwiesen. Er war teuer, aber er war gut, und Tel Aviv fand, er sei sein Geld wert. Dann kam der irakische Überfall auf Kuwait, und das Unerwartete geschah. Nachdem die Vereinten Nationen am 2. August eine Resolution verabschiedet hatten, die den sofortigen irakischen Abzug forderte, waren sie nicht länger bereit, Saddam Hussein zu unterstützen, indem sie in Bagdad präsent blieben. Am 7. August wurde die Wirtschaftskommission für Westasien ohne Vorwarnung aufgelöst und ihre Diplomaten zurückgerufen.

Benz Moncada konnte noch eine letzte Nachricht hinterlassen. Er teilte Jericho über einen toten Briefkasten mit, er werde ausgewiesen, so daß die Verbindung vorläufig abgerissen sei. Aber er werde möglicherweise zurückkehren, und Jericho solle die Stellen überwachen, an denen bisher Kreidezeichen angebracht worden seien. Danach flog er ab. In London wurde der junge Chilene eingehend befragt, bis es nichts mehr gab, was er David Sharon noch hätte erzählen können.

Deshalb konnte Kobi Dror damals Chip Barber mit Unschuldsmiene belügen. Zu diesem Zeitpunkt hatte er *keinen* Agenten in Bagdad. Es wäre zu peinlich gewesen, eingestehen zu müssen, daß sie nicht einmal den Namen des Verräters herausbekommen und nun sogar keine Verbindung mehr mit ihm hatten. Trotzdem hatte Sami Gershon ganz richtig davor gewarnt, was passieren würde, wenn die Amerikaner jemals dahinterkamen... Nachträglich gesehen hätte er Jericho vielleicht wirklich doch erwähnen sollen.

8

Mike Martin besuchte Seemann Sheptons Grab auf dem Friedhof Sulaibichat am 1. Oktober und entdeckte dort Achmed al-Khalifas dringende Bitte.

Sie überraschte ihn nicht sonderlich. Wie Abu Fuad von ihm gehört hatte, hatte er seinerseits von der stetig wachsenden und sich ausbreitenden kuwaitischen Widerstandsbewegung und ihrem schemenhaften Anführer gehört. Daß sie sich irgendwann würden treffen müssen, war sicher unvermeidbar.

Innerhalb von sechs Wochen hatte die Lage der irakischen Besatzungstruppen sich dramatisch verändert. Nach ihrem Einmarsch, der ein Spaziergang gewesen war, hatten sie ihre Besetzung mit nachlässigem Selbstvertrauen und der Überzeugung begonnen, ihr Aufenthalt in Kuwait werde ebenso mühelos wie die Eroberung sein.

Die Plünderung war leicht und lohnend gewesen, die Zerstörung belustigend und der Gebrauch der Weiblichkeit vergnüglich. Seit den Tagen Babylons war das die Art aller Eroberer.

Schließlich war Kuwait eine fette Taube, die darauf wartete, gerupft zu werden. Aber in diesen sechs Wochen hatte die Taube zu hacken und zu kratzen begonnen. Über hundert Soldaten und acht Offiziere waren verschwunden oder tot aufgefunden worden. Die Verschwundenen konnten nicht alle desertiert sein. Die Besatzer empfanden zum erstenmal Angst.

Offiziere fuhren nicht mehr in einzelnen Dienstwagen, sondern bestanden darauf, von einer Lastwagenladung Soldaten begleitet zu werden. Stabsgebäude mußten Tag und Nacht bewacht werden, und irakische Offiziere waren sogar dazu übergegangen, über die Köpfe schlafender Wachposten hinwegzuschießen, um sie aufzuwecken.

In den Nächten konnten sich nur noch größere Truppenkontingente frei bewegen. Bei Einbruch der Dunkelheit verkrochen die

Besatzungen der Straßensperren sich in ihren Unterständen. Und trotzdem detonierten weiterhin Minen, gingen Fahrzeuge in Flammen auf oder blieben mit defekten Motoren stehen, verschwanden Soldaten mit durchschnittenen Kehlen in Abwasserkanälen oder auf Müllkippen.

Der wachsende Widerstand hatte das Oberkommando dazu gezwungen, die Volksarmee durch die Sondertruppen zu ersetzen – gute Kampfverbände, die für den Fall eines amerikanischen Angriffs an die Front gehört hätten. In Kuwait waren die ersten Oktoberwochen nicht, um Churchill zu zitieren, der Anfang vom Ende, sondern das Ende des Anfangs.

Martin hatte keine Möglichkeit, auf Al-Khalifas Nachricht zu antworten, als er sie auf dem Friedhof las, deshalb hinterlegte er seine Antwort erst am Tag darauf.

Er sei mit einem Treffen einverstanden, schrieb er, aber nur unter seinen Bedingungen. Um den Vorteil der Dunkelheit zu nutzen, ohne gegen die um zweiundzwanzig Uhr beginnende Ausgangssperre zu verstoßen, schlug er ein Treffen um 19.30 Uhr vor. Er gab genau an, wo Abu Fuad seinen Wagen parken sollte und wo das Wäldchen lag, in dem sie sich treffen würden. Der Treffpunkt lag im Vorort Abrak Kheitan in der Nähe der Hauptverbindungsstraße zwischen Kuwait City und dem jetzt zerstörten und nicht mehr benutzten Flughafen.

Martin wußte, daß dort draußen Steinhäuser in herkömmlicher Bauweise mit Flachdächern standen. Auf einem dieser Dächer würde er schon zwei Stunden vor dem Treffen liegen, um zu sehen, wen der kuwaitische Offizier mitbrachte: seine eigenen Leibwächter oder die Iraker. In dieser feindlichen Umgebung war der SAS-Offizier deshalb am Leben und im Einsatz, weil er kein Risiko einging – nicht das geringste.

Er hatte keine Ahnung, was Abu Fuad unter Sicherheitsvorkehrungen verstand, und war nicht bereit, ihn für ein Genie auf diesem Gebiet zu halten. Er setzte als Termin den Abend des 7. Oktober fest und hinterlegte seine Antwort unter der Marmorgrabplatte. Am 4. Oktober holte Achmed al-Khalifa sie dort ab.

So wie Dr. John Hipwell erneut vor dem Medusa-Ausschuß auftrat, wäre er bei einer zufälligen Begegnung kaum für einen Atomphysiker gehalten worden – schon gar nicht für einen der Wissenschaftler, die im streng bewachten Atomic Weapons Establishment in Aldermaston Plutoniumgefechtsköpfe für die demnächst auf U-Booten einsatzbereiten Trident-Raketen zusammenbauten.

Ein flüchtiger Beobachter hätte ihn wohl für einen gutmütigderben Farmer aus den Home Counties gehalten, dem es weit eher lag, sich auf dem Wochenmarkt mit weiser Miene über einen Pferch mit fetten Lämmern zu beugen, als die Beschichtung tödlicher Plutoniumscheiben mit reinem Gold zu überwachen.

Obwohl das Wetter noch immer mild war, trug er wie im August ein kariertes Hemd mit Strickkrawatte und seine Tweedjacke. Ohne vorher um Erlaubnis zu fragen, benutzte er seine großen roten Hände, um seine Bruyèrepfeife zu stopfen und anzuzünden. Sir Paul Spruce rümpfte angewidert seine spitze Nase und machte ein Zeichen, damit die Klimaanlage etwas höhergestellt wurde.

»Nun, Gentlemen, die gute Nachricht ist, daß unser Freund Mr. Saddam Hussein über keine Atombombe verfügt. Noch nicht, noch längst nicht«, sagte Hipwell, während er in einer blaßblauen Rauchwolke verschwand.

Danach entstand eine Pause, während der Eierkopf sich um sein privates Freudenfeuer kümmerte. Vielleicht, sagte Terry Martin sich, spielt eine gelegentliche Pfeife Tabak wirklich keine Rolle, wenn man jeden Tag riskiert, eine tödliche Dosis Plutonium abzubekommen. Dr. Hipwell warf einen Blick in seine Notizen.

»Der Irak ist seit Mitte der siebziger Jahre, seit Saddam Hussein an den Hebeln der Macht sitzt, hinter einer eigenen Atombombe her. Das scheint die fixe Idee dieses Mannes zu sein.

In diesen Jahren hat der Irak eine komplette Reaktoranlage von Frankreich gekauft, das durch den Atomwaffensperrvertrag von 1968 eben daran nicht gehindert wurde.«

Er paffte zufrieden und drückte das Buschfeuer erneut etwas tiefer in den Pfeifenkopf. Glühende Ascheteilchen schwebten auf seine Notizen herab.

»Entschuldigung«, sagte Sir Paul, »sollte dieser Reaktor nicht zur Stromerzeugung dienen?«

»Angeblich schon«, bestätigte Hipwell. »Natürlich absoluter Blödsinn, und die Franzosen haben's gewußt. Der Irak besitzt die drittgrößten Ölreserven der Welt. Für einen Bruchteil der Kosten hätte er ein Ölkraftwerk bekommen. Nein, der Zweck der Übung

war, den Reaktor mit nur wenig angereichertem Uran zu beschik-
ken, das der Irak als ›Yellowcake‹ oder ›Karamel‹ hätte kaufen
können. Nach der Verwendung im Reaktor entsteht als Endprodukt Plutonium.«

Überall am Konferenztisch wurde genickt. Jeder wußte, daß der
britische Reaktor in Sellafield Elektrizität fürs Stromnetz und zugleich das Plutonium erzeugte, das Dr. Hipwell für seine Spreng-
köpfe bekam.

»Also haben die Israelis sich an die Arbeit gemacht«, sagte Hipwell. »Zuerst hat eines ihrer Kommandos in Toulon die riesige
Turbine gesprengt, bevor sie verschifft werden konnte, was das
Projekt um zwei Jahre zurückgeworfen hat. Und als Saddam Husseins kostbare Reaktoren Osirak I und II dann 1981 den Betrieb
aufnehmen sollten, haben israelische Jagdbomber angegriffen und
den ganzen Laden in die Luft gejagt. Seither ist es Saddam Hussein
nicht gelungen, einen weiteren Reaktor zu kaufen. Nach einiger
Zeit hat er den Versuch aufgegeben.«

»Warum zum Teufel hat er das getan?« fragte Harry Sinclair von
seinem Tischende aus.

»Weil er seinen Kurs geändert hat«, antwortete Hipwell mit
breitem Grinsen, als habe er das Kreuzworträtsel in der *Times* in
einer halben Stunde gelöst.

»Bis dahin ist er den Plutoniumweg zu einer Atombombe gegangen. Seit damals geht er den Uranweg. Übrigens mit einigem Erfolg.
Aber nicht erfolgreich genug. Trotzdem...«

»Das verstehe ich nicht«, warf Sir Paul Spruce ein. »Was ist der
Unterschied zwischen einer Atombombe auf Plutoniumbasis und
einer auf Uranbasis?«

»Die Uranbombe ist einfacher«, sagte der Physiker. »Sehen
Sie... es gibt verschiedene radioaktive Substanzen, die für eine
Kettenreaktion verwendbar sind, aber wer eine primitive, unkom-
plizierte, wirkungsvolle Atombombe bauen will, ist mit Uran am
besten bedient. Danach strebt Saddam Hussein seit 1982 – nach
einer primitiven Atombombe auf Uranbasis. Er hat sie noch nicht,
aber versucht's weiter und wird eines Tages Erfolg haben.«

Dr. Hipwell lehnte sich breit grinsend zurück, als habe er soeben
das Rätsel der Schöpfung gelöst. Wie die meisten anderen am Tisch
war Sir Paul noch immer etwas verwirrt.

»Weshalb kann er das Uran aus seinen zerstörten Reaktoren nicht für den Bau einer Bombe verwenden?« fragte er.

Dr. Hipwell stürzte sich auf die Frage wie ein Farmer auf einen guten Kauf.

»Verschiedene Arten von Uran, mein Lieber. Komisches Zeug, dieses Uran. Sehr selten. Aus tausend Tonnen Uranerz gewinnt man nur einen Block Yellowcake von der Größe einer Zigarrenkiste. Das ist dann sogenanntes natürliches Uran mit der Isotopenzahl 238.

Damit kann man einen Industriereaktor betreiben, aber keine Bombe bauen. Nicht rein genug. Für eine Bombe braucht man das leichtere Isotop Uran 235.«

»Woher kommt das?« erkundigte Paxman sich.

»Es steckt im Yellowcake. Dieser eine Block von der Größe einer Zigarrenkiste enthält so viel Uran 235, wie bequem unter einen Fingernagel passen würde. Das Problem liegt darin, die beiden voneinander zu trennen. Das Verfahren heißt Isotopentrennung. Sehr schwierig, sehr kompliziert, sehr teuer und sehr langwierig.«

»Aber Sie haben gesagt, der Irak sei auf dem Weg dorthin«, warf Sinclair ein.

»Ja, aber er ist noch längst nicht am Ziel«, sagte Hipwell. »Es gibt nur eine brauchbare Methode zur Gewinnung von Uran mit dem erforderlichen Reinheitsgrad von dreiundneunzig Prozent aus Yellowcake. Vor einigen Jahrzehnten haben Ihre Leute im Rahmen des Projekts Manhattan verschiedene Methoden erprobt. Sie haben experimentiert, verstehen Sie? Ernest Lawrence ist einen Weg gegangen, Robert Oppenheimer einen anderen. Damals haben sie beide Methoden kombiniert und genügend Uran 235 gewonnen, um Little Boy bauen zu können.

Nach dem Weltkrieg ist die Zentrifugenmethode erfunden und allmählich perfektioniert worden. Heute wird nur noch dieses Verfahren eingesetzt. Im Prinzip beschickt man mit dem Rohmaterial eine Zentrifuge, die sich so schnell dreht, daß der ganze Vorgang im Vakuum stattfinden muß, weil die Kugellager sonst schmelzen würden.

Die unerwünschten schweren Isotope gelangen langsam an die Außenwand der Zentrifuge und werden abgeleitet. Das zurückbleibende Material ist etwas reiner als das Ausgangsmaterial. Aber nur etwas reiner. Dieser Prozeß muß ständig wiederholt werden, Tausende von Stunden lang, nur um ein zur Bombenherstellung geeignetes Plättchen Uran von der Größe einer Briefmarke zu erhalten.«

»Aber er *arbeitet* daran?« faßte Sir Paul nach.

»Richtig. Seit ungefähr einem Jahr. Diese Zentrifugen... um Zeit zu sparen, koppeln wir sie in Serien, die als Kaskaden bezeichnet werden. Aber für jede Kaskade werden Tausende von Zentrifugen benötigt.«

»Warum sind sie noch nicht weiter, wenn sie seit 1982 auf diesem Weg sind?« fragte Terry Martin.

»Man geht nicht ins Eisenwarengeschäft und kauft eine Gasdiffusionszentrifuge für Uran aus dem Regal«, erklärte Hipwell ihm. »Das haben sie anfangs versucht – ohne Erfolg, wie die Unterlagen beweisen. Seit 1985 haben sie Einzelteile gekauft, um daraus ihre Zentrifugen vor Ort selbst zusammenzubauen. Sie haben ungefähr fünfhundert Tonnen Yellowcake, die Hälfte davon aus Portugal. Und sie haben einen Großteil der Zentrifugentechnologie in Westdeutschland eingekauft...«

»Soviel ich weiß, hat Deutschland alle internationalen Abkommen über die Nichtweiterverbreitung von Atomwaffentechnologie unterzeichnet«, wandte Paxman ein.

»Kann schon sein, von der politischen Seite verstehe ich nichts«, sagte der Wissenschaftler. »Aber sie haben die Einzelteile in aller Welt zusammengekauft – man braucht eigens konstruierte Drehbänke, hochfeste Sonderstähle, korrosionsfeste Behälter, Spezialventile, Hochtemperaturöfen, die als ›Schädelöfen‹ bezeichnet werden, weil sie wie Totenschädel aussehen, Vakuumpumpen und Gebläse... lauter High-Tech-Produkte. Einen Großteil davon und das dazugehörige Know-how haben sie aus Deutschland bezogen.«

»Noch mal zur Verdeutlichung«, sagte Harry Sinclair. »Hat Saddam Hussein bereits funktionierende Isotopentrennzentrifugen?«

»Ja, eine Kaskade. Sie arbeitet seit ungefähr einem Jahr. Und eine zweite dürfte bald den Betrieb aufnehmen.«

»Wissen Sie, wo all dieses Zeug steht?«

»Das Montagewerk für Zentrifugen befindet sich in Taji –

hier.« Der Wissenschaftler zeichnete auf einem großformatigen Luftbild einen Kreis um mehrere Fabrikgebäude und reichte es an den Amerikaner weiter.

»Die schon arbeitende Kaskade scheint irgendwo in der Nähe des damals zerstörten französischen Reaktors in Tuwaitha, des ehemaligen Atomreaktors Osirak, unterirdisch in Betrieb zu sein. Ich weiß nicht, ob ein Bomber sie überhaupt finden könnte – sie ist bestimmt verbunkert und gut getarnt.«

»Und die neue Kaskade?«

»Keine Ahnung«, gab Hipwell zu. »Könnte überall sein.«

»Eher anderswo«, warf Terry Martin ein. »Die Iraker haben sich auf Tarnung und Dislozierung spezialisiert, seitdem sie ihr Nuklearprogramm an einem einzigen Punkt konzentriert hatten, den die Israelis dann in die Luft gejagt haben.«

Sinclair brummte.

»Wie sicher steht fest«, fragte Sir Paul, »daß Saddam Hussein seine Bombe noch nicht haben kann?«

»Ziemlich sicher«, sagte der Physiker. »Das ist eine Frage der Zeit. Er arbeitet noch nicht lange genug daran. Für eine primitive, aber brauchbare Bombe braucht er dreißig bis fünfunddreißig Kilo reines Uran 235. Vor höchstens einem Jahr hat er bei Null angefangen, und selbst wenn wir annehmen, daß eine funktionierende Kaskade täglich vierundzwanzig Stunden arbeiten kann – was sie nicht kann –, dauert jedes Schleuderprogramm mindestens zwölf Stunden pro Zentrifuge.

Um von null Prozent Reinheitsgrad auf die erforderlichen dreiundneunzig Prozent zu kommen, braucht man tausend Schleudervorgänge. Das wären fünfhundert Arbeitstage – ohne Standzeiten für Reinigung, Beschickung, Wartung und Reparaturen. Selbst bei tausend Zentrifugen, die seit nunmehr einem Jahr als Kaskade arbeiten, würde man fünf Jahre brauchen. Mit der Inbetriebnahme einer weiteren Kaskade im nächsten Jahr ließe sich diese Zeit auf drei Jahre verkürzen.«

»Also hat er seine dreißig Kilogramm nicht vor 1993?« warf Sinclair ein.

»Nein, früher geht's nicht.«

»Eine letzte Frage. Wie lange dauert der Bau einer Atombombe, sobald er das Uran hat?«

213

»Nicht lange. Ein paar Wochen. Wissen Sie, ein Land, das den Bau einer eigenen Bombe anstrebt, entwickelt die nötige Technik natürlich parallel dazu. Die Konstruktion der Bombe ist nicht allzu schwierig. Solange man sich damit auskennt. Und Jafaar al-Jaafar kennt sich damit aus – er weiß, wie man eine baut und zündet. Verdammt, wir haben ihn in Harwell ausgebildet.

Entscheidend ist jedoch, daß Saddam Hussein allein zeitlich noch nicht genügend Uran 235 haben kann. Höchstens zehn Kilogramm. Er braucht noch drei Jahre – mindestens.«

Sir Paul dankte Dr. Hipwell für eine wochenlange Analyse und schloß die Sitzung.

Sinclair würde in seine Botschaft zurückkehren und seine umfangreichen Notizen ins reine schreiben, um sie kompliziert verschlüsselt nach Amerika übermitteln zu lassen. Dort würden sie mit den Analysen der amerikanischen Kollegen verglichen werden – Atomphysiker aus den Laboratorien Sandia, Los Alamos und vor allem Lawrence Livermore in Kalifornien, wo seit Jahren eine geheime Abteilung mit der schlichten Bezeichnung Department Z im Auftrag von Außenministerium und Pentagon die zunehmende Weiterverbreitung von Nukleartechnologie in aller Welt verfolgte.

Obwohl Sinclair das nicht wissen konnte, stimmten die Untersuchungsergebnisse der britischen und amerikanischen Teams bemerkenswert gut überein.

Terry Martin und Simon Paxman, die auch aus der Sitzung kamen, schlenderten in der milden Oktobersonne über die Whitehall.

»Eine große Erleichterung«, meinte Paxman. »Der alte Hipwell hat sich sehr deutlich ausgedrückt. Und die Amerikaner sind offenbar ganz seiner Meinung. Dieser Dreckskerl ist noch weit von seiner Atombombe entfernt. Ein Alptraum weniger!«

An der Ecke trennten sie sich. Paxman überquerte die Themse in Richtung Century House, Martin ging über den Trafalgar Square und folgte der St. Martin's Lane zur Gower Street.

Die Ermittlung, was der Irak hatte oder auch nur vielleicht hatte, war eine Sache. Die Feststellung, wo es sich genau befand, war eine andere. Die Fotografiererei ging weiter. Die Satelliten KH-11 und KH-12 zogen in endloser Kette über den Himmel und hielten fest, was sie auf irakischem Gebiet unter sich sahen.

Seit Oktober war ein weiteres Fluggerät am Himmel aufgetaucht: ein neuer amerikanischer Höhenaufklärer, der so geheim war, daß der amerikanische Kongreß nichts von ihm wußte. Die Maschine mit dem Decknamen Aurora flog auf dem Feuerball ihrer Staustrahltriebwerke bis zu Mach acht – fast achttausend Stundenkilometer – und blieb weit außerhalb der Reichweite irakischer Radargeräte oder Fla-Lenkwaffen. Nicht einmal die Technologie der zusammenbrechenden UdSSR konnte diese Nachfolgerin der legendären SR-71 Blackbird orten.

Während die Blackbird allmählich ausgemustert wurde, wollte es eine Ironie des Schicksals, daß eine andere, noch ältere Veteranin in diesem Herbst am Himmel über dem Irak ihr Gewerbe ausübte. Die fast vierzig Jahre alte U-2 mit dem Spitznamen Dragon Lady flog noch immer und fotografierte noch immer. Es war eine U-2, mit der Gary Powers damals 1960 über Swerdlowsk in Sibirien abgeschossen wurde, und es war eine U-2, die im Sommer 1962 die ersten nach Kuba verlegten sowjetischen Raketen entdeckte, obwohl es dann Oleg Penkowski war, der sie als Offensiv- statt Defensivwaffen enttarnte, damit Chruschtschows haltlose Proteste hinwegfegte und so den Grundstein zu seiner späteren eigenen Vernichtung legte.

Die umgerüstete U-2 des Jahres 1990 mit der neuen Bezeichnung TR-1 war mehr eine »Horcherin« als eine »Späherin«, obwohl sie weiterhin auch fotografierte.

Aus allen diesen Informationen von Professoren und Wissenschaftlern, Analytikern und Auswertern, Horchern und Beobachtern, Befragern und Ermittlern entstand in diesem Herbst 1990 ein Bild des Irak, das zu einem Schreckensbild wurde.

Die Informationen aus tausend Quellen flossen schließlich in einem einzelnen und höchst geheimen Raum zwei Stockwerke unter dem saudiarabischen Luftwaffenministerium an der Old Airport Road zusammen. Dieser Raum entlang der Straße, in der die hohen Militärs saßen und ihre (von den Vereinten Nationen) ungenehmigten Pläne zu Vorstößen in den Irak diskutierten, hieß einfach das »Schwarze Loch«.

Dort im Schwarzen Loch legten britische und amerikanische Zielsucher aller drei Teilstreitkräfte und aller Dienstgrade vom Gefreiten bis zum General die Ziele fest, die zerstört werden mußten. Daraus würde General Chuck Horners Luftkriegskarte entstehen, die dann über siebenhundert Ziele enthielt. Sechshundert davon waren militärische Ziele in dem Sinn, daß es sich um Kommandozentralen, Brücken, Flugplätze, Nachschubdepots, Munitionslager, Raketenstellungen und Truppenkonzentrationen handelte. Die übrigen hundert hatten mit Massenvernichtungswaffen zu tun: Forschungseinrichtungen, Produktionsstätten, Chemielabors und Lager für Massenvernichtungswaffen.

Das Montagewerk für Gaszentrifugen in Taji war ebenso aufgeführt wie der vermutete Standort der unterirdischen Zentrifugenkaskade irgendwo im Tuwaitha-Komplex.

Auf dieser Liste standen jedoch weder die Mineralwasserabfüllanlage in Tarmija noch der Autofriedhof in Al-Qubai. Beide erschienen unverdächtig.

Eine Ausfertigung des umfassenden Berichts von Harry Sinclair aus London wurde mit anderen Berichten vereinigt, die aus verschiedenen Quellen in den Vereinigten Staaten und im Ausland stammten. Eine Zusammenfassung aller dieser ins Detail gehenden Analysen erreichte schließlich eine sehr kleine und sehr diskret arbeitende Studiengruppe im Außenministerium, die nur wenige Eingeweihte in Washington als Political Intelligence and Analysis Group kennen. Die PIAG ist eine Art Treibhaus für Außenpolitik und erarbeitet Berichte, die absolut nicht für die Öffentlichkeit bestimmt sind. Tatsächlich untersteht sie nur dem Außenminister, damals Mr. James Baker.

Zwei Abende später lag Mike Martin flach auf einem Hausdach, von dem aus er den Teil des Vororts Abrak Kheitan, in dem er sich mit Abu Fuad treffen wollte, gut überblicken konnte.

Etwas vor der vereinbarten Zeit beobachtete er einen einzelnen Wagen, der von dem zum Flughafen führenden King Faisal Motorway auf eine Seitenstraße abbog. Das Auto rollte langsam die Straße entlang, verließ den Lichtschein der fast leeren beleuchteten Autobahn und fuhr ins Halbdunkel weiter.

Er sah das Fahrzeug an der Stelle halten, die er in seiner Antwort an Al-Khalifa bezeichnet hatte. Zwei Personen stiegen aus – ein Mann und eine Frau. Sie sahen sich um, vergewisserten sich, daß ihnen kein anderer Wagen von der Autobahn gefolgt war, und gingen langsam zu dem Wäldchen auf einem unbebauten Grundstück weiter.

Abu Fuad und die Frau waren angewiesen worden, höchstens eine halbe Stunde lang zu warten. War der Beduine bis dahin nicht aufgetaucht, sollten sie aufgeben und heimfahren. Tatsächlich warteten sie vierzig Minuten, bevor sie zu ihrem Wagen zurückkehrten. Beide waren frustriert.

»Er muß aufgehalten worden sein«, sagte Abu Fuad zu seiner Begleiterin. »Vielleicht von einer irakischen Streife... Wer weiß? Jedenfalls verdammt schade! Jetzt muß ich noch mal von vorn anfangen.«

»Ich find's verrückt von dir, ihm zu trauen«, wandte die junge Frau ein. »Du hast keine Ahnung, wer er ist.«

Sie sprachen halblaut, und der Führer des kuwaitischen Widerstands sah nach beiden Seiten die Straße entlang, um sich davon zu überzeugen, daß in der Zwischenzeit keine irakischen Soldaten aufgetaucht waren.

»Er ist listig und erfolgreich und arbeitet wie ein Profi. Mehr brauche ich nicht zu wissen. Findet er sich dazu bereit, möchte ich mit ihm zusammenarbeiten.«

»Dagegen ist nichts einzuwenden.«

Die beiden waren gerade eingestiegen, als die Frau einen kurzen Schrei ausstieß. Abu Fuad, der am Steuer saß, zuckte heftig zusammen.

»Dreh dich nicht um. Wir wollen nur miteinander reden«, sagte eine Stimme vom Rücksitz aus. Der Kuwaiter sah in seinem Rückspiegel die schemenhaften Umrisse eines Beduinenkopftuchs und nahm den dazugehörigen Körpergeruch wahr. Er atmete langsam tief aus.

»Du bewegst dich leise, Bedu.«

»Kein Grund, Lärm zu machen, Abu Fuad. Das lockt nur Iraker an. Das mag ich nicht – außer ich bin vorbereitet.«

Abu Fuads Zähne blitzten unter seinem schwarzen Schnurrbart.

»Schön, dann haben wir uns also gefunden. Laß uns miteinander reden. Warum hast du dich übrigens im Auto versteckt?«

»Wäre dieses Treffen eine Falle für mich gewesen, hättet ihr beim Einsteigen anders geredet.«

»Belastend...«

217

»Richtig.«

»Und dann...?«

»Dann wärt ihr jetzt tot.«

»Verstanden.«

»Wer ist deine Begleiterin? Was tut sie hier?«

»Du hast den Treffpunkt vorgeschlagen – also habe ich dir auch vertrauen müssen. Sie ist Asrar Qabandi, eine Mitkämpferin.«

»Schön. Ich begrüße Sie, Asrar Qabandi. Worüber willst du reden?«

»Waffen, Bedu. Kalaschnikow-Maschinenpistolen, Handgranaten. Semtex-H. Mit solchen Mitteln könnten meine Leute weit mehr bewirken.«

»Deine Leute werden geschnappt, Abu Fuad. In einem einzigen Haus sind zehn von einer ganzen Kompanie irakischer Infanterie unter AMAM-Befehl umzingelt worden. Jetzt sind alle tot. Lauter junge Leute.«

Abu Fuad schwieg. Das war wirklich eine Katastrophe gewesen.

»Neun«, sagte er schließlich. »Einer hat sich totgestellt und ist später weggekrochen. Er ist schwer verwundet und wird von uns gepflegt. Von ihm haben wir's erfahren.«

»Was?«

»Daß sie verraten worden sind. Wäre er gestorben, hätten wir's nie erfahren.«

»Ah, Verrat. Immer eine Gefahr bei Widerstandsbewegungen. Und der Verräter?«

»Den kennen wir natürlich. Wir haben geglaubt, wir könnten ihm vertrauen.«

»Aber er ist schuldig?«

»So scheint es.«

»Es scheint nur?«

Abu Fuad seufzte.

»Der Überlebende beteuert, nur der elfte Mann habe von der Zusammenkunft gewußt und die Adresse gekannt. Aber es könnte anderswo eine undichte Stelle gegeben haben – oder einer von ihnen ist beschattet worden...«

»Dann muß dieser Verdächtige auf die Probe gestellt werden. Und bestraft werden, falls er schuldig ist. – Qabandi, würden Sie uns bitte einen Augenblick allein lassen?«

Die junge Frau sah zu Abu Fuad hinüber, der wortlos nickte. Sie stieg aus und ging ins Wäldchen zurück. Der Beduine setzte Abu Fuad sorgfältig und in allen Einzelheiten auseinander, was er tun sollte.

»Ich verlasse das Haus nicht vor sieben Uhr«, schloß er, »also darfst du unter keinen Umständen vor halb sieben telefonieren. Verstanden?«

Der Beduine glitt aus dem Wagen und verschwand im Dunkel zwischen den freistehenden Häusern. Abu Fuad fuhr die Straße entlang und ließ seine Begleiterin einsteigen. Danach fuhren sie gemeinsam heim.

Der Beduine sah die junge Frau nie wieder. Asrar Qabandi wurde vor der Befreiung Kuwaits von der AMAM gefaßt, grausig gefoltert, mehrfach vergewaltigt, erschossen und enthauptet. Aber sie schwieg bis zu ihrem Tod.

Terry Martin rief an und wollte Simon Paxman sprechen, der weiter bis über beide Ohren in Arbeit steckte und diese Störung nicht brauchen konnte. Er nahm den Anruf nur entgegen, weil er Gefallen an dem umständlichen Arabistikprofessor gefunden hatte.

»Ich weiß, daß ich lästig bin, aber haben Sie irgendwelche Verbindungen zum GCHQ?«

»Ja, natürlich«, sagte Paxman. »Hauptsächlich zum Arabiendienst. Dort kenne ich sogar den Direktor.«

»Könnten Sie ihn vielleicht anrufen und einen Besuchstermin für mich vereinbaren?«

»Hm, ja, das müßte sich machen lassen. Woran denken Sie dabei?«

»An das Zeug, das heutzutage aus dem Irak kommt. Ich habe natürlich alle Reden Saddam Husseins studiert, seine Ankündigungen gehört, Geiseln als menschliche Schutzschilde einzusetzen, und die gräßlichen irakischen PR-Versuche im Fernsehen verfolgt. Aber ich wüßte gern, was noch alles mitgehört worden ist – nicht nur vom Propagandaministerium freigegebene Äußerungen.«

»Nun, dafür ist das GCHQ zuständig«, gab Paxmann zu. »Ich sehe da keinen Hinderungsgrund. Als Mitglied des Medusa-Ausschusses dürfen Sie geheime Informationen erhalten. Ich rufe ihn mal an.«

An diesem Nachmittag fuhr Terry Martin, der einen Termin hatte, mit dem Auto in Richtung Westen nach Gloucestershire hinaus und meldete sich am gutbewachten Tor des Gebäude- und Antennenkomplexes, in dem der neben MI-5 und MI-6 dritte britische Nachrichtendienst untergebracht ist: das GCHQ oder Government Communications Headquarters.

Der Direktor des Arabiendienstes war Sean Plummer, dem derselbe Mr. Al-Khouri unterstand, der vor nunmehr elf Wochen in einem Restaurant in Chelsea Mike Martins Arabischkenntnisse getestet hatte, was weder Terry Martin noch Plummer wußten.

Obwohl der Direktor an diesem Tag ziemlich unter Zeitdruck stand, war er als Arabist bereit gewesen, Martin zu empfangen, weil er von dem jungen Gelehrten an der SOAS gehört hatte und seine Forschungsergebnisse über das Kalifat der Abbasiden bewunderte.

»Also, was kann ich für Sie tun?« fragte er, als sie beide saßen und ein Glas Pfefferminztee vor sich hatten – ein Luxus, den Plummer sich gestattete, um den miserablen Behördenkaffee nicht trinken zu müssen. Martin erklärte ihm, er wundere sich über die Spärlichkeit der aus dem Irak abgefangenen Meldungen. Plummers Augen leuchteten auf.

»Sie haben natürlich recht. Wie Sie wissen, neigen unsere arabischen Freunde dazu, am Telefon wie Elstern zu schwatzen. Aber in den letzten Jahren ist der Nachrichtenverkehr, den wir mithören können, deutlich zurückgegangen. Also muß der ganze Volkscharakter sich verändert haben, oder...«

»Erdkabel«, warf Martin ein.

»Genau! Saddam Hussein und seine Jungs haben fast fünfundsiebzigtausend Kilometer Glasfaserkabel eingebuddelt. Über dieses Netz reden sie miteinander. Für mich ist das der absolute Horror. Wie soll ich den Spökenkiekern in London weiter Bagdader Wetterberichte und Mutter Husseins verdammte Wäscheliste liefern?«

Martin erkannte, daß das bloß eine Redewendung war. Plummers Dienst lieferte natürlich weit mehr.

»Natürlich reden sie weiterhin: Minister, Beamte, Generale – bis hinunter zu Funkgesprächen zwischen Panzerkommandanten an der saudiarabischen Grenze. Aber die ganz wichtigen, streng geheimen Gepräche hören wir nicht mehr. Das ist früher anders gewesen. Was möchten Sie also sehen?«

Danach las Terry Martin vier Stunden lang Aufzeichnungen über abgehörten Fernmeldeverkehr. Rundfunkmeldungen waren zu öffentlich; er suchte etwas in einem unvorsichtigen Telefongespräch, einen Versprecher, einen Fehler. Zuletzt klappte er die Ordner mit den Aufzeichnungen wieder zu.

»Würden Sie einfach auf etwas wirklich Merkwürdiges achten?« fragte er. »Irgend etwas, das einfach keinen Sinn ergibt?«

Mike Martin fand allmählich, er könne eines Tages einen Reiseführer zu den Flachdächern von Kuwait City schreiben. Er schien eindrucksvoll viel Zeit damit verbracht zu haben, auf ihnen zu liegen und das Gebiet darunter zu beobachten. Andererseits stellten sie hervorragende Aussichtspunkte dar.

Auf diesem speziellen Flachdach lag er nun seit fast zwei Tagen, um das Haus zu beobachten, dessen Adresse er Abu Fuad genannt hatte. Es war eines der sechs Häuser, die Achmed al-Khalifa ihm zur Verfügung gestellt hatte, und Martin würde es in Zukunft nie wieder benutzen.

Obwohl er Abu Fuad die Adresse schon vor zwei Tagen gegeben hatte und sie sich erst heute abend, am 9. Oktober, dort treffen wollten, hatte er es Tag und Nacht beobachtet und dabei nur von einer Handvoll Brot und Obst gelebt.

Falls heute vor 18.30 Uhr irakische Soldaten das Haus umzingelten, würde er wissen, wer ihn verraten hatte – Abu Fuad selbst. Er sah auf seine Uhr. Halb sieben. Wenn der kuwaitische Oberstleutnant sich an seine Anweisungen hielt, telefonierte er jetzt.

Am anderen Ende der Stadt wählte Abu Fuad tatsächlich gerade eine Nummer. Beim dritten Klingeln wurde abgenommen.

»Salah?«

»Ja, wer sind Sie?«

»Wir kennen uns nicht persönlich, aber ich habe schon viel Gutes über Sie gehört – daß Sie zuverlässig und tapfer, einer von uns sind. Die Leute kennen mich als Abu Fuad.«

Der Angerufene holte erschrocken tief Luft.

»Ich brauche Ihre Hilfe, Salah. Können wir – die Bewegung – auf Sie zählen?«

»Immer, Abu Fuad! Bitte sagen Sie mir, was Sie wünschen.«

»Nicht ich persönlich, sondern ein Freund. Er ist verwundet und hat Schmerzen. Ich weiß, daß Sie Apotheker sind. Sie müssen ihm sofort alles bringen, was er braucht – Verbandmaterial, Antibiotika, schmerzstillende Mittel. Haben Sie schon mal von dem Widerstandskämpfer gehört, der als ›der Beduine‹ bekannt ist?«

»Ja, natürlich. Aber soll das heißen, daß Sie ihn kennen?«

»Jedenfalls arbeiten wir seit Wochen mit ihm zusammen. Er ist sehr, sehr wichtig für uns.«

»Ich gehe gleich runter in die Apotheke, stelle die Mittel zusammen, die er brauchen wird, und bringe sie hin. Aber wo finde ich ihn?«

»Er hält sich in einem Haus in Shuwaikh versteckt und kann es nicht verlassen. Haben Sie Bleistift und Papier?«

Abu Fuad diktierte ihm die von Martin angegebene Adresse. Der Mann am anderen Ende schrieb mit.

»Ich fahre sofort hin. Abu Fuad. Auf mich können Sie sich verlassen«, sagte der Apotheker Salah.

»Sie sind ein guter Mann. Ihr Lohn ist Ihnen sicher.«

Abu Fuad legte auf. Falls nichts passierte, würde der Beduine bei Tagesanbruch anrufen, um ihn wegen des Apothekers zu beruhigen.

Kurz nach 20.30 Uhr sah Mike Martin den ersten Militärlaster, ohne ihn richtig zu hören. Er rollte mit abgestelltem Motor fast lautlos heran, überquerte die nächste Kreuzung und hielt einige Meter weiter, wo er vom Haus aus nicht mehr zu sehen war. Martin nickte anerkennend.

Wenig später rollte ein zweiter Lastwagen ebenso lautlos heran. Von den beiden Fahrzeugen kletterten je zwanzig Mann: Soldaten einer Sondertruppe, die genau wußten, was sie zu tun hatten. Die Männer bildeten eine Zweierkolonne unter Führung eines Offiziers, der einen Zivilisten am Arm gepackt hielt. Sein bodenlanges weißes Gewand schien im Halbdunkel zu leuchten. Da alle Straßenschilder heruntergerissen waren, brauchten die Soldaten einen Zivilisten, der ihnen den Weg zeigte. Aber die Hausnummern waren noch vorhanden.

Der Zivilist blieb vor einem Haus stehen, las die Hausnummer und deutete darauf. Der Hauptmann, der das Kommando führte,

flüsterte seinem Sergeant etwas zu. Der Unteroffizier nahm fünfzehn Mann mit und zog ab, um die Rückfront des Hauses zu
überwachen.

Während die anderen Soldaten dicht hinter ihm blieben, rüttelte
der Hauptmann am Eisengittertor des Vorgartens. Es ging auf. Die
Männer stürmten hindurch.

Vom Garten aus sah der Hauptmann in einem der Räume im
ersten Stock einen schwachen Lichtschein. Einen großen Teil des
Erdgeschosses nahm die jetzt leere Doppelgarage ein. An der Haustür gaben die Soldaten sich keine Mühe mehr, leise zu sein. Der
Hauptmann rüttelte an der Klinke, fand die Tür verschlossen und
machte dem Mann hinter ihm ein Zeichen. Ein kurzer Feuerstoß
aus dem Sturmgewehr des Soldaten genügte, um die Holztür aufzu-
sprengen.

Unter Führung ihres Hauptmanns drangen die Grünen Barette
ins Haus ein. Während einige die dunklen Räume im Erdgeschoß
durchsuchten, stürmte der Offizier mit den anderen die Treppe zum
Elternschlafzimmer hinauf.

Oben an der Treppe hatte der Hauptmann das Innere des nur
schwach erhellten Schlafzimmers, den Lehnstuhl mit dem Rücken
zur Tür und die gerade noch über seine Lehne hinausragende
karierte Keffija vor sich. Aber er schoß nicht. Oberst Sabaawi von
der AMAM hatte ausdrücklich befohlen, ihm diesen Mann lebend
zum Verhör zu bringen. Der junge Offizier stürmte weiter, ohne die
dünne Nylonschnur zu bemerken, die sich vor seinen Schienbeinen
spannte.

Er hörte seine eigenen Männer durch die Hintertür ins Haus
eindringen, während andere die Treppe heraufpolterten. Er sah die
zusammengesunkene Gestalt in dem mit Kissen ausgestopften
schmutzig-weißen Gewand und die in eine karierte Keffija gewik-
kelte große Wassermelone. Wut verzerrte sein Gesicht, und er hatte
gerade noch Zeit, dem an der Tür stehenden schlotternden Apotheker eine Verwünschung entgegenzuschleudern.

Fünf Pfund Semtex-H klingen vielleicht nicht imponierend und
sehen nach nicht sehr viel aus. Die Häuser dieses Stadtteils waren
aus Stein und Beton errichtet, was die teilweise noch von Kuwaitern
bewohnten Nachbarhäuser vor größeren Zerstörungen bewahrte.
Aber das Haus mitsamt den Soldaten flog buchstäblich in die Luft.

Teile seiner Dachziegel wurden später einige hundert Meter entfernt gefunden.

Der Beduine war nicht in der Nähe geblieben, um sein Werk zu bewundern. Er war schon zwei Straßen weiter, schlurfte dahin und kümmerte sich um seinen eigenen Kram, als er einen gedämpften Knall wie von einer zugeschlagenen Tür, dann die eine Sekunde dauernde Pause und zuletzt das Prasseln von herabstürzendem Mauerwerk hörte.

Am nächsten Tag ereigneten sich drei Dinge – alle nach Einbruch der Dunkelheit. In Kuwait traf der Beduine erneut mit Abu Fuad zusammen. Diesmal kam der Kuwaiter allein zu ihrer Zusammenkunft im Schatten eines tiefen Torbogens, keine zweihundert Meter vom Hotel Sheraton entfernt, in dem jetzt Dutzende von hohen irakischen Offizieren wohnten.

»Du hast's gehört, Abu Fuad?«

»Natürlich. Die ganze Stadt ist in heller Aufregung. Sie haben über zwanzig Mann verloren, der Rest ist verwundet.« Er seufzte. »Das gibt wieder willkürliche Vergeltungsmaßnahmen.«

»Willst du jetzt aufhören?«

»Nein. Das geht nicht. Aber wie lange müssen wir noch leiden?«

»Die Briten und die Amerikaner kommen. Irgendwann.«

»Inschallah! Hast du Salah gesehen?«

»Er hat sie geführt. Er ist der einzige Zivilist gewesen. Du hast sonst keinem davon erzählt?«

»Nein, nur ihm. Er muß es gewesen sein. Er hat neun junge Männer auf dem Gewissen. Er wird das Paradies nicht erblicken.«

»Also – was willst du von mir?«

»Ich frage dich nicht, wer du bist oder woher du kommst. Als Soldat weiß ich, daß du kein einfacher Beduine, kein Kameltreiber aus der Wüste sein kannst. Du besitzt Vorräte an Sprengstoff, Waffen, Munition und Handgranaten. Damit können auch meine Leute viel anfangen.«

»Und dein Angebot?«

»Schließ dich uns an und bring deine Vorräte mit. Oder bleib selbständig, aber teile deine Vorräte mit uns. Ich bin nicht hier, um zu drohen, sondern um zu bitten. Aber wenn du unseren Widerstand unterstützen willst, ist das der beste Weg.«

Mike Martin überlegte eine Zeitlang. Nach acht Wochen besaß er noch die Hälfte seiner Vorräte, die in der Wüste vergraben und in den zwei Villen, die ihm als Lagerhäuser dienten, verteilt waren. Von den übrigen vier Häusern war eines zerstört und ein weiteres seit den Treffs mit seinen Schülern unbenutzbar. Er konnte die Vorräte übergeben und weitere anfordern, die nachts an Fallschirmen abgeworfen werden würden – riskant, aber machbar, solange sein Funkverkehr mit Riad nicht abgehört wurde, was er nicht wußte. Oder er mußte wieder mit einem Kamel über die Grenze, um mit zwei Packkörben zurückzukommen. Auch das wäre nicht einfach gewesen: Entlang der Grenze standen jetzt sechzehn irakische Divisionen, dreimal mehr als bei seiner Ankunft in Kuwait.

Es wurde Zeit, wieder Verbindung mit Riad aufzunehmen und um Anweisungen zu bitten. Zunächst würde er Abu Fuad fast alles geben, was er hatte. Südlich der Grenze gab es mehr als genug; er würde die Sachen nur irgendwie nach Kuwait bringen müssen.

»Wohin willst du das Zeug geliefert haben?«

»Im Hafen Schuwaikh haben wir ein sicheres Lagerhaus. Dort wird Fisch gelagert. Der Besitzer ist einer von uns.«

»In sechs Tagen«, sagte Martin.

Sie vereinbarten eine Zeit und den Ort, an dem ein bewährter Helfer Abu Fuads sich mit dem Beduinen treffen würde, um ihn zu dem Lagerhaus zu begleiten. Martin beschrieb das Fahrzeug, mit dem er kommen, und wie er selbst aussehen würde.

Am selben Abend, aber wegen des Zeitunterschieds zwei Stunden später, saß Terry Martin in einem ruhigen Restaurant in der Nähe seiner Wohnung und spielte mit seinem Weinglas. Der Gast, den er erwartete, kam wenige Minuten später: ein älterer Mann mit grauem Haar, Hornbrille und gepunkteter Fliege. Er sah sich suchend um.

»Moshe, hierher!«

Der Israeli hastete auf Terry Martin zu, der aufgestanden war, und begrüßte ihn überschwenglich.

»Terry, mein Lieber, wie geht's dir?«

»Besser, seit ich dich sehe, Moshe. Ich konnte dich nicht durchreisen lassen, ohne wenigstens mit dir zu essen und ein bißchen zu schwatzen.«

Der Israeli hätte Dr. Martins Vater sein können, aber ihre Freundschaft beruhte auf gemeinsamen Interessen: Als Wissenschaftler waren sie beide eifrige Erforscher mittelalterlicher arabischer Zivilisationen im Nahen Osten, ihrer Kunst, Kulturen und Sprachen.

Professor Moshe Hadari war seit Jahrzehnten auf diesem Gebiet tätig. Als junger Mann hatte er im Heiligen Land an Ausgrabungen teilgenommen, die Yigael Yadin – Professor und Heeresgeneral in einer Person – geleitet hatte. Zu seinem großen Bedauern blieb ihm als Israeli der größte Teil des Nahen Ostens selbst für Studienzwecke versperrt. Trotzdem gehörte er auf seinem Fachgebiet zu den Besten, und da dieses Gebiet ziemlich klein war, hatten die beiden Gelehrten sich irgendwann bei einem Seminar begegnen müssen, was vor zehn Jahren dann auch der Fall gewesen war.

Ihr Abendessen fand in entspannter Atmosphäre statt, und die Unterhaltung drehte sich um neueste Forschungsergebnisse – um weitere winzige Erkenntnisse über den Alltag in den Königreichen des Nahen Ostens vor zehn Jahrhunderten.

Terry Martin wußte, daß er nach dem Official Secret Act zu strikter Geheimhaltung verpflichtet war und deshalb nicht über seine jüngsten Aktivitäten im Auftrag von Century House sprechen durfte. Aber beim Kaffee kam ihr Gespräch von selbst auf die Krise am Golf und die Aussichten, sie ohne Krieg zu beenden.

»Glaubst du, daß er aus Kuwait abzieht, Terry?« fragte der Professor. Martin schüttelte den Kopf.

»Nein, das kann er nicht, wenn er keine klare Marschroute vorgeschrieben bekommt, die Zugeständnisse vorsieht, mit denen er einen Abzug rechtfertigen könnte. Zieht er mit leeren Händen ab, stürzt er.«

Hadari seufzte.

»Soviel Verschwendung«, sagte er, »mein Leben lang soviel Verschwendung. All das Geld, genug Geld, um den Nahen Osten zu einem Paradies auf Erden zu machen; all das Talent, alle diese jungen Leben. Und wofür? Terry, kämpfen die Briten an der Seite der Amerikaner, falls es zu einem Krieg kommt?«

»Selbstverständlich. Wir haben bereits die siebte Panzerbrigade entsandt, und soviel ich weiß, soll die vierte folgen. Das ist eine Panzerdivision, von den Jägern und Kriegsschiffen ganz abgesehen.

Nein, mach dir deswegen keine Sorgen. Dies ist ein Nahostkrieg, in dem Israel nicht nur untätig bleiben darf, sondern untätig bleiben muß.«

»Ja, ich weiß«, sagte der Israeli trübsinnig. »Aber trotzdem werden wieder viele junge Männer sterben müssen.«

Martin beugte sich nach vorn und legte seinem Freund eine Hand auf den Arm.

»Hör zu, Moshe, dieser Mann muß gestoppt werden – früher oder später. Von allen Staaten muß Israel am besten wissen, wie weit er mit der Herstellung seiner Massenvernichtungswaffen gekommen ist. In gewisser Weise bekommen wir erst jetzt heraus, was er tatsächlich alles hat.«

»Aber unsere Leute haben natürlich bei der Aufklärung geholfen. Wir sind vermutlich sein Hauptziel.«

»Ja, in der Zielanalyse«, stimmte Martin zu. »Unser größtes Problem besteht darin, daß uns gesicherte Aufklärungsergebnisse fehlen. Wir bekommen einfach keine zuverlässigen Topinformationen aus Bagdad. Die Briten nicht, die Amerikaner nicht, auch eure Leute nicht.«

Zwanzig Minuten später war ihr gemeinsamer Abend zu Ende, und Terry Martin hielt ein Taxi an, das Professor Hadari in sein Hotel zurückbringen würde.

In Kuwait nahmen etwa um Mitternacht auf Hassan Rahmanis Befehl in Bagdad drei Peilstationen den Betrieb auf.

Alle drei waren mit schüsselförmigen Antennen ausgerüstet, um Funksignale empfangen und den jeweiligen Sender genau anpeilen zu können. Eine ortsfeste Station befand sich auf dem Dach eines Hochhauses im Stadtteil Ardija im äußersten Süden von Kuwait City. Ihre Antenne war auf die Wüste gerichtet.

Die beiden anderen waren Mobilstationen: große Funkwagen mit Dachantennen, eingebautem Aggregat zur Stromerzeugung und abgedunkeltem Innern, in dem die Peilfunker an ihren Konsolen saßen und den Äther nach einem ganz bestimmten Sender absuchten, der vermutlich irgendwo in der Wüste zwischen Großstadt und saudiarabischer Grenze in Betrieb gehen würde.

Eines dieser Fahrzeuge stand außerhalb von Jahra, ziemlich weit westlich der ortsfesten Station in Ardija, und das andere etwas südlicher an der Küste – auf dem Gelände des Krankenhauses Al-Adan, in dem die Schwester des Jurastudenten in den ersten Tagen nach dem Einmarsch vergewaltigt worden war. Mit Hilfe der von den nördlichen Stationen gemeldeten Werte konnte die Peilstation Al-Adan eine Kreuzpeilung vornehmen und den Standort des Senders bis auf wenige hundert Meter genau bestimmen.

Auf dem Luftwaffenstützpunkt Ahmadi, auf dem früher Achmed al-Khalifa mit seiner Skyhawk stationiert gewesen war, stand ein Kampfhubschrauber des sowjetischen Musters Mi-24 Tag und Nacht startbereit. Geflogen wurde der Hubschrauber von einer Luftwaffenbesatzung – ein Zugeständnis, das Rahmani dem Oberbefehlshaber der irakischen Luftwaffe hatte abringen müssen. Die aus Bagdad entsandten Peilfunker kamen aus Rahmanis eigener Spionageabwehr und waren seine besten Leute.

Professor Hadari verbrachte eine schlaflose Nacht. Etwas, das sein Freund gesagt hatte, machte ihm große Sorgen. Er hielt sich für einen hundertprozentig loyalen Israeli, der aus einer alten sephardischen Familie stammte, die schon bald nach der Jahrhundertwende gemeinsam mit Männern wie Ben Yehuda und David Ben Gurion eingewandert war. Er selbst war in der Nähe von Jaffa geboren, als es noch eine von palästinensischen Arabern belebte Hafenstadt gewesen war, und hatte dort als kleiner Junge Arabisch gelernt.

Er hatte zwei Söhne großgezogen und dann erleben müssen, wie einer von ihnen im Südlibanon einem feigen Mordanschlag zum Opfer fiel. Er war Großvater fünf kleiner Enkelkinder. Wer hätte ihm vorwerfen können, er liebe sein Land nicht?

Aber dort war etwas nicht in Ordnung. Falls es zum Krieg kam, würden viele junge Männer wie damals sein Ze'ev sterben müssen – auch wenn sie Briten, Amerikaner und Franzosen waren. War dies ein Zeitpunkt, an dem Kobi Dror rachsüchtigen, kleinstaatlichen Chauvinismus beweisen durfte?

Er stand früh auf, zahlte seine Rechnung, packte und bestellte sich ein Taxi zum Flughafen. Bevor er das Hotel verließ, ging er eine Zeitlang unschlüssig vor den Telefonen in der Hotelhalle auf und ab, überlegte sich die Sache dann aber doch anders.

Auf halber Strecke zum Flughafen wies er seinen Taxifahrer an, von der M4 abzufahren und an der nächsten Telefonzelle zu halten. Der Fahrer murrte wegen des Zeitverlusts und der zusätzlichen Mühe, verließ aber die Autobahn und hielt an einer Straßenecke in Chiswick bei einer Telefonzelle. Hadari hatte Glück. In der Wohnung in Bayswater meldete Hilary sich am Telefon.

»Bleiben Sie dran«, sagte sie, »er will gerade gehen.«

Dann meldete sich Martin.

»Terry, hier ist Moshe. Hör zu, ich hab' nicht viel Zeit. Sag deinen Leuten, daß das Institut tatsächlich eine Quelle in Bagdader Führungskreisen hat. Sie sollen fragen, was aus Jericho geworden ist. Leb wohl, mein Freund.«

»Moshe, Augenblick mal, weißt du das ganz sicher? Und woher weißt du das?«

»Das spielt keine Rolle. Von mir hast du's nicht erfahren. Leb wohl!«

Die Verbindung wurde unterbrochen. In Chiswick stieg der ältliche Gelehrte wieder in sein Taxi und fuhr zum Flughafen weiter. Die Ungeheuerlichkeit seiner Tat ließ ihn erzittern. Und wie hätte er Terry Martin sagen können, daß er der Arabistikprofessor gewesen war, der die erste Antwort an Jericho in Bagdad übersetzt hatte?

Terry Martins Anruf erreichte Simon Paxman kurz nach zehn Uhr an seinem Schreibtisch im Century House.

»Zum Mittagessen? Sorry, heute nicht. Hab' verdammt viel zu tun. Vielleicht morgen«, sagte Paxman.

»Zu spät, die Sache ist dringend, Simon.«

Paxman seufzte. Bestimmt hatte sein zahmer Gelehrter eine neue Interpretation irgendeines Satzes aus einer irakischen Rundfunksendung anzubieten, die nun den Sinn des Lebens verändern sollte.

»Mittagessen geht trotzdem nicht. Wir haben hier im Haus eine große Besprechung. Hören Sie, wie wär's mit 'nem schnellen Drink? Im Hole-in-the-Wall, einem Pub unter der Waterloo Bridge, nicht weit von hier. Sagen wir zwölf Uhr? Aber nicht länger als eine halbe Stunde, Terry.«

»Mehr als genug. Bis dann«, sagte Martin.

Kurz nach Mittag saßen sie dann beim Bier in dem Alehouse, über das die Züge der Southern Region nach Kent, Sussex und Hampshire hinwegrumpelten. Ohne seine Quelle preiszugeben, berichtete Terry Martin, was er an diesem Morgen erfahren hatte.

»Verdammt noch mal!« flüsterte Paxman; die Sitznische nebenan war ebenfalls besetzt. »Von wem haben Sie das?«

»Darf ich nicht sagen.«

»Das müssen Sie aber!«

»Hören Sie, er hat sich damit schon exponiert. Ich hab's ihm versprochen. Er ist ein älterer Wissenschaftler. Das muß Ihnen genügen.«

Paxman überlegte. Ein Wissenschaftler, der mit Terry Martin umging. Bestimmt ein weiterer Arabist. Möglicherweise im Auftrag des Mossad tätig. Jedenfalls mußte das Century House sofort davon erfahren. Er bedankte sich bei Martin, ließ sein Bier stehen und hastete die Straße hinunter zu dem als Century House bekannten schäbigen Gebäude zurück.

Wegen der über Mittag andauernden Besprechung hatte Steve Laing das Gebäude nicht verlassen. Paxman nahm ihn beiseite, um ihm die Neuigkeit mitzuteilen. Laing ging damit sofort zum Chief persönlich.

Sir Colin, der nie zu Übertreibungen neigte, bezeichnete General Kobi Dror als einen »höchst unangenehmen Gesellen«, verzichtete auf sein Mittagessen, ließ sich eine Kleinigkeit hinaufbringen und zog sich in den obersten Stock zurück. Dort meldete er über eine extrem abhörsichere Verbindung ein persönliches Gespräch mit CIA-Direktor William Webster an.

In Washington war es erst acht Uhr, aber Richter Webster, der seinen Arbeitstag gern früh begann, saß schon am Schreibtisch und nahm den Anruf entgegen. Er stellte seinem britischen Kollegen einige Fragen zur Quelle dieser Information, knurrte, als er hörte, sie sei unbekannt, und stimmte ansonsten zu, diese Sache könne man nicht einfach auf sich beruhen lassen.

Mr. Webster informierte Bill Stewart, seinen stellvertretenden Direktor (Beschaffung), der einen Wutanfall bekam und sich dann eine halbe Stunde mit Chip Barber, dem Einsatzleiter für den Nahen Osten, besprach. Barber war noch wütender, denn schließlich war er der Mann, der General Dror in einem hellen Raum des Gebäudes auf einem Hügel über Herzlia gegenübergesessen hatte und dort anscheinend von ihm belogen worden war.

Die beiden arbeiteten gemeinsam einen Plan aus, wie sie vorgehen wollten, und legten ihn dem Direktor vor.

Um fünfzehn Uhr hatte William Webster eine Besprechung mit Brent Scowcroft, dem Vorsitzenden des Nationalen Sicherheitsrats, und unterbreitete den Fall Präsident Bush. Webster erläuterte, was er tun wollte, und bekam seinen Plan genehmigt.

Außenminister James Baker wurde um Amtshilfe gebeten und sagte sie sofort zu. Noch an diesem Abend schickte das US-Außenministerium ein dringendes Ersuchen nach Tel Aviv, wo es dem Adressaten am nächsten Morgen vorgelegt wurde – wegen des Zeitunterschieds schon drei Stunden später.

Staatsminister im israelischen Außenministerium war damals Benjamin Netanyahu, ein gutaussehender, eleganter, grauhaariger Diplomat und der Bruder Jonathan Netanyahus, des einzigen Israelis, der bei dem Kommandounternehmen auf Idi Amins Flughafen Entebbe zur Befreiung der Passagiere eines von palästinensischen und deutschen Terroristen entführten französischen Verkehrsflugzeugs gefallen war.

Benjamin Netanyahu, ein Sabre der dritten Generation, hatte seine Ausbildung teilweise in Amerika genossen. Wegen seiner Sprachkenntnisse, seiner Redegewandtheit und seines leidenschaftlichen Nationalismus gehörte er der Likud-Regierung Itzhak Shamirs an und fungierte in Interviews mit westlichen Medien oft als überzeugender Sprecher Israels.

Zwei Tage später, am 14. Oktober, traf er auf dem Washingtoner Dulles International Airport ein, ohne recht zu wissen, was er von dem dringenden Ersuchen des US-Außenministeriums halten sollte, er möge schnellstens zu sehr wichtigen Konsultationen nach Amerika kommen.

Noch verwirrter war er, als das Thema seines zweistündigen Privatgesprächs mit Lawrence Eagleburger, dem Stellvertreter des Außenministers, nichts weiter als ein umfassender Überblick über die Entwicklungen im Nahen Osten seit dem 2. August war. Er beendete dieses Gespräch gründlich frustriert und beschloß, am späten Abend nach Israel zurückzufliegen.

Als er das Außenministerium verlassen wollte, übergab ihm sein Assistent eine luxuriöse Briefkarte mit Wappenprägung. Der Absender bat ihn in eleganter Kursivschrift, nicht abzureisen, ohne ihn kurz aufzusuchen, um eine Angelegenheit von einiger Wichtigkeit »für unsere beiden Länder und unser ganzes Volk« zu besprechen.

Er kannte die Unterschrift, kannte den Absender und wußte, wieviel Macht und Reichtum dieser Mann besaß. Seine Limousine stand vor dem Portal. Der israelische Minister traf eine rasche Entscheidung: Er wies seinen Assistenten an, ihr Gepäck aus der Botschaft zu holen und damit in zwei Stunden zu einer Adresse in Georgetown zu kommen. Von dort aus würden sie zum Flughafen weiterfahren. Dann stieg er in die wartende Limousine.

Er war noch nie in diesem Haus gewesen, aber es entsprach völlig seinen Erwartungen – eine Luxusvilla am besseren Ende der M Street, keine dreihundert Meter vom Campus der Georgetown University entfernt. Er wurde in die kostbar getäfelte Bibliothek geführt, deren seltene Bücher und Kunstgegenstände von superbem Geschmack zeugten. Wenige Augenblicke später trat sein Gastgeber ein und kam mit ausgestreckter Hand über den Keschan auf ihn zu.

»Mein lieber Bibi, ich danke Ihnen, daß sie sich die Zeit genommen haben.«

Als Bankier und Finanzier übte Saul Nathanson zwei Berufe aus, die ihn extrem reich gemacht hatten – aber ohne die Gaunereien, die der Wall Street während der Regentschaft Boeskys und Milkens einen schlechten Ruf verschafft hatten. Sein wahrer Reichtum wurde nur angedeutet, nicht zur Schau gestellt, und der Mann selbst war viel zu kultiviert, um damit zu prahlen. Aber die Breughels und Van Dycks an seinen Wänden waren keine Kopien, und seine Spenden an Wohltätigkeitsorganisationen, auch an einige im Staat Israel, waren legendär.

Wie der israelische Politiker war er elegant und grauhaarig, aber im Gegensatz zu dem etwas Jüngeren trug er Maßanzüge aus der Londoner Savile Row und Seidenhemden von Sulka.

Er führte seinen Gast zu den beiden Ledersesseln vor dem offenen Kamin, in dem ein behagliches Feuer brannte, und ein englischer Butler kam mit einer Flasche und zwei Gläsern auf einem Silbertablett herein.

»Etwas, das Sie vielleicht genießen werden, mein Freund, während wir plaudern.«

Der Butler schenkte zwei Lalique-Gläser Rotwein ein, und der Israeli kostete einen kleinen Schluck. Nathanson zog fragend die Augenbrauen hoch.

»Natürlich superb«, sagte Netanyahu. Dieser 1961er Château

Mouton Rothschild war nicht leicht zu bekommen und kein Wein, den man hinunterstürzte. Der Butler ließ die Flasche gut erreichbar stehen und zog sich zurück.

Saul Nathanson war viel zu sensibel, um gleich das Thema anzuschneiden, das er besprechen wollte. Als Hors d'œuvres gab es zunächst etwas Konversation. Dann kam das Gespräch auf den Nahen Osten.

»Dort wird es Krieg geben, wissen Sie«, sagte er betrübt.

»Das steht außer Zweifel«, bestätigte Netanyahu.

»Bis er vorbei ist, sind unter Umständen viele junge Amerikaner gefallen – anständige junge Männer, die den Tod nicht verdient haben. Wir alle müssen tun, was in unseren Kräften steht, um ihre Zahl so gering wie nur möglich zu halten, finden Sie nicht auch? Noch etwas Wein?«

»Ich bin ganz Ihrer Meinung.«

Worauf wollte der Mann bloß hinaus? Der israelische Minister hatte keine Ahnung.

»Saddam Hussein«, sagte Nathanson und starrte ins Feuer, »ist eine Gefahr. Er muß gestoppt werden. Wahrscheinlich bedroht er Israel mehr als jeden anderen Nachbarstaat.«

»Das haben wir seit Jahren behauptet. Aber als wir seinen Atomreaktor bombardiert haben, hat Amerika uns verdammt.«

Nathanson machte eine wegwerfende Handbewegung.

»Carter und seine Leute. Natürlich Unsinn, alles kosmetischer Quatsch, um das Gesicht zu wahren. Das wissen wir beide, und wir wissen es beide besser. Ich habe einen Sohn, der am Golf stationiert ist.«

»Das habe ich nicht gewußt. Möge er gesund heimkehren.«

Nathanson war ehrlich bewegt.

»Danke, Bibi, danke. Darum bete ich jeden Tag. Mein Erstgeborener, mein einziger Sohn. Ich finde nur, daß... zu diesem Zeitpunkt... die Zusammenarbeit zwischen uns allen vorbehaltlos sein sollte.«

»Ohne Zweifel.« Der Israeli hatte das unangenehme Gefühl, ihm stünden schlechte Nachrichten bevor.

»Um die Verluste gering zu halten, wissen Sie. Deshalb bitte ich um Ihre Hilfe, Bibi, um die Verluste gering zu halten. Wir stehen auf derselben Seite, nicht wahr? Ich bin Amerikaner und Jude.«

Die ganz bewußt gewählte Reihenfolge ließ eine Pause entstehen.

»Und ich bin Israeli und Jude«, murmelte Netanyahu. Auch er hatte seine Prioritäten. Aber der Bankier ließ sich nicht im geringsten aus der Ruhe bringen.

»Genau. Aber da Sie zum Teil in Amerika aufgewachsen sind, müssen Sie verstehen, wie... nun, wie soll ich's ausdrücken? ...emotional Amerikaner manchmal sein können. Darf ich ganz offen reden?«

Eine willkommene Abwechslung, dachte der Israeli.

»Würde etwas getan, das auf irgendeine Weise dazu beitragen könnte, die Zahl der Verluste zu verringern – auch wenn's nur eine Handvoll wäre –, wären meine Landsleute und ich dem, der diesen Beitrag geleistet hat, bestimmt ewig dankbar.«

Die andere Hälfte dieser Feststellung blieb unausgesprochen, aber Netanyahu war ein viel zu erfahrener Diplomat, um sie nicht mitzubekommen. Und falls diese Verluste in die Höhe getrieben wurden, weil etwas getan oder unterlassen worden war, würde Amerikas Gedächtnis lang und seine Rache sehr unangenehm sein.

»Was wollen Sie von mir?« fragte er.

Saul Nathanson trank einen kleinen Schluck Wein und beobachtete die um die Scheiter züngelnden Flammen.

»In Bagdad scheint's einen Mann zu geben. Mit dem Decknamen Jericho...«

Als er ausgeredet hatte, verabschiedete sich ein nachdenklich gewordener stellvertretender Außenminister und raste zum Dulles International hinaus, um den Heimflug anzutreten.

9

Die Straßensperre, an der er angehalten wurde, befand sich an der Kreuzung der Mohammed Ibn Kassem Street mit dem Vierten Autobahnring. Als Mike Martin sie in der Ferne vor sich sah, war er versucht, auf der Straße zu wenden und in die Richtung zurückzufahren, aus der er gekommen war.

Aber entlang der Zufahrt zum Kontrollpunkt waren auf beiden Straßenseiten irakische Soldaten postiert, die anscheinend genau das verhindern sollten, und es wäre verrückt gewesen, ihrem Gewehrfeuer mit der für ein Wendemanöver erforderlichen geringen Geschwindigkeit entkommen zu wollen. So blieb ihm nichts anderes übrig, als weiterzufahren und sich in die Schlange der auf Abfertigung wartenden Fahrzeuge einzureihen.

Auf seiner Fahrt durch die Stadt hatte er wie immer versucht, die großen Verkehrsadern zu meiden, an denen Straßensperren wahrscheinlich waren, aber die sechs Stadtautobahnen, die Kuwait City in konzentrischen Kreisen umschlossen, ließen sich nur an großen Kreuzungen überqueren.

Weil er am späten Vormittag unterwegs war, hatte er auch gehofft, im Verkehrsgewühl mitschwimmen zu können oder unbehelligt zu bleiben, weil die Iraker sich schon vor der Hitze verkrochen hatten.

Aber Mitte Oktober war das Wetter kühler, und die Sondertruppen mit den grünen Baretten erwiesen sich als weit disziplinierter als die wertlose Volksarmee. Also saß er jetzt am Steuer des weißen Volvo-Kombis und wartete.

Es war noch tiefe finstere Nacht gewesen, als er mit dem Geländewagen weit nach Süden in die Wüste hinausgefahren war und den Rest seines Sprengstoffs, seiner Waffen und Munition ausgegraben hatte – alles Material, das er Abu Fuad versprochen hatte. Noch vor Tagesanbruch hatte er die Sachen in seiner Garage in Firdus aus dem Jeep in den Kombi umgeladen.

Zwischen dem Umladen und dem Zeitpunkt, in dem die Sonne seiner Meinung nach hoch genug stand, um die Iraker zu veranlassen, sich in den Schatten zurückzuziehen, hatte er es sogar geschafft, in der Garage am Steuer des Kombis sitzend ein zweistündiges Nickerchen zu machen. Dann hatte er den Volvo aus der Garage gefahren und den Jeep hineingestellt, weil er wußte, daß ein so begehrtes Fahrzeug ständig in Gefahr war, beschlagnahmt zu werden.

Zuletzt hatte er sich umgezogen und das fleckige, von der Wüste schmutzige Gewand eines Beduinen mit dem sauberen weißen Dischdasch eines kuwaitischen Arztes vertauscht.

Die Fahrzeuge vor ihm krochen auf die irakischen Soldaten an der Straßensperre zu, die aus mit Beton ausgegossenen Ölfässern bestand. In manchen Fällen warfen die Uniformierten nur einen Blick auf den Personalausweis des Fahrers und winkten ihn durch; in anderen Fällen mußten Wagen auf die Seite fahren, um durchsucht zu werden. Im allgemeinen würden Fahrzeuge, die irgendeine Ladung transportierten, an den Randstein dirigiert.

Martin war sich unbehaglich bewußt, daß die beiden großen Schrankkoffer, die hinter ihm auf der Ladefläche standen, genügend »Leckerbissen« enthielten, um seine sofortige Verhaftung und Übergabe an die Folterknechte der AMAM zu garantieren.

Schließlich fuhr der letzte Wagen vor ihm mit aufheulendem Motor an, und er rollte bis zu den Fässern vor. Der wachhabende Sergeant verlangte gar nicht erst seinen Ausweis. Sobald er die Schrankkoffer auf der Ladefläche sah, winkte er den Kombi energisch an den Randstein und rief den dort stehenden Soldaten einen Befehl zu.

Neben dem Fahrerfenster, das Martin bereits heruntergekurbelt hatte, erschien eine olivgrüne Uniform. Der Soldat bückte sich, und Martin hatte sein stoppelbärtiges Gesicht neben sich.

»Raus!« sagte der Soldat nur. Martin stieg aus und richtete sich auf. Er lächelte höflich. Ein Sergeant mit scharfgeschnittenem pokkennarbigem Gesicht kam heran. Der Gefreite ging nach hinten und starrte durch die Heckscheibe die großen Koffer auf der Ladefläche an.

»Ausweis«, verlangte der Sergeant. Er studierte den Personalausweis, den Martin ihm hinhielt, und sein Blick wanderte von dem verschwommenen Gesicht hinter der Plastikbeschichtung zu dem des Mannes vor ihm. Falls er einen Unterschied zwischen dem britischen Offizier, der vor ihm stand, und dem Lageristen der Al-Khalifa Trading Company wahrnahm, dessen Paßfoto für die Ausweiskarte verwendet worden war, ließ er sich nichts anmerken.

Der Ausweis war offiziell letztes Jahr ausgestellt worden, und in einem Jahr kann ein Mann sich einen kurzen schwarzen Bart stehen lassen.

»Sind Sie Arzt?«

»Ja, Sergeant. Ich arbeite im Krankenhaus.«

»Wo?«

»An der Jahra Road.«

»Wohin fahren Sie?«

»Ins Amiri-Krankenhaus in Dasman.«

Der Sergeant war offenbar nicht sehr gebildet, und in seinem Kulturkreis stand ein Arzt als Gelehrter in hohem Ansehen. Er knurrte und ging nach hinten zur Heckklappe des Volvos.

»Aufmachen«, sagte er.

Martin sperrte die Heckklappe auf und ließ sie nach oben über ihre Köpfe hochschwingen. Der Sergeant starrte die beiden Schrankkoffer an.

»Was ist da drin?«

»Proben, Sergeant. Sie werden im Forschungslabor in Amiri gebraucht.«

»Aufmachen.«

Martin zog einen Bund kleiner Messingschlüssel aus der Tasche seines weißen Gewandes. Seine großen Schrank- oder Überseekoffer, die er in einem Koffergeschäft gekauft hatte, waren mit je zwei Messingschlössern gesichert.

»Sie wissen, daß diese Behälter klimatisiert sind?« fragte Martin beiläufig, während er vorgab, die richtigen Schlüssel herauszusuchen.

»Klimatisiert?« wiederholte der Sergeant verständnislos.

»Ja, Sergeant. Ihr Inneres ist gekühlt. Die Kulturen werden bei konstant niedriger Temperatur transportiert. Das garantiert, daß sie inert bleiben. Öffne ich sie jetzt, entweicht die kalte Luft, und ich fürchte, daß sie sehr aktiv werden. Sie sollten lieber etwas zurücktreten.«

237

Bei dem Wort »zurücktreten« machte der Sergeant ein finsteres Gesicht, ließ seinen Karabiner von der Schulter gleiten und zielte damit auf Martin, als vermute er, die Schrankkoffer enthielten irgendwelche Waffen.

»Wie meinen Sie das?« knurrte er. Martin zuckte bedauernd mit den Schultern.

»Tut mir leid, aber das ist nicht zu verhindern. Die Erreger entkommen in die uns umgebende Luft.«

»Erreger, was für Erreger?« Der Sergeant war verwirrt und wütend – über seine eigene Unwissenheit, aber auch über diesen Arzt.

»Habe ich nicht gesagt, wo ich arbeite?« fragte Martin ruhig.

»Ja, in einem Krankenhaus.«

»Richtig. Auf der Isolierstation. Diese Behälter sind voller Pocken- und Choleraproben, die untersucht werden sollen.«

Diesmal machte der Sergeant einen regelrechten Satz rückwärts – gut einen halben Meter weit. Die Narben in seinem Gesicht waren kein Zufall; als kleiner Junge war er beinahe an Pocken gestorben.

»Scheren Sie sich mit diesem Zeug zum Teufel!«

Martin entschuldigte sich erneut, schloß die Heckklappe, setzte sich ans Steuer und fuhr weiter. Eine Dreiviertelstunde später erreichte er das Fischlagerhaus im Hafen Schuwaich und übergab dort sein Material Abu Fuad.

United States Department of State, Washington, D. C. 20520
Denkschrift für: Außenminister James Baker
Von: Political Intelligence and Analysis Group
Betrifft: Zerstörung des irakischen Militärapparats
Datum: 16. Oktober 1990
Klassifizierung: Persönliche Chefsache
In den zehn Wochen seit dem irakischen Einmarsch in das Emirat Kuwait ist der Militärapparat, der Staatspräsident Saddam Hussein gegenwärtig zur Verfügung steht, Gegenstand gründlichster Untersuchungen durch uns und unsere britischen Verbündeten gewesen.

Kritiker, die wie üblich den Vorteil haben, nachträglich zu urteilen, werden zweifellos sagen, eine derartige Analyse hätte schon früher erstellt werden sollen. Jedenfalls liegen uns die Ergebnisse der einzelnen Untersuchungen nun vor und ergeben ein sehr beunruhigendes Gesamtbild.

Allein die konventionellen Streitkräfte des Irak mit seinem stehenden Heer von eineinviertel Millionen Mann, seinen Geschützen, Panzern und Raketenbatterien sowie seiner modernen Luftwaffe machen den Irak gemeinsam zur weitaus stärksten Militärmacht im Nahen Osten.

Vor zwei Jahren wurde angenommen, wenn der Krieg mit dem Iran die Wirkung gehabt habe, den iranischen Militärapparat soweit zu schwächen, daß er keine realistische Bedrohung für seine Nachbarn mehr darstelle, müßten die dem irakischen Militärapparat vom Iran zugefügten Schäden ähnlich schwerwiegend sein.

Wie sich inzwischen zeigt, hat im Fall des Iran das von uns und den Briten bewußt verhängte Waffenembargo bewirkt, daß die Lage der Iraner im wesentlichen gleich geblieben ist. Im Fall des Irak ist in den vergangenen zwei Jahren jedoch ein erschreckend nachdrücklich betriebenes Wiederaufrüstungsprogramm angelaufen.

Bekanntlich hat die Politik des Westens in der Golfregion und im gesamten Nahen Osten lange auf einem Kräftegleichgewicht basiert: auf der Vorstellung, Stabilität und damit der Status quo könnten nur gewahrt werden, wenn verhindert wird, daß einer der dortigen Staaten so mächtig wird, daß er mit der Drohung, seine Nachbarn zu unterwerfen, eine Vorherrschaft begründen kann.

Allein auf dem konventionellen Rüstungssektor ist inzwischen unübersehbar, daß der Irak diese Macht gewonnen hat und nun eine solche Vorherrschaft anstrebt.

Aber dieser Bericht befaßt sich noch mehr mit einem anderen Aspekt irakischer Kriegsvorbereitungen: der Anhäufung erschreckender Mengen von Massenvernichtungswaffen – in Verbindung mit weiterverfolgten Plänen für eine Aufstockung dieser Bestände – und dazugehöriger Trägersysteme mit internationaler, vielleicht sogar interkontinentaler Reichweite.

Kurz gesagt: Werden diese Waffen, die sich noch in Entwicklung befindlichen und ihre Trägersysteme, nicht restlos zerstört, ergeben sich für die unmittelbare Zukunft katastrophale Perspektiven.

Nach einer vom Medusa-Ausschuß vorgelegten Untersuchung, der die Briten hundertprozentig zustimmen, wird der Irak binnen drei Jahren über eine eigene Atombombe verfügen und imstande sein, sie im Umkreis von 2000 Kilometern um Bagdad an jedem beliebigen Punkt ins Ziel zu bringen.

Verstärkt wird diese Bedrohung durch Tausende von Tonnen Giftgas und ein biologisches Angriffspotential mit Milzbrand, Tularämie und möglicherweise Beulen- und Lungenpest.

Selbst wenn im Irak ein mildes und vernünftiges Regime an der Macht wäre, wären diese Aussichten erschreckend. Tatsache ist jedoch, daß der Irak allein von Staatspräsident Saddam Hussein beherrscht wird, der eindeutig unter zwei identifizierbaren psychischen Krankheiten leidet: Größenwahn und Paranoia.

Falls keine vorbeugenden Maßnahmen ergriffen werden, ist der Irak binnen drei Jahren in der Lage, nur durch Androhung von Waffengewalt das gesamte Gebiet von der türkischen Nordküste bis zum Golf von Aden, vom Mittelmeer vor Haifa bis zum Kandahargebirge zu beherrschen.

Diese Erkenntnisse müssen eine radikale Änderung der Politik des Westens herbeiführen. Absolutes Hauptziel seiner Politik muß jetzt die Vernichtung des irakischen Militärapparats und vor allem der Massenvernichtungswaffen sein. Die Befreiung Kuwaits ist dabei irrelevant und dient nur als Rechtfertigungsgrund.

Da die Erreichung dieses Ziels lediglich durch einen einseitigen Rückzug des Irak aus Kuwait verhindert werden könnte, muß alles unternommen werden, um sicherzustellen, daß es nicht dazu kommt.

Im Zusammenwirken mit unseren britischen Verbündeten muß die US-Außenpolitik deshalb auf folgende vier Ziele hinarbeiten:

a) Saddam Hussein, soweit möglich, durch heimliche Provokationen und zugetragene Argumente beeinflussen, damit er sich weigert, Kuwait zu räumen.

b) Jeglichen Kompromiß zurückweisen, den er als Grundlage für Verhandlungen über die Räumung Kuwaits anbieten könnte, weil dadurch die Rechtfertigung für unsere geplante Invasion und die Vernichtung seines Militärapparats entfiele.

c) Im Sicherheitsrat der Vereinten Nationen auf unverzügliche Verabschiedung der lange verschleppten Resolution 678 drängen, die den Alliierten das Recht gibt, den Luftkrieg zu beginnen, sobald ihre Vorbereitungen abgeschlossen sind.

d) Jeden Friedensplan, der es dem Irak ermöglichen könnte, sein jetziges Dilemma unbeschadet zu überstehen, nach außen hin begrüßen, aber in Wirklichkeit torpedieren. Der UN-Generalsekre-

tär, Paris und Moskau verkörpern hier offensichtlich die größte Gefahr, da ihnen jederzeit zuzutrauen ist, irgendeinen naiven Friedensplan vorzulegen, der verhindern könnte, was getan werden muß. Der Öffentlichkeit wird selbstverständlich weiter das Gegenteil versichert.
Hochachtungsvoll vorgelegt
PIAG

»Itzhak, diesmal müssen wir wirklich mitspielen.«

In seinem großen Drehsessel hinter dem Diplomatenschreibtisch wirkte der israelische Ministerpräsident wie immer fast zwergenhaft, als sein stellvertretender Außenminister ihm im festungsartig ausgebauten Arbeitszimmer des Regierungschefs unter der Knesset in Jerusalem gegenübersaß. Die beiden mit Uzis bewaffneten Fallschirmjäger draußen vor der stahlgepanzerten schweren Holztür konnten nicht hören, was drinnen gesprochen wurde.

Itzhak Shamir musterte ihn finster, und seine kurzen Beine baumelten über dem Teppich in der Luft, obwohl dort auch eine speziell für ihn angefertigte Fußstütze stand. Mit seinem runzligen, kampflustigen Gesicht unter dem eisgrauen Haar erinnerte er erst recht an irgendeinen nordischen Troll.

Sein stellvertretender Außenminister unterschied sich in fast jeder Beziehung von ihm: groß, während der Regierungschef klein war; elegant, während Shamir verknitterte Anzüge trug; umgänglich, während der Ministerpräsident cholerisch war. Trotzdem kamen sie glänzend miteinander aus, weil dieselbe kompromißlose Vision von ihrem Land und den Palästinensern sie verband, so daß der in Rußland geborene Ministerpräsident nicht gezögert hatte, den kosmopolitischen Diplomaten zu berufen und zu befördern.

Benjamin Netanyahu hatte überzeugend argumentiert. Israel brauchte Amerika; sein Wohlwollen, das einst durch die Macht der jüdischen Lobby automatisch garantiert, aber jetzt im Kongreß und in den amerikanischen Medien unter Beschuß geraten war, seine Spenden, seine Waffen und sein Veto im Sicherheitsrat. Das war verdammt viel, um es wegen eines angeblichen irakischen Agenten, den Kobi Dror drunten in Tel Aviv führte, aufs Spiel zu setzen.

»Laß sie diesen Jericho haben, wer immer er ist«, drängte

Netanyahu. »Hilft er ihnen, Saddam Hussein zu vernichten ... um so besser für uns!«

Der Ministerpräsident grunzte, nickte knapp und streckte die Hand nach seiner Gegensprechanlage aus.

»Rufen Sie General Dror an und sagen Sie ihm, daß ich ihn hier in meinem Büro sprechen möchte«, wies er seine Privatsekretärin an. »Nein, nicht, wenn er Zeit hat. Sofort.«

Vier Stunden später verließ Kobi Dror das Arbeitszimmer seines Ministerpräsidenten. Er kochte vor Wut. Als sein Dienstwagen unterhalb von Jerusalem wieder die breite Schnellstraße nach Tel Aviv erreichte, konnte er sich tatsächlich nicht daran erinnern, schon jemals so zornig gewesen zu sein.

Sich von seinem eigenen Ministerpräsidenten sagen lassen zu müssen, daß man falsch gehandelt habe, war schlimm genug. Sich sagen lassen zu müssen, man sei ein dämliches Arschloch, war etwas, auf das er hätte verzichten können.

Normalerweise betrachtete er sonst gern die Pinienwälder, in denen während der Belagerung Jerusalems, als die heutige Schnellstraße nur eine von Rinnen durchzogene Fahrspur gewesen war, sein Vater und andere gekämpft hatten, um durch die palästinensischen Linien zu stoßen und die Stadt zu entsetzen. Aber nicht heute.

Sobald er wieder in seinem Dienstzimmer war, ließ er Sami Gershon kommen und teilte ihm die schlimme Nachricht mit.

»Wie zum Teufel haben die Yankees das erfahren?« brüllte er. »Wer hat nicht dichtgehalten?«

»Keiner aus dem Büro«, sagte Gershon nachdrücklich. »Was ist mit dem Professor? Wie ich sehe, ist er gerade aus London zurückgekommen.«

»Verdammter Verräter!« knurrte Dror. »Das soll er mir büßen!«

»Wahrscheinlich haben die Briten ihn betrunken gemacht«, vermutete Gershon, »und er hat besoffen geprahlt. Laß es gut sein, Kobi. Der Schaden ist nun mal passiert. Was müssen wir jetzt tun?«

»Ihnen alles über Jericho erzählen«, fauchte Dror. »Aber ich tu's nicht! Du kannst Sharon hinschicken. Er soll's machen. Das Treffen ist in London, wo's die undichte Stelle gegeben hat.«

Gershon dachte darüber nach und grinste.

»Was ist daran spaßig?« fragte Dror.

»Bloß eines: Wir haben keine Verbindung mehr zu Jericho.

Sollen sie's doch versuchen! Wir wissen bis heute nicht, wer der Schweinehund ist. Laß sie's doch selber rauskriegen! Mit etwas Glück wird daraus ein Riesenscheiß.«

Nachdem Dror darüber nachgedacht hatte, breitete sich ein listiges Lächeln auf seinem Gesicht aus.

»Schick Sharon heute abend los«, sagte er. »Dann starten wir ein neues Projekt, das ich seit einiger Zeit im Hinterkopf habe. Wir nennen es Unternehmen Josua.«

»Warum?« fragte Gershon verständnislos.

»Hast du vergessen, was Josua mit den Mauern Jerichos angestellt hat?«

Das Treffen in London wurde als so wichtig eingeschätzt, daß Bill Stewart, Langleys stellvertretender Direktor (Beschaffung), persönlich über den Atlantik kam und Chip Barber, den Leiter der Nahostabteilung, mitbrachte. Sie wohnten in einem der sicheren Häuser der Firma, einem Apartment unweit ihrer Botschaft am Grosvenor Square, und aßen mit einem stellvertretenden SIS-Direktor und Steve Laing zu Abend. Wegen Stewarts Rang war der stellvertretende Direktor protokollarisch erforderlich; bei der Befragung David Sharons würde er durch Simon Paxman ersetzt werden, der für den Irak zuständig war.

David Sharon kam unter falschem Namen mit dem Flugzeug aus Tel Aviv an und wurde von einem Katsa der israelischen Botschaft am Palace Green vom Flughafen abgeholt. Die britische Spionageabwehr MI-5, die es nicht mag, wenn ausländische Agenten – auch die der befreundeten Dienste – bei der Einreise Spielchen treiben, war vom SIS informiert und entdeckte den wartenden Katsa. Sobald dieser den gerade aus Tel Aviv angekommenen »Mr. Eliyahu« begrüßte, drängte sich die MI-5-Gruppe dazwischen, hieß Mr. Sharon herzlich willkommen und bot ihm alles an, was seinen Aufenthalt in London angenehm machen konnte.

Die beiden verärgerten Israelis wurden zu ihrem Wagen begleitet, winkend verabschiedet und dann auf ihrer Fahrt zur Stadtmitte geruhsam beschattet. Sämtliche Musikkapellen der Gardebrigade gemeinsam hätten sie nicht auffälliger begleiten können.

Die Befragung David Sharons begann am nächsten Morgen und dauerte den ganzen Tag und die halbe Nacht. Der SIS benutzte dazu eines seiner eigenen sicheren Häuser, ein gut bewachtes und wirkungsvoll »verdrahtetes« Apartment in South Kensington.

Es war (und ist noch immer) ein großes, geräumiges Apartment, dessen Eßzimmer als Besprechungsraum diente. In einem der Schlafzimmer waren die Tonbandgeräte aufgebaut, an denen zwei Techniker jedes gesprochene Wort aufzeichneten. Eine vom Century House ausgeliehene schlanke Dame übernahm die Küche und organisierte einen endlosen Konvoi aus Tabletts mit Kaffee und Sandwiches für das um den Eßtisch gruppierte Männersextett.

Unten in der Eingangshalle verbrachten zwei fit wirkende Männer den Tag damit, den einwandfrei funktionierenden Aufzug zu reparieren, während sie in Wirklichkeit dafür sorgten, daß außer den bekannten Bewohnern des Hauses niemand übers Erdgeschoß hinauskam.

Am Eßtisch saßen jetzt David Sharon und der Londoner Katsa, der ohnehin ein »gemeldeter« Agent war, die beiden Amerikaner Stewart und Barber aus Langley und Laing und Paxman, die beiden SIS-Leute.

Auf Aufforderung der Amerikaner fing Sharon ganz von vorn an und erzählte die Geschichte, wie sie passiert war.

»Ein Söldner? Ein Söldner, der sich selbst gemeldet hat?« fragte Stewart an einer Stelle. »Wollen Sie mich auf den Arm nehmen?«

»Ich habe Anweisung, absolut nichts zu verschweigen«, antwortete Sharon. »Genau so ist's gewesen.«

Die Amerikaner hatten nichts gegen einen Söldner. Tatsächlich war das sogar ein Vorteil. Von allen Motiven für Verrat am eigenen Land ist Geld für den anwerbenden Geheimdienst am einfachsten und unkompliziertesten. Bei einem Söldner weiß man, woran man ist. Keine quälenden Schuld- und Reuegefühle, keine Angst vor Selbstverachtung, kein fragiles Ego, das umhegt und gehätschelt werden muß, kein gesträubtes Gefieder, das geglättet werden muß. In der Welt der Nachrichtendienste ist ein Söldner wie eine Hure. Weder langweilige Diners bei Kerzenschein noch geflüsterte süße Nettigkeiten sind erforderlich. Eine Handvoll Dollar auf dem Toilettentisch genügt völlig.

Sharon schilderte ihre hektische Suche nach jemandem, der im Schutz diplomatischer Immunität für längere Zeit in Bagdad leben konnte, ihre unausweichliche Entscheidung für Alfonso Benz Moncada, seine Intensivausbildung in Santiago und seine Rückkehr nach Bagdad, wo er Jericho zwei Jahre lang geführt hatte.

»Augenblick«, sagte Stewart, »dieser *Amateur* hat Jericho zwei Jahre lang geführt? Hat die toten Briefkästen siebzigmal geleert und ist dabei nicht geschnappt worden?«

»Richtig. Das kann ich beschwören«, antwortete Sharon.

»Was halten Sie davon, Steve?«

Laing zuckte mit den Schultern.

»Anfängerglück. Hätte ich in Ost-Berlin oder Moskau nicht versuchen wollen.«

»Genau«, bestätigte Stewart. »Und er ist unterwegs nie beschattet worden? Hat keinen seiner toten Briefkästen aufgeben müssen?«

»Nein«, sagte Sharon. »Er ist ein paarmal beschattet worden, aber immer nur sporadisch und ziemlich amateurhaft. Auf der Fahrt von seiner Wohnung zum Gebäude der Wirtschaftskommission oder auf der Heimfahrt und einmal auf dem Weg zu einem der toten Briefkästen. Aber er hat sie rechtzeitig gesehen und ist weggeblieben.«

»Nehmen wir mal an«, warf Laing ein, »er *wäre* tatsächlich von einem Profiteam beschattet worden, ohne es zu merken. Die Jungs von Rahmanis Spionageabwehr überwachen den toten Briefkasten und schnappen sich Jericho. Sie nehmen ihn in die Mangel, bis er mitmacht...«

»Dann wäre sein Material schlechter geworden«, sagte Sharon. »Jericho hat seinem Land wirklich geschadet. Das hätte Rahmani nicht länger durchgehen lassen. Jericho wäre vor Gericht gestellt und gehenkt worden, und Moncada wäre ausgewiesen worden – wenn er Glück gehabt hätte.

Beschattet worden ist er anscheinend von AMAM-Leuten, obwohl für Ausländer eigentlich Rahmani zuständig wäre. Jedenfalls haben sie's wie üblich amateurhaft angefangen. Moncada hat sie mühelos erkannt. Bekanntlich versucht die AMAM immer wieder, sich in die Spionageabwehr reinzudrängeln...«

Seine Zuhörer nickten. Rivalität zwischen einzelnen Diensten war nichts Neues. Die kannten sie aus ihren eigenen Bereichen.

Als Sharon an dem Punkt angelangt war, an dem Moncada aus dem Irak abgezogen wurde, stieß Bill Stewart einen Fluch aus.

»Soll das heißen, daß er abgeschaltet, daß die Verbindung abgerissen ist...? Wollen Sie uns erzählen, daß Jericho keinen Führungsoffizier mehr hat?«

»Genau darauf will ich hinaus«, antwortete Sharon geduldig. Er wandte sich an Chip Barber. »Als General Dror Ihnen erklärt hat, er habe keinen Agenten in Bagdad, ist das sein Ernst gewesen. Nach unserer Überzeugung ist Jericho als Informant erledigt gewesen.«

Barber warf dem jungen Katsa einen Blick zu, als wolle er sagen: Erzähl nur weiter, Sohn, wir glauben dir *alles.*

»Wir möchten die Verbindung wiederaufnehmen«, sagte Laing gelassen. »Wie?«

Sharon beschrieb ihnen die genaue Position der sechs toten Briefkästen. In zwei Jahren hatte Moncada zwei davon ändern müssen: den einen, weil das Gelände planiert worden war, um bebaut zu werden; den anderen, weil ein verfallener Laden renoviert und neu eröffnet worden war. Aber die sechs funktionierenden toten Briefkästen und die sechs Stellen, an denen Kreidezeichen als Signale angebracht werden mußten, hatte Moncada bei der letzten Befragung unmittelbar nach seiner Ausweisung beschrieben.

Die Standorte der Briefkästen und die Stellen für Kreidezeichen wurden auf den Zentimeter genau festgehalten.

»Vielleicht können wir einen befreundeten Diplomaten dazu bringen, ihn auf einer Veranstaltung anzusprechen und ihm zu sagen, daß er wieder im Geschäft ist und sogar mehr Geld bekommen soll«, schlug Barber vor. »Dann könnten wir uns diesen Scheiß mit losen Ziegeln und Gehsteigplatten sparen.«

»Nein«, widersprach Sharon, »eine Kontaktaufnahme ist nur über die Briefkästen möglich.«

»Warum?« fragte Stewart.

»Das wird Ihnen unglaublich vorkommen, aber ich schwöre, daß es die Wahrheit ist. Wie haben nie rausgekriegt, wer er wirklich ist.«

Die vier Geheimdienstleute aus dem Westen starrten Sharon minutenlang an.

»Sie haben ihn nie identifiziert?« fragte Stewart langsam.

»Nein. Wir haben's versucht, wir haben ihn aufgefordert, sich zu seinem eigenen Schutz zu erkennen zu geben. Aber er hat sich geweigert, er hat mit dem Abbruch der Verbindung gedroht, wenn wir darauf bestünden. Wir haben Handschriftenanalysen und Psychoporträts angefertigt. Wir haben die von ihm gelieferten Informationen mit dem Material verglichen, zu dem er keinen Zugang hatte. Das Ergebnis war eine Liste von dreißig, maximal vierzig Männern – alle aus Saddam Husseins Umgebung, alle im Kommandorat der Revolution, im Oberkommando der Streitkräfte oder in der Führungsspitze der Ba'th-Partei.

Näher sind wir nie rangekommen. Zweimal haben wir in Aufträgen absichtlich einen englischen technischen Fachausdruck verwendet. In beiden Fällen ist eine Rückfrage gekommen. Anscheinend spricht er nur wenig oder gar kein Englisch. Aber das kann eine Finte gewesen sein. Vielleicht spricht er fließend Englisch – aber wenn wir das wüßten, kämen nur noch zwei oder drei Männer in Frage. Also schreibt er seine Mitteilungen immer mit der Hand und auf arabisch.«

Stewart grunzte zustimmend.

»Klingt wie Deep Throat.«

Sie erinnerten sich an den Unbekannten, der in der Watergate-Affäre der *Washington Post* Insidermaterial zugespielt hatte.

»Aber Woodward und Bernstein haben Deep Throat doch identifiziert?« fragte Paxman.

»Das behaupten sie, aber ich glaub's nicht«, sagte Stewart. »Ich vermute, daß der Kerl nie aus seiner Deckung rausgekommen ist – wie dieser Jericho.«

Es war längst Nacht, als die vier Männer den erschöpften David Sharon endlich in seine Botschaft zurückfahren ließen. Falls es noch etwas gab, das er ihnen hätte erzählen können, würden sie es nicht aus ihm herausbekommen. Aber Steve Laing war der Überzeugung, diesmal habe der Mossad nichts zurückgehalten. Bill Stewart hatte ihm erzählt, wieviel Druck in Washington gemacht worden war.

Die beiden britischen Geheimdienstleute und ihre amerikanischen Kollegen, die von Sandwich und Kaffee genug hatten, suchten ein in der Nähe liegendes Restaurant auf. Bill Stewart, dessen Magengeschwür durch zwölf Stunden Sandwichdiät und viel Streß nicht besser geworden war, stocherte lustlos in dem Räucherlachs auf seinem Teller herum.

»Ein schwieriger Fall, Steve. Verdammt schwierig! Wir müssen wie der Mossad versuchen, einen akkreditierten Diplomaten zu finden, der schon eine Geheimdienstausbildung hat, und ihn dazu bewegen, für uns zu arbeiten. Notfalls gegen Bezahlung. Langley ist bereit, dafür einen Haufen Geld auszugeben. Jerichos Informationen könnten uns hohe Verluste ersparen, wenn's zum Krieg kommt.«

»Aber wo sollen wir anfangen?« fragte Barber. »Die Hälfte aller Botschaften in Bagdad ist bereits geschlossen. Und die übrigen werden bestimmt streng überwacht. Die Iren, Schweizer, Schweden und Finnen?»

»Die Neutralen spielen nicht mit«, sagte Laing. »Und ich bezweifle, daß sie von sich aus einen ausgebildeten Agenten nach Bagdad entsandt haben. Botschaften von Staaten der dritten Welt können wir vergessen – da ginge der ganze Zirkus mit Anwerbung und Ausbildung von vorn los.«

»Dafür haben wir keine Zeit, Steve. Diese Sache ist dringend! Wir dürfen die Israelis nicht einfach imitieren. Drei Wochen Kurzausbildung sind Wahnsinn. Das mag damals geklappt haben, aber jetzt befindet Bagdad sich im Kriegszustand. Die Überwachung ist garantiert verschärft worden. Fangen wir aus dem Stand an, dauert es mindestens drei Monate, um einen Diplomaten zum Agenten auszubilden.«

Stewart nickte zustimmend.

»Klappt das nicht, brauchen wir jemanden, der legal einreisen kann. Verschiedene Geschäftsleute – vor allem Deutsche – fliegen noch immer nach Bagdad. Wir könnten einen glaubwürdigen Deutschen oder Japaner losschicken.«

»Das Problem ist, daß diese Leute immer nur für kurze Zeit bleiben. Im Idealfall bräuchten wir jemanden, der diesen Jericho für die nächsten... hm... vier Monate betreut. Wie wär's mit einem Journalisten?« schlug Laing vor.

Paxman schüttelte den Kopf.

»Ich habe mit allen gesprochen, die von dort zurückgekommen sind; als Journalisten werden sie total überwacht. Kein Auslandskorrespondent könnte sich in irgendwelchen finsteren Gassen herumtreiben – alle haben ständig einen AMAM-Aufpasser bei sich. Und ich erinnere daran, daß wir – abgesehen von einem akkreditierten Diplomaten – von einem schwarzen Unternehmen reden. Mag sich jemand vorstellen, was einen Agenten erwartet, der Omar Khatib in die Hände fällt?«

Die vier Männer an diesem Tisch kannten den schlimmen Ruf Khatibs, der sich als Chef der Geheimpolizei AMAM den Beinamen al-Mu'asib – der Folterer – verdient hatte.

»Risiken sind wahrscheinlich unvermeidbar«, meinte Barber.

»Ich denke mehr an das Akzeptanzproblem«, stellte Paxman fest. »Welcher Geschäftsmann oder Reporter würde jemals mitmachen, wenn er weiß, was ihm bevorsteht, falls er geschnappt wird? Mir wäre der KGB lieber als die AMAM.«

Bill Stewart legte frustriert seine Gabel weg und bestellte sich noch ein Glas Milch.

»Schön, das wär's also. Es sei denn, wir finden einen ausgebildeten Agenten, der als Iraker durchgehen kann.«

Paxman sah fragend zu Steve Laing hinüber, der nach kurzer Überlegung langsam nickte.

»Wir haben einen Mann, der das könnte«, sagte Paxman.

»Ein handzahmer Araber? Die hat der Mossad, die haben wir auch«, sagte Stewart, »aber nicht auf dieser Ebene. Botenjungen, Handlanger. Hier geht's um hohes Risiko, um hochklassiges Material.«

»Nein, ein Brite, ein Major beim Special Air Service.«

Stewart vergaß das Milchglas in seiner Hand. Barber legte Messer und Gabel weg und hörte auf, sein Steak zu kauen.

»Arabisch sprechen ist eine Sache, aber im Irak als Iraker durchgehen, ist was anderes«, sagte Stewart.

»Er ist dunkelhäutig, braunäugig und schwarzhaarig, aber ein hundertprozentiger Brite. Er ist dort zur Welt gekommen und aufgewachsen. Er kann als Iraker durchgehen.«

»Und er ist für verdeckte Unternehmen ausgebildet?« fragte Barber. »Scheiße, wo zum Teufel ist der Kerl?«

»Tatsächlich ist er im Augenblick in Kuwait«, antwortete Laing.

»Verdammt! Soll das heißen, daß er dort festsitzt, daß er sich verkrochen hat?«

»Nein. Er scheint sich ziemlich frei bewegen zu können.«

»Was zum Teufel tut er dort, wenn er nicht raus kann?«

»Er legt Iraker um.«

Stewart dachte darüber nach und nickte langsam.

»Alle Achtung«, murmelte er. »Können Sie ihn dort rausholen? Wir würden ihn uns gern ausleihen.«

»Das müßte sich machen lassen, sobald er sich wieder über Funk meldet. Aber wir würden ihn führen und uns das Material gleichberechtigt teilen.«

Stewart nickte erneut.

»Okay, das sehe ich ein. Schließlich habt ihr uns Jericho gebracht, Jungs. Abgemacht! Ich sorge dafür, daß der Richter einverstanden ist.«

Paxman stand auf und tupfte sich die Lippen ab.

»Ich muß los und Riad benachrichtigen«, sagte er.

Mike Martin war es gewohnt, seines eigenen Glückes Schmied zu sein, aber in diesem Oktober kam er nur durch Zufall mit dem Leben davon.

In dieser Nacht zum 20. Oktober, in der die vier Führungskräfte von CIA und Century House in South Kensington dinierten, sollte er über Funk Verbindung mit der SIS-Außenstelle in einem Vorort von Riad aufnehmen.

Hätte er das getan, wäre sein Sender wegen des zweistündigen Zeitunterschieds bereits wieder abgeschaltet gewesen, bevor Simon Paxman ins Century House zurückkehren und Riad mitteilen konnte, daß er gebraucht werde.

Noch schlimmer: Er hätte fünf bis zehn Minuten lang gesendet, um mit Riad zu besprechen, wie der Nachschub von Waffen und Sprengstoff sich organisieren ließ.

Tatsächlich kam er kurz vor Mitternacht in die Garage, in der sein Jeep stand, nur um zu entdecken, daß ein Reifen des Geländewagens platt war.

Er mühte sich über eine Stunde lang fluchend damit ab, an dem aufgebockten Fahrzeug die Radmuttern zu lösen, die durch eine Mischung aus Schmierfett und Wüstensand praktisch festgeschweißt waren. Um Viertel nach eins rollte er endlich aus der Garage – und mußte nach wenigen hundert Metern feststellen, daß auch der jetzt montierte Reservereifen langsam Luft verlor.

So blieb ihm nichts anderes übrig, als in die Garage zurückzufahren und auf das Funkgespräch mit Riad zu verzichten.

Es dauerte zwei Tage, bis die beiden Reifen repariert waren, und Martin befand sich erst in der Nacht zum 22. Oktober weit südlich der Großstadt in der Wüste, richtete seine Satellitenschüssel auf den Fernmeldesatelliten aus, der die Verbindung zu der viele hundert Kilometer entfernten saudiarabischen Hauptstadt herstellen würde, und drückte auf den Rufknopf, um durch ein komprimiertes Kurzsignal anzukündigen, daß er empfangsbereit war.

Sein automatisiertes Funkgerät wies zehn quarzgesteuerte Kanäle auf, die jeweils verschiedenen Tagen zugeordnet waren. Am 21. Oktober benutzte er Kanal eins. Nachdem er sich gemeldet hatte, schaltete er auf Empfang um. Sekunden später meldete sich eine leise Stimme:

»Black Bear, hier Rocky Mountain, hören Sie fünf.«

Die von Riad und Martin verwendeten Decknamen entsprachen dem Datum und dem Kanal – nur für den Fall, daß Gegner versuchten, sich auf dieser Frequenz dazwischenzudrängen.

Martin schaltete auf Senden um und sprach mehrere Sätze.

Nördlich von ihm in einem Vorort von Kuwait City wurde ein junger irakischer Techniker durch eine Blinkleuchte an seiner Konsole alarmiert, die in einem beschlagnahmten Apartment im obersten Stock eines Hochhauses stand. Eine seiner Suchantennen hatte die Sendung aufgenommen und den Sender erfaßt.

»Hauptmann!« rief er aufgeregt. Ein Offizier der Fernmeldeabteilung von Hassan Rahmanis Spionageabwehr stand mit wenigen raschen Schritten hinter ihm. Das Licht blinkte weiter, und der Techniker verstellte eine Peilskala, um die Gradzahl ablesen zu können.

»Da sendet jemand!«

»Wo?«

»Draußen in der Wüste, Hauptmann.«

Während seine Peilempfänger die Richtung des Senders immer genauer bestimmten, hörte der Techniker mit aufgesetztem Kopfhörer mit.

»Elektronisch verschlüsseltes Signal, Hauptmann.«

»Das muß er sein! Der Boß hat recht gehabt. Peilung?«

Der Offizier griff nach dem Telefon, um seine beiden anderen Peilstationen auf ihren Lkws bei Jahra und am Krankenhaus Al-Adan weiter südlich an der Küste zu alarmieren.

»Zwo-null-zwo Grad.«

Die Standlinie zeigte nach Südwesten, wo es bis zur Grenze nach Saudi-Arabien außer der menschenleeren kuwaitischen Wüste absolut nichts gab.

»Frequenz?« blaffte der Offizier, während die Peilstation Jahra sich meldete.

Der Techniker nannte sie ihm – ein selten benutzter Kanal im VLF-Bereich.

»Leutnant«, rief er über die Schultern hinweg, »rufen Sie den Flugplatz Ahmadi an! Der Hubschrauber soll starten, wir haben eine Peilung!«

Weit draußen in der Wüste beendete Martin seine kurze Mitteilung und schaltete wieder auf Empfang um, damit Riad antworten konnte. Aber diese Antwort fiel anders aus als erwartet. Er selbst hatte nur fünfzehn Sekunden lang gesprochen.

»Black Bear, Rocky Mountain, dringend in die Höhle zurückkommen. Ich wiederhole: Dringend in die Höhle zurückkommen. Ende.«

Der irakische Hauptmann gab seinen beiden anderen Peilstationen die Frequenz durch. In Jahra und auf dem Krankenhausgelände stellten andere Techniker die übermittelte Frequenz ein; über ihren Köpfen drehten sich Peilantennen mit eins Komma zwanzig Meter Durchmesser in die angegebene Richtung. Die Station an der Küste suchte das Gebiet zwischen der kuwaitischen Nordgrenze mit dem Irak bis hinunter zur Grenze nach Saudi-Arabien ab. Und die in Jahra suchte in Ost-West-Richtung – vom Golf im Osten bis zur irakischen Wüste im Westen.

Zu dritt konnten sie den Sender bis auf hundert Meter genau anpeilen und dem Hubschrauber Mi-24 mit den zehn bewaffneten Soldaten Kurs und Entfernung angeben.

»Sendet er noch?« fragte der Hauptmann.

Der Techniker sah auf seinen kreisrunden Bildschirm, dessen Rand in Kompaßgrade unterteilt war. Sein Mittelpunkt bezeichnete den Antennenstandort. Noch vor wenigen Sekunden hatte ein vom Mittelpunkt ausgehender Leuchtstrich die Standlinie 202 Grad bezeichnet. Jetzt war der Bildschirm dunkel. Er würde erst wieder aufleuchten, wenn der Mann dort draußen in der Wüste erneut sendete.

»Nein, Hauptmann, er hat abgeschaltet. Wahrscheinlich empfängt er jetzt die Antwort.«

»Er sendet wieder«, meinte der Hauptmann zuversichtlich.

Aber das war ein Irrtum. Black Bear, der wegen der dringenden Anweisung aus Riad die Stirn runzelte, schaltete sein Gerät ab und klappte die Antenne zusammen.

Die Iraker überwachten die Frequenz für den Rest der Nacht bis zum Morgengrauen. Dann stellte die Mi-24 in Al-Ahmadi ihre Triebwerke ab, und die Soldaten kletterten müde und steif aus dem Hubschrauber.

Simon Paxman schlief in seinem Büro auf einem Feldbett, als das Telefon klingelte. Der Anrufer war ein Entschlüssler aus der Nachrichtenzentrale im Keller.

»Ich komme runter«, sagte Paxman. Die eben entschlüsselte Nachricht aus Riad war sehr kurz. Martin hatte sich gemeldet und seine Anweisungen erhalten.

Von seinem Dienstzimmer aus telefonierte Paxman mit Chip Barber in seiner CIA-Wohnung am Grosvenor Square.

»Er ist auf dem Rückweg«, berichtete er. »Wann er über die Grenze kommt, weiß niemand. Steve will, daß ich runterfliege. Kommen Sie mit?«

»Klar«, sagte Barber. »Der DDO fliegt mit der nächsten Maschine nach Langley zurück. Aber ich begleite Sie. Diesen Kerl muß ich selbst sehen.«

Am 22. Oktober ersuchten die amerikanische Botschaft und das britische Außenministerium die saudiarabische Botschaft um kurzfristige Akkreditierung je eines untergeordneten Diplomaten in Riad. Dabei gab es keine Probleme. Zwei Reisepässe, deren Inhaber nicht Barber und Paxman hießen, bekamen sofort Visa eingestempelt; die Männer flogen um 20.45 Uhr aus Heathrow ab und landeten kurz vor Tagesanbruch auf dem King Abd al-Aziz International Airport in Riad.

Ein Dienstwagen der US-Botschaft holte Chip Barber ab und fuhr ihn geradewegs in die Botschaft, wo der gewaltig angewachsene CIA-Apparat untergebracht war, während eine kleinere, neutrale Limousine Paxman zu der Villa brachte, in der sich der britische SIS einquartiert hatte. Dort erfuhr Paxman als erstes, daß

253

Martin offenbar noch nicht über die Grenze gekommen war und sich zurückgemeldet hatte.

Aus Martins Sicht war Riads Rückkehrbefehl leichter erteilt als ausgeführt. Am 22. Oktober war er lange vor Tagesanbruch aus der Wüste zurückgekommen und tagsüber damit beschäftigt gewesen, sein Unternehmen vorerst abzuschließen. Unter Seeman Sheptons Grabplatte auf dem Christenfriedhof wurde eine Mitteilung für Said Al-Khalifa deponiert, um ihm mitzuteilen, daß er Kuwait leider verlassen müsse. Eine weitere Mitteilung für Abu Fuad gab Aufschluß darüber, wo und wie er an die restlichen Waffen und Sprengstoffvorräte herankam, die noch immer in zwei seiner ursprünglich sechs Villen versteckt waren.

Nachmittags war Martin mit allem fertig und fuhr mit seinem klapprigen Pick-up zu den Kamelfarmen bei Sulaibija hinaus, wo die letzten Außenbezirke von Kuwait City endgültig in die Wüste übergingen.

Seine Kamele waren noch immer dort und beide in guter Verfassung. Das inzwischen entwöhnte Junge würde bald wertvoll sein, weshalb er damit seine Schulden für die Unterbringung beider Tiere beglich. Noch vor der Abenddämmerung stieg Martin auf und ritt nach Südsüdwest davon, so daß er schon weit von den letzten Anzeichen menschlicher Besiedlung entfernt war, als es dunkel wurde und die nächtliche Kälte der Wüste ihn einhüllte.

Statt der gewohnten einen Stunde brauchte er diesmal vier Stunden, um sein vergrabenes Funkgerät zu erreichen; markiert wurde dieses Versteck durch das ausgeschlachtete und verrostete Wrack eines Autos, das sein Besitzer nach einer Panne in der Wüste zurückgelassen hatte.

Er versteckte das Gerät unter der Ladung Datteln in einem der beiden Tragkörbe. Selbst damit hatte die Kamelstute weit weniger zu tragen als vor sechs Wochen, als sie auf dem Hinweg nach Kuwait eine Ladung Waffen und Sprengstoff schleppen mußte.

Falls sie ihm dafür dankbar war, ließ sie sich nichts anmerken, sondern äußerte ihre Empörung über ihre Vertreibung von der behaglichen Koppel auf der Farm, indem sie prustete und schnaubte. Aber sie behielt ihren Wiegeschritt bei, der die nächtliche Strecke rasch zusammenschmelzen ließ.

Aber dies war ein anderer Ritt als Mitte August. Auf seinem Weg nach Süden entdeckte Martin immer mehr Anzeichen des riesigen irakischen Heers, das jetzt südlich von Kuwait City stationiert war und sich immer weiter nach Westen in Richtung irakische Grenze ausdehnte.

Im allgemeinen sah er den Lichtschein einzelner Ölförderanlagen, mit denen die Wüste dort gesprenkelt war, und konnte sie rechtzeitig umgehen, weil anzunehmen war, daß die Iraker sie besetzt hatten.

Bei anderen Gelegenheiten roch er den Holzrauch ihrer Lagerfeuer und konnte das Lager umgehen. Einmal wäre er beinahe über ein ganzes Panzerbataillon gestolpert, dessen Fahrzeuge den Amerikanern und Saudis tief eingegraben in hufeisenförmig angelegten Stellungen gegenüberstanden. Er hörte gerade noch rechtzeitig Metall klirren, zog den Zügel scharf nach rechts und verschwand wieder zwischen den Dünen.

Als er nach Kuwait gekommen war, hatten südlich der Großstadt nur zwei Divisionen der Republikanischen Garde der Iraker gestanden – beide weiter im Osten, genau südlich von Kuwait City.

Jetzt war die Division Hammurabi zu den beiden anderen gestoßen, und Saddam Hussein hatte weitere elf Divisionen – in erster Linie reguläre Truppen – in den Süden Kuwaits verlegt, um ein Gegengewicht zum Aufmarsch der Amerikaner und Alliierten jenseits der Grenze zu schaffen.

Vierzehn Divisionen sind selbst in der Wüste verteilt eine beachtliche Streitmacht. Zu Martins Glück schienen sie in der Etappe keine Wachposten aufzustellen, sondern schliefen fest unter ihren Fahrzeugen. Aber allein ihre Überzahl drängte ihn weiter und weiter nach Westen ab.

Ein nächtlicher Fünfzigkilometerritt von der kuwaitischen Kamelfarm zu dem saudiarabischen Dorf Hamatijat kam diesmal nicht in Frage; statt dessen wurde er zur irakischen Grenze mit dem tief eingeschnittenen Wadi al-Batin abgedrängt, das er möglichst nicht durchqueren wollte.

Bei Tagesanbruch befand er sich weit westlich des Ölfelds Managisch und noch nördlich des Polizeipostens Al-Mufrad, der in Friedenszeiten einer der Grenzübergänge nach Saudi-Arabien gewesen war.

Das Gelände war hügeliger geworden, und er fand eine Felsformation, in der er den Tag verbringen konnte. Als die Sonne aufging, band er seinem Kamel, das angewidert an Sand und Fels herumschnüffelte, ohne wenigstens einen Dornenbusch als Frühstück zu finden, die Beine zusammen, wickelte sich in die Kameldecke und schlief ein.

Kurz nach Mittag schreckte er hoch, als ganz in der Nähe Panzerketten rasselten, und erkannte, daß er zu nahe an der Hauptverkehrsstraße war, die von Jahra in Kuwait nach Südwesten zum saudiarabischen Grenzübergang Al-Salmi führt. Nach Sonnenuntergang wartete er fast bis Mitternacht, bevor er weiterzog. Er wußte, daß die Grenze nicht weiter als zwanzig Kilometer südlich von ihm liegen mußte.

Wegen des späten Aufbruchs passierte er die letzten irakischen Streifen gegen drei Uhr – also zur Zeit des morgendlichen Stimmungstiefs, das Wachposten gern verschlafen.

Im Mondschein sah er den Polizeiposten Qaimat Subah seitlich zurückbleiben und wußte einige Kilometer weiter, daß er die Grenze überschritten hatte. Um ganz sicherzugehen, ritt er weiter, bis er die Ost-West-Querstraße zwischen Hamatijat und Ar-Rugi erreichte. Dort hielt er an und baute sein Funkgerät auf.

Da die Iraker im Norden sich einige Kilometer vor der kuwaitischen Grenze eingegraben hatten und General Schwarzkopfs Plan für Desert Shield vorsah, die eigenen Truppen ebenfalls Abstand von der Grenze halten zu lassen, damit jeder Angriff wirklich einen Einmarsch in Saudi-Arabien bedeutete, befand Martin sich in einem Niemandsland. Eines Tages würde sich eine Sturzflut amerikanischer und alliierter Truppen durch dieses Gebiet nach Norden, nach Kuwait ergießen. Aber jetzt, im Dunkel vor Tagesanbruch am 24. Oktober, hatte er die Gegend für sich allein.

Simon Paxman wurde von einem jüngeren Mann des Teams aus dem Century House geweckt, das die Villa bezogen hatte.

»Black Bear hat sich gemeldet, Simon. Er ist diesseits der Grenze.«

Paxman war mit einem Satz aus dem Bett und lief im Schlafanzug in den Funkraum. In einem Drehsessel saß ein Funker vor seiner Konsole, die die ganze Wand des früher sehr eleganten Schlafzimmers einnahm. Weil heute der 24.Oktober war, wurden andere Decknamen benutzt.

»Texas Ranger, hier Corpus Christi, wo sind Sie? Wiederholen Sie Ihren Standort.«

»Südlich von Qaimat Subah an der Straße von Hamatijat nach Ar-Rugi.«

Der Funker sah zu Paxman hinüber. Der SIS-Mann drückte die Sprechtaste und sagte: »Ranger, bleiben Sie dort. Ein Taxi holt Sie ab. Bestätigen Sie.«

»Verstanden«, sagte die Stimme. »Ich warte aufs schwarze Taxi.«

Tatsächlich war es kein schwarzes Taxi, sondern ein US-Hubschrauber Blackhawk, der zwei Stunden später über der Straße entlangflog. Neben dem Piloten stand der Lademeister an der offenen Seitentür angeschnallt und suchte die staubige Piste, die sich Straße nannte, mit dem Fernglas ab. Aus zweihundert Fuß Höhe sah der Pilot einen Mann neben seinem Kamel und wollte schon weiterfliegen, als der Mann winkte.

Die Blackhawk ging in den Schwebeflug über und beobachtete den Beduinen wachsam. Der Pilot fand, diese Stelle liege unbehaglich nahe an der Grenze. Trotzdem stimmten die Koordinaten, die ihm der Nachrichtenoffizier seiner Staffel gegeben hatte – und dort unten war sonst niemand zu sehen.

Chip Barber hatte dafür gesorgt, daß die auf dem Militärflughafen Riad stationierte Hubschrauberstaffel der U.S. Army eine Blackhawk zur Verfügung stellte, die einen aus Kuwait über die Grenze kommenden Briten abholen sollte. Die Blackhawk verfügte über die erforderliche Reichweite. Aber niemand hatte dem Piloten von einem Beduinen mit einem Kamel erzählt.

Während die amerikanischen Heeresflieger ihn aus zweihundert Fuß Höhe beobachteten, legte der Mann unter ihnen Steine aneinander. Als er fertig war, trat er zurück. Der Lademeister richtete sein Fernglas auf die steinernen Buchstaben. Der Text lautete einfach: *HI THERE.*

Der Lademeister sprach in sein Kehlkopfmikrofon.

»Das muß er sein. Los, wir nehmen ihn auf!«

Der Pilot nickte und ging tiefer, bis die Blackhawk zwanzig Meter von dem Mann entfernt dicht über dem Boden schwebte.

Martin hatte bereits die Packkörbe und den schweren Kamelsattel abgenommen und an den Straßenrand gelegt. Das Funkgerät und seine persönliche Waffe, die vom SAS bevorzugte 9-mm-Browning mit dreizehn Schuß, steckten in der Umhängetasche über seiner Schulter.

Als der Hubschrauber tiefer ging, scheute die Kamelstute und galoppierte davon. Martin sah ihr nach. Trotz ihres üblen Naturells hatte sie ihm treu gedient. Hier in der Wüste würde sie gut zurechtkommen, denn schließlich war dies ihre Heimat. Sie würde die Wüste durchstreifen und sich selbst Futter und Wasser suchen, bis irgendein Beduine sie einfing, kein Brandzeichen sah und sie freudig überrascht für sich behielt.

Martin rannte geduckt unter den kreisenden Rotorblättern zur offenen Tür des Hubschraubers. Der Lademeister mußte laut schreien, um das Knattern der Rotoren zu übertönen: »Ihr Name, Sir?«

»Major Martin.«

Aus der Tür kam eine Hand und zog ihn in die Maschine.

»Willkommen an Bord, Major.«

Dann machte der anschwellende Triebwerkslärm eine Verständigung unmöglich. Der Lademeister gab Martin ein Paar Ohrenschützer, die den Lärm dämpften, und sie machten es sich für den Rückflug nach Riad bequem.

Im Anflug auf die Hauptstadt erhielt der Pilot Anweisung, zu einer alleinstehenden Villa am Stadtrand zu fliegen. Auf dem unbebauten Nachbargrundstück hatte jemand mit drei Reihen orangeroter Sitzkissen ein großes H ausgelegt. Der Mann in dem arabischen Gewand sprang aus der dicht über dem Boden schwebenden Maschine, winkte der Besatzung nochmals dankend zu und machte sich auf den Weg zum Haus, während die Blackhawk hinter ihm in die Höhe stieg. Zwei Diener machten sich daran, die Sitzkissen wieder einzusammeln.

Martin ging durch einen Torbogen und betrat einen mit Natursteinen ausgelegten Innenhof. Aus dem Haus kamen zwei Männer. Einen der beiden kannte er aus dem SAS-Hauptquartier in West-London, wo sie vor vielen Wochen miteinander gesprochen hatten.

»Simon Paxman«, sagte der jüngere Mann und schüttelte ihm

258

die Hand. »Freut mich, Sie gesund wiederzusehen. Oh, das hier ist Chip Barber, einer unserer Cousins aus Langley.«

Auch Barber schüttelte ihm die Hand und musterte dabei die vor ihm stehende Gestalt: ein fleckiges, ehemals weißes Gewand vom Kinn bis zu den Füßen, eine gestreifte Decke zusammengefaltet über einer Schulter, eine rot-weiß karierte Keffija, die von zwei schwarzen Kordeln gehalten wurde, und ein hageres Gesicht mit dunklen Augen und schwarzem Stoppelbart.

»Freut mich, Sie kennenzulernen, Major. Habe schon viel von Ihnen gehört.« Er rümpfte die Nase. »Sie könnten ein heißes Bad gebrauchen, was?«

»O ja, ich kümmere mich sofort darum«, sagte Paxman.

Martin nickte dankend und ging in die kühle Villa voraus. Paxman und Barber folgten ihm. Barber war insgeheim in Hochstimmung.

Verdammt, dachte er, der Kerl sieht wirklich so aus, als könnte er's schaffen.

Martin mußte dreimal hintereinander in der Marmorwanne der den Briten von Prinz Khalid Ibn Sultan zur Verfügung gestellten Villa baden, um den Schmutz und Schweiß vieler Wochen abzuwaschen. Er saß mit einem Handtuch um die Taille auf einem Hocker, während ein zu diesem Zweck geholter Friseur ihm die Haare schnitt, und rasierte sich danach mit Simon Paxmans Rasierzeug.

Seine Keffija, die Decke, das lange Gewand und die Sandalen hatte ein einheimischer Diener mit spitzen Fingern in den Garten hinausgetragen und verbrannt. Zwei Stunden später saß Mike Martin, der eine leichte Baumwollhose und ein kurzärmliges Hemd aus Paxmans Garderobe trug, im Speisezimmer vor einem Mittagessen mit fünf Gängen.

»Verraten Sie mir jetzt«, fragte er, »warum Sie mich abgezogen haben?«

Chip Barber übernahm es, seine Frage zu beantworten.

»Gute Frage, Major. Verdammt gute Frage. Verdient 'ne verdammt gute Antwort, stimmt's? Tatsächlich wollen wir Sie nach Bagdad schicken. Nächste Woche. Noch etwas Fisch?«

10

CIA und SIS hatten es beide eilig. Obwohl diese Tatsache damals und auch später nur selten erwähnt wurde, hatte die CIA bis Ende Oktober in Riad eine personell sehr stark besetzte Außenstelle eingerichtet.

Schon nach kurzer Zeit kam es zu Auseinandersetzungen zwischen den CIA-Leuten und der militärischen Führungsspitze in dem eine Meile weit entfernten Labyrinth aus Planungsräumen unter dem saudiarabischen Luftwaffenministerium. Vor allem die Luftwaffengenerale waren der Überzeugung, durch zweckmäßigen Einsatz der ihnen zur Verfügung stehenden erstaunlichen technischen Mittel alle benötigten Informationen über Stärke und Verteilung des irakischen Gegners erhalten zu können.

Und tatsächlich verfügten sie über erstaunliche technische Mittel. Außer den Satelliten, die aus dem Weltraum einen stetigen Strom von Aufnahmen von Saddam Husseins Land lieferten, außer der Aurora und der U-2, die aus geringerer Entferung fotografierten, gab es weitere unglaublich komplexe Systeme zur Aufklärung aus der Luft.

Satelliten eines anderen Typs, die in geosynchronen Bahnen über dem Nahen Osten schwebten, hörten den irakischen Fernmeldeverkehr ab, und diese Satelliten zeichneten jedes Wort auf, das im gewöhnlichen Telefonnetz gesprochen wurde. *Nicht* mithören konnten sie jedoch die Geheimgespräche, die über die fünfundsiebzigtausend Kilometer Glasfaserkabel liefen.

Bei den Flugzeugen war an erster Stelle das als AWACS bekannte Airborne Warning and Control System zu nennen. Die AWACS-Maschinen waren umgebaute Boeing 707 mit einer riesigen Radarantenne auf der Rumpfoberseite. Die Tag und Nacht langsam über dem Norden des Persischen Golfs kreisenden AWACS-Maschinen konnten Riad sekundenschnell über alle Flugbewegungen im Irak informieren. Kaum ein irakisches Flugzeug konnte starten, ohne daß Kennung, Kurs, Höhe und Geschwindigkeit nach Riad weitergemeldet wurden.

Ergänzt wurde das AWACS durch die als J-STARS bekannten E-8A, ebenfalls umgebaute Boeing 707, die Fahrzeuge orteten, wie das AWACS Flugbewegungen erfaßte. Mit seinem großen Norden-Seitensichtradar, das die Überwachung des Irak ohne Eindringen in den irakischen Luftraum gestattete, konnte die J-STAR praktisch jedes Stück Metall orten, sobald es sich in Bewegung setzte.

Die Kombination dieser technischen Wunder mit vielen weiteren, für die Washington Milliarden und Abermilliarden Dollar ausgegeben hatte, überzeugte die Generale davon, jedes Wort hören, jede Bewegung sehen und jedes erkannte Ziel zerstören zu können. Und das bei Tag und Nacht, bei Nebel oder Regen. Niemals wieder würde der Feind sich im Dschungel verbergen und der Entdeckung entgehen können. Die Augen am Himmel sahen alles.

Die Geheimdienstler aus Langley waren skeptisch und ließen sich ihre Zweifel anmerken. Zweifel waren etwas für Zivilisten. Diese unterschwellige Kritik irritierte die Militärs. Sie hatten einen schwierigen Auftrag, würden ihn durchführen und konnten auf Miesmacherei verzichten.

Auf britischer Seite sah die Situation anders aus. Obwohl das SIS-Unternehmen auf dem Kriegsschauplatz am Golf keinen Vergleich mit dem der CIA aushielt, war es für das Century House ziemlich groß, aber nach dortiger Manier unauffälliger und mit mehr Geheimhaltung betrieben.

Darüber hinaus hatten die Briten als Oberbefehlshaber der britischen Truppen am Golf und General Schwarzkopfs Stellvertreter einen ungewöhnlichen Soldaten mit ungewöhnlicher Karriere entsandt.

Norman Schwarzkopf war ein großer, stämmiger Mann mit beachtlichen militärischen Fähigkeiten: ein Soldat, wie andere Soldaten ihn sich vorstellten. Er war als »Stormin' Norman« oder »der Bär« bekannt – und wegen seiner jovialen, umgänglichen Art, in die sich kurzzeitige Wutausbrüche mischten, für die sein Stab den Ausdruck erfunden hatte, der General »werde ballistisch«. Sein britischer Kollege hätte nicht unterschiedlicher sein können.

Generalleutnant Sir Peter de la Billière, der Anfang Oktober eingetroffen war, um den Oberbefehl über die Briten zu übernehmen, war ein schlanker, hagerer, drahtiger Mann, der beinahe schüchtern wirkte und zurückhaltend sprach. Der große amerikanische Extrovertierte und der schlanke britische Introvertierte gingen eine seltsame Partnerschaft ein, die nur funktionierte, weil beide den anderen gut genug kannten, um zu erkennen, was sich unter seiner zur Schau gestellten Art verbarg.

Sir Peter, den die Truppe als P. B. kannte, war der höchstdekorierte Soldat des britischen Heeres, auch wenn er selbst nie darüber sprach. Nur Männer, die seine verschiedenen Feldzüge mitgemacht hatten, murmelten manchmal beim Bier von der eisigen Kaltblütigkeit unter feindlichem Feuer, die ihm alle diese Auszeichnungen eingebracht hatte. Außerdem war er einmal Kommandeur des SAS-Regiments gewesen und besaß seit damals höchst nützliche Arabischkenntnisse, kannte die Golfregion und wußte, wie verdeckte Unternehmen abliefen.

Da der britische Oberbefehlshaber schon früher mit dem SIS zusammengearbeitet hatte, fand das Team aus dem Century House bei ihm ein offeneres Ohr für seine Bedenken als das CIA-Team.

Teile des SAS-Regiments waren bereits nach Saudi-Arabien verlegt worden und hatten sich in einer Ecke eines größeren Militärlagers außerhalb von Riad einquartiert. Als ehemaliger Kommandeur dieser Männer legte General P. B. großen Wert darauf, ihre bemerkenswerten Fähigkeiten nicht für alltägliche Einsätze zu vergeuden, für die Infanteristen oder Fallschirmjäger ebensogut geeignet waren. Diese Männer waren Spezialisten für Fernunternehmen und Geiselbefreiung auf feindlichem Gebiet.

Ursprünglich war überlegt worden, sie die britischen Geiseln befreien zu lassen, die von Saddam Hussein als »menschliche Schutzschilde« eingesetzt wurden, aber dieser Plan wurde aufgegeben, als die Geiseln auf den gesamten Irak verteilt wurden.

Bei gemeinsamen Beratungen in der Villa am Stadtrand von Riad planten CIA und SIS ein Unternehmen, das die ungewöhnlichen Fähigkeiten der SAS-Männer nutzen würde. Dann legte man es dem dortigen SAS-Kommandeur vor, der sich sofort an die Planung machte.

Der Nachmittag von Mike Martins erstem Tag in der SIS-Villa diente nur seiner Information über die Vorgeschichte der Entdekkung der Anglo-Amerikaner, daß in Bagdad ein Verräter existierte, der den Decknamen Jericho erhalten hatte. Martin wurde weiterhin das Recht eingeräumt, den Auftrag zu verweigern und zum Regiment zurückzukehren. Abends überlegte er sich die Sache. Dann erklärte er den CIA- und SIS-Offizieren:

»Ich gehe nach Bagdad. Aber nur unter bestimmten Bedingungen, die erfüllt sein müssen.«

Das Hauptproblem, darüber waren sich alle einig, war seine Legende. Dies war kein Vorstoß mit sofortigem Rückzug, bei dem Kühnheit und Schnelligkeit die feindliche Spionageabwehr ausschalten konnten. Martin konnte nicht damit rechnen, wie in Kuwait heimlich unterstützt zu werden. Und er konnte nicht als wandernder Beduine durch die Wüste außerhalb Bagdads ziehen.

Der Irak hatte sich inzwischen in ein einziges großes Militärlager verwandelt. Selbst Gebiete, die auf der Landkarte öde und leer wirkten, wurden von Militärstreifen kontrolliert. In Bagdad führten Militär und AMAM überall Kontrollen durch: Die Militärpolizei suchte Deserteure, die AMAM jeden, der irgendwie verdächtig war.

Der grausige Ruf, in dem die AMAM stand, war den Männern in der Villa nur allzugut bekannt; Berichte von Geschäftsleuten und Journalisten sowie britischen und amerikanischen Diplomaten vor ihrer Ausweisung schilderten die Allgegenwart dieser Geheimpolizei, die alle Iraker in Angst und Schrecken versetzte.

Falls Martin nach Bagdad ging, würde er dortbleiben müssen. Die Führung eines Agenten wie Jericho würde nicht einfach sein. Als erstes mußte der Mann über die toten Briefkästen benachrichtigt werden, daß er weiter Informationen verkaufen könne. Die Briefkästen konnten bereits verraten sein und überwacht werden. Jericho konnte geschnappt und gezwungen worden sein, alles zu gestehen.

Darüber hinaus brauchte Martin eine feste Unterkunft, einen Stützpunkt zur Nachrichtenübermittlung. Er würde Bagdad durchstreifen und die toten Briefkästen leeren müssen, falls Jericho wieder Insiderinformationen zu liefern begann – diesmal jedoch an neue Auftraggeber.

Und letztlich, was am schlimmsten war, würde es keine diplomatische Immunität, keinerlei Schutz vor den schrecklichen Folgen von Verhaftung und Enttarnung geben. Für solche Männer standen die Vernehmungszellen im Abu Ghraib bereit.

»Woran... äh... denken Sie dabei genau?« fragte Paxman, als Martin seine Forderung vorbrachte.

»Wenn ich kein Diplomat sein kann, möchte ich zu einem Diplomatenhaushalt gehören.«

»Das wäre schwierig, alter Junge. Botschaften werden überwacht.«

»Ich habe nicht Botschaft, sondern Diplomatenhaushalt gesagt.«

»Vielleicht als Chauffeur?« schlug Barber vor.

»Nein. Zu auffällig. Der Chauffeur muß am Steuer bleiben. Er fährt den Diplomaten herum und wird wie der Diplomat überwacht.«

»Als was sonst?«

»Falls keine grundlegende Änderung eingetreten ist, wohnen viele der höheren Diplomaten außerhalb der Botschaft, und falls ihr Rang hoch genug ist, steht ihnen eine freistehende Villa mit Garten zu. Früher hat's in solchen Haushalten immer ein Gärtner-Faktotum gegeben.«

»Ein Gärtner?« fragte Barber. »Um Himmels willen, das ist einfachste Arbeit. Da werden Sie geschnappt und ins Heer gesteckt.«

»Nein. Der Gärtner erledigt praktisch alles, was außerhalb des Hauses zu tun ist. Er pflegt den Garten und ist mit seinem Fahrrad unterwegs, um Fisch auf dem Fischmarkt, Obst und Gemüse, Brot und Öl einzukaufen. Er wohnt in einer Hütte ganz hinten im Garten.«

»Worauf wollen Sie hinaus, Mike?« fragte Paxman.

»Der springende Punkt ist, daß er unsichtbar ist. Er ist so gewöhnlich, daß kein Mensch auf ihn achtet. Wird er angehalten, ist sein Ausweis in Ordnung, und er trägt einen arabisch geschriebenen Brief der Botschaft bei sich, in dem erklärt wird, daß er für einen Diplomaten arbeitet, vom Wehrdienst befreit ist und von den Behörden nicht behindert werden soll. Solange er nichts Strafbares tut, muß jeder Polizeibeamte, der ihm Schwierigkeiten macht, mit einer förmlichen Beschwerde der Botschaft rechnen.«

Die Geheimdienstler dachten darüber nach.

»Das könnte klappen«, gab Barber zu. »Gewöhnlich, unsichtbar. Was halten Sie davon, Simon?«

»Nun«, sagte Paxman, »der betreffende Diplomat müßte eingeweiht sein.«

»Nur teilweise«, sagte Martin. »Seine Regierung müßte ihn lediglich anweisen, einen Mann aufzunehmen und einzustellen, der sich bei ihm meldet, und sich nicht weiter um ihn zu kümmern. Was er vermutet, ist seine eigene Sache. Wenn ihm sein Job und seine Karriere lieb sind, hält er den Mund, falls der Befehl wirklich von ganz oben kommt.«

»Die britische Botschaft kommt nicht in Frage«, stellte Paxman fest. »Die Iraker geben sich größte Mühe, unsere Leute zu ärgern.«

»Bei uns ist's nicht anders«, sagte Barber. »An wen haben Sie gedacht, Mike?«

Als Martin es ihnen sagte, starrten sie ihn ungläubig an.

»Das kann nicht Ihr Ernst sein!« protestierte der Amerikaner.

»Doch, mein völliger Ernst«, antwortete Martin gelassen.

»Verdammt, Mike, eine Anfrage dieser Art müßte mindestens ... nun, sie müßte der Premierministerin vorgelegt werden.«

»Und dem Präsidenten«, sagte Barber.

»Warum eigentlich nicht, wenn wir heutzutage alle so gute Freunde sind? Ich meine, ist ein Anruf zuviel verlangt, wenn Jerichos Material letztlich die Verluste der Alliierten minimieren kann?«

Chip Barber sah auf seine Uhr. In Washington war es sieben Stunden früher als am Golf. Seine Kollegen in Langley würden gerade vom Mittagessen zurückkommen. In London war es nur zwei Stunden früher, aber die Führungskräfte waren vermutlich noch an ihren Schreibtischen anzutreffen.

Chip Barber raste in die US-Botschaft zurück und schickte eine verschlüsselte Blitzmeldung an DDO Bill Stewart, der damit zu CIA-Direktor William Webster ging. Der Direktor telefonierte seinerseits mit dem Weißen Haus und bat um einen Termin beim Präsidenten.

Auch Simon Paxman hatte Glück: Sein verschlüsselter Anruf erreichte Steve Laing an seinem Schreibtisch im Century House, und nachdem der Leiter der Nahostabteilung sich angehört hatte, worum es ging, rief er den Chief zu Hause an.

Nachdem Sir Colin darüber nachgedacht hatte, telefonierte er mit Kabinettssekretär Sir Robin Butler.

Sollte nach Auffassung des Mannes, der den Secret Intelligence Service leitet, ein Notfall vorliegen, kann er jederzeit einen Termin beim Premierminister verlangen, und Margaret Thatcher hatte schon immer ein offenes Ohr für die Chefs der Nachrichtendienste und der Special Forces gehabt. Sie erklärte sich bereit, den Chief am nächsten Morgen um acht Uhr in ihrem Arbeitszimmer in 10 Downing Street zu empfangen.

Sie hatte ihren Arbeitstag wie immer vor Tagesanbruch begonnen und schon fast alle Akten auf ihrem Schreibtisch bearbeitet, als der SIS-Chief hereingeführt wurde. Sie hörte sich seinen seltsamen Wunsch mit ziemlich verwundertem Stirnrunzeln an, verlangte mehrere Erklärungen, dachte darüber nach und faßte dann wie üblich ohne langes Zögern einen Entschluß.

»Ich rede mit Präsident Bush, sobald er aufgestanden ist, und wir werden sehen, was sich tun läßt. Dieser Mann ... will er das wirklich tun?«

»Er hat es vor, Premierministerin.«

»Einer Ihrer Leute, Sir Colin?«

»Nein, er ist Major im SAS-Regiment.«

Ihre Miene hellte sich sichtlich auf.

»Bemerkenswerter Bursche.«

»Das glaube ich auch, Ma'am.«

»Wenn diese Sache vorbei ist, würde ich ihn gern persönlich kennenlernen.«

»Das läßt sich bestimmt arrangieren, Premierministerin.«

Sobald der Chief gegangen war, meldete der Stab in 10 Downing Street ein Gespräch mit dem Weißen Haus an, obwohl es in Washington noch Nacht war, und vereinbarte als Zeitpunkt acht Uhr morgens in Washington, dreizehn Uhr in London. Das Mittagessen der Premierministerin wurde um eine halbe Stunde verschoben.

Wie seinem Vorgänger Ronald Reagan war es Präsident George Bush schon immer schwergefallen, der britischen Premierministerin etwas abzuschlagen, das sie nachdrücklich forderte.

»Also gut, Margaret«, sagte der Präsident nach fünf Minuten, »ich rufe ihn an.«

»Er kann schlimmstenfalls nein sagen«, stellte Mrs. Thatcher fest, »und das darf er nicht tun. Schließlich haben wir mächtig viel für ihn getan.«

»Allerdings, mächtig viel«, sagte der Präsident.

Die beiden Regierungschefs riefen innerhalb einer Stunde an, und der leicht verwunderte Mann am anderen Ende erklärte sich bereit, ihre Abgesandten zu einer vertraulichen Unterredung zu empfangen, sobald sie eintrafen.

Bill Stewart flog nachmittags aus Washington ab, und Steve Laing nahm die letzte Linienmaschine des Tages von Heathrow aus.

Falls Mike Martin ahnte, welche hektischen Aktivitäten seine Forderung ausgelöst hatte, ließ er sich nichts anmerken. Er verbrachte den 26. und 27. Oktober damit, sich zu erholen, zu essen und viel zu schlafen. Aber er rasierte sich nicht mehr, sondern ließ die dunklen Bartstoppeln wieder stehen. An verschiedenen anderen Orten wurde jedoch für ihn gearbeitet.

Der SIS-Resident in Tel Aviv suchte General Kobi Dror auf, um ihn um einen letzten Gefallen zu bitten. Der Mossad-Chef starrte den Engländer verblüfft an.

»Ihr wollt diese Sache also tatsächlich durchziehen, was?« erkundigte er sich.

»Ich weiß nur, was ich Sie fragen soll, Kobi.«

»Verdammt, als schwarzes Unternehmen? Ihnen ist doch klar, daß sie ihn schnappen werden?«

»Können Sie's, Kobi?«

»Natürlich können wir's.«

»In vierundzwanzig Stunden?«

Kobi Dror spielte wieder mal den Fiedler auf dem Dach.

»Für Sie, alter Freund, würd' ich meinen rechten Arm opfern. Aber hören Sie, was Sie da vorschlagen, ist verrückt!«

Er stand auf, kam hinter seinem Schreibtisch hervor und legte dem Engländer einen Arm um die Schultern.

»Wissen Sie, wir haben gegen viele unserer eigenen Regeln verstoßen und dabei verdammt Glück gehabt. Normalerweise lassen wir unsere Leute niemals einen toten Briefkasten leeren. Er könnte eine Falle sein. Für uns ist ein toter Briefkasten eine Einbahnstraße vom Katsa zum Spion. Für Jericho haben wir eine Ausnahme von dieser Regel gemacht. Moncada hat das Material abgeholt, weil das die einzige Möglichkeit war. Und er hat Glück gehabt, er hat zwei Jahre lang Glück gehabt. Aber ihn hätte seine diplomatische Immunität geschützt. Und jetzt wollen Sie... *den* hinschicken?«

Er hielt ein Paßbild hoch, das einen traurig dreinblickenden Mann mit arabischen Zügen, schwarzem Haarschopf und Stoppelbart zeigte. Da es keine Flugverbindung zwischen den beiden Staaten gab, war dieses Foto, das der Engländer eben aus Riad erhalten hatte, von General de la Billières zweistrahligem Reiseflugzeug H. S. 125 nach Tel Aviv gebracht worden. Die Maschine stand jetzt auf dem Militärflugplatz Sde Dov, wo ihre Bemalung inzwischen heimlich fotografiert worden war.

Dror zuckte mit den Schultern.

»Also gut. Bis morgen früh. Sie können sich darauf verlassen.«

Der Mossad verfügt zweifellos über einen der besten technischen Dienste der Welt. Er besitzt einen Zentralcomputer, in dem fast zwei Millionen Namen mit allen dazugehörigen Angaben gespeichert sind, betreibt einen der besten »Aufsperrdienste« der Welt und hat im Keller der Mossad-Zentrale mehrere aufwendig klimatisierte Räume eingerichtet.

Diese Räume enthalten »Papier«. Nicht irgendwelche alten Papiere; sehr spezielle Papiere. Hier lagern Originale fast sämtlicher Reisepässe der Welt, aber auch Unmengen von Personalausweisen, Führerscheinen, Sozialversicherungsausweisen und dergleichen.

Dazu kommen Blankovordrucke: unbenutzte Originalvordrucke, aus denen professionelle Fälscher unter Zuhilfenahme von Originalen erstklassig gefälschte Ausweise herstellen können.

Personalausweise sind nicht die einzige Spezialität. Auch absolut erstklassiges Falschgeld wird in großen Mengen hergestellt, um dazu beizutragen, die Währungen feindlicher Nachbarstaaten zu ruinieren, oder »schwarze« Mossad-Unternehmen zu finanzieren, über die weder Ministerpräsident noch Knesset informiert sind noch informiert sein wollen.

CIA und SIS hatten sich nur widerstrebend dazu durchgerungen, den Mossad um diesen Gefallen zu bitten, aber sie waren einfach nicht in der Lage, die Ausweiskarte eines fünfundvierzigjährigen irakischen Arbeiters so gut zu fälschen, daß sie jeder Kontrolle im Irak standhalten würde. Niemand hatte sich die Mühe gemacht, rechtzeitig ein Original zu beschaffen, das hätte kopiert werden können.

Zum Glück war die Sayeret Matkal, eine Fernaufklärungsgruppe für Auslandseinsätze, die so geheim ist, daß ihr Name in Israel nicht einmal gedruckt werden darf, vor zwei Jahren im Irak gewesen, um einen arabischen »Oter« abzusetzen, der einen Kontakt auf unterer Ebene herstellen sollte. Auf irakischem Boden hatte sie auf einem Feld zwei Landarbeiter überrascht, gefesselt und um ihre Ausweiskarten erleichtert.

Drors Fälscher arbeiteten wie versprochen die ganze Nacht durch und produzierten bis zum nächsten Morgen eine wie nach langem Gebrauch beschädigte und verschmutzte irakische Ausweiskarte für einen gewissen Mahmud al-Khouri, Alter fünfundvierzig, der aus einem Dorf in den Hügeln nördlich von Bagdad stammte und als Arbeiter in der Hauptstadt lebte.

Die Fälscher wußten nicht, daß Martin diesen Namen von Mr. Al-Khouri entlehnt hatte, der Anfang August in einem Restaurant in Chelsea seine Arabischkenntnisse getestet hatte; sie konnten auch nicht wissen, daß er als Geburtsort das Dorf benannt hatte, aus dem der Gärtner seines Vaters gekommen war – jener alte Mann, der vor vielen Jahren in Bagdad mit einem kleinen Engländer unter einem Baum gesessen und ihm von seinem Dorf, von Moschee und Kaffeehaus, von Alfagras- und Melonenfeldern erzählt hatte. Und es gab noch etwas anderes, das die Fälscher nicht wußten.

Am nächsten Morgen übergab Kobi Dror die Ausweiskarte dem SIS-Residenten in Tel Aviv.

»*Damit* gibt's keine Enttäuschungen. Aber ich sage Ihnen, daß der hier...« Er tippte mit seinem kräftigen Zeigefinger auf das Ausweisfoto. »Dieser Kerl, Ihr zahmer Araber, verrät Sie oder wird binnen einer Woche geschnappt.«

Der SIS-Resident konnte nur mit den Schultern zucken. Sogar er wußte nicht, daß das schmuddlige Foto keinen Araber zeigte. Da er das nicht zu wissen brauchte, war es ihm nicht mitgeteilt worden. Er führte lediglich seinen Auftrag aus und brachte den gefälschten Ausweis an Bord der H. S. 125, die ihn nach Riad flog.

Dort lagen auch schon Kleidungsstücke bereit: das schlichte lange Gewand eines irakischen Tagelöhners, eine Keffija in stumpfem Braun und feste Leinenschuhe mit Reepsohlen.

Ein Korbflechter stellte aus Weidenruten einen großen Korb höchst ungewöhnlicher Konstruktion her, ohne zu wissen, wozu er dienen sollte. Er war ein armer saudiarabischer Handwerker, und der Preis, den der fremde Ungläubige dafür geboten hatte, war für seine Verhältnisse recht hoch, deshalb arbeitete er besonders eifrig.

In einem geheimen Militärlager außerhalb Riads wurden zwei Spezialfahrzeuge einsatzbereit gemacht. Eine Hercules der RAF hatte sie aus dem SAS-Hauptstützpunkt in Oman nach Saudi-Arabien gebracht, wo sie jetzt teilweise demontiert und für eine weite Fahrt in unwegsamem Gelände umgerüstet wurden.

Beim Umbau der beiden Landrover mit langem Radstand ging es nicht um Panzerung und Feuerkraft, sondern um Geschwindigkeit und Reichweite. Jedes Fahrzeug würde wie gewöhnlich mit vier SAS-Männern besetzt sein; eines würde zusätzlich einen Passagier befördern, während das andere ein Geländemotorrad mit Langstreckentank transportierte.

Die U. S. Army leistete auf Anforderung erneut technische Unterstützung, diesmal in Form von zwei ihrer großen zweirotorigen Transporthubschrauber Chinook. Ihre Besatzungen erhielten lediglich Anweisung, sich für einen Einsatz bereitzuhalten.

Michail Sergejewitsch Gorbatschow saß wie gewöhnlich in seinem Arbeitszimmer im sechsten und obersten Stock des ZK-Gebäudes am Nowaja Ploschad am Schreibtisch und arbeitete gemeinsam mit seinen beiden Sekretären, als die Gegensprechanlage summte und ihm das Eintreffen der Abgesandten aus London und Washington meldete.

Seit vierundzwanzig Stunden fragte er sich, was er von der Bitte des amerikanischen Präsidenten und der britischen Premierministerin halten sollte, ihre beiden persönlichen Abgesandten gemeinsam zu empfangen. Keine Politiker, keine Diplomaten. Nur Überbringer einer vertraulichen Mitteilung. Welche Mitteilung kann heutzutage nicht auf diplomatischem Weg übermittelt werden? fragte er sich. Außerdem hätte es dafür noch den Heißen Draht gegeben, der eine hundertprozentig abhörsichere Verbindung garantierte, auch wenn Dolmetscher und Techniker ins Gespräch eingeschaltet waren.

Er war gespannt und neugierig – und da Neugier zu seinen herausragenden Eigenschaften gehörte, war er begierig, dieses Rätsel zu lösen.

Zehn Minuten später wurden die beiden Besucher in das Arbeitszimmer des Generalsekretärs der KPdSU und sowjetischen Präsidenten geführt. Es war ein langer, schmaler Raum, dessen seitliche Fensterfront auf den Neuen Platz hinausführte. Hinter Gorbatschow gab es kein Fenster, sondern der Präsident saß mit dem Rücken zur Wand am Kopfende des langen Konferenztischs.

Im Gegensatz zu dem düsteren, schwerfälligen Massivholzstil seiner Vorgänger Andropow und Tschernenko bevorzugte der jüngere Gorbatschow eine helle, luftige Atmosphäre. Wie sein Schreibtisch waren der Konferenztisch und die dazugehörigen Stühle aus hellem Birkenholz angefertigt. Vor den hohen Fenstern hingen Netzstores.

Als die beiden Männer eintraten, machte er seinen Sekretären ein Zeichen, den Raum zu verlassen. Dann kam er zur Begrüßung hinter dem Schreibtisch hervor.

»Willkommen, meine Herrn«, sagte er auf russisch. »Können wir uns in meiner Sprache unterhalten?«

Einer der beiden, vermutlich der Engländer, antwortete in stokkendem Russisch:

»Ein Dolmetscher wäre nützlich, Gospodin Präsident.«

»Witali«, rief Gorbatschow einem der hinausgehenden Sekretäre nach, »Jewgenij soll reinkommen!«

Um Verständigungsproblemen aus dem Weg zu gehen, lächelte er und lud seine Besucher mit einer Handbewegung ein, Platz zu nehmen. Im nächsten Augenblick kam sein persönlicher Dolmetscher herein und setzte sich neben den Schreibtisch des Präsidenten.

»Mein Name, Sir, ist William Stewart«, sagte der Amerikaner. »Ich bin stellvertretender Direktor der Central Intelligence Agency in Washington.«

Gorbatschow kniff stirnrunzelnd die Lippen zusammen.

»Und ich, Sir, bin Stephen Laing, Direktor der Nahostabteilung im britischen Secret Intelligence Service.«

Gorbatschows Verwirrung wuchs sichtlich. Spione, Tschekisten, was zum Teufel hatte das alles zu bedeuten?

»Unsere beiden Dienste«, sagte Stewart, »haben ihre jeweiligen

271

Regierungen ersucht, Sie zu bitten, uns zu empfangen. Tatsache ist, Sir, daß der Nahe Osten in einen Krieg treibt. Das wissen wir alle. Soll er vermieden werden, müssen wir die geheimen Pläne des irakischen Regimes kennen. Zwischen seinen öffentlichen Erklärungen und seinen vertraulichen Diskussionen bestehen unserer Ansicht nach krasse Unterschiede.«

»An sich nichts Neues«, meinte Gorbatschow trocken.

»Durchaus nicht, Sir«, bestätigte Laing. »Aber hier handelt es sich um ein höchst labiles Regime. Gefährlich – für uns alle. Wüßten wir jedoch, was in Saddam Husseins Kabinett wirklich diskutiert und geplant wird, könnten wir vermutlich eher eine Strategie zur Vermeidung des bevorstehenden Krieges entwerfen.«

»Das ist wohl eine Aufgabe für Diplomaten«, stellte Gorbatschow fest.

»Normalerweise ja, Gospodin Präsident. Aber es gibt Zeiten, in denen selbst die Diplomatie ein zu öffentliches Medium ist, um privaten Überlegungen Ausdruck zu verleihen. Sie erinnern sich an den Fall Richard Sorge?«

Präsident Gorbatschow nickte. Jeder Russe kannte Sorge. Es hatte Sondermarken mit seinem Porträt gegeben. Er war postum zum Helden der Sowjetunion ernannt worden.

»Damals«, fuhr Laing fort, »ist Sorges Mitteilung, Japan werde nicht in Sibirien angreifen, von entscheidender Bedeutung für Ihr Land gewesen. Aber sie hätte die Empfänger nicht auf dem Weg über die sowjetische Botschaft erreichen können.

Tatsächlich haben wir Grund zu der Annahme, Gospodin Präsident, daß es in Bagdad einen Informanten in außergewöhnlich hoher Position gibt, der bereit ist, uns über die geheimsten Überlegungen Saddam Husseins und seiner Berater auf dem laufenden zu halten. Dieses Wissen könnte den Unterschied zwischen Krieg und einem freiwilligen Rückzug der Iraker aus Kuwait bedeuten.«

Michail Gorbatschow nickte. Auch er war kein Freund Saddam Husseins. Der Irak, lange ein gefügiger Trabant der Sowjetunion, war zusehends unabhängiger geworden, und ihr unberechenbarer Führer hatte die UdSSR in letzter Zeit mehrmals grundlos beleidigt.

Darüber hinaus war der sowjetische Führer sich darüber im klaren, daß er die von ihm eingeleiteten Reformen nur mit finanzieller und technischer Unterstützung aus dem Ausland verwirklichen konnte. Das bedeutete, daß er sich das Wohlwollen des Westens erhalten mußte. Der kalte Krieg war zu Ende. Das war eine Realität. Daher hatte auch die UdSSR im Sicherheitsrat für die Verurteilung des irakischen Einmarschs in Kuwait gestimmt.

»Also, Gentlemen, nehmen Sie Verbindung mit diesem Informanten auf. Verschaffen Sie uns Erkenntnisse, mit deren Hilfe die Großmächte diese Krise entschärfen können, dann sind wir Ihnen alle dankbar. Auch die Sowjetunion wünscht keinen Krieg im Nahen Osten.«

»Wir würden gern mit ihm in Verbindung treten, Sir«, sagte Stewart, »aber das können wir nicht. Der Informant weigert sich, seine Identität preiszugeben, was an sich verständlich ist. Schließlich geht er ein ungeheures Risiko ein. Die übliche diplomatische Route für eine Verbindungsaufnahme scheidet in seinem Fall aus. Er hat klargestellt, daß er nur verdeckt mit uns Kontakt aufnehmen will.«

»Was wollen Sie also von mir?«

Die beiden Besucher aus dem Westen holten tief Luft.

»Wir möchten einen Mann nach Bagdad einschleusen, um ihn die Verbindung zu dem Informanten herstellen zu lassen«, antwortete Barber.

»Einen Agenten?«

»Ja, Gospodin Präsident, einen Agenten, der sich als Iraker ausgibt.«

Gorbatschow starrte sie prüfend an.

»Sie haben einen dafür geeigneten Mann?«

»Ja, Sir. Aber er muß irgendwo leben können. Ruhig, harmlos, unauffällig leben, während er Material abholt und unsere Anfragen überbringt. Wir bitten Sie, ihm zu erlauben, sich als Iraker auszugeben, der zum Hauspersonal eines leitenden Beamten der sowjetischen Botschaft in Bagdad gehört.«

Gorbatschow stützte das Kinn auf die Fingerspitzen seiner aneinandergelegten Hände. Mit verdeckten Unternehmen kannte er sich aus: Sein eigener KGB hatte zahlreiche durchgeführt. Jetzt sollte er die alten Gegenspieler des KGB bei einem unterstützen und ihrem Mann sogar die Möglichkeit geben, unter dem Schutz der sowjetischen Botschaft zu operieren. Das war ein so unerhörtes Ansinnen, daß er am liebsten laut gelacht hätte.

»Sollte Ihr Mann geschnappt werden, wäre unsere Botschaft kompromittiert.«

»Nein, Sir, Ihre Botschaft wäre von Rußlands traditionellen Feinden im Westen zynisch hintergangen worden«, stellte Laing fest. »Das würde Saddam Hussein glauben.«

Gorbatschow dachte darüber nach. Er erinnerte sich daran, daß ein Präsident und eine Premierministerin sich in dieser Sache persönlich an ihn gewandt hatten. Ihnen schien die Angelegenheit wichtig zu sein, und *ihm* blieb nichts anderes übrig, als zu versuchen, sich ihr Wohlwollen zu erhalten. Deshalb nickte er.

»Also gut. General Wladimir Krjutschkow erhält Anweisung, Ihnen in dieser Sache behilflich zu sein.«

Krjutschkow war damals KGB-Vorsitzender. Als Gorbatschow zehn Monate später am Schwarzen Meer Urlaub machte, versuchten Krjutschkow, Verteidigungsminister Dmitri Jasow und andere, ihren Präsidenten zu stürzen.

Die beiden Besucher reagierten unbehaglich.

»Entschuldigung, Gospodin Präsident«, sagte Laing, »aber dürften wir Sie bitten, lediglich Ihren Außenminister einzuweihen?«

Eduard Schewardnaze, der damalige sowjetische Außenminister, war ein bewährter Freund Michail Gorbatschows.

»Schewardnaze und sonst keinen?« fragte der Präsident.

»Ja, Sir, darum möchten wir Sie bitten.«

»Gut, die nötigen Vorbereitungen werden nur vom Außenministerium getroffen.«

Als die beiden Geheimdienstleute aus dem Westen gegangen waren, blieb Michail Gorbatschow in Gedanken verloren zurück. Sie hatten darauf bestanden, daß nur Eduard und er eingeweiht sein sollten. Nicht aber Krjutschkow. Wissen sie etwas, fragte er sich, das der sowjetische Präsident nicht weiß?

Insgesamt waren es elf Mossad-Agenten: zwei Fünferteams und der Leiter des Unternehmens, den Kobi Dror persönlich ausgesucht und von seiner langweiligen Abkommandierung als Ausbilder im Schulungszentrum des Geheimdienstes außerhalb von Herzlia abgezogen hatte.

Eines der Teams kam aus der Abteilung Yarid, der für Sicherungs- und Überwachungsaufgaben zuständigen Mossad-Abteilung. Das andere gehörte zur Abteilung Neviot, deren Spezialität Abhörmaßnahmen und Einbrüche sind – kurz gesagt alles, was mit unbelebten oder mechanischen Objekten zu tun hat.

Acht der zehn Agenten sprachen gut oder passabel Deutsch, und ihr Chef beherrschte die Sprache fließend. Die beiden anderen waren ohnehin nur Techniker. Das Vorauskommando für das Unternehmen Josua traf an drei Tagen aus verschiedenen europäischen Ländern kommend in Wien ein: alle mit einwandfreien Pässen und Legenden.

Wie beim Unternehmen Jericho bewegte Kobi Dror sich etwas außerhalb der Legalität, aber keiner seiner Untergebenen wäre auf die Idee gekommen, sich darüber zu beschweren. Josua trug die Kennzeichnung »ajn efes«, was gleichbedeutend mit »muß unbedingt klappen« war – und oberste Priorität bedeutete, weil der Boß selbst dahinterstand.

Yarid- und Naviot-Teams bestehen im allgemeinen aus sieben bis neun Agenten, aber da die Zielperson ein ahnungsloser Amateur, ein Bürger eines neutralen Staats war, glaubte man, mit weniger Personal auskommen zu können.

Der Wiener Mossad-Resident hatte drei seiner sicheren Häuser und drei Bodlim zur Verfügung gestellt, die dort saubermachten und alle Einkäufe erledigten.

Ein Bodel, Mehrzahl Bodlim, ist im allgemeinen ein junger Israeli – oft ein Student –, der nach gründlicher Überprüfung seiner Familie als Mädchen für alles angestellt wird. Er hat Aufträge zu erledigen, Einkäufe zu machen und ansonsten den Mund zu halten. Dafür darf er mietfrei in einem der sicheren Häuser des Mossad wohnen, was für einen finanziell nicht auf Rosen gebetteten Studenten in einer ausländischen Hauptstadt ein großer Vorteil ist. Werden »Gäste« einquartiert, muß der Bodel ausziehen, kann aber damit beauftragt werden, sauberzumachen, zu waschen und Einkäufe zu erledigen.

Obwohl Wien keine bedeutende Hauptstadt zu sein scheint, ist es in der Welt der Spionage immer sehr wichtig gewesen. Zurückzuführen ist diese Tatsache auf das Jahr 1945, in dem Wien als Hauptstadt Österreichs von den siegreichen Alliierten besetzt und viergeteilt wurde – in einen amerikanischen, britischen, französischen und russischen Sektor.

Im Gegensatz zu Berlin erhielt Wien seine Freiheit wieder, weil sogar die Russen zum Abzug bereit waren, aber der Preis dafür war die völlige Neutralität Wiens und ganz Österreichs. Nachdem 1948 mit der Blockade Berlins der kalte Krieg begonnen hatte, entwickelte Wien sich bald zu einem Treibhaus, in dem Spionage wucherte. Die Stadt war freundlicherweise neutral, besaß praktisch keine eigene Spionageabwehr, lag in der Nähe der Grenzen zur Tschechoslowakei und Ungarn, war nach Westen offen, während sie andererseits Unmengen von Osteuropäern aufnahm, und erwies sich als idealer Standort für alle möglichen Nachrichtendienste.

Kurz nach seiner Gründung im Jahr 1951 erkannte auch der Mossad die Vorteile Wiens und wurde dort mit soviel Personal aktiv, daß der Mossad-Resident im Rang über dem israelischen Botschafter steht.

Erst recht bestätigt wurde dieser Entschluß, als die blasierte, mondäne ehemalige Hauptstadt des Kaiserreichs Österreich-Ungarn sich zu einem Zentrum für ultradiskrete Finanzgeschäfte, dem Sitz dreier UNO-Behörden und einem beliebten Einreiseflughafen für palästinensische und andere Terroristen entwickelte.

Österreich, das seine Neutralität zu wahren entschlossen ist, hat seit langem eine Spionageabwehr, die so leicht auszutricksen ist, daß Mossad-Agenten diese wohlmeinenden Beamten als »fertsalach« bezeichnen – ein nicht eben schmeichelhaftes Wort, das Furz bedeutet.

Zum Leiter dieses Unternehmens hatte Kobi Dror einen bewährten Katsa mit jahrelanger Erfahrung in Berlin, Paris und Brüssel bestimmt.

Einige Zeit hatte Gideon Barzilai auch einem der Kidon-Killerteams angehört, die Jagd auf die arabischen Terroristen machten, die 1972 für die Ermordung israelischer Sportler bei den Olympischen Spielen in München verantwortlich gewesen waren. Zum Glück für seine Karriere war er nicht an einem der größten Fiaskos des Mossad beteiligt gewesen, bei dem ein Kidon-Team im norwegischen Lillehammer einen harmlosen marokkanischen Kellner erschoß, nachdem es ihn irrtümlich als Ali Hassan Salameh, den Planer des Massakers, identifiziert hatte.

Gideon »Gidi« Barzilai war jetzt Ewald Strauß, Vertreter eines Herstellers von Sanitärkeramik in Frankfurt. Nicht nur seine Papiere waren in bester Ordnung, sondern sein Aktenkoffer enthielt auch einschlägige Prospekte, Auftragsbücher und Korrespondenz auf Geschäftspapier.

Selbst ein Anruf bei der Frankfurter Firma hätte seine Legende untermauert, denn unter der in ihrem Briefkopf angegebenen Nummer war ein Büro zu erreichen, in dem Mossad-Agenten Dienst taten.

Gidis Unterlagen und die der übrigen zehn Personen seines Teams waren das Produkt einer weiteren Abteilung der umfassenden Dokumentationsdienste, über die der Mossad bei Bedarf verfügen kann. Im selben Souterrain in Tel Aviv, in dem die Fälschungsabteilung untergebracht ist, befinden sich weitere Räume, in denen Unterlagen über erstaunlich viele echte und fiktive Firmen gestapelt sind. Bilanzen, Prüfberichte, Handelsregisterauszüge, Briefpapier und Prospekte lagern dort in solchen Mengen, daß jeder Katsa für Auslandseinsätze mit absolut glaubwürdigen Originalunterlagen versehen werden kann.

Sobald Barzilai sich im eigenen Apartment häuslich eingerichtet hatte, konferierte er mit dem Wiener Mossad-Residenten und begann das Unternehmen dann mit einer verhältnismäßig leichten Aufgabe. Er machte sich daran, möglichst viel über eine diskrete und sehr traditionsbewußte Privatbank herauszubekommen: die Winkler-Bank gleich am Franziskanerplatz.

Ebenfalls an diesem Wochenende starteten in einem Militärlager außerhalb von Riad zwei amerikanische Hubschrauber Chinook und flogen nach Norden zur Tapline Road, die von Khafji entlang der saudiarabischen Grenze bis nach Jordanien verläuft.

Beide Hubschrauber transportierten je einen Landrover mit langem Radstand, sparsamster Ausrüstung und speziellen Langstreckentanks. Zu jedem Geländewagen gehörten vier SAS-Männer, für die hinter den Piloten gerade noch Platz war.

Das Ziel ihres Flugs hätte außerhalb der normalen Reichweite der CH-74C gelegen, aber auf der Tapline Road standen schon zwei große Tanklastwagen bereit, die aus Dammam an der Golfküste kamen.

Sobald die durstigen Chinooks auf der Straße gelandet waren, machten die Tankwarte sich an die Arbeit, bis die Hubschraubertanks wieder randvoll waren. Dann starteten die Maschinen wieder, folgten der Straße in Richtung Jordanien und blieben sehr tief, um nicht von irakischem Radar jenseits der Grenze erfaßt zu werden.

Knapp jenseits der saudiarabischen Stadt Badanah im Dreiländereck zwischen Saudi-Arabien, dem Irak und Jordanien landeten die CH-74C. Auch dort standen wieder zwei Tankwagen bereit, aber diesmal luden die Hubschrauber ihre Fracht und ihre Passagiere aus.

Falls die Amerikaner wußten, wohin die wortkargen Engländer unterwegs waren, ließen sie sich nichts anmerken; falls sie's nicht wußten, fragten sie nicht danach. Die Lademeister ließen die Fahrzeuge mit Wüstentarnanstrich die Rampen hinunter in den Sand rollen, schüttelten den SAS-Männern die Hand und sagten: »Hey, alles Gute, Jungs!« Danach tankten sie und flogen dorthin zurück, wo sie hergekommen waren. Die beiden Tanklastwagen folgten ihnen auf der Straße.

Die acht SAS-Männer sahen ihnen nach, bestiegen dann ihre beiden Wagen und fuhren in Gegenrichtung davon. Achtzig Kilometer nordwestlich von Badanah hielten sie an und warteten.

Der Hauptmann, der dieses Unternehmen leitete, überprüfte ihren Standort. Damals bei Oberst David Stirling in der libyschen Wüste waren Standorte wie auf hoher See durch Messungen von Gestirnshöhen bestimmt worden. Die Technologie der neunziger Jahre machte diese Bestimmung einfacher und genauer.

In der Hand hielt der Hauptmann ein Gerät, das kaum größer als ein dickes Taschenbuch war: einen Empfänger für das Global Positioning System (GPS). Trotz seiner geringen Abmessungen konnte der GPS-Empfänger Magellan den Standort des Benutzers an jedem Punkt der Erdoberfläche bis auf zehn Meter genau angeben.

Das Handgerät des Hauptmanns ließ sich auf Code Q oder P umschalten. Der Code P war bis auf zehn Meter genau, aber er brauchte dazu vier amerikanische NAVSTAR-Satelliten, die über dem Horizont stehen mußten. Der Code Q kam mit zwei Satelliten aus – aber dafür war der Standort lediglich bis auf hundert Meter genau.

An diesem Tag standen nur zwei Satelliten über dem Horizont, aber sie genügten. Hier in der Wüste, in dieser Wildnis aus Sand und Schiefer zwischen Badanah und der jordanischen Grenze, konnte man sich auf hundert Meter Entfernung ohnehin nicht verfehlen. Nachdem der Hauptmann sich davon überzeugt hatte, daß sie am vereinbarten Treffpunkt standen, schaltete er den GPS-Empfänger aus und kroch unters Tarnnetz, das seine Männer als Sonnenschutz zwischen den Fahrzeugen gespannt hatten. Ihr Thermometer zeigte fünfundfünfzig Grad Celsius an.

Eine Stunde später kam ein britischer Hubschrauber Gazelle von Süden heran. Eine Hercules der RAF hatte Major Martin aus Riad zu der saudiarabischen Stadt Al-Jawf geflogen – zu der in diesem Gebiet grenznächsten Stadt mit größerem Flughafen. Ebenfalls transportiert hatte sie die Gazelle mit angeklappten Rotoren, ihren Piloten, die Bodenmannschaft und die Zusatztanks für den Hubschrauberflug von Al-Jawf zur Tapline Road und zurück.

Für den Fall, daß irakisches Radar selbst in diesem abgelegenen Gebiet den Luftraum überwachte, flog die Gazelle nur wenige Meter hoch, aber ihr Pilot sah sofort die Leuchtkugel, die der SAS-Hauptmann abschoß, als er den Hubschrauber kommen hörte.

Die Gazelle setzte fünfzig Meter von den Geländewagen entfernt auf, und Martin stieg aus. Er hatte eine Leinentasche über der rechten Schulter und trug in der linken Hand einen Weidenkorb, dessen Inhalt den Hubschrauberpiloten dazu veranlaßt hatte, sich zu fragen, ob er beim Royal Army Air Corps oder etwa bei der Farmers Union sei. Der Korb enthielt zwei lebende Hennen.

Ansonsten war Martin gekleidet wie die acht wartenden SAS-Männer: Wüstenstiefel, lockere Khakihose, Khakihemd, Pullover und Kampfjacke in Wüstentarnfarben. Um den Hals trug er eine karierte Keffija, die er hochziehen konnte, um Nase und Mund vor aufgewirbeltem Staub zu schützen, und auf dem Kopf hatte er eine rundgestrickte Wollmütze, auf der eine strapazierfähige Staubbrille saß.

Der Pilot fragte sich, warum die Männer mit dieser ganzen Ausrüstung keinen Hitzschlag bekamen, aber er hatte natürlich keine Erfahrung mit eisigen Wüstennächten.

Aus dem Frachtraum der Gazelle holten die SAS-Männer die

Plastikkanister, die den leichten Hubschrauber auf sein maximales Startgewicht gebracht hatten, und füllten daraus seine Tanks auf. Als sie voll waren, winkte der Pilot zum Abschied, startete und flog in Richtung Süden davon – zurück nach Al-Jawf, von wo aus er nach Riad zurückfliegen und nichts mehr mit diesen Verrückten in der Wüste zu tun haben würde.

Erst als er verschwunden war, fühlten die SAS-Männer sich wieder ganz wohl. Obwohl die acht Männer der beiden Landrover-besatzungen zur Staffel D – den Fernaufklärern – gehörten und Martin als Freifaller aus der Staffel A kam, kannte er bis auf zwei alle. Nachdem sie sich begrüßt hatten, taten sie, was britische Soldaten immer tun, wenn ihnen etwas Zeit bleibt: Sie kochten sich einen starken Tee.

Das Gebiet, das der Hauptmann für ihren Grenzübertritt in den Irak ausgesucht hatte, war aus zwei Gründen wild und unwirtlich. Je unwegsamer das Gelände, in dem sie sich bewegten, desto gerin-ger die Chance, auf eine irakische Streife zu stoßen, und er hatte nicht den Auftrag, die Iraker in freiem Gelände abzuhängen, son-dern völlig unentdeckt zu bleiben.

Der zweite Grund war, daß er seinen Schutzbefohlenen mög-lichst nahe an der irakischen Überlandstraße absetzen sollte, die sich von Bagdad aus nach Westen durch die weite Wüstenebene schlängelt, bis sie am Grenzübergang Ruweishid die jordanische Grenze erreicht.

Seit der Eroberung Kuwaits war dieser elende Grenzposten in der Wüste den Fernsehzuschauern in aller Welt längst vertraut, denn dort flutete ein stetiger Strom bedauernswerter Menschen – Filipi-nos, Bengalen, Palästinenser und andere – auf der Flucht vor dem durch die Besetzung ausgelösten Chaos über die Grenze.

Hier im äußersten Nordwesten Saudi-Arabiens war die Entfer-nung von der Grenze nach Bagdad am geringsten. Der Hauptmann wußte, daß das Wüstengebiet östlich von ihnen größtenteils flach wie ein Billardtisch war und sich gut für einen schnellen Vorstoß zur nächsten nach Bagdad führenden Straße geeignet hätte. Aber dort waren auch am ehesten Militärstreifen und wachsame Augen zu befürchten. Hier im Westen der irakischen Wüste war das Ge-lände hügelig und von vielen Schluchten durchzogen, die nach Regenfällen von reißenden Sturzbächen ausgefüllt wurden und

280

auch in der trockenen Jahreszeit vorsichtig durchfahren werden mußten. Aber dafür gab es hier praktisch keine irakischen Patrouillen.

Die Stelle, an der sie die Grenze überschreiten wollten, lag fünfzig Kilometer weiter nördlich, und von der nicht markierten Grenze aus waren es nur weitere hundert Kilometer bis zur Straße von Ruweishid nach Bagdad. Trotzdem rechnete der Hauptmann damit, daß sie die Nacht durchfahren, den nächsten Tag unter ihren Tarnnetzen versteckt zubringen und eine weitere Nacht brauchen würden, um ihren Schutzbefohlenen an einem Punkt absetzen zu können, von dem aus die Straße dann zu Fuß erreichbar war.

Um sechzehn Uhr fuhren sie endlich los. Die Sonne brannte noch immer vom Himmel, und in der Hitze hatten die Männer das Gefühl, am Abstich eines Hochofens vorbeizufahren. Gegen achtzehn Uhr sank die Abenddämmerung herab, und die Temperatur ging rasch zurück. Als es ab neunzehn Uhr völlig dunkel war, setzte die Nachtkälte ein. Ihr Schweiß trocknete an, und die Männer waren für ihre dicken Pullover dankbar, die der Hubschrauberpilot belächelt hatte.

Im Führungsfahrzeug saß der Navigator neben dem Fahrer und kontrollierte ständig Standort und Richtung. Auf ihrem Stützpunkt hatten der Hauptmann und er stundenlang über den großformatigen Luftaufnahmen gesessen, die eine amerikanische U-2 freundlicherweise bei einem Einsatz von Taif aus gemacht hatte und die das Gelände weit besser darstellten als jede Landkarte.

Sie fuhren ohne Licht, aber der Navigator verfolgte ihre Fahrtlinie mit Hilfe einer bleistiftdünnen Taschenlampe und korrigierte sie jeweils wieder, wenn eine Schlucht oder Felsenbarriere sie dazu zwang, einige Kilometer weit nach Osten oder Westen auszuweichen.

Stündlich machten sie halt, um ihren Standort mit Hilfe des GPS-Empfängers Magellan zu kontrollieren. Der Navigator hatte die Luftaufnahmen an den Rändern mit Längen- und Breitengraden bis hinunter zu Minuten und Sekunden markiert, so daß die geographischen Koordinaten des Magellans ihnen genau zeigten, wo sie sich auf dem jeweiligen Foto befanden.

Sie kamen nur langsam voran, weil bei jedem Höhenzug ein Mann vorauslaufen und einen Blick auf die andere Seite werfen mußte, damit sichergestellt war, daß dahinter keine unangenehme Überraschung wartete.

Eine Stunde vor Tagesanbruch fanden sie ein Wadi mit steil abfallenden Wänden, fuhren hinein und tarnten ihre Fahrzeuge mit den Netzen. Einer der Männer erkletterte mit einem Handfunkgerät den nächsten Felsen, von dem aus er das Lager überblicken konnte, und ließ einige Veränderungen vornehmen, bis er melden konnte, ein Beobachtungsflugzeug müsse praktisch in das Wadi abstürzen, um sie zu sehen.

Tagsüber aßen, tranken und schliefen sie, während jeweils zwei Männer für den Fall Wache hielten, daß ein Schäfer mit seiner Herde in ihre Nähe kam. Sie hörten mehrmals irakische Düsenflugzeuge, die in großer Höhe vorüberflogen, und einmal das Meckern einer kleinen Ziegenherde auf dem nächsten Hügel. Aber die Ziegen, die keinen Hirten zu haben schienen, zogen langsam in entgegengesetzter Richtung davon. Nach Sonnenuntergang ging die Fahrt weiter.

Kurz vor vier Uhr sahen sie in der Ferne beiderseits der Straße nach Bagdad den schwachen Lichtschein der irakischen Kleinstadt Ar-Rutba. Der GPS-Empfänger Magellan bestätigte, daß sie dort waren, wo sie sein wollten: sieben bis acht Kilometer südlich der Fernstraße.

Vier der Männer suchten die nähere Umgebung ab, bis einer ein Wadi mit sandigem Boden fand. Mit den an den Seiten ihrer Landrover festgeschnallten Spaten, die sonst dazu dienten, steckengebliebene Fahrzeuge flottzumachen, hoben sie ein tiefes Loch aus. Darin verschwanden die Geländemaschine und die Benzinkanister mit genügend Treibstoff für eine Fahrt bis zur Grenze. Um gegen Sand und Wasser geschützt zu sein, war das Motorrad in zähe Plastikfolie eingeschweißt, denn der Regen würde erst kommen.

Damit die Deckschicht nicht weggeschwemmt wurde, errichteten die Männer zuletzt eine kleine Steinpyramide, wie sie auch Hirten manchmal bauten.

Der Navigator bestieg einen Hügel neben dem Wadi und peilte von dort aus den Sendemast über Ar-Rutba an, dessen rote Warnleuchten in der Ferne blinkten.

Während die anderen arbeiteten, zog Mike Martin sich ganz aus und holte aus seiner Umhängetasche das lange Gewand, die Keffija und die Sandalen Mahmud al-Khouris, eines irakischen Gärtners und Hausmanns. Mit einer Segeltuchtasche, die Brot, Käse und Oliven fürs Frühstück enthielt, einer abgegriffenen Geldbörse, in der einige schmutzige Geldscheine, sein Ausweis und unscharfe Fotos von Mahmuds alten Eltern steckten, und einer verbeulten Blechschachtel mit etwas Kleingeld und einem Taschenmesser war er abmarschbereit. Die Landrover brauchten eine Stunde, um weit genug vom Absetzpunkt entfernt zu sein, bevor sie ihr Versteck für den kommenden Tag bezogen.

»Hals- und Beinbruch!« sagte der Hauptmann.

»Weidmannsheil, Boß!« sagte der Navigator.

»Na ja, wenigstens kriegen Sie ein frisches Ei zum Frühstück«, sagte ein anderer, was unterdrücktes Gelächter auslöste. SAS-Männer wünschen einander *niemals* »Alles Gute!«. Mike Martin hob grüßend die Hand, nahm den Weidenkorb mit seinen Hühnern und marschierte durch die Wüste in Richtung Straße davon. Wenige Minuten später waren auch die Landrover verschwunden, und das Wadi lag wieder scheinbar unberührt da.

In den Büchern des Wiener Mossad-Residenten stand ein Sajan, der selbst Bankier war – in der Führungsetage einer der großen österreichischen Geschäftsbanken. Dieser Mann wurde gebeten, einen möglichst umfassenden Bericht über die Winkler-Bank zusammenzustellen. Der Sajan erfuhr lediglich, einige israelische Firmen seien dabei, Geschäftsbeziehungen zu Winkler aufzunehmen, und wollten sich vergewissern, ob die Winkler-Bank solide und zuverlässig arbeite. Schließlich gebe es, wurde ihm bedauernd erklärt, heutzutage soviel Betrug.

Der Sajan schluckte diese Begründung und tat sein Bestes, das recht gut war, wenn man berücksichtigte, daß er als erstes entdeckte, daß Winkler unter fast krankhafter Geheimhaltung arbeitete.

Die Bank war vor fast einem Jahrhundert vom Vater des gegenwärtigen Alleininhabers und Präsidenten gegründet worden. Der Winkler des Jahres 1990, der Sohn des Gründers, war seinerseits schon einundneunzig und in Wiener Bankkreisen als »der Alte« bekannt. Trotz seines hohen Alters dachte er gar nicht daran, die Leitung der Winkler-Bank an einen Jüngeren abzugeben. Da er Witwer, aber kinderlos war, hatte er keinen direkten Nachfolger, so daß erst sein Testament eines Tages darüber Aufschluß geben würde, in wessen Hände die Bank überginge.

Trotzdem lag die Abwicklung des Tagesgeschäfts in den Händen dreier Vizepräsidenten. Etwa einmal im Monat kamen sie in der Villa des Alten zu einer Besprechung mit Winkler zusammen, bei der es ihm hauptsächlich darauf anzukommen schien, auf strikter Einhaltung seiner rigiden Geschäftsgrundsätze zu bestehen.

Alle Entscheidungen in Sachfragen trafen die drei Vizepräsidenten Blei, Kessler und Gemütlich. Natürlich war die Winkler-Bank keine gewöhnliche Bank, denn sie führte keine Girokonten und gab keine Scheckvordrucke aus. Sie nahm Kundengelder herein und investierte sie in grundsoliden, sicheren Werten – hauptsächlich auf dem europäischen Markt.

Daß die Erträge solcher Investitionen niemals im Bereich der »Renditen des Jahres« lagen, war in diesem Zusammenhang nebensächlich. Winkler-Kunden ging es nicht um schnelle Wertsteigerungen oder höchste Zinserträge. Sie suchten Sicherheit und absolute Anonymität. Winkler garantierte ihnen beides – und lieferte es auch.

Zu den Geschäftsgrundsätzen, auf denen der alte Winkler so nachdrücklich bestand, gehörten äußerste Diskretion in bezug auf die Identität von Inhabern von Nummernkonten und die völlige Vermeidung von »neumodischem Blödsinn«, wie der Alte es bezeichnete.

Dieser Abscheu vor moderner Bürotechnik bedingte die Vermeidung von Computern, was Kontenführung oder die Speicherung vertraulicher Informationen betraf, Faxgeräten und möglichst auch von Telefonen. Die Winkler-Bank akzeptierte telefonisch erteilte Anweisungen und Informationen, gab aber niemals Auskünfte am Telefon. Im Verkehr mit ihren Kunden bevorzugte sie schriftliche Mitteilungen auf schwerer cremefarbener Bankpost mit Leinenstruktur oder Beratungsgespräche in den eigenen Geschäftsräumen.

Innerhalb Wiens stellte ein Bankbote alle Briefe und Kontoauszüge in versiegelten Umschlägen zu; lediglich Sendungen ins In- und Ausland wurden der Post anvertraut.

Was Nummernkonten ausländischer Kunden betraf – der Sajan war gebeten worden, sich auch damit zu beschäftigen –, wußte niemand Genaueres, aber Gerüchte wollten von Einlagen in Höhe von Hunderten von Millionen Dollar wissen. Falls das zutraf – und unter Berücksichtigung der Tatsache, daß alljährlich ein gewisser Prozentsatz solcher auf Geheimhaltung bedachter Kunden wegstarb, ohne jemandem erzählt zu haben, wie man über ihr Konto verfügte –, ging es der Winkler-Bank nicht schlecht, besten Dank.

Während Gidi Barzilai diesen Bericht las, fluchte er lange und laut. Der alte Winkler verstand wahrscheinlich nichts von neuen Verfahren, Telefongespräche abzuhören oder in Computer einzudringen – aber sein Instinkt hatte ihm das einzig wirksame Abwehrmittel eingegeben.

In den Jahren, in denen der Irak immer mehr Giftgastechnologie eingekauft hatte, waren alle seine Käufe in Deutschland über drei Schweizer Banken gelaufen. Wie der Mossad wußte, hatte die CIA die Computer aller drei Banken geknackt – ursprünglich war dort »gewaschenes« Drogengeld gesucht worden –, und mit diesen Insiderinformationen hatte Washington bei der deutschen Regierung immer wieder gegen diese Exporte protestiert. Die CIA konnte wirklich nichts dafür, daß Bundeskanzler Kohl jeden einzelnen dieser Proteste verächtlich zurückgewiesen hatte; ihre Informationen waren völlig zutreffend gewesen.

Falls Gidi Barzilai gehofft hatte, den Zentralcomputer der Winkler-Bank knacken zu können, hatte er sich getäuscht: Es gab keinen. Außerdem konnten sie in der Bank Wanzen anbringen, die Post abfangen und das Telefon abhören. Leider war zu erwarten, daß sein Problem sich mit keinem dieser Mittel lösen ließ.

Für viele Bankkonten war ein vereinbartes Kennwort erforderlich, wenn Geld abgehoben oder überwiesen werden sollte. Aber der Kontoinhaber kann es im allgemeinen dazu benutzen, um sich am Telefon oder in einem Fax und erst recht in einem Brief auszuweisen. Die internen Dienstvorschriften der Winkler-Bank, die für ein hochdotiertes Nummernkonto eines ausländischen Kunden wie Jericho erst recht galten, sahen jedoch ein weit komplizierteres Verfahren vor: Der Kontoinhaber mußte entweder persönlich erscheinen und sich zweifelsfrei ausweisen oder einen schriftlichen Auftrag erteilen, der in allen Einzelheiten dem im voraus vereinbarten Schema entsprach.

Offenbar nahm die Winkler-Bank jederzeit und von jedermann

Einzahlungen auf jedes Konto entgegen. Das wußte der Mossad, denn er hatte Jericho sein Blutgeld durch Überweisungen auf ein nur durch eine Nummer bezeichnetes Konto bei dieser Bank gezahlt. Etwas gänzlich anderes war es jedoch, die Winkler-Bank dazu bringen zu wollen, *von* diesem Konto Geld zu überweisen.

Irgendwie schien der alte Winkler in seinem Schlafrock, in dem er den größten Teil seiner Tage damit verbrachte, Orgelmusik zu hören, vorausgeahnt zu haben, daß die illegale Abhörtechnik sich rascher entwickeln würde als die gewöhnliche Nachrichtentechnik. Der Teufel sollte den Alten holen!

Darüber hinaus konnte der Sajan nur berichten, daß hochwertige Nummernkonten ausschließlich von den drei Vizepräsidenten verwaltet wurden. Der Alte hatte seine Führungskräfte gut ausgewählt; alle drei Männer standen in dem Ruf, humorlos, knochenhart und gutbezahlt zu sein. Mit einem Wort: unbestechlich. Israel, hatte der Sajan noch hinzugefügt, brauche sich keine Sorgen wegen der Winkler-Bank zu machen. Das war natürlich ein gewaltiger Irrtum. In dieser ersten Novemberwoche hatte Gidi Barzilai die Winkler-Bank bereits gründlich satt.

Eine Stunde nach Tagesanbruch kam ein Bus vorbei, der für den einzelnen Fahrgast hielt, der etwa fünf Kilometer vor Ar-Rutba auf einem Felsen am Straßenrand hockte, als der Mann aufstand und winkte. Er zahlte mit zwei schmierigen Dinarscheinen, suchte sich hinten einen Platz, stellte den Hühnerkorb auf seine Knie und nickte ein.

In der Stadtmitte, wo der Bus dann mit quietschenden Bremsen zum Stehen kam, kontrollierte die Polizei, während einige Fahrgäste ausstiegen, um auf den Markt oder zur Arbeit zu gehen, während andere zustiegen. Aber während die Uniformierten die Ausweise der Zusteigenden prüften, begnügten sie sich mit einem flüchtigen Blick auf die Gesichter hinter den staubigen Scheiben und ignorierten den Bauern mit seinen Hühnern völlig. Sie waren auf der Suche nach subversiven, verdächtigen Typen.

Nach ungefähr einer Stunde rumpelte der Bus knarrend und schwankend nach Osten weiter und hielt zwischendurch mehrmals auf dem befestigten Bankett, um eine Kolonne von Militärfahrzeugen vorbeidröhnen zu lassen, auf deren Ladeflächen stoppelbärtige

Wehrpflichtige saßen, die mürrisch in die von den Lastern aufgewirbelten Staubwolken starrten.

Mike Martin blieb mit geschlossenen Augen sitzen, nahm die
Gespräche um sich herum auf und merkte sich neue Wörter oder
Betonungen, an die er sich nicht mehr ganz erinnerte. Das in diesem
Teil des Irak gesprochene Arabisch unterschied sich merklich von
dem in Kuwait gesprochenen. Um in Bagdad als ungebildeter,
harmloser Fellache durchgehen zu können, konnten solche Dialekt-
ausdrücke aus der Provinz sich als nützlich erweisen. Nur wenige
Dinge entwaffneten einen Großstadtpolizisten schneller als ein
ländlicher Dialekt.

Die Hennen in dem Weidenkäfig auf seinen Knien hatten eine
schlimme Fahrt hinter sich, obwohl er ihnen Körner hingestreut
und aus seiner Feldflasche, die jetzt in einem Landrover unter einem
Tarnnetz in der Wüste hinter ihm lag, Wasser gegeben hatte. Sie
gluckten protestierend, wenn der Bus zu sehr schwankte, oder
hockten sich hin und machten in die Streu auf dem Käfigboden.

Ein Außenstehender hätte schon sehr gut hinsehen müssen, um
wahrzunehmen, daß der untere Teil des Käfigs außen zehn Zentimeter höher war als innen. Die tiefe Streu unter den Füßen der
Hennen tarnte diesen Unterschied. Die Streu war nur wenige Zentimeter tief. Der zehn Zentimeter tiefe Hohlraum unter dem Hühnerkäfig enthielt drei Gegenstände, die den Polizeibeamten in Ar-
Rutba verwirrend, aber bestimmt interessant erschienen wären.

Einer davon war eine faltbare Satellitenantenne, die sich bei
Nichtgebrauch zu einem kurzen Stab zusammenklappen ließ. Ein
weiterer war ein Funkgerät, das leistungsfähiger als das von Martin
in Kuwait benutzte war. In Bagdad würde er keine Gelegenheit
haben, in aller Ruhe Meldungen abzusetzen, während er sich
nachts in der Wüste herumtrieb. Längere Sendungen waren »out«,
was nicht nur den Kadmium-Silber-Akku, sondern auch den dritten
mitgeführten Gegenstand erklärte. Dabei handelte es sich um einen
Kassettenrecorder in sehr spezieller Ausführung.

Neuartige Technologie ist anfangs oft groß, schwerfällig und
schwierig zu bedienen. Wird sie weiterentwickelt, passieren zwei
Dinge: die »Innereien« werden ständig komplizierter und immer
kleiner, und die Bedienung wird einfacher.

Die im Zweiten Weltkrieg für Agenten der britischen Special

Operations Executive nach Frankreich gebrachten Funkgeräte waren nach heutigen Begriffen ein Alptraum. Sie waren koffergroß, brauchten eine viele Meter lang ausgespannte Antenne, hatten stromfressende Röhren von Glühbirnengröße und konnten nur Morsezeichen senden. So hockte der Funker endlos lange am Gerät und morste, während deutsche Peiltrupps seine Position anpeilten und ihn schnappten.

Obwohl Martins Kassettenrecorder sehr einfach zu bedienen war, wies er einige nützliche Besonderheiten auf. Eine zehn Minuten lange Nachricht konnte langsam und deutlich ins Mikrofon gesprochen werden. Noch bevor sie aufgezeichnet wurde, verschlüsselte ein Chip sie zu einem sinnlosen Lautwirrwarr, das die Iraker aller Voraussicht nach nicht hätten entschlüsseln können.

Mit Knopfdruck wurde die Kassette zurückgespult. Ein weiterer Knopf bewirkte, daß der Text erneut aufgezeichnet wurde – diesmal jedoch zweihundertmal schneller, was die Nachricht auf ein nur drei Sekunden langes »Kurzsignal« reduzierte, das praktisch nicht genau anzupeilen war.

Dieses »Kurzsignal« sendete das Funkgerät, sobald Satellitenschüssel, Akku und Recorder angeschlossen waren. In Riad wurde es empfangen, verlangsamt, entschlüsselt und im »Klartext« wiedergegeben.

In Ramadi, der Endstation des ersten Busses, stieg Martin in einen anderen um, der am Habbanija-See und dem ehemaligen RAF-Flugplatz vorbeifuhr, der jetzt zu einem modernen irakischen Jägerstützpunkt ausgebaut worden war. Am Stadtrand wurde der Bus angehalten, und alle Fahrgäste mußten aussteigen, um ihre Papiere vorzuzeigen.

Martin stand mit seinem Hühnerkäfig im Arm bescheiden in der Schlange, während die Fahrgäste sich dem Tisch näherten, an dem ein Polizeisergeant saß. Als er dann an der Reihe war, stellte er den Weidenkorb auf den Boden und zeigte seine Ausweiskarte vor. Der Sergeant warf einen kurzen Blick darauf. Er schwitzte und hatte Durst. Der Tag war verdammt lang gewesen. Er deutete auf den Heimatort des Ausweisinhabers.

»Wo ist das?«

»Ein kleines Dorf nördlich von Baji. Bekannt für seine Melonen, Bei.«

Der Sergeant verzog das Gesicht. »Bei« war eine respektvolle Anrede, die noch aus der Türkenzeit stammte; man hörte sie sehr selten – und dann nur von wirklichen Hinterwäldlern. Er machte ihm ein Zeichen, er solle verschwinden. Martin nahm seine Hühner und ging zum Bus zurück.

Kurz vor neunzehn Uhr hielt der Bus an der Endstation, und Major Mike Martin stieg auf dem großen Busbahnhof Kadhimija in Bagdad aus.

11

Es war ein langer Fußmarsch durch den frühen Abend vom Busbahnhof im Norden der Stadt bis zum Haus des Ersten Sekretärs der sowjetischen Botschaft im Stadtteil Mansur, aber Martin begrüßte ihn.

Erstens war er insgesamt zwölf Stunden lang in zwei verschiedenen Bussen eingepfercht gewesen, um die vierhundert Kilometer von Ar-Rutba in die Hauptstadt zurückzulegen, und die Fahrzeuge waren keine Luxusreisebusse gewesen. Und zweitens gab der Fußmarsch ihm Gelegenheit, wieder ein Gefühl für die Atmosphäre dieser Großstadt zu bekommen, die er zuletzt gesehen hatte, als er vor nunmehr vierundzwanzig Jahren als sehr nervöser dreizehnjähriger Schüler ein Flugzeug nach London bestieg.

Hier hatte sich viel verändert. Die Stadt, an die er sich erinnerte, war eine sehr arabische Stadt gewesen: viel kleiner und mit den Kernbezirken Scheich Omar und Saadun in Risafa am Nordwestufer des Tigris und Aalam in Karch jenseits des Flusses. In dieser Innenstadt hatte sich das eigentliche Leben Bagdads abgespielt – auf den engen Straßen und Gassen, auf Märkten und in Moscheen, deren Minarette übers Häusermeer aufragten, um die Gläubigen an den Gehorsam zu erinnern, den sie Allah schuldeten.

Zwanzig Jahre hoher Gewinne aus dem Ölverkauf hatten Bagdad auf einst freien Flächen mehrspurige Schnellstraßen mit Kreisverkehr, Überführungen und Kleeblattkreuzungen beschert. Der Verkehr hatte sich vervielfacht, und protzige Wolkenkratzer ragten in den Nachthimmel auf, als wolle Mammon es seinem alten Widersacher richtig zeigen.

Als er Mansur am Ende der langen Rabia Street erreichte, war das Viertel kaum wiederzuerkennen. Martin erinnerte sich an die freien Flächen um den Mansur Club, in dem die Familie Martin an Wochenenden viele Nachmittage verbracht hatte. Mansur war offenbar noch immer eine sehr gute Wohngegend, aber die freien

Flächen waren inzwischen alle mit Straßen und Luxuswohnungen für Leute zugebaut, die es sich leisten konnten, elegant zu leben.

Sein Weg führte ihn ganz in der Nähe von Mr. Hartleys alter Prep. School vorbei, in der er widerwillig gelernt und in den Pausen mit seinen Freunden Hassan Rahmani und Abdelkarim Badri gespielt hatte, aber in der Dunkelheit erkannte er die Straße nicht wieder.

Er wußte natürlich, was aus Hassan geworden war, aber von Dr. Badris Söhnen hatte er seit fast einem Vierteljahrhundert nichts mehr gehört. Ob der Jüngere, Osman, mit seinem Talent für Mathematik tatsächlich Ingenieur geworden ist?, fragte er sich. Und ist Abdelkarim, der so wunderbar englische Gedichte rezitieren konnte, dann selbst Dichter oder Schriftsteller geworden?

Wäre er nach SAS-Manier mit einer Abrollbewegung der Füße und schwingenden Armen marschiert, um die Beinarbeit zu unterstützen, hätte er die Strecke in halber Zeit zurücklegen können. Damit hätte er jedoch riskiert, wie die beiden Ingenieure in Kuwait zugerufen zu bekommen: »Du kannst dich als Araber anziehen, aber du gehst noch immer wie ein Engländer!«

Aber er trug keine Springerstiefel, sondern Leinenslipper mit geflochtenen Strohsohlen, das Schuhwerk eines armen irakischen Fellachen, darum schlurfte er mit gesenktem Kopf und hängenden Schultern weiter.

In Riad hatte man ihm einen veralteten Stadtplan von Bagdad und zahlreiche Luftbilder vorgelegt, die zwar aus großer Höhe aufgenommen, aber anschließend so vergrößert worden waren, daß man in die Gärten hinter den Mauern blicken und die Autos und Swimmingpools der Reichen und Mächtigen deutlich erkennen konnte.

Diese Luftaufnahmen hatte er sich eingeprägt. Er bog nach links in die Jordan Street ab, überquerte den Yarmuk Square und hatte dann rechts die Allee mit dem Haus des sowjetischen Diplomaten vor sich.

In den sechziger Jahren, unter der Herrschaft Kassems und der ihm nachfolgenden Generale, hatte die UdSSR in Bagdad eine bevorzugte und angesehene Stellung eingenommen. Sie hatte vorgegeben, den arabischen Nationalismus zu fördern, weil er gegen den

Westen gerichtet zu sein schien, und zugleich versucht, die arabische Welt zum Kommunismus zu bekehren. Um der Raumnot im Botschaftskomplex abzuhelfen, hatte die sowjetische Botschaft damals mehrere alleinstehende Villen gekauft, und der Irak hatte ihr das Zugeständnis gemacht, sie mitsamt ihren Grundstücken für exterritorial zu erklären. Auch Saddam Hussein war nie dazu gekommen, dieses Privileg zu widerrufen, zumal Moskau bis Mitte der achtziger Jahre sein größter Waffenlieferant war und sechstausend Militärberater entsandt hatte, um seine Luftwaffe und sein Panzerkorps auf ihrem sowjetischen Material auszubilden.

Martin fand die Villa und identifizierte sie anhand eines kleinen Messingschilds, das verkündete, dieses Gebäude gehöre zur Botschaft der UdSSR. Er zog an dem Glockenstrang neben dem Tor und wartete.

Einige Minuten später öffnete sich das Tor. Vor ihm stand ein stämmiger Russe mit Bürstenhaarschnitt in der weißen Jacke eines Dieners.

»*Da?*« fragte er.

Martin antwortete auf arabisch im jammernden Tonfall eines Bittstellers, der mit einem Höhergestellten spricht. Der Russe machte ein finsteres Gesicht. Martin griff in sein Gewand und zog seine Ausweiskarte heraus. Damit konnte der Russe etwas anfangen, denn Personalausweise gab es auch in seinem Land. Er griff nach der Karte, sagte auf arabisch »Warte!« und schloß das Tor.

Fünf Minuten später kam er zurück und machte dem Iraker in dem schmuddeligen Dischdasch ein Zeichen, ihm durchs Tor in den Vorgarten zu folgen. Er führte Martin zu der Treppe zum Haupteingang der Villa. Bevor sie die unterste Stufe erreichten, erschien oben an der Treppe ein Mann.

»Das genügt, ich rede selbst mit ihm«, sagte er auf russisch zu seinem Diener, der dem Araber einen letzten finsteren Blick zuwarf, bevor er im Haus verschwand.

Juri Kulikow, Erster Sekretär der sowjetischen Botschaft, war ein Berufsdiplomat, der den Befehl, den er aus Moskau erhalten hatte, empörend fand, obwohl er wußte, daß er ihn würde ausführen müssen. Er war offenbar beim Abendessen gestört worden, denn er hielt eine Serviette in der Hand und tupfte sich damit die Lippen ab, während er die Treppe herunterkam.

»Ah, da sind Sie also«, sagte er auf russisch. »Hören Sie, von mir aus können Sie diese Komödie gern spielen. Aber ich persönlich will nichts damit zu tun haben. Panimajisch?«

Martin, der kein Russisch sprach, zuckte hilflos mit den Schultern und fragte auf arabisch:

»Bitte, Bei?«

Kulikow hielt diesen Wechsel der Sprache für eine freche Unverschämtheit. Martin erkannte innerlich grinsend, daß der sowjetische Diplomat tatsächlich glaubte, sein unerwünschter neuer Dienstbote sei in Wirklichkeit ein Russe, den die verdammten Spione in der Moskauer Lubjanka ihm in den Pelz gesetzt hatten.

»Schön, dann meinetwegen auf arabisch«, sagte er gereizt. Auch er hatte diese Sprache gelernt, die er fließend, aber mit hartem russischem Akzent sprach, und dachte nicht daran, sich von irgendeinem KGB-Agenten übertreffen zu lassen.

Also sprach er auf arabisch weiter.

»Hier, dein Ausweis. Und hier ist der Brief, den ich für dich schreiben sollte. Du wohnst in der Hütte in der hintersten Ecke des Gartens, hältst das Grundstück in Ordnung und kaufst ein, was die Köchin dir aufträgt. Mehr will ich nicht wissen. Wirst du geschnappt, weiß ich nur, daß ich dich in gutem Glauben eingestellt habe. Jetzt mach dich an die Arbeit und schaff diese verdammten Hühner weg. Ich hab' keine Lust, mir von ihnen den Garten ruinieren zu lassen!«

Wenn's so einfach wäre! dachte er verbittert, als er sich abwandte, um das unterbrochene Abendessen fortzusetzen. Wird der Tölpel bei irgendeiner Dummheit geschnappt, enttarnt die AMAM ihn sofort als Russen – und die Vorstellung, er gehöre »zufällig« zum Hauspersonal des Ersten Sekretärs, ist dann so abwegig wie eine Schlittschuhpartie auf dem Tigris. Insgeheim war Juri Kulikow verdammt wütend auf Moskau.

Mike Martin fand seine Unterkunft an der rückwärtigen Mauer des tausend Quadratmeter großen Gartens: eine aus nur einem Raum bestehende Hütte mit Feldbett, Tisch, zwei Stühlen, einer Reihe Kleiderhaken an der Wand und einer Waschschüssel in einem Ständer in der Ecke.

Nach weiterer Suche entdeckte Martin in der Nähe eine Latrine und einen in die Gartenmauer eingelassenen Wasserhahn. Die sanitären Verhältnisse waren offenbar ziemlich primitiv, und Essen würde es vermutlich an der Küchentür auf der Rückseite der Villa geben. Er seufzte. Das Haus am Stadtrand von Riad schien weit, weit entfernt zu sein.

Außerdem fand er Streichhölzer und einige Kerzen. In ihrem flackernden Schein verhängte er die Fenster mit zwei Wolldecken und machte sich mit seinem Taschenmesser über die Bodenfliesen her.

Nachdem er gut eine halbe Stunde lang schimmeligen Fugenmörtel weggekratzt hatte, konnte er vier Fliesen herausnehmen. Mit einer Pflanzschaufel aus dem Werkzeugschuppen hob er darunter ein Loch aus, das für Funkgerät, Akkus, Kassettenrecorder und Satellitenschüssel ausreichte. Eine Mischung aus Erde und Spucke, mit der er die Fugen wieder schloß, tilgte zuletzt alle Spuren seiner Ausgrabung.

Es war schon spät, als er mit seinem Messer den Doppelboden des Hühnerkäfigs herausschnitt und die Streu auf den unteren Boden kippte, womit der zehn Zentimeter tiefe Hohlraum verschwunden war. Während er arbeitete, suchten seine Hennen hoffnungsvoll den Fußboden der Hütte nach Körnern ab, fanden aber nur einige Käfer, die sie aufpickten.

Martin aß den Rest seines Käses und seiner Oliven auf und teilte sich die letzten Stücke Pittabrot mit seinen Reisegefährtinnen, denen er auch eine Schale Wasser hinstellte, das er von draußen holte.

Die Hühner kamen wieder in den Käfig, und falls sie merkten, daß er jetzt zehn Zentimeter tiefer war als zuvor, beschwerten sie sich nicht darüber. Sie hatten einen langen Tag hinter sich und schliefen bald ein.

Als abschließende Geste pißte Martin in der Dunkelheit auf sämtliche Rosen Kulikows, bevor er die Kerzen ausblies, sich in eine Wolldecke wickelte und es den Hühnern gleichtat.

Seine innere Uhr ließ ihn um vier Uhr morgens aufwachen. Er holte seine Geräte aus den Plastikbeuteln, zeichnete eine kurze Nachricht für Riad auf, komprimierte sie mit zweihundertfacher Geschwindigkeit, verband den Recorder mit seinem Funkgerät und baute die Satellitenschüssel auf, die einen Großteil des Innenraums der Hütte einnahm, aber auf die offene Tür gerichtet war.

Um 4.45 Uhr sendete er auf dem für diesen Tag festgelegten Kanal seine Kurznachricht, baute alles wieder ab und versteckte die Geräte unter dem Fußboden.

In Riad war es noch dunkel, als eine ähnliche Antenne auf dem Dach der SIS-Villa das eine Sekunde lange Signal empfing und an die Nachrichtenzentrale weiterleitete. Da das »Sendefenster« von 4.30 bis 5.00 Uhr offen war, waren die Techniker der Nachtschicht bereits vorgewarnt.

Ein Tonbandgerät zeichnete das Kurzsignal aus Bagdad auf, und ein Blinklicht alarmierte die Techniker. Sie ließen die Nachricht zweihundertmal langsamer ablaufen, bis sie im Klartext aus ihren Kopfhörern drang. Einer der Männer stenografierte sie mit, tippte sein Stenogramm ab und verließ damit den Raum.

Julian Gray, der SIS-Resident in Riad, wurde um 5.15 Uhr wachgerüttelt.

»Eine Nachricht von Black Bear, Sir. Er ist drin.«

Gray las die Nachricht mit wachsender Erregung und stand dann auf, um Simon Paxman zu wecken. Der Leiter der Irak-Abteilung war vorerst nach Riad abkommandiert und wurde in London von einem seiner Untergebenen vertreten. Auch er war sofort hellwach, setzte sich auf und las die Meldung.

»Verdammt, so weit, so gut.«

»Probleme kann's geben«, sagte Gray, »sobald er versucht, mit Jericho Verbindung aufzunehmen.«

Ein ernüchternder Gedanke. Der ehemalige Mossad-Informant in Bagdad war ein ganzes Vierteljahr lang abgeschaltet gewesen. Er konnte enttarnt und geschnappt worden sein; er konnte sich die Sache einfach anders überlegt haben. Oder er war unter Umständen versetzt worden – falls er ein General war, der jetzt Truppen in Kuwait befehligte. Möglichkeiten gab es unendlich viele. Paxman stand auf.

»Das muß ich London melden. Gibt's schon Kaffee?«

»Ich lasse Mohammed welchen kochen«, sagte Gray.

Mike Martin war längst damit beschäftigt, die Blumen zu gießen, als das Haus gegen halb sechs erwachte. Die Köchin, eine vollbusige Russin, sah ihn vom Fenster aus und rief ihn ans Küchenfenster, als das Wasser heiß war.

»*Kak nasywetes?*« fragte sie, dachte einen Augenblick nach und fragte auf arabisch: »Name?«

»Mahmud«, sagte Martin.

»Schön, hier ist ein Kaffee für dich, Mahmud.«

Martin nickte mehrmals, um freudige Dankbarkeit zu demonstrieren, murmelte »Schukran!« und umfaßte den heißen Becher mit beiden Händen. Seine Begeisterung war nicht gespielt; das war köstlicher echter Kaffee und sein erstes heißes Getränk seit dem Tee, den er auf der saudiarabischen Seite der Grenze getrunken hatte.

Um sieben Uhr gab es ein Frühstück, das er verschlang: eine Schale Linsen und Pittabrot. Der Diener von gestern abend und seine Frau, die Köchin, versorgten offenbar den Ersten Sekretär Kulikow, der ledig zu sein schien. Kurz vor acht lernte Martin auch den Chauffeur kennen – ein Iraker, der ein paar Brocken Russisch sprach und nützlich war, weil er einfachste Mitteilungen dolmetschen konnte.

Martin beschloß, einen weiten Bogen um Kulikows Chauffeur zu machen, der von der Geheimpolizei AMAM oder sogar Rahmanis Spionageabwehr eingeschleust worden sein konnte. Wie sich zeigte, war das ganz leicht, denn der Chauffeur – Agent oder nicht – war ein Snob und blickte mit Verachtung auf den neuen Gärtner herab. Er war jedoch bereit, der Köchin zu erklären, daß Martin eine Zeitlang fortmußte, weil ihr Arbeitgeber ihn angewiesen hatte, seine Hühner aus dem Haus zu schaffen.

Auf der Straße machte Martin sich auf den Weg zum Busbahnhof und entließ seine Hennen unterwegs auf einem unbebauten Grundstück in die Freiheit.

Wie in vielen arabischen Großstädten ist der Bagdader Busbahnhof weit mehr als nur ein Ort, von dem aus Busse in die Provinz fahren. Dort herrscht reges Gedränge von Angehörigen der unteren Schichten, von einfachen Menschen, die Dinge kaufen oder verkaufen wollen. Entlang seiner südlichen Begrenzungsmauer hat sich ein nützlicher Flohmarkt etabliert. Nach erbittertem Feilschen kaufte Martin dort ein klappriges Fahrrad, das anfangs jämmerlich quietschte, aber bald für etwas Öl dankbar war.

Martin hatte gewußt, daß er kein Auto würde benutzen können, und selbst ein Motorrad wäre für einen schlichten Gärtner noch zu großartig gewesen. Er erinnerte sich daran, wie der Hausmann seines Vaters von einem Markt zum anderen durch die Stadt gestrampelt war, um die täglichen Einkäufe zu erledigen, und soviel er sehen konnte, war das Fahrrad für Arbeiter weiterhin ein völlig übliches Verkehrsmittel.

Mit dem Taschenmesser säbelte er den oberen Teil des Hühnerkäfigs ab und verwandelte ihn in einen offenen Einkaufskorb, den er mit zwei kräftigen Gummistrapsen – unbrauchbar gewordenen Keilriemen, die er in einer Autowerkstatt billig bekam – auf dem Gepäckträger seines Fahrrads befestigte.

Danach radelte er in die Stadtmitte zurück und kaufte in einem Schreibwarengeschäft in der Shurja Street, gleich gegenüber der St. Joseph's Catholic Church, der Hauptkirche der chaldäischen Christen, vier Stück Tafelkreide in verschiedenen Farben.

An dieses Viertel, das Agid al-Nasara oder Christengebiet, erinnerte er sich aus seiner Jugend. Bank Street und Shurja Street waren wie damals mit im Parkverbot stehenden Autos zugeparkt, und durch die Kräuter- und Gewürzläden streiften wie früher ausländische Touristen.

In seiner Jugend hatte es nur drei Tigrisbrücken gegeben: die Eisenbahnbrücke im Norden, die Neue Brücke in der Mitte und die König-Feisal-Brücke im Süden. Jetzt gab es neun. Vier Tage nach Beginn des Luftkriegs, der noch kommen würde, stand keine mehr, denn sie alle waren im Schwarzen Loch in Riad auf die Zielliste gesetzt und prompt zerstört worden. In dieser ersten Novemberwoche ergossen sich noch endlose Verkehrsströme über die Brücken.

Weiterhin fiel ihm die sehr starke Präsenz der Geheimpolizei AMAM auf, obwohl die meisten ihrer Leute sich keine Mühe gaben, geheim zu bleiben. Sie standen an Straßenecken und saßen in geparkten Wagen. Martin beobachtete zweimal, wie Ausländer angehalten und kontrolliert wurden, und zweimal, daß Iraker ihre Ausweise vorzeigen mußten. Die Ausländer reagierten resigniert und irritiert, und die Iraker wirkten erkennbar ängstlich.

An der Oberfläche ging das Großstadtleben weiter, und die Bagdader waren so gutmütig, wie er sie in Erinnerung hatte; aber seine Antennen verrieten ihm, daß unter der Oberfläche jeder schreckliche Angst vor dem Tyrannen in dem großen Palast am Fluß in der Nähe der Tamus-Brücke hatte.

Nur einmal an diesem Vormittag bekam er etwas von dem mit, was viele Iraker an jedem Tag ihres Lebens empfanden. Er war auf dem Obst- und Gemüsemarkt in Kasra, von seiner neuen Unterkunft aus noch jenseits des Flusses, und feilschte mit einem alten Händler um frisches Obst. Wenn die Russen ihn mit Hülsenfrüchten und Brot ernähren wollten, mußte er seine Diät wenigstens durch etwas Obst ergänzen.

In ihrer Nähe filzten vier AMAM-Leute einen Jugendlichen, den sie grob anfaßten, bevor sie ihn weiterschickten. Der alte Obstverkäufer räusperte sich und spuckte in den Staub, wobei er seine eigenen Auberginen nur knapp verfehlte.

»Eines Tages kommen die Beni Naji zurück und jagen dieses Gesindel fort«, murmelte er.

»Vorsichtig, Alter, das sind törichte Worte«, flüsterte Martin, während er den Reifegrad einiger Pfirsiche prüfte. Der Alte starrte ihn an.

»Wo kommst du her, Bruder?«

»Von weit weg. Aus einem Dorf im Norden, hinter Baji.«

»Geh dorthin zurück, wenn du den Rat eines alten Mannes annehmen willst. Ich hab' viel erlebt. Die Beni Naji werden vom Himmel kommen, verlaß dich drauf, und die Beni al-Kalb.«

Er spuckte erneut, und diesmal hatten die Auberginen weniger Glück. Martin kaufte Pfirsiche und Zitronen und radelte weiter. Mittags traf er wieder im Haus des Ersten Sekretärs ein. Kulikow hatte sich längst von seinem Chauffeur in die Botschaft fahren lassen, und obwohl die Köchin schimpfte, weil Martin so lange ausgeblieben war, schimpfte sie auf russisch, also wandte er sich schulterzuckend ab und kümmerte sich wieder um seinen Garten.

Aber der alte Obstverkäufer hatte ihn fasziniert. Manche Leute schienen eine Invasion vorauszusehen, vielleicht sogar zu begrüßen. Der Ausdruck »dieses Gesindel fortjagen« konnte sich nur auf die Geheimpolizei und als Rückschluß auf Saddam Hussein selbst bezogen haben.

Auf den Straßen Bagdads sind die Briten als Beni Naji bekannt. Wer dieser Naji wirklich war, läßt sich nicht mehr genau rekonstruieren, aber er soll ein weiser und heiliger Mann gewesen sein. Junge britische Offiziere, die in diesen Teil des Weltreichs versetzt wurden, suchten ihn gern auf, saßen zu seinen Füßen und lauschten

Najis weisen Worten. Obwohl sie Christen und daher Ungläubige waren, behandelte Naji sie wie seine Söhne, so daß die Einheimischen ihnen den Namen »Söhne Najis« gaben.

Die Amerikaner heißen Beni al-Kalb. Im Arabischen bezeichnet Kalb einen Hund, und der Hund steht im arabischen Kulturraum leider nicht in hohem Ansehen.

Zumindest enthielt der von dem im Wiener Bankgeschäft tätigen Sajan erstellte Bericht über die Winkler-Bank einen für Gideon Barzilai wichtigen Hinweis. Er zeigte ihm, in welcher Richtung er weiterarbeiten mußte.

Als erstes mußte er herausfinden, welcher der drei Vizepräsidenten – Blei, Kessler oder Gemütlich – das Konto des irakischen Verräters Jericho verwaltete. Der schnellste Weg wäre ein Anruf gewesen, aber nach der Lektüre des Berichts wußte Barzilai, daß er am Telefon keine Auskunft erhalten würde.

Er forderte das benötigte Material mit einem verschlüsselten Fernschreiben aus der befestigten Mossad-Außenstelle unter der israelischen Botschaft in Wien an und erhielt es, so schnell es in Tel Aviv hergestellt werden konnte.

Es handelte sich um einen gefälschten Brief auf dem echten Geschäftspapier einer der ältesten und angesehensten englischen Banken: Coutts in The Strand, London, Bankiers Ihrer Majestät der Königin.

Auch die Unterschrift war eine perfekte Fälschung der eigenhändigen Unterschrift des Direktors der Auslandsabteilung bei Coutts. Weder der Umschlag noch das Schreiben, das einfach mit »Dear Sir...« begann, waren an eine bestimmte Person adressiert.

Der Brieftext war simpel und direkt. Ein wichtiger Kunde des Bankhauses Coutts werde in nächster Zeit einen größeren Betrag auf ein bestimmtes Konto, nämlich Nummer soundso, bei der Winkler-Bank überweisen. Nun habe der Kunde mitgeteilt, diese Überweisung werde sich aus technischen Gründen leider um einige Tage verzögern. Falls Winklers Kunde wegen des Ausbleibens der Überweisung nachfrage, bitte man Messrs. Winkler, ihm mitzuteilen, der Betrag sei tatsächlich schon unterwegs und werde so schnell wie möglich überwiesen. Und Coutts lasse um eine kurze Bestätigung für den Eingang dieses Schreibens bitten.

Da Banken – und kaum eine mehr als Winkler – nichts lieber sehen als hohe Überweisungen auf Kundenkonten, rechnete Barzilai damit, daß die altehrwürdige Bank in der Ballgasse den Bankiers des Hauses Windsor höflicherweise antworten würde – brieflich. Und er sollte recht behalten.

Der aus Tel Aviv angelieferte Briefumschlag trug das Wappen der Bank, war mit britischen Briefmarken freigemacht und schien vor zwei Tagen auf dem Postamt Trafalgar Square aufgegeben worden zu sein. Adressiert war er an den Leiter der Abteilung Auslandskunden der Winkler-Bank, den es natürlich nicht gab, da die drei Vizepräsidenten sich das Auslandskundengeschäft teilten.

Der Umschlag wurde mitten in der Nacht in den Briefkasten der Winkler-Bank geworfen.

Das Yarid-Überwachungsteam beobachtete die Bank nun schon seit über einer Woche, notierte und fotografierte ihren Tagesablauf, die Geschäftszeiten, die tägliche Postzustellung, die Zeiten, zu denen der Bankbote seine Runde machte, die Position der Empfangsdame an ihrem Schreibtisch im Erdgeschoß und die Position des livrierten Portiers, der ihr gegenüber an einem kleineren Schreibtisch saß.

Das Gebäude der Winkler-Bank war kein Neubau. Die Ballgasse und das gesamte Gebiet um den Franziskanerplatz gehören zu einem der ältesten Viertel unmittelbar an der Singerstraße. Das Bankgebäude mußte früher das Stadthaus einer reichen Wiener Kaufmannsfamilie gewesen sein: ein solider Bau mit eleganter Fassade und einer massiven schwarzen Holztür, die lediglich ein dezentes Messingschild trug. Von außen war zu erkennen, daß das Bankgebäude nur vierstöckig war, und ein Vergleich mit ähnlichen Nachbarhäusern ließ auf etwa sechs Büros pro Stockwerk schließen.

Das Yarid-Team hatte auch beobachtet, daß die hinausgehende Post jeden Abend kurz vor Geschäftsschluß in den Briefkasten auf dem Franziskanerplatz geworfen wurde. Das erledigte der livrierte Portier, der danach in die Bank zurückkehrte, um die Eingangstür aufzuhalten, während das Personal das Gebäude verließ. Zuletzt ließ er den Nachtwächter ein, bevor er selbst heimging. Der Nachtwächter schloß sich ein und verrammelte die schwere Eingangstür mit genügend Riegeln, um einen Panzerwagen zu stoppen.

Bevor die Winkler-Bank das angebliche Schreiben von Coutts in London erhielt, hatte der Leiter des Neviot-Technikerteams den Briefkasten am Franziskanerplatz untersucht und verächtlich schnaubend festgestellt, daß er kinderleicht zu öffnen war. In seinem Team hatte er einen erstklassigen Safeknacker, der den Briefkasten minutenschnell öffnete und wieder schloß. Mit seinen dabei erworbenen Kenntnissen konnte er einen passenden Schlüssel anfertigen. Nach einigen kleinen Änderungen funktionierte er ebensogut wie der Dienstschlüssel des Postbeamten.

Weitere Beobachtungen zeigten, daß der Bankportier die Geschäftspost immer zwanzig bis dreißig Minuten vor der für achtzehn Uhr angegebenen Leerung des Briefkastens durch ein Postfahrzeug einwarf.

Am Abend des Tages, an dem das Schreiben von Coutts zugestellt worden war, arbeiteten das Yarid-Team und der Neviot-Safeknacker zusammen. Noch während der Portier sich auf dem Rückweg zur Bank befand, wurde der Briefkasten aufgesperrt. Die von der Winkler-Bank aufgegebenen zweiundzwanzig Briefe lagen obenauf. Es dauerte keine halbe Minute, den an Messrs. Coutts in London adressierten Brief herauszufischen, die übrigen zurückzulegen und den Briefkasten wieder zuzusperren.

Für den Fall, daß jemand den »Postbeamten« anzuhalten versuchte, dessen eilig bei einem Trödler gekaufte Uniform der eines echten Wiener Postbeamten täuschend ähnlich sah, waren alle fünf Mitglieder des Yarid-Teams auf dem Platz postiert.

Aber die wackeren Bürger Wiens sind es nicht gewöhnt, daß Geheimdienstagenten aus dem Nahen Osten gegen das Postgeheimnis verstoßen und unbefugt Briefkästen öffnen. Auf dem Platz waren nur einige wenige Passanten unterwegs, von denen keiner auf den angeblichen Postbeamten achtete, der seinen dienstlichen Obliegenheiten nachzugehen schien. Als zwanzig Minuten später der echte Postbeamte kam und den Kasten leerte, gingen längst andere Passanten über den Platz.

Barzilai öffnete Winklers Antwortschreiben an Coutts und stellte fest, daß es eine kurze, aber höfliche Bestätigung in passablem Englisch enthielt, die von Wolfgang Gemütlich unterzeichnet war. Damit wußte der Leiter des Mossad-Teams genau, wer Jerichos Konto verwaltete. Jetzt mußte er nur noch eine Möglichkeit finden, an ihn heranzukommen oder ihn zu erpressen. Barzilai konnte jedoch nicht ahnen, daß seine Probleme damit erst begannen.

Es war längst Nacht, als Mike Martin seinen Arbeitsplatz in Mansur verließ. Er sah keinen Grund, die Russen zu belästigen, indem er das Haupttor benutzte; in die rückwärtige Gartenmauer war eine kleine Gittertür eingelassen, für deren rostiges Schloß er den Schlüssel bekommen hatte. Er schob sein Fahrrad auf die Gasse hinter dem Grundstück hinaus, sperrte die Tür wieder ab und strampelte los.

Vor ihm lag eine lange Nacht, das wußte er. Bei seiner Befragung durch Mossad-Agenten hatte der chilenische Diplomat Moncada ihnen sehr genau beschrieben, wo sich die drei toten Briefkästen befanden, die für seine Mitteilungen an Jericho bestimmt waren, und wo Kreidezeichen angebracht werden mußten, um dem unsichtbaren Jericho mitzuteilen, daß eine Nachricht für ihn bereitliege. Martin wußte, daß ihm nichts anderes übrigblieb, als alle drei gleichzeitig zu benutzen und drei identische Mitteilungen zu hinterlegen.

Diese Mitteilungen hatte er auf arabisch auf dünnes Luftpostpapier geschrieben und jeweils in einen kleinen Plastikbeutel gesteckt. Die drei Beutel waren mit Klebeband an der Innenseite seines linken Oberschenkels befestigt. Die Kreidestücke hatte er in einer Tasche seines langen Gewands.

Sein erstes Ziel war der Friedhof Alwasia in Risafa jenseits des Flusses. Er kannte ihn bereits, erinnerte sich von früher an den Friedhof und hatte ihn in Riad auf Luftbildern genau studiert. Aber bei Nacht einen losen Ziegel zu finden, war nicht ganz einfach.

Es dauerte zehn Minuten, in denen er im Dunkel die Umfassungsmauer mit den Fingerspitzen abtastete, bis er ihn gefunden hatte. Aber der Ziegel befand sich genau an dem von Moncada angegebenen Ort. Er zog ihn vorsichtig heraus, steckte einen der Plastikbeutel in den Hohlraum und setzte den Ziegel wieder ein.

Auch der zweite tote Briefkasten befand sich in einer alten bröckeligen Mauer, diesmal in der Nähe der verfallenen ehemaligen Zitadelle Aadhamija, vor der ein Tümpel den letzten Rest des alten Burggrabens markierte. Unweit der Zitadelle steht der Aladhamtempel, und zwischen den beiden Bauwerken erhebt sich ein Wall, der so alt und verfallen wie die Zitadelle ist.

Martin fand den Wall und die angegebene Stelle hinter dem dort wachsenden einzelnen Baum. Er griff um den Stamm herum und zählte von der Mauerkrone beginnend zehn Ziegellagen abwärts. Der zehnte Ziegel wackelte wie ein lockerer Zahn. Der zweite Plastikbeutel wurde ins Loch gesteckt und der Ziegel wieder eingesetzt. Martin sah sich um, ob er etwa beobachtet wurde, aber er war völlig allein; nachts hatte niemand das Bedürfnis, sich an diesem einsamen Ort herumzutreiben.

Der dritte und letzte tote Briefkasten lag wieder auf einem Friedhof – diesmal jedoch auf dem längst aufgelassenen englischen Friedhof in der Nähe der türkischen Botschaft in Wasiraja. Wie in Kuwait handelte es sich um ein Grab, aber das Versteck war kein Hohlraum unter einer Marmorplatte, sondern ein am Kopfende einer längst verfallenen Grabstätte einbetoniertes kleines Steingefäß.

»Laß dich nicht stören«, flüsterte Martin dem dort beigesetzten unbekannten Verteidiger des Empire zu, »nur weiter so, du machst deine Sache prima.«

Da Moncada im kilometerweit entfernten UNO-Gebäude an der Matar Sadam Airport Road stationiert gewesen war, hatte er die Stellen für Kreidezeichen in weiser Voraussicht so festgelegt, daß sie von einem vorbeifahrenden Auto aus zu erkennen waren. Vereinbart war, daß derjenige – Moncada oder Jericho –, für den das Kreidezeichen bestimmt war, sich merkte, welchen toten Briefkasten es bezeichnete, und es anschließend mit einem feuchten Lappen wegwischte. Wer das Zeichen angebracht hatte, sah am nächsten oder übernächsten Tag, daß es verschwunden war, wußte nun, daß seine Nachricht angekommen war, und konnte annehmen, der tote Briefkasten sei prompt geleert worden.

Auf diese Weise hatten die beiden Agenten über zwei Jahre lang miteinander in Verbindung gestanden, ohne sich je zu begegnen.

Im Gegensatz zu Moncada hatte Martin kein Auto, daher legte er die ganze Strecke mit dem Fahrrad zurück. Sein erstes Zeichen, ein liegendes Andreaskreuz in X-Form, machte er mit blauer Kreide an die Torsäule einer leerstehenden Villa.

Das zweite war ein weißes Kreidezeichen auf dem rostbraunen Wellblechtor der Garage eines Hauses in Yarmuk. Diesmal zeichnete er ein Lothringerkreuz. Für das dritte Zeichen nahm er rote

Kreide und malte einen islamischen Halbmond mit einem Querbalken in der Mitte an die Außenwand des Bürogebäudes der Union Arabischer Journalisten am Rande des Stadtteils Mutanabi. Irakische Journalisten werden nicht zu beruflicher Neugier angehalten, und ein Kreidezeichen an der Außenwand ihres Gebäudes würde bestimmt keine Schlagzeilen machen.

Martin konnte nicht wissen, ob Jericho trotz Moncadas Warnung, er könne vorerst nicht zurückkehren, weiter durch die Stadt fuhr und die bekannten Stellen vom Auto aus nach Kreidezeichen absuchte. Er konnte seine Zeichen nur täglich kontrollieren und geduldig warten.

Am 7. November fiel ihm dann auf, daß das weiße Kreidezeichen verschwunden war. Hatte der Eigentümer des Garagentors aus eigenem Antrieb beschlossen, das rostige Wellblech sauberzumachen?

Martin radelte weiter. Das blaue Kreidezeichen an der Torsäule war ebenso verschwunden wie das rote an der Außenwand des Gebäudes der Journalistenunion.

In dieser Nacht suchte er die drei toten Briefkästen auf, die für Jerichos Nachrichten an seinen Führungsoffizier bestimmt waren.

Einer befand sich hinter einem losen Ziegel auf der Rückseite der Mauer, die den Gemüsemarkt in der Saadun Street umschloß. Er enthielt ein mehrfach zusammengefaltetes Stück Pelürepapier. Auch in dem zweiten toten Briefkasten unter der Fensterbank eines verfallenen Hauses im Gassenlabyrinth des Suks am Norduferr des Flusses in der Nähe der Schuhada-Brücke lag ein zusammengefaltetes dünnes Blatt Papier. Und im dritten – unter einer losen Steinplatte in einem Hinterhof an der Abu Nawas Street – fand sich eine dritte Mitteilung.

Martin befestigte sie mit Klebeband am rechten Oberschenkel und strampelte heim nach Mansur.

Im flackernden Licht einer Kerze las er die Mitteilungen. Alle drei waren identisch. Jericho war gesund und munter. Er war bereit, wieder für den Westen zu arbeiten, und wußte, daß seine Informationen jetzt an die Briten und Amerikaner gehen würden. Aber die Risiken waren erheblich gestiegen, deshalb waren in Zukunft wesentlich höhere Honorare fällig. Er erwartete eine Einverständniserklärung und eine Liste der interessierenden Themen.

Martin verbrannte die drei Blätter Papier, zerdrückte die Asche und verstreute sie im Garten. Jerichos Fragen konnte er beantworten, ohne nachfragen zu müssen. Langley war bereit, großzügig, wirklich großzügig zu sein, wenn das Material gut war. Was die gewünschten Informationen betraf, hatte Martin eine Liste mit Fragen auswendig gelernt, die Saddam Husseins Ziele, seine strategischen Überlegungen, die Standorte wichtiger Kommandozentren und die Standorte von Produktionsanlagen für Massenvernichtungswaffen betrafen.

Kurz vor Tagesanbruch meldete er Riad: Jericho ist wieder im Spiel.

Als Dr. Terry Martin am 10. November in der School of Oriental and African Studies in sein kleines, mit Büchern vollgestelltes Büro kam, fand er mitten auf seinem Schreibtisch einen Zettel, den seine Sekretärin ihm hingelegt hatte.

Ein Mr. Plummer hat angerufen; er hat gesagt, Sie hätten seine Telefonnummer und wüßten, worum es sich handelt.

Die Kürze der Mitteilung zeigte, daß Miss Wordsworth verstimmt war. Sie war eine Lady, die ihre akademischen Schutzbefohlenen mit der besitzergreifenden Wachsamkeit einer Glucke gegen alle äußeren Einflüsse abzuschirmen versuchte. Das bedeutete natürlich, daß sie jederzeit über alles informiert sein mußte. Anrufer, die sich weigerten, den Grund ihres Anrufs zu nennen, mißfielen ihr.

Wegen des inzwischen angelaufenen Wintersemesters, in dem viele Studienanfänger zu betreuen waren, hatte Dr. Martin seine Bitte an den Direktor der Arabienabteilung im Government Communications Headquarters beinahe vergessen.

Als er zurückrief, war Plummer beim Mittagessen; nachmittags hatte Martin bis sechzehn Uhr Vorlesungen. Beim nächsten Anruf in Gloucestershire erreichte er Plummer eben noch, bevor der Direktor um siebzehn Uhr nach Hause fuhr.

»Ah, ganz recht«, sagte Plummer. »Sie erinnern sich, daß Sie uns gebeten haben, auf merkwürdige, unverständliche Dinge zu achten? Unsere Außenstelle auf Zypern hat gestern etwas aufgefangen, das in diese Kategorie zu fallen scheint. Wenn Sie wollen, können Sie sich die Aufnahme gern anhören.«

»Hier in London?« fragte Martin.

»Nein, das geht leider nicht. Wir haben sie natürlich auf Band, aber Sie müßten sie auf einem unserer großen Geräte mit allen elektronischen Korrekturmöglichkeiten hören. Ein einfaches Tonbandgerät würde nicht reichen. Die Aufnahme ist ohnehin ziemlich undeutlich; deshalb werden selbst meine arabischen Fachleute nicht schlau daraus.«

Wie sich zeigte, waren beide für den Rest der Woche ausgebucht. Martin erklärte sich bereit, am Sonntag hinauszufahren, und Plummer erbot sich, ihn »in einem recht anständigen kleinen Pub gleich hier in der Nähe« zum Mittagessen einzuladen.

Die beiden Männer in Tweedjacken fielen in dem alten Pub mit Holzbalkendecke nicht weiter auf; beide bestellten den Rinderbraten, der an diesem Sonntag auf der Karte stand, und Yorkshirepudding.

»Wir wissen nicht, wer da mit wem spricht«, sagte Plummer, »aber es müssen zwei Männer in ziemlich hoher Position sein. Aus irgendeinem Grund benutzt der Anrufer, der von einem Besuch in einer vorgeschobenen Befehlsstelle in Kuwait zurückgekehrt zu sein scheint, eine ganz normale Telefonverbindung. Möglicherweise hat er von seinem Auto aus telefoniert; da wir wissen, daß es kein Militärnetz gewesen ist, scheint der Angerufene kein Offizier gewesen zu sein. Eher ein hoher Beamter.«

Ihr Rinderbraten kam, und die beiden schwiegen, während er mit Bratkartoffeln und Pastinaken serviert wurde. Nachdem die Bedienung ihre Ecknische verlassen hatte, sprach Plummer weiter.

»Der Anrufer scheint Meldungen der irakischen Luftwaffe zu kommentieren, nach denen die britischen und amerikanischen Jäger immer häufiger dicht an die irakische Grenze heranfliegen und dann im letzten Augenblick abdrehen.«

Martin nickte. Er hatte von dieser Taktik gehört. Sie hatten den Zweck, Reaktionen der irakischen Luftverteidigung auf solche scheinbaren Angriffe zu provozieren. Die Iraker mußten ihre Radarstellungen und SAM-Feuerleitradargeräte aktivieren, die damit der über dem Golf kreisenden AWACS-Maschine ihre genaue Position verrieten.

»Der Anrufer spricht von den Beni al-Kalb – von den Hundesöhnen, womit er die Amerikaner meint –, und der Angerufene äußert lachend die Ansicht, es sei falsch, wenn der Irak auf diese Taktik reagiere, die offenbar dazu diene, seine Luftabwehrstellungen auszuspähen.

Dann sagt der Anrufer etwas, das uns bisher ein Rätsel geblieben ist. Ausgerechnet an dieser Stelle ist die Verbindung irgendwie gestört. Wir können die Aufnahme elektronisch verbessern, um die atmosphärischen Störungen auszublenden, aber der Anrufer spricht noch dazu ziemlich undeutlich.

Der Angerufene reagiert sehr erregt und fordert ihn auf, den Mund zu halten und das Gespräch zu beenden. Tatsächlich knallt der Angerufene, den wir in Bagdad vermuten, seinen Hörer auf die Gabel. Ich möchte, daß Sie sich die beiden letzten Sätze dieses Gesprächs anhören.«

Nach dem Mittagessen fuhr Plummer mit Martin ins Abhörzentrum hinüber, das auch an diesem Sonntag wie an jedem normalen Werktag in Betrieb war, denn das GCHQ arbeitet dreihundertfünfundsechzig Tage im Jahr. In einem schallgedämpften Raum, der an ein Tonstudio erinnerte, wies Plummer einen der Techniker an, das geheimnisvolle Tonband abzuspielen. Martin und er hörten schweigend zu, während die gutturalen irakischen Stimmen aus den Lautsprechern drangen.

Das Gespräch begann genau so, wie Plummer es geschildert hatte. Gegen Ende zu schien der Anrufer immer aufgeregter zu werden. Seine Stimme klang plötzlich höher.

»Nicht mehr lange, Rafik. Bald sind wir…«

Dann setzten atmosphärische Störungen ein, und die nächsten Worte waren unverständlich. Aber sie schienen den Mann in Bagdad zu elektrisieren. Er unterbrach den Anrufer.

»Halt den Mund, Ibn al-Gahba!«

Danach knallte er seinen Hörer auf die Gabel, als sei ihm zu seinem Entsetzen bewußt geworden, daß ihre Telefonverbindung nicht abhörsicher war.

Der Techniker spielte diese Aufnahme dreimal ab – jeweils mit etwas anderer Geschwindigkeit.

»Na, was halten Sie davon?« fragte Plummer.

»Jedenfalls sind beide in der Partei«, sagte Martin. »Nur hohe Funktionäre benutzen die Anrede ›Rafik‹ – Genosse.«

»Richtig. Also haben wir's mit zwei Parteibonzen zu tun, die sich über den alliierten Truppenaufmarsch und die Grenzprovokationen der amerikanischen Luftwaffe unterhalten.«

»Dann wird der Anrufer aufgeregt, wahrscheinlich wütend, aber zugleich irgendwie begeistert. ›Nicht mehr lange‹, sagt er nachdrücklich.«

»Um anzudeuten, daß es Veränderungen geben wird?« fragte Plummer.

»Offenbar«, bestätigte Martin.

»Dann kommt der unverständliche Teil. Aber denken Sie an die Reaktion des Angerufenen, Terry. Er knallt nicht nur den Hörer auf die Gabel, sondern bezeichnet den anderen auch als ›Hurensohn‹. Das ist ein ziemlich starker Ausdruck, was?«

»Sehr stark«, bestätigte Martin. »Nur ein Höherstehender kann ihn ungestraft benutzen. Aber was zum Teufel hat ihn sosehr provoziert?«

»Der eine unverständliche Satz. Den müssen Sie sich noch mal anhören.«

Der Techniker spielte ihn nochmals ab.

»Irgendwas mit Allah?« schlug Plummer vor. »Bald sind wir bei Allah? In den Händen Allahs?«

»Ich höre was anderes heraus: ›Bald haben wir ... irgendwas ... Allah.‹«

»Gut, das könnte stimmen, Terry. Vielleicht die Hilfe Allahs?«

»Warum sollte der andere dann einen Wutanfall bekommen?« fragte Martin. »Die Idee, daß der Allmächtige die eigene Sache fördert, ist nicht neu. Kein Grund für diese überzogene Reaktion. Im Augenblick fällt mir nichts dazu ein. Kann ich eine Kopie dieser Aufnahme mit nach Hause nehmen?«

»Klar.«

»Haben Sie unsere amerikanischen Vettern schon danach gefragt?«

Obwohl Terry Martin diese bizarre Welt erst seit einigen Wochen kannte, war er schon dabei, sich ihren Jargon anzueignen. Für britische Geheimdienstler sind die eigenen Kollegen »Freunde« und die amerikanischen Kollegen »Vettern«.

»Natürlich. Fort Meade hat dieses Gespräch mit einem Satelliten aufgenommen. Aber sie werden auch nicht schlau daraus. Allerdings halten sie's für nicht besonders wichtig.«

Als Terry Martin heimfuhr, hatte er eine kleine Kassette in der Jackentasche. Zu Hilarys großem Ärger bestand er darauf, das kurze Telefongespräch immer wieder auf dem Kassettenrecorder auf ihrem Nachttisch abzuspielen. Als sie dagegen protestierte, wies Terry darauf hin, daß sie sich manchmal wegen eines einzigen fehlenden Worts im Kreuzworträtsel der *Times* den Kopf zerbreche. Dieser Vergleich brachte Hilary noch mehr auf.

»Immerhin weiß ich am nächsten Morgen die Lösung«, fauchte sie, drehte sich um und schlief ein.

Terry Martin erfuhr sie weder am nächsten Morgen noch am übernächsten. Er spielte die Kassette in den Pausen zwischen seinen Vorlesungen und bei jeder anderen Gelegenheit ab und notierte sich mögliche Alternativen für die entstellten Wörter. Aber sie wollten einfach keinen Sinn ergeben. Warum war der Angerufene wegen einer harmlosen Erwähnung Allahs so wütend geworden?

Erst nach fünf Tagen wurde ihm klar, welchen Sinn die beiden Kehllaute und der Zischlaut in dem entstellten Satz ergaben.

Als er daraufhin versuchte, Simon Paxman im Century House zu erreichen, hörte er, daß sein Kontaktmann bis auf weiteres nicht erreichbar sei. Er wollte sich mit Steve Laing verbinden lassen, aber auch der Leiter der Nahostabteilung war nicht im Century House.

Martin konnte das nicht wissen, aber Paxman war in die SIS-Zentrale in Riad abkommandiert, und Laing befand sich zu einer wichtigen Besprechung mit Chip Barber von der CIA ebenfalls dort.

Der als »Kundschafter« bezeichnete Mann kam über London und Frankfurt aus Tel Aviv nach Wien, wurde dort nicht abgeholt und fuhr mit einem Taxi ins Hotel Sheraton, in dem ein Zimmer für ihn reserviert war.

Der Kundschafter war rundlich, rosig und jovial – ein typisch amerikanischer Anwalt aus New York mit allen notwendigen Papieren. Er sprach fließend amerikanisch gefärbtes Englisch, was kein Wunder war, da er viele Jahre in den USA gelebt hatte, und passables Deutsch.

Schon wenige Sekunden nach seiner Ankunft in Wien nahm er das Sekretariat im Sheraton in Anspruch, um auf Briefpapier seiner Anwaltsfirma einen höflichen Brief an einen gewissen Wolfgang Gemütlich, Vizepräsident der Winkler-Bank, schreiben zu lassen.

Das Briefpapier war echt, und ein Kontrollanruf hätte ergeben, daß der Unterzeichner tatsächlich der Seniorpartner dieser höchst angesehenen New Yorker Anwaltsfirma war. Allerdings befand er sich im Urlaub (das hatte der Mossad in New York ermittelt) und war ganz bestimmt nicht mit diesem Wienbesucher identisch.

Der Brief klang zugleich entschuldigend und interessant, was natürlich beabsichtigt war. Der Verfasser vertrat einen sehr reichen und prominenten Mandanten, der die Absicht hatte, große Teile seines Vermögens in Europa anzulegen.

Dieser Mandant hatte selbst darauf bestanden – anscheinend auf Empfehlung eines Freundes –, daß sein Anwalt sich mit der Winkler-Bank und besonders mit Herrn Gemütlich in Verbindung setze.

Der Verfasser bedauerte, nicht schon früher einen Termin vereinbart zu haben, aber sein Mandant und die eigene Firma legten größten Wert auf äußerste Diskretion und vermieden Faxe und Telefongespräche, wenn es um Angelegenheiten von Mandanten ging. Deshalb hatte der Verfasser eine Europareise dazu benutzt, persönlich einen Abstecher nach Wien zu machen.

Seine Reiseplanung lasse ihm leider nur drei Tage Zeit in Wien, aber wenn Herr Gemütlich die Freundlichkeit haben wolle, ihm einen Termin zu nennen, suche er, der Amerikaner, ihn gern in der Bank auf.

Diesen Brief warf der Amerikaner nachts persönlich in den Briefkasten der Winkler-Bank. Am nächsten Tag kurz vor Mittag brachte der Bankbote die Antwort ins Sheraton. Herr Gemütlich war gern bereit, den amerikanischen Anwalt am nächsten Morgen um zehn Uhr zu empfangen.

Sobald der Kundschafter die Bank betrat, nahm er alles in sich auf. Er machte sich keine Notizen, aber er registrierte sämtliche Details, um sie nicht wieder zu vergessen. Die Empfangsdame nahm seine Geschäftskarte entgegen und rief oben an, um sich zu vergewissern, daß er erwartet wurde, und der Portier begleitete ihn hinauf – bis zu einer schlichten Holztür, an die er klopfte. Der Kundschafter blieb keine Sekunde lang unbeobachtet.

Nach der Aufforderung »Herein!« öffnete der Portier die Tür, führte den amerikanischen Besucher hinein, zog sich zurück, schloß die Tür und kehrte auf seinen Platz in der Eingangshalle zurück.

Wolfgang Gemütlich stand hinter seinem Schreibtisch auf, schüttelte dem Besucher die Hand, bot ihm einen Sessel an und nahm selbst wieder Platz.

Mit dem Namen Gemütlich verbindet sich im Deutschen die Vorstellung von einem freundlich-biederen, jovialen Menschen. Aber in diesem Fall paßte der Name ganz und gar nicht. Dieser Gemütlich war hager, geradezu ausgezehrt, und Anfang Sechzig; er trug zum grauen Anzug eine graue Krawatte, war auffällig blaß und hatte schütteres graues Haar. Der ganze Mensch wirkte grau. In seinen blaßgrauen Augen blitzte kein Funken Humor, und das Begrüßungslächeln auf seinen schmalen Lippen war weniger ein Grinsen als die starre Grimasse eines Toten auf dem Seziertisch.

Die Kargheit des Büros entsprach ganz der seines Inhabers: dunkle, holzgetäfelte Wände, gerahmte Abschlußdiplome statt Bildern und ein vorbildlich aufgeräumter geschnitzter Diplomatenschreibtisch.

Wolfgang Gemütlich war nicht etwa Bankier, weil ihm dieser Beruf Spaß machte; alle Formen von Spaß waren offensichtlich etwas, das er mißbilligte. Das Bankgeschäft war eine ernste Sache; es war praktisch das Leben selbst. Wenn es etwas gab, das Herr Gemütlich ernstlich bedauerte, waren es unnütze Ausgaben. Geld mußte gespart werden – am besten auf einem Konto bei der Winkler-Bank. Eine Abhebung konnte bei ihm schweres Sodbrennen auslösen, und jede größere Überweisung auf irgendein Fremdkonto verdarb ihm die ganze Woche.

Der Kundschafter wußte, daß er hier war, um sich alles zu merken, um darüber Bericht erstatten zu können. Seine schon erledigte Hauptaufgabe war die Identifizierung Gemütlichs für das Yarid-Team auf der Straße. Darüber hinaus hielt er nach irgendeinem Safe Ausschau, der Unterlagen über das für Jericho geführte Nummernkonto enthalten konnte, und achtete auf Türriegel, Sicherheitsschlösser und Alarmsysteme – alles im Rahmen seines Auftrags, eine Gelegenheit für einen späteren Einbruch auszubaldowern.

Der Kundschafter verzichtete darauf, die Summe zu nennen, die sein Mandant angeblich nach Europa transferieren wollte, begnügte sich mit Andeutungen über ihre gewaltige Höhe und stellte vor allem Fragen über den Sicherheitsstandard und die von der Winkler-Bank garantierte Diskretion. Herr Gemütlich erläuterte ihm gern, daß Nummernkonten bei Winkler wegen der in seinem Haus geübten absoluten Diskretion hundertprozentig sicher seien.

Während ihres Gesprächs gab es nur eine Unterbrechung. Eine zweite Tür öffnete sich, um eine mausgraue Sekretärin einzulassen, die ihrem Chef einige Briefe zur Unterschrift vorlegte. Gemütlich runzelte unwillig die Stirn.

»Sie haben gesagt, die Briefe seien wichtig, Herr Gemütlich, sonst . . .«, sagte die Frau. Auf den zweiten Blick war sie nicht so alt, wie ihre Aufmachung vermuten ließ – höchstens vierzig. Das zurückgekämmte Haar, der Nackenknoten, das Tweedkostüm, die Baumwollstrümpfe und die Schuhe mit flachen Absätzen ließen sie viel älter wirken.

»Ja, ja, ja . . .«, sagte Gemütlich und streckte seine Hand nach den Briefen aus. »Entschuldigung . . .«, murmelte er, bevor er sich daran machte, sie zu überfliegen.

Der Kundschafter und er führten ihr Gespräch auf deutsch, weil sich herausgestellt hatte, daß Gemütlich nur wenig Englisch sprach. Jetzt stand der Kundschafter auf und machte eine kleine Verbeugung vor der Hereinkommenden.

»Grüß Gott, Fräulein«, sagte er. Sie wirkte verwirrt. Gemütlichs Besucher standen im allgemeinen nicht auf, wenn seine Sekretärin hereinkam. Aber diese Geste zwang Gemütlich dazu, zu murmeln: »Ach ja, äh . . . meine Sekretärin, Fräulein Hardenberg.«

Auch das registrierte der Kundschafter, während er wieder Platz nahm.

Als er sich mit der Versicherung verabschiedete, er werde seinem New Yorker Mandanten die Winkler-Bank wärmstens empfehlen, fand ein ähnliches Ritual wie zuvor bei seinem Empfang statt. Der Portier wurde aus der Eingangshalle heraufbeordert und erschien an der Tür. Der Kundschafter schüttelte Gemütlich zum Abschied die Hand und folgte dem Mann hinaus.

Sie gingen zu dem kleinen altmodischen Fahrstuhl, der mit ihnen nach unten rumpelte. Unterwegs fragte der Kundschafter, ob er rasch noch die Toilette benutzen dürfe, bevor er gehe. Der Portier runzelte die Stirn, als seien solche Körperfunktionen in der Winkler-Bank nicht üblich, ließ den Fahrstuhl aber im Hochparterre anhalten. Er deutete auf eine nicht bezeichnete Tür in der Nähe des Aufzugs, und der Kundschafter verschwand dahinter.

Dies war offenbar die Toilette für die männlichen Bankangestellten: Urinal, WC-Kabine, Waschbecken, Handtuchautomat und Einbauschrank. Der Kundschafter ließ Wasser laufen, um ein Geräusch zu erzeugen, und sah sich in dem kleinen Raum um. Das vergitterte Fenster war an die Drähte einer Alarmanlage angeschlossen – möglich, aber nicht einfach. Belüftet wurde die Toilette durch einen Deckenventilator. Der Schrank enthielt Besen, Eimer, Putzmittel und einen Staubsauger.

Es gab hier also Reinigungspersonal. Aber wann arbeitete es? Abends oder am Wochenende? Nach seinen eigenen Erfahrungen zu urteilen, durfte es die Büros der Vizepräsidenten nur unter Aufsicht putzen. Der Portier und der Nachtwächter wären leicht »auszuschalten« gewesen, aber darum ging es nicht. Kobi Drors Anweisungen waren eindeutig: Keine Spuren hinterlassen!

Als er aus der Herrentoilette kam, stand der Portier noch immer draußen. Der Kundschafter sah die breite Marmortreppe, die am Ende des Korridors in die nur einen halben Stock tiefer liegende Eingangshalle hinunterführte, deutete lächelnd darauf und marschierte den Korridor entlang, anstatt für die wenigen Meter den Fahrstuhl zu benutzen.

Der Livrierte trottete hinter ihm her, begleitete ihn in die Eingangshalle hinunter und hielt ihm die schwere Tür auf. Der Kundschafter hörte das massive Türschloß hinter sich zuschnappen. Wie kann die Empfangsdame einen Boten oder Kunden einlassen, fragte er sich, wenn der Portier gerade oben ist?

Er verbrachte zwei Stunden damit, Gidi Barzilai über die Betriebsabläufe der Bank zu informieren, soweit er sie hatte beobachten können, aber sein Bericht war pessimistisch. Auch der anwesende Leiter des Neviot-Teams schüttelte den Kopf.

Sie konnten dort einbrechen, sagte er. Kein Problem. Dazu mußte man die Alarmanlage finden und neutralisieren. Aber es würde verdammt schwierig sein, keine Spuren zu hinterlassen. In der Bank gab es einen Nachtwächter, der vermutlich regelmäßig seinen Kontrollgang machte. Und wonach sollten sie Ausschau halten? Nach einem Safe? Wo? Welches Modell? Wie alt? Schlüssel, Zahlenschloß oder beides? Das konnte stundenlang dauern. Und sie würden den Nachtwächter außer Gefecht setzen müssen. Das würde Spuren hinterlassen – aber die hatte Dror ausdrücklich verboten.

313

Der Kundschafter verließ Wien am nächsten Morgen und flog nach Tel Aviv zurück. An diesem Nachmittag identifizierte er auf vorgelegten Fotos Wolfgang Gemütlich und als Dreingabe auch Fräulein Hardenberg. Nachdem er sich verabschiedet hatte, beratschlagten Gidi Barzilai und der Leiter des Neviot-Teams erneut miteinander.

»Wir brauchen mehr Insiderinformationen, Gidi. Wir wissen einfach nicht genug! Die Papiere, die du brauchst, müssen in irgendeinem Safe liegen. Wo? Hinter der Wandtäfelung? In den Fußboden eingelassen? Im Vorzimmer bei seiner Sekretärin? In einem Tresor im Keller? Ohne Insiderinformationen kommen wir nicht weiter!«

Barzilai knurrte zustimmend. Er dachte an den Ausbilder, der ihnen vor vielen Jahren versichert hatte: Es gibt keinen Menschen ohne schwachen Punkt. Findet diese Stelle und drückt auf den Nerv, dann tut er, was ihr verlangt. Am nächsten Morgen begannen das Yarid- und das Neviot-Team gemeinsam, Wolfgang Gemütlich intensiv zu überwachen.

Aber der säuerliche Wiener sollte Barzilais Ausbilder widerlegen.

Steve Laing und Chip Barber standen vor einem großen Problem. Mitte November hatte Jericho die ersten Fragen beantwortet, die ihm auf dem Umweg über einen toten Briefkasten in Bagdad gestellt worden waren. Sein Preis war hoch gewesen, aber die CIA hatte den Betrag ohne zu murren auf sein Wiener Bankkonto überwiesen.

Falls Jerichos Angaben zutrafen – und sie hatten keine Ursache, an ihrem Wahrheitsgehalt zu zweifeln –, waren sie äußerst wertvoll. Er hatte nicht alle Fragen beantwortet, aber er hatte einige beantwortet und andere bestätigt, die schon halb beantwortet gewesen waren.

Vor allem hatte er im Zusammenhang mit der Herstellung von Massenvernichtungswaffen siebzehn einzelne Standorte benannt. Acht davon standen bereits auf einer Zielliste der Alliierten; in zwei Fällen hatte er ihre Positionen korrigiert. Die übrigen neun betrafen bisher unbekannte Standorte – vor allem die Position des unterirdischen Labors, in dem die Gaszentrifugenkaskade zur Gewinnung von U-235 für eine Atombombe arbeitete.

Das Problem war: Wie konnte man diese Informationen an die Militärs weiterleiten, ohne dabei preiszugeben, daß Langley und

Century House in Bagdad einen hochkarätigen Informanten hatten, der das Regime von innen heraus verriet?

Die Spionagechefs mißtrauten dem Militär nicht etwa. Keineswegs, denn schließlich hatten sie es dort mit hohen Offizieren zu tun. Aber in der Welt der Nachrichtendienste gibt es die altbewährte Regel, daß keiner mehr erfahren darf, als er unbedingt wissen muß. Was man nicht weiß, kann man nicht ausplaudern – auch nicht unabsichtlich. Wie viele Generale, Brigadegenerale und Obersten würden selbst darauf kommen, woher diese Informationen stammen mußten, wenn die Männer in Zivil ohne nähere Erläuterungen eine Liste mit neuen Zielen vorlegten?

In der dritten Novemberwoche trafen Barber und Laing im Keller des saudiarabischen Luftwaffenministeriums mit General Buster Glosson zusammen – dem Stellvertreter von General Chuck Horner, dem Oberbefehlshaber der am Golf eingesetzten Luftstreitkräfte.

Obwohl er bestimmt auch einen richtigen Vornamen hatte, war Brigadegeneral Glosson allgemein nur als »Buster« bekannt – und als der Mann, der den umfassenden Luftkrieg gegen den Irak plante, der bekanntlich jedem Einsatz von Bodentruppen würde vorausgehen müssen.

London und Washington waren sich längst darüber einig, daß Saddam Husseins Militärapparat unabhängig von seinem Rückzug aus Kuwait zerstört werden müsse, und dazu gehörten ganz entschieden auch alle Produktionsstätten für ABC-Waffen.

Schon bevor Desert Shield den Irak um die Chance gebracht hatte, Saudi-Arabien erfolgreich anzugreifen, war die Planung des späteren Luftkriegs unter dem geheimen Decknamen Instant Thunder weit fortgeschritten. Der eigentliche Planer dieses Luftkriegs war Buster Glosson.

Am 16. November waren die Vereinten Nationen und die Außenministerien verschiedener Staaten noch immer auf der Suche nach einem »Friedensplan«, der die Golfkrise beenden würde, ohne daß ein Schuß abgefeuert, eine Bombe geworfen oder eine Rakete abgeschossen werden mußte. Aber die drei Männer, die an diesem Tag in der unterirdischen Kommandozentrale zusammensaßen, wußten recht gut, daß es keine derartige Patentlösung geben würde.

Barber faßte sich kurz und kam gleich zur Sache: »Wie Sie

wissen, Buster, unternehmen die Briten und wir seit Monaten alle Anstrengungen, um die Produktionsstätten von Saddam Husseins Massenvernichtungswaffen zu identifizieren.« Der USAF-General nickte müde. Draußen im Korridor hing eine mit farbigen Stecknadeln gespickte Landkarte, und jede dieser Nadeln bezeichnete ein Bombenziel. Was gab es also Neues?

»Deshalb haben wir uns alle Ausfuhrgenehmigungen vorgenommen, die Exportländer festgestellt und die jeweiligen Exporteure ermittelt. Danach die Wissenschaftler, die diese Produktionsstätten eingerichtet haben – obwohl viele in Bussen mit schwarzgestrichenen Scheiben transportiert worden sind, auf der Baustelle gelebt haben und nicht genau sagen können, wo sie wirklich gewesen sind.

Zuletzt, Buster, haben wir mit den Ingenieuren und Technikern gesprochen, die Saddam Husseins Giftgasfabriken tatsächlich gebaut haben. Und einige von ihnen haben uns wertvolle Hinweise gegeben, die wir in dieser Liste zusammengestellt haben.«

Barber übergab dem General die Liste mit den neuen Zielen. Glosson las sie interessiert durch. Die Zielpunkte waren nicht durch Koordinaten definiert, die für die Planung eines Luftangriffs unerläßlich waren, aber sie würden sich anhand der Beschreibungen auf den bereits vorhandenen Luftaufnahmen identifizieren lassen.

Glosson brummte. Einige dieser Orte kannte er bereits als Ziele; andere, die noch mit Fragezeichen versehen waren, wurden durch die Liste bestätigt; wieder andere waren ganz neu. Er sah auf.

»Ist die zuverlässig?«

»Absolut«, sagte der Engländer. »Unserer Überzeugung nach sind die Leute vom Bau eine gute Quelle, vielleicht die bisher beste, denn als Techniker wissen sie, was sie dort gebaut haben, und sind im allgemeinen auskunftsfreudiger als die Bürokraten.«

Glosson stand auf.

»Okay. Kann ich mit weiteren Informationen rechnen?«

»Wir suchen in Europa weiter, Buster«, versicherte Barber ihm. »Zuverlässige Angaben über neue Ziele werden sofort an Sie weitergeleitet. Die Iraker haben verdammt viel Zeug eingegraben, wissen Sie. Das sind Großbauten tief unter der Wüste.«

»Sie sagen mir, wo das Zeug verbunkert ist, und wir lassen die Dächer einstürzen«, sagte der General.

316

Später ging Glosson mit dieser Liste zu Chuck Horner. Der USAF-Befehlshaber war kleiner als Glosson: ein melancholisch dreinblickender Mann in verknitterter Uniform mit traurigem Hundegesicht und dem diplomatischen Feingefühl eines Nashorns mit Hämorrhoiden. Aber er hatte eine sehr hohe Meinung von seinen fliegenden Besatzungen und dem Bodenpersonal, und seine Leute erwiderten diese Zuneigung.

Sie wußten, daß er für sie gegen die Industrie, die Bürokraten und die Politiker eintrat, notfalls bis ins Weiße Haus vordrang und dabei kein Blatt vor den Mund nahm. Was er versprach, hielt er auch.

Auf Dienstreisen in die Golfstaaten Bahrain, Abu Dhabi und Dubai, wo einige seiner Besatzungen stationiert waren, mied er den Luxus der Hiltons und Sheratons, um mit den fliegenden Besatzungen auf ihrem Stützpunkt zu essen und in der Gemeinschaftsunterkunft in einem Feldbett zu schlafen.

Männer und Frauen in Uniform haben nichts mit Heuchelei im Sinn; sie erkennen rasch, was ihnen gefällt und was sie verabscheuen. Für Chuck Horner wären die USAF-Piloten mit uralten Doppeldeckern gegen den Irak geflogen. Er studierte die von den Geheimdienstlern vorgelegte Liste und knurrte. Zwei der Standorte lagen auf den Landkarten mitten in unbesiedelten Wüstengebieten.

»Wo haben Sie die her?« fragte er Glosson.

»Angeblich haben sie die Techniker befragt, die sie gebaut haben«, antwortete Glosson.

»Blödsinn!« sagte der General. »Diese Schwanzlutscher haben einen Spion in Bagdad. Buster, das sagen wir keinem Menschen. Kein Wort! Wir nehmen, was wir von ihnen kriegen können, und setzen die Orte auf unsere Zielliste.« Er machte eine nachdenkliche Pause, bevor er hinzufügte: »Wer der Schweinehund wohl ist?«

Als Steve Laing am 18. November nach London zurückkam, fand er die Hauptstadt in heller Aufregung wegen einer Krise der konservativen Regierung vor, an der ein Hinterbänkler im Unterhaus schuld war, der Mrs. Margaret Thatcher mit Hilfe der Parteisatzung als Premierministerin zu stürzen versuchte.

Trotz seiner Müdigkeit reagierte Laing auf Terry Martins Nachricht, die er auf seinem Schreibtisch vorfand, und rief ihn in der

SOAS an. Weil der Wissenschaftler hörbar aufgeregt war, erklärte Laing sich bereit, sich nach Büroschluß auf einen Drink mit ihm zu treffen, um danach möglichst schnell in sein Haus in einem der äußeren Vororte zurückzukehren.

Als sie in einer ruhigen Bar im West End an einem Ecktisch saßen, holte Martin aus seinem Aktenkoffer einen Walkman und eine Kassette. Er zeigte sie Laing, erklärte ihm, mit welcher Bitte er sich vor einigen Wochen an Sean Plummer gewandt hatte, und schilderte ihm ihr Treffen in der vergangenen Woche.

»Wollen Sie sich die Aufnahme anhören?« fragte er.

»Nun, wenn die Jungs im GCHQ nicht daraus schlau werden, verstehe ich sie erst recht nicht«, sagte Laing. »Hören Sie, zu Sean Plummers Stab gehören Araber wie Al-Khouri. Wenn die nichts damit anfangen können...«

Trotzdem hörte er höflich zu.

»Hören Sie's?« fragte Martin aufgeregt. »Den K-Laut nach ›haben‹? Der Mann redet nicht von Allahs Hilfe für die Sache des Irak. Er gebraucht einen Namen, eine Bezeichnung. Deshalb wird sein Gesprächspartner so wütend. Diese Bezeichnung darf wohl nicht öffentlich gebraucht werden. Sie scheint nur einem sehr kleinen Kreis bekannt zu sein.«

»Aber was sagt er tatsächlich?« fragte Laing völlig verwirrt. Martin starrte ihn verständnislos an. Begriff er denn gar nichts?

»Er sagt, daß der gewaltige amerikanische Aufmarsch keine Rolle spielt, denn ›bald haben wir Qubth ut-Allah‹.«

Laing schien noch immer nichts zu begreifen.

»Eine Waffe«, sagte Martin drängend. »Es kann nichts anderes sein. Etwas, das bald zur Verfügung steht, um die Amerikaner aufzuhalten.«

»Entschuldigen Sie mein schlechtes Arabisch«, sagte Laing, »aber was *ist* Qubth ut-Allah?«

»Oh«, sagte Martin, »es heißt ›Die Faust Gottes‹.«

12

Nach elf Jahren im Amt und drei gewonnenen Parlamentswahlen wurde die britische Premierministerin in Wirklichkeit am 20. November 1990 gestürzt, obwohl sie ihren Rücktrittsentschluß erst zwei Tage später bekanntgab.

Ausgelöst wurde ihre Entmachtung durch eine obskure Bestimmung in der Satzung der Konservativen Partei, die in regelmäßigen Abständen ihre nominelle Wiederwahl als Parteivorsitzende erforderte. Der Zeitpunkt dafür war im November dieses Jahres gekommen. Ihre Wiederwahl wäre lediglich eine Formalität gewesen, bis ein ehemaliger Minister sich dazu entschloß, gegen sie zu kandidieren. Ohne zu ahnen, in welcher Gefahr sie sich befand, nahm sie diese Herausforderung nicht ernst genug und hielt sich am Wahltag sogar auf einer Konferenz in Paris auf.

Hinter ihrem Rücken bildete sich aus verschiedenen alten Ressentiments, gekränkten Egos und nervöser Angst, sie könnte sogar die bevorstehenden Parlamentswahlen verlieren, eine Allianz gegen sie, die verhinderte, daß sie gleich im ersten Wahlgang als Parteivorsitzende wiedergewählt wurde.

Wäre sie so wiedergewählt worden, hätte es keinen zweiten Wahlgang gegeben, und ihr Herausforderer wäre im Dunkel der Geschichte verschwunden. Bei der Abstimmung am 20. November brauchte sie eine Zweidrittelmehrheit; dazu fehlten ihr lediglich vier Stimmen, was einen zweiten Wahlgang erforderlich machte.

Innerhalb weniger Stunden wurde aus einigen losgetretenen Steinen, die bergab kollerten, ein wahrer Erdrutsch. Nach Beratungen mit ihren Ministern, die ihr erklärten, jetzt werde sie unterliegen, trat sie zurück.

Um den Herausforderer nicht zum Zug kommen zu lassen, kandidierte Schatzkanzler John Major für den Vorsitz und gewann die Wahl.

Diese Meldung traf die Soldaten am Golf – Briten wie Amerikaner – wie ein Faustschlag. Amerikanische Jagdflieger, die unten in Oman täglich mit SAS-Männern von ihrem nahegelegenen Stützpunkt zusammenkamen, fragten die Briten, was in London vor sich gehe, und erhielten als Antwort ein hilfloses Schulterzucken.

Die Männer der 7th Armoured Brigade, die in Saudi-Arabien entlang der Grenze zum Irak stationiert waren und in den bei einsetzendem Winter immer kälter werdenden Wüstennächten unter ihren Challenger-Panzern schliefen, erfuhren die Nachricht aus ihren Transistorradios und fluchten laut.

Mike Martin hörte die Meldung, als der irakische Chauffeur heranstolziert kam und ihm davon erzählte. Martin dachte darüber nach, zuckte mit den Schultern und fragte:

»Wer ist sie?«

»Dummkopf!« knurrte der Chauffeur. »Die Führerin der Beni Naji. Jetzt siegen wir!«

Er ging zu seinem Wagen zurück, um weiter Radio Bagdad zu hören. Wenig später kam Erster Sekretär Kulikow aus dem Haus gehastet und ließ sich in die Botschaft fahren.

In dieser Nacht setzte Martin einen längeren komprimierten Funkspruch mit den letzten Antworten Jerichos und seiner Bitte um weitere Anweisungen an Riad ab. Er hockte an der Tür seiner Hütte, um etwaige Eindringlinge abzufangen, weil die Satellitenschüssel durch die offene Tür nach Süden gerichtet war, und wartete auf Antwort. Um halb zwei Uhr morgens zeigte ihm ein schwach leuchtendes Blinklicht am Funkgerät, daß die Antwort eingegangen war.

Er baute die Antenne ab, versteckte sie mit dem Funkgerät unter den Bodenfliesen, verlangsamte die Nachricht und hörte sie sich an.

Der Funkspruch begann mit einer neuen Fragenliste für Jericho und der Mitteilung, seine letzte Geldforderung sei bewilligt und der Betrag auf sein Konto überwiesen worden. In weniger als einem Monat hatte der Verräter im Kommandorat der Revolution über eine Million Dollar verdient.

Ergänzt wurde die Fragenliste durch zwei weitere Anweisungen für Martin. Als erstes sollte er Jericho eine Nachricht übermitteln, die keine Frage war, sondern auf diesem Weg hoffentlich irgendwie Eingang in die Überlegungen der Planer in Bagdad finden würde.

Die Mitteilung besagte, die Nachricht aus London bedeute vermutlich, daß die Alliierten auf die Rückeroberung Kuwaits verzichten würden, wenn der Rais nicht freiwillig zurückweiche.

Ob diese Desinformationen die Bagdader Führungsriege tatsächlich erreichte, wird sich nie feststellen lassen – aber innerhalb einer Woche behauptete Saddam Hussein, Mrs. Thatchers Sturz sei auf den Widerwillen der britischen Bevölkerung gegen ihre Feindschaft gegen ihn zurückzuführen.

Als letzte Anweisung erhielt Mike Martin in dieser Nacht den Auftrag, Jericho zu fragen, ob er jemals von einer Waffe oder einem Waffensystem gehört hatte, das als »Die Faust Gottes« bezeichnet wurde.

Im Schein einer Kerze verbrachte Martin den größten Teil der Nacht damit, die Fragen auf arabisch auf zwei Blatt dünnes Luftpostpapier zu schreiben. Keine zwanzig Stunden später waren sie hinter dem losen Ziegel in der Mauer nahe dem Imam-Aladham-Schrein in Aadhamija versteckt.

Es dauerte eine Woche, bis er die Antworten abholen konnte. Martin las Jerichos krakelige arabische Handschrift und übersetzte alles ins Englische. Vom Standpunkt eines Soldaten aus waren die Antworten interessant.

Die drei Divisionen der Republikanischen Garde – die Tawakkulna und Medina, zu denen jetzt auch die Hammurabi gestoßen war –, die den Briten und Amerikanern entlang der Grenze gegenüberstanden, waren mit sowjetischen Panzern der Muster T-54/55, T-62 und T-72 ausgerüstet.

Auf einer kürzlichen Besichtigungsreise hatte General Abdullah Kadiri, der Oberbefehlshaber des Panzerkorps, jedoch zu seinem Entsetzen feststellen müssen, daß die meisten Panzerbesatzungen ihre Batterien ausgebaut hatten, um Ventilatoren, Elektrokocher, Radios und Kassettenrecorder zu betreiben. Nun war es zweifelhaft, ob unter Kampfbedingungen überhaupt noch einer anspringen würde. Es hatte mehrere Erschießungen an Ort und Stelle gegeben, und zwei hohe Kommandeure waren abgelöst und in die Heimat strafversetzt worden.

Saddam Husseins Halbbruder Ali Hassan Majid, jetzt Gouverneur von Kuwait, hatte gemeldet, die Besetzung entwickle sich wegen fortgesetzter Anschläge auf irakische Soldaten und zunehmender Desertationen zu einem Alptraum. Trotz strengster Ver-

321

höre und zahlreicher Hinrichtungen durch den AMAM-Oberst Sabaawi und zwei persönlichen Besuchen seines Chefs Omar Khatib zeichnete sich kein Nachlassen des Widerstands ab.

Noch schlimmer war, daß die Widerstandsbewegung irgendwie an Plastiksprengstoff, der sich Semtex nannte, herangekommen war, der weit wirkungsvoller als industrielles Dynamit war.

Jericho hatte zwei weitere militärische Kommandozentralen identifiziert, die beide in unterirdischen Kavernen untergebracht und aus der Luft nicht zu entdecken waren.

In Saddam Husseins engster Umgebung herrschte inzwischen die Überzeugung vor, sein eigener Einfluß habe maßgeblich zu Margaret Thatchers Sturz beigetragen. Seine kategorische Weigerung, einen Rückzug aus Kuwait auch nur in Betracht zu ziehen, hatte er noch zweimal wiederholt.

Letztlich hatte Jericho noch nie von etwas mit dem Decknamen »Die Faust Gottes« gehört, aber er würde auf diese Bezeichnung achten. Persönlich zweifelte er jedoch daran, daß eine Waffe oder ein Waffensystem existierte, das den Alliierten unbekannt war.

Martin sprach den gesamten Text auf Band, komprimierte ihn zweihundertfach und sendete ihn dann. Der Funkspruch wurde in Riad aufgenommen, und der Funker vom Dienst trug den Empfang in seine Kladde ein: 30. November 1990, 23.55 Uhr.

Leila al-Hilla kam langsam aus dem Bad und blieb einen Augenblick mit dem Licht hinter sich in der Tür stehen, um mit erhobenen Armen und an den Türrahmen gelegten Händen zu posieren.

Das durch ihr Negligé scheinende Licht im Bad brachte ihre reife, üppige Figur vorteilhaft zur Geltung. Ihr schwarzes Negligé war auf diese Wirkung angelegt: Es bestand aus feinster Spitze und hatte ein kleines Vermögen gekostet – Pariser Importware aus einer Boutique in Beirut.

Der große Mann auf dem Bett starrte sie hungrig an, fuhr sich mit der Zungenspitze über seine wulstige Unterlippe und grinste.

Bevor Leila mit einem Mann schlief, vertrödelte sie gern mindestens eine halbe Stunde im Bad. Sie duschte, cremte sich ein, betonte ihre Augen mit Make-up, schminkte ihre Lippen und parfümierte sich dann mit verschiedenen Düften für verschiedene Stellen ihres Körpers.

Es war ein guter Körper von dreißig Sommern, wie ihn die Freier mochten: nicht dick, aber wohlgerundet, wo Kurven hingehörten; breithüftig und vollbusig, aber mit Muskeln unter den Kurven.

Sie ließ ihre Arme sinken und näherte sich hüftschwenkend dem schwach beleuchteten Bett, wobei ihre hohen Absätze sie zehn Zentimeter größer erscheinen ließen und den Schwung ihrer Hüften betonten.

Aber der Mann auf dem Bett, der nackt auf dem Rücken lag und vom Kinn bis zu den Knöcheln schwarz behaart wie ein Bär war, hatte die Augen geschlossen.

Schlaf mir jetzt bloß nicht ein, du Lümmel, dachte sie, nicht heute nacht, wo ich dich brauche. Leila setzte sich auf die Bettkante, fuhr mit langen roten Fingernägeln durch seine Körperbehaarung vom Bauch bis zur Brust, zwickte ihn kräftig in beide Brustwarzen und ließ ihre Hand wieder über Bauch und Unterleib gleiten.

Sie beugte sich nach vorn, um den Mann zu küssen und mit der Zungenspitze zwischen seine Lippen einzudringen. Aber der Mann reagierte nur halbherzig, und sie nahm starken Arrakgeruch wahr.

Wieder mal betrunken, dachte sie; warum kann der Dummkopf nicht die Finger von diesem Zeug lassen? Trotzdem hatte diese Flasche Arrak pro Abend auch ihre Vorteile. Also los, an die Arbeit!

Leila al-Hilla war eine gute Kurtisane, und das wußte sie auch. Die beste des Nahen Ostens, behaupteten manche, und bestimmt eine der teuersten.

Vor vielen Jahren war sie noch als Kind an einer sehr privaten Akademie im Libanon ausgebildet worden, wo die sexuellen Tricks und Raffinessen der marokkanischen Ouled-Nail, der indischen Natush-Girls und die subtilen Techniken des Fukutomi-cho von den älteren Mädchen praktiziert wurden, während die Kinder zusahen und von ihnen lernten.

Nach fünfzehn Berufsjahren als Freie wußte sie, daß neunzig Prozent der Begabung einer guten Hure nichts mit dem Problem zu tun hatte, wie man unersättliche Virilität bewältigte. Die kam nur in Pornofilmen und -magazinen vor.

Ihr Talent bestand darin, zu schmeicheln, zu loben, anzufeuern und willig gewähren zu lassen – aber vor allem kam es darauf an, bei einer endlosen Folge von übersättigten Freiern mit schwindender Manneskraft eine wirkliche Erektion hervorzurufen.

Ihre tastende Hand glitt zwischen die Beine und bekam das Glied des Mannes zu fassen. Sie seufzte innerlich. Weich und schlaff. General Abdullah Kadiri, Kommandeur des Panzerkorps der Armee der Republik Irak, würde an diesem Abend etwas Aufmunterung brauchen.

Unter dem Bett zog sie einen Stoffbeutel hervor, den sie zuvor versteckt hatte, und leerte seinen Inhalt aufs Laken neben sich.

Sie drückte eine dickflüssige, glitschige Gleitcreme auf ihre Finger, bestrich damit ein mittelgroßes Kunstglied mit Vibrator, hob ein Bein des Generals hoch und schob das Kunstglied geschickt in seinen After.

General Kadiri grunzte, öffnete die Augen, beobachtete die über sein Geschlecht gebeugte nackte Frau und grinste wieder, so daß seine Zähne unter dem buschigen schwarzen Schnurrbart aufblitzten.

Leila drehte den Stärkeregler am Ende des Vibrators nach rechts, und ein durchdringendes summendes Pulsieren erfüllte den Unterleib des Generals. Die Frau spürte, wie das schlaffe Organ unter ihrer Hand anzuschwellen begann.

Aus einer Spritzflasche füllte sie ihren Mund zur Hälfte mit einem Schluck geschmacklich neutraler, geruchloser Vaseline, beugte sich dann nach vorn und nahm das sich aufrichtende Glied des Mannes in den Mund.

Die Kombination aus öliger Glätte der Vaseline und dem raschen, geschickten Spiel der Zungenspitze begann Wirkung zu zeigen. Zehn Minuten lang, bis ihr Unterkiefer schmerzte, liebkoste und saugte sie, bis die Erektion des Generals so stark war, wie sie an diesem Abend überhaupt sein konnte.

Dann hob Leila den Kopf, schwang ihren prallen Oberschenkel über ihn, führte sein Glied ein und ließ sich mit gespreizten Beinen auf seine Oberschenkel sinken. Sie hatte schon Größere und Bessere in sich gespürt, aber es funktionierte immerhin – mit knapper Not.

Leila beugte sich nach vorn, bis ihre Brüste fast sein Gesicht berührten.

»Ah, mein großer, starker schwarzer Bär«, gurrte sie, »du bist wunderbar wie immer.«

Er lächelte sie an. Sie richtete sich wieder auf und sank dann tiefer, nicht zu schnell; sie richtete sich auf, bis die Eichel sich gerade noch zwischen den Labien befand, und ging langsam tiefer, bis sie alles, was er zu bieten hatte, ganz in sich aufgenommen hatte. Während sie sich bewegte, setzte sie ihre gutentwickelten und durchtrainierten Scheidenmuskeln ein, die festhielten und zusammendrückten, sich entspannten, festhielten und zusammendrückten.

Sie kannte die Wirkung dieser doppelten Reize. General Kadiri begann zu grunzen und dann zu schreien: kurze, bellende Schreie, die ihm durch das Gefühl heftiger Vibrationen im Bereich seines Schließmuskels und der stetig schneller werdenden Auf- und Abbewegungen der Frau auf seinem Glied abgerungen wurden.

»Ja, ja, o ja, das tut so gut, weiter so, Schatz!« keuchte sie ihm ins Gesicht, bis er endlich seinen Höhepunkt erreichte. Während er sich in sie ergoß, richtete Leila ihren Oberkörper auf, so daß sie über ihm aufragte, zuckte krampfhaft, kreischte vor Lust und simulierte ihren eigenen gewaltigen Höhepunkt.

Als er sich verausgabt hatte, sank er sofort in sich zusammen. Sie glitt blitzschnell von ihm herunter, zog das Kunstglied heraus und warf es achtlos beiseite, damit er ja nicht zu rasch einschlief. Das durfte er nach soviel harter Arbeit ihrerseits auf keinen Fall. Ihre Arbeit war noch nicht beendet.

Deshalb legte sie sich neben ihn, zog die Bettdecke über sie beide, stützte sich auf einen Ellbogen, drückte ihren Busen sanft gegen eine Gesichtshälfte, fuhr ihm durchs Haar und streichelte mit der freien rechten Hand seine Wange.

»Mein armer Bär«, murmelte sie, »du bist wohl sehr müde? Du arbeitest zuviel, mein starker Liebhaber. Sie bürden dir zuviel auf. Was hat's heute gegeben? Wieder Probleme im Kommandorat – und wer muß sie alle lösen? Hmmmmm? Erzähl's Leila, du weißt, daß du's der kleinen Leila erzählen kannst.«

Also erzählte er's ihr, bevor er einschlief.

Während General Kadiri später die Wirkung von Arrak und Sex wegschnarchte, schlich Leila ins Bad, schloß die Tür ab, saß mit einem Schreibbrett auf ihren Knien auf dem heruntergeklappten WC-Deckel und schrieb alles in sauberer, sehr feiner arabischer Schrift nieder.

Noch später, irgendwann vormittags, würde sie die dünnen Blätter, die eng zusammengerollt in einem ausgehöhlten Tampon steck-

325

ten, in dem sie bei sämtlichen Kontrollen sicher waren, dem Mann übergeben, der sie bezahlte.

Das war gefährlich, dessen war sie sich bewußt, aber auch lukrativ, denn es gab doppelte Bezahlung für denselben Job. Leila war entschlossen, eines Tages reich zu sein; reich genug, um den Irak für immer verlassen und eine eigene Akademie aufmachen zu können, vielleicht in Tanger – mit vielen hübschen Mädchen für ihr Bett und blutjungen marokkanischen Dienern, die sie auspeitschen konnte, wenn sie Lust dazu hatte.

Die strengen Sicherheitsvorkehrungen der Winkler-Bank hatten Gidi Barzilai frustriert, aber die zwei Wochen, in denen sie Wolfgang Gemütlich beschatteten, trieben ihn fast zum Wahnsinn. Der Mann war unmöglich!

Nachdem der Kundschafter ihn identifiziert hatte, war Gemütlich noch am selben Tag zu seinem eigenen Haus jenseits des Praters verfolgt worden. Am nächsten Tag hatte das Yarid-Team das Haus beobachtet, bis Frau Gemütlich es verließ, um Einkäufe zu machen. Ein Mädchen aus dem Yarid-Team hatte sich mit einem Handfunkgerät an ihre Fersen geheftet, um die Kollegen rechtzeitig vor ihrer Rückkehr warnen zu können. Tatsächlich blieb die Frau des Bankiers zwei Stunden außer Haus, so daß sie reichlich Zeit hatten.

Der Einbruch war kein Problem für die Experten des Neviot-Teams, die in aller Eile im Wohnzimmer, im Schlafzimmer und am Telefon Wanzen anbrachten. Die Durchsuchung – rasch, geschickt und ohne irgendwelche Spuren – blieb ergebnislos. Im Haus fanden sich die üblichen Papiere: Steuerbescheide, Geburtsurkunden, Reisepässe, Heiratsurkunde, sogar mehrere Ordner Kontoauszüge. Alle Unterlagen wurden fotografiert, aber ein erster Blick in die Kontoauszüge förderte keinen Hinweis auf Unterschlagungen bei der Winkler-Bank zutage. Statt dessen eröffnete sich die grausige Möglichkeit, der Mann könnte völlig ehrlich sein.

Kleiderschrank und Wäschekommode im Schlafzimmer enthielten nichts, was auf bizarre persönliche Angewohnheiten hingedeutet hätte – immer eine gute Erpressungsmöglichkeit im angesehenen Mittelstand –, was den Leiter des Neviot-Teams, der Frau Gemütlich beim Verlassen ihres Hauses beobachtet hatte, keineswegs wunderte.

Wenn die Privatsekretärin dieses Mannes eine kleine graue Maus war, glich seine Frau einem weggeworfenen alten Putzlappen. Der Israeli konnte sich kaum erinnern, schon einmal eine so unscheinbare kleine Person gesehen zu haben.

Als das Mädchen aus dem Yarid-Team halblaut über Funk meldete, Frau Gemütlich befinde sich auf dem Heimweg, waren die Neviot-Experten mit der Arbeit fertig und verließen das Haus. Nachdem alle anderen über die Terrasse und durch den Garten verschwunden waren, sperrte ein Mann in Arbeitskleidung, der vom Telefonstörungsdienst zu kommen schien, die Haustür hinter sich ab.

Von nun an würde das Neviot-Team die Tonbandgeräte in einem am Ende der Straße geparkten Lieferwagen bemannen und alles mithören, was im Haus gesprochen wurde.

Zwei Wochen später meldete der enttäuschte Leiter des Neviot-Teams Barzilai, bisher sei kaum ein Tonband voll geworden. Am ersten Abend hatten sie achtundzwanzig Wörter aufgenommen. Sie hatte gesagt: »Hier ist dein Nachtmahl, Wolfgang« – keine Antwort. Sie hatte ihn gebeten, neue Vorhänge kaufen zu dürfen – abgelehnt. Er hatte gesagt: »Morgen muß ich früh raus, ich geh' schlafen.«

»Das sagt er jeden verdammten Abend, als hätte er's seit dreißig Jahren gesagt«, klagte der Neviot-Mann.

»Was ist mit Sex?« fragte Barzilai.

»Soll das ein Witz sein, Gidi? Wer nicht mal miteinander redet, bumst erst recht nicht.«

Auch alle sonstigen Bemühungen, bei Wolfgang Gemütlich einen Angriffspunkt zu finden, schlugen fehl. Er war kein Spieler, hatte keine Vorliebe für kleine Jungen, ging nicht aus, besuchte keine Nachtclubs, hatte keine Geliebte und schlich niemals durch den Rotlichtbezirk. Aber als er bei einer Gelegenheit das Haus verließ, machte das Team, das ihn beschattete, sich erstmals Hoffnungen.

Gemütlich trat lange nach dem Abendessen mit Hut und dunklem Mantel in die Nacht hinaus und ging durch die im Dunkel liegende Vorstadt, bis er fünf Straßen weiter ein Privathaus erreichte.

Er klingelte und wartete. Die Haustür wurde geöffnet; er trat ein, und sie schloß sich hinter ihm. Wenig später wurde in einem Erdgeschoßraum hinter schweren Vorhängen Licht gemacht. Bevor die Haustür ins Schloß fiel, hatte einer der israelischen Beobachter flüchtig eine streng wirkende Frau in einem weißen Nylonkittel gesehen.

Medizinische Bäder, Massagen? Paarweises Duschen, gemischte Sauna mit zwei stämmigen Mädchen, die Birkenruten schwangen? Eine Überprüfung am nächsten Morgen zeigte jedoch, daß die Frau im Nylonkittel eine ältliche Fußpflegerin war, die sich zu Hause eine kleine Praxis eingerichtet hatte. Wolfgang Gemütlich hatte sich wahrscheinlich ein Hühnerauge entfernen lassen.

Am 1. Dezember bekam Gidi Barzilai dann von Kobi Dror in Tel Aviv eine Zigarre verpaßt. Dies sei kein Unternehmen ohne Zeitlimit, wurde er gewarnt. Die Vereinten Nationen hatten den Irak ultimativ aufgefordert, Kuwait bis zum 16. Januar zu räumen. Danach würde es Krieg geben. Dann konnte alles mögliche passieren. Also mußten sie sich beeilen.

»Gidi, diesen Kerl könnten wir beschatten, bis die Hölle zufriert«, erklärten die Leiter der beiden Teams ihrem Chef. »Sein Privatleben bietet keinerlei Angriffspunkte. Der Kerl ist uns ein Rätsel. Nichts, er tut nichts, was wir gegen ihn verwenden könnten.«

Barzilai stand vor einem Dilemma. Sie konnten die Ehefrau entführen und ihm drohen, sie zu ermorden, wenn er nicht mit ihnen zusammenarbeite... Das Dumme war nur, daß der Korinthenkacker sie eher opfern würde, als auch nur einen Essensbon zu klauen. Und noch schlimmer: Er würde sofort die Polizei einschalten.

Sie konnten Gemütlich entführen und in die Mangel nehmen. Aber der Mann würde in die Winkler-Bank zurückkehren müssen, um Jerichos Konto durch eine Überweisung aufzulösen. Sobald er wieder in der Bank war, würde er Zeter und Mordio schreien. Keinen Fehlschlag, keine Spuren, hatte Kobi Dror gesagt.

»Wir nehmen uns die Sekretärin vor«, entschied er. »Chefsekretärinnen wissen oft alles, was ihr Boß weiß.«

Also konzentrierten die beiden Teams sich sofort auf das ebenso langweilig wirkende Fräulein Edith Hardenberg.

Für ihre Ausforschung brauchten sie weniger Zeit, nur zehn Tage. Sie folgten ihr nach Hause zu ihrer kleinen Wohnung in einem behäbigen Altbau am Trautenauplatz im XIX. Bezirk, dem nordwestlichen Stadtteil Grinzing.

Dort lebte sie allein. Kein Liebhaber, kein Freund, nicht einmal ein Haustier. Bei der Sichtung ihrer privaten Papiere zeigte sich, daß sie ein bescheidenes Bankkonto besaß und eine Mutter hatte, die in Salzburg im Ruhestand lebte. Wie aus dem Mietbuch hervorging, hatte die Wohnung ursprünglich der Mutter gehört, aber die Tochter hatte sie übernommen, als ihre Mutter vor sieben Jahren in ihren Geburtsort Salzburg zurückgekehrt war.

Edith Hardenberg besaß einen kleinen Seat, der vor ihrem Haus parkte, aber in die Bank fuhr sie meist mit öffentlichen Verkehrsmitteln – zweifellos wegen der schwierigen Parkplatzsuche in der Innenstadt.

Ihre Gehaltsüberweisungen zeigten, daß sie ein kümmerlich niedriges Gehalt bezog – »Verdammte Geizhälse!« murmelte der Neviot-Experte, als er den Betrag sah –, und ihre Geburtsurkunde bewies, daß sie neunundreißig war... »und wie fünfzig aussieht«, merkte der Experte an.

In ihrer Wohnung fanden sich keine Männerfotos – nur eines von ihrer Mutter, eines von Mutter und Tochter im Urlaub an irgendeinem Bergsee und eines von ihrem offenbar bereits gestorbenen Vater in der Uniform eines österreichischen Zollbeamten.

Falls es überhaupt einen Mann in ihrem Leben gab, schien er Mozart zu heißen.

»Sie ist eine Opernliebhaberin, sonst nichts«, berichtete der Leiter des Neviot-Teams Barzilai, nachdem sie ihre Wohnung durchsucht und unverändert zurückgelassen hatten. »Sie hat eine riesige Sammlung Langspielplatten – zu CDs ist sie noch nicht vorgedrungen –, lauter Opernaufnahmen. Anscheinend gibt sie ihr ganzes Geld dafür aus. Opernbücher, Biographien von Komponisten, Sängern und Dirigenten. Ein Plakat mit dem Winterspielplan der hiesigen Oper, obwohl sie sich keine anständige Eintrittskarte leisten könnte...«

»Kein Mann in ihrem Leben, was?« murmelte Barzilai nachdenklich.

»Auf Pavarotti würde sie wahrscheinlich fliegen, wenn er sich engagieren ließe. Alle anderen Männer kannst du vergessen.«

Aber Barzilai vergaß seine Bemerkung keineswegs. Er dachte an einen Fall, der sich vor vielen Jahren in London ereignet hatte: eine höhere Beamtin im Verteidigungsministerium, eine richtige alte Jungfer; dann hatten die Sowjets einen jugoslawischen Adonis auf sie angesetzt ... selbst der Richter hatte bei der Verhandlung Mitleid mit ihr gehabt.

An diesem Abend schickte Barzilai ein langes verschlüsseltes Fernschreiben nach Tel Aviv.

Mitte Dezember war der Aufmarsch der alliierten Streitkräfte südlich der kuwaitischen Grenze zu einer riesigen, unaufhaltsamen Flutwelle aus Menschen und Stahl geworden.

Dreihunderttausend Männer und Frauen aus dreißig Staaten bildeten mehrere Frontlinien, die sich von der Küste ausgehend über hundertfünfzig Kilometer weit nach Westen quer über die saudiarabische Wüste erstreckten.

In den Häfen Jubail, Dammam, Bahrain, Doha, Abu Dhabi und Dubai legten Frachter aus Übersee an, um riesige Mengen von Geschützen und Panzern, Treibstoff und Nachschub, Verpflegung und Feldbetten, Munition und Ersatzteilen zu entladen.

Von den Kais aus rollten Lastwagenkolonnen auf der Tapline Road nach Westen, um die großen Nachschublager zu errichten, die später die Invasionstruppen versorgen würden.

Ein Tornado-Pilot, der in Tabuq zu einem Scheinangriff auf die irakische Grenze gestartet war, berichtete seinen Staffelkameraden, er habe die Spitze einer Lkw-Kolonne überflogen und die Zeit bis zum letzten Fahrzeug gestoppt. Bei einer Geschwindigkeit von achthundert Stundenkilometern hatte er sechs Minuten gebraucht, um das achtzig Kilometer entfernte Ende der dicht aufgeschlossen fahrenden Kolonne zu erreichen.

In einem Abschnitt der Logistic Base Alpha waren Ölfässer gestapelt: je drei Lagen übereinander auf zwei mal zwei Meter großen Paletten, zwischen denen Gassen freigelassen waren, durch die Gabelstapler fahren konnten. Dieses Lager war vierzig mal vierzig Kilometer groß.

Und das war nur der Treibstoff. In anderen Bereichen von Log Alpha lagerten Granaten, Raketen, Mörsergranaten, Kästen mit gegurteter MG-Munition, Panzerabwehrwaffen und Handgranaten, in wieder anderen Wasser und Verpflegung, Maschinen und Ersatzteile, Panzerbatterien und fahrbare Werkstätten.

Zu diesem Zeitpunkt konzentrierte General Schwarzkopf die alliierten Streitkräfte noch im Wüstengebiet genau südlich von Kuwait. Bagdad konnte nicht wissen, daß der amerikanische General unmittelbar vor Beginn seiner Offensive zusätzliche Truppen durch das Wadi al-Batin und über hundertfünfzig Kilometer weiter westlich in die Wüste entsenden wollte, wo sie die irakische Grenze überschreiten und nach Nordosten vorstoßen sollten, um die Republikanische Garde von der Flanke her angreifen und vernichten zu können.

Am 15. Dezember verließen die Rocketeers, die 336. Staffel des USAF Tactical Air Command, ihren Stützpunkt Thumrait in Oman und verlegten nach Al-Kharz in Saudi-Arabien. Die Entscheidung dafür war am 1. Dezember gefallen.

Al-Kharz war ein Feldflugplatz mit vorbereiteten Rollwegen und Start- und Landebahnen, aber sonst nichts. Kein Kontrollturm, keine Hangars, keine Werkstätten, keine Unterkünfte – nur eine ebene Wüstenfläche mit Betonbahnen.

Aber er *war* ein Flugplatz. Mit erstaunlicher Voraussicht hatte die saudiarabische Regierung schon vor langer Zeit genügend Stützpunkte planen und anlegen lassen, um mehr als das Fünffache der eigenen Luftstreitkräfte aufnehmen zu können.

Nach dem 1. Dezember machten amerikanische Bautrupps sich an die Arbeit. In nur dreißig Tagen wurde eine Zeltstadt errichtet, die fünftausend Menschen und fünf Jagdstaffeln aufnehmen konnte.

Die Hauptlast lag auf den Schultern der Red-Horse-Teams der schweren Pioniere, denen die U. S. Air Force vierzig riesige Stromaggregate zur Verfügung stellte. Das Material wurde zum Teil mit Tiefladern herantransportiert, aber das meiste brachten Transportflugzeuge. Die Red Horses errichteten einen Kontrollturm, Feldhangars, Werkstätten, Treibstofflager, Munitionslager, Stabszelte mit Räumen für Einsatzbesprechungen, Lagerzelte und Garagen.

Für die fliegenden Besatzungen und das Bodenpersonal bauten sie eine Zeltstadt mit Unterkünften, Toiletten, Waschgelegenheiten, Küchen, Kantinen und einem Wasserturm, den Tankwagenkolonnen von der nächsten Wasserstelle aus gefüllt halten würden.

Al-Kharz liegt achtzig Kilometer südöstlich von Riad und somit, wie sich zeigen sollte, nur etwa fünf Kilometer außerhalb der Höchstreichweite irakischer Scud-Raketen. Drei Monate lang beherbergte es fünf Staffeln: zwei mit Jagdbombern F-15E Strike Eagle, die Rocketeers und die Chiefs, die inzwischen von der Seymour Johnson AFB eingetroffene 335. Staffel, eine mit Jägern F-15C Eagle und zwei mit Abfangjägern F-16 Fighting Falcon.

Dort gab es sogar eine eigene Straße für die zweihundertfünfzig Soldatinnen des Geschwaders; dazu gehörten eine Juristin, Chefmechanikerinnen, Lkw-Fahrerinnen, Schreibkräfte, Krankenschwestern und die Nachrichtenoffiziere zweier Staffeln.

Die fliegenden Besatzungen überführten ihre Maschinen von Thumrait aus; das Bodenpersonal und der restliche Stab kamen mit Transportflugzeugen. Die gesamte Verlegung dauerte zwei Tage, und als die Staffeln eintrafen, arbeiteten die Pioniere noch – und würden bis Weihnachten weiterarbeiten.

Don Walker hatte seinen Aufenthalt in Thumrait genossen. Die Unterkünfte waren modern und großzügig, und in der toleranten Atmosphäre Omans war der Genuß alkoholischer Getränke auf dem Stützpunkt gestattet gewesen.

In Thumrait hatte er zum erstenmal britische SAS-Männer, die dort ein ständiges Ausbildungslager unterhielten, und weitere »Vertragsoffiziere« kennengelernt, die im Heer des omanischen Sultans Quabus dienten. Es hatte einige denkwürdige Partys gegeben, die weiblichen Angehörigen des Geschwaders waren gern mit ihren Kameraden ausgegangen, und die »Scheinangriffe« mit der F-15E Strike Eagle auf die irakische Grenze hatten ihm Spaß gemacht.

Was den SAS betraf, hatte Walker seinem neuernannten Staffelchef, Oberstleutnant Steve Turner, nach einer Wüstenfahrt mit ihren leichten Spähfahrzeugen erklärt:

»Diese Kerle sind eindeutig verrückt.«

Al-Kharz sollte sich als anders erweisen. Saudi-Arabien, in dem die heiligen Stätten Mekka und Medina liegen, besteht auf einem strikten Alkoholverbot und verbietet die Zurschaustellung des weiblichen Körpers unterhalb des Kinns mit Ausnahme der Hände und Füße.

Mit seinem allgemeingültigen Befehl Nummer eins hatte General Schwarzkopf allen ihm unterstellten alliierten Streitkräften jeglichen Alkoholgenuß untersagt. Alle amerikanischen Einheiten hielten sich an diesen Befehl, der auch in Al-Kharz strikt befolgt wurden.

Im Hafen Dammam wunderten amerikanische Schauerleute sich jedoch über Unmengen von Haarwaschmittel, die für die britische Royal Air Force bestimmt waren. Kiste um Kiste mit diesem Zeug wurde entladen, auf Lastwagen oder in Transportmaschinen C-130 Hercules verstaut und zu den RAF-Staffeln weiterbefördert.

Die amerikanischen Hafenarbeiter konnten nicht begreifen, wie die britischen Flieger in überwiegend wasserloser Umgebung soviel Zeit damit verbringen konnten, sich die Haare zu waschen. Das war ein Rätsel, das bis Kriegsende ungelöst blieb.

Auf der anderen Seite der Halbinsel, auf dem Wüstenflugplatz Tabuq, den britische Tornados sich mit amerikanischen Falcons teilten, staunten die USAF-Piloten noch mehr, als sie sahen, wie die Briten bei sinkender Sonne unter ihren Vordächern saßen, einen Schuß »Haarwaschmittel« in ein Glas kippten und es mit Mineralwasser auffüllten.

In Al-Kharz stellte sich dieses Problem nicht. Dort gab es kein britisches Haarwaschmittel. Außerdem war die Unterbringung beengter als in Thumrait. Mit Ausnahme des Geschwaderkommodores, der ein eigenes Zelt hatte, waren alle anderen vom Oberst abwärts in Zwei-, Vier-, Sechs-, Acht-, Zehn- oder Zwölfmannzelten untergebracht – je nach Dienstgrad.

Noch schlimmer war, daß kein Mann die »Frauenstraße« betreten durfte – ein Problem, das dadurch noch frustrierender wurde, daß die amerikanischen Ladies aus alter Gewohnheit und weil die saudiarabische Muttauwi'un (Religionspolizei) sie hier nicht sehen konnte, dazu übergingen, sich hinter niedrigen Zäunen, die sie um ihre Zelte herum errichteten, in Bikinis zu sonnen.

Das führte dazu, daß die fliegenden Besatzungen sich eiligst sämtliche Hi-Lux-Lkws – Spezialfahrzeuge mit hoch über den Rädern angeordnetem Chassis – auf dem Stützpunkt sicherten. Nur auf ihrer Ladefläche stehend konnte ein Patriot, der sich dazu auf die Zehenspitzen stellen und einen weiten Umweg in Kauf nehmen mußte, die Straße zwischen den Frauenzelten entlangfahren und sich davon überzeugen, daß die Ladies gut in Form waren.

Aber auch die Erfüllung dieser Staatsbürgerpflicht konnte nicht über einen Stimmungsumschwung hinwegtäuschen. Die Vereinten

Nationen hatten Saddam Hussein ein bis zum 16. Januar 1991 befristetes Ultimatum gestellt. Die Erklärungen Bagdads ließen kein Einlenken erkennen. Damit war klar, daß sie demnächst Krieg führen würden. Das verlieh den Übungsflügen eine neue, dringlichere Bedeutung.

Aus irgendeinem Grund war der 15. Dezember in Wien ziemlich warm. Die Sonne schien und ließ die Temperatur auf angenehme Werte steigen. In der Mittagspause verließ Fräulein Hardenberg wie üblich die Winkler-Bank, um irgendwo ein bescheidenes Mahl einzunehmen, und beschloß impulsiv, sich ein paar Sandwiches zu kaufen und sie auf einer Bank im nahegelegenen Stadtpark zu essen.

Sie hatte sich angewöhnt, das im Sommer und sogar bis in den Herbst hinein zu tun, und brachte zu diesem Zweck stets belegte Brote von zu Hause mit. Am 15. Dezember hatte sie jedoch keines dabei.

Aber als sie, von ihrem adretten Tuchmantel gewärmt, zu dem strahlend blauen Himmel über dem Franziskanerplatz aufblickte, beschloß sie, diese Gelegenheit zu nutzen, wenn die Natur für einen Tag den Altweibersommer zurückkehren ließ, und im Park zu essen.

Ihre Vorliebe für den kleinen Park jenseits des Rings hatte einen besonderen Grund. An einem Ende steht der Kursalon Hübner, ein alter Bau aus Stahl und Glas, der an ein Treibhaus erinnert und in dem mittags häufig eine kleine Kapelle Melodien von Johann Strauß, dieses wienerischsten aller Komponisten, spielt.

Auch wer es sich nicht leisten kann, dort zu Mittag zu essen, kann außerhalb der Einfriedung sitzen und die Musik kostenlos genießen. Außerdem steht mitten im Park unter einem schützenden Steinbogen die Statue dieses großen Komponisten.

Edith Hardenberg kaufte an einem Imbißstand ein paar kleine Sandwiches, fand eine Parkbank in der Sonne und knabberte darauf los, während sie die Walzermelodien genoß.

»Entschuldigung ...«

Sie schrak zusammen, als eine Männerstimme sie aus ihren Tagträumen riß.

Wenn es etwas gab, das Fräulein Hardenberg absolut nicht vertragen konnte, dann war es, von Unbekannten angesprochen zu werden. Sie blickte rasch nach links.

Er war jung, hatte schwarzes Haar und sanfte braune Augen und sprach mit ausländischem Akzent. Sie wollte eben wieder energisch wegsehen, als ihr auffiel, daß der junge Mann eine illustrierte Broschüre in der Hand hielt und auf ein Wort im Text zeigte. Ohne es wirklich zu wollen, sah sie genau hin. Die Broschüre war das illustrierte Programm der Oper *Die Zauberflöte*.

»Bitte, dieses Wort, das ist kein deutsches Wort, nein?«

Sein Zeigefinger deutete auf das Wort *Libretto*.

Natürlich hätte sie auf der Stelle gehen sollen – einfach aufstehen und weggehen. Sie fing an, ihre Sandwiches wieder einzuwikkeln.

»Nein«, antwortete sie knapp, »das ist Italienisch.«

»Ah«, sagte der Mann entschuldigend, »ich lerne Deutsch, wissen Sie, aber ich kann kein Italienisch. Bedeutet es die Musik, bitte?«

»Nein«, erklärte sie ihm, »es bedeutet den Text, die Handlung.«

»Danke«, sagte er aufrichtig dankbar. »Es ist schwer, die Wiener Opern zu verstehen, aber ich liebe sie so sehr.«

Ihre Finger hatten es plötzlich gar nicht mehr so eilig, die restlichen Sandwiches einzupacken, damit sie endlich gehen konnte.

»Die Oper spielt in Ägypten, wissen Sie«, fügte der junge Mann erklärend hinzu. Wie unsinnig, das *ihr* zu erzählen, wo sie doch jedes Wort des Librettos der *Zauberflöte* kannte!

»Ganz recht«, antwortete sie knapp. Und jetzt Schluß damit! sagte sie sich. Dieser junge Unbekannte war schrecklich aufdringlich. Großer Gott, er hatte sie praktisch in ein Gespräch verwickelt. Ein gräßlicher Gedanke.

»Genau wie *Aida*«, stellte er fest, indem er sich erneut in sein Programm vertiefte. »Ich mag Verdi, aber Mozart ist mir lieber, glaube ich.«

Die Sandwiches waren wieder eingepackt; sie konnte gehen. Sie hätte einfach aufstehen und weggehen sollen. Sie sah zu ihm hinüber, und in diesem Augenblick hob er den Kopf und lächelte.

Es war ein sehr zurückhaltendes, fast bittendes Lächeln: braune Spanielaugen mit langen Wimpern, um die ihn ein Fotomodell beneidet hätte.

»Die beiden kann man nicht miteinander vergleichen«, sagte sie. »Mozart ist der Größte von allen.«

Sein Lächeln wurde breiter und ließ ebenmäßige weiße Zähne sehen.

»Er hat früher in Wien gelebt. Vielleicht hat er hier auf dieser Bank gesessen und seine Musik komponiert.«

»Ganz bestimmt nicht«, stellte sie fest. »Damals hat hier sicher keine Bank gestanden.«

Sie stand auf und wandte sich ab. Auch der junge Mann erhob sich und deutete eine knappe Verbeugung an.

»Entschuldigen Sie, wenn ich Sie belästigt habe. Trotzdem vielen Dank für Ihre Auskunft.«

Sie verließ den Park, um an ihren Schreibtisch zurückzukehren und dort ihre Sandwiches zu essen, und war wütend auf sich selbst. Gespräche mit jungen Männern in Parks, wo sollte das noch enden? Andererseits war er nur ein ausländischer Student gewesen, der sich für die Wiener Oper interessierte. Doch gewiß ein harmloses Thema? Aber irgendwann mußte Schluß sein! Sie kam an einem Plakat vorbei. Richtig, in drei Tagen hatte die *Zauberflöte* in der Staatsoper Premiere. Vielleicht gehörte sie zum Vorlesungsstoff des jungen Mannes.

Trotz ihrer Musikleidenschaft hatte Edith Hardenberg noch keine Oper in der Staatsoper gehört. Natürlich hatte sie das Gebäude schon mehrmals tagsüber besichtigt, aber einen Logenplatz hätte sie sich nie leisten können.

Wirklich gute Karten für die Staatsoper waren fast unbezahlbar. Abonnements wurden von Generation zu Generation weitergegeben. Ein Opernabonnement war etwas für wirklich reiche Leute. Andere Karten erhielt man nur durch Beziehungen, über die sie nicht verfügte. Selbst normale Karten blieben für sie unerreichbar. Sie seufzte und ging in Richtung Bank weiter.

Dieser eine warme Tag blieb eine Ausnahme. Kälte und bleigraue Wolken kamen zurück. Sie ging wie üblich zur gewohnten Zeit in ihr kleines Café, um am gewohnten Tisch eine Kleinigkeit zu essen. In dieser Beziehung war sie ausgesprochen pedantisch.

Als sie am dritten Tag nach der Begegnung im Park auf die Minute pünktlich zur gewohnten Zeit an ihren Tisch kam, fiel ihr auf, daß ein Platz offenbar besetzt war. Neben zwei Lehrbüchern, deren Titel sie nicht weiter interessierte, standen dort ein Kaffee und ein halbleeres Glas Wasser.

Sie hatte gerade erst das Tagesgericht bestellt, als der junge Mann, der mit an ihrem Tisch saß, von der Toilette zurückkam. Erst als er Platz nahm, erkannte er sie und lächelte überrascht.

»Oh, grüß Gott – wieder einmal!« sagte er. Sie kniff mißbilligend die Lippen zusammen. Die Bedienung kam und servierte ihr Essen. Jetzt saß sie in der Falle. Aber der junge Mann war nicht zu bremsen.

»Ich habe das Programm gelesen. Jetzt verstehe ich alles, glaube ich.«

Sie nickte und begann zierlich zu essen.

»Ausgezeichnet. Sie studieren hier?«

Wieso hatte sie das gefragt? Was war plötzlich in sie gefahren? Aber um sie herum unterhielten sich die Gäste an allen Tischen. Warum machst du dir also Sorgen, Edith? Ein zivilisiertes Gespräch, selbst mit einem ausländischen Studenten, ist doch wohl harmlos? Sie fragte sich, was Herr Gemütlich dazu sagen würde. Er hätte ihr Verhalten natürlich mißbilligt.

Der südländisch aussehende junge Mann lächelte strahlend.

»Ja. Ich studiere Maschinenbau an der Technischen Universität. Sobald ich mein Diplom habe, kehre ich nach Hause zurück und helfe beim Aufbau der Industrie meines Landes mit. Bitte, mein Name ist Karim.«

»Fräulein Hardenberg«, sagte sie geziert. »Und woher kommen Sie, Herr Karim?«

»Ich komme aus Jordanien.«

O Gott, ein Araber. Nun, bestimmt studierten an der Technischen Universität am Karlsplatz viele Araber. Die meisten, die man sonst sah, waren Straßenverkäufer: gräßlich aufdringliche Leute, die Zeitungen und Teppiche anboten und sich dann kaum mehr abwimmeln ließen. Der junge Mann an ihrem Tisch wirkte durchaus anständig. Vielleicht stammte er aus einer besseren Familie. Trotzdem... ein Araber. Sie aß auf und machte der Serviererin ein Zeichen, sie wolle zahlen. Es wurde Zeit, aus der Gesellschaft dieses jungen Mannes zu verschwinden, obwohl er bemerkenswert höflich war – für einen Araber.

»Trotzdem«, sagte er bedauernd, »kann ich nicht hingehen.«

Ihre Rechnung kam. Sie suchte in ihrer Geldbörse Scheine und Münzen zusammen.

»Wohin gehen?«

»In die Oper. Um die *Zauberflöte* zu hören. Nicht allein, das würde ich mich nicht trauen. Die vielen Leute ... Nicht zu wissen, wo man sitzt, wann man klatschen muß.«

Sie lächelte gönnerhaft.

»Ich glaube nicht, daß Sie hingehen werden, junger Mann, denn sie werden keine Karte bekommen.«

Er schüttelte den Kopf.

»Nein, daran liegt's nicht.«

Er griff in seine Jackentasche und legte zwei Opernkarten auf den Tisch. Auf ihren Tisch. Neben ihre Rechnung. Parkett Mitte, zweite Reihe. Nur ein paar Meter von den Sängern entfernt.

»Ich habe einen Freund bei den Vereinten Nationen. Die bekommen ein bestimmtes Kartenkontingent. Aber er wollte nicht hingehen, deshalb hat er sie mir geschenkt.«

Geschenkt! Nicht verkauft, geschenkt. Unbezahlbar, und er hatte sie verschenkt.

»Würden Sie«, fragte der junge Mann bittend, »mich heute abend mitnehmen? Bitte?«

Das war hübsch gesagt – ganz als lade *sie* ihn in die Oper ein.

Sie stellte sich vor, wie sie in diesem großen, gewölbten, vergoldeten Paradies aller Opernfreunde saß, wie ihre Seele sich mit den Stimmen der Bassisten, Baritone, Tenöre, Altistinnen und Sopranistinnen zu den Deckengemälden erhob ...

»Bestimmt nicht«, sagte sie.

»Oh, entschuldigen Sie, Fräulein Hardenberg, daß ich Sie belästigt habe.«

Er griff nach den beiden Karten, nahm sie zwischen seine kräftigen jungen Finger und machte sich daran, sie zu zerreißen.

»Nein!« Ihre Hand bedeckte seine, bevor er die unbezahlbaren Opernkarten mehr als einen Zentimeter eingerissen hatte. »Das dürfen Sie nicht tun!«

Ihr Gesicht war hochrot.

»Aber ich kann sie nicht brauchen ...«

»Nun, vielleicht ...«

Seine Miene hellte sich auf.

»Dann zeigen Sie mir die Staatsoper? Ja?«

Ihm die Oper *zeigen*. Das war bestimmt etwas anderes. Kein

Rendezvous. Keine Verabredung von der Art, die Frauen trafen, die sich mit Männern verabredeten... Eigentlich mehr als Fremdenführerin. Eine Wiener Höflichkeit, einem ausländischen Studenten eines der Wunder der österreichischen Hauptstadt zu zeigen. Eine harmlose Gefälligkeit...

Sie trafen sich wie vereinbart um 19.15 Uhr vor dem Haupteingang. Sie war mit dem Auto aus Grinzing in die Stadt gefahren und hatte mühelos einen Parkplatz gefunden. Nun reihten sie sich in die Vorfreude ausstrahlende Menge glücklicher Kartenbesitzer ein.

Wenn Edith Hardenberg, hinter der als Single zwanzig liebelose Sommer lagen, sich jemals wie im Paradies fühlte, dann an diesem Abend des Jahres 1990, als sie nur wenige Meter von der Bühne entfernt saß und sich ganz der Musik hingab. Wenn sie jemals das Gefühl hatte, berauscht zu sein, dann an diesem Abend, an dem sie bereitwillig zuließ, daß sie von einer Sturzflut an- und abschwellender Stimmen mitgerissen wurde.

Im ersten Aufzug, während Papageno vor ihr sang und seine Späße trieb, fühlte sie eine warme junge Hand, die ihre eigene bedeckte. Sie zog ihre Hand instinktiv mit einer hastigen Bewegung zurück. Aber als dieser Vorgang sich im zweiten Aufzug wiederholte, zog sie ihre Hand nicht mehr weg und spürte nun neben der Musik auch die Körperwärme eines anderen Menschen, die sich auf sie übertrug.

Nach dem großen Finale war sie noch immer wie berauscht. Sonst hätte sie niemals zugelassen, daß er sie quer über den Platz ins Café Landtmann führte, in dem Sigmund Freud Stammgast gewesen war und das nach der Renovierung wieder im Glanz der neunziger Jahre des letzten Jahrhunderts erstrahlte. Der soignierte Oberkellner Robert geleitete sie persönlich an einen Tisch, und sie nahmen ein spätes Dinner ein.

Danach begleitete er sie zum Auto. Sie hatte sich wieder in der Hand. Ihre gewohnte Zurückhaltung machte sich erneut bemerkbar.

»Ich wäre Ihnen dankbar, wenn Sie mir das wahre Wien zeigen würden«, sagte Karim ruhig. »Ihr Wien – das Wien der Musik, der berühmten Museen. Sonst bekomme ich nie einen richtigen Begriff von österreichischer Kultur, die Sie mir nahebringen könnten.«

»Was wollen Sie damit sagen, Karim?«

Sie standen neben ihrem Auto. Nein, sie war entschlossen, ihm nicht anzubieten, ihn zu seiner Wohnung mitzunehmen, wo immer sie sich befinden mochte, und irgendeine Andeutung, er könnte noch mit zu ihr kommen, würde lediglich beweisen, was für ein Schuft er in Wirklichkeit war.

»Daß ich Sie wiedersehen möchte.«

»Warum?«

Wenn er behauptet, mich attraktiv zu finden, ohrfeige ich ihn!, nahm sie sich vor.

»Weil Sie freundlich sind«, antwortete er.

»Oh.«

Sie konnte nicht verhindern, daß sie errötete. Er beugte sich wortlos nach vorn und küßte sie leicht auf die Wange. Im nächsten Augenblick wandte er sich ab und ging quer über den Platz davon. Sie fuhr allein nach Hause.

In dieser Nacht träumte Edith Hardenberg schlecht. Sie erinnerte sich im Traum an eine lang zurückliegende Zeit. Damals hatte es Horst gegeben, der sie im langen, heißen Sommer 1970 geliebt hatte, als sie neunzehn und noch Jungfrau war. Horst, der sie im Winter ohne ein Wort der Erklärung, ohne Abschiedsbrief sitzengelassen hatte.

Zunächst hatte sie geglaubt, er müsse einen Unfall gehabt haben, und alle Krankenhäuser angerufen. Dann hatte sie sich gesagt, sein Beruf als Vertreter habe eine Reise erforderlich gemacht, von der er sicher anrufen werde.

Später erfuhr sie, daß er ein Mädchen in Graz geheiratet hatte, das zur gleichen Zeit wie sie seine Geliebte gewesen war.

Sie weinte bis ins Frühjahr hinein. Dann trug sie alle Erinnerungsstücke an ihn, alle Beweise für seine Existenz zusammen und verbrannte sie. Sie verbrannte die Geschenke, die Aufnahmen, die sie auf Spaziergängen und bei Bootsfahrten im Schloßpark Laxenburg gemacht hatten, und vor allem ein Foto des Baums, unter dem Horst sie zum erstenmal geliebt – richtig geliebt und zu seiner Frau gemacht hatte.

Danach hatte es in ihrem Leben keine Männer mehr gegeben. Sie betrügen dich nur und lassen dich sitzen, hatte ihre Mutter gesagt, und Mama hatte recht. Sie würde niemals mehr auf einen Mann reinfallen, schwor sie sich.

In dieser Nacht eine Woche vor dem Heiligen Abend ebbten ihre Träume vor Tagesanbruch ab, und sie schlief mit dem Programmheft zur *Zauberflöte*, das sie an ihren flachen kleinen Busen gedrückt hielt, ein. Im Schlaf schienen sich einige der Falten in den Augenwinkeln und um ihren Mund herum zu glätten. Und während sie schlief, lächelte sie. Daran konnte bestimmt niemand Anstoß nehmen.

13

Der große graue Mercedes kam nur im Kriechtempo voran. Sein Fahrer hämmerte wütend auf die Hupe, um sich einen Weg durch das Gewirr aus Personenautos, Lieferwagen, zweirädrigen Karren und Verkaufsständen zu bahnen, die zwischen Khulafa und Rashid Street für chaotische Zustände sorgten.

Dies war das alte Bagdad, in dem seit zehn Jahrhunderten Händler und Kaufleute, Verkäufer von Stoffen, Gold und Gewürzen, Straßenhändler und Anbieter der meisten bekannten Produkte ihre Waren anpriesen.

Die Limousine fuhr jetzt die auf beiden Seiten zugeparkte Bank Street entlang und bog schließlich in die Shurja Street ab. Vor ihr bildeten die Verkaufsstände der Gewürzhändler eine undurchdringliche Barriere. Der Chauffeur hielt und drehte sich halb nach hinten um.

»Weiter kann ich nicht fahren.«

Leila al-Hilla nickte und wartete darauf, daß ihr die Autotür geöffnet wurde. Vorn neben dem Fahrer saß Kemal, General Kadiris bulliger Leibwächter, ein riesenhafter Sergeant aus dem Panzerkorps, der seit vielen Jahren Kadiris Stab angehörte. Sie haßte ihn.

Nach kurzer Pause öffnete der Sergeant die Beifahrertür, richtete seine Hünengestalt auf dem Gehsteig auf und öffnete die hintere Tür. Sein Blick zeigte, daß er sich bewußt war, daß sie ihn erneut gedemütigt hatte. Sie stieg aus, ohne ihm einen Blick oder ein Wort des Dankes zu gönnen.

Unter anderem haßte sie den Leibwächter, weil er sie überallhin begleitete. Natürlich hatte er den Auftrag dazu von Kadiri, aber selbst das trug nicht dazu bei, ihn ihr weniger verhaßt zu machen. In nüchternem Zustand war Kadiri ein eisenharter Berufssoldat; in sexuellen Dingen war er unglaublich eifersüchtig. Daher seine Anordnung, sie dürfe niemals unbegleitet in der Stadt unterwegs sein.

Der zweite Grund für Leilas Abneigung gegenüber dem Leibwächter war, daß er sie offensichtlich begehrte. Als langjährige Professionelle hatte sie Verständnis dafür, daß Männer ihren Körper begehrten, und war gern bereit, gegen entsprechend hohes Honorar alle ihre Wünsche zu erfüllen, so bizarr sie auch sein mochten. Aber Kemal beleidigte sie dadurch, daß er als Sergeant arm war. Wie konnte er's wagen, solche Gedanken zu hegen? Trotzdem leuchteten sie ihm aus den Augen: eine Mischung aus Verachtung für sie und tierischer Begierde. Beides merkte sie ihm an, wenn General Kadiri nicht hinsah.

Kemal war sich darüber im klaren, daß sie ihn verabscheute, und machte sich einen Spaß daraus, sie mit Blicken zu beleidigen, während er nach außen hin höflich und zuvorkommend blieb.

Leila hatte sich bei Kadiri über seine unterschwellige Insolenz beschwert, aber er hatte nur gelacht. Obwohl der General sonst so eifersüchtig war, genoß Kemal viele Freiheiten, denn Kemal hatte ihm in den Fao-Sümpfen das Leben gerettet – und Kemal würde notfalls für ihn sterben.

Der Leibwächter knallte die Autotür zu und begleitete sie dann, als sie die Shurja Street entlang weiterging.

Dieses Viertel heißt Agid al-Nasara, Christengebiet. Außer den britischen Protestanten, deren religiöses Zentrum die St. George's Church jenseits des Flusses ist, gibt es im Irak drei christliche Sekten, denen etwa sieben Prozent der Bevölkerung angehören.

Die größte ist die der assyrischen oder aramäischen Christen, deren Kathedrale sich im Christengebiet an der Shurja Street erhebt. Rund eineinhalb Kilometer von ihr entfernt steht die armenische Kirche am Rande eines jahrhundertealten weiteren Labyrinths aus engen Straßen und Gassen: Camp al-Arman, das alte Armenierviertel.

Ganz in der Nähe der aramäischen Kathedrale steht die Kirche St. Joseph der chaldäischen Christen, der kleinsten Sekte. Während das aramäische Ritual sich ans griechisch-orthodoxe anlehnt, sind die Chaldäer im Prinzip Katholiken.

Der bekannteste chaldäische Christ im Irak war damals Außenminister Tariq Aziz, obwohl seine fast hündische Ergebenheit für Saddam Hussein und seine Politik des Völkermords vermuten ließen, Sajid Aziz habe sich doch ein wenig von den Lehren des Friedensfürsten entfernt. Auch Leila al-Hilla war eine geborene chaldäische Christin, und diese Tatsache erwies sich jetzt als nützlich.

343

Das ungleiche Paar hatte das schmiedeeiserne Tor erreicht, hinter dem der gepflasterte Hof vor dem Bogenportal der chaldäischen Kirche begann. Kemal blieb stehen. Als Moslem war er nicht bereit, auch nur einen Schritt weiterzugehen. Sie nickte ihm zu und ging durchs Tor. Kemal beobachtete, wie sie an einem Stand am Eingang eine kleine Kerze kaufte, ihren dichten schwarzen Spitzenschleier übers Haar zog und das düstere, nach Weihrauch duftende Kircheninnere betrat.

Der Leibwächter zuckte mit den Schultern und schlenderte ein paar Meter weiter, um sich eine Büchse Cola zu kaufen und einen Platz zu finden, an dem er sitzen und das Kirchenportal im Auge behalten konnte. Er fragte sich, warum sein Herr diesen Unfug duldete. Die Frau war eine Hure; der General würde sie eines Tages nicht mehr wollen und hatte ihm versprochen, er dürfe sich mit ihr amüsieren, bevor sie dann weggeschickt werde. Beim Gedanken daran grinste Kemal, ohne zu merken, daß ihm etwas Cola übers Kinn lief.

In der Kirche blieb Leila stehen, um ihre Kerze an einer von Hunderten von Votivkerzen anzuzünden, steckte sie neben den anderen auf und näherte sich dann mit gesenktem Kopf den Beichtstühlen auf der anderen Seite des Kirchenschiffs. Ein schwarzgekleideter Geistlicher kam ihr entgegen, ohne sie jedoch zu beachten.

Es war immer derselbe Beichtstuhl. Sie betrat ihn genau zur festgelegten Zeit, wobei sie sich beeilen mußte, um einer Alten in Schwarz zuvorzukommen, die auf der Suche nach einem Priester war, der sich die Litanei ihrer Sünden anhörte, die vermutlich etwas banaler waren als die der jüngeren Frau, die jetzt vor ihr im Beichtstuhl verschwand.

Leila schloß die Tür hinter sich, drehte sich um und nahm auf dem Sitz für Beichtkinder Platz. Rechts neben sich hatte sie ein dichtes Flechtwerkgitter, hinter dem sie ein leises Rascheln hörte. Das mußte er sein; er war stets zur vereinbarten Stunde da.

Wer mag er sein? fragte sie sich. Weshalb zahlt er so gut für die Informationen, die ich ihm bringe? Kein Ausländer – dazu war sein Arabisch zu gut, das Arabisch eines in Bagdad geborenen und aufgewachsenen Mannes. Und er zahlte gut, sogar sehr gut.

»Leila?« Die Stimme war leise und ausdruckslos, kaum mehr als ein Murmeln. Sie mußte stets nach ihm kommen und vor ihm gehen. Er hatte sie davor gewarnt, sich in der Nähe der Kirche aufzuhalten, um ihn vielleicht zu sehen – aber wie hätte sie das tun können, solange Kemal sie überallhin begleitete? Der Lümmel würde irgend etwas merken und es seinem Herrn melden. Sie hatte keine Lust, dafür ihr Leben aufs Spiel zu setzen.

»Bitte identifizieren Sie sich.«

»Pater, ich habe in fleischlichen Dingen gesündigt und bin es nicht wert, Absolution zu erhalten.«

Diesen Satz mußte er sich selbst ausgedacht haben, denn so redete kein Mensch.

»Was haben Sie für mich?«

Sie griff sich zwischen die Beine, schob ihren Slip beiseite und zog den angeblichen Tampon heraus, den sie vor einigen Wochen von ihm bekommen hatte. Ein Ende ließ sich aufschrauben. Aus dem hohlen Inneren zog sie ein nur bleistiftstark zusammengerolltes dünnes Blatt Papier, das sie durchs Gitterwerk schob.

»Augenblick.«

Sie hörte das Pelürepapier rascheln, während der Mann ihre Notizen überflog, die einen ausführlichen Bericht über die von Saddam Hussein persönlich geleitete gestrige Sitzung des Kommandorats der Revolution enthielten, an der General Abdullah Kadiri teilgenommen hatte.

»Gut, Leila, sehr gut.«

Heute zahlte er in Schweizer Franken, in großen Scheinen, die er durchs Gitter schob. Sie steckte das Geld eng zusammengerollt in den Tampon, der wieder an seinem Platz verschwand. Nur ein Arzt oder die gefürchtete AMAM hätten das Geld dort gefunden.

»Wie lange muß ich noch weitermachen?« fragte sie das enge Gitter.

»Nicht mehr lange. Der Krieg steht bevor. Sobald er verloren ist, wird der Rais gestürzt. Nach ihm kommen andere an die Macht. Ich werde zu ihnen gehören. Dann werden Sie erst richtig belohnt, Leila. Sie müssen Ruhe bewahren, Ihre Arbeit tun und Geduld haben.«

Sie lächelte zufrieden. Richtig belohnt, Geld, massenhaft Geld, so daß sie weit fortgehen und bis ans Ende ihrer Tage ein Luxusleben führen konnte.

»Gehen Sie jetzt.«

Sie stand auf und verließ den Beichtstuhl. Die alte Frau in Schwarz hatte offenbar einen anderen Beichtvater gefunden. Leila durchquerte das Kirchenschiff und trat in den Sonnenschein hinaus. Der Lümmel Kemal stand außerhalb des schmiedeeisernen Tors, zerdrückte mit seiner Riesenfaust eine Getränkedose und schwitzte in der Sonne. Sollte er doch schwitzen! Noch viel mehr geschwitzt hätte er, wenn er geahnt hätte, was sie in der Kirche gemacht hatte...

Ohne ihn anzusehen ging sie die Shurja Street entlang davon, um zu ihrer jenseits des Markts geparkten Limousine zu gelangen. Kemal, der wütend, aber machtlos war, tapste hinter ihr her. Sie würdigte den ärmlichen Fellachen, der ein Fahrrad mit einem offenen Weidenkorb auf dem Gepäckträger an ihr vorbeischob, keines Blicks, und er achtete genausowenig auf sie. Er war nur hier, weil die Köchin des Haushalts, in dem er arbeitete, ihm aufgetragen hatte, auf dem Markt Koriander, Muskatnüsse und Safran zu kaufen.

Der Mann in der schwarzen Soutane eines chaldäischen Priesters blieb noch einige Zeit im Beichtstuhl sitzen, bis seine Agentin die Shurja Street verlassen hatte. Daß sie ihn erkennen würde, war höchst unwahrscheinlich, aber in diesem gefährlichen Spiel durfte man nichts dem Zufall überlassen.

Was er ihr geantwortet hatte, war seine ehrliche Überzeugung gewesen. Der Krieg rückte unaufhaltsam näher. Auch der Rücktritt der Eisernen Lady in London hatte daran nichts geändert. Die Amerikaner waren zum Krieg entschlossen und würden nicht mehr zurückweichen.

Solange der Dummkopf in seinem Palast an der Tamus-Brücke nicht alles verdarb, indem er Kuwait freiwillig räumte. Aber zum Glück schien er entschlossen zu sein, mit allen verfügbaren Mitteln seine eigene Vernichtung zu bewirken. Die Amerikaner würden den Krieg gewinnen und danach in Bagdad einmarschieren, um ihm den Rest zu geben. Sie würden doch nicht etwa glauben, mit der Befreiung Kuwaits sei der Krieg beendet? Kein Volk konnte so mächtig und zugleich so dumm sein.

Wenn sie kamen, würden sie ein neues Regime brauchen. Als Amerikaner würden sie jemanden bevorzugen, der fließend englisch sprach, ihre Art, ihre Denkweise und ihre Sprache verstand und genau wußte, was er sagen mußte, um sie für sich einzunehmen und ihr Wunschkandidat zu werden.

Genau seine Bildung, seine kosmopolitische Urbanität, die jetzt gegen ihn sprachen, würden sich dann zu seinen Gunsten auswirken. Vorläufig blieb er vom Kommandorat der Revolution ausgeschlossen und gehörte nicht zu den engsten Beratern, die der Rais um sich scharte, weil er weder dem Stamm der bäuerischen Al-Tikriti noch der Führungsspitze der Ba'th-Partei angehörte, weder Viersternegeneral noch ein Halbbruder des Präsidenten war.

Aber Kadiri stammte aus Tikrit und galt deshalb als vertrauenswürdig. Dieser mittelmäßige Panzergeneral mit dem Geschlechtstrieb eines brünstigen Kamelhengstes hatte einst in den Gassen der Stadt mit Saddam Hussein und seinem Klan gespielt – und das genügte. Er, Kadiri, nahm an allen wichtigen Besprechungen teil und kannte alle Geheimnisse, die der Mann im Beichtstuhl ebenfalls wissen mußte, um seine Vorbereitungen treffen zu können.

Sobald der Mann annehmen konnte, seine Agentin sei außer Sichtweite, verließ er den Beichtstuhl. Anstatt quer durchs Kirchenschiff zu gehen, betrat er jedoch die Sakristei, nickte einem echten Priester zu, der sich dort für die Messe ankleidete, und verließ die Kirche durch den Nebenausgang.

Der Mann mit dem Fahrrad war keine zehn Meter von ihm entfernt. Er sah zufällig auf, als der Geistliche in schwarzer Soutane in die Sonne hinaustrat, und konnte sich gerade noch abwenden. Der Priester sah sich um, nahm den über sein Fahrrad gebeugten Fellachen wahr, ohne sich etwas dabei zu denken, und ging rasch zu einem in der Nähe geparkten unauffälligen Kleinwagen.

Dem Gewürzkäufer lief der Schweiß übers Gesicht, und sein Herz jagte. Das war knapp, verdammt knapp gewesen. Dabei hatte er bewußt einen weiten Bogen um die Muchabarat-Zentrale in Mansur gemacht, nur um diesem Gesicht auf keinen Fall zu begegnen. Was zum Teufel tat der Mann als Geistlicher verkleidet im Christenviertel?

Gott, wie lange das alles schon zurücklag! Er dachte daran, wie sie auf dem Rasen von Mr. Hartleys Prep. School miteinander gespielt hatten, wie er dem Jungen einen Kinnhaken verpaßt hatte, weil er Terry gehänselt hatte, wie sie im Unterricht Gedichte aufgesagt hatten, ohne Abdelkarim Badri jemals übertreffen zu können.

Es war lange her, daß er seinen alten Freund Hassan Rahmani, jetzt Chef der irakischen Spionageabwehr, zuletzt gesehen hatte.

Es war Adventszeit, und in den nördlichen Wüsten Saudi-Arabiens dachten dreihunderttausend Amerikaner und Europäer an die Heimat, während sie sich darauf vorbereiteten, das Weihnachtsfest in einem zutiefst moslemischen Land auszusitzen. Aber trotz der bevorstehenden Feier der Geburt Christi ging der Aufmarsch der größten Invasionsstreitmacht seit der Normandie weiter.

Die alliierten Truppen standen noch immer in dem Wüstengebiet genau südlich von Kuwait. Vorerst deutete nichts darauf hin, daß die Hälfte dieser Streitmacht später weit nach Westen vorstoßen würde.

In den Häfen gingen noch immer weitere Divisionen an Land. Die britische 4. Panzerbrigade war eingetroffen, um mit der 7. Panzerbrigade, den Wüstenratten, die 1. Panzerdivision zu bilden. Die Franzosen erhöhten ihr Kontingent auf zehntausend Mann, darunter auch die Fremdenlegion.

Folgende amerikanische Einheiten waren bereits in Saudi-Arabien stationiert oder würden demnächst eintreffen: die 1. Kavalleriedivision, das 2. und 3. Panzer-Kavallerieregiment, die 1. Mechanisierte Infanteriedivision, die 1. und 3. Panzerdivision, zwei Divisionen Marineinfanterie und die 82. und 101. Luftlandedivision.

Auf eigenen Wunsch unmittelbar an der Grenze standen eine saudiarabische Kampfgruppe und amerikanische Special Forces, die von ägyptischen und syrischen Divisionen sowie von Einheiten aus verschiedenen kleineren arabischen Staaten unterstützt wurden.

Die Gewässer im Norden des Persischen Golfs verschwanden fast unter Kriegsschiffen der Alliierten. Im Golf und im Roten Meer auf der anderen Seite Saudi-Arabiens hatten die Amerikaner fünf Trägerkampfgruppen mit den Flugzeugträgern *Eisenhower, Independence, John. F. Kennedy, Midway* und *Saratoga* stationiert, während die Träger *America, Ranger* und *Theodore Roosevelt* sich noch auf dem Weg ins Kriegsgebiet befanden.

Allein die Kampfkraft der Trägerflotte mit ihren Maschinen der Baumuster Tomcat, Hornet, Intruder, Prowler, Avenger und Hawkeye war eindrucksvoll.

Das im Golf stationierte amerikanische Schlachtschiff *Wisconsin* würde im Januar Verstärkung durch das Schlachtschiff *Missouri* erhalten.

Überall in den Golfstaaten und ganz Saudi-Arabien war jeder Flugplatz, der diesen Namen verdiente, mit Jägern, Bombern, Tankflugzeugen, Transportmaschinen und AWACS-Flugzeugen vollgestopft, die alle bereits Tag- und Nachteinsätze flogen, ohne jedoch schon in den irakischen Luftraum einzudringen – bis auf die Aufklärer, die ungesehen über den Irak hinwegzogen.

Die United States Air Force teilte sich mehrere Flugplätze mit Staffeln der britischen Royal Air Force. Da es keine Sprachbarrieren gab, war die Verständigung zwischen den Besatzungen einfach, unkompliziert und freundlich. Trotzdem gab es gelegentlich Mißverständnisse. Ein originelles bezog sich auf eine nur unter der Abkürzung MMFD bekannte geheime britische Einrichtung.

Bei einem der ersten Übungseinsätze hatte ein Controller eine britische Tornado gefragt, ob sie einen bestimmten Wendepunkt schon erreicht habe. Der Pilot hatte die Frage verneint und gemeldet, er befinde sich noch immer über MMFD.

In den folgenden Wochen hörten viele amerikanische Piloten von diesem Ort und suchten ihn vergebens auf ihren Karten. MMFD war aus zwei Gründen rätselhaft: die Briten schienen viel Zeit über diesem Ort zu verbringen – und er war auf keiner amerikanischen Luftfahrtkarte zu finden.

Einer Theorie nach sollte eine Verwechslung mit KKMC vorliegen, der Abkürzung für den großen saudiarabischen Stützpunkt King Khalid Military City. Aber diese Theorie war unhaltbar, und die Suche ging weiter. Zuletzt gaben die Amerikaner auf. Wo immer MMFD liegen mochte – auf den vom Planungsstab in Riad gelieferten Einsatzkarten der USAF-Staffeln war es nicht zu finden.

Irgendwann gaben die Tornado-Piloten schließlich doch das Geheimnis von MMFD preis: Die Abkürzung bedeutete »miles and miles of fucking desert«.

Auf dem Boden lebten die Soldaten im Herzen von MMFD. Für viele, die unter ihren Panzern, Sturmgeschützen oder Panzerspähwagen schliefen, war das Leben hart und – noch schlimmer – langweilig.

Es gab jedoch auch Ablenkungen, zu denen Besuche bei benachbarten Einheiten gehörten, die etwas Abwechslung brachten. Die Amerikaner waren mit besonders guten Feldbetten ausgerüstet, auf die die Briten scharf waren. Wie es der Zufall wollte, bekamen die Amerikaner aber fast ungenießbare Fertigmahlzeiten, die vermutlich irgendein Beamter im Pentagon zusammengestellt hatte, der selbst lieber gestorben wäre, als sie dreimal täglich zu essen.

Die Fertigmahlzeiten hießen MRE, was »Meals-Ready-to-Eat« bedeuten sollte. Aber die amerikanischen Soldaten, die ihnen diese Eigenschaft absprachen, fanden eine andere Deutung für die Abkürzung MRE: »Meals Rejected by Ethiopians«. Im Gegensatz dazu aßen die Briten viel besser, so daß es in echt kapitalistischer Manier bald zu einem regen Handel mit amerikanischen Feldbetten und britischer Verpflegung kam.

Eine weitere Meldung von britischer Seite, die den Amerikanern Rätsel aufgab, betraf die Tatsache, daß das britische Verteidigungsministerium für die Soldaten am Golf eine halbe Million Kondome bestellt hatte. In den einsamen Wüstengebieten Saudi-Arabiens wurde darüber spekuliert, ob dieser Kauf bedeute, daß die Briten etwas wußten, das den amerikanischen GIs unbekannt war.

Das Rätsel löste sich am Tag vor Beginn der Bodenoffensive. Die Amerikaner hatten hundert Tage damit zugebracht, immer wieder ihre Gewehre zu reinigen, um sie von Sand, Staub, Schmutz und Steinchen zu säubern, die der Wüstenwind ständig in die Läufe blies. Die Briten zogen einfach ihre Kondome ab, unter denen blitzblanke Gewehrläufe mit einem Hauch Waffenöl zum Vorschein kamen.

Ein weiteres wichtiges Ereignis, das kurz vor Weihnachten eintrat, war die Wiederaufnahme der Franzosen in den alliierten Planungsstab.

Anfangs hatte Frankreich mit Jean-Pierre Chevènement einen katastrophalen Verteidigungsminister, dessen Sympathien ganz dem Irak zu gehören schienen und der den französischen Oberkommandierenden anwies, alle Entscheidungen des alliierten Planungsstabs nach Paris zu melden.

Als General Schwarzkopf das hörte, mußten er und Sir Peter de la Billière beinahe laut lachen, Monsieur Chevènement war auch Vorsitzender der französisch-irakischen Freundschaftsgesellschaft. Obwohl das französische Kontingent mit General Michel Roque-

Joffre einen tadellosen Soldaten als Oberkommandierenden hatte, mußte Frankreich nun aus allen Planungsstäben ausgeschlossen werden.

Als Pierre Joxe im Dezember neuer französischer Verteidigungsminister wurde, hob er den Befehl seines Vorgängers sofort auf. Nun konnte General Roquejoffre von den Amerikanern und Briten wieder ins Vertrauen gezogen werden.

Zwei Tage vor Weihnachten bekam Mike Martin von Jericho die Antwort auf eine Frage, die er ihm eine Woche zuvor gestellt hatte. Jericho bezog sich darin auf eine Krisensitzung, die erst vor einigen Tagen stattgefunden hatte. Teilgenommen hatten daran unter Saddam Husseins Vorsitz nur die wichtigsten Minister, die Führungsspitze des Kommandorats der Revolution und die höchsten Generale.

In dieser Sitzung war die Möglichkeit, der Irak könnte Kuwait freiwillig räumen, angesprochen worden. Natürlich hatte keiner der Teilnehmer einen Rückzug vorgeschlagen – so dumm war niemand. Alle erinnerten sich nur zu gut an einen früheren Vorfall während des irakisch-iranischen Kriegs, als über einen iranischen Vorschlag, wenn Saddam Hussein zurücktrete, könne es Frieden geben, diskutiert worden war. Saddam Hussein hatte zu Meinungsäußerungen aufgefordert.

Der Gesundheitsminister hatte die Ansicht vertreten, dieser Schritt sei möglicherweise zweckmäßig – natürlich nur als zeitlich begrenztes Täuschungsmanöver. Saddam Hussein hatte den Minister nach nebenan gebeten, seine Pistole gezogen und ihn erschossen. Danach war er zurückgekommen, um die Sitzung fortzusetzen.

Angesprochen worden war die Kuwait-Frage in Form einer Verurteilung der Vereinten Nationen, weil sie es gewagt hatten, so etwas überhaupt vorzuschlagen. Alle hatten darauf gewartet, daß Saddam Hussein einen Hinweis darauf gab, wie diese Frage zu behandeln sei. Aber er hatte sich nicht dazu geäußert, sondern nur wie so oft, einer wachsamen Kobra gleich, am oberen Ende des Konferenztisches gesessen und einen Mann nach dem anderen gemustert, um vielleicht irgendwo eine Spur von Illoyalität zu entdecken.

Ohne Hinweis darauf, wie der Rais darüber dachte, war das Gespräch logischerweise versandet. Dann hatte Saddam Hussein zu sprechen begonnen – in ganz ruhigem Tonfall, der sein gefährlichster war.

Jeder, sagte er, der daran zu denken wage, den Irak einer so katastrophalen Demütigung vor den Amerikanern auszusetzen, sei offenbar bereit, für den Rest seines Lebens die Rolle eines Speichelleckers der Amerikaner zu spielen. Für solch einen Mann könne es an diesem Tisch keinen Platz geben.

Damit war dieses Thema erledigt. Alle Anwesenden beeilten sich, dem Rais zu versichern, daß natürlich keiner von ihnen jemals auf diese Idee käme.

Dann hatte der irakische Diktator noch etwas hinzugefügt. Nur wenn der Irak siegen könne, sagte er, und von allen auf der Siegesstraße gesehen werde, sei ein Rückzug aus der neunzehnten Provinz des Irak möglich.

Alle am Tisch nickten weise, obwohl keiner verstand, was er damit meinte.

Mike Martin übermittelte Jerichos langen Bericht noch in derselben Nacht in die SIS-Villa außerhalb von Riad.

Dort diskutierten Chris Barber und Simon Paxman stundenlang über den Bericht. Beide hatten beschlossen, Saudi-Arabien für kurze Zeit zu verlassen, einige Tage heimzufliegen und die Führung Mike Martins und Jerichos von Riad aus Julian Gray für die Briten und dem hiesigen CIA-Residenten für die Amerikaner zu überlassen. Schon in vierundzwanzig Tagen würde das Ultimatum der Vereinten Nationen ablaufen und General Chuck Horners Luftkrieg gegen den Irak beginnen. Beide Männer wollten einen kurzen Heimaturlaub machen, und Jerichos inhaltsreicher Bericht gab ihnen die Chance dazu. Sie konnten ihn gleich mitnehmen.

»Was meint er wohl mit ›siegen und von allen auf der Siegesstraße gesehen werden‹?« fragte Barber.

»Keine Ahnung«, gab Paxman zu. »Damit müssen sich bessere Analytiker als wir beschäftigen.«

»Das glaube ich auch. Allerdings sind in den nächsten Tagen überall nur die wichtigsten Posten besetzt. Ich gebe die Originalmeldung an Bill Stewart weiter, der sie bestimmt von ein paar Eierköpfen analysieren läßt, bevor sie an den Direktor und ans Außenministerium geht.«

»Ich kenne auch einen Eierkopf, dem ich sie zeigen möchte«,

sagte Paxman. Danach fuhren sie zum Flughafen, um ihre Maschinen in die Heimat zu erreichen.

Am Heiligen Abend wurde Jerichos Bericht in voller Länge Dr. Terry Martin vorgelegt, der feststellen sollte, was Saddam Hussein mit der Bemerkung gemeint hatte, erst ein irakischer Sieg über Amerika ermögliche einen Rückzug aus Kuwait.

»Übrigens«, sagte er zu Paxman, »ich weiß, daß das gegen die Bestimmung verstößt, daß jeder nur erfahren darf, was er wissen muß, aber ich mache mir wirklich Sorgen. Ich tue Ihnen ab und zu einen Gefallen – jetzt müssen Sie mir auch einen tun. Wie geht's meinem Bruder Mike in Kuwait? Ist er noch in Sicherheit?«

Paxman starrte den Arabisten mehrere Sekunden lang an.

»Ich kann Ihnen lediglich sagen, daß er nicht mehr in Kuwait ist«, antwortete er. »Und schon das könnte mich meinen Job kosten.«

Terry Martin atmete erleichtert auf.

»Ich hätte mir kein schöneres Weihnachtsgeschenk wünschen können! Danke, Simon.« Er sah auf und drohte Paxman scherzhaft mit dem Zeigefinger. »Lassen Sie sich ja nicht einfallen, ihn nach Bagdad zu schicken!«

Paxman war seit fünfzehn Jahren in der Branche. Er verzog keine Miene, behielt seinen lockeren Tonfall bei. Der Wissenschaftler machte bestimmt nur einen Scherz.

»Tatsächlich? Warum nicht?«

Da Martin gerade sein Weinglas leerte, entging ihm die im Blick des Geheimdienstlers aufflackernde Besorgnis.

»Mein lieber Simon, Bagdad ist die einzige Großstadt der Welt, in die er keinen Fuß setzen darf. Sie erinnern sich an die Tonbänder mit Aufzeichnungen irakischer Rundfunksendungen, die ich von Plummer bekommen habe? Die meisten Stimmen auf den Bändern sind identifiziert. Ich habe einen der Namen wiedererkannt. Ein verrückter Zufall, aber ich weiß, daß ich recht habe.«

»Wirklich?« fragte Paxman ruhig. »Wen haben Sie denn wiedererkannt?«

»Alles liegt natürlich schon lange zurück, aber ich weiß, daß ich diesen Mann kenne. Und wissen Sie was? Er ist jetzt Chef der Spionageabwehr in Bagdad – Saddam Husseins oberster Agentenjäger!«

353

»Hassan Rahmani«, murmelte Paxman. Terry Martin sollte weniger trinken, auch vor Weihnachten, weil er das Zeug nicht verträgt. Seine Zunge geht mit ihm durch.

»Genau! Wir sind Schulfreunde, wissen Sie. Wir sind alle in der gleichen Schule gewesen. In der Prep. School, die der gute alte Mr. Hartley geleitet hat. Mike und Hassan sind dicke Freunde gewesen, verstehen Sie? Deshalb darf er sich nie in Bagdad blicken lassen.«

Paxman verließ die Wein-Bar und starrte der untersetzten Gestalt des Arabisten nach, der die Straße entlang davonging.

»Scheiße!« murmelte er. »Verdammter Mist!«

Jemand hatte ihm gerade Weihnachten verdorben, und er war dabei, Steve Laing das Fest zu verderben.

Edith Hardenberg war nach Salzburg gefahren, um die Feiertage wie schon seit vielen Jahren bei ihrer Mutter zu verbringen.

Karim, der junge jordanische Student, konnte Gidi Barzilai in seinem Apartment in einem sicheren Haus besuchen, wo der Leiter des Unternehmens Josua den dienstfreien Angehörigen seiner Yarid- und Neviot-Teams ein paar Drinks spendierte. Nur ein Bedauernswerter war in Salzburg, wo er Fräulein Hardenberg für den Fall, daß sie plötzlich die Rückreise antrat, im Auge behielt.

Karim, der in Wirklichkeit Avi Herzog hieß, war ein Neunundzwanzigjähriger, der schon vor Jahren aus der Einheit 504 – einer auf grenzüberschreitende Unternehmen spezialisierten Einheit des Heeresnachrichtendienstes, in dem er fließend Arabisch gelernt hatte – zum Mossad gekommen war. Weil er blendend aussah und vollendet einen bescheidenen, etwas schüchternen jungen Mann spielen konnte, hatte der Mossad ihn schon zweimal auf Frauen angesetzt.

»Na, wie kommst du voran, Casanova?« fragte Gidi, während er die Drinks herumreichte.

»Langsam«, sagte Avi.

»Laß dir nicht zu lange Zeit. Du weißt, daß der Alte Ergebnisse sehen will.«

»Die Lady ist ziemlich verkrampft«, stellte Avi fest. »Sie steht nur auf platonische Freundschaft – vorläufig.«

Um als Student aus Amman glaubwürdig zu wirken, wohnte er in einem kleinen Apartment mit einem weiteren arabischen Studenten

354

zusammen, der in Wirklichkeit dem Neviot-Team angehörte, Spezialist fürs Anzapfen von Telefonen war und ebenfalls arabisch sprach. Das war für den Fall nötig, daß Edith Hardenberg oder sonst jemand es sich in den Kopf setzte, einmal festzustellen, wo, wie und mit wem er in Wien lebte.

Ihre gemeinsame Wohnung hätte jederzeit durchsucht werden können: Sie lag voller Lehrbücher über Maschinenbau und jordanischer Zeitungen und Zeitschriften. Für den Fall, daß jemand bei der Technischen Universität nachfragte, waren beide Männer dort eingeschrieben. Jetzt ergriff sein Mitbewohner das Wort.

»Platonische Freundschaft? Ihr solltet lieber bumsen!«

»Das ist der springende Punkt«, sagte Avi. »Sie läßt mich nicht.« Als das Gelächter sich gelegt hatte, fügte er hinzu:

»Übrigens möchte ich in Zukunft eine Gefahrenzulage.«

»Warum?« fragte Gidi. »Hast du Angst, daß sie ihn dir abbeißt, wenn du deine Jeans runterläßt?«

»Nein, aber die Galerien, Konzerte, Opern und Liederabende machen mich fertig. Vielleicht sterbe ich vor Langeweile, bevor's dazu kommt.«

»Mach einfach so weiter, wie du's verstehst, Kleiner. Du bist nur hier, weil das Büro sagt, daß du etwas hast, das wir nicht haben.«

»Ja«, warf das Mädchen aus dem Yarid-Team ein, »ungefähr neun Zoll.«

»So, das reicht, Yael! Du kannst jederzeit auf deinen Posten als Verkehrspolizistin in der Hayarkon Street zurück.«

Die Drinks, das Lachen und die Frotzeleien auf hebräisch gingen weiter. Später an diesem Abend entdeckte Yael dann, daß sie recht gehabt hatte. Für das Mossad-Team in Wien war es ein schöner Weihnachtsabend.

»Was halten Sie also davon, Terry?«

Steve Laing und Simon Paxman hatten Terry Martin gebeten, in ein Apartment der Firma in Kensington zu kommen. Was sie mit ihm zu besprechen hatten, paßte nicht in ein Restaurant. Es war zwei Tage vor Neujahr.

»Faszinierend«, sagte Dr. Martin. »Absolut faszinierend. Ist die Aufnahme echt? Hat Saddam Hussein das alles wirklich gesagt?«

»Warum fragen Sie das?«

»Nun, entschuldigen Sie, daß ich das sage, aber dieses abgehörte Telefongespräch kommt mir merkwürdig vor. Der Anrufer scheint eine Besprechung zu schildern, an der er teilgenommen hat ... Aber der Angerufene scheint überhaupt nichts zu sagen.«

Die Firma war unter keinen Umständen bereit, Terry Martin zu verraten, wie sie an diesen Bericht gekommen war.

»Die Reaktionen des anderen sind nebensächlich gewesen«, behauptete Laing rasch. »Er hat manchmal gegrunzt oder sonstwie Interesse bekundet. Wir haben's für überflüssig gehalten, sie wiederzugeben.«

»Aber das *sind* Äußerungen Saddam Husseins?«

»Soviel wir wissen, ja.«

»Faszinierend. Dies scheinen erstmals Äußerungen zu sein, die nicht zur Veröffentlichung oder für ein größeres Publikum bestimmt sind.«

Was Martin in den Händen hielt, war nicht Jerichos handschriftlicher Bericht, den sein eigener Bruder in Bagdad vernichtet hatte, sobald er ihn Wort für Wort auf Band gesprochen hatte. Statt dessen lag ihm der Text, der Riad zwei Tage vor Weihnachten erreicht hatte, mit der Maschine geschrieben auf arabisch vor. Außerdem hatte er die in der Firma angefertigte Übersetzung ins Englische.

»Der letzte Satz«, warf Paxman ein, der an diesem Abend nach Riad zurückfliegen würde, »in dem er ausführt, der Irak müsse ›siegen und von allen auf der Siegesstraße gesehen werden‹ – sagt Ihnen der etwas?«

»Natürlich. Aber Sie gebrauchen das Wort ›siegen‹ noch immer in seiner europäischen oder nordamerikanischen Bedeutung. Ich würde es eher mit ›Erfolg haben‹ übersetzen.«

»Schön, Terry, wie will er gegen Amerika und die Alliierten Erfolg haben?«

»Durch Demütigung. Wie ich Ihnen schon erklärt habe, muß er Amerika der Lächerlichkeit preisgeben.«

»Aber er denkt nicht daran, Kuwait innerhalb der nächsten zwanzig Tage zu räumen? *Das* müssen wir wissen, Terry.«

»Saddam Hussein ist dort einmarschiert, weil seine Forderungen nicht erfüllt worden sind«, sagte Martin. »Er hatte vier Forderungen gestellt: Abtretung der Inseln Warba und Bubijan, um einen

Zugang zum Golf zu haben, Entschädigung für die angeblich zu hohe Förderung Kuwaits aus dem gemeinsamen Ölfeld, Beendigung der überhöhten Ölförderung Kuwaits und Erlaß seiner fünfzehn Milliarden Dollar Kriegsschulden. Gelingt es ihm, das alles durchzusetzen, kann er sich ehrenvoll zurückziehen und Amerika dumm aussehen lassen. Das versteht er unter ›siegen‹.«

»Glaubt er denn, diese Ziele erreichen zu können?«

Martin zuckte mit den Schultern.

»Er glaubt, daß die Friedensstifter in den Vereinten Nationen die Oberhand gewinnen werden. Er setzt darauf, daß die Zeit zu seinen Gunsten arbeitet, daß die Entschlossenheit der Vereinten Nationen abbröckeln wird, wenn er die Entscheidung lange genug hinauszögert. Damit könnte er recht behalten.«

»Ich verstehe den Mann nicht«, knurrte Laing. »Wir haben ihm ein Ultimatum gestellt. Am 16. Januar – in nicht mal drei Wochen – ist's soweit. Dann wird er vernichtet.«

»Es sei denn«, warf Paxman ein, »eines der ständigen Mitglieder des Sicherheitsrats legt im letzten Augenblick einen Friedensplan vor, der das Ultimatum außer Kraft setzt.«

Laing machte ein trübseliges Gesicht.

»Paris oder Moskau – oder beide«, sagte er voraus.

»Bildet er sich noch immer ein, siegen zu können, falls es zum Krieg kommt?« fragte Paxman. »Entschuldigung, glaubt er, ›Erfolg haben‹ zu können?«

»Ja«, antwortete Terry Martin. »Aber die Sache läuft wieder auf das hinaus, was wir bereits besprochen haben – amerikanische Verluste. Sie dürfen nicht vergessen, daß Saddam Hussein ein Straßenkämpfer ist. Seine Anhängerschaft findet er nicht auf dem diplomatischen Parkett in Kairo oder Riad; er findet sie in Gassen und Basaren voller Palästinenser und anderer Araber, die Amerika als Schutzmacht Israels hassen. Jeder Mann, der Amerika bluten lassen kann, selbst wenn sein eigenes Land darunter zu leiden hat, ist der Liebling dieser Millionen.«

»Aber das kann er nicht«, behauptete Laing.

»Er traut es sich zu«, widersprach Martin. »Hören Sie, er ist clever genug, um erkannt zu haben, daß Amerika aus amerikanischer Sicht nicht verlieren darf. Denken Sie an Vietnam. Bei ihrer Heimkehr sind die Veteranen mit Müll beworfen worden. Für

357

Amerika bedeuten hohe Verluste, die es durch einen verhaßten Feind erleidet, eine unerträgliche Niederlage.

Saddam Hussein könnte fünfzigtausend Mann opfern – jederzeit und überall. Ihm wäre das gleichgültig. Onkel Sam würde sich ein Gewissen daraus machen. Verluste in dieser Höhe würden Amerika bis ins Mark erschüttern. Köpfe müßten rollen, Karrieren wären beendet, die Regierung müßte zurücktreten. Die Anschuldigungen und Selbstvorwürfe würden eine Generation lang anhalten.«

»Das kann er nicht«, sagte Laing.

»Er traut es sich zu«, wiederholte Martin.

»Wahrscheinlich mit Giftgas«, murmelte Paxman.

»Schon möglich. Haben Sie übrigens schon herausbekommen, was der neulich in einem Telefongespräch gebrauchte Ausdruck bedeutet?«

Laing sah zu Paxman hinüber. Wieder Jericho! Er durfte auf keinen Fall erwähnt werden.

»Nein. Keiner, den wir gefragt haben, hat etwas damit anfangen können. Niemand hatte jemals davon gehört.«

»Es könnte wichtig sein, Steve. Etwas anderes, nicht Giftgas . . .«

»Terry«, sagte Laing geduldig, »in weniger als zwanzig Tagen setzen die Amerikaner mit uns, aber auch mit Franzosen, Italienern, Saudis und anderen die größte Luftstreitmacht der Weltgeschichte gegen Saddam Hussein ein. Sie verfügt über genug Feuerkraft, um in weiteren zwanzig Tagen die im gesamten Zweiten Weltkrieg abgeworfene Bombenlast zu übertreffen. Die Generale drunten in Riad sind im Augenblick ziemlich beschäftigt. Wir können wirklich nicht hingehen und sagen: ›Das Ganze halt, Jungs, wir haben da einen Satz in einem abgehörten Telefongespräch, aus dem wir nicht schlau werden.‹ Wir müssen begreifen, daß ein leicht erregbarer Mann nur behauptet hat, Gott stehe auf ihrer Seite.«

»Das ist keineswegs ungewöhnlich, Terry«, stellte Paxman fest. »Männer, die in den Krieg ziehen, haben seit undenklichen Zeiten behauptet, mit Gott verbündet zu sein. Mehr ist an dieser Sache nicht dran.«

»Der andere Mann hat den Anrufer aufgefordert, die Klappe zu halten und aufzulegen«, wandte Martin ein.

»Also ist er beschäftigt und gereizt gewesen.«

»Außerdem hat er ihn einen Hurensohn genannt.«

»Also hat er ihn nicht leiden können.«

»Schon möglich.«

»Terry, bitte lassen Sie die Sache auf sich beruhen. Das ist nur eine Redewendung gewesen. Es geht bestimmt um Giftgas. Darauf verläßt er sich. Mit dem Rest ihrer Analyse sind wir völlig einverstanden.«

Dr. Martin ging zuerst; die beiden Geheimdienstler folgten zwanzig Minuten später. Sie zogen ihre Mäntel an, schlugen die Kragen hoch und gingen auf den Gehsteig hinunter, um ein Taxi zu finden.

»Wissen Sie«, sagte Laing, »er ist ein cleverer Bursche, und ich mag ihn wirklich. Aber er ist ein schrecklicher Umstandskrämer. Sie wissen über sein Privatleben Bescheid?«

Ein Taxi fuhr vorbei: leer, aber mit abgeschalteter Dachleuchte. Teepause. Laing fluchte hinterher.

»Ja, natürlich. Die Box hat's überprüft.«

Box, auch Box 500, ist ein Slangausdruck für MI-5, den Security Service. Vor langer Zeit war der MI-5 tatsächlich unter der Anschrift *P. O. Box 500, London* zu erreichen.

»Schön, da haben Sie's«, sagte Laing.

»Steve, ich glaube wirklich nicht, daß das etwas damit zu tun hat.«

Laing blieb stehen und wandte sich an seinen Mitarbeiter.

»Simon, ich garantiere Ihnen: Er tickt nicht ganz richtig und vergeudet Ihre Zeit. Lassen Sie sich einen guten Rat geben. Finger weg von dem Professor!«

»Er will Giftgas einsetzen, Mr. President.«

Drei Tage nach Neujahr waren die Festlichkeiten im Weißen Haus, soweit es überhaupt welche gegeben hatte, weil die meisten durchgearbeitet hatten, längst verebbt. Im ganzen Westflügel, dem Zentrum amerikanischer Regierungsmacht, herrschte fieberhafter Betrieb.

Im abgeschirmten Oval Office saß Präsident George Bush an seinem großen Schreibtisch, die hohen, schmalen Fenster aus gut zwölf Zentimeter starkem, blaßgrünem Panzerglas im Rücken und das Wappen der Vereinigten Staaten an der Wand über seinem Kopf.

Ihm gegenüber saß sein Sicherheitsberater, General Brent Scowcroft.

Der Präsident überflog die Zusammenfassung der Analysen, die ihm soeben vorgelegt worden waren.

»Sind sich alle darüber einig?« fragte er.

»Ja, Sir. Das Material, das vorhin aus London eingegangen ist, zeigt völlige Übereinstimmung mit unserer Einschätzung. Saddam Hussein bleibt in Kuwait, wenn ihm kein Ausweg eröffnet wird, der ihm die Möglichkeit gibt, sein Gesicht zu wahren, was wir verhindern werden.

Was die Kriegführung betrifft, dürfte er auf massenhafte Giftgasangriffe gegen alliierte Bodentruppen setzen – entweder vor oder während ihres Angriffs über die Grenze hinweg.«

Seit John F. Kennedy war George Bush der erste amerikanische Präsident, der selbst im Krieg gewesen war. Er hatte die Leichen im Kampf gefallener Amerikaner gesehen. Aber die Vorstellung, daß junge Soldaten sich in den letzten Augenblicken ihres Lebens in krampfhaften Zuckungen wanden, während Giftgas ihre Lungen verätzte und ihr Zentralnervensystem lähmte, war besonders gräßlich, besonders widerwärtig.

»Und wie bringt er das Gas ins Ziel?« fragte er.

»Wir glauben, daß es vier Möglichkeiten gibt, Mr. President. Am einfachsten natürlich mit Behältern, die von Jägern und Jagdbombern abgeworfen werden. Colin Powell hat eben mit Chuck Horner in Riad telefoniert. General Horner sagt, daß er fünfunddreißig Tage ununterbrochenen Luftkrieg braucht. Ab dem zwanzigsten Tag kommt kein irakisches Flugzeug mehr bis zur Grenze. Ab dem dreißigsten Tag bleibt keine irakische Maschine länger als sechzig Sekunden in der Luft. Er sagt, daß er dafür garantiert, Sir. Andernfalls können Sie seine Sterne zurückhaben.«

»Und die anderen Möglichkeiten?«

»Saddam Hussein hat eine größere Anzahl Mehrfach-Raketenwerfer. Die dürften als zweite Trägerwaffe in Frage kommen.«

Die irakischen Raketenwerfer sowjetischer Bauart basierten auf den alten Katjuschkas, die im Zweiten Weltkrieg von der Roten Armee mit durchschlagendem Erfolg eingesetzt worden waren. Ihre erheblich modernisierten Raketen, die in rascher Folge aus einem rechteckigen Magazin, das auf Lkws beweglich oder in Stellungen verbunkert sein konnte, abgeschossen wurden, hatten jetzt hundert Kilometer Reichweite.

»Wegen ihrer beschränkten Reichweite müßten sie natürlich aus Kuwait oder im Westen der irakischen Wüste abgeschossen werden, Mr. President. Wir glauben, daß die J-STARS ihre Radargeräte orten und so ihre Vernichtung garantieren können. Selbst wenn die Iraker sie aufwendig tarnen, verrät das viele Metall sie doch.

Weiterhin besitzt der Irak größere Bestände an Gasgranaten für Panzer und Geschütze. Ihre Reichweite beträgt höchstens siebenunddreißig Kilometer. Wir wissen, daß die Granaten bereits an der Front sind, aber innerhalb dieser Reichweite liegt nur Wüste – nirgends eine Deckung. Die Luftwaffe ist sich sicher, daß sie die schweren Waffen finden und vernichten kann. Damit sind nur noch die Scuds übrig. Aber auch die bleiben nicht lange einsatzbereit, wenn die Luftangriffe erst einmal begonnen haben.«

»Und die vorbeugenden Maßnahmen?«

»Die sind so gut wie abgeschlossen, Mr. President. Unsere Soldaten werden alle gegen Milzbranderreger geimpft. Das haben die Briten auch getan. Die Produktion dieses Impfstoffs wird stündlich gesteigert. Jeder Mann und jede Frau hat eine Gasmaske und einen Schutzanzug für den ganzen Körper. Falls er Giftgas einsetzt...«

Der Präsident stand auf, drehte sich um und starrte zu dem Wappen hinauf. Der Weißkopf-Seeadler, dessen Fänge Pfeile umklammerten, schien zurückzustarren.

Vor zwei Jahrzehnten hatte er die gräßlichen Leichensäcke mit Reißverschluß gesehen, die aus Vietnam zurückgekommen waren, und er wußte, daß schon jetzt weitere in unbezeichneten Containern unter saudiarabischer Sonne lagerten.

Trotz dieser Vorkehrungen würde es unbedeckte Hautstellen und Masken geben, die nicht schnell genug erreicht und aufgesetzt werden konnten.

Nächstes Jahr würde er sich zur Wiederwahl stellen. Aber das war nicht entscheidend. Unabhängig von Sieg oder Niederlage wollte er nicht als der amerikanische Präsident in die Geschichte eingehen, der Zehntausende von amerikanischen Soldaten in den Tod geschickt hatte – nicht über neun Jahre hinweg wie in Vietnam, sondern binnen weniger Wochen oder sogar nur Tage.

»Brent...«

»Mr. President?«

»James Baker soll bald mit Tariq Aziz zusammentreffen.«

»In sechs Tagen in Genf.«

»Ich lasse ihn bitten, zu mir zu kommen.«

In der ersten Januarwoche begann Edith Hardenberg zum erstenmal seit Jahren wieder Spaß am Leben, wirklich Spaß daran zu haben. Es war wundervoll, ihrem lernbegierigen jungen Freund die Kulturschätze ihrer Heimatstadt zu entdecken und zu erläutern.

Die Winkler-Bank gab ihrem Personal nur bis zum 2. Januar frei; danach würden sie ihre kulturellen Aktivitäten auf die Abende verlegen müssen, an denen Theatervorstellungen, Konzerte und Liederabende lockten, oder die Wochenenden nutzen, um Galerien und Museen zu besuchen.

Sie verbrachten einen halben Tag damit, die prächtigen Jugendstilbauten Wiens zu bewundern, und einen weiteren halben Tag in der Sezession mit der Dauerausstellung von Werken Klimts.

Der junge Jordanier überschüttete sie begeistert und entzückt mit einer wahren Fragenflut, und Edith Hardenberg ließ sich von seinem Enthusiasmus anstecken. Ihre Augen leuchteten, als sie ihm erzählte, im Künstlerhaus gebe es eine weitere wundervolle Ausstellung, die sie am kommenden Wochenende unbedingt sehen müßten.

Nach der Klimt-Ausstellung lud Karim sie zum Abendessen in die Rôtisserie Sirk ein. Sie protestierte, das Lokal sei viel zu teuer, aber ihr neuer Freund erklärte ihr, sein Vater sei ein reicher Chirurg in Amman, der ihm jeden Monat ein großzügiges Taschengeld schicke.

Erstaunlicherweise gestattete sie ihm, ihr ein Glas Wein einzuschenken, und merkte nicht, daß Karim nachschenkte. Ihr Tonfall klang hörbar animiert, und auf beiden blassen Wangen erschien ein kleiner roter Fleck.

Beim Kaffee beugte Karim sich nach vorn und bedeckte ihre Hand mit seiner. Sie reagierte verwirrt und sah sich hastig um, ob jemand sie beobachtete, aber niemand nahm Notiz von ihnen. Sie entzog ihm ihre Hand – aber ziemlich langsam.

Als diese Woche endete, hatten sie vier der Kulturstätten besucht, die sie ihm zeigen wollte, und als sie nach einem Konzert im

Musikverein durch die kalte Nacht zu ihrem Wagen zurückgingen, ergriff er ihre behandschuhte Hand und behielt sie in seiner. Diesmal entzog sie sie ihm nicht und spürte seine Wärme durch den Baumwollhandschuh.

»Daß Sie das alles für mich tun, ist sehr freundlich von Ihnen«, sagte er ernsthaft. »Für Sie ist's bestimmt langweilig.«

»O nein, durchaus nicht!« versicherte sie ihm hastig. »Es macht mir Spaß, all diese schönen Dinge zu hören und zu sehen. Und ich bin froh, daß auch Sie Freude daran haben. Sie sind bestimmt bald ein Experte für europäische Kunst und Kultur.«

Als sie ihren Wagen erreichten, lächelte er auf sie herab, nahm ihr vom Wind kaltes Gesicht zwischen seine unbehandschuhten, aber überraschend warmen Hände und küßte sie leicht auf die Lippen.

»Danke, Edith.«

Dann ging er davon. Sie fuhr wie gewohnt heim, aber ihre Hände zitterten, und sie hätte fast eine Straßenbahn gerammt.

Am 9. Januar traf der amerikanische Außenminister James Baker in Genf mit seinem irakischen Amtskollegen Tariq Aziz zusammen. Ihr Gespräch dauerte nicht lange und verlief keineswegs in freundlicher Atmosphäre. Das war auch nicht beabsichtigt. Als dritter Mann war lediglich ein Dolmetscher für Englisch und Arabisch anwesend, obwohl Tariq Aziz, der fließend Englisch sprach, durchaus in der Lage war, den Amerikaner zu verstehen, der langsam und sehr deutlich sprach. Seine Botschaft war sehr einfach:

»Für den Fall, daß Ihre Regierung im Verlauf irgendwelcher Feindseligkeiten, die sich zwischen unseren Staaten entwickeln könnten, die international geächtete Waffe Giftgas einsetzt, bin ich ermächtigt, Ihnen und Staatspräsident Hussein mitzuteilen, daß die Vereinigten Staaten eine Atomwaffe einsetzen werden. Mit anderen Worten: Wir werden Bagdad mit einer Atombombe vernichten.«

Der dickliche grauhaarige Iraker begriff den Sinn des Gesagten, wollte es aber zunächst nicht glauben. Vor allem würde kein Mann, der seine fünf Sinne beisammen hatte, es wagen, dem Rais eine so unverhüllte Drohung zu übermitteln. Wie die früheren babylonischen Könige hatte er die Angewohnheit, seinen Zorn am Überbringer schlechter Nachrichten auszulassen.

Außerdem war er sich anfangs nicht sicher, ob der Amerikaner seine Drohung ernst meinte. Der Fallout, die Folgeschäden einer Atombombe würden doch gewiß nicht allein auf Bagdad beschränkt bleiben? Sie würden den halben Nahen Osten verheeren, nicht wahr?

Drei Dinge wußte Tariq Aziz nicht, als er zutiefst besorgt nach Bagdad zurückflog.

Erstens: Die für den Einsatz auf begrenzten Kriegsschauplätzen entwickelten Atombomben von heute unterscheiden sich wesentlich von der Hiroshima-Bombe des Jahres 1945. Die neuen, weniger schädlichen »sauberen« Bomben heißen so, weil die von ihnen erzeugte Radioaktivität extrem rasch abklingt, während ihre Druck- und Hitzewelle unverändert verheerend wirkt.

Zweitens: Im Rumpf des Schlachtschiffs *Wisconsin*, zu dem jetzt auch die *Missouri* gestoßen war, lagerten drei Spezialbehälter aus Stahlbeton, die sich selbst nach einem Schiffsuntergang zehntausend Jahre lang nicht zersetzen würden. Sie enthielten drei Marschflugkörper Tomahawk, von denen die Vereinigten Staaten hofften, sie nie einsetzen zu müssen.

Drittens: Diese Warnung des amerikanischen Außenministers war sehr ernst gemeint.

General Sir Peter de la Billière war im Dunkel einer Wüstennacht allein unterwegs – nur vom Knirschen des Sandes unter seinen Stiefeln und seinen eigenen sorgenvollen Gedanken begleitet.

Als Berufsoffizier und Kriegsveteran hatte er so bescheidene persönliche Ansprüche, wie seine Erscheinung asketisch war. Da er nur wenig Gefallen am Luxus der Städte fand, fühlte er sich in Stützpunkten und Militärlagern, in Gesellschaft anderer Soldaten wohler und mehr zu Hause. Wie schon andere zuvor schätzte er die Arabische Wüste, ihre weiten Horizonte, die brütende Hitze am Tag und die überraschende Kälte bei Nacht, und bewunderte oft auch ihre ehrfurchtgebietende Stille.

An diesem Abend hatte er bei einem Frontbesuch – einer Abwechslung, die er sich so oft wie irgend möglich gönnte – das St. Patrick's Camp zu Fuß verlassen. Hinter ihm blieben die Kampfpanzer Challenger unter ihren Tarnnetzen und die Husaren zurück, die zwischen den Stahlkolossen ihr Abendessen zubereiteten.

Da ihn mit General Schwarzkopf längst eine gute Kameradschaft verband und er in die geheimsten Überlegungen des Planungsstabs eingeweiht war, wußte er, daß es Krieg geben würde. Weniger als eine Woche vor Ablauf des Ultimatums der Vereinten Nationen ließ Saddam Hussein nicht die geringste Bereitschaft zu einem Rückzug aus Kuwait erkennen.

Was ihm in dieser Nacht unter dem Sternenhimmel der Arabischen Wüste Sorgen machte, war die Tatsache, daß er nicht begreifen konnte, was der Tyrann aus Bagdad vorhatte. Als Soldat legte der britische General Wert darauf, seinen Gegner zu kennen, seine Absichten, seine Motive, seine Taktik und seine Gesamtstrategie zu ergründen.

Persönlich hatte er für den Mann in Bagdad nichts als Verachtung übrig. Die vielen eindeutig nachgewiesenen Fälle von Völkermord, Folter und Mord widerten ihn an. Saddam Hussein war kein Soldat, war nie einer gewesen und hatte das in den irakischen Streitkräften vorhandene Führungspotential größtenteils vergeudet, indem er über die Köpfe seiner Generäle hinweg entschieden oder die besten von ihnen hatte hinrichten lassen.

Das war jedoch nicht das Problem; das eigentliche Problem bestand darin, daß Saddam Hussein alle politischen und militärischen Richtlinien offenbar selbst vorgab – und daß sein Verhalten völlig unerklärlich war.

In Kuwait war er zum falschen Zeitpunkt und aus den falschen Gründen einmarschiert. Dann hatte er sich um die Chance gebracht, den übrigen Arabern glaubhaft zu demonstrieren, er sei vernünftigen Argumenten zugänglich und zu Gesprächen mit dem Ziel bereit, das Problem durch interne arabische Verhandlungen zu lösen. Hätte er diesen Weg gewählt, hätte er ziemlich sicher damit rechnen können, daß die Ölförderung ungestört weitergehen und der Westen allmählich das Interesse verlieren würde, während die innerarabischen Friedenskonferenzen sich jahrelang hinzogen.

Seine eigene Dummheit hatte den Westen auf den Plan gerufen, und darüber hinaus hatte der irakische Besatzungsterror in Kuwait mit seinen vielen Morden und Vergewaltigungen, seinem Versuch, westliche Ausländer als lebende Schutzschilde zu mißbrauchen, seine völlige Isolierung bewirkt.

In der ersten Zeit, als Saddam Hussein die reichen Ölfelder im Nordosten Saudi-Arabiens hätte besetzen können, hatte er gezögert. Mit seinem Heer und seiner Luftwaffe unter guter Führung hätte er sogar Riad erreichen und dann seine Bedingungen diktieren können. Aber er hatte versagt, und das Unternehmen Desert Shield lief an, während er in Bagdad eine PR-Katastrophe nach der anderen veranstaltete.

Er mochte sich auf das Gesetz der Straße verstehen, aber in jeder anderen Beziehung war er ein strategischer Tölpel. Und trotzdem, fragte der britische General sich nun, wie kann ein Mensch so dumm sein?

Selbst angesichts der jetzt gegen den Irak zusammengezogenen Luftstreitkräfte reagierte er nach wie vor grundfalsch – politisch wie militärisch. Hatte er keine Vorstellung davon, welcher Feuersturm über den Irak hereinbrechen würde? Begriff er wirklich nicht, daß die Schlagkraft der alliierten Luftflotte seinen Militärapparat binnen fünf Wochen um zehn Jahre zurückwerfen würde?

Der General blieb stehen und starrte über die Wüste hinweg nach Norden. Die Nacht war mondlos, aber in der Wüste ist der Sternenhimmel so hell, daß er vage Umrisse am Boden erkennen läßt. Das Gelände war eben und erstreckte sich bis zu dem Labyrinth aus Sandwällen, Schützengräben, Minenfeldern, Drahthindernissen und Panzergräben, das die Verteidigungslinie der Iraker bildete, durch die amerikanische Pioniere der Big Red One eine Gasse sprengen würden, damit die Challengers hindurchstoßen konnten.

Trotzdem besaß der Tyrann von Bagdad noch einen einzigen Trumpf, den der General kannte und fürchtete. Saddam Hussein konnte Kuwait einfach wieder räumen.

Die Zeit arbeitete nicht für die Alliierten; sie arbeitete für den Irak. Am 15. März begann der moslemische Fastenmonat Ramadan. Einen Monat lang würde kein gläubiger Moslem zwischen Sonnenaufgang und Sonnenuntergang Nahrung oder Getränke zu sich nehmen. Zum Essen und Trinken waren die Nächte da. Deshalb konnte ein moslemisches Heer im Ramadan praktisch nicht Krieg führen.

Nach dem 15. April würde die Wüste sich in ein Inferno mit Temperaturen bis über fünfzig Grad Celsius verwandeln. In der Heimat würde der Druck wachsen, »unsere Jungs« dort rauszuholen; bis zum Sommer würden der Druck in der Heimat und das Elend der Soldaten in der Wüste unerträglich werden. Die Alliierten würden den Rückzug antreten müssen – und danach kein zweites Mal imstande sein, eine so riesige Streitmacht aufzustellen. Diese Allianz gegen den Irak war ein nicht wiederholbares Phänomen.

Deshalb war der 15. März der absolut letzte Termin. Rechnete man von dort aus rückwärts, konnte der Bodenkrieg bis zu zwanzig Tage dauern. Also mußte er spätestens am 23. Februar beginnen. Aber Chuck Horner brauchte seine fünfunddreißig Tage Luftkrieg, um die Divisionen, das Kriegsmaterial und die Stellungen der Iraker zu zerschmettern. Folglich war der 17. Januar der letztmögliche Angriffstermin.

Was war, wenn Saddam Hussein aus Kuwait abzog? Dann blieb einer halben Million alliierter Soldaten, die wie Trottel in der Wüste standen, weil ihr Kampfauftrag sich erledigt hatte, nichts anderes übrig, als ebenfalls zurückzugehen. Aber Saddam Hussein beharrte darauf, er werde Kuwait nicht räumen.

Was hat dieser Verrückte vor? fragte er sich wieder. Wartete er auf irgend etwas, auf eine nur in seiner Einbildung vorhandene bevorstehende göttliche Intervention, die seine Feinde vernichten und ihm den Sieg bringen würde?

Im Panzerlager rief jemand seinen Namen. Er drehte sich langsam um. Arthur Denaro, der Kommandeur der Queen's Royal Irish Hussars, rief ihn zum Abendessen – der stämmige, joviale Denaro, der eines Tages im Führungspanzer durch die Lücke in der gegnerischen Front stoßen würde.

Der General lächelte und machte sich auf den Rückweg. Er freute sich darauf, mit den Männern im Sand zu hocken, gebackene Bohnen und Brot aus einem Eßgeschirr zu löffeln und im Feuerschein verschiedene Dialekte zu hören: das flache Näseln Lancashires, die rollende Aussprache Hampshires und den sanften Akzent Irlands. Und er freute sich darauf, über die Frotzeleien, die Witze und die derben Redensarten der Männer zu lachen, die schnörkelloses Englisch gebrauchten, um präzise – und dabei humorvoll – auszudrücken, was sie meinten.

Der Teufel sollte diesen Kerl im Norden holen! Worauf wartete er eigentlich noch?

14

Die Antwort auf die Frage, die dem britischen General Rätsel
aufgab, lag fünfundzwanzig Meter unter der irakischen Wüste in
der Fabrik, in der sie gebaut worden war, unter Neonröhren auf
einem gepolsterten Wagen.

Ein Ingenieur polierte das Gerät ein letztes Mal und trat dann
hastig zurück, um Haltung anzunehmen, als die Tür geöffnet
wurde. Nur fünf Männer betraten den Raum, bevor zwei Bewaff-
nete der Amn al-Khass, der Leibwache des Präsidenten, die Tür
wieder schlossen.

Vier der Männer waren nur Begleiter des fünften Mannes in ihrer
Mitte. Er erschien wie gewöhnlich im Kampfanzug mit auf Hoch-
glanz polierten schwarzen Kalbslederstiefeln, hatte seine Pistole am
Koppel und trug im Ausschnitt seiner Kampfjacke ein grünes Halstuch.

Einer der vier anderen war sein persönlicher Leibwächter, der
nicht von seiner Seite wich, obwohl die Anwesenden schon fünfmal
auf versteckte Waffen kontrolliert worden waren. Zwischen dem
Rais und seinem Leibwächter stand sein Schwiegersohn Hussein
Kamil, der das Ministerium für Industrie und Militärische Industrialisierung (MIMI) leitete. Wie viele andere Projekte des Verteidigungsministeriums war auch dieses dem MIMI übertragen worden.

Auf der anderen Seite des Präsidenten stand der Leiter des irakischen Programms: Dr. Jaafar al-Jaafar, ein ganz öffentlich als der
Robert Oppenheimer des Irak bezeichnetes Genie. Neben ihm, aber
etwas weiter im Hintergrund, stand Dr. Salah Siddiqui. Während
Jaafar als Physiker glänzte, war Siddiqui der Ingenieur.

Im weißen Licht der Neonröhren glänzte die Stahlhülle ihres
»Babys« matt. Bei fast einem Meter Durchmesser war es vierein-
viertel Meter lang.

Am Heck wurden eineinviertel Meter von einem komplizierten

368

Stoßdämpfersystem eingenommen, das abgeworfen werden würde, sobald das Projektil sich in der Luft befand. Selbst die verbleibende drei Meter lange Hülle war in Wirklichkeit ein Treibspiegel aus acht gleich großen Segmenten. Winzige Sprengladungen würden bewirken, daß sie wegbrachen, wenn das Projektil seinen Flug antrat, so daß der mit gut sechzig Zentimeter Durchmesser schlankere Kern allein weiterflog.

Der Treibspiegel diente nur dazu, das Kaliber der 61-cm-Granate dem Rohrdurchmesser von neunundneunzig Zentimetern anzupassen und die vier unter seiner Hülle verborgenen starren Heckflossen zu schützen.

Der Irak verfügte nicht über die Telemetrie, um bewegliche Ruder vom Boden aus betätigen zu können, aber auch starre Flossen würden das Geschoß auf seiner Bahn stabilisieren und verhindern, daß es taumelte oder sich überschlug.

Vorn befand sich ein nadelspitzer Bug aus hochfestem Spezialstahl. Auch dieses Bauteil würde später überflüssig werden.

Tritt eine Rakete, die auf dem Scheitelpunkt ihrer Flugbahn den Weltraum erreicht hat, wieder in die Erdatmosphäre ein, erzeugt die zunehmende Luftdichte soviel Reibungswärme, daß ihre Bugspitze abschmilzt. Deshalb brauchen Astronauten beim Wiedereintritt einen Hitzeschild, der verhindert, daß ihre Raumkapsel verglüht.

Die Anordnung, vor der die fünf Iraker an diesem denkwürdigen Abend standen, wirkte ähnlich. Der spitze Stahlbug würde den Flug durch die Erdatmosphäre erleichtern, aber er hätte den Wiedereintritt nicht überstanden. Wäre er an Ort und Stelle geblieben, hätte das schmelzende Metall sich verformt und nachgegeben; dadurch wäre der fallende Körper ins Taumeln geraten, hätte der anströmenden Luft seine Breitseite entgegengedreht und wäre verglüht.

Diese Stahlspitze war dafür konstruiert, auf dem Scheitelpunkt der Bahn abgesprengt zu werden. Dabei würde unter ihr ein Wiedereintrittskegel zum Vorschein kommen: kürzer, stumpfer und aus Kohlefaser hergestellt.

Als Dr. Gerald Bull noch lebte, hatte er im Auftrag Bagdads versucht, in Nordirland die britische Firma LearFan zu kaufen. Dabei handelte es sich um eine in Konkurs gegangene Flugzeugbaufirma, die versucht hatte, Geschäftsreiseflugzeuge mit vielen Komponenten aus Kohlefaser zu bauen. Dr. Bull und Bagdad interessierten nicht die Düsenflugzeuge, sondern die Kohlefaser-Spinnmaschinen der Firma LearFan.

Kohlefaser ist äußerst hitzebeständig, aber auch äußerst schwierig zu verarbeiten. Der Kohlenstoff wird erst zu einer Art »Wolle« aufbereitet, aus der ein Faden, die Kohlefaser, gesponnen wird. Dieser Faden wird in vielen Schichten kreuz und quer auf eine Form aufgelegt und dann verklebt, bis zuletzt eine Schale in der gewünschten Form entsteht.

Da der Werkstoff Kohlefaser in der Raketentechnologie eine entscheidende Rolle spielt und diese Technologie strenger Geheimhaltung unterliegt, wird der Export solcher Maschinen sorgfältig überwacht. Als der britische Geheimdienst erfuhr, für welches Land die LearFan-Maschinen bestimmt waren, und Washington konsultierte, wurde das Geschäft storniert. Nach allgemeiner Überzeugung war es dem Irak dann nicht mehr möglich, Kohlefasertechnologie einzukaufen.

Aber die Fachleute irrten sich. Der Irak beschritt einen anderen Weg und hatte damit Erfolg. Ein amerikanischer Lieferant von Klimaanlagen- und Isolierprodukten wurde dazu überredet, einer als »Strohmann« für den Irak auftretenden Firma Spinnmaschinen für Steinwolle zu verkaufen. Diese wurden im Irak von irakischen Ingenieuren so umgebaut, daß sie Kohlefasern spinnen konnten.

Zwischen Bugkegel und Stoßdämpfersystem befand sich das Werk Dr. Siddiquis: eine kleine, nicht gerade moderne, aber tadellos funktionierende Atombombe, deren Teilladungen nach dem Geschützprinzip zusammengeschossen werden, wobei Lithium und Polonium als Katalysatoren einen Neutronensturm entfesseln, der zur Auslösung der Kettenreaktion nötig ist.

Unter Dr. Siddiquis Technik verbarg sich der eigentliche Triumph: eine Kugel und eine Art Untertasse, die miteinander fünfunddreißig Kilogramm wogen und unter Dr. Al-Jaafars Anleitung hergestellt worden waren. Beide bestanden aus reinem angereichertem Uran 235.

Unter dem dichten schwarzen Schnurrbart erschien langsam ein zufriedenes Lächeln. Der Präsident trat vor und ließ seinen Zeigefinger über den brünierten Stahl gleiten.

»Sie funktioniert? Sie funktioniert wirklich?« flüsterte er dabei.

»Ja, Sajidi Rais«, sagte der Physiker.

Der Kopf mit dem schwarzen Barett nickte mehrmals bedächtig.

»Ihr seid zu beglückwünschen, meine Brüder.«

Unter dem Projektil war auf einem Holzsockel eine schlichte Plakette angebracht, auf der nur stand: *Qubth ut-Allah.*

Tariq Aziz hatte lange und angestrengt darüber nachgedacht, wie er – falls überhaupt – seinem Präsidenten die amerikanische Drohung, mit der er in Genf so brutal konfrontiert worden war, übermitteln könnte.

Die beiden kannten sich seit zwanzig Jahren: zwanzig Jahre, in denen der Außenminister seinem Herrn mit geradezu hündischer Ergebenheit gedient hatte – während der anfänglichen Machtkämpfe innerhalb der Ba'th-Partei, in denen auch andere die Führungsrolle beansprucht hatten, immer auf seiner Seite, stets der persönlichen Überzeugung, daß die skrupellose Brutalität des Mannes aus Tikrit letztlich triumphieren würde, und immer in seiner Auffassung bestätigt.

Sie hatten den riskanten Aufstieg zur Macht in einer Nahostdiktatur gemeinsam bewältigt, der eine stets im Schatten des anderen. Dem grauhaarigen, dicklichen Aziz war es gelungen, das anfängliche Handikap, daß er studiert hatte und zwei europäische Sprachen beherrschte, allein durch blinden Gehorsam auszugleichen.

Ohne sich selbst die Hände schmutzig zu machen, hatte er zugesehen und applaudiert, wie es an Saddam Husseins Hof erwartet wurde, als eine Säuberung nach der anderen zur Folge hatte, daß unzählige Offiziere und ehemals vertrauenswürdige Parteifunktionäre in Ungnade fielen und zur Hinrichtung weggeführt wurden – eine Strafe, der oft schreckliche Stunden in den Händen der Folterer im Abu Ghraib vorausgingen.

Er hatte erlebt, wie gute Generäle degradiert und erschossen wurden, weil sie versucht hatten, sich für ihre Soldaten einzusetzen, und wußte, daß wirkliche Verschwörer eines grausigeren Todes gestorben waren, als er sich vorstellen konnte.

Er hatte beobachtet, wie der Stamm Al-Juburi, der früher im Heer so mächtig gewesen war, daß niemand es gewagt hatte, gegen ihn aufzubegehren, seiner Macht entkleidet und gedemütigt wurde, und zugesehen, wie die Überlebenden kuschen und parieren mußten. Er hatte geschwiegen, als Saddams Halbbruder Ali Hassan al-Majid, der damalige Innenminister, den Völkermord an den Kurden geplant und ausgeführt hatte – nicht nur in Halabja, sondern auch in fünfzig weiteren Städten und Dörfern, deren Einwohner mit Bomben, Granaten und Giftgas ausgerottet worden waren.

Wie jeder aus dem Gefolge des Rais wußte Tariq Aziz, daß er sich in einer Sackgasse befand. Falls seinem Herrn irgend etwas zustieß, war auch er für immer erledigt.

Im Gegensatz zu manchen anderen in der Umgebung des Throns war er zu clever, um zu glauben, dies sei ein populäres Regime. Er fürchtete keine ausländischen Mächte, sondern die schreckliche Rache des irakischen Volkes, falls Saddam Husseins schützende Hand jemals von ihm abgezogen werden sollte.

Als er an diesem 11. Januar auf die Berichterstattung wartete, zu der er nach seiner Rückkehr aus Europa befohlen worden war, stand er vor dem Problem, wie er die amerikanische Drohung übermitteln sollte, ohne selbst das Opfer des unvermeidlichen Wutanfalls zu werden. Der Rais, das wußte er recht gut, konnte leicht auf den Verdacht kommen, in Wirklichkeit habe sein Außenminister den Amerikanern diese Drohung nahegelegt. Verfolgungswahn kennt keine Logik, sondern nur blinden Instinkt, der manchmal recht und manchmal unrecht hat. Schon viele unschuldige Männer – und ihre Familien mit ihnen – waren hingerichtet worden, nur weil der Rais sie aus einem Impuls heraus verdächtigt hatte.

Als er zwei Stunden später zu seiner Limousine zurückging, lächelte er erleichtert und etwas verwirrt.

Seine Erleichterung war verständlich: Der Präsident hatte sich entspannt und freundlich gegeben. Er hatte anerkennend zugehört, als Tariq Aziz seine diplomatische Mission in Genf in glühenden Farben schilderte, von der weitverbreiteten Sympathie für die Position des Irak berichtete, die er bei allen seinen Gesprächspartnern entdeckt haben wollte, und von der allgemeinen antiamerikanischen Stimmung sprach, die sich im Westen auszubreiten scheine.

Er hatte verständnisvoll genickt, als Aziz die amerikanischen Kriegstreiber anprangerte, und als sein Außenminister, der dabei in Fahrt geraten war, zuletzt empört wiedergab, was James Baker wirklich zu ihm gesagt hatte, war der befürchtete Wutanfall des Rais ausgeblieben.

Während andere am Konferenztisch finstere Gesichter machten und Verwünschungen ausstießen, hatte Saddam Hussein weiter genickt und gelächelt.

Sein Außenminister lächelte, als er ging, denn zum Schluß hatte der Rais ihm tatsächlich noch zum Erfolg seiner diplomatischen Mission in Europa gratuliert. In Wirklichkeit war diese Mission nach üblichen diplomatischen Normen eine Katastrophe gewesen: Er war überall auf Ablehnung gestoßen, war von seinen Gastgebern mit eisiger Höflichkeit empfangen worden und hatte es nicht geschafft, die gegen sein Land gebildete Allianz aufzubrechen. Aber das alles schien keine Rolle zu spielen.

Seine leichte Verwirrung war auf das zurückzuführen, was der Rais zum Abschied gesagt hatte – eine gemurmelte Bemerkung gegenüber dem Außenminister, während der Staatspräsident ihn zur Tür begleitete.

»Keine Sorge, Rafik, für die Amerikaner habe ich bald eine Überraschung. Noch ist's nicht soweit. Aber sollten die Beni al-Kalb versuchen, die Grenze zu überschreiten, schlage ich sie nicht mit Gas, sondern mit der Faust Gottes zurück.«

Tariq Aziz hatte zustimmend genickt, obwohl er nicht wußte, wovon der Rais sprach. Gemeinsam mit anderen erfuhr er es vierundzwanzig Stunden später.

Am 12. Januar fand morgens im Präsidentenpalast an der Ecke der Straße des 14. Juli und der Kindi Street die letzte Plenarsitzung des Kommandorats der Revolution statt. Eine Woche später wurde er durch Bomben in Trümmer gelegt, aber der Vogel war längst ausgeflogen.

Wie üblich kam die Aufforderung, zu dieser Besprechung zu erscheinen, im letzten Augenblick. Gleichgültig, wie hoch man in der Hierarchie aufstieg, gleichgültig, wie vertrauenswürdig man war, wußte stets nur ein kleiner Kreis von Familienangehörigen, Vertrauten und Leibwächtern, wo der Rais sich zu irgendeinem Zeitpunkt aufhalten würde.

Daß er nach sieben gut vorbereiteten und ernsthaften Mordanschlägen überhaupt noch am Leben war, verdankte er der Besessenheit, mit der er auf seine persönliche Sicherheit achtete.

Weder die Spionageabwehr noch die Geheimpolizei Omar Khatibs und schon gar nicht das Militär, nicht einmal die Republikanische Garde war für seine Sicherheit zuständig.

Diese Aufgabe war der Amn al-Khass anvertraut. Die Männer der Leibwache des Präsidenten waren jung, die meisten gerade erst erwachsen, aber ihre Loyalität war fanatisch und absolut. Ihr Kommandeur war Husseins eigener Sohn Kusay.

Kein Verschwörer konnte jemals wissen, welche Straße der Rais wann und mit welchem Fahrzeug benutzen würde. Seine Inspektionen von Militäreinrichtungen oder Industrieanlagen kamen stets überraschend – nicht nur für die Besichtigten, sondern auch für seine engere Umgebung.

Selbst in Bagdad wechselte Saddam Hussein seinen Aufenthaltsort je nach Laune, verbrachte manchmal ein paar Tage im Palast und zog sich bei anderer Gelegenheit in seinen Bunker hinter und unter dem Hotel Rashid zurück.

Jedes Gericht, das ihm serviert wurde, mußte vorgekostet werden, und sein Vorkoster war der Erstgeborene seines Leibkochs. Alle Getränke kamen aus erst am Tisch geöffneten Flaschen mit intakten Verschlüssen.

An diesem Morgen erhielten die KRR-Mitglieder die Aufforderung, zu einer Sitzung in den Palast zu kommen, erst eine Stunde vor Sitzungsbeginn durch eigene Boten. So blieb keine Zeit, einen Mordanschlag vorzubereiten.

Die Limousinen rollten durchs Tor, setzten ihre Fahrgäste ab und wurden auf einen speziellen Parkplatz dirigiert. Jedes KRR-Mitglied mußte einen Metalldetektor passieren; Handfeuerwaffen durften nicht mitgeführt werden.

Als sie sich in dem großen Konferenzraum mit dem T-förmigen Tisch versammelten, waren sie dreiunddreißig Männer. Acht von ihnen saßen oben am Tisch zu beiden Seiten des noch leeren Throns in der Mitte. Die übrigen hatten an den Längsseiten des Konferenztisches Platz genommen.

Sieben der Anwesenden waren Verwandte des Rais, drei weitere waren mit ihm verschwägert. Sie und acht andere stammten aus Tikrit oder seiner näheren Umgebung. Alle waren altbewährte Mitglieder der Ba'th-Partei.

Zehn dieser dreiunddreißig Männer waren Minister, weitere neun waren Heeres- oder Luftwaffengenerale. Saadi Tumah Abbas, zuvor Kommandeur der Republikanischen Garde, war erst an diesem Morgen zum Verteidigungsminister ernannt worden und saß strahlend oben am Konferenztisch. Er war der Nachfolger des kurdischen Renegaten Abd al-Jabber Schenschall, der schon seit langem mit dem Schlächter seines eigenen Volkes gemeinsame Sache machte.

Zu den Heeresgeneralen gehörten Mustafa Rafi von der Infanterie, Faruk Ridha von der Artillerie, Ali Musuli von den Pionieren und Abdullah Kadiri von den Panzern.

Ganz unten am Tisch saßen die drei Männer, die den Geheimdienst Muchabarat leiteten: Dr. Ubaidi von der Auslandsaufklärung, Hassan Rahmani von der Spionageabwehr und Omar Khatib von der Geheimpolizei.

Als der Rais eintrat, standen alle auf und klatschten. Er lächelte, nahm seinen Platz ein, forderte sie auf, sich wieder zu setzen, und begann seine Rede. Sie waren nicht hier, um zu diskutieren; sie waren hier, um etwas mitgeteilt zu bekommen.

Nur Hussein Kamil, Saddam Husseins Schwiegersohn, wirkte nicht überrascht, als der Rais die eigentliche Sensation verkündete. Als er ihnen nach einem vierzig Minuten langen Rückblick auf die ununterbrochene Serie von Triumphen unter seiner Führung die Neuigkeit mitteilte, bestand ihre erste Reaktion aus verblüfftem Schweigen.

Daß der Irak seit Jahren daran gearbeitet hatte, wußte jeder von ihnen. Daß der Erfolg auf diesem technologischen Sektor, der als einziger imstande zu sein schien, die ganze Welt zu ängstigen und selbst den mächtigen Amerikanern Respekt abzunötigen, ausgerechnet jetzt – am Vorabend des Krieges – erreicht worden war, erschien fast unglaublich. Eine Intervention Gottes. Aber die Gottheit thronte nicht oben im Himmel, sie saß unter ihnen am Konferenztisch und lächelte bescheiden vor sich hin.

Hussein Kamil, der im voraus informiert gewesen war, stand als erster auf und begann zu applaudieren. Die anderen beeilten sich, seinem Beispiel zu folgen, und jeder fürchtete sich davor, zuletzt aufzuspringen oder am wenigsten zu klatschen. Und dann war keiner bereit, als erster aufzuhören.

Als Hassan Rahmani, der gebildete und kosmopolitische Chef der Spionageabwehr, zwei Stunden später in sein Büro zurückkam, ordnete er an, er wolle nicht gestört werden, und setzte sich mit einem starken schwarzen Kaffee an seinen Schreibtisch. Er mußte nachdenken, konzentriert nachdenken.

Die Nachricht hatte ihn ebenso schockiert wie die übrigen Anwesenden. Mit einem Schlag hatte das Kräftegleichgewicht im Nahen Osten sich verändert – aber niemand wußte davon. Nachdem der Rais mit bewundernswerter Bescheidenheit die Hände gehoben hatte, um die Ovationen zu beenden, waren alle Anwesenden auf strikte Geheimhaltung eingeschworen worden.

Das konnte Rahmani noch verstehen. Trotz der wilden Euphorie, mit der alle den Konferenzraum verlassen hatten und der auch er sich bereitwillig hingegeben hatte, sah er jedoch große Probleme voraus.

Eine Waffe dieser Art ist für jeden Staat wertlos, solange seine Freunde und vor allem seine Feinde nicht wissen, daß er sie besitzt. Denn erst dann kommen potentielle Feinde als Freunde angekrochen.

Einige Staaten, die Nuklearwaffen entwickelt hatten, gaben diese Tatsache einfach durch einen Großversuch bekannt und überließen es dem Rest der Welt, daraus entsprechende Konsequenzen zu ziehen. Andere Staaten wie Israel und Südafrika hatten sich auf Andeutungen über den Besitz dieser Waffe beschränkt, die jedoch nie offiziell bestätigt wurden, so daß die Welt und besonders ihre Nachbarn auf Vermutungen angewiesen blieben. Manchmal funktionierte das sogar besser, weil den Betroffenen die Phantasie durchging.

Aber darauf konnte der Irak nach Rahmanis Überzeugung keineswegs bauen. Falls die heutige Mitteilung zutraf – und er hielt es für durchaus möglich, daß das ganze Unternehmen ein weiterer Trick war, um zu erreichen, daß die Nachricht durch eine undichte Stelle ins Ausland gelangte und so einen weiteren Hinrichtungsaufschub bewirkte –, würde kein Mensch außerhalb des Irak sie glauben.

Den angestrebten Abschreckungseffekt konnte der Irak nur erreichen, indem er nachwies, daß er diese Waffe besaß. Aber genau das schien der Rais im Augenblick nicht zu wollen. Der Nachweis wäre allerdings nicht leicht zu führen gewesen.

Eine Erprobung im eigenen Land kam nicht in Frage; das wäre

Wahnsinn gewesen. Früher hätte man vielleicht ein Schiff weit auf den Indischen Ozean hinausschicken können, seine Besatzung von Bord geholt und dann die Bombe detonieren lassen; diese Möglichkeit schied jetzt aus, weil alle Häfen blockiert waren. Aber man konnte ein Team der Internationalen Atomenergie-Behörde in Wien einladen, die Waffe zu inspizieren und sich davon zu überzeugen, daß dies keine Lüge war. Schließlich hatte die IAEA seit einem Jahrzehnt fast jährlich Inspektionen durchgeführt und war stets gründlich getäuscht worden. Angesichts handfester Beweise würden die Inspektoren nun ihren eigenen Augen trauen, ihre bisherige Leichtgläubigkeit zutiefst bedauern und die Wahrheit bestätigen müssen.

Trotzdem hatte Rahmani erst vorhin gehört, wie dieser Weg offiziell verboten wurde. Warum? Weil alles gelogen war? Weil der Rais etwas anderes vorhatte? Und noch wichtiger: Welchen Vorteil konnte er, Rahmani, daraus ziehen?

Er hatte monatelang nur darauf gewartet, daß Saddam Hussein sich prahlerisch in einen Krieg hineinreden würde, den er nicht gewinnen konnte; jetzt war es soweit. Rahmani hatte damit gerechnet, daß einer irakischen Niederlage der von den Amerikanern gesteuerte Sturz des Rais und sein eigener Aufstieg an die Spitze einer den Amerikanern genehmen Regierung folgen würden. Jetzt hatte die Lage sich geändert. Er brauchte Zeit, um nachdenken und überlegen zu können, wie diese erstaunliche neue Karte sich am besten ausspielen ließ.

An diesem Abend erschien nach Einbruch der Dunkelheit an einer Mauer hinter der chaldäischen Josephskirche im Christengebiet ein Kreidezeichen, das an eine liegende Acht erinnerte.

In dieser Nacht zitterten die Einwohner Bagdads. Trotz der Propagandaparolen, die der irakische Staatsrundfunk unaufhörlich verbreitete und die viele blindlings glaubten, gab es andere, die heimlich den BBC World Service auf arabisch hörten, der in London zusammengestellt, aber von Zypern aus gesendet wurde, und wußten, daß die Beni Naji die Wahrheit sagten. Es würde Krieg geben.

In der Stadt vermutete man – eine Annahme, die selbst im Präsidentenpalast vorherrschte –, daß die Amerikaner mit einer Flächenbombardierung Bagdads beginnen würden. Dabei würde es schwere Verluste unter der Zivilbevölkerung geben.

Auch das Regime rechnete damit, aber es machte sich wenig daraus. In Führungskreisen setzte man darauf, daß ein derartiges Massaker an Zivilisten in ihren Häusern weltweit solchen Abscheu vor Amerika auslösen würde, daß es sich gezwungen sähe, seine Angriffe einzustellen und den Rückzug anzutreten. Deshalb wurden noch so viele ausländische Journalisten im Hotel Rashid geduldet und sogar ermutigt, dort zu bleiben. Stadtführer hielten sich bereit, um ausländische Kamerateams schnell zu den Stätten des Völkermords zu bringen, sobald er sich ereignete.

Irgendwie entging die Raffinesse dieser Argumentation denen, die tatsächlich in den Wohnvierteln Bagdads lebten. Viele waren bereits geflohen: die Ausländer in Richtung jordanische Grenze, wo sie den seit fünf Monaten andauernden Flüchtlingsstrom aus Kuwait anschwellen ließen; die Iraker, um Zuflucht auf dem Land zu finden.

Kaum jemand, am wenigsten die Millionen Dauerglotzer, die in Amerika und Europa an ihren Fernsehern klebten, hatte eine wirkliche Vorstellung von den technischen Möglichkeiten, über die der kummervoll wirkende Chuck Horner drunten in Riad jetzt verfügte. Damals konnte sich fast niemand vorstellen, daß die meisten Ziele aus einem von Aufklärungssatelliten zusammengestellten Menü ausgewählt und dann von lasergesteuerten Bomben vernichtet werden würden, die ihre Ziele nur sehr selten verfehlten.

Weil die aus BBC-Meldungen aufgeschnappte Wahrheit in den Basaren und auf den Märkten die Runde machte, wußten die Einwohner Bagdads jedoch, daß in vier Tagen – am 16. Januar um Mitternacht – das Ultimatum zur Räumung Kuwaits ablaufen und dann die amerikanischen Bomber kommen würden. Deshalb befand die Stadt sich in stiller, ängstlicher Erwartung.

Mike Martin radelte langsam die Shurja Street entlang und um die Kirche herum. Auch als er im Vorbeifahren das Kreidezeichen an der Mauer sah, strampelte er weiter. Am Ende der Gasse hielt er an, stieg ab und machte sich an der Fahrradkette zu schaffen, während er mit den Augen die Richtung absuchte, aus der er gekommen war.

Nichts, kein Füßescharren von Geheimpolizisten in Hauseingängen, keine über Dachtraufen hinausragenden Köpfe. Er fuhr zurück, streckte seine rechte Hand mit einem feuchten Lappen aus, wischte das Kreidezeichen weg und radelte weiter.

Die liegende Acht bedeutete, daß hinter einem losen Ziegel einer alten Mauer drunten am Fluß in der Abu Nawas Street – nur gut einen halben Kilometer entfernt – eine Nachricht für ihn bereitlag.

Als Junge hatte er dort unten gespielt und war mit Hassan Rahmani und Abdelkarim Badri über die Kais gelaufen, auf denen Fischverkäufer den köstlichen Masgouf über Holzkohle aus Kameldorn brieten und diesen Flußkarpfen aus dem Tigris portionsweise an Passanten verkauften.

Jetzt waren die Läden geschlossen, die Gitter der Teehäuser heruntergelassen; nur wenige Leute hatten noch Lust auf einen Spaziergang über die Kais. Diese Einsamkeit war Martin nur recht. An der Einmündung der Abu Nawas Street sah er eine Gruppe von AMAM-Männern in Zivil, die jedoch keine Notiz von einem Fellachen nahmen, der im Auftrag seines Herrn unterwegs war. Ihr Anblick beruhigte ihn, denn die Geheimpolizei arbeitete weniger stümperhaft. Hätte sie den toten Briefkasten überwachen wollen, wäre diese Gruppe nicht so leicht erkennbar an der Einmündung der Straße postiert worden. Die Männer hätten versucht, sich zu tarnen – auch wenn ihnen das letztlich nicht gelungen wäre.

Die Nachricht war da. Der Ziegel wurde sekundenschnell ins Loch zurückgesteckt, das zusammengefaltete Papier kam in den Schritt seiner Unterhose. Wenige Minute später fuhr er auf der Ahrar-Brücke über den Tigris, gelangte so aus Risafa zurück nach Karch und radelte zum Haus des sowjetischen Diplomaten in Mansur weiter.

In den vergangenen neun Wochen hatte er sich in der Villa mit der Gartenmauer gut eingelebt. Die russische Köchin und ihr Mann behandelten ihn anständig, und er hatte schon etwas Russisch aufgeschnappt. Da er jeden Tag frische Lebensmittel einkaufte, hatte er reichlich Gelegenheit, seine toten Briefkästen abzuklappern. Er hatte dem unsichtbaren Jericho vierzehn Mitteilungen zugespielt und seinerseits fünfzehn von ihm erhalten.

Mehrmals war er von der AMAM angehalten worden, aber sein bescheidenes Auftreten, sein Fahrrad und der Korb mit Gemüse, Obst, Kaffee, Gewürzen und Lebensmitteln, sein Bestätigungsschreiben mit der Unterschrift Kulikows und seine sichtbare Armut hatten jedesmal bewirkt, daß er weitergeschickt wurde.

Er konnte nicht wissen, welche Kriegspläne drunten in Riad geschmiedet wurden, aber er mußte alle Aufträge für Jericho, die er zunächst auf Tonband aufnahm, ins Arabische übersetzen, und Jerichos Antworten lesen, um sie dann übersetzt und in komprimierter Form an Simon Paxman weitergeben zu können.

Als Soldat konnte er nur vermuten, daß Jerichos politische und militärische Informationen für einen Oberkommandierenden, der einen Angriff gegen den Irak plante, unschätzbar wertvoll sein mußten.

Für seine Unterkunft hatte er sich inzwischen einen kleinen Ölofen und eine Petromax-Lampe besorgt. Aufgetrennte Jutesäcke dienten als Vorhänge vor den Fenstern, und das Knirschen von Schritten auf dem Kies warnte ihn, wenn jemand sich der Tür näherte.

An diesem Abend kehrte er dankbar in die Wärme seiner Hütte zurück, verriegelte die Tür, überzeugte sich davon, daß die Vorhänge jeden Quadratzentimeter Fenster verdeckten, zündete seine Lampe an und las Jerichos Mitteilung. Sie war kürzer als sonst, aber dafür um so brisanter. Martin las sie zweimal, um sicherzugehen, daß seine Arabischkenntnisse sich nicht plötzlich verflüchtigt hatten, murmelte dann »Jesus!« und holte das Tonbandgerät aus seinem Versteck unter den Bodenfliesen hervor.

Um jegliches Mißverständnis auszuschließen, sprach er die Mitteilung zweimal langsam und deutlich auf arabisch und englisch auf Band, bevor er das Gerät auf Schnelldurchlauf umschaltete und seine fünf Minuten lange Meldung auf eineinhalb Sekunden komprimierte.

So sendete er sie dann um 0.20 Uhr nach Riad.

Da Simon Paxman wußte, daß in dieser Nacht zwischen 0.15 und 0.30 Uhr ein Sendefenster offenstand, war er gar nicht erst zu Bett gegangen. Er spielte mit einem der Funker Karten, als die Meldung einging. Der zweite Funker kam aus der Nachrichtenzentrale herüber.

»Simon, das müssen Sie sich anhören... sofort!« forderte er Paxman auf.

Obwohl in Riad jetzt viel mehr als nur vier SIS-Leute arbeiteten, wurde die Führung Jerichos so geheimgehalten, daß nur Paxman, Julian Gray, der dortige SIS-Resident, und ihre beiden Funker eingeweiht waren. Sogar ihre drei Räume waren von der übrigen Villa abgetrennt worden.

Simon Paxman hörte sich die Stimme auf einem großen Tonbandgerät in der »Funkbude« an, die früher ein Schlafzimmer gewesen war. Martin sprach zuerst arabisch, las Jerichos Mitteilung zweimal vor und ließ dann zweimal seine Übersetzung ins Englische folgen.

Während Paxman zuhörte, hatte er das Gefühl, seine Magennerven verkrampften sich. Irgendwas war schiefgegangen, verdammt schiefgegangen. Was er da hörte, konnte einfach nicht sein! Die beiden anderen standen schweigend neben ihm.

»Ist er das selbst?« fragte Paxman drängend, als der englische Text zu Ende war. Als erstes vermutete er, Martin sei geschnappt und durch einen Imitator ersetzt worden.

»Er ist's, ich hab' die Stimme überprüft. Sie ist hundert Prozent authentisch.«

Jede menschliche Stimme weist unterschiedliche Tonfärbungen, charakteristische Rhythmen und typische Höhen- und Tiefenschwankungen auf, die sich mit Hilfe eines Oszillographen als Leuchtlinien darstellen lassen.

Diese speziellen Eigenschaften kann selbst ein noch so guter Imitator nicht nachahmen. Deshalb war Mike Martins Stimme vor seinem Aufbruch nach Bagdad zu Vergleichszwecken aufgezeichnet worden. Alle seine bisherigen Sendungen waren mit dieser Aufnahme verglichen worden, damit sichergestellt war, daß sie wirklich von ihm stammten.

Auch die Stimme, die in dieser Nacht aus Bagdad kam, entsprach genau der aufgezeichneten Stimme. Sie gehörte Martin und sonst niemandem.

Als nächstes befürchtete Paxman, Martin sei gefangengenommen, gefoltert und »umgedreht« worden, so daß er jetzt unter Zwang sende. Aber er verwarf diese Idee gleich als höchst unwahrscheinlich.

Es gab vereinbarte Signale – bestimmte Wörter, ein Zögern, eine Pause, ein Hüsteln –, die den Empfängern in Riad gezeigt hätten,

381

daß dies kein freiwillig abgesetzter Funkspruch war. Außerdem war seine vorletzte Meldung erst vor drei Tagen eingegangen.

Die irakische Geheimpolizei war zwar bestimmt brutal, aber sie arbeitete nicht schnell. Und Martin war verdammt zäh. Ein so schnell gebrochener und umgedrehter Martin wäre nur noch ein menschliches Wrack gewesen – was sich in seiner Sprechweise hätte zeigen müssen.

Das bedeutete, daß Martin die Wahrheit sagte: Seine vorgelesene Meldung entsprach genau der Nachricht, die er erst in dieser Nacht von Jericho bekommen hatte. Das ließ weitere Möglichkeiten offen. Jericho konnte recht haben, sich irren oder bewußt lügen.

»Julian möchte runterkommen«, wies Paxman einen der Funker an.

Während der Mann hinaufging, um den SIS-Residenten aus dem Bett zu holen, rief Paxman die Privatnummer seines amerikanischen Kollegen Chip Barber an.

»Chip, sehen Sie zu, daß Sie schnellstens herkommen«, forderte er ihn auf.

Der CIA-Mann war augenblicklich hellwach. Irgend etwas im Tonfall des Engländers sagte ihm, daß dies nicht der richtige Augenblick war, sich schlaftrunken zu stellen.

»Probleme, Kumpel?«

»Sieht so aus«, gab Paxman zu.

Der Amerikaner brauchte keine halbe Stunde, um quer durch Riad zu fahren und die SIS-Villa zu erreichen – mit Hose und Pullover über seinem Schlafanzug. Inzwischen war es ein Uhr morgens.

Paxman hatte Martins Funkspruch unterdessen nicht nur auf Tonband, sondern auch schriftlich in Arabisch und Englisch vorliegen. Die beiden Funker, die fließend arabisch sprachen, weil sie seit Jahren im Nahen Osten arbeiteten, konnten bestätigen, daß Martins Übersetzung richtig war.

»Das muß ein Witz sein«, sagte Barber, als er das Tonband hörte.

Paxman erläuterte ihm, wodurch sie sich vergewissert hatten, daß dies tatsächlich Martin war, der nicht unter Zwang sprach.

»Hör zu, Simon, Jericho berichtet nur, was Saddam Hussein

heute morgen, Entschuldigung, gestern morgen *angeblich* gesagt hat. Vielleicht hat Saddam Hussein gelogen. Wir wissen doch, daß er lügt, wie er atmet!«

Ob gelogen oder nicht – dies war keine Angelegenheit, für die Riad zuständig gewesen wäre. Die hiesigen SIS- und CIA-Residenturen lieferten ihren Generalen taktische und sogar strategische Informationen von Jericho, aber für Politik waren nur London und Washington zuständig. Barber sah auf seine Armbanduhr. In Washington war es 18.30 Uhr.

»In der Heimat sind sie dabei, ihre Cocktails zu mixen«, stellte er fest. »Macht sie lieber stark, Jungs! Ich schicke den Text sofort nach Langley.«

»Kakao und Biskuits in London«, sagte Paxman. »Ich schicke ihn ans Century. Sollen sie zusehen, was sie damit anfangen.«

Barber fuhr zurück, um seine Ausfertigung des Funkspruchs verschlüsselt an Bill Stewart übermitteln zu lassen, und gab dabei die höchste Dringlichkeitsstufe *cosmic* an. Sie bedeutete, daß die Entschlüßler ihn finden mußten, wo immer er sich aufhielt, und auffordern würden, sich über eine abhörsichere Verbindung zu melden.

Die andere Ausfertigung ließ Paxman für Steve Laing übermitteln, der mitten in der Nacht geweckt und angewiesen werden würde, sein warmes Bett zu verlassen und durch die eisige Nacht nach London zurückzufahren.

Darüber hinaus konnte Paxman noch etwas veranlassen, was er auch tat. Martin war in dieser Nacht um vier Uhr morgens über Funk erreichbar und würde auf Empfang sein. Paxman wartete, bis es soweit war, und schickte seinem Mann in Bagdad einen kurzen, aber sehr nachdrücklichen Befehl. Martin sollte bis auf weiteres nicht mehr versuchen, sich einem seiner sechs toten Briefkästen zu nähern. Für alle Fälle.

Karim, der jordanische Student, machte bei seinem Werben um Fräulein Edith Hardenberg langsame, aber stetige Fortschritte. Sie gestattete ihm, ihre Hand zu halten, wenn sie durch die Straßen Alt-Wiens schlenderten, auf deren Gehsteigen eine dünne Eisschicht unter ihren Schuhen knisterte. Sie gestand sich sogar ein, daß sie das Händehalten als angenehm empfand.

In der zweiten Januarwoche besorgte sie Karten fürs Burgtheater – die Karim bezahlte. Gespielt wurde Friedrich Hebbels *Gyges und sein Ring*.

Auf der Fahrt ins Theater schilderte sie Karim aufgeregt die Handlung: »Der König von Lydien gibt seine schöne Gemahlin Rhodope unbekleidet den Augen seines Gastfreundes Gyges preis. In tödlich beleidigter Würde läßt sie ihn ermorden, vermählt sich mit Gyges, erdolcht sich aber gleich nach der Hochzeit.« Karim verfolgte das Geschehen auf der Bühne sichtlich fasziniert und bat mehrmals flüsternd um Erklärungen anhand des Textes, in dem er mitlas.

Edith war es ein Vergnügen, seine Fragen in der Pause zu beantworten. Aber später beklagte Avi Herzog sich bei Barzilai darüber, das sei etwa so aufregend gewesen, als sehe man zu, wie Farbe trockne.

»Du bist ein Philister«, sagte der Mossad-Agent. »Völlig ohne Kultur.«

»Ich bin nicht wegen der Kultur hier«, stellte Avi fest.

»Dann sieh zu, daß du vorankommst, Junge!«

Am Sonntag besuchte Edith als fromme Katholikin die Messe in der Votivkirche. Karim erklärte ihr, als Moslem könne er sie nicht begleiten, aber er werde in einem Café auf der anderen Seite des Platzes auf sie warten.

Als sie dann beim Kaffee saßen, zu dem er auch Edith einen Cognac bestellte, der einen rosigen Schimmer auf ihre Wangen zauberte, erläuterte Karim ihr die Gemeinsamkeiten zwischen Christentum und Islam: die gemeinsame Anbetung eines einzigen wahren Gottes, die lange Reihe von Patriarchen und Propheten, die Lehren der heiligen Schriften und die Moralgebote. Edith war ängstlich, aber zugleich fasziniert. Sie fragte sich, ob sie durch ihr Zuhören ihre unsterbliche Seele gefährde, aber sie staunte auch darüber, daß Moslems keine Götzendiener waren, wie sie bisher immer angenommen hatte.

»Ich möchte mit dir zu Abend essen«, sagte Karim drei Tage später.

»Ja, gern, aber du gibst zuviel für mich aus«, antwortete Edith rasch. Sie stellte fest, daß es ihr Freude machte, in sein junges Gesicht und seine sanften braunen Augen zu blicken, während sie sich ständig warnend sagte, der zwischen ihnen bestehende Altersunterschied von zehn Jahren mache alles andere als eine platonische Freundschaft ganz unmöglich.

»Nicht in einem Restaurant.«

»Wo denn sonst?«

»Kochst du für mich, Edith? Du kannst doch kochen? Echte Wiener Spezialitäten?«

Schon der Gedanke daran ließ sie erröten. Wenn sie nicht gerade allein ins Konzert ging, bereitete sie sich abends in der Kochnische ihres Apartments einen kleinen Imbiß zu. Aber ich *kann* kochen! dachte sie fast trotzig. Es ist nur schon so lange her...

Außerdem, sagte sie sich, hat er mich in mehrere sündteure Restaurants ausgeführt... und ist ein äußerst höflicher, wohlerzogener junger Mann. Eine harmlose Einladung kann bestimmt nicht schaden.

Die Behauptung, Jerichos Mitteilung in der Nacht zum 13. Januar habe in bestimmten Geheimdienstkreisen Londons und Washingtons Verwirrung ausgelöst, wäre eine Untertreibung. Es handelte sich eher um kontrollierte Panik.

Eines der Probleme ergab sich aus dem winzigen Kreis von Personen, die überhaupt von Jerichos Existenz wußten – oder sogar die Einzelheiten kannten. Das Prinzip, daß keiner mehr erfahren darf, als er wissen muß, mag kleinlich oder wie eine Manie wirken, aber es funktioniert aus einem ganz bestimmten Grund.

Jeder Geheimdienst fühlt sich einem Agenten gegenüber verpflichtet, der unter höchst riskanten Umständen für ihn arbeitet – unabhängig davon, wie minderwertig dieser Agent sonst als Mensch sein mag.

Die Tatsache, daß Jericho ganz offenbar kein edelgesinnter Ideologe, sondern ein gewöhnlicher Söldner war, spielte dabei keine Rolle. Auch die Tatsache, daß er zynisch Hoch- und Landesverrat beging, war irrelevant. Die irakische Regierung galt ohnehin als abstoßend, so daß ein Schurke nur alle anderen verriet.

Der springende Punkt war, daß Jericho – abgesehen von seinem unverkennbaren Wert und der Tatsache, daß seine Informationen dazu beitragen konnten, die Verluste der Alliierten auf dem Schlachtfeld geringzuhalten – ein hochkarätiger Agent war, von dessen Existenz in beiden Geheimdiensten nur einige wenige Eingeweihte wußten. Bisher hatte noch kein Minister, kein Politiker, kein Beamter und kein Soldat offiziell erfahren, daß Jericho überhaupt existierte.

Deshalb war das von ihm gelieferte Material auf verschiedenste Weise getarnt worden. Eine ganze Reihe von Legenden war ausgearbeitet worden, um diese Flut von Informationen aus dem Irak zu erklären.

Militärische Informationen stammten angeblich von irakischen Soldaten, die in Scharen aus Kuwait desertierten, darunter auch ein fiktiver Major, der an einem geheimgehaltenen Ort im Nahen Osten, aber außerhalb Saudi-Arabiens, eingehend befragt wurde.

Wissenschaftliche und technische Informationen über Massenvernichtungswaffen wurden zwei Quellen zugeschrieben: einem irakischen Doktoranden, der zu den Briten übergelaufen war, nachdem er am Imperial College studiert und sich in eine Engländerin verliebt hatte, und einer intensiven zweiten Befragung europäischer Techniker, die zwischen 1985 und 1990 im Irak gearbeitet hatten.

Politische Informationen wurden dem Flüchtlingsstrom, der den Irak verließ, geheimen Funkmeldungen aus Kuwait und brillanter Funkaufklärung und elektronischer Überwachung aus der Luft zugeschrieben.

Aber wie sollte man einen Bericht mit Saddam Husseins eigenen Worten, so bizarr sein Anspruch auch gewesen sein mochte, während einer Geheimsitzung in seinem eigenen Palast erklären, ohne die Existenz eines Agenten in der Bagdader Führungsriege einzugestehen?

Die mit diesem Eingeständnis verbundenen Gefahren waren in der Tat erschreckend. Vor allem gab es undichte Stellen. Die gibt es ständig und überall. Schriftstücke aus dem Kabinett, von Behörden vorgelegte Denkschriften, sogar der Schriftverkehr zwischen Ministerien – nichts als undichte Stellen.

Aus der Sicht der Geheimdienste sind Politiker am schlimmsten. Will man den Alpträumen von Chefspionen glauben, reden sie mit ihren Frauen, Freundinnen, Freunden, Friseuren und Fahrern. Sie unterhalten sich sogar vertraulich miteinander, während ein Ober sich über ihren Tisch beugt.

Berücksichtigt man noch, daß in Großbritannien und Amerika

Presse- und andere Medienveteranen tätig sind, im Vergleich zu denen Scotland Yard und FBI begriffsstutzig wirken, steht man wirklich vor dem Problem, Jerichos Material glaubwürdig zu erklären, ohne die Existenz Jerichos zuzugeben.

Darüber hinaus gab es in London und Washington noch immer Hunderte von irakischen Studenten, von denen einige bestimmt Agenten von Dr. Ismail Ubaidis Muchabarat waren und den Auftrag hatten, alles zu melden, was sie sahen oder hörten.

Es handelte sich nicht etwa darum, daß Jericho namentlich genannt werden könnte; das wäre unmöglich gewesen. Aber ein einziger Hinweis darauf, daß aus Bagdad Informationen gekommen waren, die nicht hätten kommen dürfen, hätte genügt, um Rahmanis Spionageabwehr mit Hochdruck daran arbeiten zu lassen, den Informanten zu enttarnen und zu isolieren. Das bedeutete bestenfalls, daß Jericho in Zukunft schwieg, um sich selbst zu schützen, und schlimmstenfalls seine Verhaftung.

Während der Countdown bis zum Beginn des Luftkriegs weiterlief, wandten die beiden Geheimdienste sich erneut an ihre bereits konsultierten Atomphysiker und baten um eine rasche Neubewertung der ihnen schon vorliegenden Informationen. War es etwa doch möglich, daß der Irak über eine größere und schnellere Isotopentrennanlage verfügte, als bisher allgemein angenommen worden war?

In Großbritannien wurden die Experten in Harwell und Aldermaston erneut konsultiert; in Amerika waren es die in den Forschungsstätten Sandia, Lawrence Livermore und Los Alamos. Vor allem das Department Z in Livermore, das die Verbreitung von Nukleartechnik in der dritten Welt verfolgt, wurde dringend um Auskunft gebeten.

Die Eierköpfe wiederholten ziemlich gereizt, was sie ursprünglich ausgeführt hatten. Selbst wenn man den schlimmsten Fall annehme, sagten sie, und davon ausgehe, daß nicht eine, sondern zwei Kaskaden von Gasdiffusionszentrifugen nicht nur ein, sondern zwei Jahre lang in Betrieb gewesen seien, könne der Irak unmöglich mehr als die Hälfte des Urans 235 besitzen, das er für einen Atomsprengkörper mittlerer Größe benötige.

Damit hatten die Geheimdienste die Wahl zwischen mehreren Möglichkeiten.

Saddam Hussein hat sich getäuscht, weil er selbst belogen worden ist. Schlußfolgerung: unwahrscheinlich. Die Verantwortlichen hätten diesen empörenden Versuch, den Rais zu täuschen, mit ihrem Leben bezahlt.

Saddam Hussein hat es gesagt, aber dabei gelogen. Schlußfolgerung: durchaus denkbar. Ein Versuch, die Stimmung seiner ängstlichen und demoralisierten Anhänger zu heben. Aber warum hatte er diese Mitteilung nur den Fanatikern des Kommandorats der Revolution gemacht, die nicht ängstlich und demoralisiert waren? Propaganda als Stimmungsmache ist für die Massen, fürs Ausland bestimmt. Unlösbar.

Saddam Hussein hat es nicht gesagt. Erste Schlußfolgerung: Der ganze Bericht ist ein Lügengespinst.

Zweite Schlußfolgerung: Jericho hat gelogen, weil er geldgierig ist und fürchtet, daß seine Zeit wegen des bevorstehenden Krieges bald ablaufen wird. Immerhin hatte er für diese Information eine Million Dollar verlangt.

Jericho hat gelogen, weil er enttarnt worden ist und alles verraten hat. Schlußfolgerung: ebenfalls möglich – und für den Mann in Bagdad lebensgefährlich, wenn er weiter Verbindung zu halten versucht.

In diesem Augenblick übernahm die CIA energisch die Führung. Da Langley das ganze Unternehmen finanzierte, war sie dazu durchaus berechtigt.

»Die Sache läuft auf folgendes hinaus, Steve«, sagte Bill Stewart in Langley, als er am Abend des 14. Januar mit Steve Laing im Century House telefonierte. »Saddam Hussein hat unrecht oder lügt; Jericho hat unrecht oder lügt. Und Onkel Sam ist keineswegs bereit, für solchen Schund eine Million Greenbacks auf ein Konto in Wien zu überweisen.«

»Die unberücksichtigte Möglichkeit kann unter keinen Umständen zutreffen, Bill?«

»Welche meinen Sie?«

»Daß Saddam Hussein es gesagt und *nicht* gelogen hat?«

»Ausgeschlossen! Wir sollen betrogen werden. Aber darauf fallen wir nicht herein. Hören Sie, Jericho ist neun Wochen lang erstklassig gewesen, obwohl wir seine früheren Informationen jetzt nochmals überprüfen müssen. Bisher hat er gutes Material geliefert, aber sein letzter Bericht hat alles entwertet. Damit hat er uns praktisch die Zusammenarbeit aufgekündigt. Wir wissen nicht, warum – aber das ist die Schlußfolgerung von höchster Stelle.«

»Uns bringt das Probleme, Bill.«

»Das ist mir klar, mein Freund, deshalb rufe ich Sie sofort nach einer Besprechung mit dem Direktor an. Jericho ist geschnappt worden und hat alles verraten, als sie ihn in die Mangel genommen haben, oder befindet sich im Augenblick auf der Flucht. Aber sobald er merkt, daß wir nicht die Absicht haben, ihm eine Million Dollar zu schicken, wird er vermutlich unangenehm. Beides ist für Ihren Mann in Bagdad gleich schlecht. Er ist ein guter Mann, stimmt's?«

»Unser bester Mann. Verdammt mutig.«

»Sie müssen ihn dort rausholen, Steve. Schnellstens.«

»Das müssen wir dann wohl, Bill. Danke für den Tip. Schade, das ist ein gutes Unternehmen gewesen.«

»Erstklassig, solange es gedauert hat.«

Stewart legte auf, Laing ging nach oben zu Sir Colin. Die Entscheidung wurde binnen einer Stunde getroffen.

Zur Frühstückszeit am Morgen des 15. Januar in Saudi-Arabien wußten alle fliegenden Besatzungen aus Amerika, Großbritannien, Frankreich, Italien, Saudi-Arabien und Kuwait, daß sie Krieg führen würden.

Die Politiker und Diplomaten, so ihre Überzeugung, hatten es nicht geschafft, ihn zu verhindern. Tagsüber stellten alle Luftwaffeneinheiten volle Einsatzbereitschaft her.

Die drei Nervenzentren des bevorstehenden Luftkriegs befanden sich in Riad.

Am Rande der Riyadh Military Airbase war eine Gruppe riesiger klimatisierter Zelte aufgeschlagen, die wegen des grünen Lichts, das durch die Zeltleinwand fiel, als »Die Scheune« bekannt war. Dies war der erste Filter für die Flutwelle aus Luftbildern, die seit Wochen hereinströmte und sich in den kommenden Wochen verdoppeln und verdreifachen würde.

Das Produkt der Scheune, eine Zusammenfassung der wichtigsten Luftbildinformationen, die das Ergebnis unzähliger Aufklärungsflüge waren, wurden eineinhalb Kilometer weiter ins Oberkommando der saudiarabischen Luftstreitkräfte geschickt, in dessen Stabsgebäude die alliierte Central Air Force (CENTAF) einquartiert war.

Der hundertfünfzig Meter lange, auf Stelzen stehende Riesenbau aus fleckig gewordenem Beton und Glas ist voll unterkellert, und in diesen unterirdischen Räumen befand sich das CENTAF-Oberkommando.

Trotz seiner Größe war das Kellergeschoß nicht geräumig genug, so daß sich auf dem Parkplatz weitere Zelte und Bürocontainer drängten, in denen die Luftbilder genauer ausgewertet wurden.

Im Keller des Gebäudes lag der Brennpunkt des ganzen Geschehens: das Joint Imagery Production Center, ein Labyrinth aus miteinander in Verbindung stehenden Räumen, in denen während des Kriegs zweihundertfünfzig britische und amerikanische Luftbildauswerter aller drei Teilstreitkräfte und aller Dienstgrade arbeiteten. Dies war das Schwarze Loch.

Theoretisch befehligt wurde es von General Chuck Horner, dem Oberkommandierenden der alliierten Luftstreitkräfte, aber da er viel im gut eineinhalb Kilometer entfernten Verteidigungsministerium zu tun hatte, war sein Stellvertreter, General Buster Glosson, hier häufiger anzutreffen.

Die Luftkriegsplaner im Schwarzen Loch zogen täglich oder sogar stündlich die sogenannte Basic Target Graphic zu Rate, die aus einem Verzeichnis und einer Landkarte mit sämtlichen im Irak vorgesehenen Zielen bestand. Daraus stellten sie jeden Tag neu die Bibel aller Geschwaderkommandeure, Staffelchefs, Nachrichtenoffiziere, Einsatzplaner und fliegenden Besatzungen auf dem Golfkriegsschauplatz zusammen: die Air Tasking Order mit den jeweiligen Angriffszielen.

Die täglich herausgegebene ATO war ein sehr detailliertes Dokument mit über hundert Schreibmaschinenseiten. Seine Zusammenstellung dauerte drei Tage.

Als erstes kam die Aufteilung – die Entscheidung darüber, welcher Prozentsatz der einzelnen Zielarten im Irak an einem bestimmten Tag angegriffen werden konnte und welche verfügbaren Flugzeugmuster dafür geeignet waren.

Am zweiten Tag folgte die Festlegung – die Umwandlung des

festgelegten Prozentsatzes irakischer Ziele in wirkliche Zahlen mit entsprechenden Ortsangaben. Und am dritten Tag wurde die Zuweisung vorgenommen – die Entscheidung darüber, wer was bekommen würde. Im Verlauf der Zuweisung konnte zum Beispiel entschieden werden, dies sei etwas für die britischen Tornados, dies für die amerikanischen Strike Eagles, dies für die Tomcats der U. S. Navy, dies für die Phantoms – und jenes für die B-52 Stratofortress.

Erst danach erhielten alle Geschwader und Staffeln ihren Einsatzbefehl für den nächsten Tag. Für die Durchführung dieses Befehls waren sie selbst zuständig: Sie mußten die Ziele finden, die Anflugroute ausarbeiten, die Luftbetankung vorsehen, die Angriffsrichtung festlegen, für alle Fälle Ausweichziele bestimmen und den Rückflug vorausplanen.

Der Staffelchef teilte seine Besatzungen ein – viele Staffeln hatten mehrere Einsätze pro Tag zu fliegen –, bestimmte die Führer der einzelnen Gruppen und legte ihre Rottenflieger fest.

Die Air Weapons Officers, zu denen auch Don Walker gehörte, wählten die Flugzeugbewaffnung aus: »eiserne« oder »dumme« Bomben, die ungelenkt waren, lasergelenkte Bomben, lasergelenkte Raketen und so weiter.

Gut eineinhalb Kilometer entfernt lag an der Old Airport Road das dritte Gebäude. Das saudiarabische Verteidigungsministerium ist ein riesiger Komplex aus fünf miteinander verbundenen Bauten aus leuchtend weißem Stahlbeton, sechs Stockwerke hoch und mit kannellierten Säulen bis hinauf zum dritten Stock.

In diesem dritten Stock hatte General Norman Schwarzkopf eine elegante Suite zugewiesen bekommen, die er kaum jemals benutzte, weil er häufig in einem kleinen Einzimmerapartment im Tiefparterre schlief, um seiner Kommandozentrale näher zu sein.

Insgesamt ist das Ministerium mit vierhundert Metern Länge und dreißig Metern Höhe ein großzügig dimensioniertes Gebäude, dessen reichliches Raumangebot sich im Golfkrieg bezahlt machte, als Riad ganz überraschend so viele Ausländer unterbringen mußte.

Unter der Erde befindet sich ein zweigeschossiger Keller, der so lang wie das Ministerium ist, und von diesen vierhundert Metern erhielt das alliierte Oberkommando sechzig zugewiesen.

Dort saßen die Generale während des ganzen Kriegs in einer Art Konklave zusammen und verfolgten die Entwicklung auf einer riesigen Landkarte, während Stabsoffiziere erläuterten, was getan worden war, was verfehlt worden war, was sich gezeigt oder bewegt hatte, womit die Iraker sich gewehrt oder wie sie sonst reagiert hatten.

Vor der heißen Sonne dieses Januartags geschützt, stand ein britischer Major vor der Wandkarte mit den siebenhundert im Irak festgelegten Zielen – zweihundertvierzig Primärziele, der Rest Sekundärziele – und bemerkte:

»Nun, das dürfte ungefähr alles sein.«

Leider war das nicht alles. Ohne daß die Planer trotz all ihrer Satelliten und ihrer Technologie etwas davon ahnten, waren sie allein durch menschlichen Einfallsreichtum in Form von Tarnung und »Maskirowka« getäuscht worden.

In Hunderten von Stellungen überall im Irak und in Kuwait standen irakische Panzer unter ihren Tarnnetzen kampfbereit, alle auf den Zielkarten der Alliierten verzeichnet, weil Aufklärungsflugzeuge ihre Metallmasse geortet hatten. Viele von ihnen bestanden jedoch aus Blech, Pappe und Sperrholz, während mit Schrott gefüllte Ölfässer in ihrem Innern die Metallsensoren der Aufklärer ansprechen ließen.

Dutzende von schrottreifen Lastwagen trugen jetzt nachgeahmte Abschußrohre für Scud-Raketen, und diese mobilen »Abschußrampen« würden alle feierlich zerstört werden.

Schlimmer war jedoch, daß siebzig Primärziele, die mit der Herstellung von Massenvernichtungswaffen zu tun hatten, nicht entdeckt worden waren, weil sie tief unter der Erde angelegt oder raffiniert als etwas anderes getarnt worden waren.

Erst später würden die Planer sich den Kopf darüber zerbrechen, wie die Iraker es geschafft hatten, vernichtete Divisionen mit so unglaublicher Geschwindigkeit neu aufzustellen; erst später würden UNO-Inspektoren eine Fabrik nach der anderen, ein Lager nach dem anderen entdecken, die der Zerstörung entgangen waren, und mit der Gewißheit abreisen, daß dort weitere unterirdische Produktionsstätten zu finden gewesen wären.

Aber an diesem heißen Tag Anfang 1991 wußte das alles noch niemand. Die jungen Männer auf den Flugplätzen von Tabuk im Westen bis nach Bahrain im Osten und hinunter zu dem ultrageheimen Stützpunkt Khamis Mushait im Süden wußten nur, daß für sie in vierzig Stunden der Krieg beginnen würde – und daß einige von ihnen nicht zurückkommen würden.

Am letzten Tag vor Beginn der abschließenden Einsatzbesprechungen schrieben die meisten von ihnen nach Hause. Manche kauten auf ihren Bleistiften herum und fragten sich, was sie schreiben sollten; andere dachten an Frau und Kinder und weinten beim Schreiben. Hände, die daran gewöhnt waren, viele Tonnen todbringenden Metalls zu kontrollieren, versuchten, unzulängliche Worte zu Sätzen zu formen, die sagen sollten, was sie empfanden; Liebende versuchten auszudrücken, was sie schon früher hätten flüstern sollen; Väter ermahnten ihre Söhne, sich um ihre Mütter zu kümmern, falls das Schlimmste eintrete.

In Al-Kharz erfuhr Hauptmann Don Walker die Neuigkeit wie alle übrigen Piloten und Besatzungsmitglieder der Rocketeers der 336th TFS aus einer knappen Ankündigung ihres Geschwaderkommodores. Es war erst kurz vor neun Uhr morgens, aber die Sonne brannte schon unbarmherzig auf die in der Hitze flimmernde Wüste herab.

Diesmal unterblieben die sonst üblichen Frotzeleien, als die Männer das für Einsatzbesprechungen aufgeschlagene Zelt verließen: Jeder hing seinen eigenen Gedanken nach, die sich sehr ähnelten: Der letzte Versuch, einen Krieg zu vermeiden, war unternommen worden und fehlgeschlagen; Politiker und Diplomaten waren von einer Konferenz zur anderen gehastet, hatten posiert und Erklärungen abgegeben, gedrängt, gefordert, gebettelt, gedroht und geschmeichelt, um einen Krieg zu vermeiden ... und hatten versagt.

Zumindest glaubten das diese jungen Männer, die eben erfahren hatten, daß es keine Verhandlungen mehr geben würde, und die nicht erfaßten, daß sie seit Monaten für diesen Tag vorgesehen waren.

Walker beobachtete, wie sein Staffelchef Steve Turner davonstapfte, um in seinem Zelt einen Brief an Betty-Jane daheim in Goldsboro, North Carolina, zu schreiben, den er ganz ehrlich für seinen möglicherweise letzten hielt. Randy Roberts wechselte noch ein paar gemurmelte Worte mit Boomer Henry, bevor sie sich zunickten und auseinandergingen.

Der Pilot aus Oklahoma blickte zu dem blaßblauen Himmelsgewölbe auf, das er schon als kleiner Junge in Tulsa hatte erobern wollen und unter dem er vielleicht schon bald in seinem dreißigsten Lebensjahr sterben würde, wandte sich ab und ging in Richtung Wüste davon. Wie die anderen wollte er jetzt allein sein.

Hier auf dem Stützpunkt Al-Kharz gab es keinen Zaun, nur das ockergelbe Meer aus Sand, Schiefer und Geröll, das sich bis zum Horizont und dahinter bis zum nächsten und übernächsten erstreckte. Walker kam an den halbkugelförmigen Zelthangars am Rand des betonierten Vorfelds vorbei, in denen Mechaniker die ihnen anvertrauten Flugzeuge warteten, und sah die Chefmechaniker Anweisungen geben und die ausgeführten Arbeiten kontrollieren, damit sichergestellt war, daß jedes ihrer Babys, wenn es jetzt endlich zum Einsatz kam, eine so perfekte Maschine war, wie Menschenhände sie überhaupt herstellen konnten.

Walker sah seine eigene Strike Eagle zwischen den anderen Flugzeugen stehen und war wie jedesmal, wenn er sie aus einiger Entfernung betrachtete, leicht eingeschüchtert von der stummen Bedrohlichkeit, die sie ausstrahlte. Die F-15E stand wie sprungbereit zusammengeduckt unter einem Schwarm aus Männern und Frauen, die über ihren massiven Rumpf krochen – immun gegen Liebe oder Leidenschaft, Haß oder Angst, geduldig auf den Augenblick wartend, in dem sie endlich das tun konnte, wozu sie vor vielen Jahren auf dem Reißbrett konstruiert worden war: einem vom Präsidenten der Vereinigten Staaten bestimmten Gegner Tod und Verderben zu bringen. Walker beneidete seine Eagle; obwohl sie unglaublich komplex war, konnte sie nichts fühlen, konnte niemals Angst haben.

Er ließ die Zeltstadt hinter sich zurück und ging über den schiefrigen Untergrund weiter. Der Schirm seiner Baseballmütze und seine Pilotenbrille schützten seine Augen, und er nahm die Sonnenhitze auf seinen Schultern kaum wahr.

Acht Jahre lang hatte er die Flugzeuge seines Landes geflogen, und er hatte es getan, weil die Fliegerei ihn begeisterte. Aber er hatte niemals wirklich über die Möglichkeit nachgedacht, er könnte im Luftkampf fallen. Irgendein Teil des Ichs jedes Jagdfliegers spielt mit dem Gedanken, seinen Mut, sein Können und die überragenden Leistungen seines Flugzeugs in einem richtigen, nicht nur vorgetäuschten Luftkampf gegen einen anderen Mann zu erproben. Ein anderer Teil nimmt jedoch stets an, dazu werde es nie kommen. Es werde niemals wirklich dazu kommen, anderer Mütter Söhne zu töten oder von ihnen getötet zu werden.

An diesem Morgen erkannte er wie seine Kameraden, daß es nun tatsächlich soweit war; daß seine jahrelange Ausbildung zuletzt dazu geführt hatte, daß er sich an diesem Tag an diesem Ort befand; daß er in vierzig Stunden erneut mit seiner F-15E starten, aber diesmal vielleicht nicht mehr zurückkommen würde.

Wie die anderen dachte Don Walker an die Heimat. Als Einzelkind und Lediger dachte er an seine Mom und seinen Dad. Er erinnerte sich an all die Orte und Zeiten seiner Kindheit in Tulsa, wie sie im Garten hinter dem Haus miteinander gespielt hatten, und an den Tag, an dem er seinen ersten Baseballhandschuh geschenkt bekommen und darauf bestanden hatte, daß sein Vater ihm als Pitcher Bälle zuwarf, bis die Sonne unterging.

In Gedanken erlebte er wieder die Ferien, die sie gemeinsam verbracht hatten, bevor er sein Elternhaus verlassen hatte, um zu studieren und zur Air Force zu gehen. Am besten erinnerte er sich an die Sommerferien, in denen sein Vater ihn als Zwölfjährigen zu einem Angelurlaub »nur für Männer« nach Alaska mitgenommen hatte.

Damals war Ray Walker fast zwanzig Jahre jünger, schlanker und besser in Form, stärker als sein Sohn gewesen, bevor die Jahre diese Tatsachen ins Gegenteil verkehrten. Gemeinsam mit anderen Urlaubern hatten sie einen Kajak mit Führer gemietet, waren durchs eisige Wasser der Glacier Bay gefahren und hatten beobachtet, wie Alaskabären auf den Berghängen Beeren suchten, Seehunde sich auf den letzten im August noch vorhandenen Eisschollen sonnten und die Sonne über dem Mendenhall-Gletscher hinter Juneau aufging. Gemeinsam hatten sie zwei über dreißig Kilogramm schwere Heilbutte aus dem Halibut Hole gezogen und im tiefen Wasser vor Sitka erfolgreich nach Buckellachsen gefischt.

Während er fern der Heimat über ein Meer aus glühend heißem Sand ging, merkte er, daß ihm Tränen übers Gesicht liefen, die in der Sonne trockneten, als er sie nicht wegwischte. Wenn er jetzt starb, würde er nie heiraten oder selbst Kinder haben. Zweimal war er nahe daran gewesen, einer Frau einen Heiratsantrag zu machen: einmal einer Mitstudentin im College, in die er als ganz junger Mann sehr verliebt gewesen war, und einmal einer reiferen Frau, die er außerhalb des Stützpunkts bei McConnell kennengelernt und die ihm erklärt hatte, sie könne niemals einen Jet-Jockey heiraten.

Jetzt wünschte er sich wie noch nie zuvor, selbst Kinder zu haben; er wünschte sich eine Frau, zu der er abends heimkommen, und eine Tochter, die er mit einer Gutenachtgeschichte ins Bett bringen, und einen Sohn, mit dem er Baseball und Football spielen, fischen und wandern konnte, wie sein Vater es mit ihm getan hatte. Und noch mehr wünschte er sich, nach Tulsa zurückzukehren und wieder seine Mutter umarmen zu können, die sich wegen vieler Dinge, die er getan hatte, große Sorgen machte und stets tapfer vorgegeben hatte, sich keine zu machen ...

Zuletzt kehrte der junge Pilot auf den Stützpunkt zurück, setzte sich in seinem Zelt, das er sich mit Kameraden teilte, an den wackligen Tisch und versuchte, einen Brief nach Hause zu schreiben. Es wurde kein guter Brief. Er war kein guter Briefschreiber. Es fiel ihm nicht leicht, seine Gedanken in Worte zu kleiden. Normalerweise schrieb er übers Wetter, den Dienst in der Staffel und gesellschaftliche Ereignisse. Aber dieser Brief war etwas anderes.

Wie so viele andere Söhne an diesem Tag schrieb er seinen Eltern einen zweiseitigen Brief. Er versuchte, ihnen zu erklären, was in seinem Kopf vorging – und das war nicht ganz einfach.

Er berichtete ihnen, was er an diesem Morgen erfahren hatte, erklärte ihnen, was die Nachricht bedeutete, und bat sie, sich keine Sorgen um ihn zu machen. Er hatte die beste Ausbildung der Welt erhalten und flog den besten Jäger der Welt in der besten Luftwaffe der Welt.

Er schrieb ihnen, es tue ihm leid, ihnen manchmal Kummer gemacht zu haben, und dankte ihnen für alles, was sie im Lauf der Jahre für ihn getan hatten – von der ersten Zeit seines Lebens, als sie ihm die Windeln gewechselt hatten, bis zu dem Tag, an dem sie durch halb Amerika angereist waren, um dabeizusein, als der General ihm bei seiner Abschlußparade das begehrte Pilotenabzeichen ansteckte.

In vierzig Stunden, erklärte er ihnen, würde er wieder mit seiner Eagle starten – aber diesmal unter anderen Voraussetzungen. Diesmal würde er erstmals versuchen, andere Menschen zu töten, und sie würden versuchen, ihn zu töten.

Er würde weder ihre Gesichter sehen, noch ihre Angst spüren, wie auch sie seine nicht fühlen würden, weil der moderne Krieg dies nicht zuließ. Aber falls sie erfolgreich waren und er fiel, sollten seine Eltern wissen, wie sehr er sie geliebt hatte und daß er hoffte, ihnen ein guter Sohn gewesen zu sein.

Als er fertig war, klebte er seinen Brief zu. Überall in Saudi-Arabien wurden an diesem Tag viele weitere Abschiedsbriefe zugeklebt. Danach sammelte die Feldpost sie ein, und sie wurden in Toronto und Tulsa und London und Rouen und Rom zugestellt.

In dieser Nacht empfing Mike Martin einen komprimierten Funkspruch von seinen Führungsoffizieren in Riad. Als er das Tonband ablaufen ließ, hörte er Simon Paxmans Stimme. Die Nachricht war nicht lang, aber deutlich und unmißverständlich.

Jerichos letzte Mitteilung war falsch, zu hundert Prozent falsch gewesen. Alle wissenschaftlichen Überprüfungen bewiesen, daß er unmöglich recht haben konnte.

Seine Falschmeldung mußte er bewußt oder unabsichtlich erstattet haben. Im ersten Fall konnte er aus Geldgier zur anderen Seite übergelaufen oder von ihr umgedreht worden sein. Im zweiten Fall stand ihm eine schlimme Enttäuschung bevor, denn die CIA weigerte sich strikt, für solches Material auch nur einen einzigen Dollar zu zahlen.

Unter diesen Umständen mußte angenommen werden, das ganze Unternehmen sei von Jericho an die irakische Spionageabwehr, »an deren Spitze Ihr Freund Hassan Rahmani steht«, verraten worden oder werde demnächst an sie verraten, wenn Jericho sich zu rächen versuchte, indem er Rahmani einen anonymen Hinweis gab.

Deshalb mußten alle sechs toten Briefkästen ab sofort als verraten gelten und durften unter keinen Umständen mehr benutzt werden. Martin sollte seine Vorbereitungen treffen, um den Irak bei erster sicherer Gelegenheit zu verlassen – möglicherweise im Schutz des Chaos, das dort binnen vierundzwanzig Stunden ausbrechen würde. Ende des Funkspruchs.

Für den Rest dieser Nacht ließ Mike Martin sich die Sache durch den Kopf gehen. Daß der Westen Jericho nicht glaubte, überraschte ihn keineswegs. Daß die Zahlungen an den Verräter jetzt eingestellt werden würden, war ein schwerer Schlag. Der Mann hatte nur wiedergegeben, was Saddam Hussein während einer Besprechung gesagt hatte. Saddam Hussein hatte also gelogen, das war nichts Neues. Was hätte Jericho sonst tun sollen – seine Äußerungen ignorieren? Aber die Frechheit, eine Million Dollar für diese Mitteilung zu fordern, hatte dem Faß den Boden ausgeschlagen.

In bezug auf die weitere Entwicklung war Paxmans Logik unwiderlegbar, Jericho würde feststellen, daß kein Geld mehr eingegangen war. Er würde wütend, rachsüchtig sein. Falls er nicht selbst enttarnt worden und dem Folterer Omar Khatib in die Hände gefallen war, konnte er ohne weiteres auf die Idee kommen, sich durch einen anonymen Hinweis zu rächen.

Trotzdem wäre das von Jericho töricht gewesen. Falls Martin verhaftet und gefoltert wurde – und er war sich nicht sicher, wie lange er Khatib und seinen Profis in der »Turnhalle« hätte standhalten können –, hätte seine Aussage Hinweise auf Jericho geliefert, wer immer er sein mochte.

Andererseits machten viele Leute Dummheiten. Paxman hatte recht: Die toten Briefkästen wurden möglicherweise überwacht.

Was seine Flucht aus Bagdad betraf, war das leichter gesagt, als getan. Auf den Märkten hatte Martin aufgeschnappt, daß Streifen von AMAM und Militärpolizei, die nach Deserteuren und Wehrdienstverweigerern fahndeten, alle aus der Stadt hinausführenden Straßen streng kontrollierten. Das Schreiben mit Kulikows Unterschrift berechtigte ihn nur dazu, in Bagdad als Gärtner des sowjetischen Diplomaten zu arbeiten. Wie sollte er an einem Kontrollpunkt erklären, was er in dieser Funktion auf dem Weg in die westliche Wüste, in der sein Motorrad vergraben war, zu suchen hatte?

Zuletzt beschloß er, vorerst weiter im Haushalt des sowjetischen Diplomaten zu bleiben. In ganz Bagdad war das vermutlich der sicherste Ort.

15

Die Saddam Hussein gesetzte Frist zur Räumung Kuwaits lief am 16. Januar 1991 um Mitternacht ab. In Tausenden von Zimmern, Containern, Zelten und Kabinen in ganz Saudi-Arabien, auf dem Roten Meer und im Persischen Golf sahen Männer auf ihre Uhren und wechselten dann einen Blick. Viel zu sagen gab es ohnehin nicht.

Zwei Stockwerke unter dem saudiarabischen Verteidigungsministerium, hinter den Stahltüren, die jeden Banktresor der Welt hätten schützen können, trat fast eine gewisse Ernüchterung ein. Nach all der Arbeit und den Planungen gab es nichts mehr zu tun – zumindest für einige Stunden. Jetzt waren die jüngeren Männer dran. Sie hatten ihre Aufträge, die sie in stockfinsterer Nacht hoch über den Köpfen der Generale ausführen würden.

Um 2.15 Uhr betrat General Schwarzkopf den Lageraum. Alle standen auf. Er verlas laut seinen Tagesbefehl an die Truppe, ein Militärgeistlicher sprach ein Gebet, und der Oberbefehlshaber sagte: »Okay, an die Arbeit!«

Weit draußen in der Wüste waren Männer bereits an der Arbeit. Die ersten Maschinen jenseits der irakischen Grenze waren keine Bomber oder Jäger, sondern acht Kampfhubschrauber Apache der 101. Luftlandedivision der Army. Ihr Auftrag war begrenzt, aber entscheidend wichtig.

Nördlich der Grenze, aber noch vor Bagdad, lagen zwei große irakische Radarstellungen, deren Antennen das gesamte Gebiet zwischen dem Persischen Golf im Osten bis zur Wüste im Westen überwachten.

Obwohl die Hubschrauber im Vergleich zu überschallschnellen Jagdbombern langsam fliegen, wurden sie aus zwei Gründen eingesetzt. Durch Tiefstflug über der Wüste konnten sie das Radar unterfliegen und sich den Stellungen unbemerkt nähern; außerdem brauchten die Generale die auf Beobachtung aus nächster Nähe basierende Gewißheit, daß die Stellungen tatsächlich zerstört waren. Diese Bestätigung konnten nur die Hubschrauber liefern. Wären die Radargeräte funktionstüchtig geblieben, hätten sie vielen alliierten Fliegern das Leben kosten können.

Die Kampfhubschrauber erfüllten ihren Auftrag hundertprozentig. Sie waren noch nicht bemerkt worden, als sie das Feuer eröffneten. Ihre Besatzungen trugen Helme mit Nachtsichtgeräten, die ihnen die Ziele auch nachts wie in hellem Mondschein vor ihnen liegend zeigten.

Als erstes zerstörten sie die Dieselgeneratoren zur Stromversorgung der Radargeräte, dann die Fernmeldeeinrichtungen, die dazu hätten dienen können, ihren Angriff an entferntere Fla-Raketenstellungen weiterzumelden, und zuletzt die schüsselförmigen Radarantennen. In weniger als zwei Minuten verschossen sie siebenundzwanzig lasergesteuerte Lenkwaffen Hellfire, hundert 70-mm-Raketen und viertausend Schuß MK-Munition. Von beiden Radarstellungen blieben nur rauchende Trümmer übrig.

Der Angriff riß ein gähnendes Loch in das irakische Luftverteidigungssystem, und diese Lücke nutzten alle folgenden Maschinen, die in dieser Nacht angriffen.

Fachleute, die General Chuck Horners Luftkriegsplan einsehen durften, haben die Ansicht vertreten, er gehöre vermutlich mit zu den brillantesten jemals aufgestellten. Er kombinierte systematisch angewandte chirurgische Präzision mit genügend Flexibilität, um jeden Notfall, der eine Abwandlung erforderte, beherrschen zu können.

Die Stufe eins war in ihrer Zielsetzung völlig eindeutig und führte dann zu den drei weiteren Stufen. Sie sollte die gesamte irakische Luftverteidigung zerstören, um die anfangs vorhandene Luftüberlegenheit der Alliierten in eine absolute Luftherrschaft zu verwandeln. Damit die restlichen drei Stufen innerhalb der selbst festgelegten Frist von fünfunddreißig Tagen verwirklicht werden konnten, mußten die alliierten Flugzeuge sich im irakischen Luftraum frei und ungehindert bewegen können.

Entscheidend für die Ausschaltung der irakischen Luftabwehr war die Zerstörung ihrer Radargeräte. Im modernen Luftkrieg ist Radar – trotz all der brillanten Waffen im Arsenal der Kriegführenden – das wichtigste und meistgebrauchte Werkzeug.

Radar entdeckt die anfliegenden feindlichen Flugzeuge, Radar führt die eigenen Abfangjäger; Radar lenkt die Fla-Raketen und richtet die Fla-Geschütze.

Zerstört man die Radargeräte, ist der Gegner blind – wie ein Schwergewichtsboxer, der im Ring steht, aber nichts sehen kann. Er ist vielleicht noch groß und stark, kann vielleicht noch kräftig zuschlagen, aber sein Gegner kann um den blinden Samson herumtänzeln und dem hilflosen Giganten mit Haken und kurzen Geraden zusetzen, bis das absehbare Ende eintritt.

Sobald diese große Bresche in die vorgeschobene irakische Radarkette geschlagen war, röhrten die Tornados und Eagles, die F-111 Aardvark und F-4G Wild Weasel hindurch, zerstörten Radarstellungen weiter im Landesinneren, griffen die dazugehörigen Fla-Raketenstellungen an, zielten auf Befehlsstände, in denen irakische Generale saßen, und vernichteten die Fernmeldezentralen, über die sie mit weit entfernten Truppenteilen Verbindung zu halten versuchten.

Draußen im Golf schossen die Schlachtschiffe *Missouri* und *Wisconsin* und der Kreuzer *San Jacinto* in dieser Nacht zweiundfünfzig Marschflugkörper Tomahawk ab. Die durch eine Kombination aus Datenbank und Bugkamera gelenkte Tomahawk folgt dem Gelände im Konturenflug und erreicht auf vorausberechneten Zickzackkursen das Zielgebiet. Dort »sieht« sie ihr Ziel, vergleicht es mit dem gespeicherten Bild, findet ein ganz bestimmtes Gebäude und steuert es an.

Die F-4G Wild Weasel ist eine speziell zur Bekämpfung von Radarstellungen umgebaute Phantom, deren Bewaffnung aus zehn Lenkwaffen HARM – High-Speed Anti Radiation Missile – besteht. Sucht ein Radargerät den Luftraum ab, strahlt seine Antenne elektromagnetische Wellen ab. Das ist unvermeidbar. Die HARM hat die Aufgabe, mit ihren Sensoren diese Wellen zu orten und das Radargerät anzusteuern, bevor sie detoniert.

Das bestimmt seltsamste aller Kampfflugzeuge, die in dieser Nacht nach Norden unterwegs waren, war die als »Stealth-« oder »Tarnkappen-Jäger« bekannte F-117A.

Der völlig schwarze Stealth-Jäger ist so gebaut, daß seine vielen schrägen Flächen die auftreffende Radarenergie zum größten Teil zerstreut, während der Rest vom Rumpf absorbiert wird, so daß er das feindliche Radarsignal nicht zum Empfänger zurückwirft, der daraus seinen Standort errechnen würde.

Die dadurch unsichtbaren amerikanischen F-117A schlüpften in dieser Nacht unerkannt durch die irakischen Radarketten, um ihre vierhundertfünfzig Kilogramm schweren lasergelenkten Bomben präzise auf vierunddreißig Ziele abzuwerfen, die zum nationalen Luftverteidigungssystem gehörten. Dreizehn dieser Ziele lagen in Bagdad und seiner näheren Umgebung.

Als die Bomben einschlugen, schossen die Iraker blind in die Luft, konnten aber nichts sehen und verfehlten ihre Ziele. Im Arabischen hießen die Stealth-Jäger »Shabah«, was »Gespenst« bedeutet.

Stationiert waren die F-117A auf dem geheimen Stützpunkt Khamis Mushait tief im Süden Saudi-Arabiens, wohin sie von ihrem ebenso geheimen Heimatflughafen Tonopah, Nevada, verlegt worden waren. Während weniger glückliche amerikanische Flieger in Zelten leben mußten, lag Khamis Mushait zwar mitten in der Wüste, aber mit bombensicheren Schutzbauten und klimatisierten Unterkünften errichtet und darum für die kostbaren Stealth-Jäger ausgesucht worden.

Da sie so weit fliegen mußten, gehörten ihre Einsätze zu den längsten des Golfkriegs: bis zu sechs Stunden vom Start bis zur Landung, alle unter Streß. Sie schlängelten sich unentdeckt durch eines der am dichtesten gestaffelten Luftverteidigungssysteme der Welt – das um Bagdad –, ohne in dieser oder irgendeiner anderen Nacht auch nur einen einzigen Treffer zu erhalten.

Sobald ihr Auftrag ausgeführt war, verschwanden sie wieder, kreuzten wie Stachelrochen in nachtdunkler See und kehrten nach Khamis Mushait zurück.

Die gefährlichsten Einsätze dieser Nacht flogen die britischen Tornados mit ihren großen, schweren Bomben JP-233 zur Zerstörung von Rollfeldern. Ihr auf zwei Wochen begrenzter Auftrag lautete: »Unbrauchbarmachung von Flugplätzen.«

Dabei standen sie vor einem zweifachen Problem. Die Iraker hatten ihre Militärflugplätze in riesigen Dimensionen angelegt; so war Tallil viermal größer als London-Heathrow und wies sechzehn Startbahnen und Rollwege auf, die ebenfalls für Starts und Landungen benutzt werden konnten. Es war einfach unmöglich, sie alle zu zerstören.

Das zweite Problem betraf Abwurfhöhe und Geschwindigkeit. Die Tornados mußten ihre Bombe JP-233 in stabilisiertem Horizontalflug abwerfen. Und selbst nach dem Abwurf blieb ihnen nichts anderes übrig, als das Ziel zu überfliegen. Auch wenn die Radargeräte zerstört waren, blieben die Fla-Geschütze und ihre Bedienungen weiter einsatzbereit. Den anfliegenden Jagdbombern schlug so heftiges Abwehrfeuer entgegen, daß ein Tornado-Pilot diese Einsätze mit einem »Flug durch Röhren aus flüssigem Stahl« verglich.

Die Amerikaner hatten die Erprobung der JP-233 eingestellt, weil sie diese Bombe für einen Pilotenkiller hielten. Damit hatten sie recht. Aber die RAF machte weiter und verlor Flugzeuge und Besatzungen, bis sie dann abberufen wurde und andere Aufträge erhielt.

Aber die Bombenwerfer waren nicht die einzigen Flugzeuge, die in dieser Nacht unterwegs waren. Hinter ihnen und mit ihnen flog eine ungewöhnliche Vielzahl von zu ihrer Unterstützung eingesetzten Maschinen.

Luftüberlegenheitsjäger flogen Begleitschutz mit und über den Jagdbombern. Die Anweisungen irakischer Jägerleitstellen an ihre wenigen Piloten, denen in dieser Nacht ein Start gelang, wurden von Elektronikstörflugzeugen Raven der U. S. Air Force und Prowler der U. S. Navy nachhaltig gestört. Gestartete irakische Jagdflieger mußten ohne mündliche Anweisungen oder Radarführung auskommen. Die meisten von ihnen zogen es klugerweise vor, sofort wieder zurückzufliegen.

Südlich der irakischen Grenze kreisten sechzig Tankflugzeuge: KC-135 und KC-10 der amerikanischen Luftwaffe, KA-6D der amerikanischen Marine und britische Tanker der Baumuster Victor und VC-10. Sie hatten den Auftrag, die aus Saudi-Arabien anfliegenden Maschinen vor ihrem Einsatz im Irak zu betanken und sie danach für den Rückflug zu ihren Stützpunkten erneut mit Treibstoff zu versorgen.

Das mag wie ein Routineunternehmen klingen, aber tatsächlich wurde die Luftbetankung in stockfinsterer Nacht von einem Piloten drastisch als Versuch beschrieben, »einer Wildkatze Spaghetti in den Hintern zu schieben«.

Und draußen über dem Golf, wo sie seit fünf Monaten stationiert waren, zogen Frühwarnflugzeuge E-2 Hawkeye der U. S. Navy und

AWACS-Maschinen E-3 Sentry der U.S. Air Force endlos ihre Kreise, erfaßten mit ihren Radargeräten jedes eigene und jedes feindliche Flugzeug am Himmel, warnten, informierten, leiteten an und beobachteten.

Bei Tagesanbruch waren die meisten irakischen Radaranlagen zerstört, die Fla-Raketenstellungen blind und die großen Kommandozentren in Trümmer gelegt. Es würde noch vier Tage und Nächte dauern, bis der Auftrag ganz ausgeführt war, aber die Luftherrschaft war bereits in Sicht. Später würden andere Ziele an die Reihe kommen: Kraftwerke, Fernmeldetürme, Fernsprechämter, Relaisstationen, Flugzeugbunker, Kontrolltürme und alle bekannten Einrichtungen zur Herstellung und Lagerung von Massenvernichtungswaffen.

Noch später folgen würde die systematische »Verminderung« der Kampfkraft der südlich und südwestlich der kuwaitischen Grenze stationierten irakischen Truppen auf weniger als fünfzig Prozent – eine Voraussetzung, auf deren Erfüllung General Schwarzkopf bestand, bevor er mit Bodentruppen angriff.

Zwei damals noch unbekannte Faktoren sollten später den Kriegsverlauf beeinflussen. Der eine war die Entscheidung des Irak, einen Hagel von Scud-Raketen auf Israel abzuschießen; der andere sollte durch einen Akt schierer Frustration von Hauptmann Don Walker, 336th Tactical Fighter Squadron, ausgelöst werden.

Als am 17. Januar der Morgen über Bagdad heraufzog, war die Stadt schwer mitgenommen.

Die gewöhnlichen Bürger hatten seit drei Uhr nachts kein Auge mehr zugetan; erst nach Tagesanbruch wagten sich einige von ihnen auf die Straßen, um die fast zwei Dutzend großer Trümmerstätten in verschiedenen Stadtteilen neugierig anzugaffen. Daß sie diese Nacht überlebt hatten, erschien vielen von ihnen wie ein Wunder, denn sie waren einfache Leute, die nicht wußten, daß die zwanzig rauchenden Trümmerhaufen Ziele darstellten, die sorgfältig ausgewählt und mit solcher Präzision bombardiert worden waren, daß die Einwohnerschaft nicht in Lebensgefahr gewesen war.

Wirklich unter Schock stand jedoch die Hierarchie. Saddam

Hussein hatte den Präsidentenpalast verlassen und war in seinen außergewöhnlichen mehrstöckigen Bunker hinter und unter dem Hotel Rashid umgezogen, in dem noch immer viele westliche Ausländer, vor allem Journalisten, wohnten.

Der Bunker war schon vor Jahren in einer eigens dafür ausgehobenen riesigen Baugrube errichtet worden – hauptsächlich mit schwedischer Technologie. Durch seine raffinierte Schutzkonstruktion bestand er in Wirklichkeit aus zwei Schalen, deren innere auf allen Seiten von starken Federn umgeben war. Selbst vor einer Atombombe wären die Bunkerinsassen darin geschützt gewesen, denn diese Federn hätten die ganz Bagdad einebnende Druckwelle auf ein schwaches Beben reduziert.

Obwohl der Zugang von dem unbebauten Grundstück hinter dem Hotel aus über eine hydraulisch betätigte Rampe erfolgte, lag der eigentliche Bunker unter dem Rashid, das absichtlich als Bagdader Ausländerhotel darüber erbaut worden war.

So würde jeder Gegner, der den Bunker mit panzerbrechenden Spezialbomben zu knacken versuchte, zuerst das Hotel Rashid dem Erdboden gleichmachen müssen.

Obwohl die Speichellecker in der engeren Umgebung des Rais sich große Mühe gaben, fiel es ihnen schwer, die unheilvollen Ereignisse dieser Nacht zu verharmlosen. Langsam wurde allen das ganze Ausmaß der Katastrophe bewußt.

Sie hatten ein Flächenbombardement der Stadt erwartet, das ganze Wohnviertel einebnen und Tausende von unschuldigen Zivilisten das Leben kosten würde. Dieses Massaker sollte dann den Fernsehteams vorgeführt werden, die es aufnehmen und dem entsetzten Fernsehpublikum ihrer jeweiligen Heimatländer zeigen würden. Dadurch sollte eine weltweite Woge der Empörung gegen Präsident Bush und die Vereinigten Staaten ausgelöst werden, die bewirken würde, daß China und die Sowjetunion im erneut einberufenen UNO-Sicherheitsrat ihr Veto gegen weitere derartige Massaker einlegten.

Gegen Mittag stand fest, daß die Hundesöhne von jenseits des Atlantik nicht daran dachten, dem Irak diesen Gefallen zu tun. Soviel die irakischen Generale wußten, schlugen die Bomben ungefähr dort ein, wo ihre Ziele waren, aber mehr war zunächst nicht bekannt. Da alle wichtigen militärischen Einrichtungen Bagdads absichtlich in dichtbesiedelten Wohngebieten errichtet worden waren, hätten schwere Verluste unter der Zivilbevölkerung an sich unvermeidlich sein müssen.

Aber eine Besichtigungsfahrt durch die Stadt zeigte, daß zwanzig Kommandozentralen, Radarstationen, Fla-Raketenstellungen und Fernmeldezentren in Trümmern lagen, während die Bewohner der umliegenden Häuser wenig mehr als zersplitterte Fensterscheiben zu beklagen hatten und jetzt zusammenliefen, um die Zerstörung zu bestaunen.

Die zuständigen Stellen mußten sich damit zufriedengeben, Todesopfer unter der Zivilbevölkerung zu erfinden und zu behaupten, amerikanische Flugzeuge seien massenhaft abgeschossen worden.

Die meisten Iraker, deren Urteilsvermögen durch jahrelange Propaganda beeinträchtigt war, glaubten diese ersten Berichte – zumindest eine Zeitlang.

Die für die Luftverteidigung zuständigen Generale wußten es besser. Bis mittags war ihnen klar, daß praktisch sämtliche Radaranlagen außer Betrieb, ihre Fla-Raketen SAM blind und die Fernmeldeverbindungen zu den meisten Einheiten abgerissen waren. Noch schlimmer war, daß das überlebende Bedienungspersonal der Radarstellungen behauptete, die angreifenden Bomber seien nicht auf ihren Radarschirmen zu sehen gewesen. Die Lügner wurden sofort unter Arrest gestellt.

Tatsächlich hatte es auch Verluste unter der Zivilbevölkerung gegeben. Mindestens zwei Marschflugkörper Tomahawk, deren Leitwerk eher durch herkömmliche Fla-Geschütze als durch Fla-Raketen beschädigt worden war, waren »dumm geworden« und hatten ihre Ziele verfehlt. Einer hatte zwei Wohnhäuser demoliert und Ziegel vom Dach einer Moschee gerissen – eine empörende Schändung, die nachmittags den ausländischen Journalisten vorgeführt wurde.

Der andere war auf einem unbebauten Grundstück eingeschlagen und hatte einen großen Krater hinterlassen. Am Spätnachmittag wurde auf seinem Grund die von dem Einschlag, der sie offenbar getötet hatte, zerschmetterte Leiche einer Frau gefunden.

Da die Bombenangriffe tagsüber weitergingen, waren die Sanitäter nicht bereit, mehr zu tun, als die Leiche hastig in eine Decke zu hüllen, ins nächste Krankenhaus zu bringen und dort abzuliefern.

Das Krankenhaus lag zufällig neben einer Kommandozentrale der irakischen Luftwaffe, die demoliert worden war, und alle Betten waren mit Soldaten belegt, die bei dem Angriff Verwundungen erlitten hatten. Mehrere Dutzend Leichen, alles Bombenopfer, wurden in den Seziersaal geschafft. Die tote Unbekannte war nur eine von ihnen.

Der überlastete Pathologe arbeitete schnell und verständlicherweise flüchtig. Er mußte sich auf Identifizierung und Feststellung der Todesursache konzentrieren und hatte keine Zeit für gründlichere Untersuchungen. Aus allen Stadtteilen waren Bombendetonationen zu hören, die Flak schoß unaufhörlich, und er wußte schon jetzt, daß abends und nachts weitere Tote angeliefert werden würden.

Der Arzt wunderte sich allerdings darüber, daß seine Leichen alle Soldaten waren – bis auf diese Frau. Sie mußte ungefähr dreißig sein, war einmal hübsch gewesen, und der graue Zementstaub, der sich mit dem Blut auf ihrem zerschmetterten Gesicht mischte, sowie der Ort, an dem sie aufgefunden worden war, ließ eigentlich nur den Schluß zu, sie habe wegzulaufen versucht, als die Lenkwaffe das unbebaute Grundstück getroffen und sie getötet hatte. Die Leiche wurde entsprechend gekennzeichnet und zur Beisetzung in ein Laken gehüllt.

Ihre Handtasche, die neben der Toten gelegen hatte, enthielt Puderdose, Lippenstift und Personalausweis. Nachdem der überlastete Pathologe festgestellt hatte, die Zivilistin Leila al-Hilla sei zweifellos das Opfer eines Luftangriffs geworden, ließ er sie fortschaffen, damit sie rasch beigesetzt werden konnte.

Eine gründliche Obduktion, für die er am 17. Januar keine Zeit hatte, hätte ihm gezeigt, daß die Frau mehrmals brutal vergewaltigt worden war, bevor jemand sie systematisch totgeprügelt hatte. In den Krater war sie erst einige Stunden später geworfen worden.

General Abdullah Kadiri war zwei Tage zuvor aus seiner luxuriösen Bürosuite im Verteidigungsministerium ausgezogen. Es wäre sinnlos gewesen, dort zu bleiben, um von einer amerikanischen Bombe in Stücke gerissen zu werden, und er war davon überzeugt, daß das Ministerium schon wenige Tage nach Beginn des Luftkriegs getroffen und zerstört werden würde. Er sollte recht behalten.

Er hatte sich in seiner Luxusvilla etabliert, die seiner Ansicht nach anonym genug war, um auf keiner amerikanischen Zielkarte eingezeichnet zu sein. Auch damit behielt er recht.

In der Villa verfügte er schon seit langem über einen eigenen Nachrichtenraum, in dem jetzt Fernmeldepersonal aus dem Ministerium Dienst tat. Alle Verbindungen zu den Befehlsstellen des Panzerkorps im Raum Bagdad liefen über tief eingegrabene Glasfaserkabel, die auch für die Bomber unerreichbar waren.

Nur die weiter entfernten Einheiten – und natürlich auch die in Kuwait stationierten – mußten über Funk geführt werden, wobei die Abhörgefahr natürlich groß war.

Als an diesem Abend die Dunkelheit über Bagdad herabsank, stand er jedoch nicht vor dem Problem, wie er die Kommandeure seines Panzerkorps erreichen oder welche Befehle er ihnen geben sollte. Da sie nicht in den Luftkrieg eingreifen konnten, hatten sie Befehl, ihre Panzer möglichst weiträumig zwischen Panzerattrappen zu verteilen oder in den unterirdischen Bunkern bereitzuhalten und zu warten.

Das Problem betraf seine persönliche Sicherheit – jedoch nicht ihre mögliche Bedrohung durch die Amerikaner.

Vorgestern nacht hatte er mit übervoller Blase und wie gewöhnlich von Arrak umnebelt ins Bad stolpern wollen. Da die Tür zu klemmen schien, hatte er sich mit der Schulter dagegengeworfen. Seine fünfundneunzig Kilo hatten die Schrauben des innen angebrachten Riegels aus dem Holz gerissen, und die Tür war aufgeflogen.

Umnebelt war Abdullah Kadiri vielleicht, aber er hatte es nicht von einem Straßenjungen aus Tikrit bis zum Oberkommandierenden aller irakischen Panzertruppen außerhalb der Republikanischen Garde gebracht, hatte nicht alle Fraktionskämpfe innerhalb der Ba'th-Partei überlebt und war nicht als bewährter Vertrauter Saddam Husseins in den Kommandorat der Revolution aufgestiegen, ohne einen reichlichen Vorrat an primitiver animalischer Gerissenheit zu besitzen.

Er starrte schweigend seine Geliebte an, die im Morgenrock auf dem WC-Deckel saß und die Rückseite einer Kleenex-Schachtel als Unterlage für ein Blatt Papier benutzte... ihr Mund ein rundes O aus Schreck und Entsetzen, ihr Füllfederhalter noch halb schreibbe-

408

reit in der Luft. Dann riß er sie hoch und verpaßte ihr einen Kinnhaken.

Als sie wieder zu sich kam, weil er ihr einen Krug Wasser über den Kopf kippte, hatte er Zeit gehabt, ihren vorhin geschriebenen Bericht zu lesen und den vertrauenswürdigen Kemal aus seiner Unterkunft im Nebengebäude herzubeordern. Kemal war es dann, der die Hure in den Keller schleppte.

Kadiri las ihren fast fertiggestellten Bericht wieder und wieder durch. Hätte er nur von seinen persönlichen Gewohnheiten und Vorlieben gehandelt, Material für zukünftige Erpressungsversuche, hätte er sich nicht weiter damit aufgehalten und sie einfach liquidieren lassen. Außerdem wäre jeder Erpressungsversuch zwecklos gewesen. Kadiri wußte, daß einige aus dem Gefolge des Rais weit zügelloser lebten als er. Und er wußte auch, daß der Rais sich nichts daraus machte.

Das hier war schlimmer. Offenbar hatte er vertrauliche Informationen aus Militär und Regierung ausgeplaudert. Daß sie spioniert hatte, lag auf der Hand. Er mußte wissen, wie lange sie schon spionierte, was sie bereits gemeldet hatte – und vor allem, wer ihr Auftraggeber war.

Zuerst verschaffte Kemal sich mit Erlaubnis seines Herrn sein lange ersehntes Vergnügen. Kein Mann hätte noch begehrt, was übrigblieb, als Kemal mit dem Verhör fertig war. Es dauerte mehrere Stunden. Dann war Kadiri sich sicher, daß Kemal alles aus ihr herausgekriegt hatte – jedenfalls alles, was sie wußte.

Danach machte Kemal zum eigenen Vergnügen weiter, bis sie tot war.

Nach Kadiris Überzeugung hatte sie die wahre Identität des Mannes, der sie angeworben hatte, um ihn bespitzeln zu lassen, tatsächlich nicht gekannt, aber alles deutete auf Hassan Rahmani hin.

Die Schilderung der Übergabe von Informationen gegen Bargeld in der Kirche St. Joseph zeigte, daß der Mann ein Profi war – eine Beschreibung, die auf Rahmani ganz sicher zutraf.

Die Tatsache, daß er bespitzelt worden war, war für Kadiri noch kein Grund zu Beunruhigung. Alle in der Umgebung des Rais wurden überwacht, sie bespitzelten einander sogar gegenseitig.

Die Vorschriften, die der Rais dafür erlassen hatte, waren einfach und klar. Jeder Mann in führender Position wurde von drei Gleichrangigen überwacht, die alle Auffälligkeiten zu melden hatten. Eine Denunziation wegen Verrats konnte den persönlichen Ruin bedeuten – und bedeutete ihn meistens auch. Deshalb kamen nur wenige Verschwörungen übers Anfangsstadium hinaus. Irgendeiner der ins Vertrauen gezogenen Männer meldete die Sache, so daß sie dem Rais zu Ohren kam, der dann entschlossen handelte.

Noch komplizierter wurde die Situation dadurch, daß jeder aus dem Gefolge des Rais von Zeit zu Zeit provoziert wurde, um seine Reaktion zu testen. Ein damit beauftragter Gleichgestellter nahm seinen Freund beiseite und machte ihm einen Vorschlag, der auf Hochverrat hinauslief.

Ließ der Freund sich darauf ein, war er erledigt. Zeigte er den vermeintlichen Hochverräter nicht an, war er erledigt. Deshalb mußte jeder Annäherungsversuch als Provokation gelten – eine andere Reaktion wäre lebensgefährlich gewesen. Daher erstattete jeder über alle anderen Meldung.

Aber dieser Fall lag anders, denn Hassan Rahmani war Chef der Spionageabwehr. Hatte er aus eigener Initiative beschlossen, ihn überwachen zu lassen – und falls ja, weshalb? Wurde dieses Unternehmen mit Wissen und Billigung des Rais durchgeführt – und falls ja, weshalb?

Was habe ich gesagt? fragte Kadiri sich. Indiskrete Dinge, ohne Zweifel, aber auch verräterische?

Die Leiche blieb im Keller, bis die Bomben fielen. Danach fand Kemal auf einem unbebauten Grundstück einen Bombentrichter, in den er sie schaffen konnte. Der General bestand darauf, daß ihre Handtasche in ihrer Nähe zurückgelassen wurde. Dieser Hundesohn Rahmani sollte wissen, was aus seiner Nutte geworden war.

Während Mitternacht verstrich, kippte General Abdullah Kadiri vor Angst schwitzend einen Schuß Wasser in seinen zehnten Arrak. Hätte er's mit Rahmani allein zu tun gehabt, hätte er den Hundesohn erledigt. Aber woher sollte er wissen, bis zu welcher Führungsebene hinauf man ihm mißtraute? Jedenfalls würde er in Zukunft vorsichtig sein müssen, weit vorsichtiger als bisher. Keine nächtlichen Ausflüge in die Stadt mehr! Aber da jetzt der Luftkrieg begonnen hatte, war es ohnehin besser, damit aufzuhören.

Simon Paxman war nach London zurückgeflogen. Es wäre sinnlos gewesen, weiter in Riad zu bleiben. Jericho war von der CIA mit einem kräftigen Tritt in den Hintern abserviert worden, obwohl der unsichtbare Verräter in Bagdad das noch nicht wissen konnte, und Mike Martin saß vorläufig dort fest, bis er eine Möglichkeit fand, in die Wüste zu gelangen und sich über die Grenze in Sicherheit zu bringen.

Später würde Paxman mit der Hand auf dem Herzen schwören, seine Begegnung mit Dr. Terry Martin am Abend des 18. Januar sei wirklich nur ein Zufall gewesen. Er wußte natürlich, daß Martin wie er in Bayswater wohnte – aber das ist ein großer Stadtteil mit vielen Läden.

Da seine Frau für ein paar Tage weggefahren war, um ihre kranke Mutter zu pflegen, und er selbst überraschend heimgekehrt war, hatte Paxman eine leere Wohnung mit leerem Kühlschrank vorgefunden und ging deshalb in einem spätabends geöffneten Supermarkt in der Westbourne Grove einkaufen.

Terry Martins Einkaufswagen hätte seinen beinahe gerammt, als er um die Ecke zwischen Pasta und Hundefutter bog. Beide Männer waren verblüfft.

»Darf ich Sie eigentlich kennen?« fragte Martin verlegen grinsend.

Zu diesem Zeitpunkt waren sie im Gang zwischen den Regalen allein.

»Warum nicht?« sagte Paxman. »Ich bin nur ein kleiner Beamter, der fürs Abendessen einkauft.«

Sie erledigten ihre Einkäufe und gingen danach lieber in ein indisches Restaurant, als zu Hause selbst zu kochen. Auch Hilary schien verreist zu sein.

Selbstverständlich hätte Paxman das nicht tun dürfen. Er hätte kein Unbehagen dabei empfinden dürfen, daß Terry Martins älterer Bruder sich in schrecklicher Gefahr befand, in die er ihn – gemeinsam mit anderen – gebracht hatte. Er hätte keinen Gedanken darauf verschwenden dürfen, daß der vertrauensselige kleine Gelehrte fälschlicherweise glaubte, sein angebeteter Bruder befinde sich in Saudi-Arabien in Sicherheit. Geheimdienstprofis hatten sich über solche Dinge keine Sorgen zu machen. Aber er machte sich welche.

Jedoch auch aus einem anderen Grund. Steve Laing war sein Vorgesetzter im Century House, aber Laing war nie im Irak gewesen. Er hatte in Ägypten und Jordanien gearbeitet. Paxman kannte den Irak. Und er sprach Arabisch. Natürlich nicht wie Martin, aber Martin war eine Ausnahmeerscheinung. Jedenfalls hatten frühere Irakbesuche ihn gelehrt, aufrichtigen Respekt vor der Qualität irakischer Wissenschaftler und der Erfindergabe irakischer Ingenieure zu haben. Und es war kein Geheimnis, daß die meisten Technischen Hochschulen in Großbritannien ihre Absolventen aus diesem Land für die besten der arabischen Welt hielten.

Seitdem er von seinen Vorgesetzten gehört hatte, Jerichos letzte Mitteilung könne nichts anderes als völliger Blödsinn sein, plagte ihn die unbestimmte Sorge, der Irak könnte entgegen aller Wahrscheinlichkeit tatsächlich schon viel weiter sein, als die westlichen Experten ihm zubilligen wollten.

Paxman wartete, bis ihr Essen serviert war – wie immer von den kleinen Saucenschüsseln umgeben, ohne die keine indische Mahlzeit vollständig ist –, und gab sich dann einen Ruck.

»Terry«, begann er, »ich habe vor, etwas zu tun, das meine Laufbahn im Service augenblicklich beenden würde, wenn es jemals rauskäme.«

Martin starrte ihn verblüfft an.

»Das klingt ziemlich drastisch. Warum?«

»Weil ich dienstlich aufgefordert worden bin, Sie zu meiden.«

Der Wissenschaftler hatte sich Mango-Chutney auf den Teller löffeln wollen; jetzt ließ er die Hand sinken.

»Ah, ich gelte wohl als nicht mehr zuverlässig? Dabei hat Steve Laing mich erst in diese Sache hineingezogen.«

»Nein, das ist's nicht. Man findet, daß Sie ... sich zuviel Sorgen machen.«

Paxman hatte nicht die Absicht, Laings Ausdruck »Umstandskrämer« zu gebrauchen.

»Schon möglich. Aber das liegt an meiner Ausbildung. Wissenschaftler mögen keine Rätsel, für die es keine Lösung zu geben scheint. Wir müssen uns weiter damit beschäftigen, bis die wirren Hieroglyphen einen Sinn ergeben. Angekreidet wird mir wohl die Sache mit dem einen Satz in dem abgehörten Telefongespräch?«

»Ja, unter anderem.«

Paxman hatte Chorma-Huhn bestellt; Martin aß gern schärfer gewürzt – Windalu. Da er die fernöstliche Küche kannte, trank er dazu heißen schwarzen Tee, nicht etwa kaltes Bier, das alles nur noch schlimmer macht. Er blinzelte Paxman über den Becherrand hinweg an.

»Schön, um welches große Geheimnis geht's also?«

»Geben Sie mir Ihr Wort, keinem Menschen davon zu erzählen?«

»Natürlich.«

»Vor kurzem ist ein weiterer Funkspruch aufgefangen worden.«

Paxman dachte nicht daran, die Existenz Jerichos preiszugeben. Der Kreis derer, die von der Existenz dieser Quelle im Irak wußten, war noch immer sehr klein – und dabei sollte es auch bleiben.

»Kann ich mir die Aufnahme anhören?«

»Nein. Sie ist unterdrückt worden. Wenden Sie sich bitte nicht an Sean Plummer. Er würde ihre Existenz leugnen müssen – und wüßte zugleich, woher Sie diese Information haben.«

Martin nahm sich noch etwas Raita, um den scharfgewürzten Curry abzumildern.

»Wovon handelt er, dieser abgehörte Funkspruch?«

Paxman erzählte es ihm. Martin legte seine Gabel weg und fuhr sich mit der Serviette über sein Gesicht, das jetzt unter seinem rötlichen Haarschopf feuerrot war.

»Könnte das . . . könnte das unter irgendwelchen denkbaren Umständen wahr sein?« fragte Paxman.

»Das weiß ich nicht. Ich bin kein Atomphysiker. Die Bonzen wollen nichts davon wissen?«

»Absolut nichts. Unsere Atomphysiker sind sich darüber einig, daß das unmöglich stimmen kann. Also hat Saddam Hussein gelogen.«

Insgeheim fand Martin diesen angeblich mitgehörten Funkspruch sehr eigenartig. Das Ganze klang eher nach Informationen aus einer Geheimbesprechung.

»Saddam Hussein lügt dauernd«, sagte er. »Aber im allgemeinen sind seine Lügen für die Öffentlichkeit bestimmt. Dieser Funkspruch ist an seine engsten Vertrauten gerichtet gewesen? Wozu wohl? Um ihnen am Vorabend des Krieges den Rücken zu stärken?«

»Das glaubt die Führungsetage«, bestätigte Paxman.

»Sind die Generale informiert worden?«

»Nein. Die Begründung lautet, daß sie jetzt verdammt viel Arbeit haben und nicht mit etwas belästigt werden sollen, das einfach Blödsinn sein muß.«

»Was wollen Sie also von mir, Simon?«

»Aufklärung über Saddam Husseins Denkweise. Niemand wird aus ihm schlau. Nichts von allem, was er tut, ist für uns im Westen verständlich. Ist er nachweislich verrückt oder gerissen wie ein Fuchs?«

»In seiner Welt ist er letzteres. In seiner Welt handelt er durchaus vernünftig. Der Terror, der uns anwidert, hat für ihn keine moralische Kehrseite und ist vernünftig. Die Prahlerei und die Drohungen sind für ihn vernünftig. Nur wenn er versucht, sich in unsere Welt zu begeben – zum Beispiel mit diesem gräßlichen PR-Auftritt in Bagdad, als er dem kleinen englischen Jungen durchs Haar gefahren ist und den freundlichen Onkel gespielt hat –, nur wenn er das versucht, wirkt er wie ein Volltrottel. In seiner eigenen Welt ist er durchaus keiner. Er überlebt, er bleibt an der Macht, er hält den Irak zusammen, seine Feinde sinken besiegt in den Staub...«

»Terry, während wir hier sitzen, wird sein Land in Schutt und Asche gebombt.«

»Das spielt keine Rolle, Simon. Alles ist ersetzbar.«

»Aber warum hat er gesagt, was er gesagt haben soll?«

»Was glaubt die Führungsetage?«

»Daß er gelogen hat.«

»Nein«, sagte Martin, »er lügt nur für die Öffentlichkeit. Seine engsten Getreuen braucht er nicht zu belügen. Ihr Los ist ohnehin untrennbar mit seinem verknüpft. Entweder hat die Quelle gelogen, und Saddam Hussein hat das nie gesagt – oder er hat's gesagt, weil er es selbst für wahr gehalten hat.«

»Dann wäre er also selbst belogen worden?«

»Möglicherweise. Sobald er das merkt, wird der Verantwortliche teuer dafür bezahlen müssen. Aber dieser angebliche Funkspruch könnte ein Schwindel sein. Ein bewußtes Täuschungsmanöver, um eine bestimmte Meldung zu lancieren.«

Paxman durfte nicht sagen, was er wußte: Die Nachricht war nicht aufgefangen worden. Sie stammte von Jericho. Und in den zwei Jahren unter israelischer und dem Vierteljahr unter anglo-amerikanischer Führung hatte er sich kein einziges Mal geirrt.

»Sie haben gewisse Zweifel, stimmt's?« fragte Martin.

»Die habe ich wohl«, gab Paxman zu.

Martin seufzte.

»Strohhalme im Wind, Simon. Ein Satz in einem mitgehörten Telefongespräch, in dem ein Mann als Hurensohn bezeichnet und aufgefordert wird, den Mund zu halten, eine Äußerung Saddam Husseins, daß man im Kampf gegen Amerika auf der Siegesstraße gesehen werden müsse, und jetzt das hier. Wir brauchen einen Strick.«

»Strick?«

»Aus Strohhalmen wird nur ein Ballen, wenn man sie mit einem Strick zusammenbindet. Es muß irgendeinen weiteren Hinweis darauf geben, was er wirklich vorhat. Sonst hat die Führungsetage recht, und wir konzentrieren uns auf das Giftgas, das er bereits hat.«

»Gut, ich suche also einen Strick.«

»Und ich«, fuhr Martin fort, »bin Ihnen heute abend nicht begegnet und habe kein Wort mit Ihnen gesprochen.«

»Danke«, sagte Paxman.

Hassan Rahmani erfuhr am 19. Januar mit zwei Tagen Verspätung vom Tod seiner Agentin Leila. Als sie nicht zu einem vereinbarten Treff kam, um ihm wieder Informationen aus General Kadiris Bett zu bringen, befürchtete er das Schlimmste und ließ die Sterberegister überprüfen.

Ihr Name war im Krankenhaus in Mansur registriert, obwohl ihr Leichnam bereits mit vielen anderen Toten aus Militärgebäuden in einem Massengrab beigesetzt worden war.

Daß seine Agentin von einer verirrten Bombe getroffen worden sein sollte, während sie mitten in der Nacht über ein unbebautes Grundstück lief, glaubte Rahmani nicht mehr, als er an Geister glaubte. Die einzigen Gespenster am Himmel über Bagdad waren die unsichtbaren amerikanischen Bomber, von denen er in westlichen Fachzeitschriften gelesen hatte – und die waren keine Gespenster, sondern logisch entwickelte Konstruktionen. Genau wie der Tod Leila al-Hillas.

Die einzig mögliche Schlußfolgerung war, daß Kadiri Leila auf die Schliche gekommen war und ihr den Mund gestopft hatte. Das bedeutete, daß sie ausgepackt haben mußte, bevor sie gestorben war.

Für ihn bedeutete das, daß Kadiri zu einem mächtigen und gefährlichen Gegner geworden war. Noch schlimmer war jedoch, daß damit seine wichtigste Quelle für Informationen aus dem engsten Kreis um Saddam Hussein versiegt war.

Hätte Rahmani gewußt, daß Kadiri so besorgt wie er selbst war, wäre er entzückt gewesen. Aber davon wußte er nichts. Er wußte nur, daß er in Zukunft extrem vorsichtig würde agieren müssen.

Am zweiten Tag des Luftkriegs schoß der Irak seine erste Raketensalve auf Israel ab. Die Medien bezeichneten sie sofort als Lenkwaffen des sowjetischen Baumusters Scud B, und diese Bezeichnung haftete ihnen bis Kriegsende an. Tatsächlich waren es gar keine Scuds.

Das Ziel dieser Raketenangriffe war nicht ungeschickt gewählt. Der Irak erkannte klar, daß Israel kein Land war, das sich mit größeren Verlusten unter seiner Zivilbevölkerung abfinden würde. Sowie die ersten Gefechtsköpfe irakischer Raketen in den Vororten Tel Avivs einschlugen, begab Israel sich auf den Kriegspfad. Genau diese Reaktion hatte Bagdad provozieren wollen.

Der aus fünfzig Staaten bestehenden Allianz gegen den Irak gehörten siebzehn arabische Staaten an, und wenn es außer dem islamischen Glauben etwas gab, das sie alle gemeinsam hatten, war es ihre Feindseligkeit gegenüber Israel. Der Irak rechnete sich aus – vermutlich zutreffend –, daß die arabischen Staaten die Allianz verlassen würden, falls Israel dazu provoziert werden konnte, sich durch einen Gegenangriff auf den Irak am Golfkrieg zu beteiligen. Sogar König Fahd, Herrscher über Saudi-Arabien und Hüter der beiden heiligen Stätten, wäre in eine unmögliche Lage geraten.

Als die ersten Raketen Israel trafen, wurde zunächst befürchtet, sie könnten Giftgas oder Bakterienkulturen transportieren. Wäre das der Fall gewesen, hätte Israel sich nicht bremsen lassen. Zum Glück konnte rasch nachgewiesen werden, daß die Gefechtsköpfe nur gewöhnlichen Sprengstoff enthalten hatten. Aber die psychologische Wirkung innerhalb Israels war trotzdem gewaltig.

Die Vereinigten Staaten setzten Israel sofort massiv unter Druck, nicht mit einem Gegenschlag zu reagieren. Die Alliierten, wurde Itzhak Shamir erklärt, würden sich um diese Sache kümmern. Tatsächlich holte Israel zu einem Gegenschlag mit einer Welle seiner eigenen Jagdbomber F-15 aus, die dann aber noch im eigenen Luftraum zurückgerufen wurden.

Die wirkliche Scud war eine primitive, veraltete sowjetische Lenkwaffe, von der der Irak vor einigen Jahren neunhundert Stück gekauft hatte. Mit einem vierhundertfünfzig Kilogramm schweren Sprengkopf betrug ihre Reichweite weniger als dreihundert Kilometer. Ihr Flugregler arbeitete so unzuverlässig, daß sie selbst in der Originalausführung bei Höchstreichweite nur eine Zielgenauigkeit von einem Dreiviertelkilometer besaß.

Aus irakischer Sicht war diese Rakete völlig wertlos. Im iranisch-irakischen Krieg konnte sie Teheran nicht erreichen – und erst recht nicht Israel, selbst wenn sie im äußersten Westen des Irak abgeschossen wurde.

Was die Iraker seither mit technischer Unterstützung aus Deutschland gemacht hatten, war geradezu bizarr. Sie hatten die Scuds zerlegt und aus je drei Raketen zwei neue Lenkwaffen gebaut. Aber ihre neue Rakete Al-Husein war pauschal gesagt eine ziemliche Katastrophe.

Durch zusätzliche Treibstofftanks hatten die Iraker ihre Reichweite auf sechshundertzwanzig Kilometer gesteigert, so daß sie Teheran und Israel erreichen konnte. Aber ihre Nutzlast war auf kümmerliche fünfundsiebzig Kilogramm gesunken, und ihr schon immer erratisches Flugführungssystem arbeitete jetzt chaotisch. Zwei auf Israel abgeschossene Raketen dieses Musters verfehlten nicht nur Tel Aviv, sie verfehlten die ganze Republik und schlugen statt dessen in Jordanien ein.

Aber als Terrorwaffe tat sie beinahe ihre Wirkung. Obwohl sämtliche Lenkwaffen Al-Husein, die Israel trafen, es auf weniger Nutzlast als eine einzige amerikanische 900-kg-Bombe im Irak brachten, versetzten sie die israelische Bevölkerung nahezu in Panik.

Amerika reagierte auf dreifache Weise. Ein volles Tausend alliierter Flugzeuge wurde von den ihm zugewiesenen Aufgaben über dem Irak abgezogen, um die fest installierten Startrampen und die noch schwieriger aufzuspürenden mobilen Abschußvorrichtungen zu suchen und zu vernichten.

Innerhalb weniger Stunden wurden Batterien der amerikanischen Fla-Rakete Patriot nach Israel entsandt, um zu versuchen, die anfliegenden Lenkwaffen abzuschießen – aber hauptsächlich, um Israel dazu zu bewegen, sich aus dem Krieg herauszuhalten.

Und SAS-Kommandos, später auch amerikanische Green Berets, wurden in die westlichen Wüstengebiete des Irak entsandt, um die mobilen Abschußvorrichtungen aufzuspüren und sie entweder gleich mit ihren Lenkwaffen Milan zu zerstören oder über Funk Jagdbomber anzufordern.

Obwohl die Patriots als Retter der gesamten Schöpfung bejubelt wurden, hatten sie nur beschränkten Erfolg, was aber nicht ihre Schuld war. Raytheon hatte die Fla-Rakete Patriot zur Abwehr von Flugzeugen, nicht von Raketen konstruiert, so daß sie dieser neuen Rolle hastig angepaßt werden mußte. Warum sie kaum jemals einen anfliegenden Gefechtskopf traf, wurde niemals bekanntgegeben.

Tatsächlich hatten die Iraker durch den Umbau der Scud in die Al-Husein nicht nur ihre Reichweite, sondern notwendigerweise auch ihre Höchsthöhe gesteigert. Die neue Rakete, die auf dem Scheitelpunkt ihrer parabelförmigen Bahn den Weltraum erreichte, wurde beim Wiedereintritt rotglühend – wofür die Scud nie konstruiert worden war. Bei ihrem Wiedereintritt in die Erdatmosphäre zerbrach sie einfach. Was über Israel niederging, war keine ganze Rakete mehr, sondern eine abstürzende Mülltonne.

Die Patriot, die ihren Auftrag erfüllte, startete, um die Rakete abzufangen, und sah sich nicht nur einem Stück Metall gegenüber, sondern gleich einem Dutzend. Also wies ihr winziges Gehirn sie an, das zu tun, wofür sie programmiert war: das größte Stück anzusteuern. Das war im allgemeinen der leere Treibstofftank, der sich überschlagend und außer Kontrolle abstürzte. Der viel kleinere Gefechtskopf, der sich beim Auseinanderbrechen vom Rest der Rakete getrennt hatte, fiel unbehelligt weiter. Viele detonierten überhaupt nicht, und die meisten Gebäudeschäden in Israel wurden durch Einschläge von Metalltrümmern hervorgerufen.

Wenn die sogenannte Scud eine psychologische Terrorwaffe war, dann war die Patriot ein psychologischer Heilsbringer. Aber die

Psychologie tat ihre Wirkung, weil sie Bestandteil der Lösung des Problems war.

Ein weiterer Bestandteil war die zwischen Amerika und Israel abgeschlossene dreiteilige Geheimvereinbarung. Teil eins war die Lieferung der Patriot – kostenlos. Teil zwei war die Zusicherung, die erheblich verbesserte Fla-Lenkwaffe Arrow zu liefern, sobald sie einsatzbereit war – voraussichtlich 1994. Teil drei war das Recht Israels, bis zu hundert zusätzliche Ziele zu bestimmen, die von den alliierten Luftstreitkräften zerstört werden würden. Festgelegt wurden hauptsächlich Ziele im Westen des Irak, die Israel betrafen: Straßen, Brücken, Flugplätze – alles, was nach Westen gegen Israel gerichtet war. Seiner geographischen Lage nach hatte keines dieser Ziele das geringste mit der Befreiung Kuwaits auf der anderen Seite der Halbinsel zu tun.

Die Jagdbomber der zur Scud-Jagd eingeteilten britischen und amerikanischen Verbände meldeten zahlreiche Erfolge, die von der CIA zur Erbitterung der Generale Horner und Schwarzkopf sofort skeptisch beurteilt wurden.

Zwei Jahre nach dem Krieg bestritt Washington offiziell, daß auch nur eine einzige mobile Scud-Abschußvorrichtung von Flugzeugen zerstört worden sei – eine Behauptung, die damals beteiligte Piloten noch heute zur Weißglut bringt. Tatsächlich wurden die Piloten auch in diesem Fall weitgehend durch Maskirowka getäuscht.

Während die Wüste im Süden des Irak ein gestaltloser Billardtisch ist, sind die Wüstengebiete im Westen und Nordwesten felsig, hügelig und von Tausenden von Wadis und Schluchten durchzogen. Dies war das Land, das Mike Martin auf seiner Fahrt nach Bagdad durchquert hatte. Vor Beginn ihrer Raketenoffensive hatten die Iraker viele Dutzend angeblicher Scud-Abschußvorrichtungen gebaut, die gemeinsam mit den echten in diesem Gebiet versteckt waren.

Die Iraker stellten sie üblicherweise nachts auf – ein alter Lkw mit einer großen Metallröhre auf der Ladefläche – und zündeten bei Tagesanbruch in der Röhre ein Faß mit ölgetränkter Putzwolle an. In weiter Ferne erfaßten die Sensoren einer AWACS-Maschine die Wärmequelle und registrierten einen Raketenstart. Die dorthin geschickten Jagdbomber erledigten alles weitere und behaupteten dann, wieder eine Abschußvorrichtung zerstört zu haben.

419

Die einzigen, die dadurch nicht getäuscht werden konnten, waren die SAS-Teams. Obwohl sie nur eine Handvoll Männer waren, stießen sie mit ihren Landrovern und Geländemotorrädern in die westliche Wüste vor, legten sich an glutheißen Tagen und in eisigen Nächten auf die Lauer und beobachteten scharf. Aus zweihundert Metern Entfernung konnten sie eine echte Abschußvorrichtung von jeder Attrappe unterscheiden.

Kamen die mobilen Abschußvorrichtungen aus den Schluchten und unter den Brücken hervor, die ihnen Schutz vor alliierten Aufklärern boten, beobachteten die schweigenden Männer in den Felsspalten sie durch ihre Ferngläser. Waren zu viele Iraker in der Nähe, forderten sie halblaut sprechend über Funk Jagdbomber an. Unter günstigen Umständen setzten sie ihre eigenen Panzerabwehrlenkwaffen Milan ein, die einen recht hübschen Knall erzeugten, wenn sie den Treibstofftank einer echten Al-Husein trafen.

Wie sich bald zeigte, wurde die Wüste durch eine unsichtbare Nord-Süd-Linie zweigeteilt. Westlich dieser Linie konnten die irakischen Raketen Israel treffen; östlich davon waren sie außer Reichweite. Also kam es darauf an, die irakischen Bedienungsmannschaften so zu terrorisieren, daß sie es nicht wagten, diese Linie nach Westen zu überschreiten, sondern die Raketen östlich davon abschossen und ihre Vorgesetzten belogen. Nach acht Tagen endeten die Raketenangriffe auf Israel, um nie wieder aufgenommen zu werden.

Später diente die Straße Bagdad–Jordanien als Trennungslinie. Nördlich davon lag die Scud-Alley North, das Gebiet der amerikanischen Special Forces, die als Transportmittel Hubschrauber benutzten. Südlich der Fernstraße lag die Scud-Alley South, das Revier der SAS-Teams. Vier gute Männer fielen in diesen Wüsten, aber sie erfüllten ihren Auftrag, wo Technologie für Milliarden Dollar sich hatte täuschen lassen.

Am vierten Tag des Luftkriegs, dem 20. Januar, war die 336. Staffel in Al-Kharz eine der Einheiten, die nicht zur Scud-Jagd in der westlichen Wüste eingeteilt waren.

Zu ihren Zielen an diesem Tag gehörte eine große SAM-Stellung nordwestlich von Bagdad mitsamt ihren beiden Radargeräten.

Die von General Horner geplanten Luftangriffe verlagerten sich jetzt nach Norden. Nachdem so gut wie alle Radarstationen und Fla-Raketenstellungen südlich von Bagdad zerstört waren, war nun die Zeit gekommen, den Luftraum im Osten, Westen und Norden der Hauptstadt zu säubern.

Die vierundzwanzig F-15E Strike Eagle der Staffel sollten an diesem 20. Januar mehrere Aufträge ausführen. Für den Angriff auf die Raketenstellung hatte der Staffelchef, Oberstleutnant Steve Turner, zwölf seiner Maschinen eingeteilt. Ein so großer F-15-Verband wurde als »Gorilla« bezeichnet.

Geführt wurde der Gorilla von einem der beiden dienstältesten Kettenführer. Vier der zwölf Jagdbomber waren mit Lenkwaffen HARM zur Radaransteuerung bewaffnet. Die übrigen acht Maschinen trugen je zwei lange mattglänzende Edelstahlröhren: lasergesteuerte Lenkbomben GBU-10-I. Sobald die Radargeräte zerstört und die Fla-Raketen blind waren, würden sie angreifen und die Raketenbatterien in Trümmer legen.

Anfangs sah es nicht so aus, als könnte irgendwas schiefgehen. Die zwölf Eagles starteten in drei Vierergruppen, bildeten einen lockeren Verband und stiegen auf fünfundzwanzigtausend Fuß. Der Himmel war strahlend blau, und die ockergelbe Wüste unter ihnen blieb klar sichtbar.

Laut Wettervorhersage sollte der Wind über dem Zielgebiet stärker als in Saudi-Arabien sein, aber die Meteorologen hatten keinen Schamal angekündigt – einen der rasch aufkommenden Sandstürme, die jedes Ziel sekundenschnell unsichtbar machen konnten.

Südlich der Grenze trafen die zwölf Eagles mit ihren beiden Tankflugzeugen KC-10 zusammen. Jeder Tanker konnte sechs durstige F-15 versorgen, deshalb reihten die Jagdbomber sich paarweise auf und warteten, bis der Sondenoperator, der hinter einem Plexiglasfenster nur wenige Meter von ihnen entfernt war, die Sonde in ihren geöffneten Tankstutzen steuerte.

Schließlich waren alle zwölf Maschinen mit Treibstoff für ihren Einsatz versorgt und drehten in Richtung Irak nach Norden ab. Ein AWACS-Flugzeug draußen über dem Golf meldete, der Luftraum vor ihnen sei feindfrei. Für den Fall, daß irakische Jäger sie abzufangen versuchten, trugen die Eagles außer ihren Bomben und Lenkwaffen auch Jagdraketen AIM-7 und AIM-9 – besser als Sparrow und Sidewinder bekannt.

Dann lag die SAM-Stellung unter ihnen. Aber ihr Radar war nicht eingeschaltet. Selbst wenn die Geräte bis dahin außer Betrieb gewesen waren, hätten sie sofort eingeschaltet werden müssen, um ihren Fla-Raketen die Zieldaten der Angreifer zu liefern. Sobald die Radargeräte in Betrieb gingen, würden die vier Strike Eagles, die Lenkwaffen HARM trugen, sie mühelos zerstören – »ihnen den ganzen Tag verderben«, wie das bei der USAF hieß.

Ob der irakische Kommandeur Angst um sein Leben hatte oder nur sehr clever war, bekamen die Amerikaner nie heraus. Jedenfalls blieb das Radar ausgeschaltet. Mit dem Kettenführer an der Spitze gingen die ersten vier Eagles tiefer und versuchten, das Einschalten der Geräte zu provozieren. Aber das Radar blieb außer Betrieb.

Ein Angriff der mit Bomben bewaffneten F-15E war nicht zu verantworten, solange die Radargeräte noch intakt waren – hätte man sie plötzlich ohne Vorv. arnung aktiviert, wären die Eagles eine leichte Beute der Fla-Raketen geworden.

Nach zwanzig Minuten über dem Ziel wurde der Angriff abgeblasen. Der Gorilla löste sich in Rotten auf, die ihre jeweiligen Sekundärziele angreifen sollten.

Don Walker beriet sich rasch mit Tim Nathanson, seinem hinter ihm sitzenden »Wizzo«. Ihr Sekundärziel an diesem Tag war eine Scud-Abschußrampe südlich von Samarra, die ohnehin auch von anderen Jagdbombern angegriffen werden würde, weil feststand, daß in unmittelbarer Nähe eine Giftgasfabrik lag.

Die AWACS-Maschine bestätigte, daß auf den beiden großen irakischen Luftwaffenstützpunkten Samarra Ost und Balad Südost kein Flugbetrieb herrschte. Don Walker wartete, bis sein Rottenflieger zu ihm aufgeschlossen hatte; danach nahmen die beiden F-15E Kurs auf die Scud-Abschußrampe.

Der Funksprechverkehr zwischen den amerikanischen Flugzeugen wurde automatisch durch das *Have-quick*-System verschlüsselt, das ein Mithören durch den Gegner unmöglich machte. Die täglich wechselnden Codes wurden an sämtliche alliierten Besatzungen ausgegeben.

Walker sah sich um. Der Himmel war weiterhin klar; einige hundert Meter von ihm entfernt hielt sein Rottenflieger Randy »R-2« Roberts – mit Wizzo Jim »Boomer« Henry auf dem Rücksitz – etwas zurückhängend und mit leichter Überhöhung seine Position.

Als sie das Zielgebiet erreichten, ging Walker tiefer, um die Abschußrampe eindeutig zu identifizieren. Aber zu seiner großen Enttäuschung wurde sie von aufgewirbelten Sandwolken verdeckt. Der hier viel stärkere Bodenwind hatte sich zu einem Schamal entwickelt, der ihnen die Sicht nahm.

Seine lasergesteuerten Bomben konnten ihr Ziel nicht verfehlen, solange sie dem von seiner F-15E aufs Ziel gerichteten Infrarotstrahl folgten. Um diesen Leitstrahl projizieren zu können, mußte er das Ziel jedoch sehen.

Walker drehte wütend ab, weil ihr Treibstoff allmählich knapp wurde. Zwei Enttäuschungen an einem Morgen waren zuviel. Er hatte es satt, mit voller Bombenlast zurückzukommen. Aber heute blieb ihm nichts anderes übrig, als nach Süden heimzufliegen.

Drei Minuten später sah er unter sich einen riesigen Industriekomplex.

»Was ist das?« fragte er Tim. Der Wizzo sah auf seiner Karte nach.

»Die Anlage heißt Tarmija.«

»Jesus, ist die groß!«

»Yeah.«

Obwohl beide das nicht wußten, bestand der Industriekomplex Tarmija aus dreihunderteinundachtzig Gebäuden auf einer Fläche von gut fünfzehn mal fünfzehn Kilometern.

»In der Zielliste?«

»Nö.«

»Ich geh' trotzdem runter. Randy, paß hinter mir auf.«

»Wird gemacht«, bestätigte sein Rottenflieger.

Walker ließ die Eagle auf zehntausend Fuß sinken. Der Industriekomplex war gewaltig. In seiner Mitte stand ein riesiges Gebäude von der Größe eines überdachten Sportstadions.

»Ich greife an.«

»Don, diese Anlage steht nicht auf der Zielliste!«

Walker sank auf achttausend Fuß, aktivierte das Laserführungssystem und visierte das große Fabrikgebäude schräg vor ihnen an. In seiner Blickfelddarstellung wurden die abnehmende Entfernung und die bis zum Bombenwurf verbleibenden Sekunden angezeigt. Bei null Sekunden löste Walker die Bomben aus und hielt den Bug seiner Maschine weiter auf das näherkommende Ziel gerichtet.

In der Spitze beider Bomben saß der Lasersensor des PAVEWAY-Systems. Unter dem Rumpf der F-15E Strike Eagle befand sich das Führungsmodul *Lantirn*. Es richtete einen unsichtbaren Infrarotstrahl aufs Ziel, der von ihm reflektiert und als trichterförmiger Strahl zurückgeworfen wurde.

Der PAVEWAY-Sensor erkannte diesen Trichter, steuerte ihn an und folgte ihm in die Tiefe, bis die Bombe genau dort detonierte, wohin der Strahl gerichtet war.

Beide Bomben fanden ihr Ziel. Sie detonierten unter dem Überhang des Fabrikdachs. Als Don Walker sie detonieren sah, zog er den Steuerknüppel zurück und ließ die Eagle mit voller Leistung auf fünfundzwanzigtausend Fuß steigen. Eine Stunde später waren sein Rottenflieger und er nach einer weiteren Luftbetankung wieder in Al-Kharz.

Bevor Walker die F-15E hochzog, sah er noch die blendendhellen Lichtblitze zweier Detonationen, die aufsteigende große Rauchsäule und das Anfangsstadium der nach seinem Bombenangriff entstehenden großen Staubwolke. Nicht mehr beobachten konnte er, daß seine Bomben die Gebäudefassade demolierten und einen Teil des Fabrikdachs aufwölbten, so daß es wie ein Schiffssegel in die Luft ragte. Ebenfalls nicht mehr verfolgen konnte er, wie der starke Wüstenwind, der zuvor schon den Sandsturm aufgewirbelt hatte, unter dem die Scud-Abschußrampe verschwunden war, jetzt den Rest erledigte. Er riß das Fabrikdach ganz ab, rollte es wie den Deckel einer Sardinendose zurück und ließ große Blechteile in Windrichtung zu Boden prasseln.

Auf dem Stützpunkt wurde Don Walker wie jeder andere Pilot ausführlich zu seinem Einsatz befragt. Für die müden Piloten war das eine lästige Prozedur, aber diese Befragung war notwendig. Durchgeführt wurde sie von der Nachrichtenoffizierin der Staffel, Major Beth Kroger.

Niemand konnte behaupten, der Gorilla sei erfolgreich gewesen, aber immerhin hatten alle Piloten ihre Sekundärziele zerstört – bloß einer nicht. Ihr schneidiger Waffenoffizier hatte sein Sekundärziel verfehlt und dann einfach ein selbstgewähltes Tertiärziel angegriffen.

»Warum zum Teufel haben Sie das getan?« fragte Beth Kroger.

»Weil es riesig war und wichtig ausgesehen hat.«

»Es hat nicht mal auf der Zielliste gestanden«, beschwerte sie sich. Sie nahm die Koordinaten und eine genaue Zielbeschreibung auf und fügte seinen eigenen Bombenschadensbericht hinzu, um alles ans TACC zu übermitteln – das Tactical Air Control Center, das in Riad gemeinsam mit den CENTAF-Analytikern im Schwarzen Loch unter dem Oberkommando der saudiarabischen Luftwaffe untergebracht war.

»Stellt sich das als Abfüllanlage für Mineralwasser oder Fabrik für Babynahrung raus, ist Ihr Arsch fällig«, warnte sie Walker.

»Wissen Sie, Beth, Sie sind schön, wenn Sie wütend sind«, neckte er sie.

Beth Kroger war eine gute Berufssoldatin. Für einen Flirt bevorzugte sie Dienstgrade vom Oberst aufwärts. Da die einzigen drei auf dem Stützpunkt glücklich verheiratet waren, war Al-Kharz ihr allein aus diesem Grund zuwider.

»Benehmen Sie sich, *Hauptmann!*« wies sie ihn zurecht und ging hinaus, um ihren Bericht ans TACC zu übermitteln.

Walker seufzte und verschwand, um sich in seinem Zelt auf dem Feldbett auszuruhen. Sie hatte natürlich recht. Falls er gerade das größte Waisenhaus der Welt in Trümmer gelegt hatte, würde General Horner persönlich seine Hauptmannsspangen als Zahnstocher benutzen. Tatsächlich erfuhr Don Walker nie, was er an diesem Morgen in Wirklichkeit getroffen hatte. Aber es war kein Waisenhaus gewesen.

16

An diesem Abend besuchte Karim wie verabredet Edith Hardenberg in ihrer Grinzinger Wohnung, um bei ihr zu essen. Er kam mit dem Bus und brachte Geschenke mit: zwei Duftkerzen, die er anzündete und auf den kleinen Tisch in der Eßnische stellte, und zwei Flaschen guten Wein.

Edith, rosig und verlegen wie immer, bat Karim herein und entschuldigte sich dann, weil sie sich um die Wiener Schnitzel kümmern mußte, die sie in ihrer winzigen Kochnische zubereitete. Es war zwanzig Jahre her, daß sie zuletzt für einen Mann gekocht hatte; sie fand diese Aufgabe beängstigend, aber zu ihrer Überraschung auch aufregend.

Karim begrüßte sie an der Wohnungstür mit einem dezenten Kuß auf die Wange, der ihre Verwirrung noch steigerte, suchte dann aus ihrer Plattensammlung die LP mit Verdis *Nabucco* heraus und legte sie auf.

Schon bald zogen mancherlei Düfte – Kerzen, Rasierwasser und Patschuli – durch die von den sanften Klängen des Gefangenenchors erfüllte Wohnung.

Sie entsprach genau der Schilderung des Neviot-Teams, das vor Wochen hier eingedrungen war: sparsam möbliert, sehr ordentlich, äußerst sauber. Die Wohnung einer alleinstehenden Pedantin.

Als das Essen fertig war, trug Edith es unter tausend Entschuldigungen auf. Nachdem Karim das Schnitzel gekostet hatte, behauptete er, noch nie so gutes Fleisch gegessen zu haben, was sie noch mehr verwirrte, aber zugleich sehr freute.

Ihr Tischgespräch drehte sich um kulturelle Themen: ihren geplanten Ausflug nach Schloß Schönbrunn und einen Besuch bei den berühmten Lipizzanerhengsten der Spanischen Reitschule in der Stallburg der Hofburg am Josefsplatz.

Edith aß, wie sie alles andere tat: mit präzisen Bewegungen, die an einen Nahrung aufpickenden Vogel erinnerten. Ihr Haar trug sie wie immer straff zurückgekämmt, zu einem Nackenknoten geschlungen.

Im Kerzenschein, denn er hatte die allzu helle Lampe über dem Eßtisch ausgeknipst, war Karim südländisch attraktiv und höflich wie immer. Er schenkte ihr ständig Wein nach, so daß sie weit mehr als das eine Glas trank, das sie sich von Zeit zu Zeit gestattete.

Das Essen, der Wein, die Kerzen, die Musik und die Gesellschaft ihres jungen Freundes wirkten alle zusammen, um ihre defensive Reserviertheit allmählich aufzuweichen.

Als die Teller leergegessen waren, beugte Karim sich über den Tisch und sah ihr in die Augen.

»Edith?«

»Ja.«

»Darf ich Sie etwas fragen?«

»Wenn Sie wollen.«

»Warum tragen Sie Ihr Haar so zurückgekämmt?«

Das war eine impertinente, sehr persönliche Frage. Sie errötete noch mehr.

»Ich... habe es immer so getragen.«

Nein, das stimmte nicht. Sie erinnerte sich an eine Zeit, damals mit Horst, als sie ihr dichtes braunes Haar schulterlang getragen hatte. Damals im Sommer 1970 hatte es auf dem See im Schloßpark Laxenburg im Wind geweht.

Karim stand wortlos auf und trat hinter sie. Edith fühlte panische Angst in sich aufsteigen. Wie peinlich! Geschickte Finger zogen den großen Schildpattkamm aus ihrem Knoten. Das mußte aufhören! Dann spürte sie, wie die Haarnadeln herausgezogen wurden und ihr Haar sich entrollte, um bis über den Rücken zu fallen. Sie saß wie erstarrt da. Die selben Finger faßten unter ihr Haar und hoben es nach vorn, bis es ihr Gesicht umrahmte.

Als sie aufsah, stand Karim neben ihr. Er streckte ihr lächelnd die Hände entgegen.

»So ist's besser! Das macht Sie zehn Jahre jünger und hübscher. Kommen Sie, wir setzen uns aufs Sofa. Sie suchen Ihre Lieblingsplatte aus, und ich koche uns Kaffee. Abgemacht?«

Ohne um Erlaubnis zu fragen, ergriff er ihre kleinen Hände und zog sie hoch. Dann ließ er die eine Hand los und führte Edith aus der Eßnische ins Wohnzimmer hinüber. Dort gab er auch ihre andere Hand frei, wandte sich ab und verschwand in der Kochnische.

Gott sei Dank, daß er das getan hatte! Edith zitterte am ganzen Leib. Sie beide verband doch eine platonische Freundschaft. Andererseits hatte er sie nicht berührt, nicht wirklich berührt. *Das* würde sie selbstverständlich nicht zulassen...

Sie sah sich selbst im Wandspiegel: mit rosigem Teint und schulterlangem Haar, das ihre Ohren bedeckte und ihr Gesicht umrahmte. Und sie bildete sich fast ein, das Mädchen zu sehen, das sie vor zwanzig Jahren gewesen war.

Dann beherrschte sie sich wieder und zog eine Langspielplatte heraus. Ihren geliebten Johann Strauß, von dessen Walzern sie jede Note kannte: *Rosen aus dem Süden, Geschichten aus dem Wienerwald, Schlittschuhläuferwalzer, An der schönen blauen Donau*... Zum Glück war er in der Küche und sah nicht, wie ihr die Platte beim Auflegen fast aus den Händen geglitten wäre. Karim schien es leichtzufallen, Geschirr, Kaffee, Filterpapier, Sahne und Zucker zu finden.

Als er sich wieder zu ihr gesellte, saß sie mit ihrer Kaffeetasse auf den zusammengepreßten Knien in einer Sofaecke. Eigentlich wollte sie über ein Konzert sprechen, das nächste Woche im Musikverein stattfinden würde, aber ihre Stimme versagte ihr den Dienst. Also trank sie statt dessen mit kleinen Schlucken ihren Kaffee.

»Edith, Sie dürfen bitte keine Angst vor mir haben«, murmelte er. »Ich bin Ihr Freund, nicht wahr?«

»Unsinn! Natürlich habe ich keine Angst.«

»Das ist gut. Ich würde niemals etwas tun, das Sie verletzen könnte, wissen Sie.«

Freund. Ja, sie waren Freunde, und ihre Freundschaft basierte auf gemeinsamer Liebe zu Musik, Kunst, Oper, Kultur. Mehr steckte gewiß nicht dahinter. Dabei war es nur ein kleiner Schritt vom Freund zum Liebhaber. Sie wußte, daß die anderen Sekretärinnen in der Bank Ehemänner oder Liebhaber hatten; sie beobachtete, wie aufgeregt sie vor jedem Rendezvous waren, hörte sie am Morgen danach auf dem Flur kichern und wußte, daß ihre Kolleginnen sie als alte Jungfer bemitleideten.

»Das sind die *Rosen aus dem Süden,* stimmt's?«

»Ja, natürlich.«

»Das ist mein Lieblingswalzer, glaub' ich.«

»Meiner auch.« Das war besser, zurück zur Musik.

Er nahm ihr die Kaffeetasse von den Knien und stellte sie auf das Tischchen neben dem Sofa. Dann stand er auf, ergriff ihre Hände und zog sie hoch.

»Was...?«

Sie fand ihre linke Hand in seiner Rechten wieder, spürte seinen starken Arm, der sich um ihre Taille schlang, drehte sich im freien Raum zwischen ihren Möbeln auf dem Parkett und tanzte einen Walzer.

Verlier keine Zeit, Junge, hätte Gidi Barzilai jetzt gedrängt, geh aufs Ganze! Aber was verstand er davon? Nichts. Gute Vorarbeit war der halbe Erfolg. Karims linke Hand blieb zunächst, wo sie war.

Während sie sittsam mit einer Handbreit Abstand tanzten, führte Karim ihre Hand, die er umfaßt hielt, an seine Schulter, während er Edith mit dem linken Arm sanft an sich zog. Das geschah ganz unmerklich.

Edith, deren Gesicht seine Brust berührte, mußte den Kopf zur Seite drehen. Ihr kleiner Busen wurde gegen seinen Oberkörper gepreßt, und sie nahm einen Duft wahr, der nicht nur von Karims Rasierwasser stammte.

Sie wich zurück. Er hielt sie nicht fest, ließ ihre linke Hand los und hob mit den Fingerspitzen seiner Rechten Ediths Kinn hoch. Dann küßte er sie, während sie tanzten.

Es war kein leidenschaftlich drängender Kuß. Er hielt die Lippen geschlossen, machte keinen Versuch, zwischen ihre einzudringen. In ihrem Kopf herrschte ein wildes Chaos aus Gedanken und Gefühlen, ein steuerlos gewordenes Flugzeug, das trudelnd abstürzte, stumme Proteste, die sich zu artikulieren versuchten und es nicht schafften. Die Bank, Herr Gemütlich, ihr guter Ruf, seine Jugend, seine Fremdheit, ihr Altersunterschied, die Wärme, der Wein, der Duft, die Stärke, die Lippen. Dann verstummte die Musik.

Hätte er mehr getan, hätte sie ihn hinausgeworfen. Er löste seine Lippen von ihren und drückte ihren Kopf leicht nach vorn, bis er an seiner Brust ruhte. So blieben die beiden in der still gewordenen Wohnung einige Sekunden lang bewegungslos stehen.

Dann löste sie sich von ihm. Sie drehte sich nach dem Sofa um, sank darauf nieder und starrte vor sich hin. Im nächsten Augenblick sah sie ihn vor sich knien. Er nahm ihre Hände in seine.

»Bist du böse auf mich, Edith?«

»Das hättest du nicht tun dürfen«, sagte sie.

»Ich hab's nicht absichtlich getan. Ehrlich nicht! Es ist ganz von selbst passiert.«

»Du solltest jetzt gehen, glaube ich.«

»Edith, wenn du jetzt böse bist und mich bestrafen willst, gibt's nur eine Möglichkeit: Du mußt mir verbieten, dich wiederzusehen.«

»Das wäre vielleicht besser...«

»Bitte, versprich mir, daß ich dich wiedersehen darf!«

»Das muß ich mir noch überlegen.«

»Wenn du nein sagst, breche ich mein Studium ab und reise heim. Ich könnte nicht in Wien leben, wenn du mich nicht sehen willst.«

»Unsinn! Du mußt studieren.«

»Wir sehen uns also wieder?«

»Gut, meinetwegen.«

Fünf Minuten später hatte er sich verabschiedet. Sie machte das Licht aus, streifte ihr schlichtes Baumwollnachthemd über, wusch sich das Gesicht, putzte sich die Zähne und ging ins Bett.

Im Dunkel lag sie mit hochgezogenen Knien auf der Seite. Nach zwei Stunden tat sie etwas, das sie seit Jahren nicht mehr bewußt getan hatte: Sie lächelte. Durch ihren Kopf spukte immer wieder ein verrückter Gedanke, der ihr aber nichts ausmachte. Ich habe einen Liebhaber. Er ist zehn Jahre jünger, ein Student, ein Ausländer, ein Araber und ein Moslem. Und das macht mir alles nichts aus.

An diesem Abend war Oberst Dick Beatty von der U. S. Air Force zur Nachtschicht eingeteilt, die tief unter der Old Airport Road in Riad arbeitete.

Das Schwarze Loch kannte keine Pausen, keine Unterbrechungen, und in den ersten Tagen des Luftkriegs wurde dort unten schneller und verbissener als je zuvor gearbeitet.

Der von General Chuck Horner geplante Luftkrieg war ernstlich beeinträchtigt, weil viele hundert seiner Flugzeuge abgezogen worden waren, um Jagd auf mobile Scud-Abschußvorrichtungen zu machen, anstatt die ihnen ursprünglich zugewiesenen Ziele zu bekämpfen.

Wie jeder erfahrene Offizier bestätigen wird, können Einsatzplätze noch so gut ausgearbeitet sein – aber wenn das Unternehmen läuft, muß trotzdem improvisiert werden. Die durch Raketenangriffe auf Israel ausgelöste Krise erwies sich als ernstes Problem. Tel Aviv setzte Washington unter Druck, und Washington setzte Riad unter Druck. Der Einsatz aller dieser Kampfflugzeuge zur Bekämpfung der schwer aufzuspürenden mobilen Abschußrampen war der Preis, den Washington dafür zahlen mußte, daß Israel auf Vergeltungsschläge verzichtete, und Washington duldete in diesem Punkt keinen Widerspruch. Daß Israel die Geduld zu verlieren drohte, war offensichtlich, und sein Eintritt in diesen Krieg wäre eine Katastrophe für die gegen den Irak gebildete brüchige Alliianz gewesen. Trotzdem stellte die so erzwungene neue Aufgabenverteilung ein großes Problem dar.

Ziele, die ursprünglich am dritten Tag hätten angegriffen werden sollen, wurden zurückgestellt, weil nicht genug Flugzeuge zur Verfügung standen, was einen Dominoeffekt bewirkte. Ein weiteres Problem war die Tatsache, daß die Abschätzung von Bombenschäden unvermindert weitergehen mußte. Diese Arbeit war wichtig und mußte getan werden. Alles andere wäre sträflicher Leichtsinn gewesen.

Die Abschätzung von Bombenschäden war entscheidend wichtig, denn das Schwarze Loch mußte wissen, wie erfolgreich – oder erfolglos – die Luftangriffe jedes Tages gewesen waren. Stand eine wichtige irakische Kommandozentrale, Radarstation oder Raketenstellung auf der Zielliste, wurde sie befehlsgemäß angegriffen. Aber war sie auch zerstört? Und bis zu welchem Prozentsatz? Zehn Prozent, fünfzig Prozent oder ein rauchender Trümmerhaufen?

Einfach nur anzunehmen, das feindliche Ziel sei zerstört, reichte nicht aus. Am nächsten Tag konnten bei einem anderen Einsatz ahnungslose alliierte Piloten über diesen Punkt geschickt werden. War die Fla-Raketenstellung dann noch abwehrbereit, konnten sie abgeschossen werden.

Also wurden jeden Tag die Einsätze geflogen, und die müden Piloten berichteten genau, was sie getan und was sie getroffen

431

hatten. Oder was sie glaubten, getroffen zu haben. Am nächsten Tag überflogen andere Maschinen die Ziele und fotografierten sie.

Während die Air Tasking Order sich in der dreitägigen Ausarbeitungsphase befand, wurde die ursprüngliche Zielliste um Ziele ergänzt, die erneut angegriffen werden mußten, weil der erste Angriff nur teilweise erfolgreich gewesen war.

Am 20. Januar, dem vierten Tag des Luftkriegs, waren die alliierten Luftstreitkräfte offiziell noch nicht dazu gekommen, Fabriken zu zerstören, in denen offenbar Massenvernichtungswaffen hergestellt wurden. Sie konzentrierten sich weiter darauf, die irakische Luftverteidigung zu zerschlagen.

An diesem Abend stellte Oberst Beatty aufgrund aller Befragungen durch die Nachrichtenoffiziere der einzelnen Staffeln die Liste mit den Aufklärungsflügen des kommenden Tages zusammen.

Gegen Mitternacht war er fast damit fertig, und die ersten Befehle gingen bereits an die einzelnen Staffeln hinaus, die bei Tagesanbruch Aufklärungseinsätze fliegen sollten.

»Dann haben wir noch das hier, Sir.«

Neben Beatty stand sein Assistent, ein Hauptbootsmann der U. S. Navy. Der Oberst warf einen Blick auf das Ziel.

»Was soll ich damit – Tarmija?«

»So heißt der Ort, Sir.«

»Wo zum Teufel liegt Tarmija überhaupt?«

»Hier, Sir.«

Der Oberst sah auf die Luftfahrtkarte. Der Ortsname sagte ihm nichts.

»Radar? Raketen, Flugplatz, Kommandozentrale?«

»Nein, Sir, Industriekomplex.«

Der Oberst war müde. Er hatte konzentriert gearbeitet und noch eine lange Nacht vor sich.

»Verdammt noch mal, wir sind noch nicht bei Fabriken! Geben Sie mir trotzdem die Liste.«

Beatty überflog die Zielliste. Sie enthielt sämtliche Industrieanlagen, die nach Erkenntnissen der Alliierten zur Produktion von Massenvernichtungswaffen dienten, sowie Fabriken, in denen Granaten, Sprengstoff, Fahrzeuge, Geschützteile und Panzerersatzteile hergestellt wurden.

Zur ersten Kategorie gehörten Al-Qaim, As-Sharqat, Tuwaitha,

Fallujah, Hillah, Al-Athier und Al-Furat. Oberst Beatty konnte nicht wissen, daß in dieser Liste Rashadia fehlte, wo die Iraker ihre zweite Gaszentrifugenkaskade zur Urananreicherung installiert hatten, über deren Standort der Medusa-Ausschuß sich vergeblich den Kopf zerbrach. Diese Anlage, die erst viel später von Experten der Vereinten Nationen entdeckt wurde, befand sich nicht unter der Erde, sondern war als Mineralwasserabfüllanlage getarnt.

Nicht wissen konnte Oberst Beatty auch, daß Al-Furat der unterirdische Standort der ersten Gaszentrifugenkaskade war, die der deutsche Wissenschaftler Dr. Stemmler »irgendwo bei Tuwaitha« besichtigt hatte, und daß ihre genaue Position von Jericho verraten worden war.

»Ich sehe hier kein Tarmija«, knurrte er.

»Nein, Sir, es steht nicht in der Liste«, antwortete der Hauptbootsmann.

»Geben Sie mir die Koordinaten.«

Niemand konnte erwarten, daß die Auswerter sich Hunderte von verwirrenden arabischen Ortsnamen merkten, die im Extremfall für bis zu zehn unterschiedliche Ziele gelten konnten. Deshalb wurden alle Ziele durch GPS-Koordinaten bezeichnet, deren zwölf Ziffern ihre Position bis auf fünfzig Meter genau festlegten.

Bei Don Walkers Bombenangriff auf das riesige Fabrikgebäude in Tarmija waren die Zielkoordinaten automatisch gespeichert und dann seinem Befragungsbericht als Anlage beigefügt worden.

»Die Koordinaten stehen nicht in der Liste«, protestierte der Oberst. »Das ist überhaupt kein gottverdammtes Ziel! Wer hat's angegriffen?«

»Irgendein Pilot der Dreihundertsechsunddreißigsten in Al-Kharz. Nachdem er seine beiden ersten Ziele verpaßt hatte – allerdings nicht durch seine Schuld. Vermutlich hat er nicht mit voller Bombenladung zurückkommen wollen.«

»Arschloch«, knurrte der Oberst. »Okay, geben Sie's an die Aufklärer weiter. Aber ohne besondere Dringlichkeit. Sie sollen keinen Film darauf vergeuden.«

Korvettenkapitän Darren Cleary saß als zutiefst frustrierter Mann im Cockpit seiner F-14 Tomcat.

Unter ihm hatte der gigantische graue Stahlrumpf des Flugzeugträgers USS *Ranger* sich in den schwachen Wind gedreht und machte siebenundzwanzig Knoten Fahrt. Im Morgengrauen war das Meer im Norden des Persischen Golfs kaum merklich bewegt, und der Himmel würde bald wolkenlos blau sein. Für einen jungen Marinepiloten, der einen der besten Jäger der Welt flog, hätte dies ein prachtvoller Tag sein sollen.

Die als »Flottenverteidiger« bezeichnete zweisitzige Tomcat mit ihrem Doppelleitwerk ist als Star des Films *Top Gun* einem größeren Publikum bekannt geworden. Ihr Cockpit dürfte der bei amerikanischen Jagdfliegern begehrteste Sitz sein – jedenfalls in der U. S. Navy. Und daß Cleary sich schon eine Woche nach ihrem Eintreffen im Golf an diesem herrlichen Tag am Steuer einer F-14 wiederfand, hätte ihn sehr befriedigen müssen. Aber er war unglücklich, weil er keinen Kampfauftrag hatte, sondern Aufklärung fliegen sollte – »Erinnerungsfotos knipsen«, wie er sich am Abend zuvor beschwert hatte. Er hatte den Einsatzoffizier seiner Staffel bekniet, ihn MiGs jagen zu lassen, aber es hatte alles nichts genutzt.

»Einer muß es machen«, hatte er als Antwort zu hören bekommen. Wie alle Jagdflieger der alliierten Luftstreitkräfte im Golfkrieg befürchtete er, schon nach wenigen Tagen würden gar keine irakischen Jäger mehr starten und ihnen die Chance zu Luftkämpfen geben.

Also war es zu seiner Enttäuschung bei diesem TARPS-Einsatz geblieben.

Hinter Cleary und seinem Waffensystemoffizier heulten die beiden General-Electric-Triebwerke, während die Flugdeckmannschaft ihre F-14 auf dem schräg zur Längsachse der *Ranger* angeordneten Winkeldeck am Katapult einklinkte. Während der abschließenden Startvorbereitungen wartete der Pilot mit seiner linken Hand an den Leistungshebeln und seiner rechten an dem in Mittelstellung gehaltenen Steuerknüppel. Dann endlich das letzte Handzeichen, sein Nicken und die brutale Beschleunigung, als er die Leistungshebel ganz nach vorn in Nachbrennerstellung drückte, während das Katapult den einunddreißig Tonnen schweren Jäger in drei Sekunden von null auf hundertfünfzig Knoten beschleunigte.

Das Flugdeck der *Ranger* blieb hinter ihm zurück, das noch dunkle Meer raste unter ihm vorbei, die Tomcat beschleunigte weiter, gewann dadurch Auftrieb und stieg in den heller werdenden Morgenhimmel. Vor ihnen lag ein Vierstundenflug mit zwei Luftbetankungen. Sie hatten zwölf Ziele zu fotografieren – aber sie würden dabei nicht allein sein. Für den Fall, daß sie von irakischer Flak beschossen wurden, flog vor ihnen bereits eine A-6 Avenger mit lasergesteuerten Bomben zur Bekämpfung feindlicher Batterien. Außerdem wurden sie von einer EA-6B Prowler begleitet, die für den Fall, daß sie auf eine neue SAM-Stellung stießen, mit Lenkwaffen HARM zur Radaransteuerung bewaffnet war. Die Prowler mit den Lenkwaffen würde das Radar und die Avenger mit den Bomben würde die Fla-Raketen bekämpfen.

Und für den Fall, daß die irakische Luftwaffe aufkreuzte, waren zwei weitere F-14 Tomcats als Begleitjäger eingesetzt, die den Aufklärer mit leichter Überhöhung begleiten würden, um den vor ihnen liegenden Luftraum mit ihrem leistungsfähigen Bordradar AWG-9 überwachen zu können.

Dieser hohe Material- und Technologieeinsatz diente dazu, einen unter und hinter Darren Cleary hängenden Behälter mit dem Tactical Air Reconnaissance Pod System (TARPS) zu schützen.

Der leicht rechts der Längsachse der F-14 aufgehängte Behälter des Aufklärungssystems TARPS erinnerte an einen stromlinienförmigen Sarg: fünfeinviertel Meter lang und sehr viel komplizierter als die Pentax irgendeines Touristen.

Im Bug trug der Behälter eine leistungsfähige Kamera, die Schräg- und Senkrechtaufnahmen in Flugrichtung machte. Dahinter kam eine Panoramakamera für schräge und senkrechte Rundumaufnahmen. Den Rest des Behälters nahm das Infrarot-Aufklärungssystem ein, das Wärmequellen ortete und ihre Position festhielt. Zusätzlich sorgte eine Datenübertragung ins Cockpit dafür, daß der Pilot in seiner Blickfelddarstellung Ziele sehen konnte, die er direkt unter sich aufnahm.

Darren Cleary stieg auf fünfzehntausend Fuß, schloß zu seinen Begleitflugzeugen auf und flog im Verband zu dem ihnen zugewiesenen Tanker KC-135 weiter, der unmittelbar südlich der irakischen Grenze auf sie wartete.

Er fotografierte die elf ihm zugeteilten Hauptziele, ohne von irakischer Luftabwehr belästigt zu werden, und nahm auf dem Rückflug das nur als zweitrangig eingestufte Ziel Tarmija mit.

Während er Tarmija überflog, starrte er seine Blickfelddarstellung an und murmelte: »Verdammt, was ist das?« In diesem Augenblick hatten die beiden Hauptkameras, die je siebenhundertfünfzig Aufnahmen machen konnten, keinen Film mehr.

Nach der zweiten Luftbetankung landete er ohne besondere Vorkommnisse auf der *Ranger*. Die Flugdeckmannschaft baute die Kameras aus und schaffte sie ins Fotolabor, damit die Filme entwickelt werden konnten.

Darren Cleary wurde zu seinem Aufklärungseinsatz befragt und ging dann mit dem Nachrichtenoffizier zum Lichttisch hinunter. Anhand der von unten weiß angestrahlten Negative berichtete er, woher die Aufnahmen stammten und was sie zeigten. Der Nachrichtenoffizier machte sich Notizen für seinen eigenen Bericht, der mit Clearys Bericht und den Fotos eingereicht werden würde.

Als sie zu den letzten zwanzig Negativen kamen, fragte der Nachrichtenoffizier: »Was ist das?«

»Keine Ahnung«, sagte Cleary. »Das ist dieses Ziel in Tarmija, das Riad im letzten Augenblick angehängt hat.«

»Yeah, aber was sind diese Dinger im Innern der Fabrik?«

»Sehen wie Frisbeescheiben für Riesen aus«, meinte Cleary zweifelnd.

Dieser Ausdruck setzte sich durch. Der Nachrichtenoffizier verwendete ihn in seinem Bericht, in dem er zugab, nicht die leiseste Ahnung zu haben, was die Dinger sein könnten. Sobald alle Aufnahmen fertig vorlagen, wurde eine Lockheed S-3 Viking von der *Ranger* gestartet und brachte das gesamte Paket nach Riad. Darren Cleary flog wieder Jagdeinsätze, kam jedoch nie zum Luftkampf gegen eine MiG und verließ den Persischen Golf Ende April 1991 mit der USS *Ranger*.

An diesem Vormittag machte Wolfgang Gemütlich das ungewöhnliche Verhalten seiner Sekretärin mehr und mehr Sorgen.

Sie war höflich und zurückhaltend wie immer und arbeitete so effizient, wie man nur verlangen konnte – und Herr Gemütlich verlangte viel. Da er nicht übermäßig sensibel war, sah er zunächst nichts, aber als sie zum drittenmal in sein Allerheiligstes kam, um ein Diktat aufzunehmen, fiel ihm etwas Ungewohntes an ihr auf.

Natürlich nichts Leichtfertiges, erst recht nichts Frivoles, das er keineswegs geduldet hätte. Aber ihr ganzes Auftreten hatte sich irgendwie verändert. Bei ihrem dritten Besuch betrachtete er sie genauer, während sie über ihren Stenoblock gebeugt dasaß und sein Diktat aufnahm.

Gewiß, sie trug auch heute ein mausgraues Kostüm, dessen Rocksaum sittsam bis über die Knie reichte. Und ihr Haar war wie gewohnt zu einem strengen Nackenknoten zusammengefaßt . . . Bei ihrem vierten Besuch stellte er geradezu entsetzt fest, daß Edith Hardenberg eine Spur Puder aufgelegt hatte. Nicht viel, nur einen Hauch von Puder. Er kontrollierte rasch, ob sie etwa auch Lippenstift trug, und war erleichtert, als keine Spur davon zu erkennen war.

Vielleicht, überlegte er sich, täuschst du dich auch. Wir haben Jänner, und sie kann vom Frostwetter rauhe Haut bekommen haben, gegen die etwas Puder hilft. Aber es gab noch etwas anderes.

Ihre Augen. Keine Wimperntusche, um Gottes willen, keine Wimperntusche! Er kontrollierte erneut, ohne Wimperntusche zu entdecken. Du hast dich getäuscht, beruhigte er sich selbst. Erst als er in der Mittagspause eine Leinenserviette auf seiner Schreibunterlage ausbreitete und die belegten Brote aß, die Frau Gemütlich ihm jeden Tag pflichtbewußt strich, kam er auf des Rätsels Lösung.

Sie glänzten. Fräulein Hardenbergs Augen glänzten. Am Winterwetter konnte das nicht liegen – zu diesem Zeitpunkt war sie schon drei Stunden im Haus gewesen. Der Bankier ließ das angebissene Brot sinken und erkannte, daß er dieses Syndrom gelegentlich bei einigen der jüngeren Sekretärinnen an Freitagabenden unmittelbar vor Geschäftsschluß beobachtet hatte.

Es war Glück. Edith Hardenberg war tatsächlich glücklich. Wie er jetzt erkannte, zeigte sich das darin, wie sie ging, wie sie sprach und wie sie aussah. Schon den ganzen Vormittag lang hatte sie so gewirkt – das und dieser Hauch von Puder genügten, um Wolfgang Gemütlich zutiefst zu beunruhigen. Er konnte nur hoffen, daß sie nicht leichtsinnig Geld ausgegeben hatte.

Die »Erinnerungsfotos«, die Korvettenkapitän Cleary an diesem Morgen »geknipst« hatte, trafen nachmittags in Riad ein – als Bestandteil einer Flut von neuen Luftbildern, mit der das CENTAF-Oberkommando jeden Tag eingedeckt wurde.

Teilweise stammten die Aufnahmen von den Satelliten KH-11 und KH-12, die hoch genug über der Erde standen, um das Gesamtbild, den großen Überblick, den ganzen Irak zu zeigen. Falls sie keine Veränderungen gegenüber dem Vortag erkennen ließen, wurden sie abgelegt.

Andere waren das Ergebnis ständiger TR-1-Aufklärungsflüge in niedrigeren Höhen. Manche zeigten militärische oder industrielle Aktivitäten der Iraker, die neu waren – Truppenbewegungen, rollende Flugzeuge auf Plätzen, auf denen bis dahin keine beobachtet worden waren, Scud-Abschußvorrichtungen an neuen Orten. Solche Aufnahmen erhielt die Abteilung Zielanalyse.

Die Luftbilder der F-14 der *Ranger* sollten zur Abschätzung von Bombenschäden dienen. Zur ersten Auswertung kamen sie in die »Scheune«, eine Ansammlung von grünen Zelten am Rand des Militärflugplatzes. Dann wurden sie säuberlich bezeichnet und identifiziert, um die Straße entlang ins Schwarze Loch transportiert zu werden, wo sie in der Abteilung Bombenschadensabschätzung landeten.

An diesem Abend hatte Oberst Beatty ab neunzehn Uhr Dienst. Er brütete zwei Stunden lang über Luftaufnahmen von einer Fla-Raketenstellung (teilweise zerstört, zwei Batterien anscheinend noch einsatzfähig), einer Fernmeldezentrale (in Trümmer gelegt) und einer Reihe von Schutzbauten für irakische MiGs, Mirages und Suchois (weitgehend zerstört).

Als er zu dem Dutzend Luftbilder einer Fabrik in Tarmija kam, runzelte er die Stirn, stand auf und trat an einen anderen Schreibtisch, an dem ein Flight-Sergeant der britischen Royal Air Force saß.

»Charlie, was ist das hier?«

»Tarmija, Sir. Sie erinnern sich an diese Fabrik, die gestern von einer Strike Eagle bombardiert worden ist – obwohl sie nicht auf der Zielliste gestanden hat?«

»Oh, yeah, die Fabrik, die gar kein Ziel gewesen ist?«

»Genau die. Eine Tomcat der *Ranger* hat diese Bilder heute morgen kurz nach zehn Uhr gemacht.«

Oberst Beatty tippte mit dem rechten Zeigefinger auf die Fotos in seiner linken Hand.

»Und was geht dort vor, verdammt noch mal?«

»Keine Ahnung, Sir. Darum habe ich sie auf Ihren Schreibtisch gelegt. Bisher wird keiner daraus schlau.«

»Na, dieser Eagle-Jockey scheint in ein Wespennest gestochen zu haben. Die sind alle ganz schön aufgeregt!«

Der britische Flight-Sergeant und der amerikanische Oberst starrten die von der F-14 über Tarmija gemachten Luftaufnahmen an. Die Bilder waren bei höchster Auflösung phantastisch scharf. Einige Schrägaufnahmen mit der TARPS-Bugkamera zeigten die beschädigte Fabrik, während die Tomcat in fünfzehntausend Fuß anflog; andere waren mit der Panoramakamera in der Mitte des Behälters aufgenommen. Die Männer in der »Scheune« hatten die zwölf besten und schärfsten Aufnahmen herausgesucht.

»Wie groß ist dieses Gebäude?« fragte der Oberst.

»Ungefähr sechzig mal hundert Meter, Sir.«

Das riesige Dach war weitgehend abgerissen worden, so daß nur noch etwa ein Viertel der Bodenfläche der irakischen Fabrik überdeckt war.

In den drei Vierteln, die auf diese Weise sichtbar waren, zeigte sich der Grundriß der Anlage aus der Vogelschau. Ihre Bodenfläche war durch Zwischenwände in Quadrate aufgeteilt, die jeweils fast ganz von einer riesigen dunklen Scheibe ausgefüllt wurden.

»Sind die aus Metall?«

»Ja, Sir. Der Infrarotscanner hat sie als Stahl identifiziert.«

Noch rätselhafter – und der Grund für das große Interesse dieser Abteilung – war die irakische Reaktion auf Don Walkers Angriff. Das dachlose Fabrikgebäude umstanden nicht weniger als fünf schwere Autokräne, deren übers Innere des Gebäudes ragende Ausleger an Störche erinnerten, die an einem Leckerbissen herumpickten. Angesichts der zahlreichen Bombenschäden im Irak waren solche Kräne kaum mit Gold aufzuwiegen.

Auf dem Fabrikgelände und im Gebäude selbst war ein Heer von Arbeitern damit beschäftigt, die Scheiben an den Kranhaken zu befestigen, damit sie herausgehoben werden konnten.

»Haben Sie die Kerle gezählt, Charlie?«

»Über zweihundert, Sir.«

»Und die Scheiben...« Oberst Beatty warf einen Blick in den Bericht des Nachrichtenoffiziers der *Ranger*. »Die ›Frisbeescheiben für Riesen‹?«

439

»Keine Ahnung, Sir. Solche Dinger sind mir noch nie unter die Augen gekommen.«

»Nun, Mr. Saddam Hussein sind sie offenbar verdammt wichtig. Steht Tarmija wirklich auf keiner Zielliste?«

»Bisher nicht, Oberst. Aber wenn Sie sich *das* mal ansehen wollen?«

Der Flight-Sergeant legte Beatty ein anderes Luftbild aus dem Archiv vor. Der Oberst kniff die Augen zusammen, um besser sehen zu können, worauf der andere zeigte.

»Maschendrahtzaun.«

»Ein Doppelzaun. Und hier?«

Oberst Beatty nahm sein Vergrößerungsglas und sah genauer hin.

»Minengürtel ... Fla-Geschütze ... Wachtürme ... Wo haben Sie das alles entdeckt, Charlie?«

»Hier, sehen Sie sich diese Gesamtaufnahme an.«

Der Oberst starrte das neue Luftbild an, das der Sergeant ihm jetzt hinlegte: eine aus sehr großer Höhe gemachte Aufnahme, die ganz Tarmija und seine Umgebung zeigte. Dann atmete er langsam tief durch.

»Jesus Christus, jetzt müssen wir Tarmija neu einstufen! Wie zum Teufel haben wir das übersehen können?«

Tatsächlich war der aus dreihunderteinundachtzig Gebäuden bestehende Industriekomplex Tarmija aus Gründen, die später in die Folklore der menschlichen Maulwürfe, die im Schwarzen Loch arbeiteten und es überlebten, eingehen sollten, von den ursprünglichen Auswertern als nichtmilitärisches Objekt ausgesondert und nicht in die Zielliste aufgenommen worden.

Diese Auswerter waren Briten und Amerikaner, die alle von der NATO kamen. Da sie für die Beurteilung sowjetischer Ziele ausgebildet waren, hielten sie überall Ausschau nach sowjetischen Methoden.

Die Hinweise, nach denen sie suchten, waren die Standardindikatoren. War ein Gebäude oder ein ganzer Komplex militärisch wichtig, war Unbefugten der Zutritt verboten. Es wurde bewacht und vor Angriffen geschützt.

Gab es dort Wachtürme, Maschendrahtzäune, Flakstellungen, Fla-Raketen, Minengürtel, Truppenunterkünfte? Gab es Anzeichen für regelmäßigen Verkehr mit schweren Lastwagen; führten große Hochspannungsleitungen dorthin, oder gab es innerhalb des Sperrgeländes ein eigenes Kraftwerk? Alles das ließ auf ein Ziel schließen. Aber in Tarmija fehlten solche Hinweise – scheinbar.

Eine Vorahnung hatte den RAF-Sergeant dazu gebracht, eine aus sehr großer Höhe gemachte Luftaufnahme von Tarmija und Umgebung unter die Lupe zu nehmen. Und darauf hatte er alles entdeckt... den Maschendrahtzaun, die Flakbatterien, die Unterkünfte, die gesicherten Tore, die Fla-Raketen, die Drahthindernisse, den Minengürtel. Aber weit entfernt.

Die Iraker hatten einfach einen ganzen Landstrich mit hundert Kilometern Seitenlänge in Beschlag genommen und das Gelände eingezäunt. Eine Landnahme dieser Art wäre in Westeuropa oder selbst den Vereinigten Staaten nicht denkbar gewesen.

Der Industriekomplex, von dessen dreihunderteinundachtzig Gebäuden siebzig der Rüstungsproduktion dienten, wie sich später zeigen würde, lag in der Mitte des Quadrats. Mit weiten Abständen zwischen den Gebäuden, um Schäden durch Luftangriffe geringzuhalten, aber trotzdem nur auf einer Fläche von gut zweihundert Quadratkilometern – bei einer Gesamtfläche des Sperrgebiets von zehntausend Quadratkilometern.

»Hochspannungsleitungen? Ich sehe nichts, mit dem man mehr als eine elektrische Zahnbürste betreiben könnte.«

»Dort drüben, Sir. Das Kraftwerk steht fünfundvierzig Kilometer weiter westlich. Die Hochspannungsleitungen führen in die entgegengesetzte Richtung. Aber ich wette fünfzig Pfund gegen ein lauwarmes Bier, daß sie nur zur Tarnung dienen. Das wahre Stromkabel dürfte unterirdisch nach Tarmija verlaufen. Dieses Kraftwerk liefert hundertfünfzig Megawatt, Sir.«

»Verdammt noch mal!« sagte der Oberst halblaut. Er richtete sich auf und schob die Luftbilder zusammen. »Gut gemacht, Charlie. Ich gehe damit sofort zu Buster Glosson. Was diese dachlose Fabrik betrifft, brauchen wir nicht länger zuzuwarten. Wenn sie den Irakern so wichtig ist, legen wir sie ganz flach.«

»Ja, Sir. Ich setze sie auf die Liste.«

»Nicht erst in drei Tagen. Morgen. Was ist noch frei?«

Der Flight-Sergeant setzte sich an seine Computerkonsole und tippte eine Anfrage.

»Nichts, Sir. Ausgebucht, alle Einheiten.«

»Können wir keine Staffel abziehen?«

»Eigentlich nicht. Wegen der Jagd nach Scuds sind wir hinter dem Plan zurück ... Augenblick, ich sehe gerade die Dreiundvierzighunderter drunten auf Diego Garcia. Die haben Kapazität frei.«

»Okay, dann kriegen die Buffs den Auftrag.«

»Sie müssen entschuldigen, wenn ich das sage, Sir«, wandte der Sergeant mit jener übertriebenen Höflichkeit ein, die eine abweichende Meinung kaschieren soll, »aber die B-52 sind nicht gerade Präzisionsbomber.«

»Hören Sie, Charlie, in vierundzwanzig Stunden haben die Iraker die Fabrik leergeräumt. Uns bleibt keine andere Wahl. Die Buffs kriegen den Auftrag.«

»Ja, Sir.«

Mike Martin war zu ruhelos, um sich länger als ein paar Tage im Haushalt des sowjetischen Diplomaten zu verkriechen. Der russische Diener und seine Frau waren völlig mit den Nerven herunter, denn wegen der unaufhörlichen Kakophonie aus Einschlägen von Bomben und Lenkwaffen, in die sich das Krachen des scheinbar unbegrenzten, aber größtenteils wirkungslosen Bagdader Flakfeuers mischte, konnten sie keine Nacht mehr ruhig schlafen.

Sie brüllten Verwünschungen aller britischen und amerikanischen Flieger aus den Fenstern, aber ihnen gingen auch die Lebensmittel aus, und der russische Magen ist ein zwingendes Argument. Die Lösung bestand darin, wieder den Gärtner Mahmud loszuschicken, damit er für sie einkaufte.

Martin war seit drei Tagen wie früher mit seinem Fahrrad in der Stadt unterwegs, als er das Kreidezeichen sah. Es befand sich an der Rückwand eines der alten Chajathäuser in Karadit-Mariam und signalisierte, daß Jericho in dem dazugehörigen toten Briefkasten eine Nachricht hinterlegt hatte.

Trotz der Luftangriffe setzte sich allmählich erneut die natürliche Widerstandskraft der kleinen Leute, die wie gewohnt weiterzuleben versuchten, durch. Ohne daß darüber gesprochen wurde – außer mit halblauter Stimme und dann nur Angehörigen gegenüber, die einen nicht bei der AMAM denunzieren würden –, setzte sich in der Arbeiterklasse die Erkenntnis durch, daß die Hundesöhne und die Söhne Najis imstande zu sein schienen, zu treffen, was sie treffen wollten, und den Rest unbeschädigt zu lassen.

Nach fünf Tagen war der Präsidentenpalast ein Trümmerhaufen und das Verteidigungsministerium ebenso zerstört wie das Fernmeldeamt und das wichtigste Kraftwerk Bagdads. Noch lästiger war, daß alle neun Brücken jetzt das Bett des Tigris zierten; aber eine ganze Reihe von Kleinunternehmern bot bereits Fährdienste über den Fluß an – manche mit Fähren, die sogar Autos und Lastwagen transportieren konnten, andere mit Kähnen für zehn Fahrgäste mitsamt ihren Fahrrädern und wieder andere nur mit Ruderbooten.

Die meisten öffentlichen Gebäude waren unbeschädigt. Das Hotel Rashid in Karch war noch immer mit ausländischen Journalisten vollgestopft, obwohl der Rais garantiert in seinem Bunker unter dem Hotel saß. Noch schlimmer war, daß die AMAM-Zentrale, eine Häuserzeile mit alten Fassaden und modernisierten Räumen in einer abgesperrten Straße in der Nähe der Qasr el-Abyad in Risafa, nicht angegriffen worden war. Unter zweien dieser Häuser befand sich die höchstens im Flüsterton erwähnte »Turnhalle« des Folterers Omar Khatib, der dort Geständnisse erpreßte.

Jenseits des Flusses in Mansur war das riesige Bürogebäude der Muchabarat-Zentrale, die Auslandsaufklärung und Spionageabwehr vereinte, ebenfalls unbeschädigt geblieben.

Mike Martin dachte über das Problem mit dem Kreidezeichen nach, während er zu der sowjetischen Diplomatenvilla zurückradelte. Er kannte den Befehl aus Riad: keine Annäherung an die toten Briefkästen. Wäre er ein chilenischer Diplomat gewesen, hätte er sich an diesen Befehl gehalten und wäre damit gut gefahren. Aber Benz Moncada war nicht dafür ausgebildet, notfalls tagelang unbeweglich auf einem Beobachtungsposten auszuharren und seine Umgebung zu beobachten, bis selbst die Vögel alle Scheu vor ihm verloren.

An diesem Abend brach er zu Fuß auf, ließ sich bei Beginn der Luftangriffe über den Tigris setzen und machte sich auf den Weg zum Gemüsemarkt in Kasra. Hier und dort huschten einzelne Gestalten über die Straße, um hastig in ihren Häusern zu verschwinden, als böte ihre bescheidene Unterkunft Schutz vor einem Marschflugkörper Tomahawk, und Martin war nur einer von ihnen. Wichtiger war, daß sein riskantes Spiel in bezug auf AMAM-Streifen sich bezahlt machte: Auch die Geheimpolizei wagte sich während des amerikanischen Luftangriffs nicht auf die Straße.

Seinen Beobachtungsposten fand er auf dem Dach eines Gemüse-lagerhauses, von dessen Kante aus er die Gasse, den Innenhof und die lose Gehsteigplatte über seinem toten Briefkasten sehen konnte. Dort lag er dann acht Stunden lang unbeweglich – von acht Uhr abends bis vier Uhr morgens – und beobachtete seine Umgebung.

Wäre der tote Briefkasten überwacht worden, hätte die AMAM nicht weniger als zwanzig Männer eingesetzt. In dieser langen Zeit hätte Martin irgend etwas hören oder sehen müssen: das Scharren einer Stiefelsohle, ein Hüsteln, eine Bewegung, um verkrampfte Muskeln zu lockern, das Anreißen eines Zündholzes, das Glühen einer Zigarette, den geflüsterten Befehl, sie auszutreten – irgend etwas. Er hielt es für ausgeschlossen, daß Khatibs oder Rahmanis Leute es fertigbrachten, acht Stunden lang unbeweglich und schweigend auszuharren.

Kurz vor vier Uhr hörte der Bombenangriff auf. Der Markt unter ihm war unbeleuchtet. Er sah sich nochmals nach einer Kamera am Fenster eines höheren Gebäudes um, aber in der Nähe gab es keine höheren Gebäude. Um zehn nach vier kletterte er von seinem Dach, huschte über die Gasse – ein dunkelgrauer Schatten in dunkler Nacht –, hob die Gehsteigplatte hoch, steckte den Zettel ein und verschwand.

Bei Tagesanbruch sperrte er die kleine Gittertür zum Villen-grundstück des Ersten Sekretärs Kulikow auf und erreichte seine Hütte, bevor der Haushalt erwachte.

Jerichos Mitteilung war knapp. Er hatte seit nunmehr neun Tagen nichts mehr gehört. Er hatte keine Kreidezeichen gesehen. Seit seiner letzten Nachricht war die Verbindung abgerissen. Auf seinem Bankkonto war kein Geld eingegangen – obwohl seine Mitteilung abgeholt worden war; das wußte er, weil er nachgese-hen hatte. Was war los?

Martin übermittelte diese Anfrage nicht nach Riad. Er wußte, daß er sich an seinen Befehl hätte halten müssen; andererseits war er, nicht Paxman, der Mann vor Ort und mußte das Recht haben, selbständige Entscheidungen zu treffen. In dieser Nacht war er ein kalkuliertes Risiko eingegangen: Er hatte auf seine Fähigkeiten vertraut, weil er wußte, daß die anderen ihm auf diesem Gebiet unterlegen waren. Hätte nur das geringste darauf hingedeutet, daß die Gasse überwacht wurde, wäre er verschwunden, wie er gekommen war, und keiner hätte ihn gesehen.

Möglich war, daß Paxman recht hatte und Jericho nicht mehr vertrauenswürdig war. Möglich war aber auch, daß Jericho nur wiedergegeben hatte, was Saddam Hussein in seiner Gegenwart gesagt hatte. Der entscheidende Punkt war die Million Dollar, die sich die CIA zu zahlen weigerte. Martin setzte seine eigene Antwort auf.

Er schrieb Jericho, wegen des einsetzenden Luftkriegs habe es Probleme gegeben, aber in Wirklichkeit sei nichts passiert, was sich nicht mit etwas mehr Geduld lösen lasse. Er teilte ihm mit, seine letzte Nachricht sei tatsächlich abgeholt und übermittelt worden, aber als Mann von Welt werde er, Jericho, sicher verstehen, daß eine Million Dollar ein sehr hoher Betrag sei und daß seine Angaben überprüft werden müßten. Jericho solle in diesen unruhigen Zeiten Ruhe bewahren und abwarten, bis das nächste Kreidezeichen ihm eine Wiederaufnahme ihrer Beziehungen signalisiere.

Tagsüber versteckte Martin seine Nachricht hinter dem losen Ziegel in der Mauer am ehemaligen Wassergraben der alten Zitadelle in Aadhamija und brachte in der Abenddämmerung sein Kreidezeichen an dem rostroten Garagentor in Mansur an.

Vierundzwanzig Stunden später war das Kreidezeichen weggewischt. Martin schaltete wie jede Nacht sein Funkgerät ein, aber Riad blieb stumm. Da er Anweisung hatte, sich aus Bagdad abzusetzen, warteten seine Führungsoffiziere vermutlich darauf, daß er die Grenze überschritt. Er beschloß, noch etwas zu warten.

Diego Garcia gehört nicht gerade zu den meistbesuchten Orten der Welt. Es ist eine winzige Insel, kaum mehr als ein Korallenatoll, am Südrand des Chagos-Archipels im südlichen Indischen Ozean. Dieses ehemals britische Gebiet ist schon seit vielen Jahren an die Vereinigten Staaten verpachtet.

Trotz ihrer einsamen Lage beherbergte die Insel im Golfkrieg das hastig aufgestellte 4300. Bombergeschwader der USAF, das B-52 Stratofortress flog.

Die B-52, die seit über dreißig Jahren im Dienst der U.S. Air Force stand, war vermutlich die älteste im Golfkrieg eingesetzte Veteranin. In dieser Zeit war sie lange das Rückgrat des Strategic Air Command (SAC) in Omaha, Nebraska, gewesen: das riesige fliegende Mastodon, das mit Atombomben bewaffnet Tag und Nacht entlang der Grenzen des sowjetischen Imperiums patrouillierte.

Trotz ihres Alters blieb sie ein schreckenerregender Bomber, und im Golfkrieg wurde die modernisierte Ausführung B-52G mit vernichtender Wirkung gegen die irakische Republikanische Garde eingesetzt, eine sogenannte Elitetruppe, die sich in der südkuwaitischen Wüste eingegraben hatte. Daß diese Elite des irakischen Heeres während der alliierten Bodenoffensive verstört und mit erhobenen Händen aus ihren Bunkern kam, war mit darauf zurückzuführen, daß unaufhörliche schwere Angriffe der B-52 ihre Nerven zerrüttet und ihre Kampfmoral gebrochen hatten.

Im Golfkrieg wurden nur achtzig dieser Bomber eingesetzt, aber ihre Nutzlast und damit ihre Bombenladung war so gewaltig, daß sie dreiundzwanzigtausendfünfhundert Tonnen Bomben abwarfen – vierzig Prozent der in diesem Krieg abgeworfenen Gesamtmenge.

Sie sind so riesig, daß ihre Tragflächen, unter denen acht Triebwerke Pratt & Whitney J-57 in vier Zweiergondeln hängen, im Stillstand fast den Boden berühren. Beim Start mit voller Bombenlast heben die Flügel zuerst ab und scheinen sich wie Möwenschwingen über den mächtigen Rumpf zu heben. Nur im Flug ragen sie waagrecht nach beiden Seiten.

Daß sie die Republikanische Garde in der Wüste so in Angst und Schrecken versetzten, war mit darauf zurückzuführen, daß sie außer Sicht- und Hörweite anflogen – in solch großen Höhen, daß ihre Bomben ohne Vorwarnung einschlugen und deshalb um so beängstigender waren. Aber obwohl sie gut Bombenteppiche werfen können, sind Präzisionsangriffe nicht ihre Stärke, worauf der Flight-Sergeant hinzuweisen versucht hatte.

Am 22. Januar bei Tagesanbruch hoben drei Buffs von Diego Garcia ab und nahmen Kurs auf Saudi-Arabien. Alle drei trugen ihre maximale Bombenlast: einundfünfzig »eiserne« oder »dumme« Bomben zu je dreihundertvierzig Kilogramm, die aus fünfunddreißigtausend Fuß nur recht ungenau geworfen werden konnten. Je siebenundzwanzig Bomben hingen im Rumpfschacht, der Rest an Aufhängepunkten unter den Tragflächen.

Diese drei Bomber bildeten die bei B-52-Einsätzen übliche »Zelle«, und ihre Besatzungen hatten sich auf einen Tag gefreut, an dem sie in der Lagune ihrer tropischen Ferieninsel fischen, schwimmen und tauchen konnten. Jetzt nahmen sie resigniert Kurs auf eine weit entfernte Fabrik, die sie bisher nie gesehen hatten und nie zu Gesicht bekommen würden.

Daß die B-52 Stratofortress den Spitznamen »Buff« trägt, ist weder auf ihren Anstrich, der übrigens keineswegs lederfarben ist, worauf das englische Wort »buff« hindeuten könnte, noch auf irgendeine Verbindung mit den »Buffs«, dem früheren britischen East-Kent-Regiment, zurückzuführen. Dieser Name ist nicht einmal aus den beiden ersten Silben ihrer Bezeichnung BEE FIFty-two zusammengezogen, sondern bedeutet lediglich »Big Ugly Fat Fucker«.

Die drei Buffs flogen also schwerfällig nach Norden, fanden Tarmija, bekamen die als Ziel festgelegte Fabrik auf ihre Bildschirme und warfen alle hundertdreiundfünfzig Bomben. Dann flogen sie wieder heim aufs Chagos-Archipel.

Am Morgen des 23. Januar, ungefähr zu dem Zeitpunkt, als London und Washington immer dringender weitere Aufnahmen von diesen geheimnisvollen Frisbeescheiben verlangten, wurde ein weiterer Fotoflug angesetzt, aber diesmal war der Aufklärer eine RF-4C Phantom II der Alabama Air National Guard, die auf dem Flugplatz Sheikh Isa – bei den Fliegern als Shakey's Pizza bekannt – in Bahrain stationiert war.

Durch einen bemerkenswerten Bruch mit ihrer Tradition hatten die Buffs das Ziel tatsächlich getroffen. Wo die Frisbeefabrik gestanden hatte, gähnte ein riesiger Bombentrichter. London und Washington mußten sich mit dem Dutzend Aufnahmen zufriedengeben, die Korvettenkapitän Darren Cleary zurückgebracht hatte.

Die besten Auswerter im Schwarzen Loch grübelten über diese Luftbilder nach, zuckten ratlos mit den Schultern und leiteten sie an ihre Vorgesetzten in den beiden Hauptstädten weiter.

Sofort je einen Satz dieser Aufnahmen erhielten das britische Bildauswertungszentrum JARID und das ENPIC in Washington.

Wer an diesem schlichten, quadratischen Klinkerbau an einer Straßenecke in einem schäbigen, heruntergekommenen Viertel der

Washingtoner Innenstadt vorbeigeht, dürfte wohl kaum vermuten, was sich hinter seinen Mauern abspielt. Der einzige Hinweis auf das National Photographic Interpretation Center sind die vielen Abluftrohre einer Klimaanlage, die dafür sorgt, daß im Innern eine respektgebietende Ansammlung der leistungsfähigsten Supercomputer Amerikas bei ständig gleichbleibender Temperatur arbeiten kann.

Alles übrige – die von Staub und Regen streifigen Fensterscheiben, der unprätentiöse Eingang und die draußen vom Wind über die Straße gewehten Abfälle – läßt eher an ein nicht gerade florierendes Lagerhaus denken.

Aber hierher kommen alle Satellitenaufnahmen, hier arbeiten die Auswerter, die den Männern im National Reconnaissance Office, im Pentagon und bei der CIA sagen, was ihre sündteuren Spionagesatelliten eigentlich gesehen haben. Sie sind gut, diese Auswerter, in bezug auf ihr technisches Wissen auf dem neuesten Stand, jung, clever und intelligent. Aber etwas wie die Frisbeescheiben in Tarmija war ihnen noch nie unter die Augen gekommen. Deshalb gestanden sie ein, mit den Fotos nichts anfangen zu können, und gaben sie ins Archiv.

Fachleute im Verteidigungsministerium in London und im Pentagon in Washington, die ziemlich jede konventionelle Waffe seit der Armbrust kannten, begutachteten die Fotos, schüttelten die Köpfe und gaben sie zurück.

Für den Fall, daß sie irgend etwas mit Massenvernichtungswaffen zu tun hatten, wurden sie britischen Wissenschaftlern in Porton Down, Harwell und Aldermaston sowie ihren amerikanischen Kollegen in Forschungseinrichtungen wie Sandia, Los Alamos und Lawrence Livermore vorgelegt. Das Ergebnis war das gleiche.

Die brauchbarste Theorie lautete, die Scheiben seien Teile riesiger Transformatoren für ein neues irakisches Kraftwerk. Mit dieser Erklärung mußte man sich zufriedengeben, als aus Riad statt der angeforderten weiteren Luftaufnahmen die Meldung kam, die Fabrik in Tarmija sei buchstäblich vom Erdboden verschwunden.

Obwohl diese Erklärung nicht schlecht war, ließ sie eine wichtige Frage unbeantwortet: Warum hatten die Iraker auf den Luftbildern mit so verzweifelter Hast versucht, die Scheiben abzudecken oder zu bergen?

448

Erst am Abend des 24. Januar rief Simon Paxman von einer Telefonzelle aus Dr. Terry Martin in seiner Wohnung an.

»Mal wieder Lust, indisch zu essen?« fragte er.

»Nicht heute abend«, wehrte Martin ab. »Ich muß packen.«

Er erwähnte nicht, daß Hilary wieder da war und er diesen Abend mit seiner Freundin verbringen wollte.

»Wohin reisen Sie?« erkundigte Paxman sich.

»Amerika«, antwortete Martin. »Ich bin eingeladen worden, einen Vortrag über das Kalifat der Abbasiden zu halten. Eine recht schmeichelhafte Einladung. Offenbar haben meine Arbeiten über die Gesetzgebung des dritten Kalifen Eindruck gemacht. Sorry.«

»Ich rufe nur an, weil wieder etwas aus dem Süden gekommen ist. Ein weiteres Rätsel, das niemand lösen kann. Es hat nichts mit den Nuancen der arabischen Sprache zu tun, sondern betrifft ein technisches Problem. Trotzdem...«

»Worum geht's denn?«

»Um ein Foto. Ich habe einen Abzug für Sie.«

Martin zögerte.

»Ein weiterer Strohhalm im Wind?« fragte er. »Gut, im selben Restaurant. Um acht.«

»Mehr ist's wahrscheinlich nicht«, sagte Paxman. »Nur ein weiterer Strohhalm.«

Er wußte nicht, daß das Luftbild, das er in der eiskalten Telefonzelle in der Hand hielt, in Wirklichkeit ein kräftiger Strick war.

17

Terry Martin landete am nächsten Tag kurz nach fünfzehn Uhr Ortszeit auf dem San Francisco International Airport, wurde von seinem Gastgeber Professor Paul Maslowski abgeholt, der ihn in der Uniform amerikanischer Akademiker, Tweedjacke mit Lederflecken an den Ellbogen, freundlich willkommen hieß, und fühlte sich sofort in der warmen Umarmung traditioneller amerikanischer Gastfreundlichkeit geborgen.

»Betty und ich haben uns überlegt, daß ein Hotel ein bißchen unpersönlich wäre«, sagte Maslowski, während er seinen Kompaktwagen aus dem Flughafenkomplex auf die Autobahn lenkte. »Ob Sie nicht lieber bei uns wohnen möchten?«

»Danke, das wäre wundervoll«, antwortete Martin, und das war aufrichtig gemeint.

»Meine Studenten sind wirklich gespannt auf Ihren Vortrag, Terry. Wir sind natürlich nicht allzu viele – unser Studienbereich Arabistik ist wahrscheinlich kleiner als Ihrer an der SOAS –, aber sie sind mit Feuereifer bei der Sache.«

»Großartig. Ich freue mich darauf, sie kennenzulernen.«

Die beiden plauderten zufrieden über ihre gemeinsame Leidenschaft, das mittelalterliche Mesopotamien, bis sie Professor Maslowskis Holzhaus in einer Wohnsiedlung in Menlo Park erreichten.

Dort lernte er Pauls Ehefrau Betty kennen und bezog dann das warme, behagliche Gästezimmer. Er sah auf seine Uhr; es war Viertel vor fünf.

»Darf ich mal telefonieren?« fragte Martin, als er wieder nach unten kam.

»Klar doch«, sagte Maslowski. »Wollen Sie daheim anrufen?«

»Nein, eine Nummer hier in Kalifornien. Kann ich das Telefonbuch haben?«

Der Professor gab es ihm und ging hinaus. Er fand die gesuchte Nummer unter Livermore. Lawrence L. National Laboratory, draußen im Alameda County. Sein Anruf kam gerade noch rechtzeitig.

»Verbinden Sie mich bitte mit Deparment Z?« fragte Martin, als die Telefonistin sich meldete. Er sprach den Buchstaben als »Zed« aus.

»Mit wem?« fragte die junge Frau.

»Department Zee«, verbesserte Martin sich. »Das Büro des Direktors.«

»Augenblick, bitte.«

Dann meldete sich eine weitere Frauenstimme.

»Sekretariat, was kann ich für Sie tun?«

Wahrscheinlich war sein britischer Akzent nützlich. Martin stellte sich als Dr. Martin vor, der zu einem kurzen Amerikabesuch aus England herübergekommen war, und bat, den Direktor sprechen zu dürfen. Dann meldete sich eine Männerstimme.

»Dr. Martin?«

»Ja.«

»Ich bin Jim Jacobs, stellvertretender Direktor. Was kann ich für Sie tun?«

»Hören Sie, ich weiß, daß mein Anruf sehr plötzlich kommt. Aber ich bin nur zu einem Kurzbesuch hier, um vor der Fakultät für Nahoststudien in Berkeley einen Vortrag zu halten. Danach muß ich gleich wieder zurück. Tatsächlich wollte ich fragen, ob ich Sie im Livermore aufsuchen könnte, um mit Ihnen zu reden.«

Daß dieser Wunsch seinen Gesprächspartner erstaunte, war sogar am Telefon unüberhörbar.

»Können Sie mir ungefähr sagen, worüber Sie mit mir sprechen wollen, Dr. Martin?«

»Nun, nicht ohne weiteres. Ich bin Mitglied des britischen Medusa-Ausschusses. Sagt Ihnen das etwas?«

»Aber natürlich! Leider machen wir für heute bald Schluß. Würd's Ihnen morgen passen?«

»Ausgezeichnet. Meinen Vortrag muß ich nachmittags halten. Könnte ich am Vormittag vorbeikommen?«

»Sagen wir um zehn?« fragte Dr. Jacobs.

Dieser Termin wurde vereinbart. Martin hatte es geschickt vermieden, am Telefon zu erwähnen, daß er gar kein Atomphysiker, sondern ein Arabist war. Das hätte alles nur komplizierter gemacht.

451

Auf der anderen Seite der Welt ging Karim in dieser Nacht in Wien mit Edith Hardenberg ins Bett. Seine Verführung war weder überhastet noch unbeholfen, sondern schien völlig natürlich auf einen Konzertabend mit anschließendem Dinner zu folgen. Noch auf der gemeinsamen Autofahrt aus der Stadt zu ihrer Wohnung in Grinzing versuchte Edith sich einzureden, er komme nur auf einen Kaffee und einen Gutenachtkuß mit, obwohl sie im Innersten wußte, daß sie sich das nur vormachte.

Als er sie dann umarmte und zärtlich, aber drängend küßte, ließ sie ihn einfach gewähren; ihre frühere Überzeugung, sie werde protestieren, schien dahinzuschmelzen, und sie konnte sich nicht wehren. Aber das wollte sie eigentlich schon lange nicht mehr.

Als er sie hochhob und in ihr winziges Schlafzimmer hinübertrug, verbarg sie nur ihr Gesicht an seiner Schulter und ließ es geschehen. Sie spürte kaum, wie ihr strenges kleines Kleid zu Boden glitt. Seine Finger waren so geschickt, wie es Horsts nie gewesen waren. Bei ihm gab es kein Ziehen und Zerren, keine Haken, Knöpfe oder Reißverschlüsse, die nicht aufgingen.

Sie trug noch ihr Unterkleid, als er zu ihr unters riesige Federbett kam, und die Wärme seines sehnigen jungen Körpers war wie eine große Behaglichkeit in einer bitterkalten Winternacht.

Weil sie nicht wußte, was sie tun sollte, schloß sie fest die Augen und ließ alles geschehen. Unter seinen Lippen und sanft forschenden Fingern begannen seltsame, schlimme, sündhafte Reize ihre daran nicht gewöhnten Nerven zu überfluten. So war es mit Horst nie gewesen.

In Panik geriet sie, als seine Lippen ihren Mund und ihre Brüste verließen, um andere Stellen ihres Körpers zu küssen – schlimme, verbotene Stellen, die bei ihrer Mutter stets nur »dort unten« geheißen hatten.

Sie versuchte ihn wegzuschieben, protestierte schwach und war sich darüber im klaren, daß die Wellen, die durch ihren Unterleib zu laufen begannen, nicht sittsam und anständig waren, aber er ließ sich nicht beirren.

Als er ihr wiederholtes »Nein, Karim, bitte nicht!« ignorierte, wurden die Wellen zu einer Sturmflut, und sie fühlte sich wie ein auf stürmischer See treibendes Ruderboot, bis die letzte riesige Woge über ihr zusammenschlug, so daß sie in einem Gefühl ertrank, mit dem sie in ihren neununddreißig Lebensjahren die Ohren ihres Beichtvaters in der Votivkirche noch niemals hatte belästigen müssen.

Danach umschlang sie seinen Kopf mit beiden Armen, drückte sein Gesicht an ihre kleinen Brüste und wiegte ihn schweigend.

In dieser Nacht liebte er sie zweimal – kurz nach Mitternacht und dann wieder unmittelbar vor Tagesanbruch – und war beide Male so zärtlich und stark, daß ihre angestaute Sehnsucht nach Liebe sich mit einer Heftigkeit Bahn brach, wie sie es nie für möglich gehalten hätte. Erst nach dem zweiten Mal konnte sie sich dazu überwinden, seinen Körper zu streicheln, während er schlief, und sie staunte über den matten Schimmer seiner Haut und darüber, wie sehr sie jeden Quadratzentimeter davon liebte.

Obwohl Professor Maslowski nicht ahnte, daß sein Gast außer Arabistik noch weitere Interessen hatte, bestand er am nächsten Morgen darauf, Terry Martin zum Livermore hinauszubringen, anstatt ihm eine teure Taxifahrt zuzumuten.

»Offenbar habe ich einen wichtigeren Mann in meinem Haus, als ich gedacht hatte«, meinte er unterwegs. Und obwohl Martin beteuerte, das sei keineswegs der Fall, kannte der kalifornische Gelehrte das Lawrence Livermore Laboratory gut genug, um zu wissen, daß dort keineswegs jeder nach einem kurzen Anruf Zugang hatte. Aber Professor Maslowski verzichtete vorbildlich diskret darauf, weitere Fragen zu stellen.

Am Haupttor kontrollierte ein uniformierter Wachmann Martins Reisepaß, führte ein Telefongespräch und dirigierte sie zum Besucherparkplatz.

»Ich warte hier«, sagte Maslowski.

Im Gegensatz zur Wichtigkeit der dort geleisteten Arbeit besteht das Laboratory aus einer merkwürdigen Ansammlung von Gebäuden an der Vasco Road – einige sind modern, aber viele stammen noch aus der Zeit des ehemaligen Militärstützpunkts. Erhöht wird die Vielfalt der Baustile durch »vorübergehend« zwischen den Kasernenbauten aufgestellte Bürocontainer, die inzwischen zu permanenten Einrichtungen geworden sind. Martin wurde zu einem Bürogebäude an der East Avenue des Komplexes begleitet.

Diese Gebäude mögen wenig imposant wirken, aber von ihnen

aus überwacht eine Gruppe von Wissenschaftlern die Weiterverbreitung von Nukleartechnologie in der dritten Welt.

Jim Jacobs erwies sich als etwas älter als Terry Martin – Ende Dreißig, Doktor der Philosophie und Atomphysiker. Er begrüßte Martin in seinem Büro, in dem sich überall Aktenberge türmten.

»Kalter Morgen. Ich wette, daß Sie geglaubt haben, in Kalifornien sei es heiß. Das glauben alle. Aber nicht bei uns oben. Kaffee?«

»Danke, gern.«

»Milch, Zucker?«

»Nein, bitte schwarz.«

Dr. Jacobs drückte eine Taste seiner Gegensprechanlage.

»Sandy, können wir zweimal Kaffee haben? Meinen wie immer, den anderen schwarz.«

Er lächelte den Besucher über seinen Schreibtisch hinweg an. Der andere brauchte nicht zu wissen, daß er mit Washington telefoniert hatte, um sich bestätigen zu lassen, daß Dr. Terry Martin tatsächlich dem britischen Medusa-Ausschuß angehörte. Ein amerikanisches Ausschußmitglied, das er kannte, hatte in einer Liste nachgesehen und diese Behauptung bestätigt. Jacobs war beeindruckt. Obwohl sein Besucher eher jung wirkte, mußte er drüben in England eine ziemlich große Nummer sein. Der Amerikaner war natürlich über den Medusa-Ausschuß informiert, denn seine Kollegen und er hatten wochenlang Auskunft über den Irak gegeben – mit sämtlichen Details über die Story aus Dummheit und Nachlässigkeit des Westens, durch die Saddam Hussein der Verwirklichung seines Traums von der atomaren Option verdammt nahe gekommen war.

»Was kann ich also für Sie tun?« fragte er.

»Ich weiß, daß mein Versuch ungewöhnlich ist«, sagte Martin, während er seinen Aktenkoffer aufklappte, »aber das hier kennen Sie vermutlich schon?«

Er legte eines der zwölf Luftbilder der Fabrik in Tarmija auf den Schreibtisch – seinen Abzug, den Paxman ihm pflichtwidrig verschafft hatte.

»Klar, vor drei, vier Tagen haben wir ein ganzes Dutzend für Washington unter die Lupe genommen. Was soll ich dazu sagen? Wir konnten nichts damit anfangen. Ich kann Ihnen nichts anderes sagen, als ich Washington gesagt habe. Keine Ahnung, wozu diese Scheiben gut sein sollen.«

Sandy, eine hübsche, selbstbewußte blonde Kalifornierin, brachte den Kaffee auf einem Tablett herein.

»Hi«, sagte sie zu Martin.

»Oh, äh, hallo. Hat der Direktor diese Bilder gesehen?«

Jacobs runzelte die Stirn. Sein Besucher schien andeuten zu wollen, er stehe in der Hierarchie nicht hoch genug.

»Der Direktor macht Skiurlaub in Colorado. Aber ich habe die Aufnahmen einigen unserer besten Köpfe gezeigt – und wir haben hervorragende Leute, das dürfen Sie mir glauben.«

»Oh, bestimmt!« sagte Martin hastig. Wieder nichts. Nun, die Sache war einen Versuch wert gewesen.

Sandy stellte die Kaffeetassen auf den Schreibtisch. Dabei fiel ihr Blick auf das Foto.

»Ach, die schon wieder«, sagte sie.

»Yeah, die schon wieder«, bestätigte Jacobs und lächelte ironisch. »Dr. Martin findet, sie sollten vielleicht von einem . . . älteren Fachmann begutachtet werden.«

»Nun«, sagte sie, »zeigen Sie sie Daddy Lomax.«

Damit verschwand sie wieder.

»Wer ist Daddy Lomax?« fragte Martin.

»Oh, das ist nur ein Scherz gewesen. Hat früher hier gearbeitet. Ist jetzt pensioniert und lebt irgendwo in den Bergen. Kommt aus alter Anhänglichkeit gelegentlich vorbei. Der Liebling unserer Sekretärinnen, bringt ihnen Bergblumen mit. Komischer alter Kauz.«

Sie tranken ihren Kaffee, aber es gab an sich nichts mehr zu besprechen. Jacobs mußte arbeiten. Er entschuldigte sich nochmals dafür, daß er Martin nicht hatte weiterhelfen können. Dann begleitete er den Besucher hinaus, kehrte in sein Büro zurück und schloß die Tür hinter sich.

Martin wartete einige Sekunden auf dem Gang, bevor er den Kopf ins Vorzimmer steckte.

»Wo finde ich Daddy Lomax?« fragte er Sandy.

»Keine Ahnung. Lebt irgendwo oben in den Bergen. Besucht hat ihn dort noch keiner.«

»Hat er ein Telefon?«

»Telefonleitungen gibt's dort keine. Aber ich glaube, daß er ein Funktelefon hat. Darauf scheint seine Lebensversicherung bestanden zu haben. Ich meine, er ist schon schrecklich alt.«

455

Ihre Miene drückte jene ernste Besorgnis aus, die nur die kalifornische Jugend für über Sechzigjährige empfinden kann. Sie blätterte in einem Telefonverzeichnis und fand die Nummer. Martin schrieb sie auf, bedankte sich und ging.

Im zehn Zeitzonen weit entfernten Bagdad war es Abend. Mike Martin war mit dem Fahrrad unterwegs und strampelte die Port Said Street nach Nordwesten entlang. Er war eben am früheren British Club am ehemaligen Southgate vorbeigekommen und sah sich jetzt danach um, weil er sich aus seiner Jugend an dieses Gebäude erinnerte.

Aus Unaufmerksamkeit hätte er beinahe einen Unfall verursacht. Er hatte den Nafura Square erreicht und trat ganz automatisch wieder in die Pedale. Von links näherte sich eine schwere Limousine, und obwohl er theoretisch Vorfahrt hatte, dachten die beiden Motorradfahrer der Eskorte offensichtlich nicht daran, seinetwegen zu bremsen.

Obwohl der eine noch versuchte, dem tölpelhaften Fellachen mit seinem Gemüsekorb auf dem Gepäckträger mit einer heftigen Lenkbewegung auszuweichen, streifte das Vorderrad seiner Maschine den Radfahrer und brachte ihn zu Fall.

Martin ging mit seinem Fahrrad zu Boden und schürfte sich die Hände auf, während sein Gemüse über den Asphalt kullerte. Die Limousine bremste, hielt kurz und fuhr dann um ihn herum, bevor der Chauffeur wieder Gas gab.

Martin richtete sich kniend auf, als der Wagen an ihm vorbeirollte. Der Mann auf dem Rücksitz der Limousine starrte aus dem Fenster und musterte den Bauernlümmel, der es gewagt hatte, ihn auch nur einen Augenblick lang aufzuhalten.

Es war ein kaltes Gesicht über der Uniform eines Brigadegenerals: schmal und verkniffen, mit zwei tiefen Falten, die von der Nase zu den Mundwinkeln hinabführten. In dieser halben Sekunde fielen Martin vor allem die Augen auf. Keine kalten oder vor Zorn blitzenden Augen, keine blutunterlaufenen, heimtückischen oder sogar grausamen Augen. Ein leerer, völlig ausdrucksloser Blick, der nichts Menschliches an sich hatte. Dann war das Gesicht hinter dem Autofenster an ihm vorbeigeglitten.

Er brauchte die geflüsterte Erklärung der beiden Arbeiter nicht, die ihn hochzogen und ihm beim Einsammeln seines Gemüses halfen. Auf einem Foto, das ihm vor Wochen in Riad vorgelegt worden war, hatte er dieses Gesicht schon einmal gesehen – aber undeutlich und verschwommen, bei einer Militärparade aufgenommen. Er hatte gerade den nach dem Rais, vielleicht noch vor ihm, gefürchtetsten Mann des Irak gesehen. Den Mann mit dem Beinamen Al-Mu'asib, der Folterer, den Erpresser von Geständnissen, den Chef der Geheimpolizei AMAM: Omar Khatib.

Mittags rief Terry Martin die Nummer an, die Sandy ihm gegeben hatte. Aber er bekam keine Verbindung, sondern hörte nur eine zuckersüße Tonbandstimme: »Die Teilnehmerin beziehungsweise der Teilnehmer, die oder den Sie angerufen haben, antwortet nicht oder ist außer Reichweite. Bitte rufen Sie später noch mal an.«

Paul Maslowski hatte Martin zu einem Mittagessen mit Kollegen auf den Campus eingeladen. Die Unterhaltung war lebhaft und akademisch. Nach dem Essen rief er auf dem Weg zur Barrows Hall, wohin ihn Kathlene Keller, die Direktorin für Nahoststudien, begleitete, nochmals die Nummer an, aber Dr. Lomax meldete sich wieder nicht.

Sein Vortrag fand großen Anklang. Das Publikum bestand aus siebenundzwanzig Studenten, alles Doktoranden, und Martin war beeindruckt, wie intensiv sie sich mit seinen Arbeiten über das Kalifat beschäftigt hatten, das in der von Europäern als Mittelalter bezeichneten Periode im Zweistromland geherrscht hatte.

Nachdem einer der Studenten aufgestanden war, um ihm dafür zu danken, daß er die weite Reise gemacht hatte, um vor ihnen zu sprechen, woraufhin die anderen klatschten und Terry Martin sich errötend verbeugte, sah er in der Eingangshalle ein Wandtelefon. Diesmal meldete sich eine barsche Stimme:

»Yeah?«

»Entschuldigung, ist dort Dr. Lomax?«

»Es gibt nur einen, Freund. Der bin ich.«

»Ich weiß, daß das verrückt klingt, aber ich bin aus England rübergekommen. Ich würde sie gern mal sprechen. Mein Name ist Terry Martin.«

»England, was? Schönes Stück weit weg. Was würden Sie von 'nem alten Krauter wie mir wollen, Mr. Martin?«

»Ein langes Gedächtnis anzapfen. Ihnen etwas zeigen. Die Leute im Livermore sagen, daß Sie älter sind als die meisten anderen, daß Sie so ziemlich alles gesehen haben. Ich möchte Ihnen etwas zeigen. Am Telefon ist das schwierig zu erklären. Könnte ich raufkommen, um mit Ihnen zu reden?«

»Das ist keine Steuererklärung?«

»Nein.«

»Oder ein *Playboy*-Centerfold?«

»Leider nicht.«

»Jetzt haben Sie mich neugierig gemacht. Wissen Sie, wie Sie fahren müssen?«

»Nein. Aber ich kann mir Notizen machen. Wenn Sie mir den Weg beschreiben . . .«

Daddy Lomax erklärte ihm, wie er fahren mußte. Das dauerte einige Zeit. Martin schrieb alles genau mit.

»Morgen vormittag«, sagte der im Ruhestand lebende Physiker. »Jetzt ist's zu spät, Sie würden sich im Dunkeln verfahren. Und Sie brauchen einen Geländewagen.«

Am Morgen des 27. Januar war es eine der beiden einzigen im Golfkrieg eingesetzten E-8A J-STARS, die das Signal empfing. Die J-STARS waren noch Versuchsflugzeuge, deren Besatzungen überwiegend aus zivilen Technikern bestanden, als sie Anfang Januar in größter Eile aus dem Grumman-Werk Melbourne in Florida abgezogen und um die halbe Welt nach Saudi-Arabien geschickt wurden.

An diesem Morgen befand sich eine der beiden in Riad stationierten E-8A hoch über der irakischen Grenze – aber noch im saudiarabischen Luftraum – und überwachte mit ihrem Norden-Seitensichtradar über hundertsechzig Kilometer weit die westirakische Wüste.

Das Signal war nur schwach, aber es zeigte Metall an, das sich weit hinter der Grenze und ziemlich langsam bewegte: eine Gruppe von zwei, höchstens drei Fahrzeugen. Andererseits war die J-STAR genau darauf spezialisiert, deshalb rief der Wachleiter die im Norden des Roten Meeres kreisende AWACS-Maschine und meldete die genaue Position der kleinen irakischen Fahrzeugkolonne.

An Bord des Fliegenden Leitstands E-3A hielt der Wachleiter

diese Position fest und sah sich nach Jagdbombern um, die der Kolonne einen unfreundlichen Besuch abstatten konnten. Zu diesem Zeitpunkt konzentrierten die Einsätze in der westlichen Wüste sich noch auf die Jagd nach Scud-Abschußvorrichtungen und auf die riesigen irakischen Militärflugplätze H2 und H3, die ebenfalls in diesem Gebiet lagen. Womöglich hatte die J-STAR eine mobile Scud-Abschußvorrichtung entdeckt, die allerdings selten tagsüber unterwegs waren.

Der Wachleiter der AWACS-Maschine fand zwei F-15E Strike Eagle, die auf dem Rückflug von der Scud Alley North nach Süden waren.

Don Walker und sein Rottenflieger Randy Roberts befanden sich nach einem Einsatz gegen die Außenbezirke von Al-Qaim, wo sie eine Fla-Raketenstellung zum Schutz einer der Giftgasfabriken, die später zerstört werden sollten, vernichtet hatten, in zwanzigtausend Fuß auf dem Rückflug nach Süden.

Walker bestätigte den Anruf und kontrollierte dann seinen Treibstoffvorrat. Ziemlich gering. Noch ungünstiger war, daß seine Maschine keine lasergelenkten Bomben mehr, sondern nur je zwei Lenkwaffen Sidewinder und Sparrow an Aufhängepunkten unter den Flügeln trug. Aber das waren Luft-Luft-Raketen für den Fall, daß sie auf irakische Jäger stießen.

Irgendwo südlich der Grenze wartete geduldig das ihm zugewiesene Tankflugzeug, und er würde jeden Tropfen Treibstoff brauchen, um Al-Kharz zu erreichen. Andererseits war die Kolonne nur etwas über achtzig Kilometer entfernt – und keine fünfundzwanzig Kilometer seitlich seines Sollkurses. Obwohl er keine Bomben mehr hatte, konnte es nicht schaden, mal vorbeizuschauen.

Sein Rottenflieger hatte alles mitgehört, deshalb begnügte Walker sich mit einem Handzeichen, das Roberts in der klaren Luft selbst aus einigen hundert Metern Entfernung erkannte, und die beiden Jagdbomber kippten im Sturzflug über den rechten Flügel ab.

In achttausend Fuß konnte Walker erkennen, was das Warnsignal auf dem Bildschirm der J-STAR ausgelöst hatte. Es war keine mobile Scud-Abschußvorrichtung, sondern eine Gruppe von vier Fahrzeugen: zwei Lastwagen und zwei BRDM-2, leichte Panzerspähwagen sowjetischer Bauart.

Aus der Vogelperspektive sah er weit mehr als die J-STAR. In einem Wadi tief unter ihm stand ein einzelner Landrover. Als Walker noch fünftausend Fuß hoch war, erkannte er um den Geländewagen herum vier SAS-Männer – winzige Ameisen auf bräunlichem Wüstengrund. Was sie dort unten nicht sehen konnten, waren vier irakische Fahrzeuge, von denen sie hufeisenförmig umringt waren, und die Soldaten, die von den Ladeflächen der beiden Lastwagen sprangen, um das Wadi abzuriegeln.

SAS-Männer hatte Don Walker bereits in Oman kennengelernt. Er wußte, daß sie in der westlichen Wüste gegen Scud-Abschußvorrichtungen operierten, und mehrere Piloten seiner Staffel hatten bereits Funkverbindung mit diesen seltsam klingenden englischen Stimmen in der Wüste gehabt, wenn SAS-Männer auf Ziele gestoßen waren, die sie nicht selbst bekämpfen konnten.

In dreitausend Fuß sah er die vier Briten neugierig aufblicken. Knapp einen Kilometer von ihnen entfernt sahen auch die Iraker besorgt auf. Walker drückte seine Sprechtaste.

»Bleib hinter mir und übernimm die Lastwagen.«

»Wird gemacht.«

Obwohl er weder Bomben noch Lenkwaffen mehr hatte, saß in der rechten Flügelwurzel seiner F-15E unmittelbar neben dem riesigen Lufteinlaß eine 20-mm-Maschinenkanone M-61A1 Vulcan, deren sechs Revolverläufe ihr ganzes Magazin mit vierhundertfünfzig Schuß in weniger als zehn Sekunden verschießen konnten. Ein 20-mm-Geschoß hat die Größe einer kleinen Banane und detoniert beim Aufschlag. Soldaten, die auf ihrem Lastwagen oder beim Weglaufen im Freien erwischt werden, kann es alles verderben.

Walker schaltete das Bordwaffenvisier ein und entsicherte die Maschinenkanone. In seiner Blickfelddarstellung erschien vor den beiden Panzerspähwagen ein Zielkreuz, dessen Position bereits alle notwendigen Korrekturen für Eigengeschwindigkeit und Seitenwind enthielt.

Der erste BRDM-2 wurde von über hundert Geschossen durchsiebt und flog in die Luft. Walker nahm den Bug etwas höher, bis das übers Plexiglas der Blickfelddarstellung schwimmende Zielkreuz aufs Heck des zweiten Fahrzeugs gerichtet war. Er sah, wie der Tank des Panzerspähwagens explodierte; dann war er darüber hinweg, zog die Maschine hoch und flog eine Rolle, bis die braune Wüste über seinem Kopf erschien.

Don Walker beendete die Rolle und ging wieder tiefer. Der blaubraune Horizont kehrte in seine Normallage zurück: unten braune Wüste, darüber blauer Himmel. Beide BRDM-2 brannten; ein Lastwagen war umgestürzt, der andere in Stücke geschossen. Kleine Gestalten rannten in verzweifelter Hast zu Felsen, die Deckung versprachen.

Drunten im Wadi hatten die vier SAS-Männer die Situation erfaßt. Sie saßen bereits in ihrem Landrover und folgten dem wasserlosen Flußtal, um rasch vom Ort des vereitelten Überfalls wegzukommen. Wer sie beobachtet – vermutlich wandernde Schafhirten – und ihren Standort verraten hatte, würden sie nie erfahren, aber sie wußten, wer ihnen gerade das Leben gerettet hatte.

Die Eagles zogen hoch, wackelten mit den Flügeln und stiegen weiter in Richtung Grenze, wo ihr Tanker wartete.

Der Unteroffizier, der die SAS-Patrouille führte, war ein gewisser Sergeant Peter Stephenson. Als die Jagdbomber abflogen, hob er grüßend die Hand und sagte:

»Kenn dich nicht, Kumpel, aber bei mir hast du was gut.«

Zufällig hatte Mrs. Maslowski einen Suzuki-Jeep als Zweitwagen, und obwohl sie ihn noch nie mit Allradantrieb gefahren hatte, bestand sie darauf, Terry Martin ihren Jeep zu leihen. Obwohl Martin erst um siebzehn Uhr nach London zurückfliegen mußte, fuhr er frühzeitig los, weil er nicht wußte, wie lange er brauchen würde. Seiner Gastgeberin erklärte er, er wolle spätestens um vierzehn Uhr zurück sein.

Professor Maslowski hatte eine Vorlesung zu halten, aber er gab Martin eine Straßenkarte mit, damit er sich nicht verfuhr.

Die Straße ins Tal des Mocho Rivers führte wieder an Livermore vorbei, bis Martin in Tesla auf die Mines Road abbog.

Während er eine Meile nach der anderen zurücklegte, blieben die letzten Häuser des Vororts Livermore hinter ihm zurück, und das Gelände stieg stetig an. Mit dem Wetter hatte er Glück. Die Winter sind dort nie so kalt wie in manchen anderen Gebieten der Vereinigten Staaten, aber die Nähe des Meeres läßt oft dichte Wolken und plötzlich aufziehende Nebelbänke entstehen. An diesem 27. Januar war der Himmel bei ruhigem, kaltem Wetter jedoch wolkenlos blau.

Durch die Windschutzscheibe sah Martin weit vor sich den verschneiten Cedar Mountain aufragen. Nach etwa zehn Meilen verließ er die Mines Road und bog auf einen Fahrweg ab, der durch die Flanke eines Steilhangs führte.

Tief drunten im Tal glitzerte der Mocho River in der Sonne, während er über die Felsen schäumte.

Das Gras auf beiden Seiten des Weges machte Salbeibüschen und Hainbuchen Platz; hoch darüber kreisten ein Gabelweihenpaar vor dem Himmelsblau, und der Fahrweg verlief die Cedar Mountain Ridge entlang immer tiefer in die Wildnis hinein.

Er kam an einem grünen Farmhaus vorbei, aber Lomax hatte ihm gesagt, er solle bis zum Ende des Weges fahren. Drei Meilen weiter fand er die Blockhütte aus rohbehauenen Baumstämmen mit einem Natursteinkamin, aus dem bläulicher Holzrauch aufstieg.

Martin hielt hinter der Hütte, stieg aus und reckte sich. Aus einem angebauten Stall betrachtete ihn eine einzelne Jerseykuh mit samtenen Augen. Da vor der Blockhütte rhythmische Geräusche zu hören waren, ging er nach vorn und fand Daddy Lomax auf einer natürlichen Terrasse mit herrlicher Aussicht übers Tal und den Mocho River.

Er war fünfundsiebzig und erweckte trotz Sandys Besorgnis den Eindruck, als mache er sich einen Spaß daraus, Grizzlybären zu verprügeln. Der alte Wissenschaftler war gut einsfünfundachtzig groß, trug schmuddelige Jeans und ein kariertes Hemd und spaltete Holzklötze mit einer Leichtigkeit, als schneide er Brot.

Schneeweißes Haar hing ihm bis zu den Schultern; er hatte einen weißen Stoppelbart, und aus seinem Hemdausschnitt quoll ein Gewirr aus ebenfalls weißen Locken. Im Gegensatz zu Terry Martin, der sich dankbar in seinen Daunenanorak kuschelte, den Maslowski ihm aufgedrängt hatte, schien er die Kälte gar nicht zu spüren.

»Sie haben's also gefunden? Hab' Sie kommen gehört«, sagte Lomax und spaltete einen letzten Klotz mit einem einzigen Schlag. Dann legte er die Axt weg und trat auf seinen Besucher zu. Sie schüttelten sich die Hand; Lomax deutete auf einen in der Nähe stehenden Holzklotz und nahm selbst auf einem anderen Platz.

»Dr. Martin, hab' ich recht?«

»Äh, ja.«

»Aus England?«

»Ja.«

Lomax griff in seine Hemdtasche, zog einen Tabaksbeutel und Zigarettenpapier heraus und fing an, sich eine Zigarette zu drehen.

»Nicht politisch korrekt, stimmt's?«

»Nein, ich glaube nicht.«

Lomax grunzte etwas, das anerkennend klang.

»Hab' 'nen politisch korrekten Arzt gehabt. Hat mir ständig zugesetzt, das Rauchen aufzugeben.«

Martin fiel die Vergangenheitsform auf.

»Sie gehen wohl nicht mehr zu ihm?«

»Nö, *er* hat sich verabschiedet. Ist letzte Woche gestorben. Sechsundfünfzig. Streß. Was führt Sie hierher?«

Martin griff in die Innentasche seines Anoraks.

»Eigentlich sollte ich mich im voraus entschuldigen. Bestimmt vergeude ich damit nur Ihre und meine Zeit. Aber ich wollte Sie bitten, sich diese Aufnahme anzusehen.«

Lomax griff nach dem Foto, das Martin ihm hinhielt, und starrte es an.

»Sie kommen wirklich aus England?«

»Ja.«

»Verdammt weiter Weg, nur um mir das zu zeigen.«

»Sie erkennen es?«

»Muß ich wohl. Ich hab' fünf Jahre lang dort gearbeitet.«

Martin starrte ihn mit vor Verblüffung offenem Mund an.

»Sie sind tatsächlich dort gewesen?«

»Hab' fünf Jahre dort gelebt.«

»In Tarmija?«

»Wo zum Teufel soll das sein? Das hier ist Oak Ridge.«

Martin schluckte mehrmals.

»Dr. Lomax. Diese Aufnahme ist vor sechs Tagen von einem Aufklärer der U.S. Navy über einer zerbombten Fabrik im Irak gemacht worden.«

Lomax blickte mit hellen blauen Augen unter buschigen weißen Augenbrauen auf und starrte dann wieder das Foto an.

»Verdammt!« sagte er zuletzt. »Dabei hab' ich die Idioten gewarnt. Vor drei Jahren. Ich hab' eine Denkschrift darüber verfaßt, daß die dritte Welt auf Technologien dieser Art zurückgreifen könnte.«

»Was ist damit passiert?«

»Oh, sie haben sie weggeschmissen, schätze ich.«

»Wer?«

»Sie wissen schon, die Spitzköpfe.«

»Aber diese Scheiben, die Frisbeescheiben in der Fabrik – wissen Sie, was die sind?«

»Natürlich. Kalutrone. Das hier ist ein Nachbau der alten Anlage in Oak Ridge.«

»Kalu-was?«

Lomax sah erneut auf.

»Sie sind kein Naturwissenschaftler? Kein Physiker?«

»Nein. Mein Fachgebiet ist Arabistik.«

Lomax brummte wieder, als habe jeder Nichtphysiker seiner Überzeugung nach sein Leben lang ein schweres Los zu tragen.

»Kalutrone. Kalifornische Zyklotrone. Oder einfach zusammengezogen: Kalutrone.«

»Was tun die?«

»EMIT. Elektromagnetische Isotopentrennung. Laienhaft ausgedrückt verarbeiten sie Rohuran 238, um waffenfähiges Uran 235 herauszufiltern. Diese Fabrik steht im Irak, sagen Sie?«

»Ja. Sie ist vor einer Woche zufällig bombardiert worden. Diese Aufnahme stammt vom Tag danach. Niemand scheint zu wissen, was sie darstellt.«

Lomax blickte übers Tal hinaus, zog an seiner Selbstgedrehten und ließ eine bläuliche Rauchwolke aufsteigen.

»Verdammt!« wiederholte er. »Mister, ich hause hier oben, weil mir dieses Leben gefällt. Kein Smog, kein Verkehr – davon hab' ich schon vor Jahren genug gehabt. Ich hab' keinen Fernseher, aber ich hab' ein Radio. Die Sache hängt mit diesem Kerl, diesem Saddam Hussein zusammen, stimmt's?«

»Ganz recht. Erzählen Sie mir bitte mehr über Kalutrone?«

Der Alte drückte seine Zigarette aus und starrte ins Leere – nicht nur übers Tal, sondern über viele Jahre hinweg in die Vergangenheit zurück.

»Neunzehnhundertdreiundvierzig. Lange her, was? Fast fünfzig Jahre. Bevor Sie, bevor die meisten heute lebenden Menschen auf die Welt gekommen sind. Damals sind wir eine Gruppe von Physikern gewesen, die versucht hat, das Unmögliche zu schaffen. Wir sind jung, eifrig und erfinderisch gewesen und haben nicht gewußt, daß es unmöglich war... Also haben wir's geschafft.

Dabei waren Fermi und Pontecorvo aus Italien, Klaus Fuchs aus Deutschland, Nils Bohr aus Dänemark, Nunn May aus England und andere. Und wir Yankees: Urey und Oppie und Ernest. Ich bin fast der Jüngste gewesen. Gerade siebenundzwanzig.

Die meiste Zeit haben wir uns vorangetastet, Dinge getan, die noch nie versucht worden waren, und Methoden erprobt, die angeblich nicht funktionieren konnten. Unser Budget war nach heutigen Maßstäben lachhaft niedrig, also haben wir Tag und Nacht gearbeitet und Abkürzungen genommen. Die mußten sein, denn der Termindruck war so groß wie unsere Geldnöte. Und irgendwie haben wir's geschafft – binnen drei Jahren. Wir haben die Codes geknackt und die Bombe gebaut. Little Boy und Fat Man.

Dann hat die Air Force sie auf Hiroshima und Nagasaki abgeworfen, und die Welt hat gesagt, wir hätten sie eigentlich nicht bauen dürfen. Das Problem war nur: Hätten wir's nicht getan, hätte jemand anders die Bombe gebaut. Hitlers Deutschland, Stalins Rußland...«

»Kalutrone...«, warf Martin ein.

»Yeah. Sie haben vom Manhattan Project gehört?«

»Natürlich.«

»Nun, beim Manhattan haben wir viele Genies gehabt, aber vor allem zwei: Robert J. Oppenheimer und Ernest O. Lawrence. Schon mal von ihnen gehört?«

»Ja.«

»Sie haben die beiden für Kollegen, für Partner gehalten, stimmt's?«

»Vermutlich ja.«

»Falsch! Die beiden sind Konkurrenten gewesen. Sehen Sie, wir wußten alle, daß das Uran, das schwerste damals bekannte Element, der Schlüssel war. Und ab 1941 wußten wir auch, daß nur das leichtere Isotop 235 die erforderliche Kettenreaktion in Gang bringen konnte. Der Trick dabei war, die null Komma sieben

465

Prozent Uran 235 irgendwie aus der großen Masse des Urans 238 rauszuholen.

Nach dem Kriegseintritt Amerikas ist unsere Arbeit plötzlich energisch gefördert worden. Nach jahrelanger Vernachlässigung wollten die Bonzen schon gestern Ergebnisse sehen. Die alte Geschichte. Also haben wir auf jede mögliche Weise versucht, diese Isotopen zu trennen.

Oppenheimer hat auf Gasdiffusion gesetzt – Reduktion des Urans zu einer Flüssigkeit und danach zu einem Gas, Uranhexafluorid, giftig und korrosiv, schwierig zu verarbeiten. Die Zentrifuge ist später gekommen. Erfunden hat sie ein Österreicher, den die Russen verschleppt und in Suchumi haben arbeiten lassen. Vor der Erfindung der Zentrifuge ist die Gasdiffusion zeitraubend und schwierig gewesen.

Lawrence hat den anderen Weg beschritten – elektromagnetische Isotopentrennung durch Teilchenbeschleunigung. Wissen Sie, wie die funktioniert?«

»Nein, leider nicht.«

»Im Prinzip beschleunigt man die Atome auf verdammt hohe Geschwindigkeit und benutzt dann riesige Magneten, um sie in eine Kurvenbahn zu zwingen. Zwei Rennautos, ein schwerer und ein leichter Wagen, fahren mit hoher Geschwindigkeit in eine Kurve ein. Welcher gerät zwangsläufig auf die Außenspur?«

»Der schwere Wagen«, sagte Martin.

»Richtig. Das ist das Prinzip dabei. Die Kalutrone arbeiten mit Riesenmagneten von sieben, acht Metern Durchmesser. Das hier...«, Lomax tippte auf die Frisbeescheiben auf dem Luftbild, »...sind die Magneten. Der Grundriß dieser Anlage ist ein Nachbau meines alten Babys in Oak Ridge, Tennessee.«

»Warum sind sie aufgegeben worden, wenn sie funktioniert haben?« fragte Martin.

»Geschwindigkeit«, antwortete Lomax. »Oppenheimer hat gewonnen. Seine Methode war schneller. Die Kalutrone sind sehr teuer und extrem langsam gewesen. Nach 1945 – und erst recht, nachdem dieser Österreicher von den Russen freigelassen worden und rübergekommen war, um uns seine Gaszentrifuge vorzuführen – ist die Kalutrontechnologie aufgegeben worden. Sie ist nicht mal mehr geheim. Jeder kann sich alle Einzelheiten, sogar die Baupläne, aus der Kongreßbibliothek besorgen. Vermutlich haben die Iraker genau das getan.«

Die beiden Männer saßen minutenlang schweigend da.

»Das heißt also«, faßte Martin zusammen, »daß die Iraker beschlossen haben, die Technologie von Henry Fords Model T zu nutzen – und daß keiner darauf geachtet hat, weil jeder geglaubt hat, sie würden Grand-Prix-Rennwagen wollen.«

»Sie haben's erfaßt, Sohn. Die Leute vergessen, daß Fords Model T zwar veraltet ist, *aber funktioniert hat*. Es hat einen hingebracht. Man ist damit von A nach B gekommen. Und es hat selten Pannen gehabt.«

»Dr. Lomax, nach Erkenntnissen der Atomphysiker, die von meiner und Ihrer Regierung konsultiert worden sind, besitzt der Irak eine Gaszentrifugenkaskade, die seit ungefähr einem Jahr arbeitet. Eine weitere dürfte bald in Betrieb gehen, arbeitet aber vermutlich noch nicht. Deshalb halten sie es für ausgeschlossen, daß der Irak schon genug waffenfähiges Uran, sagen wir fünfunddreißig Kilogramm, hergestellt hat, um eine Bombe bauen zu können.«

»Ganz recht«, bestätigte Lomax nickend. »Mit einer Kaskade dauert's fünf Jahre, vielleicht sogar länger. Und mit zwei Kaskaden mindestens drei Jahre.«

»Aber nehmen wir mal an, sie hätten die Kalutrone im Tandembetrieb eingesetzt. Wie würden *Sie* die Sache angehen, wenn Sie der Direktor des irakischen Bombenprogramms wären?«

»So jedenfalls nicht«, sagte der alte Physiker und begann, sich eine neue Zigarette zu drehen. »Hat man Ihnen in London erzählt, daß man mit Yellowcake anfängt, dessen Reinheitsgrad von null auf dreiundneunzig Prozent gebracht werden muß, damit waffenfähiges Uran entsteht?«

Martin dachte an Dr. Hipwell mit seiner qualmenden Pfeife, der ihnen in einem Raum unter dem Außenministerium genau das auseinandergesetzt hatte.

»Ja, das haben sie gesagt.«

»Aber sie haben sich nicht die Mühe gemacht, Ihnen zu erklären, daß die Anreicherung von null auf zwanzig Prozent am längsten dauert? Sie haben nicht gesagt, daß der Prozeß mit zunehmendem Reinheitsgrad schneller abläuft?«

»Nein.«

»Nun, das tut er aber. Hätte ich Kalutrone und Zentrifugen, würde ich sie nicht nebeneinander, sondern hintereinander einsetzen. Ich würde Rohuran in den Kalutronen auf einen Reinheitsgrad von zwanzig, vielleicht fünfundzwanzig Prozent bringen und dann als Ausgangsmaterial für die neuen Kaskaden verwenden.«

»Warum?«

»Das würde die Anreicherungszeit in den Kaskaden auf ein Zehntel verkürzen.«

Martin dachte darüber nach, während Daddy Lomax paffte.

»Wann könnten die Iraker Ihrer Berechnung nach dann diese fünfunddreißig Kilogramm Uran 235 haben?«

»Hängt davon ab, seit wann die Kalutrone arbeiten.«

Martin überlegte. Seitdem israelische Jagdbomber den irakischen Reaktor Osirak zerstört hatten, ließ Bagdad sich von zwei Prinzipien leiten: Dislozierung und Täuschung. Die Forschungsstätten wurden übers ganze Land verteilt, damit nicht wieder alle bombardiert werden konnten, und der Irak gab sich große Mühe, seine Einkäufe und Versuche zu tarnen. Osirak war 1981 bombardiert worden.

»Nehmen wir mal an, sie hätten die nötigen Teile 1982 auf dem freien Markt gekauft und bis 1983 zusammengebaut.«

Lomax hob einen Stock auf, der neben seinen Füßen auf der Erde lag, und begann, Zahlen in den Staub zu schreiben.

»Haben diese Leute irgendwelche Probleme bei der Beschaffung des Ausgangsmaterials Yellowcake?«

»Nein, den gibt's reichlich.«

»Ja, ich weiß«, knurrte Lomax. »Bald gibt's das verdammte Zeug im nächsten Supermarkt.«

Nach einiger Zeit tippte er mit seinem Stock auf das Luftbild.

»Auf diesem Foto sind ungefähr zwanzig Kalutrone zu sehen. Sind das alle, die sie gehabt haben?«

»Vielleicht mehr. Das wissen wir nicht. Nehmen wir mal an, das seien alle funktionierenden gewesen.«

»Seit 1983, richtig?«

»Davon gehen wir aus.«

Lomax kratzte weiter im Staub.

»Hat Mr. Hussein irgendwelche Probleme mit der Stromversorgung?«

Martin dachte an das weit entfernte 150-MW-Kraftwerk und die im Schwarzen Loch aufgestellte Theorie, von dort aus führe ein unterirdisch verlegtes Stromkabel nach Tarmija.

»Nein, keine Versorgungsengpässe.«

»Bei uns damals schon«, sagte Lomax. »Der Stromverbrauch von Kalutronen ist erstaunlich hoch. In Oak Ridge haben wir das größte Kohlekraftwerk der Welt gebaut. Trotzdem mußten wir zusätzlich Strom aus dem öffentlichen Netz beziehen. Bei jedem Einschalten sind in ganz Tennessee die Lichter dunkel geworden... matschige Fritten und trübe Glühbirnen, so hoch ist unser Verbrauch gewesen.«

Er kritzelte mit seinem Stock weiter, stellte eine Rechnung auf, löschte sie dann wieder und schrieb neue Zahlen in den Staub.

»Schwierigkeiten bei der Beschaffung von größeren Mengen Kupferdraht?«

»Nein, auch den gibt's auf dem freien Markt.«

»Für die Wicklungen solcher riesigen Magneten braucht man Tausende von Kilometer Kupferdraht«, erklärte Lomax ihm. »Damals im Krieg war keiner zu bekommen. Wurde für die Rüstungsindustrie gebraucht, jede Unze. Wissen Sie, was der alte Lawrence gemacht hat?«

»Keine Ahnung.«

»Er hat sich alle Silberbarren aus Fort Knox geliehen und zu Draht verarbeiten lassen. Damit ist's ebensogut gegangen. Nach dem Krieg haben wir Fort Knox alles zurückgeben müssen.« Lomax schmunzelte. »Er ist schon ein Original gewesen.«

Dann war er mit seiner Rechnung fertig und richtete sich auf.

»Nehmen wir mal an, sie hätten die zwanzig Kalutrone 1983 zusammengebaut und den Yellowcake bis 1989 durchgeschickt... und das Uran mit einem Reinheitsgrad von dreißig Prozent ein Jahr lang in einer Gaszentrifugenkaskade weiterverarbeitet, dann hätten sie ihre fünfunddreißig Kilogramm waffenfähiges Uran im... November.«

»Kommenden November«, sagte Martin.

Lomax stand auf, reckte sich, griff nach Martins Hand und zog seinen Gast hoch.

»Nein, Sohn, letzten November.«

Auf der Talfahrt warf Martin einen Blick auf seine Uhr. Mittag. Zwanzig Uhr in London. Paxman würde seinen Schreibtisch verlassen haben und nach Hause gefahren sein. Seine Privatnummer hatte er nicht.

Martin konnte noch zwölf Stunden in San Francisco warten oder heimfliegen. Er entschied sich für den Rückflug. Am 28. Januar landete er um elf Uhr in London-Heathrow und traf um 12.30 Uhr mit Paxman zusammen. Um 14 Uhr führte Steve Laing in der Botschaft am Grosvenor Square ein dringendes Gespräch mit Harry Sinclair, und eine Stunde später telefonierte der CIA-Resident in London über eine garantiert abhörsichere Verbindung direkt mit Bill Stewart, dem stellvertretenden CIA-Direktor.

Erst am Vormittag des 30. Januar konnte Bill Stewart seinem Chef, CIA-Direktor William Webster, umfassend Bericht erstatten.

»Leider stimmt alles«, erklärte er dem ehemaligen Richter aus Kansas. »Ich habe zwei unserer Leute zu der Blockhütte am Cedar Mountain geschickt, und Lomax – der alte Physiker – hat alles bestätigt. Wir haben auch seine Denkschrift gefunden – sie war kommentarlos abgelegt worden.

Die Unterlagen aus Oak Ridge beweisen, daß diese Scheiben Kalutrone sind...«

»Wie hat das nur passieren können?« fragte der CIA-Direktor. »Wie kommt's, daß wir nie was davon gemerkt haben?«

»Nun, die Idee dürfte Jafaar al-Jaafar, der Boß des irakischen Programms, gehabt haben. Er hat nicht nur im englischen Harwell gearbeitet, sondern ist auch bei CERN außerhalb von Genf gewesen. Das ist ein gigantischer Teilchenbeschleuniger.«

»Und?«

»Kalutrone sind Teilchenbeschleuniger. Jedenfalls ist die gesamte Kalutrontechnologie seit 1949 nicht mehr als geheim eingestuft. Seit damals stehen die Unterlagen jedem Interessierten zur Verfügung.«

»Und die Kalutrone – wo sind sie gekauft worden?«

»In Einzelteilen, hauptsächlich in Österreich und Frankreich. Wegen der veralteten Technologie haben die Käufe kein Mißtrauen erweckt. Die Fabrik ist von jugoslawischen Baufirmen errichtet worden. Als sie Pläne sehen wollten, haben die Iraker ihnen einfach die Blaupausen von Oak Ridge gegeben – deshalb ist Tarmija ein exakter Nachbau geworden.«

»Wann ist das alles gewesen?« fragte der Direktor.

»Neunzehnhundertzweiundachtzig.«

»Dann hat dieser Agent, wie heißt er gleich wieder...?«

»Jericho.«

»Dann hat er also nicht gelogen?«

»Jericho hat nur berichtet, was Saddam Hussein in seiner Gegenwart bei einer Geheimbesprechung gesagt haben soll. Ich fürchte, daß nicht mehr auszuschließen ist, daß der Mann auch diesmal wahrheitsgemäß berichtet hat.«

»Und wir haben Jericho zum Teufel gejagt?«

»Für seine Information wollte er eine Million Dollar. Soviel haben wir noch nie gezahlt, und damals...«

»Mein Gott, Bill, das ist doch preiswert gewesen!«

Der DCI stand auf und trat ans Panoramafenster seines Büros. Die Birken waren jetzt unbelaubt, nicht mehr grün wie im August, und im Tal strömte der Potomac River auf seinem Weg zum Meer vorbei.

»Bill, ich möchte, daß Sie sich sofort mit Chip Barber in Riad in Verbindung setzen. Stellen Sie fest, ob es irgendeine Möglichkeit gibt, wieder mit diesem Jericho in Verbindung zu treten...«

»Es gibt einen Kontaktmann, Sir. In Bagdad lebt ein britischer Agent, der sich erfolgreich als Araber ausgibt. Aber wir haben den Leuten vom Century vorgeschlagen, ihn von dort abzuziehen.«

»Dann wollen wir hoffen, daß sie's noch nicht getan haben, Bill. Wir brauchen Jericho wieder. Geld spielt keine Rolle, ich genehmige, was gebraucht wird. Aber wir *müssen* diese Waffe finden, wo immer sie versteckt sein mag, und durch Luftangriffe vernichten, bevor's zu spät ist.«

»Ja. Äh..., wer informiert die Generale?«

»Ich habe in zwei Stunden eine Besprechung mit Colin Powell und Brent Scowcroft.«

Lieber du als ich, dachte Stewart beim Hinausgehen.

18

Die beiden Männer aus dem Century House trafen vor Chip Barber aus Washington in Riad ein. Steve Laing und Simon Paxman landeten vor Tagesanbruch, nachdem sie in Heathrow die Nachtmaschine genommen hatten.

Julian Gray, der SIS-Resident in Riad, holte die Besucher wie gewohnt mit seinem neutralen Wagen ab und brachte sie in die Villa, in der er seit fünf Monaten, in denen er nur gelegentlich zu Hause gewesen war, um seine Frau zu sehen, überwiegend lebte.

Er wunderte sich über das plötzliche Wiederauftauchen Paxmans aus London, vom Auftauchen des ranghöheren Steve Laing ganz zu schweigen, um ein Unternehmen zu überwachen, das eigentlich als abgeschlossen galt.

In der Villa, hinter verschlossenen Türen, erklärte Laing Gray genau, warum Jericho schnellstens aufgespürt und reaktiviert werden mußte.

»Jesus, dann hat der Kerl also doch recht gehabt!«

»Das müssen wir annehmen, obwohl wir keinen Beweis dafür haben«, bestätigte Laing. »Wann ist Martin wieder erreichbar?«

»Heute abend zwischen 23.15 Uhr und 23.45 Uhr«, antwortete Gray. »Aus Sicherheitsgründen haben wir seit fünf Tagen keine Nachricht mehr für ihn abgesetzt. Jetzt warten wir darauf, daß er sich irgendwann diesseits der Grenze meldet.«

»Na, hoffentlich ist er noch dort. Sonst sitzen wir tief in der Scheiße. Wir müßten ihn erneut einschleusen, was endlos lange dauern könnte. In den irakischen Wüsten wimmelt's jetzt von Militärstreifen.«

»Wie viele wissen von dieser Sache?« fragte Gray.

»Möglichst wenige – und dabei bleibt's auch«, antwortete Laing.

Die in London und Washington notwendigerweise Eingeweihten

bildeten nur eine kleine Gruppe, die aber den Profis noch immer zu groß war. In Washington gehörten dazu der Präsident und vier seiner Minister sowie die Vorsitzenden des Nationalen Sicherheitsrats und der Vereinten Stabschefs. Dazu kamen vier Männer in Langley, von denen einer – Chip Barber – sich auf dem Flug nach Riad befand. Der bedauernswerte Dr. Lomax beherbergte in seiner Blockhütte einen unerwünschten Logiergast, der jeglichen Kontakt zur Außenwelt verhinderte.

In London gehörten zu den Eingeweihten der neue Premierminister John Major, der Kabinettssekretär und zwei Minister; im Century House wußten drei Männer davon.

In Riad waren es jetzt drei in der SIS-Villa, und Barber würde bald zu ihnen stoßen. Was die Militärs betraf, hatten lediglich vier Generale – drei amerikanische und ein britischer – diese Informationen erhalten.

Dr. Terry Martin hatte sich wegen einer angeblichen Grippe krankgemeldet und lebte zu diesem Zeitpunkt behaglich in einem sicheren SIS-Haus auf dem Lande, wo er von einer mütterlichen Haushälterin und drei weniger mütterlichen Aufpassern betreut wurde.

In Zukunft würden alle Unternehmen gegen den Irak im Zusammenhang mit der Aufspürung und Vernichtung der Atomwaffe, die nach alliierter Einschätzung den Decknamen Qubth ut-Allah – Faust Gottes – trug, unter dem Vorwand aktiver Maßnahmen zur Beseitigung Saddam Husseins oder sonstwie glaubhaft begründet stattfinden.

Tatsächlich waren schon zweimal solche Versuche unternommen worden. Die Alliierten hatten zwei Ziele als Orte identifiziert, an denen der Präsident sich möglicherweise vorübergehend aufhalten würde. Einen genauen Zeitpunkt konnte niemand angeben, denn der Rais irrlichterte von einem Versteck zum anderen, wenn er nicht in seinem Bunker unter dem Rashid saß.

Beide Ziele wurden ständig durch Luftaufklärung überwacht. Das eine war ein Landhaus fünfundsechzig Kilometer außerhalb von Bagdad, das andere ein großes Luxuswohnmobil, das zu einem fahrbaren Befehlsstand umgebaut worden war.

Bei einer Gelegenheit wurde durch Luftaufklärung festgestellt, daß mobile Fla-Raketen und leichte Panzerfahrzeuge um das Landhaus herum in Stellung gingen. Jagdbomber F-15E Strike Eagle griffen an und legten das Haus in Trümmer. Aber das war ein Fehlalarm gewesen – der Vogel war nicht im Nest.

Die nächste Gelegenheit bot sich am vorletzten Januartag, als das große Wohnmobil auf der Fahrt zu einem neuen Standort beobachtet wurde. Wieder wurde ein Luftangriff befohlen; wieder war der Vogel ausgeflogen.

In beiden Fällen nahmen die Flieger mit ihrem Angriff gewaltige Risiken auf sich, denn die irakische Luftabwehr leistete erbitterten Widerstand. Nachdem zwei Versuche, den irakischen Diktator zu beseitigen, fehlgeschlagen waren, befanden sich die Alliierten in einem Dilemma. Sie wußten einfach nicht, wo Saddam Hussein sich jeweils aufhielt.

Tatsächlich wußte das keiner außer einer Handvoll persönlicher Leibwächter aus den Reihen der Amn al-Khass, an deren Spitze sein eigener Sohn Kusay stand.

In Wirklichkeit war er die meiste Zeit unterwegs. Im Gegensatz zu der Annahme, Saddam Hussein habe den ganzen Luftkrieg in seinem Bunker tief unter der Erde verbracht, war er tatsächlich weniger als die Hälfte dieser Zeit dort unten.

Seine Sicherheit war jedoch durch eine Reihe aufwendiger Täuschungen und falscher Spuren gewährleistet. So zeigte er sich mehrmals vor seinen jubelnden Truppen, von denen Zyniker behaupteten, sie jubelten, weil sie nicht zu denen gehörten, die an der Front von B-52 bombardiert wurden. Der Mann, den die irakischen Soldaten bei solchen Gelegenheiten sahen, war eines seiner Doubles, die nur die engsten Vertrauten des Rais vom Original unterscheiden konnten.

Bei anderen Gelegenheiten rauschten Kolonnen von schweren Limousinen, bis zu einem Dutzend, mit geschlossenen Vorhängen durch Bagdad und suggerierten der Einwohnerschaft, der Rais sitze in einem der Wagen. Aber das stimmte nicht; auch diese Kolonnen waren Täuschungsmanöver. War Saddam Hussein tatsächlich unterwegs, benutzte er manchmal ein einzelnes neutrales Fahrzeug.

Selbst für Mitglieder seiner Führungsriege galten strengste Sicherheitsbestimmungen. Minister, die zu einer Besprechung mit ihm befohlen wurden, hatten nur fünf Minuten Zeit, ihre Villa zu verlassen, in ihren Dienstwagen zu steigen und dem Motorradkurier zu folgen. Auch dann ging die Fahrt nicht direkt zum Besprechungsort.

Sie wurden zu einem geparkten Bus mit schwarzen Fensterscheiben gebracht, in dem schon andere Minister im Dunkel saßen. Die Minister und der Busfahrer waren durch eine undurchsichtige Glaswand getrennt. Selbst ihr Fahrer mußte einem Motorradfahrer und der Amn al-Khass zu ihrem endgültigen Bestimmungsort folgen.

Hinter dem Busfahrer saßen die Minister, Generale und Berater im Dunkel wie Schuljungen auf einer Rätseltour – ohne zu wissen, wohin ihre Fahrt ging, oder nachher sagen zu können, wo sie gewesen waren.

In den meisten Fällen fanden diese Besprechungen in großen, verschwiegenen Villen statt, die für den Tag beschlagnahmt und vor Einbruch der Dunkelheit wieder geräumt wurden. Eine spezielle Abteilung der Amn al-Khass hatte keine andere Aufgabe, als solche Villen zu finden, wenn der Rais eine Besprechung einberufen wollte, die Villenbesitzer tagsüber von der Außenwelt abzuschirmen und sie erst zurückkehren zu lassen, nachdem der Rais längst wieder verschwunden war.

So war es eigentlich kein Wunder, daß die Alliierten ihn nicht aufspüren konnten. Aber sie versuchten es – bis zur ersten Februarwoche. Danach wurden sämtliche Attentatsversuche abgeblasen, was die Militärs nie begreifen konnten.

In Riad traf Chip Barber am letzten Januartag kurz nach Mittag in der SIS-Villa ein. Nach der Begrüßung saßen die vier Männer untätig herum und warteten darauf, endlich Verbindung zu Martin aufnehmen zu können – falls er noch in Bagdad war.

»Für diese Sache gibt's vermutlich ein Zeitlimit?« fragte Laing. Chip Barber nickte.

»Der 20. Februar. Stormin' Norman will am 20. Februar dort einrücken.«

Paxman stieß einen Pfiff aus.

»Verdammt, bloß zwanzig Tage. Übernimmt Onkel Sam diesmal die Kosten?«

»Ja. Der Direktor hat bereits genehmigt, daß Jericho die Million Dollar noch heute auf sein Konto überwiesen bekommt. Für den

Lagerort der Waffe, wenn es sie wirklich und nur einmal gibt, bieten wir dem Hundesohn fünf.«

»Fünf Millionen Dollar?« protestierte Laing. »Jesus, soviel ist noch nie für Informationen gezahlt worden!«

Barber zuckte mit den Schultern.

»Jericho, wer immer er ist, rangiert als Söldner. Er will Geld, sonst nichts. Also soll er's sich verdienen. Einen Haken hat die Sache allerdings. Araber feilschen – wir nicht. Fünf Tage nach Empfang unserer Nachricht verringern wir den Einsatz pro Tag um eine halbe Million, bis er den genauen Lagerort meldet. Das muß ihm mitgeteilt werden.«

Die Briten dachten über diese Beträge nach, die höher als die Gesamtsumme der Gehälter war, die sie zu dritt ihr Leben lang verdienen würden.

»Nun«, meinte Laing, »das sollte ihn ordentlich auf Trab bringen.«

Die Nachricht wurde spätnachmittags und abends zu Papier gebracht. Zuerst brauchten sie jedoch wieder Funkverbindung mit Martin, der durch vereinbarte Codewörter bestätigen mußte, daß er sich noch in Bagdad und auf freiem Fuß befand.

Danach würde Riad ihm die Details des Angebots an Jericho übermitteln und die Eilbedürftigkeit des neuen Auftrags nachdrücklich unterstreichen.

Die Männer aßen wenig, weil keiner rechten Appetit hatte, und es fiel ihnen schwer, die im Raum herrschende Spannung zu überspielen. Um 22.30 Uhr ging Simon Paxman mit den anderen in den Funkraum hinüber und sprach die Nachricht auf Tonband. Die Aufnahme wurde auf ein Zweihundertstel ihrer wahren Länge komprimiert und war in dieser Version nur noch knapp zwei Sekunden lang.

Zehn Sekunden nach 23.15 Uhr sendete der wachhabende Funker einen kurzen Aufruf mit der Aufforderung, sich zu melden. Drei Minuten später war kurz ein Geräusch zu hören, das eine atmosphärische Störung hätte sein können. Die Satellitenantenne fing es auf, und als es langsam abgespielt wurde, verstanden die fünf Zuhörer Mike Martins Stimme:

»Rocky Mountain, hier Black Bear, kommen.«

In der Geheimdienstvilla in Riad brach explosiv Erleichterung aus, und vier erwachsene Männer klopften sich gegenseitig auf die Schultern wie Internatsschüler, die gerade den hausinternen Fußballpokal gewonnen haben.

Wer selbst keine einschlägigen Erfahrungen hat, kann sich kaum vorstellen, welche Erleichterung die Nachricht auslöst, daß »einer der Unseren« weit hinter den feindlichen Linien irgendwie noch immer gesund und in Freiheit ist.

»Vierzehn gottverdammte Tage lang ist er dort geblieben«, sagte Barber staunend. »Warum zum Teufel ist der Kerl nicht abgehauen, als der Befehl dazu gekommen ist?«

»Weil er ein sturer Idiot ist«, murmelte Laing. »Aber uns kann's recht sein.«

Der nüchterner reagierende Funker sendete schon eine weitere Kurzanfrage. Er verlangte fünf Wörter als Bestätigung, obwohl der Oszillograph zeigte, daß sie Martins Stimme gehört hatten – und daß der SAS-Major nicht unter direktem Zwang gesprochen hatte. Aber vierzehn Tage waren mehr als genug Zeit, um den Willen eines Menschen zu brechen.

Sein Funkspruch nach Bagdad war denkbar kurz: »›Of Nelson and the North‹, wiederhole, ›Of Nelson and the North.‹ Ende.«

Wieder vergingen etwa drei Minuten. In Bagdad empfing Martin, auf dem Fußboden seiner Hütte ganz hinten im Garten von Erstem Sekretär Kulikow kauernd, das Kurzsignal, sprach seine Antwort auf Band, drückte auf den Knopf, der sie komprimierte, und sendete sie in einer Zehntelsekunde in die saudiarabische Hauptstadt.

Die gespannt lauschenden Zuhörer hörten ihn sagen: »›Sing the brilliant day's renown.‹« Der Funker grinste.

»Das ist er, Sir! Gesund und munter in Freiheit.«

»Ist das ein Gedicht?« fragte Barber.

»Tatsächlich lautet die zweite Zeile: ›Sing the *glorious* day's renown‹«, antwortete Laing. »Hätte er die richtig aufgesagt, hätte er mit einer Pistole an der Schläfe gesprochen. In diesem Fall...« Er zuckte mit den Schultern.

Der Funker übermittelte die letzte Nachricht, den eigentlichen Auftrag, und machte für heute Schluß. Barber griff in seine geräumige Aktentasche.

»Ich weiß, daß das vielleicht nicht ganz den hiesigen Gepflogenheiten entspricht, aber das Diplomatenleben bietet gewisse Vorteile.«

»Sieh mal an«, murmelte Gray. »Dom Perignon. Glauben Sie, daß Langley sich den leisten kann?«

»Langley«, sagte Barber, »hat gerade fünf Millionen Greenbacks auf den Pokertisch geworfen. Ich schätze, daß es euch zu 'ner Flasche Prickelwasser einladen kann, Jungs.«

»Verdammt anständig«, sagte Paxman.

Eine einzige Woche hatte genügt, um Edith Hardenberg zu verwandeln, oder vielmehr eine Woche voller Liebe.

Mit sanfter Ermutigung Karims war sie in Grinzing bei einem Friseur gewesen, der ihr Haar geschnitten und so gestylt hatte, daß es ihr Gesicht umrahmte, ihre schmalen Züge ausfüllte und ihr einen Hauch von reifem Glanz verlieh.

Mit ihrer schüchternen Zustimmung hatte ihr Liebhaber einige Kosmetika für sie ausgesucht; nichts Grelles, nur einen Hauch von Lidstrich und Wimperntusche, ein sehr dezentes Make-up und eine Spur von Lippenstift.

In der Bank war Wolfgang Gemütlich insgeheim entsetzt und beobachtete unauffällig, wie sie sein Büro durchquerte – auf Pumps mit halbhohen Absätzen etwas größer als früher. An sich störten ihn weder die Absätze noch die Frisur, noch das Make-up sonderlich, obwohl er solchen Firlefanz rundweg verboten hätte, wenn seine Frau auch nur erwähnt hätte, so etwas tragen zu wollen. Ihn beunruhigte vielmehr ihre ganze Art, aus der ein gewisses Selbstbewußtsein sprach, wenn sie zum Diktat kam oder ihm seine Briefe zur Unterschrift vorlegte.

Er wußte natürlich, was passiert war. Eine der leichtsinnigen jüngeren Sekretärinnen hatte sie beschwatzt, Geld auszugeben. Das war der Kern allen Übels, Geld ausgeben. Seiner Erfahrung nach führte das unweigerlich zum Ruin, und er befürchtete das Schlimmste.

Ihre angeborene Schüchternheit hatte sich nicht gänzlich verflüchtigt, so daß sie in der Bank im Gespräch, wenn auch nicht unbedingt im Auftreten, zurückhaltend wie immer wirkte; in Karims Gegenwart jedoch, wenn sie allein waren, setzte sie sich ständig durch ihre eigene Kühnheit in Erstaunen. Alles Körperliche war

478

ihr zwanzig Jahre lang ein Abscheu gewesen, aber nun glich sie einer Forscherin auf einer langsamen und aufregenden Entdekkungsreise – halb verschämt und erschrocken, halb neugierig und aufgeregt. So verwandelte sich ihr anfangs völlig einseitiges Liebesspiel allmählich in gegenseitiges Erforschen. Als sie ihn zum erstenmal »dort unten« berührte, glaubte sie, vor Scham und Entsetzen sterben zu müssen, doch zu ihrem Erstaunen hatte sie auch das überlebt.

Am Abend des 3. Februar brachte er ihr eine in Geschenkpapier mit einer Zierschleife verpackte große Schachtel mit.

»Karim, das sollst du nicht! Du gibst zuviel Geld für mich aus...«

Er nahm sie in die Arme und streichelte ihr Haar. Sie hatte diese Geste liebgewonnen.

»Hör zu, Kätzchen, mein Vater ist reich. Er überweist mir ein großzügiges Taschengeld. Wär's dir lieber, wenn ich's in Nachtclubs durchbringen würde?«

Sie hatte es auch gern, wenn er sie liebenswürdig neckte. Natürlich würde Karim niemals in eines dieser schrecklichen Lokale gehen. Deshalb ließ sie sich Parfüm und Toilettenartikel schenken, die sie früher, noch vor zwei Wochen, nicht einmal angerührt hätte.

»Darf ich's aufmachen?« fragte sie.

»Dafür hab' ich's mitgebracht.«

Sie erkannte nicht gleich, was die Schachtel enthielt. Ein erster Blick zeigte ihr nur ein Gewirr aus Seide und Spitzen und Farben. Als sie dann begriff, worum es sich handelte, weil sie Anzeigen in Illustrierten gesehen hatte – natürlich nicht in solchen, die sie gekauft hätte –, errötete sie heftig.

»Karim, so was könnte ich nicht anziehen. Ich könnt's einfach nicht!«

»Doch, das kannst du«, sagte er lächelnd. »Los, Kätzchen, geh ins Schlafzimmer und probier die Sachen an. Du kannst die Tür zumachen, ich sehe nicht zu.«

Sie legte die Sachen auf ihr Bett und starrte sie an. Sie, Edith Hardenberg? Niemals! Vor ihr lagen Strümpfe und Strapse, Slips und BHs, Taillenmieder und Baby-Doll-Nachthemden in Schwarz, Pink, Hellrot, Beige und Weiß. Sachen aus durchsichtiger Spitze oder mit Spitzenbesatz, aus glatter Seide, über die ihre Fingerspitzen wie über Eis glitten.

Edith verbrachte eine Stunde allein im Schlafzimmer, bevor sie im Morgenrock an der Tür erschien. Karim stellte seine Kaffeetasse weg, stand auf und kam auf sie zu. Er lächelte erwartungsvoll, während er sich daran machte, den Gürtel ihres Morgenrocks zu lösen. Sie errötete wieder, konnte seinem Blick nicht standhalten und sah zu Boden. Ihr Morgenrock öffnete sich unter seinen Händen.

»Oh, Kätzchen«, sagte er leise, »du bist sensationell.«

Da sie nicht wußte, was sie sagen sollte, schlang sie ihm einfach die Arme um den Hals, nicht länger ängstlich oder erschrocken, als ihr Oberschenkel die harte Ausbuchtung in seinen Jeans berührte.

Nachdem sie sich geliebt hatten, stand Edith auf und ging ins Bad. Als sie zurückkam, blieb sie neben dem Bett stehen und sah auf ihn herab. Es gab keinen Teil von ihm, den sie nicht liebte. Sie setzte sich auf die Bettkante und ließ ihren Zeigefinger der auf seiner linken Kinnseite verlaufenden blassen Narbe folgen, die er sich zugezogen hatte, als er im Obstgarten seines Vaters außerhalb von Amman durchs Gewächshaus gefallen war.

Er öffnete die Augen, lächelte und streckte eine Hand nach ihrem Gesicht aus; sie ergriff die Hand und bedeckte die Finger mit kleinen Küssen, die am kleinen Finger bei seinem Siegelring endeten – dem Ring mit einem blaßrosa Opal, den seine Mutter ihm geschenkt hatte.

»Was machen wir heute abend?« fragte sie.

»Wir gehen essen«, schlug er vor. »Zu Sirk im Bristol.«

»Du ißt viel zu gern Steaks.«

Er streckte beide Hände aus und umfaßte ihre Gesäßbacken unter dem spitzenbesetzten Baby Doll.

»Das sind die Steaks, die ich mag«, sagte er grinsend.

»Laß das, du bist schrecklich, Karim«, wehrte sie ab. »Ich muß mich umziehen.«

Als sie aufstand, sah sie sich im Spiegel ihres Toilettentischs. Wie kannst du dich nur so verändert haben? fragte sie sich. Wie bringst du's über dich, Reizwäsche zu tragen? Dann erkannte sie den Grund dafür. Für Karim, ihren Karim, den sie liebte und der sie liebte, hätte sie *alles* getan. Die Liebe mochte spät gekommen sein, aber sie war mit der Urgewalt eines reißenden Gebirgsflusses hereingebrochen.

United States Department of State, Washington, D.C. 20520
Denkschrift für: Außenminister James Baker
Von: Political Intelligence and Analysis Group
Betreff: Ermordung Saddam Husseins
Datum: 5. Februar 1991
Klassifizierung: Persönliche Chefsache
Sicher ist Ihrer Aufmerksamkeit nicht entgangen, daß seit Beginn der Feindseligkeiten zwischen den alliierten Luftstreitkräften, die in Saudi-Arabien und seinen Nachbarstaaten stationiert sind, und der Republik Irak mindestens zwei, möglicherweise auch mehr Versuche unternommen worden sind, den Tod des irakischen Staatspräsidenten Saddam Hussein herbeizuführen.

Sämtliche bisherigen Versuche, durch Luftangriffe zum Erfolg zu kommen, sind von Einheiten der U.S. Air Force unternommen worden.

Daher halten wir es für dringend angebracht, die vermutlichen Konsequenzen eines erfolgreichen Attentats auf Mr. Hussein aufzuzeigen.

Das Idealergebnis wäre natürlich, daß eine von den siegreichen Alliierten eingesetzte Nachfolgeregierung die Diktatur der Ba'th-Partei beendet und sich als humane und demokratische Regierung erweist.

Diese Hoffnung halten wir für illusorisch.

Erstens bildet der Irak keinen geeinten Staat und ist nie einer gewesen. Noch vor kaum einer Generation ist er ein bunter Teppich aus rivalisierenden und oft gegeneinander kriegführenden Stämmen gewesen. Dort leben zu fast gleichen Teilen zwei potentiell gewaltbereite islamische Sekten, die Sunniten und die Schiiten, sowie drei christliche Minderheiten. Dazu kommt noch das kurdische Volk, das im Norden des Landes einen erbitterten Kampf um seine Unabhängigkeit führt.

Zweitens existieren im Irak nicht einmal andeutungsweise demokratische Erfahrungen, denn die Regierungsgewalt ist von den Türken über die Haschemiten auf die Ba'th-Partei übergegangen, ohne daß der Irak zwischenzeitlich in den Genuß einer Demokratie nach westlichem Verständnis gekommen wäre.

Sollte die gegenwärtige Diktatur plötzlich durch ein Attentat beendet werden, sind daher nur zwei realistische Szenarien denkbar.

Das erste basiert auf dem Versuch, dem Land von außerhalb eine Konsensregierung mit Beteiligung aller wichtigen Gesellschaftsgruppen auf der Grundlage einer umfassenden Koalition zu geben.

Nach unserer Auffassung würde eine so gebildete Regierung nur sehr kurze Zeit an der Macht bleiben. Uralte überlieferte Rivalitäten würden nicht lange brauchen, um sie buchstäblich zu sprengen.

Die Kurden würden die lange erhoffte Gelegenheit zweifellos nutzen, um sich abzuspalten und im Norden ihre eigene Republik zu gründen. Eine schwache Zentralregierung in Bagdad, die auf den Konsens aller Gruppen angewiesen ist, könnte das nicht verhindern.

Die Reaktion der Türken wäre vorhersehbar gewalttätig, da ihre eigene kurdische Minderheit in den türkisch-irakischen Grenzgebieten keine Zeit verlieren würde, sich ihren Stammesbrüdern jenseits der Grenze anzuschließen, um der türkischen Herrschaft verstärkt Widerstand leisten zu können.

Im Südosten würde die Schiitenmehrheit im Raum Basra und am Schatt el-Arab bestimmt gute Gründe für eine Annäherung an Teheran finden. Für den Iran wäre das eine große Versuchung, das Hinschlachten eines Großteils seiner Jugend in dem noch nicht lange zurückliegenden irakisch-iranischen Krieg dadurch zu rächen, daß er diese Avancen in der Hoffnung fördert, angesichts der Hilflosigkeit Bagdads den Südosten des Irak annektieren zu können.

In den prowestlichen Golfstaaten und Saudi-Arabien müßte die Vorstellung, der Iran könnte sich bis an die Grenzen Kuwaits ausdehnen, Panik erwecken.

Weiter nördlich würden die Araber im iranischen Arabistan Gemeinsamkeiten mit ihren Stammesbrüdern jenseits der Grenze entdecken – eine Bewegung, die von den Ajatollahs in Teheran gewaltsam unterdrückt würde.

Im Innern des Irak würden höchstwahrscheinlich Stammesfehden mit dem Ziel ausbrechen, alte Rechnungen zu begleichen und das verbleibende Staatsgebiet zu unterjochen.

Wir alle haben mit größtem Bedauern den Ausbruch des Bürgerkriegs verfolgt, der jetzt im ehemaligen Jugoslawien zwischen Serben und Kroaten tobt. Bisher hat er sich noch nicht auf Bosnien-Herzegowina ausgeweitet, wo die bosnischen Moslems als dritte Bürgerkriegspartei bereitstehen. Sollten die Kämpfe eines Tages auch Bosnien erfassen, was leider zu befürchten ist, wird das Gemetzel noch brutaler und unumkehrbarer werden.

Trotzdem glauben wir, daß alle Schrecken des Bürgerkriegs im ehemaligen Jugoslawien vor der Realität eines vollständigen Zerfalls des Irak verblassen würden. In diesem Fall müßte man mit einem Bürgerkrieg im Herzen des Irak, vier Grenzkriegen und völliger Destabilisierung der Golfregion rechnen. Allein das Flüchtlingsproblem würde Millionen von Menschen betreffen.

Die einzige andere denkbare Möglichkeit wäre, daß ein anderer General oder ein Spitzenpolitiker der Ba'th-Partei die Nachfolge Saddam Husseins antritt. Da jedoch alle Mitglieder der gegenwärtig herrschenden Hierarchie so blutbefleckt wie ihr Führer sind, ist schwer zu erkennen, welche Vorteile die Ablösung eines Ungeheuers durch einen anderen, womöglich weit gerisseneren Despoten bringen sollte.

Daher muß die ideale, allerdings eingestandenermaßen nicht perfekte Lösung auf die Erhaltung des Status quo im Irak abzielen – jedoch unter der Voraussetzung, daß alle Massenvernichtungswaffen zerstört und alle konventionellen Waffen soweit dezimiert sind, daß sie für mindestens ein Jahrzehnt keinem Nachbarstaat mehr gefährlich werden können.

Nun ließe sich einwenden, daß die fortgesetzten Menschenrechtsverletzungen des gegenwärtigen irakischen Regimes im Falle eines geduldeten Weiterbestehens erschreckende Ausmaße annehmen könnten. Das steht außer Zweifel. Trotzdem ist der Westen gezwungen, Schreckensszenen in China, der Sowjetunion, Vietnam, Tibet, Osttimor, Kambodscha und zahlreichen weiteren Staaten mitanzusehen. Die Vereinigten Staaten sind schlichtweg außerstande, weltweit die Respektierung der Menschenrechte zu erzwingen, solange sie nicht bereit sind, ständig in aller Welt Krieg zu führen.

Das am wenigsten katastrophale Ergebnis des gegenwärtigen Golfkriegs wäre daher: Saddam Hussein bleibt als Alleinherrscher des unzersplitterten Irak an der Macht, wird aber militärisch so geschwächt, daß keine weiteren Überfälle mehr zu befürchten sind.

*Aus den oben genannten Gründen fordern wir nachdrücklich,
alle Versuche, Saddam Hussein zu beseitigen, aufzugeben und die
Planung für einen Marsch auf Bagdad und eine Besetzung des Irak
sofort einzustellen.*
Hochachtungsvoll vorgelegt
PIAG

Mike Martin entdeckte das Kreidezeichen am 7. Februar tagsüber
und holte den flachen Plastikbeutel am selben Abend aus dem toten
Briefkasten. Kurz nach Mitternacht baute er hinter der offenen Tür
seiner Hütte die Satellitenantenne auf und sprach den in krakeliger
arabischer Schrift auf Pelürepapier geschriebenen Originaltext direkt auf Band. Dann fügte er eine Übersetzung ins Englische an und
übermittelte die Nachricht um 0.16 Uhr – nur eine Minute, nachdem sein »Sendefenster« sich geöffnet hatte.

Als die Satellitenantenne in Riad den komprimierten Funkspruch
empfing, rief der wachhabende Funker laut:

»Er hat sich gemeldet, Black Bear meldet sich!«

Die vier verschlafenen Männer aus dem Nebenraum kamen hastig herüber. Das große Tonbandgerät an der Wand verlangsamte
und entschlüsselte den Funkspruch. Als der Funker auf die PLAY-
BACK-Taste drückte, hörten sie Martins Stimme – mit dem arabischen Text. Paxman, der am besten Arabisch sprach, flüsterte
schon nach wenigen Sätzen halblaut:

»Er hat sie gefunden ... Jericho sagt, daß er sie gefunden hat ...«

»Ruhe, Simon!«

Auf den arabischen Text folgte die Übersetzung ins Englische.
Sobald Martin sich abgemeldet hatte, schlug Barber sich aufgeregt
mit der rechten Faust in die linke Handfläche.

»Jungs, er hat's geschafft! Hört mal, Leute, kann ich davon
sofort 'ne Abschrift haben?«

Der Funker spulte das Tonband zurück, setzte sich mit einem
Kopfhörer an seinen PC und begann zu tippen.

Barber ging ans Telefon im Wohnzimmer und wählte die Nummer des unterirdischen CENTAF-Oberkommandos. Es gab nur
einen Mann, den er jetzt sprechen mußte.

General Chuck Horner schien mit sehr wenig Schlaf auszukom-
men. Niemand im Alliierten-Hauptquartier unter dem saudiarabi-

schen Verteidigungsministerium oder im CENTAF-Oberkommando unter dem Oberkommando der saudiarabischen Luftwaffe an der Old Airport Road bekam in diesen Wochen viel Schlaf, aber General Horner schien weniger als die meisten zu bekommen.

Wahrscheinlich konnte er nicht gut schlafen, solange seine fliegenden Besatzungen unterwegs waren und tief in feindliches Gebiet vorstießen. Da Tag und Nacht Einsätze geflogen wurden, blieb zum Schlafen nicht viel Zeit.

Er hatte die Angewohnheit, mitten in der Nacht durch den CEN-TAF-Komplex zu streifen, die Auswerter im Schwarzen Loch zu besuchen und dann zum Tactical Air Control Center weiterzuschlendern. Klingelte irgendwo in seiner Nähe ein unbesetztes Telefon, nahm er selbst den Hörer ab. Mehrere verblüffte Luftwaffenoffiziere, die aus der Wüste anriefen, um mit dem Offizier vom Dienst irgendwelche Fragen zu klären, gerieten so an den Boß persönlich.

Diese sehr demokratische Angewohnheit führte gelegentlich zu Überraschungen. Einmal rief ein Staffelchef, der hier ungenannt bleiben soll, bei CENTAF an, um sich darüber zu beschweren, daß seine Piloten jede Nacht auf dem Flug zu ihren Zielen in starkes Flakfeuer gerieten. Ob es nicht möglich sei, die irakische Flak durch einen Angriff der Buffs, der schweren Bomber B-52, zum Schweigen zu bringen?

General Horner erklärte dem Oberstleutnant, das sei nicht möglich, weil die Buffs völlig ausgebucht seien. Der Staffelchef draußen in der Wüste protestierte, aber Horners Antwort blieb die gleiche. Schön, sagte der Oberstleutnant, dann können Sie mich mal!

Dazu können nur sehr wenige Offiziere einen General ungestraft auffordern. Es spricht sehr für Chuck Horners Umgangsweise mit seinen fliegenden Besatzungen, daß der couragierte Staffelchef zwei Wochen später Oberst wurde.

Dort unten erreichte Chip Barber ihn in dieser Nacht kurz vor ein Uhr; vierzig Minuten später saßen die beiden sich in dem unterirdischen Komplex im privaten Arbeitszimmer des Generals gegenüber.

General Horner las die Abschrift des englischen Teils der Nachricht aus Bagdad mit mißmutiger Miene durch. Barber hatte sich selbst an den PC gesetzt, um verschiedene Punkte so abzuändern, daß der Text nicht mehr als Funkspruch zu erkennen war.

»Wieder eine Schlußfolgerung aus Befragungen europäischer Geschäftsleute?« erkundigte er sich sarkastisch.

»Wir halten diese Information für zutreffend, General.«

Chuck Horner knurrte. Wie die meisten Frontoffiziere hatte er wenig für die Untergrundwelt der Geheimdienste übrig, die er abfällig als »Spökenkieker« bezeichnete. Darin war er sich mit vielen Soldaten einig – aus leicht nachvollziehbaren Gründen.

Der Krieg basiert auf einer anhaltend optimistischen Einstellung, vielleicht vorsichtigem Optimismus, aber trotzdem Optimismus, sonst würde kein Mensch daran teilnehmen. Dagegen hat sich die Untergrundwelt einem tiefgreifenden Pessimismus verschrieben. Die beiden Philosophien haben nur wenig gemeinsam, und schon in diesem Stadium des Krieges reagierte die U.S. Air Force zunehmend gereizt auf wiederholte Andeutungen der CIA, die Zahl der vernichteten Ziele liege niedriger als offiziell behauptet.

»Und hängt dieses angebliche Ziel mit etwas zusammen, das ich vermute?« fragte der General weiter.

»Wir halten es nur für sehr wichtig, Sir.«

»Nun, Mr. Barber, als erstes werden wir's uns verdammt gut ansehen.«

Diesmal flog eine in Taif stationierte TR-1 den Aufklärungseinsatz. Die TR-1, eine modernisierte Version der alten U-2, diente zur Mehrfachaufklärung: Sie konnte den Irak ungehört und ungesehen überfliegen und ihre Technologie einsetzen, um die dortigen Verteidigungsanlagen durch Radarbilder und Funkaufklärung zu sondieren. Aber sie hatte weiterhin Kameras an Bord und wurde gelegentlich nicht zur großflächigen Aufklärung, sondern für »intime« Einzelaufträge eingesetzt. Und der Auftrag, das nur als Al-Qubai bekannte Gebiet zu fotografieren, war an Intimität kaum zu übertreffen.

Für die Verwendung der TR-1 sprach auch ein zweiter Grund: Sie konnte ihre Aufnahmen in Echtzeit übermitteln. So gab es kein Warten auf die Landung des Aufklärers, damit sein TARPS entladen, der Film entwickelt und das Bildmaterial anschließend nach Riad geflogen werden konnte. Während die TR-1 das festgelegte Wüstengebiet westlich von Bagdad und südlich des Militärflugplatzes Al-Muhammadi überflog, erschien alles, was sie sah, auf einem

Bildschirm bei CENTAF im Kellergeschoß des Oberkommandos der saudiarabischen Luftwaffe.

Zu den fünf Anwesenden gehörte ein Techniker, der an der Computerkonsole saß und auf Anweisung eines der vier anderen Männer die Datenübertragung jederzeit anhalten und zur Untersuchung bestimmter Einzelheiten ein Farbbild ausdrucken lassen konnte.

Chip Barber und Steve Laing waren da, in ihrer Zivilkleidung in diesem Mekka militärischer Hochtechnologie geduldet; die beiden anderen waren Oberst Beatty, USAF, und ein Major Peck, RAF, beide Experten für Zielanalyse.

Die Zielbenennung »Al-Qubai« kam ganz einfach daher, daß die nächste Ortschaft so hieß; da das Dorf zu klein war, um auf ihren Landkarten eingezeichnet zu sein, orientierten die Analytiker sich an seinen Koordinaten und der dazugehörigen Ortsbeschreibung.

Die TR-1 fand das Ziel einige Kilometer von dem Punkt entfernt, der durch die von Jericho übermittelten Koordinaten festgelegt war. Trotzdem stand außer Zweifel, daß die Ortsbeschreibung zutreffend war, und in weitem Umkreis gab es keinen anderen Punkt, der dieser Beschreibung entsprach.

Die vier Männer beobachteten, wie das Ziel allmählich in Sicht kam, schärfer wurde und stillstand. Das Modem druckte ein Farbbild aus, das sie unter die Lupe nehmen konnten.

»Dort drunter liegt sie also?« fragte Laing staunend.

»Muß sie wohl«, antwortete Beatty. »Ansonsten gibt's dort meilenweit bloß Wüste.«

»Clevere Kerle!« sagte Peck.

Tatsächlich war das Werk Al-Qubai die Maschinenfabrik für Dr. Jaafar al-Jaafars gesamtes irakisches Atomprogramm. Ein britischer Kerntechniker hat einmal behauptet, sein Fachgebiet erfordere »zehn Prozent Genie und neunzig Prozent Klempnerarbeit«. Ganz so einfach ist die Sache jedoch nicht.

In der Maschinenfabrik stellen Techniker aus den Resultaten der Physiker, den Berechnungen der Mathematiker und den Ergebnissen der Chemiker das Endprodukt her. Erst die Kerntechniker machen aus einer auf dem Papier existierenden Waffe einen verwendbaren Metallgegenstand.

Die Iraker hatten ihr Werk Al-Qubai vollständig in der Wüste vergraben, fünfundzwanzig Meter tief – und das war erst das Dach. Unter dem Dach erstreckten sich weitere drei Fertigungsebenen. Was Major Peck zu seiner Aussage »Clevere Kerle!« bewogen hatte, war die Geschicklichkeit, mit der alles getarnt worden war.

Es ist nicht allzu schwierig, eine ganze Fabrik unterirdisch zu bauen, aber ihre Tarnung wirft große Probleme auf. Sobald die Anlage in ihrer riesigen Baugrube fertiggestellt ist, können Planierraupen die Stahlbetonwände und das Bunkerdach wieder mit Sand zuschütten, bis die Fabrik verschwunden ist. Dränagerohre unter der tiefsten Ebene können die Entwässerung sicherstellen.

Aber die Fabrik braucht eine Klimaanlage; dazu sind große Röhren für Frisch- und Abluft erforderlich, die wie Ofenrohre aus dem Wüstenboden ragen.

Außerdem verbraucht sie viel Strom, den ein leistungsfähiges Dieselaggregat erzeugt. Auch dieses Gerät braucht Röhren für Frischluft und Abgase – zwei weitere Ofenrohre.

Außerdem muß es dort eine Zufahrtsrampe oder einen Personen- und Lastenaufzug für die Belegschaft und angeliefertes oder hinausgehendes Material geben – ein weiterer oberirdischer Bau. Die Lkws und Lieferwagen können nicht im weichen Sand fahren; sie brauchen eine befestigte Straße, wenigstens eine asphaltierte Fahrspur, die von der nächsten großen Straße abzweigt.

Ein weiteres Problem ist die auftretende Wärmeabstrahlung, die sich an den heißen Tagen, aber nicht in den kühlen Nächten tarnen läßt.

Wie sollte man also ein unberührtes Wüstengebiet mit verdächtigen Einrichtungen wie einer scheinbar ins Nichts führenden befestigten Straße, vier unübersehbar großen Kaminen, einem Aufzugschacht, ständigem Lastwagenverkehr und häufiger Wärmeabstrahlung vor feindlicher Luftaufklärung tarnen?

Gelöst hatte dieses Problem Oberst Osman Badri, das junge Genie des irakischen Pionierkorps, und seine originelle Lösung hatte die Alliierten mitsamt ihren vielen Spionageflugzeugen irregeführt.

Auf Luftbildern erschien Al-Qubai als ein achtzehn Hektar großer Autofriedhof. Obwohl die Auswerter in Riad das selbst bei stärkster Vergrößerung nicht sehen konnten, bildeten vier der aus rostigen Autowracks aufgetürmten Berge in Wirklichkeit stabil zusammengeschweißte Kuppeln, unter denen aus dem Sand kommende Röhren durch Autowracks hindurch Frischluft ansaugten oder Abgase und verbrauchte Luft ausstießen.

Die Werkhalle, in der Autowracks zerlegt wurden – und vor der demonstrativ Sauerstoff und Acetylenflaschen gelagert waren – tarnte den Zugang zu den Aufzugschächten. Daß dort mit Schweißbrennern gearbeitet wurde, erklärte die Wärmeabstrahlung der unterirdischen Fabrik.

Auch für die asphaltierte Zufahrtsstraße gab es eine logische Erklärung: Lastwagen mußten Schrottautos anliefern und Stahlschrott abfahren.

Tatsächlich war die ganze Anlage schon frühzeitig von einem AWACS-Flugzeug entdeckt worden, das mitten in der Wüste große Metallmassen aufgespürt hatte. Eine Panzerdivision? Ein Munitionslager? Als ein wenig später angesetzter Überflug jedoch zeigte, daß dort nur ein Autofriedhof lag, erlosch das anfängliche Interesse wieder.

Ebenfalls nicht sehen konnten die Männer in Riad, daß auch vier weitere Berge aus rostigen Autowracks zu großen Kuppeln verschweißt waren, die jedoch hydraulisch angehoben und zur Seite gekippt werden konnten. Zwei dieser Kuppeln dienten als Tarnung für feuerstarke Flakzwillinge des sowjetischen Typs ZSU-23-4, und unter den beiden anderen verbargen sich Fla-Raketen SAM 6, 8 und 9 – keine radargeführten Lenkwaffen, sondern kleinere Raketen mit Infrarotsuchköpfen, weil eine Radarantenne verräterisch gewesen wäre.

»Dort drunter steckt also alles«, sagte Beatty staunend.

Noch während sie zusahen, kam ein mit Autowracks beladener Sattelschlepper ins Bild. Er schien sich in kleinen Rucken zu bewegen, denn die TR-1 in achtzigtausend Fuß über Al-Qubai übertrug pro Sekunde mehrere »Standfotos«. Die beiden Nachrichtenoffiziere beobachteten fasziniert, wie der Sattelschlepper wendete und rückwärts in die Werkhalle fuhr.

»Wetten, daß unter den Schrottautos Wasser, Proviant und Material transportiert werden?« fragte Beatty. Er lehnte sich zurück. »Nur schade, daß wir die verdammte Fabrik nicht zerstören können. Gegen diese Deckenstärken kommen nicht mal die Buffs an.«

»Wir könnten die Fabrik stillegen«, schlug Peck vor. »Wir zer-

489

bomben den Aufzugschacht, so daß sie unten festsitzen. Und wenn sie dann versuchen, den Schacht freizulegen, greifen wir wieder an.«

»Gute Idee«, stimmte Beatty zu. »Wie viele Tage sind's bis zum Beginn des Landkriegs?«

»Zwölf«, sagte Barber.

»Das ist zu schaffen«, entschied Beatty. »Große Angriffshöhe, lasergelenkte Bomben, ein Massenangriff, ein Gorilla.«

Laing warf Barber einen warnenden Blick zu.

»Wir hätten's gern etwas diskreter«, sagte der CIA-Mann. »Höchstens zwei Maschinen, Angriff im Tiefflug, Schadensmeldung durch die Piloten.«

Das wurde zunächst mit Schweigen aufgenommen.

»Versucht ihr, uns irgendwas beizubringen, Leute?« fragte Beatty dann. »Zum Beispiel, daß Bagdad nicht merken soll, daß wir uns für diese Anlage interessieren?«

»Könnten Sie das bitte veranlassen?« drängte Laing. »Dieses Ziel scheint unverteidigt zu sein. Die Iraker setzen offenbar ganz auf Tarnung und Täuschung.«

Oberst Beatty seufzte. Verdammte Spökenkieker!, dachte er. Die versuchen bloß, jemanden zu schützen. Aber das geht mich nichts an.

»Was halten Sie davon, Joe?« fragte er den britischen Major.

»Die Tornados könnten's schaffen«, sagte Peck. »Mit Buccaneers als Zielmarkierer. Sechs Tausendpfünder genau durchs Tor der Werkhalle. Ich wette, daß dieser Blechschuppen im Innern aus Stahlbeton besteht. Müßte die Sprengwirkung gut zusammenhalten.«

Beatty nickte.

»Okay, die Sache läuft, Jungs. Ich stimme den Einsatz mit General Horner ab. Wen wollen Sie nehmen, Joe?«

»Die 608. Staffel in Maharraq. Ich kenne den Staffelchef Phil Curzon. Soll ich veranlassen, daß er rüberkommt?«

Oberstleutnant Philip Curzon kommandierte die zwölf Panavia Tornados der 608. Staffel der Royal Air Force auf der Insel Bahrain, wohin sie vor zwei Monaten von ihrem deutschen Flugplatz Fallingbostel aus verlegt worden waren.

An diesem 8. Februar erhielt er kurz nach Mittag den Befehl, sich sofort im CENTAF-Oberkommando in Riad zu melden. Die Eile war so groß, daß er den Befehl gerade erst bestätigt hatte, als der Offizier vom Dienst ihm bereits meldete, eine amerikanische Huron aus Shakey's Pizza auf der anderen Seite der Insel sei gelandet und rolle zum Vorfeld, um ihn an Bord zu nehmen. Als er in die UC-128 Huron kletterte, nachdem er sich hastig die Uniformjacke angezogen und seine Mütze aufgesetzt hatte, stellte er fest, daß dieses Stabsreiseflugzeug mit zwei Propellerturbinen normalerweise General Horner persönlich zur Verfügung stand.

»Was zum Teufel geht hier vor?« fragte der Oberstleutnant sich – und das mit Recht.

Auf dem Militärflugplatz Riad stand schon ein USAF-Dienstwagen bereit, um ihn auf der Old Airport Road eine Meile weit zum Schwarzen Loch zu fahren.

Die vier Männer, die um zehn Uhr zusammengekommen waren, um die von der TR-1 übermittelten Luftaufnahmen zu begutachten, waren wieder versammelt. Nur der Techniker fehlte jetzt. Sie brauchten nicht noch mehr Bilder. Die vorhandenen Luftaufnahmen waren auf dem großen Tisch ausgebreitet. Major Peck übernahm die Vorstellung der Anwesenden.

Steve Laing erläuterte, was sie brauchten, und Curzon begutachtete die Fotos.

Philip Curzon war nicht dumm, sonst hätte er keine Staffel der sündhaft teuren Schweißbrenner Ihrer Majestät kommandiert. Bei den ersten Tiefangriffen mit JP-233-Bomben gegen irakische Flugplätze hatte er zwei Tornados und vier gute Männer verloren. Zwei von ihnen waren gefallen; die beiden anderen waren erst kürzlich mit Spuren von Mißhandlungen und benommen im irakischen Fernsehen vorgeführt worden – ein weiteres PR-Meisterstück Saddam Husseins.

»Warum«, fragte er ruhig, »kommt dieses Ziel nicht auf die Air Tasking Order wie alle anderen? Wozu die Eile?«

»Ich will Ihnen reinen Wein einschenken«, erwiderte Laing gelassen. »Unserer Überzeugung nach enthält dieses Ziel Saddam Husseins größtes und möglicherweise einziges Lager einer besonders gefährlichen Giftgasgranate. Es gibt Hinweise darauf, daß die ersten Bestände demnächst an die Front transportiert werden sollen. Daher die Eile.«

Peck und Beatty merkten auf. Auch für sie war dies die erste

Erklärung für das Interesse der Spökenkieker an der Fabrik unter dem Autofriedhof.

»Aber zwei Jagdbomber?« faßte Curzon nach. »Nur zwei? Das ist kein wirklich wichtiger Einsatz. Was soll ich meinen Besatzungen erzählen? Ich bin nicht bereit, Lügen zu erzählen, Gentlemen, darüber müssen Sie sich bitte im klaren sein.«

»Das ist nicht nötig, und ich würde es auch gar nicht zulassen«, versicherte Laing ihm. »Sagen Sie ihnen einfach die Wahrheit. Durch Luftaufklärung ist festgestellt worden, daß der Lastwagenverkehr zu und von dieser Anlage zugenommen hat. Unsere Auswerter halten die Fahrzeuge für Militärlaster und sind zu dem Schluß gekommen, der angebliche Autofriedhof diene zur Tarnung eines Munitionslagers. Da es sich hauptsächlich in dieser Werkhalle befinden soll, ist sie das Ziel. Und was einen Tiefangriff angeht, sehen Sie selbst, daß dort weder Flak noch Fla-Lenkwaffen stehen.«

»Und das ist die Wahrheit?« fragte der Oberstleutnant.

»Die volle Wahrheit.«

»Wozu dann die unverkennbare Absicht, Gentlemen, Bagdad in dem Fall, daß eine meiner Besatzungen abgeschossen und verhört wird, im ungewissen darüber zu lassen, woher die Informationen tatsächlich stammen? Das Märchen mit den Militärlastern glauben Sie doch so wenig wie ich!«

Major Peck und Oberst Beatty lehnten sich zurück. Dieser Mann setzte die Spökenkieker wirklich unter Druck. Um so besser für ihn.

»Sagen Sie's ihm, Chip«, verlangte Laing resigniert.

»Okay, Oberstleutnant, Sie sollen erfahren, was gespielt wird. Aber kein Wort darüber zu Dritten! Der Rest ist absolut wahr. Wir haben einen Überläufer. In den Staaten. Er ist vor dem Golfkrieg als Doktorand rübergekommen. Jetzt hat er sich in eine Amerikanerin verliebt und möchte bleiben. Bei seiner Befragung durch die Einwanderungsbehörde hat sich eine Andeutung ergeben. Ein cleverer Befrager hat ihn zu uns weitergeschickt.«

»Zur CIA?« fragte Curzon.

»Okay, ja, zur CIA. Wir haben mit dem Burschen einen Handel abgeschlossen. Er kriegt die Green Card, dafür hilft er uns. Während seines Wehrdiensts im Irak – bei den Pionieren – hat er an einigen Geheimprojekten mitgearbeitet. Von denen berichtet er uns jetzt. Okay, nun wissen Sie alles. Aber diese Informationen sind streng geheim. Da sie nichts an dem geplanten Einsatz ändern, lügen Sie nicht, wenn Sie sie nicht an Ihre Besatzungen weitergeben. Was Sie übrigens unter keinen Umständen tun dürfen.«

»Eine letzte Frage«, sagte Curzon. »Wozu muß Bagdad weiter getäuscht werden, wenn der Mann in den Staaten in Sicherheit ist?«

»Es gibt weitere Ziele, die er uns beschreiben kann. Das dauert seine Zeit, aber wir rechnen mit bis zu zwanzig neuen Zielen, die wir aus ihm rauskitzeln können. Erfahren die Iraker, daß er wie ein Kanarienvogel singt, verlagern sie alles, was irgendwie wertvoll ist, nachts an andere Orte. Die können nämlich auch zwei und zwei zusammenzählen, wissen Sie.«

Philip Curzon stand auf und schob die Luftbilder zusammen. Jeweils seitlich am Bildrand waren die genauen Zielkoordinaten aufgestempelt.

»Also gut. Morgen bei Tagesanbruch. Dann ist von der Halle nichts mehr übrig.«

Er verabschiedete sich und ging. Auf dem Rückflug dachte er über den Einsatz nach. Eine innere Stimme sagte ihm, daß daran ewas gewaltig faul war. Aber die Erklärung war durchaus glaubwürdig, und er hatte seine Befehle. Lügen wollte er nicht – aber ihm war verboten worden, weiterzugeben, was er gehört hatte. Das einzig Gute war, daß der Schutz des Ziels auf Täuschung, nicht auf Verteidigung basierte. Das bedeutete, daß seine Männer voraussichtlich heil zurückkommen würden. Curzon wußte bereits, wem er die Führung dieses Einsatzes übertragen würde.

Als der Anruf kam, hatte Major Lofty Williamson es sich gerade in der Abendsonne in einem Liegestuhl bequem gemacht. Er las die neueste Ausgabe der Zeitschrift *World Air Power Journal,* die Bibel aller Jagdflieger, und ärgerte sich darüber, von einem äußerst sachkundigen Bericht über einen der irakischen Jäger, mit denen er es vielleicht zu tun bekommen würde, weggerissen zu werden.

Der Staffelchef war in seinem Dienstzimmer und hatte die Luftbilder vor sich ausgebreitet. Er setzte Williamson eingehend auseinander, welchen Auftrag er für ihn hatte und wie er sich den Angriff dachte.

»Ihr bekommt zwei Bucks mit, die das Ziel für euch markieren; ihr müßtet also hochziehen und mit Nachbrenner abhauen können, bevor die Gottlosen überhaupt wissen, was sie getroffen hat.«

Williamson fand seinen Navigator, den Mann auf dem hinteren Sitz, den die Amerikaner »Wizzo« nennen und der heutzutage als ECM-Spezialist und Waffensystemoffizier weit mehr tut, als nur zu navigieren. Hauptmann Sid Blair genoß den Ruf, eine Blechbüchse in der Sahara finden zu können, wenn sie bombardiert werden sollte.

Gemeinsam mit dem Einsatzoffizier der Staffel planten sie das Unternehmen. Die genaue Position des Autofriedhofs, dessen Koordinaten bekannt waren, wurde in ihre Luftfahrtkarten im Maßstab 1:50 000 eingezeichnet, auf denen jeder Zentimeter fünfhundert Meter bedeutete.

Der Pilot machte klar, daß er genau bei Sonnenaufgang aus Osten angreifen wollte, damit etwa vorhandene irakische Flakbedienungen von der Sonne geblendet wurden, während er, Williamson, das Ziel absolut deutlich sehen konnte.

Blair bestand auf einem »Meilenstein«, einem unverwechselbaren Orientierungspunkt entlang der Anflugstrecke, damit er in letzter Minute winzige Kurskorrekturen vornehmen konnte. Sie fanden einen knapp zwanzig Kilometer östlich des Ziels: einen Sendemast genau eineinhalb Kilometer nördlich ihrer Anflugroute.

Durch den Sonnenaufgang war die Angriffszeit – als »Time on Target« oder TOT bezeichnet – schon vorausbestimmt. Diese TOT muß auf die Sekunde genau eingehalten werden, weil Präzision über Erfolg oder Mißerfolg entscheidet. Greift der erste Pilot auch nur eine Sekunde zu spät an, gerät der zweite unter Umständen in die detonierenden Bomben seines Kameraden; schlimm ist auch, daß der erste Pilot dann eine Tornado hinter sich hat, der mit gut fünfzehn Kilometern in der Minute zu ihm aufschließt – kein erfreulicher Anblick. Kommt der erste Pilot jedoch zu früh oder der zweite zu spät, haben die Flakbedienungen Zeit, aufzuwachen und den zweiten Angreifer ins Visier zu nehmen. Deshalb greift die zweite Maschine an, wenn die Splitterwirkung der ersten Detonationen gerade verpufft ist.

Williamson beriet sich mit seinem Rottenflieger und dessen Navigator, den jungen Hauptleuten Peter Johns und Nicky Tyne. Sie waren sich darüber einig, daß die Sonne um 0708 Uhr über den niedrigen Hügeln östlich des Ziels aufgehen würde, und legten als Angriffskurs 270 Grad fest – genau Westkurs.

Zugeteilt waren ihnen zwei Buccaneers der ebenfalls in Maharraq stationierten 12. Staffel. Williamson würde den Einsatz morgen früh mit ihren Piloten durchsprechen. Die Waffenwarte hatten Befehl, beide Tornados mit je drei 450-kg-Lenkbomben zu bewaffnen. Nach dem Abendessen gegen zwanzig Uhr legten die Besatzungen sich schlafen. Wecken war für drei Uhr angesetzt.

Es war noch stockfinster, als ein Flieger mit einem Kleinbus vor der Unterkunft der 608. Staffel vorfuhr, um die vier Besatzungsmitglieder zur Flugbereitschaft zu bringen.

Während die Amerikaner in Al-Kharz in Zelten hausten, genossen die in Bahrain stationierten Besatzungen alle Annehmlichkeiten des zivilisierten Lebens. Manche wohnten in Zweibettzimmern im Hotel Sheraton; andere waren in Flugplatznähe in aus Ziegeln erbauten Unterkünften für Ledige einquartiert. Die Verpflegung war ausgezeichnet, Drinks waren erhältlich, und die schlimmsten Auswirkungen der Monotonie des Soldatenlebens wurden durch die Anwesenheit von dreihundert angehenden Stewardessen im nahegelegenen Ausbildungszentrum der Middle East Airlines gemildert.

Die Buccaneers waren erst vor einer Woche an den Golf verlegt worden, nachdem es ursprünglich geheißen hatte, sie würden dort nicht gebraucht. Seither hatten sie überzeugend bewiesen, was sie wert waren. Obwohl die vor allem als U-Boot-Jäger eingesetzten Bucks es mehr gewöhnt waren, im Tiefflug über der Nordsee sowjetische U-Boote aufzuspüren, kamen sie auch mit der Wüste gut zurecht.

Ihre Spezialität ist der Tiefflug, und obwohl diese Veteranen schon dreißig Jahre auf dem Buckel haben, war es ihnen bei gemeinsamen Übungen mit der U.S. Air Force im kalifornischen Miramar mehr als einmal gelungen, den viel schnelleren amerikanischen Jägern einfach durch »Dreckfressen« zu entkommen – durch extremen Tiefflug, bei dem es unmöglich war, ihnen zwischen den Felsformationen und über die Mesas der kalifornischen Wüste zu folgen.

Eine Folge der Rivalität von USAF und RAF ist die Behauptung, daß die Amerikaner ungern tief fliegen und in Höhen unter fünfhundert Fuß dazu neigen, ihr Fahrwerk auszufahren, während die Briten leidenschaftliche Tiefflieger sind und ab hundert Fuß über Höhenkrankheit klagen. In Wirklichkeit können beide tief oder hoch fliegen, aber die Bucks – nicht überschallschnell, aber erstaunlich wendig – rechnen damit, tiefer als jeder andere fliegen und dabei überleben zu können.

Der Grund für ihre Verlegung an den Golf waren die Verluste der Tornados bei ihren ersten Bombenangriffen im Tiefstflug. Griffen die Tornados allein an, mußten sie ihre Bomben werfen und ihnen bis ins Ziel folgen – mitten ins feindliche Abwehrfeuer hinein. Arbeiteten sie und die Buccaneers jedoch zusammen, trugen die Tornados Lenkbomben mit der Lasersteuerung PAVEWAY, während die Bucks den Laser PAVESPIKE an Bord hatten.

Die mit leichter Überhöhung hinter der Tornado anfliegende Buccaneer konnte das Ziel »markieren«, so daß die Tornado nur ihre Bombe auszuklinken brauchte und dann schleunigst abhauen konnte.

Außerdem trug die Buck das Laservisier PAVESPIKE in einer kreiselstabilisierten Kardanaufhängung in ihrem Rumpf, so daß der Laserstrahl trotz aller Ausweichmanöver unbeirrbar aufs Ziel gerichtet blieb, bis die Bombe traf.

In der Einsatzleitung legten Lofty Williamson und die Piloten der beiden Bucks den Ausgangspunkt für ihren Bombenangriff auf zwanzig Kilometer vor dem Ziel fest und gingen danach in den Umkleideraum, um ihre Fliegerkombis anzuziehen. Sie waren wie gewöhnlich in Zivil auf den Platz gekommen; in Bahrain herrschte die Auffassung vor, zuviel Militär auf den Straßen könnte die Einheimischen beunruhigen.

Als sie alle umgezogen waren, führte Williamson als Mission Commander die Einsatzbesprechung zu Ende. Bis zum Start waren es noch zwei Stunden. Dreißigsekündige Alarmstarts wie im Zweiten Weltkrieg gab es schon längst nicht mehr.

Nach einem Kaffee war es Zeit für die nächste Stufe ihrer Vorbereitungen. Jeder der acht Männer empfing seine Handfeuerwaffe, eine kleine Walther PPK, die sie alle verabscheuten, weil sie sich ausrechneten, daß es bei einem Überfall in der Wüste genausogut wäre, sie einem Iraker an den Kopf zu werfen und zu hoffen, ihn damit außer Gefecht zu setzen.

Außerdem empfingen sie ihre fünfhundert Pfund in Form von

496

zehn Goldsovereigns und den »Coolie Chit«. Dieses bemerkenswerte Schriftstück lernten die Amerikaner erst am Golf kennen, aber bei der RAF, die im dortigen Gebiet seit den zwanziger Jahren im Einsatz ist, hatte es sich längst bewährt.

Der »Coolie Chit« ist ein auf arabisch und in sechs Beduinendialekten geschriebener Brief. Er besagt sinngemäß: »Lieber Herr Beduine, der Überbringer dieses Schreibens ist ein britischer Offizier. Übergeben Sie ihn der nächsten britischen Streife – mitsamt seinen Hoden und bevorzugt dort, wo sie hingehören, nicht in seinen Mund gestopft –, erhalten Sie eine Belohnung von 5000 englischen Pfund in Gold.« Manchmal funktioniert das sogar.

Ihre Fliegerkombis waren an den Schultern mit reflektierendem Material besetzt, das möglicherweise von alliierten Suchflugzeugen entdeckt werden konnte, falls der Pilot über der Wüste aussteigen mußte; über der linken Brusttasche saß jedoch kein Pilotenabzeichen, sondern nur ein mit Klettband befestigter Union Jack.

Nach dem Kaffee folgte die Sterilisation – harmloser, als der Ausdruck vermuten läßt. Alle Ringe, Zigaretten, Feuerzeuge, Briefe, Familienfotos und sonstige Dinge, die bei einem Verhör als »Hebel« in bezug auf die Persönlichkeit des Gefangenen dienen konnten, mußten abgegeben werden. Die Leibesvisitation wurde von einer bildhübschen RAF-Helferin vorgenommen; die Besatzungen hielten das für den besten Teil des Einsatzes, und die jüngeren Piloten versteckten ihre Wertsachen an den unwahrscheinlichsten Stellen, um zu sehen, ob Pamela sie dort finden würde. Zum Glück war sie früher Krankenschwester gewesen und nahm diesen Unfug humorvoll gelassen hin.

Noch eine Stunde bis zum Start. Einige Männer aßen, einige brachten keinen Bissen herunter, einige machten ein Nickerchen, einige tranken Kaffee und hofften, nicht schon während des Einsatzes zu müssen, einige übergaben sich.

Der Kleinbus brachte die acht Männer zu ihren Flugzeugen, um die herum es bereits von Flugzeug-, Funk- und Waffenwarten wimmelte. Jeder Pilot machte einen Rundgang um seine Maschine, um die Startvorbereitungen zu überprüfen. Schließlich kletterten die Besatzungen an Bord.

Als erstes mußten sie sich anschnallen, die Schultergurte straffziehen und das Have-quick-Funkgerät einschalten, damit sie miteinander reden konnten. Dann das APU – das Hilfstriebwerk, das die Zeiger aller Instrumente ausschlagen ließ.

Hinten ging die INS-Plattform in Betrieb, so daß Sid Blair seine vorausberechneten Kurse und Wendepunkte eingeben konnte. Williamson ließ sein rechtes Triebwerk an, und das Rolls-Royce RB. 199 begann gedämpft zu heulen. Danach folgte das linke Triebwerk.

Haube schließen und zum Haltepunkt 1 rollen. Freigabe vom Turm, zum Startpunkt rollen. Williamson sah nach rechts. Peter Johns' Tornado stand neben ihm, etwas weiter dahinter die beiden Buccaneers. Er hob eine Hand. Drei Hände in weißen Handschuhen erwiderten das Zeichen.

Fußbremse betätigen, Triebwerke auf Vollschub, vorerst ohne Nachbrenner. Die Tornado vibrierte leicht. Leistungshebel über die Sperre hinweg in Nachbrennerstellung. Jetzt rüttelte die Maschine gegen die Bremsen. Nochmals ein hochgereckter Daumen mit dreifacher Bestätigung. Bremse frei, der Andruck, das Beschleunigen, bei dem der Asphalt immer schneller unter ihnen vorbeiraste, dann waren sie in der Luft, alle vier in Formation, drehten übers noch dunkle Meer ab, ließen die Lichter von Manama hinter sich und nahmen Kurs auf ihren Tanker, eine Victor der 55. Staffel, die kurz vor der irakischen Grenze auf sie wartete.

Williamson zog die Leistungshebel aus der Nachbrennerstellung zurück und stieg mit 300 Knoten weiter auf 20 000 Fuß. Die beiden RB. 199 sind durstige Bestien, die bei voller Leistung 140 Kilogramm Treibstoff in der Minute schlucken – pro Stück. Bei eingeschaltetem Nachbrenner steigt der Verbrauch auf schwindelerregende 600 Kilogramm in der Minute, weshalb der Nachbrenner nur sparsam eingesetzt wird – beim Start, im Luftkampf und bei Ausweichmanövern.

Mit ihrem Radar fanden sie die Victor in der Dunkelheit, schlossen von hinten zu ihr auf und steckten ihre Sonden in die Trichter der ausgerollten Tankschläuche der Victor. Sie hatten bereits ein Drittel ihres Treibstoffs verbraucht. Als die Tornados betankt waren, ließen sie sich zurückfallen, damit auch die Bucks tanken konnten. Dann drehten alle vier Richtung Wüste ab.

Williamson brachte seine Formation bis auf 200 Fuß herunter und behielt 480 Knoten Marschgeschwindigkeit bei, mit der sie in den Irak hineinrasten. Jetzt übernahmen die Navigatoren das Kommando und setzten den ersten von drei verschiedenen Kursen mit zwei Wendepunkten ab, die sie von Osten an den Ausgangspunkt heranbringen würden. In der Höhe hatten sie die aufgehende Sonne schon kurz gesehen, aber hier unten über der Wüste war es noch dunkel.

Die vier Piloten flogen mit eingeschaltetem TIALD – Thermal Imaging and Laser Designator –, einem Gerät, das tatsächlich in einer ehemaligen Keksfabrik in einer Edinburgher Seitenstraße gebaut wird. Der TIALD besteht aus einer kleinen, extrem hochauflösenden Fernsehkamera, die mit einem Infrarotsensor gekoppelt ist. Im Tiefstflug über der schwarzen Wüste konnten die Piloten alle Hindernisse – die Felsen, die Steilabfälle, die Dünen, die Hügel – vor sich erkennen, als glühten sie.

Unmittelbar vor Sonnenaufgang drehten sie am Ausgangspunkt in den Endteil ein. Sid Blair ortete den Sendemast und wies seinen Piloten an, ihren Kurs um ein Grad zu korrigieren.

Williamson stellte die Bomben scharf, koppelte den Auslösemechanismus mit dem Waffenschalter und verfolgte in seiner Blickfelddarstellung, wie die Kilometer und Sekunden bis zum Auslösepunkt rückwärtsliefen. Er war auf hundert Fuß heruntergegangen, befand sich über ebenem Gelände und hielt seine Maschine stabil. Irgendwo hinter ihm tat sein Rottenflieger das gleiche. Seine TOT stimmte exakt. Mit leichten Bewegungen der Leistungshebel schaltete er mehrmals die Nachbrenner ein und wieder aus, um seine Angriffsgeschwindigkeit von 540 Knoten genau einzuhalten.

Die Sonne ging hinter den Hügeln auf, ihre ersten Strahlen glitten waagrecht über die Ebene, und Williamson erkannte sein Ziel in zehn Kilometern Entfernung vor sich. Er sah das Glitzern von Glas oder Metall, riesige Berge von Schrottautos und in der Mitte des Platzes die große graue Werkhalle, deren Doppeltor in seine Richtung wies.

Die Bucks waren hundert Fuß höher und etwa eineinhalb Kilometer hinter ihnen. Ihre ständigen Meldungen, die am Ausgangspunkt eingesetzt hatten, kamen aus seinem Kopfhörer. Zehn Kilometer, weiter abnehmend, acht Kilometer, Bewegung im Zielgebiet, sieben Kilometer ...

»Ziel markiert«, meldete der Navigator der ersten Buccaneer. Ihr

Laserstrahl war jetzt genau aufs Tor der Werkhalle gerichtet. Bei der Fünfkilometermarke begann Williamson die Tornado hochzuziehen, wodurch der Bug der Maschine das Ziel verdeckte. Aber das spielte keine Rolle – die Technik würde alles weitere erledigen. In dreihundert Fuß wies seine Blickfelddarstellung ihn an, die Bomben auszuklinken. Als er den Waffenschalter betätigte, lösten alle drei 450-kg-Bomben sich von der Unterseite seiner Maschine.

Weil er die Tornado hochzog, stiegen auch die Bomben noch etwas höher, bevor die einsetzende Schwerkraft bewirkte, daß sie in einem eleganten Abwärtsbogen auf die Werkhalle zuglitten.

Mit der fast eineinhalb Tonnen leichteren Maschine stieg er schnell auf tausend Fuß, legte sie in eine 135-Grad-Kurve und drückte den Steuerknüppel nach vorn. Die Tornado ging in einer Steilkurve tiefer – zurück zur Erde, zurück in die Richtung, aus der sie gekommen war. Seine Buck flitzte über ihn hinweg und kurvte dann ebenfalls ein.

Mit der Fernsehkamera in der Rumpfunterseite der Buccaneer konnte ihr Navigator beobachten, wie die Bomben das Doppeltor der Werkhalle trafen. Ihre gesamte Vorderfront verschwand in einer riesigen Feuer- und Rauchwolke, während eine aufsteigende Staubsäule die Fläche markierte, auf der die Halle gestanden hatte. Während sie langsam in sich zusammenfiel, setzte Peter Johns zum Angriff an – genau dreißig Sekunden nach der Führungsmaschine.

Aber der Navigator der ersten Buck sah noch mehr. Die Bewegungen, die er zuvor gemeldet hatte, fügten sich zu einem sinnvollen Ganzen zusammen. Im nächsten Augenblick erkannte er die Geschütze.

»Vorsicht, Flak!« rief er ins Mikrofon. Die zweite Tornado zog jetzt hoch. Die zweite Buccaneer hatte das Ziel genau in Sicht. Die Werkhalle war durch die Sprengwirkung der ersten drei Bomben förmlich auseinandergeplatzt, so daß darunter eine beschädigte und verbogene Stahlkonstruktion sichtbar wurde. Aber zwischen Bergen von Autowracks blitzte das Mündungsfeuer von Flakgeschützen auf.

»Bomben los!« meldete Johns und riß seine Tornado in die engste mögliche Kurve. Auch seine Buccaneer drehte schon ab, aber ihr Bombenvisier PAVESPIKE ließ den Laserstrahl weiter auf die Überreste der Halle gerichtet.

»Treffer!« brüllte der Navigator der zweiten Buck.

Zwischen den Schrottbergen blitzte erneut etwas auf. Dann rasten zwei von der Schulter abgefeuerte Fla-Raketen mit IR-Suchkopf hinter der Tornado her.

Williamson hatte seine Maschine abgefangen und befand sich wieder in hundert Fuß über der Wüste – allerdings auf Gegenkurs, in Richtung Sonne. Er hörte Peter Johns' Aufschrei: »Treffer! Uns hat's erwischt!«

Sid Blair hinter ihm schwieg. Williamson kurvte fluchend erneut ein, um wenigstens zu versuchen, die irakischen Flakbedienungen mit seiner Maschinenkanone in Deckung zu zwingen. Aber dafür war's zu spät.

»Die haben Raketen!« meldete eine der Bucks, dann sah er Johns' Tornado, die im Steigflug eine schwarze Rauchfahne aus einem brennenden Triebwerk hinter sich herzog, und hörte den fünfundzwanzigjährigen Piloten laut und deutlich sagen: »Kann die Maschine nicht halten... steigen aus...«

Für die anderen drei Besatzungen gab es jetzt nichts mehr zu tun. Bei früheren Einsätzen hatten die Bucks die Tornados auf dem Rückflug begleitet. Die neue Regelung sah jedoch vor, daß die Bucks allein zurückfliegen sollten. Die beiden Zielmarkierer taten wortlos, was sie am besten konnten: Sie gingen in der Morgensonne bis dicht über die Wüste hinunter und blieben dort.

Lofty Williamson kochte vor Wut, denn er war der Überzeugung, er sei belogen worden. Aber das stimmte nicht; niemand hatte von der getarnt aufgestellten Flak und den Fla-Raketen in Al-Qubai gewußt.

Eine hoch über dem Ziel kreisende TR-1 übermittelte Echtzeitaufnahmen von der Zerstörung nach Riad. Eine E-3 Sentry, die den gesamten Funkverkehr mitgehört hatte, meldete Riad, eine Tornado sei abgeschossen worden, ihre Besatzung habe aussteigen müssen.

Lofty Williamson flog allein zurück, um über diesen Einsatz befragt zu werden und seinem Zorn über die Zielfestleger in Riad Luft zu machen.

Im CENTAF-Oberkommando an der Old Airport Road war Steve Laings und Chip Barbers Begeisterung darüber, daß die »Faust Gottes« mitsamt ihrer Produktionsstätte verschüttet war, durch den Verlust zweier junger Männer beeinträchtigt.

501

19

Brigadegeneral Hassan Rahmani saß in seinem Dienstzimmer in der Muchabarat-Zentrale in Mansur und war der Verzweiflung nahe, während er über die Ereignisse der letzten vierundzwanzig Stunden nachdachte.

Daß die wichtigsten militärischen Einrichtungen und die Rüstungsindustrie seines Landes systematisch durch Bomben und Lenkwaffen zerstört wurden, machte ihm keine Sorgen. Diese Ereignisse, die er schon vor Wochen vorausgesagt hatte, brachten die amerikanische Invasion und den Sturz des Mannes aus Tikrit nur näher. Das war etwas, das er geplant hatte, auf das er hoffte und das er zuversichtlich erwartete – ohne an diesem 11. Februar vormittags schon zu ahnen, daß es nicht eintreten würde. Rahmani war ein hochintelligenter Mann, aber er besaß keine Kristallkugel, in der er die Zukunft hätte sehen können.

Was ihm an diesem Vormittag Sorgen machte, waren sein eigenes Überleben und die Chancen, daß er den Sturz Saddam Husseins noch erleben würde.

Der Luftangriff im Morgengrauen des vergangenen Tages auf die nukleartechnische Fabrik in Al-Qubai, die so raffiniert getarnt gewesen war, daß niemand sich ihre Entdeckung hatte vorstellen können, hatte die Machtelite in Bagdad in ihren Grundfesten erschüttert.

Schon wenige Minuten nach dem Abflug der beiden britischen Jagdbomber hatten die überlebenden Flakbedienungen den Angriff nach Bagdad gemeldet. Sofort nach dem Eintreffen dieser Hiobsbotschaft hatte Dr. Jaafar al-Jaafar sich ins Auto gesetzt und war nach Al-Qubai hinausgefahren, um nach seinen Mitarbeitern in der unterirdischen Fabrik zu sehen. Der Wissenschaftler war außer sich vor Zorn und hatte sich mittags in höchster Erregung bei Hussein Kamil beschwert, dessen Ministerium für Industrie und militärische Industrialisierung das gesamte Atomprogramm unterstand.

Wie es hieß, sollte der kleine Wissenschaftler Saddam Husseins Schwiegersohn angebrüllt haben, hier handle es sich um ein Programm, das von den fünfzig Milliarden Dollar, die im vergangenen Jahrzehnt für Kriegsmaterial ausgegeben worden seien, allein acht Milliarden verschlungen habe, und nun sei es im Augenblick seines Triumphs zerstört worden! Ob der Staat nicht imstande sei, seine Leute zu schützen et cetera, et cetera?

Der irakische Wissenschaftler mochte ein kaum einsfünfundfünfzig großes, zierlich gebautes Männchen sein, aber er verfügte über beträchtlichen Einfluß – und hatte gar nicht mehr aufgehört zu zetern, wie Ohrenzeugen berichteten.

Hussein Kamil hatte seinem Schwiegervater bedrückt Meldung erstattet, worauf auch Saddam Hussein einen Wutanfall bekam. Wenn das passierte, fürchtete ganz Bagdad um sein Leben.

Die Techniker unter der Erde hatten den Luftangriff nicht nur überlebt, sondern waren auch entkommen, denn aus der Fabrik führte ein Fluchtgang, der in einem Rundschacht mit in die Wand eingelassenen Griffen und Tritten endete, fast einen Kilometer weit in die Wüste hinaus. Menschen konnten den Fluchtgang benutzen, aber es war unmöglich, schwere Maschinen auf diesem Weg ins Freie zu schaffen.

Der Personen- und Lastenaufzug war nicht nur oberirdisch, sondern bis zu einer Tiefe von sechs, sieben Metern nur noch ein Gewirr aus verbogenen und verglühten Metallteilen. Seine aufwendige, technisch schwierige Instandsetzung würde Wochen dauern – die dem Irak, wie Hassan Rahmani vermutete, jedoch nicht mehr blieben.

Wäre die Sache damit zu Ende gewesen, hätte dies für Rahmani mit Sicherheit eine Erleichterung bedeutet, denn seit jener Besprechung damals vor Beginn des Luftkriegs, bei der Saddam die Existenz »seiner« Waffe bekanntgegeben hatte, war er ein zutiefst besorgter Mann.

Was Rahmani jetzt beunruhigte, war der blinde Zorn seines Staatsoberhaupts. Gestern kurz nach Mittag hatte Vizepräsident Izzat Ibrahim ihn angerufen, und der Chef der Spionageabwehr hatte Saddam Husseins engsten Vertrauten noch nie so aufgeregt erlebt.

Ibrahim hatte ihm warnend erklärt, der Rais sei vor Zorn außer sich – und wenn das passierte, floß meist Blut. Nur so ließ der Zorn des Mannes aus Tikrit sich besänftigen. Der Vizepräsident hatte unmißverständlich erklärt, von ihm, Rahmani, würden schnellstens Ergebnisse erwartet. Was für Ergebnisse er sich dabei genau vorstelle, hatte er Ibrahim gefragt. Mann, Sie sollen rauskriegen, hatte der Vizepräsident gebrüllt, woher sie's gewußt haben.

Rahmani hatte Verbindung mit Kameraden im Heer aufgenommen, die ihre Flakbedienungen befragt und deren Aussagen in einem Punkt übereingestimmt hatten. An dem britischen Luftangriff waren nur zwei Flugzeuge beteiligt gewesen. Etwas höher waren zwei weitere Maschinen mitgeflogen – vermutlich Begleitjäger der angreifenden Jagdbomber. Jedenfalls hatten sie keine Bomben geworfen.

Als nächstes hatte Rahmani mit dem Planungsstab der Luftwaffe gesprochen, dem einige Offiziere mit westlicher Ausbildung angehörten. Nach dortiger Überzeugung war es undenkbar, daß ein militärisch wichtiges Ziel jemals von nur zwei Flugzeugen angegriffen wurde. Ganz ausgeschlossen.

Gut, dachte Rahmani, die Briten haben den angeblichen Autofriedhof also nicht für einen Schrottplatz gehalten – aber wofür sonst? Auskunft darüber konnten vermutlich die beiden abgeschossenen britischen Flieger geben. Er hätte sie liebend gern selbst verhört, denn er hätte sich zugetraut, ihnen mit bestimmten Halluzinogenen binnen weniger Stunden die Wahrheit zu entlokken.

Das Heer hatte bestätigt, Pilot und Navigator, von denen einer mit gebrochenem Knöchel hinkte, seien keine drei Stunden nach dem Angriff draußen in der Wüste aufgegriffen worden. Leider war überraschend schnell ein AMAM-Kommando aufgekreuzt und hatte die Flieger mitgenommen. Der AMAM widersetzte sich keiner. Die beiden Briten befanden sich also in Omar Khatibs Gewalt, und Allah sei ihren Seelen gnädig.

Rahmani, der um seine Chance gebracht worden war, mit den Aussagen der gefangenen Flieger zu glänzen, war sich darüber im klaren, daß er irgend etwas beitragen mußte. Die Frage war nur – was?

Zufriedenstellen würde nur, was der Rais wollte. Und was

würde er wollen? Nun, eine Verschwörung. Also würde er seine Verschwörung bekommen. Der Schlüssel dazu war der geheimnisvolle Sender.

Er griff nach dem Telefonhörer und rief Major Mohsen Sa'id an, den Leiter seiner für das Abhören feindlichen Funkverkehrs zuständigen Abteilung Funkaufklärung. Es wurde Zeit, daß sie wieder miteinander redeten.

Etwa dreißig Kilometer westlich von Bagdad liegt die Kleinstadt Abu Ghraib, ein unbedeutendes Provinznest, das trotzdem im ganzen Irak bekannt ist, auch wenn sein Name nur selten ausgesprochen wird. Denn in Ghraib stand das riesige Gefängnis, das fast ausschließlich der Vernehmung und Inhaftierung politischer Häftlinge diente. In dieser Funktion wurde es nicht vom Justizvollzugsdienst, sondern von der Geheimpolizei AMAM betrieben und verwaltet.

Während Hassan Rahmani mit seinem Spezialisten für Funkaufklärung telefonierte, fuhr ein langer schwarzer Mercedes auf das massive zweiflüglige Holztor des Gefängnisses zu. Zwei Wachposten, die den Mann auf dem Rücksitz erkannten, beeilten sich, die Torflügel aufzureißen. Gerade noch rechtzeitig, denn der Mann konnte mit eisiger Brutalität reagieren, wenn Untergebene ihn durch nachlässige Dienstausübung auch nur sekundenlang aufhielten.

Die Limousine fuhr durchs Tor, dessen Flügel sich hinter ihr schlossen. Die Gestalt auf dem Rücksitz nahm die Bemühungen der Wachposten weder durch ein Nicken noch eine Handbewegung zur Kenntnis. Sie waren unwichtig.

Der Wagen hielt vor der Treppe zum Eingang des Hauptgebäudes, und ein weiterer Wachposten kam gerannt, um die hintere Tür aufzureißen.

Brigadegeneral Omar Khatib, elegant in seiner nach Maß gearbeiteten Uniform aus einem Mischgewebe aus Seide und Wolle, stieg aus und schritt die Treppe hinauf. Alle Türen wurden hastig vor ihm aufgerissen. Ein jüngerer Offizier, sein Adjutant, trug ihm seinen Aktenkoffer nach.

Um sein Dienstzimmer zu erreichen, nahm Khatib den Aufzug in den vierten und obersten Stock. Sobald er dort allein war, bestellte er sich einen Mokka und begann, seine Akten zu studieren: die Tagesberichte über Fortschritte bei der Gewinnung benötigter Informationen von den Gefangenen im Keller.

Hinter seiner Fassade war Omar Khatib so besorgt wie sein in Bagdad telefonierender Kollege – ein Mann, den er genauso erbittert haßte wie dieser ihn.

Anders als Rahmani, den seine teils englische Erziehung, seine Sprachkenntnisse und sein kosmopolitisches Gehabe ohnehin verdächtig machten, konnte Khatib auf den grundsätzlichen Vorteil bauen, aus Tikrit zu stammen. Solange er seine Arbeit tat, die der Rais ihm aufgetragen hatte, und sie gut tat, indem er fortwährend neue Geständnisse von Verrätern lieferte, um den durch nichts zu besänftigenden Verfolgungswahn zu lindern, war er seines Lebens sicher.

Aber die vergangenen vierundzwanzig Stunden waren beunruhigend gewesen. Auch er war am Vortag angerufen worden – aber von Hussein Kamil, dem Schwiegersohn. Wie Rahmani von Ibrahim gewarnt worden war, hatte Kamil ihm den grenzenlosen Zorn des Rais wegen des Luftangriffs auf Al-Qubai geschildert und Ergebnisse verlangt.

Im Gegensatz zu Rahmani hatte Khatib die britischen Flieger tatsächlich in seiner Gewalt. Aber dieser Vorteil konnte leicht in einen Nachteil umschlagen. Der Rais würde schnellstens wissen wollen, was den Fliegern bei der Einsatzbesprechung mitgeteilt worden war. Was wußten die Alliierten über Al-Qubai – und wie hatten sie's erfahren?

Diese Informationen mußte er, Khatib, beschaffen, und seine Männer bearbeiteten die Flieger jetzt schon fünfzehn Stunden lang, seit sie am Vorabend um neunzehn Uhr in Abu Ghraib eingeliefert worden waren. Bisher hatten die Dummköpfe hartnäckig geschwiegen.

Aus dem Innenhof unter seinem offenen Fenster drangen ein Pfeifen, ein Schlag und ein leises Stöhnen herauf. Omar Khatibs fragend gerunzelte Stirn glättete sich, als ihm die Erklärung dafür einfiel.

Drunten auf dem Hof hing ein Iraker mit gefesselten Handgelenken so an einem Querbalken, daß die Zehenspitzen seiner baumelnden Füße eine Handbreit über dem Boden schwebten. Die Wassertonne in seiner Nähe war randvoll mit Salzwasser, das anfangs klar gewesen, jetzt aber dunkelrosa war.

Ein ständiger Befehl bestimmte, daß jeder Wachposten oder Soldat, der den Innenhof überquerte, stehenbleiben, einen der beiden Rohrstöcke aus der Wassertonne ziehen und dem Hängenden einen Schlag auf den Rücken – zwischen Nacken und Knien – versetzen mußte. Ein Korporal unter einem Sonnensegel führte darüber Buch.

Der Delinquent war ein Gemüsehändler, der den Präsidenten als Hurensohn bezeichnet hatte und jetzt, wenn auch etwas zu spät, am eigenen Leib erfuhr, welches Maß an Respekt man als Bürger bei jeder Erwähnung des Rais zu beachten hatte.

Das Erstaunliche war, daß er noch dort hing. Aber das bewies nur, wie unglaublich zäh manche dieser Leute aus den unteren Schichten waren. Der Händler hatte schon über fünfhundert Schläge ausgehalten – eine eindrucksvolle Leistung. Er würde vor dem tausendsten Schlag sterben – tausend hatte noch keiner überlebt –, aber der Fall war trotzdem interessant. Ebenfalls interessant war, daß der Mann von seinem zehnjährigen Sohn denunziert worden war. Omar Khatib trank einen kleinen Schluck Mokka, schraubte seinen vergoldeten Füllfederhalter auf und beugte sich über die Akten.

Eine halbe Stunde später klopfte jemand diskret an seine Tür.

»Herein!« rief er und sah erwartungsvoll auf. Er brauchte gute Neuigkeiten, und nur ein Mann durfte einfach anklopfen, ohne von seinem Adjutanten im Vorzimmer angemeldet worden zu sein.

Der Eintretende war bullig, und sogar seiner eigenen Mutter wäre es schwergefallen, ihn als gutaussehend zu bezeichnen. Sein Gesicht war seit seiner Jugend mit tiefen Pockennarben übersät, und an zwei Stellen, wo Zysten herausoperiert worden waren, glänzten kreisrunde Narben. Er schloß die Tür, blieb stehen und wartete darauf, angesprochen zu werden.

Obwohl er nur ein Sergeant war, trug er nicht einmal diese Rangabzeichen auf seinem fleckigen Overall – und trotzdem gehörte er zu den wenigen Männern, mit denen der Brigadegeneral eine Art Seelenverwandtschaft empfand. Als einziger Angehöriger des Gefängnispersonals durfte Sergeant Ali sich auf Aufforderung in seiner Gegenwart setzen.

Khatib forderte ihn mit einer Handbewegung auf, in einem Sessel Platz zu nehmen, und bot ihm eine Zigarette an. Der Sergeant zündete sie sich an und paffte dankbar; seine Arbeit war beschwerlich und ermüdend, eine Zigarettenpause willkommen. Daß Khatib einem Mann mit seinem Dienstgrad solche Vertraulichkeiten gestattete, war darauf zurückzuführen, daß er Ali aufrichtig bewunderte.

Tüchtigkeit imponierte Khatib, und sein altbewährter Sergeant hatte ihn noch nie enttäuscht. Ali, der ruhig und methodisch arbeitete, ein guter Ehemann und Vater, war ein echter Profi.

»Nun?« fragte er.

»Der Navigator ist kurz davor, ganz dicht davor, Sajidi. Der Pilot...« Er zuckte mit den Schultern. »Mindestens noch eine Stunde.«

»Du weißt, daß sie beide gebrochen werden müssen, Ali, daß sie nichts zurückhalten dürfen. Und ihre Aussagen müssen einander bestätigen. Der Rais persönlich vertraut auf uns.«

»Am besten gehen Sie selbst mit, Sajidi. Ich glaube, daß Sie in zehn Minuten Ihre Antwort bekommen. Zuerst der Navigator, und wenn der Pilot das erfährt, wird er folgen.«

»Ausgezeichnet!«

Khatib kam hinter seinem Schreibtisch hervor, und der Sergeant hielt ihm die Tür auf. Sie fuhren zusammen ins erste Kellergeschoß hinunter, wo der Aufzug hielt. Dort führte ein Gang zwischen Häftlingszellen zur Treppe ins zweite Kellergeschoß. Hinter den stählernen Zellentüren hockten in ihren eigenen Exkrementen alliierte Flieger: sieben Amerikaner, vier weitere Briten, ein Italiener und ein kuwaitischer Skyhawk-Pilot.

Auch im nächsten Kellergeschoß befanden sich Zellen, von denen zwei belegt waren. Khatib blickte durch den in die Tür der ersten Zelle eingelassenen Spion.

Eine einzelne nackte Glühbirne beleuchtete die Zelle, deren Wände mit angetrockneten Exkrementen und rostbraunen alten Blutflecken verkrustet waren. Mitten in der Zelle saß auf einem Plastikbürostuhl ein völlig nacker Mann, über dessen Brust breite nasse Spuren von Blut, Speichel und Erbrochenem liefen. Seine Hände waren ihm mit Handschellen auf den Rücken gefesselt, und sein Gesicht verschwand unter einer Stoffmaske ohne Augenschlitze.

Rechts und links neben dem Mann auf dem Stuhl standen zwei AMAM-Leute in ähnlichen Overalls wie Sergeant Ali und spielten jeweils mit einem ein Meter langen Plastikrohr, das mit Bitumen gefüllt war, um es schwerer zu machen, ohne seine Biegsamkeit zu beeinträchtigen. Die beiden waren zurückgetreten, machten eine Pause. Davor hatten sie sich offensichtlich auf Schienbeine und Kniescheiben konzentriert, die blutig aufgeschürft und grüngelb verfärbt waren.

Khatib nickte und ging zur nächsten Tür weiter. Durch das Guckloch sah er, daß der zweite Gefangene keine Gesichtsmaske trug. Ein Auge war völlig zugeschwollen, und über Stirn und Wange zog sich ein breiter angetrockneter Blutstreifen. Als er den Mund öffnete, zeigten sich Lücken, wo einst zwei Zähne gesessen hatten, und zwischen den zerschlagenen Lippen quoll blutiger Schaum hervor.

»Tyne«, murmelte er. »Nicholas Tyne. Hauptmann. Fünf-null-eins-null-neun-sechs-acht.«

»Der Navigator«, flüsterte der Sergeant.

»Welcher unserer Männer spricht Englisch?« fragte Khatib ebenso leise.

Ali deutete auf den linken Mann.

»Hol ihn raus.«

Ali betrat die Zelle des Navigators und kam mit einem der Vernehmungsbeamten zurück. Khatib erteilte ihm im Flüsterton einige Anweisungen. Der Mann nickte, ging in die Zelle zurück und streifte dem Navigator eine Gesichtsmaske über den Kopf. Erst dann ließ Khatib zu, daß die Türen beider Zellen geöffnet wurden.

Der Mann, der Englisch konnte, beugte sich zu Nicky Tynes Kopf hinunter und sprach durch den Stoff. Sein Englisch war stark akzentgefärbt, aber durchaus verständlich.

»Also gut, Hauptmann, das war's. Sie haben's überstanden. Keine Schläge mehr für Sie.«

Als der junge Navigator das hörte, schien sein Körper erleichtert zusammenzusacken.

»Aber Ihr Kamerad, dem geht's leider nicht gut. Der liegt im Sterben. Wir können ihn ins Krankenhaus bringen – saubere weiße Bettwäsche, Ärzte, alles, was er braucht – oder ihm den

Rest geben. Das hängt von Ihnen ab. Sobald Sie reden, hören wir auf und bringen ihn schnellstens ins Krankenhaus.«

Auf dem Gang nickte Khatib dem Sergeant zu, der die andere Zelle betrat. Durch die offene Tür drang das Klatschen des Plastikrohrs, das eine nackte Brust traf. Dann begann der Pilot zu schreien.

»Aufhören!« brüllte Nicky Tyne unter der Maske. »Aufhören, ihr Drecskerle, es ist ein Munitionslager für Giftgasgranaten gewesen...«

Die Schläge hörten auf. Ali kam schweratmend aus der Zelle des Piloten.

»Sie sind ein Genie, Sajidi.«

Khatib zuckte bescheiden mit den Schultern.

»Die Sentimentalität von Briten und Amerikanern darfst du nie unterschätzen«, erklärte er seinem Schüler. »Die Übersetzer sollen kommen und alles mitschreiben, sämtliche Einzelheiten. Sobald das Vernehmungsprotokoll fertig ist, bringst du's mir in mein Dienstzimmer.«

Von seinem Büro aus führte Brigadegeneral Khatib ein persönliches Telefongespräch mit Hussein Kamil. Eine Stunde später rief Kamil zurück. Sein Schwiegervater war sehr zufrieden; er beabsichtigte, eine Konferenz einzuberufen, voraussichtlich noch in dieser Nacht. Omar Khatib sollte sich dafür bereithalten.

An diesem Abend neckte Karim Edith erneut, sanft und keineswegs bösartig. Diesmal ging es um ihre Arbeit.

»Langweilst du dich in der Bank nicht oft, Liebling?«

»Nein, die Arbeit ist interessant. Wie kommst du darauf?«

»Ach, ich weiß nicht. Ich verstehe nur nicht, wie du sie interessant finden kannst. Für mich wäre das die langweiligste Arbeit der Welt.«

»Sie ist's aber nicht, jetzt hast du's!«

»Schön, was ist daran so interessant?«

»Na ja, Kundenkonten verwalten, Investitionen vornehmen, solche Sachen. Meine Arbeit ist wichtig.«

»Unsinn, du machst nichts anderes, als ›Guten Morgen, bitte sehr, danke sehr und beehren Sie uns wieder‹ zu 'nem Haufen Leute zu sagen, die von der Straße reinkommen, um einen Fünfzigschillingscheck einzulösen. Langweilig.«

Er lag auf ihrem Bett auf dem Rücken. Sie kam zu ihm, legte sich neben ihn und zog seinen Arm über ihre Schultern, um sich an ihn kuscheln zu können. Sie liebte es, sich an ihn zu kuscheln.

»Manchmal bist du wirklich verrückt, Karim. Aber ich liebe dich wie verrückt. Die Winkler-Bank ist keine Geschäftsbank, sondern eine Diskontbank.«

»Was ist der Unterschied?«

»Bei uns gibt's keine Scheckkonten, keine Kunden, die mit Scheckbüchern rein und raus laufen. Unser Geschäft funktioniert anders.«

»Aber ohne Kunden habt ihr kein Geld.«

»Natürlich haben wir Geld, aber auf Festgeldkonten.«

»So eines hab' ich noch nie gehabt«, gab Karim zu. »Bloß ein Girokonto. Bargeld ist mir sowieso lieber.«

»Bargeld ist unpraktisch, wenn man Millionen hat. Die würden einem höchstens gestohlen. Also bringt man sie zu einer Bank und legt sie an.«

»Soll das heißen, daß der alte Gemütlich mit Millionen umgeht? Die anderen Leuten gehören?«

»Ja, mit Millionen und Abermillionen.«

»Schillinge oder Dollar?«

»Dollar, Pfund, Millionen und Abermillionen.«

»Na ja, *mein* Geld würde ich ihm nicht anvertrauen.«

Sie setzte sich ehrlich schockiert auf.

»Herr Gemütlich ist absolut korrekt. Er würde sich nie an Kundengeldern vergreifen.«

»Schon möglich, aber dann vielleicht ein anderer. Hör zu... sagen wir mal, ich kenne einen Mann, der bei der Winkler-Bank ein Konto hat. Nennen wir ihn mal Schmitt. Eines Tages kreuze ich dort auf und sage: ›Guten Morgen, Herr Gemütlich, mein Name ist Schmitt, und ich habe ein Konto bei Ihnen.‹ Er sieht in seinem Buch nach und sagt: ›Ja, das stimmt.‹ Und ich sage: ›Ich möchte alles abheben.‹ Kommt dann später der echte Schmitt, ist das Konto abgeräumt. Deshalb ist mir Bargeld lieber.«

Sie lachte über seine Naivität, kuschelte sich wieder an ihn und knabberte an seinem Ohr.

»Das würde nicht funktionieren. Herr Gemütlich würde deinen komischen Schmitt wahrscheinlich kennen. Jedenfalls würde er sich ausweisen müssen.«

»Ausweise können gefälscht werden. Das tun diese verdammten Palästinenser dauernd.«

»Und er würde seine Unterschrift brauchen und sie mit der uns vorliegenden Unterschriftsprobe vergleichen.«

»Gut, dann würde ich Schmitts Unterschrift einüben.«

»Karim, du hast wirklich das Zeug zum Verbrecher, fürchte ich. Du bist ein schlimmer Kerl!«

Beide mußten über diese Vorstellung lachen.

»Und überhaupt – als Ausländer mit ausländischem Wohnsitz hättest du wahrscheinlich ein Nummernkonto. Die sind hundertprozentig sicher.«

Er blickte auf einen Ellbogen gestützt auf sie herab und runzelte die Stirn.

»Was ist das?«

»Ein Nummernkonto?«

»Mmmmmm.«

Sie erklärte ihm, wie diese Konten funktionierten.

»Das ist doch Wahnsinn!« rief er aus, als sie fertig war. »Da könnte jeder kommen und sich als Kontoinhaber ausgeben. Wenn Gemütlich den Inhaber nie gesehen hat...«

»Dafür gibt's Identifizierungsverfahren, Dummkopf. Höchst komplizierte Codes, vereinbarte Brieftexte, bestimmte Methoden, die Unterschrift zu leisten – alle möglichen Dinge, die beweisen, daß es sich wirklich um den Kontoinhaber handelt. Werden nicht alle buchstabengetreu erfüllt, macht Herr Gemütlich nicht mit. Daher ist's ausgeschlossen, daß ein Unbefugter an ein Nummernkonto rankommt.«

»Er muß ein verdammt gutes Gedächtnis haben.«

»Oh, wie kann man nur so schrecklich dumm sein? Natürlich ist alles schriftlich festgehalten. Lädst du mich zum Abendessen ein?«

»Hast du's verdient?«

»Das weißt du selbst am besten.«

»Also, meinetwegen. Aber ich will eine Vorspeise.«

Sie verstand nicht gleich.

»Gut, dann bestell dir eine.«

»Ich meine dich.«

Er streckte seine Hand aus, hakte den Zeigefinger hinters Gummiband ihres Spitzenslips und zog sie daran aufs Bett zurück. Sie kicherte vor Entzücken. Er wälzte sich auf sie und begann sie zu küssen. Dann hörte er plötzlich wieder auf. Sie starrte ihn besorgt an.

»Ich weiß, was ich täte«, flüsterte er. »Ich würde einen Safeknakker engagieren, ihn Gemütlichs Safe öffnen lassen und mir die Codes einprägen. *Dann* könnte ich mich als Inhaber eines Nummernkontos ausgeben.«

Sie lachte vor Erleichterung, daß er nicht etwa beschlossen hatte, sie jetzt doch nicht zu lieben.

»Das würde nicht funktionieren. Mmmmmm. Mach's noch mal!«

»Würd's doch.«

»Aaaaah. Würd's nicht.«

»Doch. Safes werden dauernd geknackt. Jeden Tag steht ein Fall in der Zeitung.«

Sie ließ ihre Hand tastend nach »dort unten« gleiten und machte große Augen.

»Oooooh, ist das alles für mich? Du bist ein wundervoller, großer, starker Mann, Karim, und ich liebe dich. Aber der alte Gemütlich, wie du ihn nennst, ist ein kleines bißchen cleverer als du...«

Eine Minute später kümmerte sie nicht mehr, wie clever Gemütlich war.

Während der Mossad-Agent in Wien den Liebhaber spielte, baute Mike Martin seine Satellitenantenne auf, als die Mitternacht näherrückte und der Elfte dieses Monats in den Zwölften überging.

Damit war der Irak nur noch acht Tage von der für 20. Februar angesetzten alliierten Invasion entfernt. Südlich seiner Grenze, im Norden der saudiarabischen Wüste, konzentrierte sich die größte Ansammlung von Soldaten und Waffen, Geschützen, Panzern und Nachschubmaterial, die es seit dem Zweiten Weltkrieg in einem so verhältnismäßig kleinen Gebiet gegeben hatte.

Die unbarmherzigen Luftangriffe gingen weiter, obwohl die meisten Ziele auf General Horners ursprünglicher Liste schon angegriffen worden waren – manchmal schon zwei- oder dreimal. Obwohl durch die kurzlebige Scud-Offensive gegen Israel neue Ziele hinzugekommen waren, verlief der Luftkrieg wieder nach Plan. Alle

bekannten Fabriken für die Herstellung von Massenvernichtungswaffen waren pulverisiert – auch die zwölf neuen, über die erst
Jericho informiert hatte.

Die irakische Luftwaffe hatte faktisch aufgehört, als verwend-
bare Waffe zu existieren. Nur wenige ihrer Abfangjäger, die sich
dazu entschlossen, den Kampf mit alliierten Flugzeugen der Muster
Eagle, Hornet, Tomcat, Falcon, Phantom und Jaguar aufzunehmen, kehrten danach wieder auf ihre Stützpunkte zurück, und
Mitte Februar versuchten sie gar keine Gegenwehr mehr. Viele der
besten irakischen Jäger und Jagdbomber waren absichtlich in den
Iran überführt und dort sofort beschlagnahmt worden. Wieder
andere waren in ihren Bunkern getroffen oder im Freien überrascht
und vernichtet worden.

Auf höchster Ebene konnten die alliierten Oberbefehlshaber
nicht begreifen, warum Saddam Hussein sich dazu entschlossen
hatte, seine besten Flugzeuge zu seinem alten Feind zu schicken. Der
Grund dafür war einfach: Er rechnete fest damit, daß allen Golfstaaten nach einem bestimmten Termin nichts anderes übrigbleiben
würde, als das Knie vor ihm zu beugen – und dann würde er sich
seine Luftwaffe zurückholen.

Im ganzen Land gab es praktisch keine benutzbare größere
Brücke, kein stromerzeugendes Kraftwerk mehr.

Von der in Ost-West-Richtung verlaufenden saudiarabischen
Nordgrenze bis zur Fernstraße Bagdad–Basra bombardierten die
Buffs pausenlos Artillerie- und Panzeransammlungen, Raketenbatterien und Infanteriestellungen. Amerikanische Erdkampfflug-
zeuge A-10 Thunderbolt, deren Eleganz in der Luft ihnen den
Spitznamen »fliegendes Warzenschwein« eingetragen hatte, durchstreiften ungehindert den Luftraum und taten, was sie am besten
konnten – Panzer vernichten. Auch Eagles und Tornados wurden
eingesetzt, um »Panzer abzuknipsen«.

Was die alliierten Generale in Riad nicht wußten, war die Tatsache, daß unter der Wüste und in den Bergen weitere vierzig
Großbetriebe zur Herstellung von Massenvernichtungswaffen versteckt lagen oder daß die Sixco-Luftwaffenstützpunkte weiterhin
unbeschädigt waren.

Seit die Fabrik Al-Qubai verschüttet war, hatte die Stimmung der
vier Generale, die darüber informiert waren, was sie tatsächlich

enthalten hatte, sich ebenso verbessert wie die der in Riad stationierten CIA- und SIS-Mitarbeiter.

Die veränderte Stimmungslage wirkte sich auch auf den kurzen Funkspruch aus, den Mike Martin in dieser Nacht empfing. Seine Führungsoffiziere in Riad teilten ihm als erstes mit, der Tornadoeinsatz sei trotz des Verlusts einer Maschine erfolgreich gewesen. Dann gratulierten sie ihm zu seinem Ausharren in Bagdad, nachdem man ihm freigestellt habe, seinen Posten zu verlassen, und zum Erfolg des gesamten Einsatzes. Zuletzt teilten sie ihm mit, für ihn gebe es dort nicht mehr viel zu tun. Jericho sollte abschließend übermittelt werden, die Alliierten seien ihm dankbar, sein Geld sei restlos überwiesen und man werde nach dem Krieg wieder Verbindung mit ihm aufnehmen. Aber danach, wurde Martin aufgefordert, solle er sich wirklich nach Saudi-Arabien in Sicherheit bringen, solange das noch möglich sei.

Martin schaltete sein Gerät ab, versteckte alles im Hohlraum unter dem Fußboden und legte sich ins Bett. Interessant, dachte er beim Einschlafen, die Alliierten kommen also nicht nach Bagdad. Was ist mit Saddams Sturz – ist der nicht Zweck der Übung gewesen? Irgendwas muß sich geändert haben...

Hätte Mike Martin von der Besprechung gewußt, die in diesem Augenblick keinen Kilometer von ihm entfernt in der Muchabarat-Zentrale stattfand, wäre er nicht so ruhig eingeschlafen.

In bezug auf technische Fertigkeiten gibt es vier Abstufungen: kompetent, sehr gut, brillant und »ein Naturtalent«. Die letzte Kategorie geht über bloße Geschicklichkeit hinaus und reicht in eine Sphäre hinein, in der hinter allem technischen Wissen ein angeborenes »Gefühl«, ein tiefsitzender Instinkt, ein sechster Sinn, eine Empathie mit dem Fachgebiet und den Geräten steht, die man sich nicht aus Büchern aneignen kann.

Auf dem Gebiet der Funktechnik war Major Mohsen Sa'id ein Naturtalent. Für Sa'id, einen ziemlich jungen Offizier, dessen eulenhafte Brille ihm das Aussehen eines strebsamen Studenten verlieh, war sie sein ganzer Lebensinhalt. In seiner Privatwohnung stapelten sich die neuesten Fachzeitschriften aus dem Westen, und sobald er ein neues Gerät entdeckte, das die Effizienz seiner Abteilung Funkaufklärung steigern konnte, schlug er seine Anschaffung vor. Da Hassan Rahmani seine Arbeit schätzte, versuchte er, es für ihn zu beschaffen.

Kurz nach Mitternacht saßen die beiden Männer in Rahmanis Dienstzimmer zusammen.

»Irgendwelche Fortschritte?« fragte Rahmani.

»Ich glaube schon«, antwortete Sa'id. »Es gibt ihn wirklich, das steht außer Zweifel. Das Problem ist, daß er sich auf Kurzfunksprüche beschränkt, die fast unmöglich abzuhören sind – weil sie eben so kurz sind. Trotzdem ist das Mithören nicht ganz unmöglich. Mit viel Geduld kann man gelegentlich einen Funkspruch aufzeichnen, obwohl die Sendung jeweils nur einige Sekunden lang dauert.«

»Wie nahe sind Sie schon dran?« fragte Rahmani.

»Nun, ich habe seine Sendefrequenzen auf ein verhältnismäßig schmales Band im UHF-Bereich eingeengt, was uns das Leben leichter macht. Vor ein paar Tagen habe ich Glück gehabt. Wir haben rein auf Verdacht eine Frequenz überwacht, auf der er dann tatsächlich gesendet hat. Augenblick, ich spiel's Ihnen mal vor.«

Sa'id stellte einen Kassettenrecorder auf den Schreibtisch und spielte die Aufnahme ab. Aus dem Lautsprecher drang eine wahre Kakophonie unverständlicher Geräusche. Rahmani runzelte die Stirn.

»Ist das alles?«

»Die Nachricht ist natürlich verschlüsselt.«

»Klar«, sagte Rahmani. »Können Sie den Code knacken?«

»Ziemlich sicher nicht. Verschlüsselt wird sie durch einen einzelnen Siliziumchip, der Hunderttausende von Bauelementen enthält.«

»Sie läßt sich nicht entschlüsseln?« Rahmani begriff allmählich gar nichts mehr. Sa'id lebte in seiner eigenen Welt, sprach seine eigene Sprache. Dabei gab er sich im Augenblick sogar größte Mühe, sich für seinen Vorgesetzten verständlich auszudrücken.

»Das ist kein Code. Um diesen Geräuschsalat in den Originalton zurückverwandeln zu können, bräuchte man einen identischen Siliziumchip. Permutationen gibt's Hunderte von Millionen.«

»Was taugt diese Aufnahme dann?«

»Sie taugt sehr viel, General – ich habe den Sender angepeilt.«

Hassan Rahmani beugte sich aufgeregt nach vorn.

»Angepeilt?«

»Schon zum zweitenmal. Und wissen Sie, was mir aufgefallen ist? Dieser Funkspruch ist mitten in der Nacht und dreißig Stunden vor dem Luftangriff auf Al-Qubai abgesetzt worden. Ich vermute, daß er genaue Angaben über die nukleartechnische Anlage enthalten hat. Aber das ist noch nicht alles.«

»Bitte weiter!«

»Er ist hier.«

»Hier in Bagdad?«

Major Sa'id schüttelte lächelnd den Kopf. Diesen Knüller hatte er sich bewußt bis zuletzt aufgehoben. Damit wollte er Anerkennung einheimsen.

»Nein, General, er ist hier im Stadtteil Mansur. Ich denke, daß er sich innerhalb eines Quadrats von zwei Kilometern Seitenlänge aufhält.«

Rahmani überlegte angestrengt. Das bedeutete, daß sie dem Unbekannten bereits dicht, erstaunlich dicht auf den Fersen waren. Sein Telefon klingelte. Er hörte einige Sekunden lang zu, legte auf und erhob sich.

»Ich werde gerufen. Eine letzte Frage. Wie viele Funksprüche müssen Sie noch abfangen, um den Standort dieses Geheimsenders feststellen zu können? Auf einen Straßenblock oder sogar ein Haus genau?«

»Mit etwas Glück reicht einer. Ich weiß nicht, ob es uns gelingt, schon seinen nächsten Funkspruch abzufangen – aber eine weitere Peilung müßte genügen. Hoffentlich setzt er einen längeren Funkspruch von einigen Sekunden Dauer ab. Damit kann ich seinen Standort auf hundert Meter genau bestimmen.«

Rahmani atmete schwer, als er zu dem bereitstehenden Wagen hinunterfuhr.

Den Besprechungsort, den der Rais gewählt hatte, erreichten sie in zwei Bussen mit undurchsichtigen Scheiben. In einem saßen die sieben Minister, im anderen die sechs Generäle und die Chefs der drei Nachrichtendienste. Keiner sah, wohin die Fahrt ging, und die beiden Busse folgten einfach dem Motorrad.

Erst als das Fahrzeug auf einem von Mauern umgebenen Innenhof hielt, durften die neun Männer aus dem zweiten Bus aussteigen. Ihre Fahrt hatte mit Umwegen vierzig Minuten gedauert. Rahmani vermutete, daß sie sich etwa fünfzig Kilometer außerhalb Bagdads auf dem Land befanden. Hier war kein Verkehrslärm zu hören, und über den schemenhaften Umrissen einer großen Villa mit schwarz verhängten Fenstern leuchteten die Sterne.

Im großen Salon warteten bereits die sieben Minister. Die Generale nahmen die ihnen zugewiesenen Plätze ein und warteten schweigend. Leibgardisten führten Dr. Ubaidi von der Auslandsaufklärung, Rahmani von der Spionageabwehr und Khatib von der Geheimpolizei zu drei Stühlen unmittelbar vor dem für den Rais persönlich reservierten großen Sessel.

Der Mann, der sie hatte kommen lassen, trat einige Minuten später ein. Alle standen auf und wurden mit einer Handbewegung aufgefordert, wieder Platz zu nehmen.

Einige der Anwesenden hatten ihren Präsidenten seit über drei Wochen nicht mehr gesehen. Er wirkte angespannt, und die Tränensäcke unter den Augen und die Hängewangen traten deutlicher hervor.

Saddam Hussein kam ohne Vorrede zum Thema dieser Besprechung. Es hatte einen Bombenangriff gegeben, das wußten alle – selbst die unter ihnen, die vor diesem Angriff keine Kenntnis von einem Ort namens Al-Qubai hatten.

Die dortige Fabrik war so geheim, daß nicht mehr als ein Dutzend Iraker ihren genauen Standort gekannt hatten. Trotzdem war sie bombardiert worden. Außer den Inhabern höchster Staatsämter und einigen hochkarätigen Wissenschaftlern hatte niemand die Anlage betreten, ohne mit verbundenen Augen oder in geschlossenen Fahrzeugen hingebracht worden zu sein. Und trotzdem war sie bombardiert worden.

Im Raum herrschte Schweigen, das Schweigen der Angst. Die Generale – Radi von der Infanterie, Kadiri von den Panzern, Ridha von der Artillerie, Musuli von den Pionieren – und die beiden anderen, der Generalstabschef und der Kommandeur der Republikanischen Garde, fixierten angelegentlich den Teppich vor ihren Füßen.

Ihr Genosse Omar Khatib habe die beiden britischen Flieger vernommen, verkündete der Rais. Er werde jetzt erklären, was passiert sei.

Keiner hatte den Rais angestarrt, aber jetzt konzentrierte sich die Aufmerksamkeit aller auf Omar Khatibs hagere Gestalt.

518

Der Folterer hob seinen Blick nicht höher als bis zur Mitte des Oberkörpers des ihm gegenübersitzenden Präsidenten.

Die Flieger hatten ausgesagt, berichtete er nüchtern. Sie hatten nichts zurückgehalten. Nach Informationen ihres Staffelchefs hatte die alliierte Luftaufklärung Lastwagenverkehr – mit Militärlastern – zu und von einem bestimmten Schrottplatz festgestellt. Daraus hatten die Hundesöhne den Schluß gezogen, dort befinde sich ein Munitionslager, in diesem Fall ein Lager für Gasgranaten. Das Ziel hatte als nicht besonders wichtig und außerdem als unverteidigt gegolten. Daher waren nur zwei Jagdbomber und über ihnen zwei weitere Maschinen zur Zielmarkierung eingesetzt worden. Auf Begleitjäger zur Niederkämpfung feindlicher Flak war diesmal verzichtet worden, weil dort angeblich keine stand. Mehr wußten sie – der Pilot und sein Navigator – auch nicht.

Der Rais nickte General Faruk Ridha zu.

»Stimmt das oder nicht, Rafik?«

»Normalerweise, Sajidi Rais«, sagte der Mann, der die irakische Artillerie und die Fla-Raketenstellungen befehligte, »schicken sie erst die Jäger, um die Flak mit Lenkwaffen angreifen zu lassen, und danach die Bomber fürs Ziel. Das tun sie immer. Einen Angriff auf ein hochwichtiges Ziel, den nur zwei Maschinen ohne Begleitjäger fliegen, hat's noch nie gegeben.«

Saddam Hussein dachte über diese Antwort nach, aber seine dunklen Augen verrieten nicht, was er dachte. Das gehörte mit zu der Macht, die er über diese Männer besaß; sie wußten nie, wie er reagieren würde.

»Wäre es möglich, Genosse Khatib, daß die beiden Flieger Ihnen etwas verschwiegen haben, daß sie mehr wissen, als sie zugegeben haben?«

»Nein, Sajidi Rais, beide sind dazu ... überredet worden, rückhaltlos auszupacken.«

»Das wär's dann also?« fragte Saddam Hussein ruhig. »Dieser Angriff ist nur ein bedauerlicher Zufall gewesen?«

Überall in der Runde wurde genickt. Als der Rais dann losbrüllte, waren alle wie gelähmt.

»*Falsch!* Ihr habt alle unrecht!«

Im nächsten Augenblick sprach er in ruhigem Flüsterton weiter, aber die Angst saß den Männern im Nacken. Sie alle wußten, daß dieser sanfte Tonfall die schrecklichsten Enthüllungen, die grausamsten Strafen ankündigen konnte.

»Dort hat's keine Lastwagen, keine Militärlaster gegeben. Das ist nur eine Ausrede für den Fall gewesen, daß die Piloten in Gefangenschaft geraten. Dahinter steckt sicher mehr, nicht wahr?«

Trotz der Klimaanlage schwitzten die meisten der Anwesenden. So war es immer gewesen, schon seit Beginn der Menschheitsgeschichte, wenn der tyrannische Stammesherrscher den Hexenjäger zu sich rief und der restliche Stamm zitternd dahockte, weil jeder fürchtete, er könnte derjenige sein, auf den der Jujustock zeigte.

»Es gibt eine Verschwörung«, flüsterte der Rais. »Es gibt einen Verräter. Irgendeiner ist ein Verräter, der gegen mich konspiriert.«

Er schwieg einige Minuten lang und ließ sie zittern. Als er dann weitersprach, wandte er sich an die drei Männer, die ihm gegenübersaßen.

»Findet ihn! Findet ihn und bringt ihn mir. Er soll erfahren, welche Strafe auf solche Verbrechen steht. Er und seine ganze Familie.«

Danach stürmte er von seiner Leibwache gefolgt aus dem Salon. Die sechzehn zurückbleibenden Männer wechselten keinen Blick, konnten einander nicht in die Augen sehen. Ein Sündenbock wurde gebraucht. Keiner wußte, wer das Opfer sein würde. Jeder fürchtete um sein Leben – wegen irgendeiner zufälligen Bemerkung, vielleicht aus noch nichtigerem Anlaß.

Fünfzehn der Männer hielten Abstand von dem letzten, dem Hexenjäger mit dem Beinamen Al-Mu'asib, der Folterer. Er würde das Opfer herbeischaffen.

Auch Hassan Rahmani schwieg. Dies war nicht der richtige Augenblick, die aufgefangenen Funksprüche zu erwähnen. Seine Unternehmen waren delikat und subtil; sie basierten auf Spürsinn und wahrer Intelligenz. Am allerwenigsten brauchen konnte er, daß die AMAM mit schweren Stiefeln über seine Ermittlungen hinwegtrampelte.

In stummem Entsetzen kehrten die Generale und Minister in die Nacht hinaus und zu ihren Pflichten zurück.

»Er bewahrt sie nicht in seinem Safe im Büro auf«, erklärte Avi Herzog, alias Karim, am nächsten Morgen bei einem späten Frühstück seinem Führungsoffizier Gidi Barzilai.

Dieser Treff war sicher, denn er fand in Barzilais eigenem Apartment statt. Herzog hatte erst angerufen – aus einer Telefonzelle –, als Edith Hardenberg längst in der Bank war. Kurz danach war das Yarid-Team eingetroffen und hatte seinen Kollegen in einer »Box« abgeschirmt zu dem Treff eskortiert, um damit sicherzustellen, daß er nicht etwa beschattet wurde. Hätte er sich »ständige Begleiter« zugelegt, wären sie ihnen aufgefallen. Das war ihre Spezialität.

Gidi Barzilai beugte sich über den üppig gedeckten Frühstückstisch. Seine Augen funkelten.

»Gut gemacht, Kleiner, jetzt weiß ich also, wo er die Codes *nicht* aufbewahrt. Die Frage ist nur: Wo?«

»In seinem Schreibtisch.«

»Im Schreibtisch? Du spinnst ja! Einen Schreibtisch kann jeder knacken.«

»Hast du ihn schon mal gesehen?«

»Gemütlichs Schreibtisch? Nein.«

»Er ist offenbar riesengroß, reich verziert und sehr alt. Eine richtige Antiquität. Außerdem enthält er ein Geheimfach, das der damalige Möbeltischler eingebaut hat. So geheim, so schwer zu finden, daß Gemütlich es für sicherer als jeden Safe hält. Er glaubt, daß ein Einbrecher sich den Safe vornehmen, aber nie an den Schreibtisch denken würde. Selbst wenn ein Einbrecher darauf käme, den Schreibtisch zu durchsuchen, würde er das Geheimfach nie finden.«

»Und sie weiß nicht, wo's ist?«

»Nö. Sie hat's noch nie offen gesehen. Er sperrt sich jedesmal in seinem Büro ein, wenn er die Codes braucht.«

Barzilai dachte darüber nach.

»Ein gerissener Kerl! Hätte ich ihm gar nicht zugetraut. Er hat vielleicht sogar recht, weißt du.«

»Kann ich jetzt mit dieser Romanze Schluß machen?«

»Nein, Avi, noch nicht. Falls das stimmt, hast du hervorragend gearbeitet. Aber bleib bei ihr, spiel ihr weiter was vor. Verschwindest du jetzt, erinnert sie sich an euer letztes Gespräch, zählt zwei und zwei zusammen, hat einen Anfall von Schuldbewußtsein, irgendwas. Bleib bei ihr, aber sprich nie wieder übers Bankgeschäft.«

Barzilai dachte über sein Problem nach. Keiner aus seinem Wiener Team hatte den Safe jemals zu Gesicht bekommen – aber es gab einen Mann, der ihn gesehen hatte.

Gidi Barzilai schickte Kobi Dror in Tel Aviv eine sorgfältig verschlüsselte Nachricht. Daraufhin wurde der Kundschafter in die Zentrale beordert und dort mit einem Zeichner in ein Zimmer gesetzt.

Obwohl der Kundschafter nicht vielseitig begabt war, verfügte er über ein wahrhaft erstaunliches Talent: Er besaß ein fotografisches Gedächtnis. Er saß über fünf Stunden lang mit geschlossenen Augen da und dachte an das Gespräch zurück, das er in der Rolle eines New Yorker Rechtsanwalts mit Gemütlich geführt hatte. Seine Hauptaufgabe war es gewesen, auf Alarmanlagen an Fenstern und Türen, einen Wandsafe und zu Druckpolstern führende verräterische Drähte zu achten – auf sämtliche Tricks, um einen Raum zu sichern. Die hatte er sich gemerkt und gemeldet. Der Schreibtisch hatte ihn nur am Rande interessiert. Aber als er jetzt einige Wochen später in einem Raum unter dem König-Salomo-Boulevard saß, konnte er die Augen schließen und hatte sofort alles wieder vor sich.

Der Kundschafter beschrieb dem Zeichner den Schreibtisch Linie für Linie. Zwischendurch warf er wieder einen Blick auf die Zeichnung, ließ Korrekturen vornehmen und machte weiter. Der Zeichner, der mit Tusche und einer feinen Feder arbeitete, kolorierte den Schreibtisch mit Wasserfarben. Nach fünfstündiger Arbeit lag ein Blatt Zeichenpapier vor ihnen, auf dem in Originalfarben der Schreibtisch dargestellt war, der zu diesem Zeitpunkt in Herrn Wolfgang Gemütlichs Büro in der Winkler-Bank in der Wiener Ballgasse stand.

Diese Zeichnung erreichte Gidi Barzilai im Gepäck des diplomatischen Kuriers, der zwischen Tel Aviv und der israelischen Botschaft in Wien pendelte. Er erhielt sie binnen zwei Tagen.

Schon zuvor hatte eine Überprüfung der Liste der Sajanim in ganz Europa die Existenz eines M. Michel Levy am Pariser Boulevard Raspail zutage gefördert – eines Antiquitätenhändlers, der als einer der führenden europäischen Experten für alte Möbel bekannt war.

Erst am späten Abend des 14. Februar, dem selben Tag, an dem Barzilai in Wien seine Zeichnung erhielt, setzte Saddam Hussein die Besprechung mit seinen Generalen, Ministern und Geheimdienstchefs fort.

Einberufen wurde die Besprechung auf Verlangen von AMAM-Chef Omar Khatib, der seinen Erfolg erst dem Schwiegersohn Hussein Kamil gemeldet hatte. Und sie fand wieder nachts in einer abgelegenen Villa auf dem Lande statt.

Der Rais betrat einfach den Raum und gab Khatib ein Zeichen, er solle über seine Erkenntnisse berichten.

»Was kann ich sagen, Sajidi Rais?« Der Chef der Geheimpolizei hob die Hände und ließ sie mit hilfloser Geste sinken. Seine Selbstverleugnung war meisterhaft gespielt.

»Der Rais hat wie immer recht gehabt, und wir haben uns täuschen lassen. Der Bombenangriff auf Al-Qubai ist tatsächlich kein Zufall gewesen. Es *hat* einen Verräter gegeben, und er ist gefaßt.«

Der Raum summte von Äußerungen des Erstaunens der versammelten Speichellecker. Der Mann in seinem Lehnsessel vor der fensterlosen Wand hob breit lächelnd die Hände, damit dieser unnötige Beifall aufhörte. Er verstummte auch, aber nicht zu rasch.

Hab' ich nicht recht gehabt, fragte das Lächeln, hab' ich nicht immer recht?

»Wie sind Sie ihm auf die Spur gekommen, Rafik?« erkundigte der Rais sich.

»An sich durch eine Kombination aus Glück und Fahndungsarbeit«, gestand Khatib bescheiden ein. »Was das Glück angeht, wissen wir, daß es ein Geschenk Allahs ist, der auf unseren Rais herablächelt.«

Zustimmendes Gemurmel füllte den Raum.

»Zwei Tage vor dem Angriff durch Bomber der Beni Naji ist auf der nahegelegenen Überlandstraße ein Kontrollpunkt eingerichtet worden. Meine Männer hatten den Auftrag, alle Fahrzeuge durch routinemäßige Stichproben auf Deserteure, Schmuggelware und dergleichen zu überprüfen. Sämtliche Autokennzeichen sind notiert worden.

Als ich sie vorgestern kontrolliert habe, hat sich herausgestellt, daß die meisten Fahrzeuge aus der näheren Umgebung stammten –

Lieferwagen, Lastwagen. Aber eines der Kennzeichen hat zu einem teuren Wagen gehört, einer hier in Bagdad zugelassenen Luxuslimousine. Ihr Besitzer ist als ein Mann ermittelt worden, der Grund gehabt haben könnte, Al-Qubai zu besuchen. Aber ein Anruf hat ergeben, daß er die Anlage *nicht* besucht hatte. Weshalb, habe ich mich gefragt, ist er dann im dortigen Gebiet gewesen?«

Hassan Rahmani nickte. Das war gute Fahndungsarbeit, wenn diese Geschichte stimmte. Sie sah Khatib, der im allgemeinen auf brutale Gewalt setzte, gar nicht ähnlich.

»Und warum ist er dort gewesen?« fragte der Rais.

Khatib machte eine Pause, damit seine Enthüllung dramatischer wirkte.

»Um eine genaue Beschreibung des oberirdischen Autofriedhofs anzufertigen und seine Position mit Kurs und Entfernung zum nächsten markanten Geländepunkt festzulegen – alles, was feindliche Flugzeuge brauchen würden, um ihn zu finden.«

Die Anwesenden schienen alle zugleich auszuatmen.

»Aber das hat sich erst später ergeben, Sajidi Rais. Zunächst habe ich den Mann zu einem freimütigen Gespräch in die AMAM-Zentrale eingeladen.«

Khatib dachte an dieses freimütige Gespräch zurück, das in dem als »Turnhalle« bekannten Keller unter der AMAM-Zentrale im Bagdader Stadtteil Saadun stattgefunden hatte.

Im allgemeinen überließ Omar Khatib die Durchführung von Verhören seinen Untergebenen und begnügte sich damit, die anzuwendenden Methoden vorzuschreiben und das Ergebnis zu überwachen. Aber dieser Fall war so delikat, daß Khatib die Vernehmung selbst übernahm und alle anderen aus dem Raum mit der schalldichten Tür verbannte.

Aus der Betondecke der Zelle ragten mit etwa einem Meter Abstand zwei Stahlhaken, an denen zwei kurze Ketten mit einem Querbalken hingen. Die Handgelenke des Verdächtigen waren an die Enden dieses Balkens gefesselt, so daß der Mann mit gespreizten Armen in der Luft hing. Da die Arme nicht senkrecht nach oben zeigten, war die Belastung um so schmerzhafter.

Seine Füße schwebten eine Handbreit über dem Boden und waren an den Knöcheln an ein weiteres Kantholz von etwa einem Meter Länge gefesselt. Durch diese X-Form des Gefangenen und die Aufhängung in der Zellenmitte waren alle Körperteile von allen Seiten frei zugänglich.

Omar Khatib legte den blutverkrusteten Rohrstock auf einen kleinen Tisch und trat wieder nach vorn. Die verzweifelten Schreie des Mannes unter den ersten fünfzig Hieben waren verstummt und hatten sich in ein blubberndes, flehendes Murmeln verwandelt. Khatib starrte ihm ins Gesicht.

»Du bist ein Dummkopf, mein Freund. Dabei könnte alles so schnell vorbei sein. Du hast den Rais verraten, aber er ist barmherzig. Ich brauche nichts weiter als ein Geständnis von dir.«

»Nein, ich schwöre... wa-Allah, el-Adhim... bei Allah dem Allmächtigen, ich habe niemanden verraten.«

Der Mann weinte wie ein Kind, Schmerztränen liefen ihm in Strömen übers Gesicht. Er ist weich, stellte Khatib fest, er wird nicht lange durchhalten.

»Doch, du bist ein Verräter. Qubth ut-Allah, du weißt, was das bedeutet?«

»Natürlich«, wimmerte der Mann.

»Und du weißt, wo sie aus Sicherheitsgründen gelagert gewesen ist?«

»Ja.«

Khatib rammte ihm ein Knie mit aller Gewalt in die freiliegenden Hoden. Der Mann hätte sich am liebsten zusammengekrümmt, aber das konnte er nicht. Als er sich übergab, lief der Schleim seinen nackten Körper hinunter und tropfte dann von der Spitze seines Glieds.

»Ja... was?«

»Ja, Sajidi.«

»Schon besser. Und wo die Faust Gottes versteckt war, ist unseren Feinden nicht bekannt gewesen?«

»Nein, Sajidi, das ist streng geheim.«

Khatibs Hand schoß vor und schlug den Aufgehängten ins Gesicht.

»Manjuk, dreckiger Manjuk, wie kommt's dann, daß feindliche Flugzeuge das Versteck heute morgen bei Tagesanbruch bombardiert und unsere Waffe zerstört haben?«

Der Gefangene riß die Augen auf. Sein Entsetzen war stärker als seine Scham über die Beleidigung. Im Arabischen bezeichnet »Manjuk« den Mann, der im homosexuellen Geschlechtsverkehr die Frauenrolle spielt.

»Aber das ist nicht möglich! Von Al-Qubai haben nur einige wenige gewußt...«

»Aber unsere Feinde haben davon gewußt... sie haben die Anlage zerstört.«

»Sajidi, ich schwöre, daß das unmöglich ist. Sie haben sie nicht entdecken können. Der Mann, der sie gebaut hat, Oberst Badri, hat sie zu gut getarnt...«

Danach war das Verhör bis zu seinem unausweichlichen Ende noch eine halbe Stunde weitergegangen.

Jetzt wurde er durch den Rais persönlich aus seinen Erinnerungen gerissen.

»Und wer ist er, unser Verräter?«

»Der Ingenieur Dr. Salah Siddiqui, Sajidi Rais.«

Allgemeines erschrockenes Atemholen. Der Präsident nickte langsam, als habe er diesen Mann schon immer in Verdacht gehabt.

»Darf man fragen«, warf Hassan Rahmani ein, »für wen der Schuft gearbeitet hat?«

Khatib warf ihm einen giftigen Blick zu und ließ sich mit der Antwort Zeit.

»Das hat er nicht verraten, Sajidi Rais.«

»Aber er wird, er wird«, sagte der Präsident.

»Sajidi Rais«, murmelte Khatib, »ich muß zu meinem Bedauern melden, daß der Verräter zu diesem Zeitpunkt während seines Geständnisses gestorben ist.«

Rahmani sprang auf, ohne sich um protokollarische Gepflogenheiten zu kümmern.

»Sajidi Rais, ich muß energisch protestieren! Die Behandlung dieses Falls beweist erstaunliche Unfähigkeit. Der Verräter muß Verbindung zum Feind gehabt, muß seine Nachrichten irgendwie übermittelt haben. Jetzt erfahren wir darüber vermutlich nichts mehr.«

Der blanke Haß in Khatibs Blick erinnerte Rahmani, der als Junge in Mr. Hartleys Schule Kipling gelesen hatte, unwillkürlich an die Giftnatter Krait, die gezischt hatte: »Nimm dich in acht, denn ich bin der Tod.«

»Was haben Sie zu sagen?« fragte der Rais.

Khatib spielte den Zerknirschten.

»Sajidi Rais, was kann ich dazu sagen? Die Männer, die unter mir dienen, lieben Sie wie einen Vater, nein, noch mehr. Sie würden für Sie sterben. Als der Verräter die abscheulichsten Untaten gestanden hat, sind sie ... etwas übereifrig gewesen.«

Unsinn!, dachte Rahmani. Aber der Rais nickte langsam. Das war die Ausdrucksweise, die er gern hörte.

»Das ist verständlich«, sagte er. »So was kann vorkommen. Und Sie, Brigadegeneral Rahmani, der seinen Kollegen kritisiert, können Sie irgendwelche Erfolge melden?«

Rahmani fiel sofort auf, daß er nicht als »Rafik«, Genosse, angesprochen worden war. Er würde vorsichtig, sehr vorsichtig sein müssen.

»Es gibt einen Geheimsender, Sajidi Rais – anscheinend in Bagdad.«

Nachdem er berichtet hatte, was Major Sa'id ihm gemeldet hatte, wollte er hinzufügen: »Wenn wir mit etwas Glück auch seinen nächsten Funkspruch abfangen, müßten wir den Sender aufspüren können.« Aber dann überlegte er sich, daß das noch etwas Zeit hatte.

»Nachdem der Verräter tot ist«, fuhr der Rais fort, »kann ich euch vertraulich mitteilen, was ich vor zwei Tagen nicht sagen durfte. Die Faust Gottes ist nicht zerstört, nicht einmal verschüttet. Sie ist vierundzwanzig Stunden vor dem Bombenangriff auf meinen Befehl hin an einen sichereren Ort verlagert worden.«

Es dauerte über eine Minute, bis der Beifall abklang, mit dem seine Vertrauten ihrer Bewunderung für die wahrhafte Genialität ihres Führers Ausdruck verliehen.

Danach teilte er ihnen mit, die Waffe befinde sich in der Festung, deren genaue Lage sie nicht zu kümmern brauche, und aus der Qa'ala werde sie an dem Tag eingesetzt, um die Weltgeschichte grundlegend zu verändern, an dem der erste Kampfstiefel eines amerikanischen Soldaten den geheiligten Boden des Irak betrete.

20

Die Nachricht, daß die britischen Tornados das wahre Ziel ihres Angriffs auf Al-Qubai verfehlt hatten, traf den nur unter seinem Decknamen Jericho bekannten Mann wie ein Keulenschlag. Es erforderte äußerste Willenskraft, danach wie alle anderen aufzuspringen und dem Rais bewundernd zuzujubeln.

In dem verdunkelten Bus, der ihn und die übrigen Generale in die Bagdader Innenstadt zurückbrachte, saß er gedankenverloren schweigend in der hintersten Sitzreihe.

Die Tatsache, daß die Nuklearwaffe, die jetzt anderswo an einem als Qa'ala, Festung, bezeichneten Ort, von dem er nie gehört hatte und dessen Lage er nicht kannte, versteckt war, bei ihrem Einsatz viele, viele Menschenleben fordern konnte, kümmerte ihn nicht im geringsten.

Seine Gedanken kreisten ausschließlich um seine persönliche Situation. Drei Jahre lang hatte er alles riskiert – Enttarnung, Ruin und einen schrecklichen Tod –, um das irakische Regime zu verraten. Dabei war es ihm nicht nur darum gegangen, im Ausland ein riesiges Privatvermögen anzuhäufen; Multimillionär hätte er vermutlich leichter durch Diebstahl und Erpressung hier im Irak werden können, obwohl auch damit Risiken verbunden waren.

Der springende Punkt war, daß er sich im Ausland mit neuer Identität, mit einer neuen »Legende«, die seine ausländischen Zahlmeister liefern mußten, unter ihrem Schutz zur Ruhe setzen wollte, um vor rachedurstigen Killertrupps sicher zu sein. Er hatte das Schicksal derer beobachtet, die einfach nur stahlen und ins Ausland flüchteten; sie lebten in ständiger Angst, bis die irakischen Rächer sie irgendwann stellten.

Er, Jericho, wollte seine Millionen *und* Sicherheit, deshalb hatte er den Wechsel in seiner Führung von den Israelis zu den Amerikanern begrüßt. Sie würden sich seiner annehmen, ihre Verpflichtung erfüllen und ihm eine neue Identität verschaffen, damit er sich als anderer Mann mit anderer Staatsbürgerschaft seine Strandvilla in Mexiko kaufen und dort bis ans Ende seiner Tage in behaglichem Luxus leben konnte.

Jetzt war alles anders. Schwieg er, bis die Waffe irgendwann eingesetzt wurde, würden sie annehmen, er habe gelogen. Das hatte er nicht, aber in ihrem Zorn würden sie ihm das nie glauben. Die Amerikaner würden sein Bankkonto mit allen Mitteln blockieren, so daß er zuletzt mit leeren Händen dastehen würde. Er mußte sie irgendwie warnen, daß dieser Irrtum passiert war. Noch ein paar Risiken, dann war's endlich soweit – der Irak besiegt, der Rais gestürzt und er, Jericho, weit weg von hier in einem fernen Land.

In seinem Dienstzimmer, wo er ganz ungestört war, schrieb er seine Nachricht – wie immer auf arabisch – auf dünnes Pelürepapier, das so wenig Platz einnahm. Er schilderte die Besprechung, die an diesem Abend stattgefunden hatte, und führte aus, daß zum Zeitpunkt seiner letzten Mitteilung die Waffe sich wirklich wie gemeldet in Al-Qubai befunden habe; als die Tornados dann achtundvierzig Stunden später angegriffen hatten, sei sie bereits weggebracht worden. Das sei jedoch nicht seine Schuld.

Er fügte alles hinzu, was er wußte: daß es einen geheimen Ort gab, der als Festung bezeichnet wurde; daß die Waffe sich in der Qa'ala befand und von dort aus eingesetzt werden sollte, sobald der erste Amerikaner irakischen Boden betrat.

Kurz nach Mitternacht setzte er sich in ein neutrales Auto und fuhr durch ein Labyrinth aus kleinen Straßen und Gassen. Niemand sprach ihm das Recht dazu ab; das hätte keiner gewagt. Er hinterlegte seine Nachricht in dem toten Briefkasten nahe dem Obst- und Gemüsemarkt in Kasra und machte dann sein Kreidezeichen hinter der Josephskirche im Christengebiet. Er konnte nur hoffen, daß der Unbekannte, der seine Mitteilungen abholte, keine Zeit verlieren würde.

Zufällig verließ Mike Martin die sowjetische Villa am Morgen des 15. Februar sehr früh. Die russische Köchin hatte ihm eine lange Einkaufsliste gegeben, die äußerst schwierig abzuhaken sein würde. In Bagdad wurden die Lebensmittel knapp. Schuld daran waren nicht die Bauern im Umland, sondern Transportprobleme. Fast alle Brücken waren zerstört, und das mittelirakische Tiefland wird von Flußläufen durchzogen, die zur Bewässerung der Felder dienen, die

Bagdad ernähren. Um nicht mehrmals Fährgeld zahlen zu müssen, blieben die Bauern lieber gleich zu Hause.

Zum Glück kaufte Martin zuerst auf dem Gewürzmarkt in der Shurja Street ein und radelte dann um die Josephskirche herum zu der hinter ihr vorbeiführenden Gasse. Als er das Kreidezeichen sah, fuhr er unwillkürlich zusammen.

Das Zeichen an dieser Mauer sollte stets aus einer liegenden Acht bestehen, durch deren Knotenpunkt ein kurzer waagrechter Strich führte. Aber er hatte Jericho frühzeitig angewiesen, diesen Querstrich in einem wirklichen Notfall durch je ein kleines Kreuz in den beiden Achterhälften zu ersetzen. Heute waren diese Kreuze eingezeichnet.

Martin trat kräftig in die Pedale, erreichte den Gemüsemarkt in Kasra, wartete dort, bis er unbeobachtet war, bückte sich wie immer, als wolle er etwas an seiner Sandale richten, griff ins Versteck und zog den dünnen Plastikbeutel heraus. Am Spätvormittag war er wieder in der sowjetischen Villa und erklärte der aufgebrachten Köchin, er habe sein Bestes getan, aber die frische Ware komme heute später als sonst in die Stadt. Er würde nachmittags erneut losfahren müssen.

Als er Jerichos Nachricht las, war ihm sofort klar, warum der Mann in Panik geraten war. Martin setzte seinen eigenen Funkspruch auf, in dem er Riad erklärte, warum er sich verpflichtet fühlte, die Dinge jetzt selbst in die Hand zu nehmen und selbständig eine Entscheidung zu treffen. Für Besprechungen in Riad und weiteren Funkverkehr reichte die Zeit nicht mehr. Aus seiner Sicht am schlimmsten war Jerichos Warnung, die irakische Spionageabwehr wisse von einem Geheimsender, der komprimierte Funksprüche sende. Martin konnte nicht beurteilen, wie nahe er einer Entdeckung war – aber er mußte annehmen, daß es keinen Funkverkehr mit Riad mehr geben würde. Deshalb traf er die Entscheidung selbst.

Martin sprach zuerst Jerichos Nachricht auf arabisch und danach seine Übersetzung ins Englische auf Band. Nachdem er seine eigene Mitteilung angefügt hatte, machte er das Funkgerät sendebereit.

Sein nächstes »Sendefenster« öffnete sich eigentlich erst spätnachts – die Nacht wurde immer gewählt, damit Kulikows Haushalt fest schlief. Aber wie für Jericho gab es auch für Martin ein Notverfahren.

Es bestand darin, daß ein einziger langer Rufton, in diesem Fall ein hohes Pfeifen, auf einer völlig anderen Frequenz weit außerhalb des bisher von ihm benutzten UHF-Bereichs gesendet wurde.

Martin überzeugte sich davon, daß der irakische Chauffeur mit Erstem Sekretär Kulikow in der Botschaft im Stadtzentrum war und der russische Hausbesorger und seine Frau beim Mittagessen saßen. Dann baute er trotz des hohen Risikos, entdeckt zu werden, die Satellitenantenne hinter der offenen Tür auf und sendete den Pfeifton.

In der Funkbude, als die eines der ehemaligen Schlafzimmer der SIS-Villa in Riad zweckentfremdet war, begann eine Warnleuchte zu blinken. Es war 13.25 Uhr. Der Funker vom Dienst, der den normalen Funkverkehr zwischen der Villa und dem Century House in London abwickelte, ließ alles liegen und stehen, rief durch die offene Tür nach draußen, er brauche einen Kollegen zur Unterstützung, und stellte sofort Empfangsbereitschaft auf Martins Frequenz für diesen Tag her.

Der zweite Funker streckte seinen Kopf zur Tür herein.

»Was'n los?«

»Hol Steve und Simon! Black Bear meldet sich gleich wieder – ein Notfall!«

Der andere verschwand. Martin ließ Riad eine Viertelstunde Zeit, bevor er den eigentlichen Funkspruch sendete.

Riad war nicht die einzige Station, die den komprimierten Funkspruch aufnahm. Außerhalb von Bagdad empfing eine weitere Satellitenantenne, die im Sendersuchlauf unablässig alle UHF-Frequenzen überwachte, seine zweite Hälfte. Martins Funkspruch war so lang, daß er selbst komprimiert noch vier Sekunden dauerte. Die irakischen Horchfunker empfingen die beiden letzten und konnten damit den Sender »einpeilen«.

Sobald der Funkspruch gesendet war, packte Martin die Geräte zusammen und versteckte sie im Hohlraum unter den Bodenfliesen. Kaum war er damit fertig, hörte er Schritte im Kies vor seiner Hütte. Das war der russische Hausbesorger, der in einem Anfall von Großzügigkeit durch den Garten kam, um ihm eine Zigarette Marke Balkan anzubieten. Martin nahm sie mit viel Kopfnicken,

Verbeugungen und gemurmelten »Schukran!« an. Der Russe kehrte stolz auf seine Menschenfreundlichkeit ins Haus zurück.

Armer Teufel, dachte er, was für ein Leben!

Als der arme Teufel wieder allein war, machte er sich daran, ein Blatt des Luftpostpapiers, das er unter seinem Strohsack versteckt hielt, eng in arabischer Schrift zu beschreiben. Während er damit beschäftigt war, brütete ein Funkgenie namens Major Sa'id über einem großen Stadtplan von Bagdad und konzentrierte sich vor allem auf den Stadtteil Mansur. Nachdem er seine Berechnungen überprüft hatte, rief er Brigadegeneral Hassan Rahmani in der Muchabarat-Zentrale an – keine fünfhundert Meter von der Raute entfernt, die Sa'id in Mansur mit grünem Filzstift eingezeichnet hatte. Er bekam einen Termin für sechzehn Uhr.

In Riad tobte Chip Barber mit einem Computerausdruck in der Hand durch den Salon der Villa und fluchte gotteslästerlicher als jemals in den dreißig Jahren seit seiner Entlassung aus der Marineinfanterie.

»Wie zum Teufel kommt er auf diese Scheißidee?« wollte er von den beiden ebenfalls anwesenden SIS-Leuten wissen.

»Immer mit der Ruhe, Chip«, sagte Laing. »Martin ist schon verdammt lange im Einsatz. Er steht unter massivem Druck. Er spürt, daß er eingekreist wird. Normalerweise müßten wir ihn dort rausholen – sofort!«

»Yeah, ich weiß, er ist ein großartiger Kerl, aber er hat kein Recht, das zu tun. Schließlich sind *wir* die Leute, die dafür blechen müssen, stimmt's?«

»Klar, das wissen wir«, sagte Paxman. »Aber er ist unser Mann, der auf einem verdammt exponierten Posten steht. Wenn er freiwillig weitermacht, geht's ihm darum, seinen Auftrag zu Ende zu führen – für euch ebenso wie für uns.«

Barber beruhigte sich etwas.

»Drei Millionen Dollar ... Wie zum Teufel soll ich Langley beibringen, daß er Jericho weitere drei Millionen Greenbacks dafür geboten hat, daß er diesmal das richtige Ziel benennt? Dieses irakische Arschloch hätte es gleich richtig angeben sollen. Wer garantiert mir, daß das kein fauler Trick ist, um noch mehr Geld aus uns rauszulocken?«

»Chip«, sagte Laing, »wir reden hier von einer Kernwaffe.«

»Vielleicht«, knurrte Barber, »*vielleicht* reden wir hier von einer Kernwaffe. *Vielleicht* hat Saddam Hussein rechtzeitig genug Uran zusammengekratzt, *vielleicht* haben seine Leute daraus rechtzeitig eine Kernwaffe gebastelt. Im Grunde genommen haben wir nur die Berechnungen einiger Wissenschaftler und Saddam Husseins Behauptung, *falls* er sie jemals aufgestellt hat. Verdammt noch mal, Jericho ist bloß ein Söldner, der vielleicht das Blaue vom Himmel lügt! Wissenschaftler können sich irren, und Saddam Hussein ist ohnehin ein notorischer Lügner. Was haben wir für all dieses Geld tatsächlich *bekommen*?«

»Willst du das Risiko auf dich nehmen?« fragte Laing.

Barber ließ sich in einen Sessel fallen.

»Nein«, antwortete er langsam, »nein, das will ich nicht. Okay, ich kläre die Sache mit Langley. Danach informieren wir die Generale. Sie müssen davon erfahren. Aber eines sage ich euch schon jetzt, Jungs: Irgendwann läuft mir dieser Jericho über den Weg, und wenn er uns reingelegt hat, reiße ich ihm die Arme ab und erschlage ihn damit!«

An diesem Nachmittag um sechzehn Uhr erschien Major Sa'id mit dem Stadtplan und seinen Berechnungen in Hassan Rahmanis Dienstzimmer. Er erläuterte seinem Vorgesetzten umständlich, heute sei ihm die dritte Peilung geglückt, aus der er errechnet habe, daß der Geheimsender sich innerhalb der auf dem Stadtplan eingezeichneten Raute befinden müsse. Rahmani betrachtete sie zweifelnd.

»Das Gebiet ist hundert mal hundert Meter groß«, stellte er fest. »Ich dachte, mit modernster Technik ließe ein Sender sich auf den Meter genau orten.«

»Ja, das kann ich, wenn er lange genug sendet«, erklärte der junge Major ihm geduldig. »Der Sendestrahl, den meine Antenne aufnimmt, ist nicht breiter als ein Meter. Bekomme ich dazu eine Kreuzpeilung aus anderer Position, haben Sie Ihren Quadratmeter. Aber diese Sendungen sind schrecklich kurz, nur ein bis zwei Sekunden lang. Das ergibt bestenfalls einen von der Empfangsantenne ausgehenden sehr schmalen Kegel, der mit zunehmender Entfernung allmählich breiter wird. Nach zehn bis zwölf Kilometern ist er vielleicht schon hundert Meter breit. Aber dieses Gebiet ist trotzdem nicht sehr groß.«

Rahmani betrachtete den Stadtplan mit zusammengekniffenen Augen. Innerhalb der grün eingezeichneten Raute standen vier Gebäude.

»Schön, gehen wir mal rüber und sehen uns um«, schlug er vor.

Die beiden Männer durchstreiften Mansur mit dem Stadtplan in der Hand, bis sie die Grenzen des eingezeichneten Gebiets genau bestimmt hatten. Es lag in einem Wohnviertel für reiche Leute. Die vier in Frage kommenden Villen standen jeweils auf ihrem von einer Mauer umgebenen eigenen Grundstück. Bis die beiden fertig waren, wurde es allmählich dunkel.

»Morgen ganz früh durchsuchen Sie alles«, entschied Rahmani. »Ich lasse das Viertel unauffällig abriegeln. Sie wissen am besten, wonach Sie suchen müssen. Ihre Spezialisten sollen die vier Häuser auseinandernehmen. Sobald sie was finden, haben wir den Spion!«

»Ein Problem gibt's allerdings«, sagte der Major. »Sehen Sie das Messingschild dort drüben? Es bezeichnet eine Diplomatenwohnung der sowjetischen Botschaft.«

Rahmani dachte darüber nach. Als Verursacher eines internationalen Zwischenfalls würde er keinen Dank ernten.

»Sie fangen mit den drei anderen an«, entschied er. »Sollten Sie nicht fündig werden, lasse ich die Durchsuchung des sowjetischen Gebäudes vom Außenministerium genehmigen.«

Während ihres Gesprächs war ein Angestellter des sowjetischen Haushalts fünf Kilometer von ihnen entfernt. Der Gärtner Mahmud al-Khouri war auf dem alten englischen Friedhof, wo er einen flachen Plastikbeutel in ein Steingefäß auf einem schon lange nicht mehr gepflegten Grab legte. Später brachte er an der Außenwand des Gebäudes des Journalistenverbands ein Kreidezeichen an. Bei einer nächtlichen Rundfahrt stellte er dann vor Mitternacht fest, daß sein Kreidezeichen weggewischt war.

An diesem Abend war in Riad eine Besprechung angesetzt – eine sehr private Besprechung in einem geschlossenen Raum zwei Stockwerke unter dem saudiarabischen Verteidigungsministerium. Anwesend waren vier Generale und zwei Zivilisten: Barber und Laing. Nachdem diese beiden Bericht erstattet hatten, saßen die vier hohen Offiziere trübselig schweigend da.

»Stimmt das tatsächlich?« fragte einer der Amerikaner.

»Wenn Sie einen hundertprozentigen Beweis meinen, den haben wir nicht«, gab Barber zu. »Aber wir glauben, daß diese Informationen mit sehr hoher Wahrscheinlichkeit stimmen.«

»Worauf basiert Ihre Überzeugung?« fragte der Luftwaffengeneral.

»Wie Sie vermutlich schon erraten haben, Gentlemen, haben wir seit einigen Monaten einen Topagenten ziemlich weit oben in der Bagdader Führungsriege.«

Die Uniformierten murmelten zustimmend.

»Ich hab' nie geglaubt, daß diese Zielinformationen alle aus Langleys Kristallkugeln stammen«, sagte der USAF-General, der noch nicht verwunden hatte, daß die CIA die Trefferquote seiner Piloten anzweifelte.

»Entscheidend ist dabei«, warf Laing ein, »daß seine bisherigen Meldungen immer hundertprozentig zutreffend gewesen sind. Sollte er diesmal lügen, kann er sich auf einiges gefaßt machen. Aber wir müssen uns fragen: Dürfen wir das riskieren?«

Danach herrschte einige Minuten lang Schweigen.

»Einen Punkt habt ihr allerdings übersehen, Leute«, sagte der Luftwaffengeneral. »Einsatz.«

»Einsatz?« fragte Barber.

»Richtig. Eine Waffe zu besitzen, ist eine Sache; sie gegen den Feind einsetzen zu können, ist eine ganz andere. Hören Sie, niemand glaubt, daß Saddam Hussein schon die Miniaturisierung beherrscht. Das wäre Hyper-Tech. Folglich kann er dieses Ding, falls er's überhaupt hat, nicht aus einer Panzerkanone verschießen. Oder aus einem Geschütz – gleiches Kaliber. Oder mit einer Katjuschka-Batterie. Oder mit einer Rakete.«

»Warum nicht mit einer Rakete, General?«

»Wegen der Nutzlast«, antwortete der Flieger sarkastisch. »Wegen der gottverdammten Nutzlast! Gehen wir von einer primitiven Kernwaffe aus, müssen wir mit etwa einer halben Tonne Gewicht rechnen. Wie wir jetzt wissen, haben die Trägerraketen Al-Abeid und Al-Tammus sich erst im Entwicklungsstadium befunden, als wir die Raketenfabrik Saad-16 zerstört haben. Bei den Mustern Al-

Abbas und Al-Badr sieht's nicht anders aus. Nicht einsatzfähig – entweder zerbombt oder zu geringe Nutzlast.«

»Was ist mit der Scud?« fragte Laing.

»Unbrauchbar«, entgegnete der General. »Seine sogenannte Langstreckenrakete Al-Husein bricht bisher immer beim Wiedereintritt in die Erdatmosphäre auseinander und trägt nur fünfundsiebzig Kilogramm. Auch die Nutzlast der Scud in sowjetischer Originalausführung ist bei weitem zu gering.«

»Dann bleibt immer noch eine von einem Flugzeug abgeworfene Atombombe übrig«, stellte Barber fest. Der Luftwaffengeneral funkelte ihn an.

»Gentlemen, ich verbürge mich persönlich dafür, daß ab sofort kein irakisches Militärflugzeug auch nur die Grenze erreicht. Die meisten werden nicht mal in die Luft kommen. Die wenigen, denen der Start gelingt und die nach Süden fliegen, werden auf halber Strecke zur Grenze abgeschossen. Ich habe genügend AWACS-Flugzeuge, genügend Jäger, um dafür garantieren zu können.«

»Und die Festung?« fragte Laing. »Die Abschußrampe?«

»Ein streng geheimer Hangar – wahrscheinlich unterirdisch, mit getarnter Startbahn –, in dem eine Mirage, eine MiG oder eine Suchoi einsatzbereit stehen. Aber wir schießen sie ab, bevor sie die Grenze erreicht.«

Die Entscheidung lag jetzt bei dem amerikanischen General am Kopfende des Tisches.

»Glauben Sie, daß Sie den Aufbewahrungsort der Waffe, diese sogenannte Festung, finden?« fragte er ruhig.

»Ja, Sir. Wir suchen sie schon jetzt. Wahrscheinlich brauchen wir noch ein paar Tage.«

»Findet sie, dann zerstören wir sie!«

»Und die Invasion in vier Tagen, Sir?«

»Ich gebe Ihnen noch Bescheid.«

An diesem Abend wurde bekanntgegeben, die Bodenoffensive gegen Kuwait und den Irak sei vorerst auf den 24. Februar verschoben worden.

Später nannten die Historiker zwei unterschiedliche Gründe für diese Verschiebung. Einmal hieß es, die amerikanische Marineinfanterie habe ihre Hauptangriffsrichtung einige Kilometer nach

Westen verlegen wollen, was Truppenbewegungen, Nachschub-transporte und weitere Vorbereitungen bedingt habe. Das stimmte sogar.

Über einen weiteren Grund berichteten später die Medien: Zwei britische Hacker sollten in den Computer des Verteidigungsmini-steriums eingedrungen sein und die Zusammenstellung von Wetter-berichten fürs Angriffsgebiet so gründlich durcheinandergebracht haben, daß nun Verwirrung in bezug auf die Wahl des aus meteoro-logischer Sicht besten Tages für den Angriffsbeginn herrschte.

Tatsächlich war das Wetter vom 20. bis 24. Februar schön und klar, um sich pünktlich zu Angriffsbeginn zu verschlechtern.

General Norman Schwarzkopf war ein großer, sehr starker Mann – körperlich, geistig und moralisch. Aber er hätte ein Übermensch oder vielleicht das Gegenteil sein müssen, wenn der Streß dieser letzten Tage sich nicht allmählich auch bei ihm bemerkbar gemacht hätte.

Schwarzkopf hatte ein halbes Jahr lang Tag für Tag bis zu achtzehn Stunden gearbeitet. Er hatte nicht nur den größten und schnellsten Truppenaufmarsch der Militärgeschichte beaufsichtigt – eine Aufgabe, an der allein ein Geringerer schon hätte zerbrechen können –, sondern auch die Schwierigkeiten des Umgangs mit den vielfältigen Empfindlichkeiten der saudiarabischen Gesellschaft be-wältigt, ein dutzendmal den Frieden bewahrt, wenn Auseinander-setzungen zwischen den Alliierten das Bündnis platzen zu lassen drohten, und endlos gutgemeinte, aber nutzlose und belastende Interventionen des amerikanischen Kongresses abgewehrt.

Und trotzdem waren es nicht alle diese Dinge, die in diesen letzten Tagen seinen dringend benötigten Schlaf störten. Ausgelöst wurde der Alptraum durch die schwer auf ihm lastende Verantwor-tung für so viele junge Menschenleben.

In seinem Alptraum sah er das Dreieck vor sich. Immer das Dreieck. Es war ein rechtwinkliges, auf der Seite liegendes Land-dreieck. Was die Grundlinie gewesen wäre, war die Küstenlinie, die in Khafji begann und an Jubail vorbei nach Süden zu den drei zusammengehörenden Städten Dammam, Al-Khoba und Dhahran führte.

Die senkrechte Kathete war die von der Küste aus nach Westen führende Grenze, erst zwischen Saudi-Arabien und Kuwait, dann tiefer in die Wüste hinein, wo sie die Grenze zum Irak bildete.

Die Hypotenuse war die schräge Verbindungslinie zwischen dem am weitesten vorgeschobenen westlichen Vorposten in der Wüste und der Hafenstadt Dhahran.

Innerhalb dieses Dreiecks standen fast eine halbe Million junger Männer und einige Frauen bereit und warteten auf seinen Befehl. Achtzig Prozent von ihnen waren Amerikaner. Im Osten standen die Saudis, weitere arabische Kontingente und die Marineinfanterie. In der Mitte waren die starken amerikanischen Panzer- und Infanterieverbände sowie die britische 1. Panzerdivision konzentriert. An der äußersten Westflanke standen die Franzosen.

Einst hatte der Alptraum ihm Zehntausende von jungen Männern gezeigt, die zum Angriff durch die Breschen stürmten, um von einem Regen aus Giftgas durchtränkt zu werden und zwischen den Sandwällen und Drahthindernissen zu sterben. Jetzt war seine Vision noch schlimmer.

Erst vorige Woche hatte ein Nachrichtenoffizier mit einem Blick auf das Dreieck auf der Lagekarte tatsächlich die Vermutung geäußert: »Vielleicht will Saddam dort 'ne Atombombe reinwerfen.« Der Mann hatte das für einen Scherz gehalten.

In dieser Nacht bemühte der Oberbefehlshaber sich wieder vergeblich, Schlaf zu finden. Immer das Dreieck. Zu viele Männer, zu wenig Raum.

In der SIS-Villa teilten Laing, Paxman und die beiden Funker sich einen aus der britischen Botschaft eingeschmuggelten Kasten Bier. Auch sie studierten die Lagekarte, auch sie sahen das Dreieck. Auch sie spürten den Streß.

»Eine gottverdammte Bombe, eine beschissene, kleine, primitive Erstlingsbombe unter Hiroshimastärke mit hohem Sprengpunkt oder auf Höhe null dort rein...«, sagte Laing.

Dazu brauchte man kein Wissenschaftler zu sein. Schon der ersten Detonation würden über hunderttausend junge Soldaten zum Opfer fallen. Binnen Stunden würde die radioaktive Wolke, die Milliarden Tonnen Sand aus der Wüste aufgesaugt hatte, weiterziehen und alles auf ihrem Weg mit einem Mantel des Todes bedecken.

Die Schiffsbesatzungen auf See würden Zeit haben, die Luken dichtzumachen, aber nicht die Bodentruppen oder die Einwohner der saudiarabischen Städte. Die Wolke würde weitertreiben und dabei noch wachsen, über Bahrain und die alliierten Flugplätze hinwegziehen, das Meer vergiften und schließlich die iranische Küste erreichen, um landeinwärts treibend eine der drei Spezies auszurotten, die Saddam Hussein einmal als nicht lebenswert bezeichnet hatte..., »Perser, Juden und Fliegen«.

»Aber er bringt das Scheißding nicht ins Ziel«, sagte Paxman. »Er hat kein Flugzeug, keine Rakete, die das kann.«

Hoch im Norden, im Dschebel al-Hamrin versteckt, tief im Innern des Verschlußblocks einer Kanone mit hundertachtzig Meter Rohrlänge und tausend Kilometer Schußweite, lag die Faust Gottes noch passiv bereit, um auf Befehl ihren großen Flug zu beginnen.

Das Haus in Qadisija war erst halb wach und keineswegs auf die Besucher vorbereitet, die im Morgengrauen kamen. Als sein Besitzer es vor vielen Jahren erbaut hatte, war es von Obstgärten umgeben gewesen.

Es stand etwa fünf Kilometer von den vier Villen in Mansur entfernt, die Major Sa'id von der Spionageabwehr sich gerade überwachen zu lassen anschickte.

Die unaufhaltsame Ausbreitung der südwestlichen Vorstädte Bagdads hatte das alte Haus überwuchert, und der Verkehr auf der neuen Qadisija-Schnellstraße toste durch ehemalige Obstgärten, in denen Pfirsich- und Aprikosenbäume gestanden hatten.

Trotzdem war es ein schönes Haus, der Besitz eines wohlhabenden, jetzt längst im Ruhestand lebenden Mannes auf einem von einer Mauer umgebenen Gartengrundstück, in dessen hinterstem Winkel noch immer einige Obstbäume standen.

Die unerwünschten Besucher, zwei Lastwagenladungen AMAM-Soldaten unter Führung eines Majors, hielten sich nicht mit Höflichkeitsfloskeln auf. Das Schloß des Haupttors wurde weggeschossen, das Tor mit Fußtritten aufgestoßen, und die Soldaten stürmten hindurch, schlugen die Haustür mit Kolbenstößen ein und verprügelten den gebrechlichen alten Diener, der sie aufzuhalten versuchte.

Sie rannten durchs Haus, rissen alle Schränke und Schubladen auf und fetzten Vorhänge herunter, während der erschrockene alte Mann, dem das Haus gehörte, sich schützend vor seine Frau stellte.

Die Soldaten durchsuchten das Haus vom Keller bis zum Dach, ohne etwas zu finden. Als der Alte sie anflehte, ihm doch zu sagen, was sie wollten oder suchten, erklärte der Major ihm grob, das wisse er selbst am besten, und die Suche ging weiter.

Nach dem Haus nahmen die Soldaten sich den Garten vor. Im hintersten Winkel fanden sie dicht an der Mauer frisch umgegrabene Erde. Zwei von ihnen hielten den Alten fest, während einige ihrer Kameraden nachgruben. Er protestierte, er wisse nicht, wer dort gegraben habe; er habe bestimmt nichts vergraben. Aber sie fanden trotzdem etwas.

Es steckte in einem Jutesack, und als sie ihn ausleerten, konnten alle sehen, daß es ein Funkgerät war.

Der Major verstand nichts von Funkgeräten, und selbst wenn er etwas davon verstanden hätte, wäre es ihm gleichgültig gewesen, daß der ausgeleierte Morsesender in dem Jutesack Welten von Mike Martins ultramodernem Satellitenfunkgerät entfernt war, das noch immer unter dem Fußboden seiner Hütte im Garten von Erstem Sekretär Kulikow versteckt lag. In den Augen des AMAM-Majors gehörten Funkgeräte zum Handwerkszeug von Spionen – und allein das zählte.

Der Alte begann zu jammern, er habe dieses Gerät noch nie gesehen, irgend jemand müsse nachts über die Mauer geklettert sein, um es hier zu vergraben, aber sie schlugen ihn mit ihren Gewehrkolben nieder, ebenso seine Frau, als sie nicht zu kreischen aufhörte.

Als der Major die Trophäe untersuchte, erkannte sogar er, daß einige der Schriftzeichen auf dem Jutesack, der als Umhüllung gedient hatte, offensichtlich hebräische Buchstaben waren.

Den alten Diener und die alte Frau wollten sie nicht, nur den Mann. Obwohl er über Siebzig war, packten vier Soldaten ihn an Händen und Füßen, schleppten ihn mit dem Gesicht nach unten weg und warfen ihn wie einen Sack Feigen auf die Ladefläche eines ihrer Lastwagen.

Der Major war sehr befriedigt. Er hatte auf einen anonymen Hinweis hin gehandelt und seine Pflicht getan. Seine Vorgesetzten würden mit ihm zufrieden sein. Aber dies war kein Fall für das Gefängnis Abu Ghraib. Er brachte seinen Gefangenen in die AMAM-Zentrale mit der »Turnhalle«. Das, so überlegte er sich, war der einzig richtige Ort für israelische Spione.

Am selben Tag, dem 16. Februar, war Gidi Barzilai in Paris, wo er seine kolorierte Zeichnung von Gemütlichs Schreibtisch Michel Levy vorlegte. Der alte Antiquitätenhändler war entzückt, ihm helfen zu können. Er war bisher erst einmal um Unterstützung gebeten worden, als es darum ging, einem Katsa, der sich Zutritt zu einem bestimmten Haus verschaffen wollte, einige Möbel zu leihen, damit er als Antiquitätenhändler auftreten konnte.

Für Michel Levy war es ein aufregendes Vergnügen, ein Ereignis, das die Existenz eines alten Mannes belebte, vom Mossad konsultiert zu werden und imstande zu sein, ihm irgendwie zu helfen.

»Boulle«, sagte er.

»Wie bitte?« fragte Barzilai, der Levy in Verdacht hatte, ihn beleidigen zu wollen.

»Boulle«, wiederholte der Alte. »Auch ›Buhl‹ geschrieben. Der große französische Möbeltischler. Sein Stil, wissen Sie, ganz eindeutig. Aber dieses Stück ist wohlgemerkt nicht von ihm. Es stammt aus einer späteren Periode.«

»Von wem ist's dann?«

Michel Levy war über Achtzig, mit schütterem weißen Haar, das an seiner runzligen Kopfhaut klebte; aber er hatte rosige Apfelbäckchen und glänzende Augen, die vor Lebensfreude blitzten. Er hatte schon für so viele aus seiner eigenen Generation Kaddisch gesagt.

»Nun, Boulle hat die Möbelwerkstatt bei seinem Tod seinem Schützling, dem Deutschen Oeben, vererbt. Dieser hat die Tradition dann seinerseits an einen weiteren Deutschen, Riesener, weitergegeben. Ich glaube, daß dieses Stück aus der Periode Riesener stammt. Bestimmt von einem Schüler, vielleicht sogar vom Meister selbst. Haben Sie vor, es zu kaufen?«

Das war natürlich nur ein Scherz. Er wußte recht gut, daß der Mossad keine Kunstwerke kaufte. Seine Augen blitzten vor Vergnügen.

»Es interessiert mich, sagen wir mal«, wehrte Barzilai ab.

Levy war entzückt. Sie waren wieder mal dabei, mit fiesen Tricks zu arbeiten. Er würde nie erfahren, worum es bei dieser Sache ging, aber sie machte trotzdem Spaß.

»Sind in solche Schreibtische...«

»Sekretäre«, sagte Levy. »Das ist ein Sekretär.«

»Also gut, sind in solche Sekretäre manchmal Geheimfächer eingebaut?«

Besser und besser, köstlich. Oh, diese Aufregung!

»Ah, sie meinen eine Cachette. Natürlich. Wissen Sie, junger Freund, vor vielen Jahren, als man als Herr aus verletzter Ehre zum Duell gefordert werden und dabei den Tod finden konnte, mußte eine Dame, die eine Affäre hatte, *äußerst* diskret sein. Damals hat es weder Telefon noch Fax gegeben. All die gewagten Schwärmereien ihres Geliebten mußten zu Papier gebracht werden. Aber wo waren seine Briefe vor ihrem Ehemann sicher?

Nicht in einem Wandsafe, die hat's damals noch nicht gegeben. Auch nicht in einer Stahlkassette – ihr Ehemann hätte den Schlüssel dafür verlangt. Also haben die damaligen besseren Kreise sich Möbel mit einer Cachette bestellt. Nicht immer, aber manchmal. Das Stück mußte gut gearbeitet sein, versteht sich, sonst wäre ein Geheimfach zu auffällig gewesen.«

»Wie würde man erkennen, ob ein Stück, das man... möglicherweise kaufen will, eine Cachette besitzt?«

Oh, das war wunderbar! Dieser Mann vom Mossad wollte keinen Riesener-Sekretär kaufen, er wollte einen knacken!

»Möchten Sie eines sehen?« fragte Levy.

Nachdem er einige Telefongespräche geführt hatte, verließen sie sein Geschäft und fuhren mit dem Taxi zu einem anderen Antiquitätenhändler. Levy wechselte halblaut einige Worte mit seinem Kollegen, der dann nickte und sie allein ließ. Der Alte hatte ihm erklärt, falls der Verkauf zustande komme, beanspruche er nur eine kleine Vermittlungsprovision, sonst nichts. Der andere Händler war zufrieden, denn das entsprach den Gepflogenheiten im Antiquitätenhandel.

Der Schreibtisch, den sie begutachteten, hatte erstaunliche Ähnlichkeit mit dem in Wien.

»Also«, sagte Levy, »die Cachette ist niemals groß, sonst wäre sie durch einen Vergleich der Innen- und Außenmaße einfach zu ent-

542

decken. Folglich ist sie schmal und waagrecht oder senkrecht ange-
ordnet. Vermutlich nicht mehr als zwei Zentimeter tief und in
einem drei Zentimeter dicken Brett versteckt, das massiv zu sein
scheint, aber in Wirklichkeit zwei papierdünne Wände hat, zwischen denen sich das Geheimfach befindet. Der Clou ist der Öff-
nungsmechanismus.«

Er zog eine der oberen Schubladen heraus.

»Fassen Sie hinein«, verlangte er.

Barzilai griff hinein, bis seine Fingerspitzen die Rückwand berührten.

»Tasten Sie herum.«

»Nichts«, stellte der Katsa fest.

»Das kommt daher, daß dort nichts ist«, sagte Levy. »Nicht in
diesem Fach. Aber es könnte ein Knopf, ein Riegel oder ein kurzer
Stift sein. Einen glatten Knopf drückt man hinein, einen Riegel
bewegt man seitlich, einen geriffelten Stift dreht man – und wartet
ab, was passiert.«

»Was sollte passieren?«

»Ein leises Klicken, mit dem ein Teil der Verkleidung federbetä-
tigt aufgeht. Dahinter befindet sich die Cachette.«

Sogar der Einfallsreichtum der Möbeltischler im 18. Jahrhundert
hatte seine Grenzen. Binnen einer halben Stunde hatte Michel Levy
dem Katsa beigebracht, an welchen zehn wichtigsten Stellen er den
verborgenen Federmechanismus suchen mußte, mit dem das jeweilige Geheimfach sich öffnen ließ.

»Versuchen Sie nie, Gewalt anzuwenden, um es zu finden«,
schärfte Levy ihm ein. »Damit finden Sie's ohnehin nie – und
außerdem hinterläßt Gewaltanwendung Spuren im Holz.«

Er stieß Barzilai an und grinste. Barzilai lud den alten Herrn zu
einem guten Mittagessen ins La Coupole ein und nahm dann ein
Taxi zum Flughafen, um nach Wien zurückzufliegen.

Früh am Morgen dieses 16. Februar nahmen Major Sa'id und seine
Fachleute sich die erste der drei Villen vor, die durchsucht werden
sollten. Die beiden anderen wurden abgeriegelt: Sai'ds Männer
bewachten alle Ausgänge, und die verstörten Bewohner standen
unter Hausarrest.

Der Major war durchaus höflich, aber seine Autorität duldete keinen Widerspruch. Im Gegensatz zu dem AMAM-Kommando, das fünf Kilometer von ihnen entfernt in Qadisija wütete, waren Sa'ids Männer Fachleute, die kaum bleibende Schäden verursachten und dafür um so effizienter arbeiteten.

Sie begannen im Erdgeschoß des nicht unterkellerten Gebäudes, suchten den Zugang eines Verstecks unter den Bodenfliesen und arbeiteten sich dann methodisch weiter durchs Haus – Zimmer für Zimmer, Schrank für Schrank, Hohlraum für Hohlraum.

Auch der Garten wurde abgesucht, ohne daß die Männer etwas Verdächtiges gefunden hätten. Am späten Vormittag war der Major endlich zufrieden, entschuldigte sich bei den Hausbewohnern und verließ die Villa. Gleich nebenan begann die Durchsuchung des zweiten Hauses.

Im Keller der AMAM-Zentrale in Saadun war der alte Mann, der mit beiden Handgelenken und um die Taille an einen massiven Holztisch gefesselt auf dem Rücken lag, von den vier Fachleuten umringt, die ihm sein Geständnis entreißen würden. Ebenfalls anwesend waren ein Arzt und Brigadegeneral Omar Khatib, der sich in einer Ecke mit Sergeant Ali besprach.

Der AMAM-Chef legte persönlich fest, welche Zwangsmittel nacheinander angewendet werden sollten. Sergeant Ali zog eine Augenbraue hoch; heute würde er, das wußte er genau, bestimmt seinen Overall brauchen. Omar Khatib nickte knapp und verließ den Raum. Er hatte oben in seinem Dienstzimmer noch Akten zu bearbeiten.

Der Alte beteuerte weiter, er wisse nichts von einem Funkgerät, sei wegen des unfreundlichen Wetters seit Tagen nicht mehr in seinem Garten gewesen... Das interessierte die Vernehmer nicht. Sie banden seine Füße an einen Besenstiel, der quer über den Rist verlief. Dann hoben zwei der vier Männer die Füße des Alten in die erforderliche Position, in der ihre Sohlen schräg nach oben zeigten, während Ali und sein anderer Kollege zwei schwere Stücke Elektrokabel mit gut einem Meter Länge von den Wandhaken nahmen.

Als die Bastonade begann, schrie der Alte, wie es alle taten, bis seine Stimme versagte, und wurde dann ohnmächtig. Ein Kübel Eiswasser aus der Ecke, in der mehrere Reihen übereinander standen, brachte ihn wieder zu Bewußtsein.

Im Laufe des Vormittags legten die Männer gelegentlich Ruhepausen ein, damit ihre Armmuskeln sich von den Anstrengungen erholen konnten. Während sie rasteten, wurde aus Blechnäpfen Salzwasser über die zerfetzten Fußsohlen gekippt. Waren sie dann ausgeruht, machten sie weiter.

Zwischen Ohnmachtsanfällen protestierte der Alte unbeirrbar, er könne ein Funkgerät nicht einmal bedienen, so daß alles ein schrecklicher Irrtum sein müsse.

Am späten Morgen waren Haut und Fleisch beider Füße weggepeitscht, so daß unter dem Blut weißliche Knochen sichtbar wurden. Sergeant Ali seufzte und befahl durch ein Nicken, die Bastonade einzustellen. Er zündete sich eine Zigarette an und genoß den Rauch, während sein Assistent eine kurze Brechstange benutzte, um die Beinknochen zwischen Knöcheln und Knien zu zerschlagen.

Der Alte flehte den Arzt mit schwacher Stimme an, ihm als Kollegen beizustehen, aber der AMAM-Arzt sah stumm zur Decke. Er hatte seine Anweisungen: Er sollte dafür sorgen, daß der Gefangene am Leben und bei Bewußtsein blieb.

Jenseits der Großstadt beendete Major Sa'id die Durchsuchung der zweiten Villa kurz vor sechzehn Uhr, als Gidi Barzilai und Michel Levy in Paris eben von ihrem Tisch aufstanden. Er hatte wieder nichts gefunden. Nachdem er sich höflich bei dem verschreckten Ehepaar entschuldigt hatte, das mit hatte ansehen müssen, wie sein Heim systematisch durchwühlt wurde, ging er zum Nachbarhaus weiter, um sich mit seiner Suchmannschaft die dritte und letzte Villa vorzunehmen.

In Saadun verlor der Alte immer häufiger das Bewußtsein, und der Arzt protestierte bei den Vernehmern, er brauche eine Erholungspause. Eine Injektion wurde vorbereitet und dem Alten intravenös gespritzt. Sie wirkte fast augenblicklich, brachte ihn aus seinem Beinahe-Koma ins Bewußtsein zurück und weckte seine Nerven zu neuer Schmerzempfindlichkeit.

Sobald die Nadeln im Kohlenbecken hellrot glühten, wurden sie langsam durch den verschrumpelten Hodensack und die vertrockneten Hoden in seinem Inneren getrieben.

Kurz nach achtzehn Uhr verfiel der Alte erneut in ein Koma, und diesmal kam der Arzt zu spät. Angstschweiß lief ihm in Strömen übers Gesicht, während er in verzweifelter Hast arbeitete, aber alle seine Stimulanzien, die jetzt direkt ins Herz gespritzt wurden, zeigten keine Wirkung mehr.

Sergeant Ali verließ den Raum und kam fünf Minuten später mit Omar Khatib zurück. Als der Brigadegeneral den Geschundenen betrachtete, sagte seine jahrelange Erfahrung ihm etwas, für das er kein abgeschlossenes Medizinstudium brauchte. Er fuhr herum und schlug dem angstvoll zurückweichenden Arzt mit voller Kraft mit dem Handrücken ins Gesicht.

Die Wucht dieses Schlags, aber nicht weniger der Ruf des Mannes, der ihn ausgeteilt hatte, ließ den Arzt mitsamt seinen Spritzen und Phiolen krachend zu Boden gehen.

»Kretin!« fauchte Khatib. »Los, verschwinde!«

Der Arzt sammelte sein Zeug ein, stopfte es in seine Arzttasche und machte, daß er hinauskam. Der Folterer begutachtete Alis Werk. In der Luft hing ein beiden Männern altbekannter süßlicher Geruch: eine Mischung aus Schweiß, Urin, Exkrementen, Blut, Erbrochenem und dem schwachen Duft verbrannten Fleisches.

»Er hat bis zuletzt geleugnet«, berichtete Ali. »Hätte er was gewußt, hätten wir's aus ihm rausgeholt, ich schwör's Ihnen.«

»Steckt ihn in den Sack«, knurrte Omar Khatib, »und bringt ihn seiner Frau zurück, damit sie ihn begraben kann.«

Dieser Leichensack aus starkem weißen Segeltuch, sechs Fuß lang und zwei Fuß breit, wurde an diesem Abend gegen zehn Uhr vor die Schwelle des Hauses in Qadisija geworfen. Langsam und unter vielen Schwierigkeiten, denn sie waren beide alt, zerrten die Witwe und der Diener den Leichensack ins Haus, hoben ihn hoch und legten ihn auf den Eßtisch. Die Frau nahm ihren Platz am unteren Tischende ein und stimmte ihre schrille Totenklage an.

Talat, der verstörte alte Diener, ging ans Telefon, aber es war von der Wand gerissen worden und funktionierte nicht. Er nahm das kleine Telefonverzeichnis seiner Herrin mit, das er nicht lesen konnte, und ging die Straße entlang zum Haus des Apothekers, um den Nachbarn zu bitten, er solle sich bemühen, den jungen Herrn zu erreichen – jeder der beiden jungen Herrn war in diesem Fall recht.

Zur gleichen Zeit, als der Apotheker versuchte, im zerbombten irakischen Telefonnetz eine Verbindung zu bekommen, und Gidi Barzilai, der wieder in Wien war, ein weiteres Telegramm an Kobi Dror abfaßte, berichtete Major Sa'id Hassan Rahmani vom Mißerfolg seiner Durchsuchungsaktion an diesem Tag.

»Dort ist nirgends ein Funkgerät versteckt gewesen«, erklärte er dem Chef der Spionageabwehr. »Wäre eines zu finden gewesen, hätten wir's gefunden. Folglich muß es in der vierten Villa, in der Diplomatenvilla sein.«

»Sie irren sich bestimmt nicht?« fragte Rahmani. »Ein anderes Haus kommt nicht in Frage?«

»Nein, General. Das nächste Haus, das nicht zu diesen vieren gehört, liegt deutlich außerhalb des Schnittpunkts unserer Peilungen. Die Kurzfunksprüche sind aus dem Gebiet innerhalb meiner auf dem Stadtplan eingezeichneten Raute gekommen. Das kann ich beschwören.«

Rahmani zögerte noch. Ermittlungen gegen Diplomaten waren verdammt schwierig, denn diese Leute waren immer bereit, wegen jeder Kleinigkeit mit einer Beschwerde ins Außenministerium zu laufen. Um in die Dienstvilla des Genossen Kulikow zu gelangen, würde er weit oben, so hoch oben wie überhaupt möglich, anfragen müssen.

Als der Major gegangen war, rief Rahmani im Außenministerium an. Er hatte Glück: Der Minister, der in den letzten Monaten fast ständig auf Reisen gewesen war, hielt sich in Bagdad auf. Und er saß sogar noch an seinem Schreibtisch. Hassan Rahmani bekam einen Termin für zehn Uhr am nächsten Morgen.

Der Apotheker war ein mitfühlender Mann, der die ganze Nacht hindurch nicht lockerließ. Der ältere Sohn war nicht erreichbar, aber über einen Heeresoffizier, den er kannte, gelang es ihm, dem jüngeren der beiden Söhne seines toten Freundes eine Nachricht zukommen zu lassen. Er konnte nicht selbst mit ihm sprechen, aber sein Kontaktmann gab die Nachricht weiter.

Die Hiobsbotschaft erreichte den jüngeren Sohn bei Tagesanbruch an seinem weit von Bagdad entfernten Standort. Unmittelbar darauf setzte der Offizier sich ans Steuer seines Wagens und raste los. Normalerweise hätte die Fahrt nicht länger als zwei Stunden dauern dürfen. Aber an diesem Tag, dem 17. Februar, brauchte er sechs Stunden. Unterwegs gab es Kontrollen durch Militärstreifen und an Straßensperren. Dank seines Dienstgrads konnte er an den Autoschlangen vorbeifahren und wurde, nachdem er seinen Dienstausweis vorgezeigt hatte, durchgewinkt.

An den zerstörten Brücken funktionierte das nicht. Bei jeder mußte er wie alle anderen auf die Fähre warten. So wurde es Mittag, bevor er sein Elternhaus in Qadisija erreichte.

Seine Mutter flüchtete sich in seine Umarmung und weinte an seiner Schulter. Er bemühte sich, von ihr zu erfahren, was genau passiert war, aber sie war alt und in ihrer Verwirrung kaum ansprechbar.

Schließlich nahm er sie auf die Arme und trug sie in ihr Zimmer hinauf. Zwischen den Medikamenten, die einer der Soldaten achtlos auf dem Fußboden des Badezimmers verstreut hatte, fand er ein Fläschchen mit Schlaftabletten, die sein Vater eingenommen hatte, wenn kaltes Winterwetter seine Arthritis verschlimmerte. Er gab seiner Mutter zwei davon, und sie schlief bald ein.

In der Küche wies er den alten Talat an, ihnen Kaffee zu kochen, und saß dann mit ihm am Küchentisch, während der Diener ihm schilderte, was sich seit dem Morgengrauen des vergangenen Tages ereignet hatte. Als er mit seinem Bericht fertig war, zeigte er dem Sohn seines toten Herrn das im Garten ausgehobene Loch, in dem die Soldaten den Jutesack gefunden hatten. Der jüngere Mann erklomm die Gartenmauer und entdeckte Spuren des Eindringlings, der in der Nacht zuvor über die Mauer geklettert war, um den Sack zu vergraben. Dann ging er ins Haus zurück.

Hassan Rahmani mußte warten, was ihm nicht gefiel, aber kurz vor elf Uhr wurde er endlich zu Außenminister Tariq Aziz vorgelassen.

»Tut mir leid, ich verstehe nicht recht, was Sie wollen«, sagte der grauhaarige Außenminister und starrte ihn eulenhaft durch seine Brille an. »Botschaften dürfen mit ihren Hauptstädten in Funkverbindung stehen, und ihr Funkverkehr ist immer verschlüsselt.«

»Ganz recht, Minister, und er kommt aus dem Botschaftsgebäude. Das sind normale diplomatische Aktivitäten. Aber dieser Fall liegt anders. Wir reden hier von einem Geheimsender, wie ihn Spione benutzen, der komprimierte Funksprüche an einen Empfänger sendet, der garantiert nicht in Moskau, sondern an einem weit näheren Ort steht.«

»Komprimierte Funksprüche?« fragte Aziz.

Rahmani erklärte ihm, was darunter zu verstehen war.

»Ich kann Ihnen noch immer nicht folgen. Warum sollte irgendein KGB-Agent – und es müßte sich wohl um ein KGB-Unternehmen handeln – solche Funksprüche aus der Dienstvilla des Ersten Sekretärs absetzen, wenn er dafür völlig legal die wesentlich stärkeren Sender der sowjetischen Botschaft benutzen könnte?«

»Das weiß ich nicht.«

»Dann müssen Sie mir irgendeine bessere Erklärung anbieten, Brigadegeneral. Haben Sie überhaupt eine Ahnung davon, was außerhalb Ihrer eigenen Dienststelle vor sich geht? Wissen Sie denn nicht, daß ich erst gestern aus Moskau zurückgekommen bin, wo ich intensive Gespräche mit Michail Gorbatschow und seinem persönlichen Botschafter Jewgenij Primakow, der erst letzte Woche hiergewesen ist, geführt habe?

Wissen Sie nicht, daß ich einen Friedensplan mitgebracht habe, dessen erste Stufe vorsieht – falls der Rais zustimmt, wenn ich ihm den Plan in zwei Stunden vorlege –, daß die Sowjetunion den Weltsicherheitsrat erneut einberufen und Amerika verbieten läßt, uns anzugreifen?

Und trotz all dieser Entwicklungen soll ich genau in diesem Augenblick die Sowjetunion demütigen, indem ich die Villa des Ersten Sekretärs ihrer hiesigen Botschaft durchsuchen lasse? Offen gesagt, das kann nur ein Verrückter vorschlagen, Brigadegeneral!«

Damit war das Gespräch beendet. Rahmani verließ das Außenministerium vor Wut kochend, aber hilflos. Eines hatte Tariq Aziz jedoch nicht untersagt. In seinen vier Wänden mochte Kulikow wie in einer uneinnehmbaren Festung leben. Auch in seinem Dienstwagen mochte er unangreifbar sein. Aber die Straßen gehörten Kulikow nicht.

»Die Villa wird völlig abgeriegelt«, wies Rahmani sein bestes Überwachungsteam an, sobald er in seine Dienststelle zurückgekehrt war. »Bleibt im Hintergrund, verhaltet euch diskret und unauffällig. Trotzdem erwarte ich lückenlose Überwachung. Jeder, der die Villa verläßt, wird beschattet.«

Am frühen Nachmittag hatten die Überwacher ihre Posten bezo-

gen. Sie saßen in unter Bäumen geparkten Wagen, beobachteten alle
vier Seiten der Mauer um Kulikows Grundstück und behielten beide
Enden der einzigen Zufahrtsstraße im Auge. Weiter entfernt po-
stierte Kollegen, die mit ihnen in Funkverbindung standen, würden
sie warnen, falls jemand kam, und jeden beschatten, der die Villa
verließ.

Der jüngere Sohn saß allein im Eßzimmer seines Elternhauses und
starrte den langen Segeltuchsack an, der die sterblichen Überreste
seines Vaters enthielt. Die Tränen rannen ihm übers Gesicht und
hinterließen feuchte Flecken auf seiner Uniformjacke, während er
über die gute alte Zeit nachdachte. Damals war sein Vater ein
wohlhabender Arzt mit einer großen Praxis gewesen; er hatte sogar
einige der in Bagdad lebenden britischen Familien betreut, nachdem
sein Freund Nigel Martin ihn mit ihnen bekannt gemacht hatte.

Er dachte daran, wie oft sein Bruder und er im Garten der Martins
mit Mike und Terry gespielt hatten, und fragte sich, was wohl aus
diesen beiden geworden sein mochte.

Nach einer Stunde fielen ihm einige Flecken auf dem Segeltuch auf,
die sich vergrößert zu haben schienen. Er stand auf und ging zur Tür.

»Talat!«

»Ja, Herr?«

»Bring mir eine Schere und ein Küchenmesser.«

Als Oberst Osman Badri wieder allein war, schnitt er den Sack an
beiden Querseiten und unten an der Längsseite auf. Danach konnte
er den Segeltuchsack abheben und seitlich zurückschlagen. Der
Leichnam seines Vaters war immer noch völlig nackt.

Nach alter Tradition wäre das Frauenarbeit gewesen – aber dies
war keine Aufgabe für seine Mutter. Er ließ sich von Talat Wasser
und Bandagen bringen, wusch und säuberte den mißhandelten Leib,
verband die zerschlagenen Füße, richtete die zertrümmerten Beine
gerade und bandagierte sie, bedeckte die geschwärzten Geschlechts-
teile. Während er arbeitete, weinte er, und während er weinte,
veränderte er sich.

In der Abenddämmerung rief er den Imam des Friedhofs Alwasia
in Risafa an, um ihn zu bitten, am nächsten Morgen die Beerdigung
vorzunehmen.

Tatsächlich war Mike Martin auch an diesem 17. Februar, einem Sonntag, morgens mit dem Rad in der Stadt gewesen, aber er war kurz vor Mittag zurückgekommen, nachdem er Lebensmittel einge- kauft und alle drei Signalflächen auf Kreidezeichen kontrolliert hatte. Nachmittags arbeitete er im Garten. Gospodin Kulikow, der zwar weder Christ noch Moslem war und weder den Freitag der Moslems noch den Sonntag der Christen als Feiertag achtete, war mit einer Erkältung daheim und beschwerte sich über den Zustand seiner Rosen.

Während Martin Unkraut jätete, nahmen jenseits der Garten- mauer die Männer des Muchabarat-Teams unauffällig ihre Posten ein. Jericho, überlegte er sich, konnte unmöglich in weniger als zwei Tagen antworten; folglich würde Martin morgen abend kontrollie- ren, ob irgendwo ein neues Kreidezeichen angebracht worden war.

Dr. Badri wurde kurz nach neun Uhr auf dem Friedhof Alwasia beigesetzt. In diesen Tagen herrschte auf den Bagdader Friedhöfen reger Betrieb, und der Imam hatte viel zu tun. Erst vor kurzem hatten die Amerikaner einen öffentlichen Luftschutzraum bombar- diert, wobei es über dreihundert Tote gegeben hatte. Die Volksseele kochte. Mehrere Trauergäste eines nebenan stattfindenden weite- ren Begräbnisses fragten den schweigsamen Oberst, ob sein Ver- wandter durch amerikanische Bomben umgekommen sei. Nein, er sei eines natürlichen Todes gestorben, antwortete Badri knapp.

Nach moslemischer Sitte findet die Beerdigung rasch statt – ohne lange Wartezeit zwischen Tod und Beisetzung. Und es gab keinen Holzsarg wie bei Christen, sondern die Leiche war in ein Tuch gewickelt. Der Apotheker kam, um der Witwe beizustehen, und die drei verließen nach der kurzen Zeremonie gemeinsam den Friedhof Alwasia.

Oberst Badri hatte den Friedhof eben erst verlassen, als er eine Stimme hörte, die seinen Namen rief. Wenige Meter vom Friedhofs- tor entfernt stand eine Limousine mit dunkelgetönten Scheiben. Die Scheibe der hinteren Tür war halb heruntergelassen. Im nächsten Augenblick wiederholte die Stimme seinen Namen.

Oberst Badri bat den Apotheker, seine Mutter nach Qadisija heimzubringen; er werde später nachkommen. Als die beiden weg- gefahren waren, ging er zu der Limousine hinüber. »Steigen Sie bitte ein, Oberst«, sagte die Stimme. »Wir müssen miteinander reden.«

Er öffnete die Tür und sah in den Wagen. Der einzige Insasse war auf die andere Seite gerutscht, um ihm Platz zu machen. Badri glaubte, dieses Gesicht zu kennen – aber nur vage. Er hatte es irgendwo schon einmal gesehen. Er stieg ein und schloß die Autotür. Als der Mann im grauen Anzug auf einen Knopf drückte, schloß sich die Scheibe und sperrte den Verkehrslärm aus.

»Sie haben gerade Ihren Vater begraben.«

»Ja.« Wer war der Mann? Warum fiel ihm nicht ein, wem dieses Gesicht gehörte?

»Das war schändlich, was sie ihm angetan haben. Hätte ich rechtzeitig davon gewußt, hätte ich's vielleicht verhindern können. Aber ich habe es zu spät erfahren.«

Osman Badri fühlte sich, als habe ihm jemand einen Magenhaken verpaßt. Plötzlich wurde ihm klar, mit wem er sprach – mit einem Mann, auf den er vor zwei Jahren bei einem Militärempfang aufmerksam gemacht worden war.

»Ich werde Ihnen etwas erzählen, Oberst, das mir – falls Sie's melden würden –, einen noch schrecklicheren Tod als Ihrem Vater bescheren würde.«

Das kann nur eines sein, dachte Badri. Verrat.

»Einst«, fuhr der Mann ruhig fort, »habe ich den Rais geliebt.«

»Ich auch«, sagte Badri.

»Aber die Zeiten ändern sich. Er ist verrückt geworden. In seiner Verrücktheit begeht er eine Grausamkeit nach der anderen. Er muß gestoppt werden. Sie wissen natürlich über die Qua'ala Bescheid.«

Badri war erneut überrascht, diesmal wegen des plötzlichen Themenwechsels.

»Natürlich. Ich habe sie gebaut.«

»Ganz recht. Wissen Sie, was jetzt dort gelagert ist?«

»Nein.«

Der höhere Offizier sagte es ihm.

»Das kann nicht sein Ernst sein!« protestierte Badri.

»Das ist sein völliger Ernst. Er will sie gegen die Amerikaner einsetzen. Das bräuchte vielleicht nicht unsere Sorge zu sein. Aber wissen Sie, was Amerika tun wird? Es wird auf gleiche Weise Vergeltung üben. Dann bleibt hier kein Ziegel, kein Stein auf dem anderen. Allein der Rais wird als *einziger* überleben. Wollen Sie daran mitschuldig werden?«

Oberst Badri dachte an den Leichnam in seinem Grab, das in diesem Augenblick von den Totengräbern mit trockener Erde zuge-schaufelt wurde.

»Was wollen Sie?«

»Erzählen Sie mir von der Qa'ala.«

»Warum?«

»Die Amerikaner werden sie zerstören.«

»Sie können ihnen diese Informationen zuspielen?«

»Dafür gibt's Mittel und Wege, das können Sie mir glauben. Die Qa'ala...«

Und so berichtete Oberst Badri, der junge Ingenieur, der einst dem Beispiel seiner Vorfahren folgend Prachtbauten hatte entwer-fen wollen, die Jahrhunderte überdauern würden, dem Mann na-mens Jericho, was er über die Festung wußte.

»Koordinaten?«

Badri gab auch sie an.

»Fahren Sie in Ihren Standort zurück, Oberst. Dort haben Sie nichts zu befürchten.«

Oberst Badri stieg aus und ging davon. Sein Magen begann zu rebellieren und rumorte unaufhörlich. Schon nach hundert Metern fragte er sich wieder und wieder: Was habe ich getan? Plötzlich wußte er, daß er mit seinem Bruder sprechen müßte – mit seinem älteren Bruder, der immer klüger und besonnener gewesen war.

Der Mann, den das Mossad-Team als Kundschafter bezeichnete, traf an diesem Montag aus Tel Aviv herbeibeordert wieder in Wien ein. Auch diesmal spielte er einen angesehenen New Yorker Anwalt und war mit den entsprechenden Papieren ausgestattet, um glaub-haft auftreten zu können.

Obwohl der Anwalt, als der er sich ausgab, inzwischen aus dem Urlaub zurück war, wurde die Gefahr, daß Gemütlich, der Telefone und Faxgeräte nicht ausstehen konnte, in New York anrief, um seine Identität zu überprüfen, als minimal eingestuft. Das war ein Risiko, das der Mossad auf sich zu nehmen bereit war.

Der Kundschafter stieg wieder im Sheraton ab und schrieb einen persönlichen Brief an Herrn Gemütlich. Nachdem er sich dafür entschuldigt hatte, erneut unangemeldet in die österreichische Hauptstadt gekommen zu sein, teilte er Gemütlich mit, er sei in Begleitung eines Finanzfachmanns seiner Kanzlei hier und wolle im Auftrag seines Mandanten einen ersten größeren Betrag einzahlen.

Der Brief wurde am Spätnachmittag durch einen Boten überbracht, und am nächsten Morgen traf die Antwort im Hotel ein. Gemütlich schlug darin ein Treffen um zehn Uhr vor.

Diesmal brachte der Kundschafter tatsächlich einen zweiten Mann mit. Sein Begleiter war einfach als Safeknacker bekannt, denn das war seine Spezialität.

Obwohl die Mossad-Zentrale in Tel Aviv über eine wirklich konkurrenzlose Sammlung von Scheinfirmen, gefälschten Pässen, Geschäftsdrucksachen echter Firmen und allem sonstigen Fälscherbedarf verfügt, sind die dortigen Spitzenkräfte dennoch ihre Schloß- und Safeknacker. Die Fähigkeiten von Mossad-Leuten, abgesperrte Räume oder Behältnisse zu öffnen, stehen in Geheimdienstkreisen in fast legendärem Ruf. Was fachmännische Einbrüche betrifft, gilt der Mossad seit langem als schlichtweg unübertroffen. Wäre ein Neviot-Team damals für Watergate zuständig gewesen, hätte kein Mensch jemals etwas gemerkt.

Die israelischen Schloßknacker stehen in so gutem Ruf, daß der SIS neuentwickelte Sicherheitsschlösser, die dem Century House von britischen Herstellern zur Begutachtung vorgelegt wurden, immer nach Tel Aviv weiterschickte. Der Mossad, diesmal allzu trickreich, untersuchte sie, bekam heraus, wie sie zu knacken waren, und schickte sie mit der Beurteilung »einbruchsicher« nach London zurück. Irgendwann bekam der SIS das heraus.

Als die nächste britische Firma ein besonders raffiniertes neues Sicherheitsschloß vorlegte, forderte das Century House sie auf, es zurückzunehmen und aufzubewahren, aber ein weniger kompliziertes zu liefern. Dieses andere Schloß schickte man dann nach Tel Aviv. Dort wurde es untersucht, schließlich auch geknackt und danach als »einbruchsicher« nach London zurückgesandt. Einer Empfehlung des SIS folgend, brachte der Hersteller jedoch das ursprüngliche Schloß auf den Markt.

Das hatte ein Jahr später peinliche Folgen, als ein israelischer Schloßknacker sich auf einem Flur eines Verwaltungsgebäudes in einer europäischen Hauptstadt drei Stunden lang fluchend und schwitzend abmühte, ein Schloß dieser Bauart zu knacken, bevor er blaß vor Wut aus dem Gebäude stürmte. Seit damals testen die Briten Sicherheitsschlösser wieder in eigener Regie und überlassen es dem Mossad, sie selbst zu enträtseln.

Der aus Tel Aviv eingeflogene Schloßknacker war nicht der allerbeste Israels, sondern nur der zweitbeste. Aber für seine Wahl gab es einen Grund – er hatte etwas, das der bessere Schloßknacker nicht hatte.

An diesem Abend hielt Gidi Barzilai dem jungen Mann einen langen Vortrag über Arbeiten des deutsch-französischen Möbeltischlers Riesener aus dem achtzehnten Jahrhundert, und der Kundschafter beschrieb ihm den Grundriß der Winkler-Bank in allen Einzelheiten. Das Yarid-Überwachungsteam vervollständigte seine Einweisung durch exakte Angaben über die Runden des Nachtwächters, dessen Bewegungen durch zu verschiedenen Zeiten in verschiedenen Räumen ein- und ausgeschaltetes Licht verfolgt worden waren.

Am selben Montag wartete Mike Martin bis gegen siebzehn Uhr, bevor er sein klappriges Fahrrad über den Kies zur Gittertür in der rückwärtigen Mauer von Kulikows Garten schob, die kleine Tür aufsperrte und das Grundstück verließ.

Er schwang sich in den Sattel und fuhr die Straße entlang, um zur nächsten Fähre zu kommen, die an der Stelle verkehrte, wo die Jumhurija-Brücke vor ihrer Zerstörung durch die Tornados gestanden hatte.

Als er außer Sichtweite der Villa um eine Ecke bog, sah er den ersten geparkten Wagen. Dann in einigem Abstand den zweiten. Sein Magen verkrampfte sich, als die beiden Männer aus dem zweiten Wagen stiegen und sich mitten auf der Straße aufbauten. Er riskierte einen Blick über die Schulter; zwei Männer aus dem ersten Wagen blockierten die Straße hinter ihm. Obwohl er wußte, daß alles vorbei war, radelte er weiter. Ihm blieb nichts anderes übrig. Einer der Männer vor ihm deutete auf den Straßenrand.

»He, du!« rief er. »Hierher!«

Martin hielt unter den Bäumen am Straßenrand. Drei weitere Männer tauchten auf, Soldaten. Ihre Gewehre waren auf ihn gerichtet. Er hob langsam die Hände.

21

In Riad besuchte an diesem Tag der amerikanische Botschafter scheinbar inoffiziell seinen britischen Kollegen, um ihm bei dem typisch englischen Brauch des Nachmittagstees Gesellschaft zu leisten.

Ebenfalls anwesend auf dem Rasen der britischen Botschaft waren Chip Barber, angeblich aus dem Stab der US-Botschaft, und Steve Laing, der müßigen Fragern gegenüber behauptete, in der Kulturabteilung seines Landes tätig zu sein. Ein weiterer Gast, der heute eine der seltenen Pausen von seiner unterirdischen Arbeit machte, war General Norman Schwarzkopf.

Schon nach kurzer Zeit fanden diese fünf Männer sich mit ihren Teetassen in der Hand in einer Ecke des Gartens zusammen. Es machte das Leben leichter, wenn jeder vom anderen den wirklichen Beruf wußte.

Alle Gäste sprachen ausschließlich über den bevorstehenden Landkrieg, aber diese fünf Männer besaßen Informationen, die den anderen vorenthalten blieben. Dazu gehörten Nachrichten über Einzelheiten des Friedensplans, den Tariq Aziz aus Moskau mitgebracht und an diesem Tag Saddam Hussein unterbreitet hatte, und seine Gespräche mit Michail Gorbatschow. Sie gaben Anlaß zur Sorge – aber aus unterschiedlichen Gründen.

General Schwarzkopf hatte an diesem Tag bereits einen aus Washington kommenden Vorschlag zurückgewiesen, er könne seinen Angriff vielleicht vorverlegen. Der sowjetische Friedensplan sah einen beide Seiten verpflichtenden Waffenstillstand vor, auf den am nächsten Tag der irakische Rückzug aus Kuwait folgen sollte.

Diese Einzelheiten hatte Washington nicht aus Bagdad, sondern aus Moskau erfahren. Das Weiße Haus hatte darauf sofort geantwortet, der Plan sei erwägenswert, gehe aber nicht auf die wesentlichen Gesichtspunkte ein. Er lasse unerwähnt, daß der Irak endgültig auf seine Ansprüche auf Kuwait verzichten müsse; er berücksichtige nicht, welche unermeßlichen Schäden Kuwait erlitten habe – die fünfhundert brennenden Ölquellen, die Millionen Tonnen Rohöl, die in den Persischen Golf strömten und das Meer vergifteten, die zweihundert hingerichteten Kuwaiter, die Plünderung von Kuwait City.

»Colin Powell teilt mir mit«, sagte der General, »daß das Außenministerium eine noch härtere Linie durchzusetzen versucht. Es will die bedingungslose Kapitulation fordern.«

»Ganz recht, das will es allerdings«, murmelte der amerikanische Botschafter.

»Also hab' ich ihnen gesagt«, fuhr der General fort, »ich hab' ihnen gesagt: Ihr braucht einen Arabisten, der sich mal damit befaßt.«

»Tatsächlich?« fragte der britische Botschafter. »Und wozu das?«

Beide Botschafter waren erstklassige Diplomaten, die seit vielen Jahren im Nahen Osten tätig waren. Beide *waren* Arabisten.

»Nun«, sagte der Oberbefehlshaber, »ein Ultimatum dieser Art ist bei Arabern wirkungslos. Die würden lieber sterben.«

In der kleinen Gruppe herrschte Schweigen. Die Botschafter suchten die arglose Miene des Generals nach einem Anflug von Ironie ab.

Auch die Geheimdienstler blieben stumm, aber beide Männer dachten im stillen das gleiche: Genau das ist der springende Punkt, mein lieber General.

»Du kommst aus dem Haus des Russen.«

Das war keine Frage, sondern eine Feststellung. Der Mann von der Spionageabwehr trug Zivil, war aber eindeutig ein Offizier.

»Ja, Bei.«

»Papiere.«

Martin wühlte in den Taschen seines Dischdaschs und holte seinen Personalausweis und das schmuddelige, zerknitterte Bestätigungsschreiben hervor, das Erster Sekretär Kulikow ihm ursprünglich ausgestellt hatte. Der Offizier begutachtete den Ausweis, blickte auf, um die beiden Gesichter zu vergleichen, und las das Schreiben.

Die israelischen Fälscher hatten ganze Arbeit geleistet. Das einfache, stoppelbärtige Gesicht Mahmud al-Khouris starrte durch die angeschmutzte Plastikfolie.

»Durchsuchen«, befahl der Offizier.

Der zweite Mann in Zivil tastete den Körper unter dem langen Gewand ab und schüttelte dann den Kopf. Keine Waffe.

»Taschen.«

Die Taschen enthielten einige Dinarscheine, mehrere Geldstücke, ein Taschenmesser, drei Stücke Kreide in verschiedenen Farben und einen Zellophanbeutel. Der Offizier hielt den Beutel hoch.

»Was ist das?«

»Der Ungläubige hat ihn weggeworfen. Ich hab' ihn für meinen Tabak.«

»Er enthält aber keinen Tabak.«

»Nein, Bei, der ist mir ausgegangen. Ich hab' gehofft, auf dem Markt neuen kaufen zu können.«

»Und nenn mich nicht ›Bei‹. Der Titel ist mit den Türken verschwunden. Woher bist du überhaupt?«

Martin beschrieb ihm das kleine Dorf hoch im Norden.

»Es ist im ganzen Umland berühmt für seine Melonen«, fügte er treuherzig hinzu.

»Halt die Klappe von deinen dreifach verdammten Melonen!« knurrte der Offizier, der den Eindruck hatte, seine Soldaten könnten sich nur mühsam ein Grinsen verbeißen.

Eine große Limousine bog auf die Straße ab und hielt etwa zweihundert Meter vor ihnen. Der jüngere Offizier stieß seinen Vorgesetzten an und nickte zu dem Wagen hinüber. Der andere drehte sich um, sah hin und wies Martin an: »Du wartest hier!«

Er ging nach vorn zu dem großen Wagen und bückte sich, um durchs geöffnete Seitenfenster mit jemandem zu sprechen.

»Wen haben Sie da?« fragte Hassan Rahmani.

»Kulikows Gärtner und Faktotum, General. Gießt die Rosen, recht den Kies, kauft für die Köchin ein.«

»Intelligent?«

»Nein, General, ziemlich einfältig. Ein Bauernlümmel aus dem Hochland, stammt aus irgendeinem Melonenfeld im Norden.«

Rahmani dachte darüber nach. Ließ er den Dummkopf mitnehmen, würden die Russen sich fragen, warum ihr Mann nicht zu-

558

rückgekommen war. Dann wären sie gewarnt gewesen. Er hoffte noch immer, die Erlaubnis zur Durchsuchung der Villa zu bekommen, falls die sowjetische Friedensinitiative fehlschlug. Ließ er den Mann seine Besorgungen machen und zurückkehren, konnte er seine Arbeitgeber warnen. Nach Rahmanis Erfahrung gab es jedoch eine Sprache, die jeder arme Iraker verstand – sehr gut verstand. Er zog seine Brieftasche und entnahm ihr zwei Fünfzigdinarscheine.

»Hier, geben Sie ihm die. Er soll seine Einkäufe machen und wie immer zurückkommen. Dann soll er aufpassen, ob er jemanden mit einem großen silbernen Schirm sieht. Hält er dicht, was uns betrifft, und meldet uns morgen, was er gesehen hat, bekommt er eine gute Belohnung. Warnt er die Russen, übergeben wir ihn der AMAM.«

»Ja, General.«

Der Offizier nahm das Geld, ging zurück und wies den Gärtner an, was er zu tun habe. Der Mann wirkte leicht verwirrt.

»Ein Schirm, Sajidi?«

»Ja, ein großer silberner, vielleicht auch ein schwarzer, der zum Himmel zeigt. Hast du mal einen gesehen?«

»Nein, Sajidi«, antwortete der Mann betrübt, »wenn's regnet, laufen sie alle ins Haus.«

»Bei Allah dem Allmächtigen«, murmelte der Offizier. »Der ist nichts gegen Regen, Dummkopf, damit sendet man Nachrichten!«

»Ein Schirm, der Nachrichten sendet«, wiederholte der Gärtner langsam. »Gut, ich paß auf, ob ich einen sehe, Sajidi.«

»Mach, daß du weiterkommst!« forderte der Offizier ihn der Verzweiflung nahe auf. »Und kein Wort über das, was du hier gesehen hast.«

Der Gärtner radelte die Straße entlang weiter und an der Limousine vorbei. Als er näherkam, ließ Rahmani sich in die Rücksitzpolster gleiten und wandte den Kopf ab. Kein Bauernlümmel brauchte das Gesicht des Chefs der Spionageabwehr der Republik Irak aus der Nähe zu sehen.

Martin entdeckte das Kreidezeichen gegen neunzehn Uhr und hielt die Nachricht kurz vor einundzwanzig Uhr in der Hand. Er las sie in dem Licht, das aus dem Fenster eines Cafés fiel – kein elektrisches Licht, denn es gab keines mehr, sondern das einer Petroleumlampe. Als er sah, wovon der Text handelte, stieß er einen leisen Pfiff aus, faltete das Blatt klein zusammen und steckte es in seine Unterhose.

Eine Rückkehr in die Villa kam nicht in Frage. Der Sender war »enttarnt«, und ein weiterer Funkspruch hätte eine Katastrophe heraufbeschworen. Er dachte an den Busbahnhof, aber dort wimmelte es von Militär- und AMAM-Streifen, die nach Deserteuren fahndeten.

Statt dessen radelte er zum Gemüsemarkt in Kasra und fand dort einen Lastwagenfahrer, der nach Westen fuhr. Sein Fahrtziel lag nur einige Kilometer hinter Habbanija, und zwanzig Dinar überredeten ihn dazu, einen Fahrgast mitzunehmen. Viele Lkw-Kutscher fuhren lieber nachts, weil sie glaubten, die Hundesöhne dort oben in ihren Flugzeugen könnten sie im Dunkeln nicht sehen, und nicht wußten, daß klapprige Gemüselaster weder bei Tag noch bei Nacht auf General Chuck Horners Prioritätenliste ganz oben standen.

So fuhren sie also mit blinden Scheinwerfern, die richtige Tranfunzeln waren, durch die Nacht, und bei Tagesanbruch wurde Martin auf der Überlandstraße knapp westlich des Habbanijasees abgesetzt, wo der Fahrer abbog, um die fruchtbaren Anbaugebiete des oberen Euphrattals zu erreichen.

Sie waren zweimal von Militärstreifen angehalten worden, aber Martin hatte jedesmal seinen Ausweis und das russische Schreiben vorgezeigt und erläutert, er habe als Gärtner bei den Ungläubigen gearbeitet, die nun in die Heimat zurückgerufen worden seien und ihn entlassen hätten. Er klagte jammernd darüber, wie schäbig er behandelt worden sei, bis die Soldaten ihn ungeduldig aufforderten, die Klappe zu halten und zu verschwinden.

In dieser Nacht war Osman Badri nicht weit von Mike Martin entfernt – aber vor ihm und in dieselbe Richtung unterwegs. Sein Ziel war der Jägerstützpunkt, auf dem sein älterer Bruder Abdelkarim Staffelchef war.

In den achtziger Jahren hatte das belgische Bauunternehmen Sixco den Auftrag erhalten, acht extrem geschützte Flugplätze für die allerbesten irakischen Jäger zu bauen.

Ihr Geheimnis bestand darin, daß praktisch sämtliche Einrichtungen unter der Erde lagen: Hangars, Treibstoff- und Munitionslager, Werkstätten, Lagerräume, Bereitschaftsräume, Unterkünfte und die riesigen Dieselaggregate zur Stromversorgung der Stütz-punkte.

Über der Erde sichtbar waren nur ihre drei Kilometer langen eigentlichen Start- und Landebahnen. Da zu ihnen jedoch weder Unterkünfte noch Hangars zu gehören schienen, hielt die alliierte Luftaufklärung sie für »Skelettflugplätze« wie Al-Kharz in Saudi-Arabien vor dem Eintreffen der Amerikaner.

Eine nähere Untersuchung dieser Plätze vom Boden aus hätte gezeigt, daß an beiden Enden der Start- und Landebahn unter die Erde führende Rampen lagen, die durch bombensichere meterdicke Tore aus Stahlbeton abgeschlossen wurden. Das Gelände der jeweils fünf mal fünf Kilometer großen Stützpunkte wurde durch Stacheldraht und Drahthindernisse gesichert. Wie die Fabrik in Tarmija schienen die Sixco-Flugplätze nicht in Betrieb zu sein und wurden deshalb in Ruhe gelassen.

Von dort aus operierende Piloten kletterten nach der Einsatzbesprechung in den unterirdischen Hangars in ihre Flugzeuge und ließen die Triebwerke an. Erst wenn sie auf volle Leistung gebracht waren, wobei Abweisblenden die übrigen unterirdischen Einrichtungen vor den heißen Abgasen schützten und sie nach oben ableiteten, wo sie sich mit der heißen Wüstenluft vermischten, wurden die Rampentore geöffnet.

Die Jäger konnten mit Vollschub und eingeschalteten Nachbrennern die Rampe hinaufrasen, auf der Startbahn weiter beschleunigen und sekundenschnell in der Luft sein. Selbst wenn eine AWACS-Maschine sie ortete, schienen sie aus dem Nichts gekommen zu sein und wurden als Tieflieger registriert, die von irgendeinem anderen Platz gestartet sein mußten.

Oberst Abdelkarim Badri war auf einem dieser Sixco-Stützpunkte stationiert, der nur als KM 160 bekannt war, weil er hundertsechzig Kilometer westlich von Bagdad an der Überlandstraße nach Ar-Rutba lag. Sein jüngerer Bruder erschien unmittelbar nach Sonnenuntergang bei dem Wachposten an der gutgetarnten einzigen Zufahrt des Flugplatzes.

Da er ein hoher Offizier war, wurde aus dem Wachlokal sofort mit der Unterkunft des Staffelchefs telefoniert, und wenig später tauchte ein Jeep auf, der scheinbar aus dem Nichts kommend durch die einsame Wüste heranrollte.

Ein junger Luftwaffenleutnant begleitete den Besucher auf den Stützpunkt und fuhr mit ihm eine weitere versteckte, aber kleinere Rampe in die unterirdische Anlage hinab.

Der Leutnant stellte seinen Jeep in der Tiefgarage ab und ging mit dem Besucher durch endlos lange Betonkorridore – an Kavernen vorbei, in denen Flugzeugmechaniker an MiG-29 arbeiteten. Die Luft war sauber und gefiltert, und überall war das Summen von Generatoren zu hören.

Endlich betraten sie den Wohnbereich der höheren Offiziere, und der Leutnant klopfte an eine Tür. Als drinnen »Herein!« gerufen wurde, hielt er Osman Badri die Tür zum Apartment seines Staffelchefs auf und ließ ihn eintreten.

Abdelkarim Badri stand auf, und die Brüder umarmten sich. Der Ältere war siebenunddreißig, ebenfalls Oberst, ein gutaussehender dunkler Typ mit schmalem Ronald-Coleman-Schnurrbart. Er war unverheiratet, hatte aber nie Mangel an attraktiven Freundinnen. Dafür sorgten sein Aussehen, seine spöttische Art, seine schneidige Uniform und sein Pilotenabzeichen. Aber seine Aufmachung war keineswegs nur ein schöner Schein: Nach Ansicht der irakischen Luftwaffenführung war er der beste Jagdflieger des Landes, und die Russen, die ihn auf der MiG-29 »Fulcrum«, dem Star der sowjetischen Jägerflotte, ausgebildet hatten, stimmten dieser Einschätzung zu.

»Nun, mein Bruder, was führt dich hierher?« fragte er.

Osman nahm in einem Sessel Platz, nickte dankend, als Abdelkarim ihm einen Becher frischgekochten Kaffee anbot, und hatte dann Gelegenheit, seinen älteren Bruder forschend zu betrachten. Er sah neue Streßfalten um seine Mundwinkel, die früher nicht dagewesen waren, und eine gewisse Erschöpfung in seinem Blick.

Abdelkarim war weder dumm noch feige. Er hatte acht Einsätze gegen die Briten und Amerikaner geflogen und war jedesmal heil zurückgekommen – mit knapper Not. Er hatte gesehen, wie seine besten Kameraden abgeschossen oder von den feindlichen Lenkwaffen Sparrow und Sidewinder in der Luft zerrissen worden waren, und hatte selbst vier Jagdraketen ausweichen müssen.

Die Erfolgsaussichten, das war ihm bei seinem ersten Versuch, amerikanische Jagdbomber abzufangen, klargeworden, waren gleich Null. Von der eigenen Seite erhielt er keinerlei Informationen über Standort, Anzahl, Typ, Flughöhe oder Kurs der feindlichen Maschinen. Die irakischen Radarstellungen waren außer Betrieb, die Jägerleitstellen zerbombt und die Piloten folglich ganz auf sich allein gestellt.

Noch schlimmer war, daß die Amerikaner mit ihren AWACS-Maschinen die irakischen Flugzeuge erfassen konnten, bevor sie tausend Fuß hoch waren, um dann ihre eigenen Piloten anzuweisen, wohin sie fliegen und was sie tun sollten, um in beste Angriffsposition zu kommen. Für Iraker, darüber war Abdelkarim Badri sich im klaren, war jeder Einsatz ein Himmelfahrtskommando.

Aber davon sprach er nicht, sondern rang sich ein Lächeln und die Frage nach dem Grund für Osmans Besuch ab. Was er zu hören bekam, ließ sein Lächeln schlagartig verschwinden.

Osman schilderte seinem Bruder die Ereignisse der vergangenen sechzig Stunden: das Eintreffen des AMAM-Kommandos im Morgengrauen, die Durchsuchung des Hauses, den Fund im Garten, die Mißhandlung ihrer Mutter und Talats, die Verhaftung ihres Vaters. Er erzählte, wie er benachrichtigt worden war, als es ihrem Nachbarn, dem Apotheker, endlich gelungen war, ihm eine Nachricht zukommen zu lassen, und wie er eilig nach Hause gefahren war und den Leichnam ihres Vaters auf dem Eßtisch vorgefunden hatte.

Abdelkarims Lippen waren zu einer schmalen zornigen Linie zusammengepreßt, als sein Bruder ihm schilderte, was er entdeckt hatte, als er den Leichensack aufgeschnitten hatte, und wie ihr Vater an diesem Morgen beerdigt worden war.

Der Ältere beugte sich ruckartig vor, als Osman berichtete, wie er beim Verlassen des Friedhofs angehalten worden war und worüber er mit dem Mann gesprochen hatte.

»Das hast du ihm alles erzählt?« fragte er, als sein Bruder zu Ende gesprochen hatte.

»Ja.«

»Und das stimmt alles? Du hast die Festung, diese Qa'ala, wirklich gebaut?«

»Ja.«

»Und du hast ihm gesagt, wo sie liegt, damit er's den Amerikanern mitteilen kann?«

»Ja. Hab' ich was falsch gemacht?«

Abdelkarim dachte einige Zeit darüber nach.

»Wie viele Männer im ganzen Irak wissen von dieser Festung, mein Bruder?«

»Sechs«, antwortete Osman.

»Zähl sie auf.«

»Der Rais selbst; Hussein Kamil, der Kapital und Arbeitskräfte bereitgestellt hat; Amer Saadi, der für alles Technische zuständig gewesen ist. General Ridha, der Artilleristen abgestellt hat, und General Musuli vom Pionierkorps – er hat mich für diesen Auftrag vorgeschlagen. Und ich, weil ich die Festung gebaut habe.«

»Was ist mit den Hubschrauberpiloten, die Besucher transportieren?«

»Sie kennen natürlich den Landeplatz, zu dem sie fliegen müssen. Aber sie wissen nicht, was sich dort befindet. Außerdem werden sie auf irgendeinem Stützpunkt, den ich nicht kenne, in Quarantäne gehalten.«

»Besucher, wie viele können davon wissen?«

»Keiner. Sie sitzen vom Start bis zur Landung mit verbundenen Augen im Hubschrauber.«

»Wen würde die AMAM deiner Meinung nach verdächtigen, wenn die Amerikaner diese Qubth ut-Allah zerstören? Den Rais, die Minister, die Generale – oder dich?«

Osman verbarg sein Gesicht in den Händen.

»Was hab' ich nur getan?« ächzte er.

»Ich fürchte, kleiner Bruder, daß du uns alle ins Verderben gestürzt hast.«

Beide Männer wußten, welche Strafe darauf stand. Bei Verrat gab der Rais sich nicht mit dem Tod eines einzelnen zufrieden, sondern ließ drei Generationen ausrotten: den Vater und die Onkel, damit das Verrätergeschlecht sich nicht fortpflanzen konnte; die Brüder aus demselben Grund; die Söhne und Neffen, damit keiner nachwuchs, der Blutrache an ihm hätte üben können. Osman Badri begann still zu weinen.

Abdelkarim stand auf, zog Osman hoch und schloß ihn in die Arme.

»Du hast recht gehandelt, Bruder, du hast das Richtige getan. Jetzt müssen wir zusehen, wie wir hier rauskommen.«

Er sah auf seine Armbanduhr; kurz nach zwanzig Uhr.

»Hier gibt's keine öffentliche Telefonverbindung nach Bagdad«, sagte er. »Nur verkabelte Dienstleitungen zu den einzelnen Kommandostellen in ihren Bunkern. Aber was wir mitzuteilen haben, ist nicht für sie bestimmt. Wie lange würdest du mit dem Auto zum Elternhaus brauchen?«

»Drei, vielleicht vier Stunden«, antwortete Osman.

»Du hast acht Stunden für die Hin- und Rückfahrt. Mutter soll alle ihre Wertsachen sofort in Vaters Auto packen. Sie kann es fahren – nicht gut, aber gut genug. Sie soll mit Talat in sein Heimatdorf fahren und sich in den Schutz seines Stammes begeben, bis einer von uns sich bei ihr meldet. Verstanden?«

»Ja. Ich kann bei Tagesanbruch zurück sein. Warum?«

»Vor Tagesanbruch. Morgen führe ich eine Gruppe MiGs über die Grenze in den Iran. Vor uns sind schon andere rübergeflogen. Das ist eine verrückte Idee des Rais, der dadurch seine besten Jäger retten will. Natürlich alles Unsinn, aber vielleicht rettet sie uns das Leben. Du fliegst mit mir.«

»Ich dachte, die MiG-29 sei einsitzig?«

»Ich habe eine MiG-29UB – den zweisitzigen Kampftrainer. Du kriegst von mir eine Luftwaffenuniform verpaßt. Mit etwas Glück kommen wir damit durch. Beeil dich jetzt!«

In dieser Nacht war Mike Martin auf der Straße nach Ar-Rutba zu Fuß nach Westen unterwegs, als Osman Badri auf der Fahrt nach Bagdad in Gegenrichtung an ihm vorbeiraste. Keiner der beiden achtete auf den anderen. Martins Ziel war der mehr als fünfundzwanzig Kilometer entfernte nächste Flußübergang. Dort, wo die Lastwagen an der zerbombten Brücke auf die Fähre warten mußten, bot sich eher Gelegenheit, einen Fahrer dafür zu bezahlen, daß er ihn weiter nach Westen mitnahm.

In der Stunde nach Mitternacht fand er eine Mitfahrmöglichkeit, aber der Fahrer konnte ihn nur bis kurz hinter Muhammadi mitnehmen. Dort begann er wieder zu warten. Gegen drei Uhr raste Oberst Badris Wagen erneut an ihm vorbei. Aber Martin versuchte nicht, ihn anzuhalten, und das Auto hielt nicht bei ihm. Sein Fahrer hatte es offenbar eilig.

Kurz vor Tagesanbruch kam ein weiterer Lastwagen vorbei, fuhr auf den Randstreifen und hielt an, um Martin einsteigen zu lassen. Er bezahlte den Fahrer wieder aus seinem schwindenden Vorrat an

Dinarscheinen und war dem Unbekannten dankbar, der ihm gestern in Mansur die hundert Dinar hatte zukommen lassen. Irgendwann nach Tagesanbruch, damit rechnete er, würde Kulikows Haushalt wegen seines verschwundenen Gärtners Vermißtenanzeige erstatten.

Eine Durchsuchung seiner Hütte würde den Block Luftpostpapier unter seiner Matratze zutage fördern – ein seltsamer Besitz für einen Analphabeten –, und danach würde sein Funkgerät unter den Bodenfliesen entdeckt werden. Mittags würde die Jagd schon in vollem Gange sein, zuerst in Bagdad, dann auch im Umland. Bei Einbruch der Dunkelheit mußte er weit entfernt in der Wüste und zur Grenze unterwegs sein.

Der Lastwagen, in dem Martin jetzt saß, war an KM 160 vorbei, als die fünf MiGs starteten.

Osman Badri, der zu den Menschen mit tiefsitzender Flugangst gehörte, litt Todesqualen. In einer der Kavernen des unterirdischen Stützpunkts hatte er sich im Hintergrund gehalten, während sein Bruder mit den vier jungen Piloten, die den Rest der Gruppe bilden würden, die Einsatzbesprechung abhielt. Die meisten von Abdelkarims Altersgenossen waren bereits gefallen; diese Piloten waren sehr jung, weit über ein Jahrzehnt jünger als er, und hatten die Flugzeugführerschule noch nicht lange hinter sich. Sie hörten ihrem Staffelchef mit gespannter Aufmerksamkeit zu und nickten, um zu zeigen, daß sie seine Anweisungen verstanden hatten.

Als die beiden sowjetischen Strahltriebwerke RD-33 in der Kaverne angelassen und auf Vollschub gebracht wurden, war der Lärm in der MiG-29 selbst bei geschlossenem Cockpit schlimmer als alles, was Osman je erlebt hatte. Auf dem Rücksitz hinter seinem Bruder hockend konnte er beobachten, wie die schweren Bunkertore hydraulisch geöffnet wurden, und sah am Ende der Kaverne ein blaßblaues quadratisches Stück Himmel erscheinen. Als der Pilot seine Leistungshebel bis zum Anschlag in Nachbrennerstellung drückte, steigerte der Lärm sich zu einem infernalischen Röhren, und der sowjetische Jäger mit dem Doppelleitwerk bebte, nur noch von den Radbremsen gehalten, wie zum Sprung bereit.

Als die Bremsen gelöst wurden, hatte Osman das Gefühl, von einem Maultier einen Tritt ins Kreuz zu bekommen. Die

MiG-29UB schoß vorwärts, die Betonwände flitzten vorbei, und die Maschine raste die Rampe hinauf ins erste Licht des anbrechenden Tages.

Osman schloß die Augen und betete. Das Rumpeln des Fahrwerks hörte auf; er schien zu schweben und öffnete die Augen. Sie waren in der Luft, und die Führungsmaschine kreiste tief über KM 160, während die folgenden vier MiG-29 die Rampe heraufgeröhrt kamen. Dann schlossen sich die Bunkertore, und der Stützpunkt schien nicht mehr zu existieren.

Weil die MiG-29UB ein Kampftrainer war, saß Osman von Anzeigen, Instrumenten, Hebeln, Knöpfen, Tasten, Schaltern und Bildschirmen umgeben. Zwischen den Beinen hatte er den zweiten Steuerknüppel. Sein Bruder hatte ihm eingeschärft, nichts anzufassen, und diesen Rat befolgte er nur allzu gern.

Tausend Fuß über Grund bildeten die MiG-29 eine lockere Keilformation, so daß die vier jungen Piloten ihrem Staffelchef jeweils etwas seitlich versetzt folgten. Osmans Bruder ging auf Ostsüdostkurs und blieb weiterhin tief, weil er hoffte, dort unentdeckt bleiben und die südlichen Vororte von Bagdad überfliegen zu können, wo seine MiGs zwischen den Radarechos von Fabriken und anderen großen Bauten verschwinden würden.

Dieser Versuch, den Radargeräten der AWACS-Maschine draußen über dem Persischen Golf zu entgehen, war höchst riskant, aber ihm blieb nichts anderes übrig. Abdelkarim Badri handelte auf ausdrücklichen Befehl – und jetzt kam der persönliche Wunsch hinzu, sich in den Iran abzusetzen.

Durch einen der Zufälle, die im Krieg ausgeschlossen sein sollten, aber trotzdem passieren, hatten sie an diesem Morgen das Glück auf ihrer Seite. Nach jedem langen Einsatz über dem Golf wurde die AWACS-Maschine vor ihrem Rückflug zum Stützpunkt von einem anderen Flugzeug abgelöst. Die Ablösung wurde als »Schichtwechsel« bezeichnet. Beim Schichtwechsel konnte es passieren, daß die Radarüberwachung für kurze Zeit unterbrochen war. Der tiefe Überflug der fünf MiGs über den Süden von Bagdad und Salman Pak fiel glücklicherweise mit einer dieser Unterbrechungen zusammen.

Indem er in Höhen unter tausend Fuß blieb, hoffte der irakische Staffelchef, unter den amerikanischen Jägern, die meistens in zwanzigtausend Fuß und darüber operierten, hindurchschlüpfen zu können. Er wollte am Nordrand der Stadt Al-Kut vorbeifliegen und dann geradewegs den nächsten Punkt der sicheren iranischen Grenze ansteuern.

An diesem Morgen, zu dieser Stunde war Hauptmann Don Walker von der in Al-Kharz stationierten 336th Tactical Fighter Squadron mit drei weiteren F-15E Strike Eagle nach Norden in Richtung Al-Kut unterwegs, wo sie eine wichtige Tigrisbrücke bombardieren sollten, auf der eine J-STAR eine Panzerkolonne der Republikanischen Garde auf dem Marsch nach Kuwait geortet hatte.

Die 336th hatte bisher vor allem Nachtangriffe geflogen, aber diese Brücke nördlich von Al-Kut war ein »Schnellschuß«, weil keine Zeit zu verlieren war, wenn irakische Panzer sie wirklich auf ihrem Marsch nach Süden benutzten. Deshalb hatte der Angriffsbefehl an diesem Morgen die Codebezeichnung »Jeremia befiehlt« getragen: General Chuck Horner verlangte sofortige Ausführung.

Die Eagles trugen neunhundert Kilogramm schwere lasergesteuerte Bomben und Jagdraketen. Wegen der Anordnung der Bombenaufhängepunkte unter den Flügeln der F-15E war die Ladung asymmetrisch, denn die Bomben auf einer Seite waren schwerer als die Lenkraketen Sparrow und Sidewinder auf der anderen. Das wurde als »Bastardladung« bezeichnet. Obwohl die Trimmautomatik diese einseitige Belastung kompensierte, war dies keine Ladung, mit der man sich als Pilot bereitwillig auf einen Luftkampf einließ.

Während die MiG-29 — jetzt in nur noch fünfhundert Fuß im Konturenflug — von Westen anflogen, kamen die noch hundertdreißig Kilometer entfernten Eagles von Süden herauf.

Das erste Warnsignal, durch das Abdelkarim Badri auf ihre Anwesenheit aufmerksam wurde, war ein leises Trillern in seinem Kopfhörer. Sein Bruder hinter ihm wußte nicht, was es bedeutete, aber jeder Jagdflieger kannte es. Der Kampftrainer führte die Fünfergruppe an, und die vier Jungpiloten folgten in lockerer V-Formation. Auch sie hatten das Warnsignal gehört.

Dieses Trillern kam aus ihren Radarwarnern. Es bedeutete, daß irgendwo über ihnen weitere Radargeräte in Betrieb waren und den Himmel absuchten.

Die Radargeräte der vier Eagles arbeiteten im »Suchmodus« —

ihre Strahlenbündel suchten den Luftraum vor den Jägern ab, um festzustellen, ob es dort etwas zu sehen gab. Die sowjetischen Geräte hatten diese Strahlen empfangen und warnten ihre Piloten. Die MiG-29 konnten nichts anderes tun, als stur weiterzufliegen. In nur fünfhundert Fuß waren sie weit unter den anderen Maschinen, deren voraussichtlichen Kurs sie rechtwinklig schneiden würden.

Bei hundert Kilometern wurde das Trillern in den Kopfhörern der irakischen Piloten zu einem schrillen Piepsen. Damit signalisierten die Radarwarner ihnen: Irgend jemand dort draußen hat den Suchmodus verlassen und euch mit seinem Zielsuchradar erfaßt.

Hinter Don Walker beobachtete sein Wizzo Tim die Veränderung seiner Radaranzeige. Anstatt mit fächerförmigen Schwenks weiterzusuchen, hatten die amerikanischen Geräte auf Zielsuche umgeschaltet und ihren Erfassungsbereich verengt, um sich auf das zu konzentrieren, was sie entdeckt hatten.

»Fünf nichtidentifizierte Ziele, zehn Uhr tief«, meldete der Wizzo und schaltete das Kennungsgerät ein. Seine drei Kameraden in den anderen Maschinen taten das gleiche.

Das Kennungsgerät oder Freund-Feind-Gerät ist ein Sende- und Empfangsgerät, das alle Kampfflugzeuge an Bord haben. Es sendet auf einer bestimmten Frequenz, die täglich gewechselt wird, einen Impuls. Eigene Flugzeuge empfangen ihn und antworten automatisch: »Ich bin ein Freund.« Feindliche Maschinen können das nicht. Die fünf Echos auf den Radarschirmen, die weit voraus und im Tiefflug den Kurs der Eagles kreuzten, konnten »freundliche« Maschinen sein, die vom Einsatz zurückkamen. Sehr wahrscheinlich, denn am Himmel über dem Irak gab es praktisch nur noch alliierte Flugzeuge.

Tim fragte die nichtidentifizierten Flugzeuge mit den Modi eins, zwei und vier ab. Keine Antwort.

»Iraker«, meldete er seinem Piloten. Don Walker koppelte seine Lenkwaffen mit dem Zielsuchradar, befahl seiner Gruppe über Funk »Angriff!« und ging im Sturzflug tiefer.

Abdelkarim Badri war sich darüber im klaren, wie verzweifelt seine Lage war. Das wußte er seit dem Augenblick, in dem das amerikanische Zielsuchradar ihn erfaßt hatte. Er brauchte kein Freund-Feind-Gerät, um zu erkennen, daß diese anderen Flugzeuge unmöglich irakische Jäger sein konnten. Er wußte, daß es sich um feindliche Maschinen handelte, und er wußte, daß seine unerfahrenen jungen Kameraden keine Chance gegen sie hatten.

Entscheidend benachteiligt war er durch die MiG-29, die er flog. Sein Kampftrainer, die einzige Ausführung mit zwei Sitzen,war nicht für den Luftkampf ausgelegt. Während die einsitzigen MiGs mit Rundsichtradargeräten für ihre Lenkwaffen ausgestattet waren, hatte der Kampftrainer nur ein einfaches Radar zur Entfernungsmessung, das im Einsatz wertlos war und Oberst Badri nur einen 60-Grad-Sektor vor seinem Bug zeigte. Er wußte, daß ein Gegner ihn mit seinem Zielsuchradar erfaßt hatte, aber er konnte ihn selbst nicht sehen.

»Was haben Sie?« blaffte er seinen Rottenflieger an. Die Antwort klang atemlos und ängstlich.

»Vier feindliche Maschinen, drei Uhr hoch, jetzt im Sturzflug.«

Das Spiel war aus. Die Amerikaner kamen aus Süden herangerast und stürzten sich auf sie, um sie alle fünf vom Himmel zu holen.

»Auseinanderziehen, tiefergehen, Nachbrenner einschalten, Richtung Iran weiterfliegen!« rief er über Funk.

Das brauchte er den jungen Piloten nicht zweimal zu sagen. Aus den Triebwerksauslässen der MiGs schossen lange Flammenstrahlen, als die Leistungshebel ganz nach vorn in Nachbrennerstellung gedrückt wurden, so daß die Jäger die Schallmauer durchbrachen und ihre Geschwindigkeit fast verdoppelten.

Trotz des dadurch steil ansteigenden Treibstoffverbrauchs konnten die Einsitzer lange genug mit Nachbrenner fliegen, um den Amerikanern zu entkommen und trotzdem den Iran zu erreichen. Ihr Vorsprung vor den Eagles garantierte, daß die Amerikaner sie nicht einholen konnten, obwohl auch sie jetzt mit Nachbrenner fliegen würden.

Diese Möglichkeit stand Abdelkarim Badri nicht offen. Bei der Modifizierung der MiG-29 zu einem Kampftrainer hatten die sowjetischen Konstrukteure nicht nur ein einfacheres Radar eingebaut, sondern auch den an Bord mitgeführten Treibstoffvorrat erheblich verringert, um das Gewicht des Flugschülers und seines Cockpits auszugleichen.

Unter den Flügeln von Badris MiG-29UB hingen Zusatztanks, aber der Oberst war sich darüber im klaren, daß auch ihr Inhalt nicht ausreichen würde. Also hatte er die Wahl zwischen vier Möglichkeiten. Er brauchte keine zwei Sekunden, um sie alle durchzudenken.

Er konnte seine Nachbrenner einschalten, vor den Amerikanern flüchten und auf irgendeinem irakischen Flugplatz landen, um dort verhaftet und früher oder später der AMAM übergeben zu werden, womit ihm Folter und Tod sicher waren.

Er konnte mit Nachbrenner in Richtung Iran weiterfliegen; dadurch hatte er zwar die Amerikaner vom Hals, mußte aber damit rechnen, bald nach der Grenze keinen Treibstoff mehr zu haben. Selbst wenn sein Bruder und er ausstiegen und heil zu Boden kamen, würden sie persischen Stammesangehörigen, die im irakisch-iranischen Krieg so schrecklich unter Bombenangriffen irakischer Piloten zu leiden gehabt hatten, in die Hände fallen.

Er konnte die Nachbrenner benutzen, um den Eagles zu entkommen, und nach Süden weiterfliegen, um über Saudi-Arabien auszusteigen und dort in Kriegsgefangenschaft zu geraten. Er kam nicht einmal auf die Idee, daß er human behandelt werden könnte.

Dann fielen ihm einige Verszeilen aus längst vergangenen Tagen ein – Zeilen aus einem Gedicht, das er im Bagdad seiner Kindheit in Mr. Hartleys Schule gelernt hatte. Tennyson? Wordsworth? Nein, Macaulay, der war's, Macaulay, etwas über die letzten Augenblicke eines Mannes, ein Gedicht, das er im Unterricht vorgetragen hatte.

> *To every man upon this earth*
> *Death cometh soon or late.*
> *And how can man die better*
> *Than facing fearful odds,*
> *For the ashes of his fathers*
> *And the temples of his Gods?*

Oberst Abdelkarim Badri drückte seine Leistungshebel nach vorn in Nachbrennerstellung, zog die MiG-29 in steiler Kurve hoch und stieg den anfliegenden Amerikanern entgegen.

Sobald er einkurvte, kamen die vier Eagles in Radarreichweite. Zwei Amerikaner hatten im Sturzflug abgedreht, um die flüchtenden Einsitzer zu verfolgen – alle sechs mit Nachbrenner, alle jenseits der Schallmauer.

Aber der Führer der Amerikaner stieß genau auf ihn herab. Badri spürte einen Schauder, der das Flugzeug durchlief, als seine MiG-29 die Schallmauer durchbrach, verbesserte seinen Kurs etwas und hielt weiter auf die steil herabstoßende Eagle vor ihm zu.

»Jesus, er kommt genau auf uns zu«, sagte Tim vom Rücksitz aus. Aber das sah Walker selbst. Sein Radarschirm zeigte ihm die vier verschwindenden Leuchtpunkte der in den Iran flüchtenden irakischen Maschinen und den einzelnen großen Leuchtpunkt eines auf ihn zusteigenden feindlichen Jägers, der den Kampf aufnehmen wollte. Die Anzeige seines Entfernungsmessers lief wie ein wildgewordener Wecker rückwärts. Im Augenblick betrug die Entfernung rund fünfzig Kilometer – aber ihre Annäherungsgeschwindigkeit lag bei dreitausendfünfhundert Stundenkilometern. Er konnte die MiG-29 noch immer nicht sehen, aber sie würde bald in Sicht kommen.

Oberst Osman Badri hockte völlig verwirrt auf dem Rücksitz der MiG-29. Er begriff nicht, was passiert war. Der plötzliche Schlag des einsetzenden Nachbrenners war wieder wie ein Tritt ins Kreuz gewesen, und die anschließende 7-g-Kurve hatte ihn sekundenlang das Bewußtsein verlieren lassen.

»Was ist los?« rief er in seine Sauerstoffmaske, ohne dabei die Sprechtaste zu drücken, so daß sein Bruder ihn nicht hören konnte.

Don Walkers Daumen lag leicht auf den Feuerknöpfen seiner Jagdraketen.

Er konnte zwischen zwei Lenkwaffen wählen: der AIM-7 Sparrow mit größerer Reichweite und Radarführung durch die Eagle und der AIM-9 Sidewinder mit geringerer Reichweite und Infrarotsuchkopf.

Aus fünfundzwanzig Kilometern Entfernung erkannte er die feindliche Maschine als kleinen schwarzen Punkt, der ihm im Steigflug entgegenraste. Ihr Doppelleitwerk wies sie als MiG-29 Fulcrum aus – in den richtigen Händen unbestreitbar einer der besten Abfangjäger der Welt. Walker wußte nicht, daß er einen unbewaffneten Kampftrainer MiG-29UB vor sich hatte. Er wußte jedoch, daß die MiG-29 mit der sowjetischen Jagdrakete AA-10 bewaffnet sein konnte, deren Reichweite so groß wie die seiner AIM-7 war. Deshalb entschied er sich für die Sparrows.

Bei zwanzig Kilometern schoß er zwei Sparrows genau nach vorn ab. Die Lenkwaffen rasten davon, nahmen die von der MiG-29 reflektierte Radarenergie auf und hielten gehorsam darauf zu.

Abdelkarim Badri sah die Lichtblitze, als die Jagdraketen sich von der Eagle lösten, und wußte, daß er nur noch wenige Sekunden zu leben hatte, wenn es ihm nicht gelang, den Amerikaner dazu zu zwingen, seinen Angriff abzubrechen. Er griff mit der linken Hand nach unten und zog einen Hebel hoch.

Don Walker hatte sich oft gefragt, wie es sein würde, und nun wußte er es. Unter den Flügeln der MiG-29 blitzte es als Reaktion ebenfalls zweimal auf. Es war wie eine eisige Hand, die sich in seine Eingeweide krallte, das eiskalte, lähmende Gefühl reiner Angst. Ein anderer Mann hatte zwei Jagdraketen auf ihn abgeschossen, und er starrte dem sicheren Tod ins Angesicht.

Zwei Sekunden nachdem er die Sparrows abgeschossen hatte, wünschte Walker sich, er hätte die AIM-9 Sidewinder gewählt. Der Grund dafür war einfach: Um die Sidewinder brauchte man sich nach dem Abfeuern nicht mehr zu kümmern; sie fanden ihr Ziel unabhängig von der Position der Eagle. Aber die Sparrow mußte von der F-15 ins Ziel gesteuert werden; flog er jetzt ein Ausweichmanöver, würden seine steuerlos gewordenen Lenkwaffen »kreiseln« oder »dumm werden«, ins Blaue weiterrasen und zuletzt harmlos abstürzen.

Er war nur noch Sekundenbruchteile von einem Ausweichmanöver entfernt, als er sah, wie die von der MiG-29 abgefeuerten »Lenkwaffen« sich überschlagend zur Erde fielen. Ungläubig staunend erkannte er, daß das überhaupt keine Lenkwaffen waren; der Iraker hatte ihn getäuscht, indem er seine unter den Flügeln hängenden Zusatztanks abgeworfen hatte. Die fallenden Aluminiumbehälter hatten in der Morgensonne geglitzert und so das Aufblitzen gezündeter Raketentriebwerke imitiert. Das war ein verdammter Trick gewesen, und er, Don Walker aus Tulsa, Oklahoma, wäre beinahe darauf reingefallen!

In der MiG-29 erkannte Abdelkarim Badri, daß der Amerikaner den Angriff nicht abbrechen würde. Er hatte die Kaltblütigkeit des anderen auf die Probe gestellt und verloren. Auf dem Rücksitz hatte Osman inzwischen die Sprechtaste gefunden. Ein Blick über die Schulter zeigte ihm, daß sie weiterstiegen.

»Wohin fliegen wir?« schrie er. Das letzte, was er hörte, war Abdelkarims ganz ruhige Stimme.

»Friede, mein Bruder. Unseren Vater wiederzusehen. Allah Akhbar.«

Walker beobachtete, wie die beiden Sparrows in diesem Augenblick detonierten – riesig erblühende Pfingstrosen in etwa fünf Kilometern Entfernung –, und sah dann die Wrackteile des sowjetischen Jägers sich überschlagend zur Erde stürzen. Er merkte, daß ihm ganze Schweißbäche über Gesicht und Brust liefen.

Randy Roberts, der als sein Rottenflieger hinter und über ihm geblieben war, erschien neben seiner rechten Flügelspitze und reckte den Daumen einer weißbehandschuhten Hand hoch. Walker antwortete mit demselben Handzeichen, und die beiden anderen F-15E, die jetzt die sinnlose Verfolgung der übrigen MiGs aufgegeben hatten, schlossen wieder zur alten Formation auf. Danach flog die Gruppe zum Angriff auf die Brücke nördlich von Al-Kut weiter.

So rasend schnell laufen Luftkämpfe heutzutage ab, daß der gesamte Kampf von der Erfassung der MiG-29 mit Walkers Zielsuchradar bis zu ihrer Vernichtung nur achtunddreißig Sekunden gedauert hatte.

An diesem Morgen erschien der Kundschafter um Punkt zehn Uhr in Begleitung seines »Finanzfachmanns« in der Winkler-Bank. Der jüngere Mann trug einen dicken Aktenkoffer, der hunderttausend Dollar in bar enthielt.

Vorläufig zur Verfügung gestellt hatte das Geld der Bank-Sajan, der sehr erleichtert gewesen war, als er gehört hatte, es solle nur für einige Zeit auf der Winkler-Bank deponiert und dann abgehoben und ihm zurückgegeben werden.

Als Herr Gemütlich das Geld sah, war er entzückt. Weniger begeistert wäre er gewesen, wäre ihm aufgefallen, daß es die Tiefe des Aktenkoffers nur zur Hälfte einnahm, und er wäre entsetzt gewesen, hätte er gesehen, was sich unter dem doppelten Boden befand.

Um völlige Diskretion zu wahren, wurde der Finanzfachmann in Fräulein Hardenbergs Vorzimmer verbannt, während Rechtsanwalt und Bankier Geheimcodes für Abhebungen von dem neuen Konto vereinbarten. Er kam zurück, um die Einzahlungsquittung in

Empfang zu nehmen, und gegen elf Uhr war die ganze Transaktion abgeschlossen. Herr Gemütlich rief den Portier herauf, damit er die Besucher in die Eingangshalle hinunter und zum Ausgang begleitete.

Auf der Fahrt nach unten flüsterte der Finanzfachmann dem Rechtsanwalt etwas ins Ohr, und der Amerikaner übersetzte es dem Portier. Der Livrierte nickte knapp und hielt den altmodischen Fahrstuhl mit der schmiedeeisernen Gittertür im Hochparterre an, wo alle drei ausstiegen.

Der Anwalt zeigte seinem Kollegen, wo sich die Herrentoilette befand, und der jüngere Mann verschwand darin. Anwalt und Portier blieben draußen auf dem Treppenabsatz.

Im nächsten Augenblick drang aus der Eingangshalle Lärm an ihre Ohren, der deutlich zu hören war, weil der Korridor zur Marmortreppe ins Erdgeschoß nur etwa sechs, sieben Meter lang war.

Mit einer gemurmelten Entschuldigung hastete der Portier den Flur entlang, bis er von der obersten Stufe aus die Eingangshalle überblicken konnte. Was er dort unten sah, veranlaßte ihn dazu, die Marmortreppe hinunterzulaufen, um Ordnung zu schaffen.

Die Szene war wirklich empörend. Irgendwie waren drei offensichtlich betrunkene Strolche in die Eingangshalle gelangt und schnorrten die Empfangsdame lärmend um Geld für Schnaps an. Wie sie später zu ihrer Entschuldigung ausführte, hatte einer der Kerle sie getäuscht, indem er sich als der Postbote ausgegeben hatte.

Der Portier versuchte aufgebracht, die Strolche hinauszudrängen. Niemandem fiel auf, daß einer der Kerle beim Hereinkommen eine leere Zigarettenpackung in den Türspalt geklemmt hatte, so daß die normalerweise selbstschließende Tür nicht mehr ganz zuging.

In dem lärmenden Gerangel achtete auch keiner darauf, daß ein vierter Mann rasch auf Händen und Knien in die Eingangshalle kroch. Als er aufstand, gesellte sich der Rechtsanwalt aus New York, der dem Portier die Treppe in die Eingangshalle hinuntergefolgt war, sofort zu ihm.

Sie hielten sich im Hintergrund, während der Portier die drei Schnorrer dorthin beförderte, wo sie hingehörten – auf die Straße. Als der Bankangestellte sich dann umdrehte, sah er, daß die beiden

Besucher schon selbständig aus dem Hochparterre heruntergekommen waren. Er entschuldigte sich wortreich für den peinlichen Vorfall, begleitete sie zum Ausgang und hielt ihnen die Tür auf.

Draußen auf dem Bürgersteig stieß der Finanzfachmann einen abgrundtiefen Seufzer der Erleichterung aus.

»Hoffentlich muß ich das nie wieder machen!« sagte er.

»Keine Sorge«, beruhigte ihn der Anwalt. »Sie haben Ihre Sache gut gemacht.«

Sie sprachen Hebräisch, weil das die einzige Sprache war, die der »Finanzfachmann« verstand. In Wirklichkeit war er ein Bankkassierer aus Beershe'eva, der nur deshalb zu diesem ersten und letzten verdeckten Einsatz seines Lebens nach Wien in Marsch gesetzt worden war, weil der Safeknacker und er zufällig eineiige Zwillinge waren. Sein Zwillingsbruder stand zu diesem Zeitpunkt bewegungslos in der dunklen Besenkammer im Hochparterre. Dort würde er weitere zwölf Stunden unbeweglich ausharren.

Mike Martin erreichte Ar-Rutba am frühen Nachmittag. Für eine Strecke, die normalerweise in höchstens sechs Autostunden zu bewältigen gewesen wäre, hatte er über zwanzig Stunden gebraucht.

In den Außenbezirken der kleinen Stadt stieß er auf einen Ziegenhirten, den er leicht verwirrt, aber durchaus zufrieden zurückließ, indem er ihm mit seiner restlichen Handvoll Geld vier Tiere fast zum Doppelten des Preises abkaufte, den ihr Besitzer auf dem Markt hätte erzielen können.

Die Ziegen schienen nichts dagegen zu haben, in die Wüste getrieben zu werden, obwohl sie jetzt Stricke als Halsbänder trugen. Sie konnten natürlich nicht wissen, daß sie Mike Martin nur als Alibi dafür dienten, daß er in der Nachmittagssonne durch das Wüstengebiet südlich der Straße zog.

Sein Problem war, daß er keinen Kompaß besaß, denn der lag mit seiner restlichen Ausrüstung unter den Bodenfliesen der Gärtnerhütte in Mansur. Indem er den Sendemast in der Stadt als Bezugspunkt benutzte, stellte er mit Hilfe der Sonne und seiner billigen Uhr möglichst genau die Richtung zu dem Wadi fest, in dem sein Geländemotorrad vergraben war.

Auf diesem Marsch von acht, neun Kilometern kam er wegen der

Ziegen nur langsam voran, aber ihr Kauf machte sich bezahlt, denn er sah zweimal Militärstreifen, die ihn von der Straße aus anstarrten, bis er außer Sicht war. Aber die Soldaten unternahmen nichts gegen ihn.

Kurz vor Sonnenuntergang fand er das richtige Wadi, identifizierte es mit Hilfe der Zeichen, die er in einige Felsen geritzt hatte, und ruhte sich aus, bis es dunkel war; dann begann er zu graben. Die freigelassenen Ziegen verliefen sich zufrieden.

Das Motorrad in seiner Plastikumhüllung steckte noch unter dem Sand: eine leichte Yamaha 125-ccm-Enduro, ganz in Schwarz, mit Seitengepäckträgern für die Reservekanister. Martin grub auch den Kompaß und seine Pistole mit Munition aus.

Als Pistole hatte der SAS viele Jahre lang die dreizehnschüssige Browning bevorzugt, aber vor einiger Zeit war die Schweizer 9-mm-SIG-Sauer eingeführt worden. Das Halfter mit dieser schwereren Waffe hing jetzt an Martins rechter Hüfte. Nun konnte er sich nicht mehr als Einheimischer ausgeben, denn kein Iraker würde in diesem Gebiet mit einer Geländemaschine unterwegs sein. Wurde er angehalten, müßte er sich seinen Weg freischießen.

Er fuhr durch die Nacht davon und kam viel schneller voran als die beiden Landrover auf dem Hinweg. Mit der Enduro konnte er die von Felsrippen durchzogenen Wadis rascher überwinden und in ebenem Gelände richtig Gas geben.

Um Mitternacht tankte er seine Maschine auf, trank Wasser und aß eine der K-Rationen, die er ebenfalls aus dem Sand gegraben hatte. Dann fuhr er nach Süden in Richtung saudiarabische Grenze weiter.

Wann er die Grenze tatsächlich überschritt, konnte er nicht feststellen. Vor ihm lag ein eintöniges Wüstengebiet aus Fels und Sand, Kies und Geröll, und da er einen Zickzackkurs fahren mußte, wußte er nicht, wie viele Kilometer er bereits zurückgelegt hatte.

Er rechnete damit, Saudi-Arabien frühestens an der Tapline Road, der einzigen Fernstraße in diesem Gebiet, zu erkennen. Das Gelände wurde besser, und er war über dreißig Stundenkilometer schnell, als er das Fahrzeug sah. Wäre er nicht so müde gewesen, hätte er schneller reagiert; aber er war vor Erschöpfung ganz benommen, und seine Reflexe waren langsamer als sonst.

Das Vorderrad der Geländemaschine prallte gegen den Stolperdraht, und er flog über den Lenker, überschlug sich mehrmals und blieb schließlich auf dem Rücken liegen. Als er die Augen wieder öffnete, sah er eine Gestalt, die über ihm aufragte, und etwas aus Metall, das im Sternenlicht schimmerte.

»Bouge pas, Mec.«

Kein Arabisch. Er zermarterte sich das Gehirn. Irgend etwas aus der Vergangenheit. Richtig, Haileybury, wo irgendein bedauernswerter Lehrer sich bemüht hatte, ihn die Feinheiten der Sprache Corneilles, Racines und Molières zu lehren ...

»Ne tirez pas«, sagte er langsam. »Je suis anglais.«

In der französischen Fremdenlegion gibt es nur drei britische Sergeants, und einer von ihnen heißt McCullin.

»Ach, tatsächlich?« fragte er auf englisch. »Na gut, dann sieh zu, daß du zum Halbkettenfahrzeug rüberkommst. Aber erst her mit der Pistole, wenn's recht ist.«

Diese Legionärsstreife war weit westlich der Stellung der Fremdenlegion in den alliierten Linien unterwegs, um entlang der Tapline Road etwaige irakische Deserteure abzufangen. Mit Sergeant McCullin als Dolmetscher erklärte Martin dem französischen Leutnant, daß er von einem Einsatz im Irak zurückkomme.

Für die Legionäre war das eine durchaus glaubhafte Erklärung; Einsätze hinter den feindlichen Linien gehörten zu ihren Spezialitäten. Die gute Nachricht war, daß sie ein Funkgerät hatten.

Der Safeknacker wartete den ganzen Dienstag bis in die Nacht hinein geduldig im Dunkel der Besenkammer. Er hörte, wie verschiedene männliche Angestellte der Bank die Toilette betraten, erledigten, wozu sie gekommen waren, und wieder gingen. Durch die Wand konnte er hören, wie der Fahrstuhl von Zeit zu Zeit nach oben oder unten ratterte. Er saß mit dem Rücken an die Wand gelehnt auf seinem Aktenkoffer, und ein gelegentlicher Blick aufs Leuchtzifferblatt seiner Uhr zeigte ihm, wie die Stunden verstrichen.

Zwischen 17.30 und achtzehn Uhr hörte er, wie draußen die Angestellten vorbeigingen, um die Bank zu verlassen und nach Hause zu fahren. Um achtzehn Uhr, das wußte er, würde der Nachtwächter kommen und vom Portier eingelassen werden. Bis dahin hatte dieser dann die letzten an seinem Schreibtisch vorbeigehenden Angestellten auf der Tagesliste abgehakt.

Verließ der Portier kurz nach achtzehn Uhr das Gebäude, sperrte der Nachtwächter hinter ihm ab und schaltete die Alarmanlage ein. Danach setzte er sich vor den tragbaren Fernseher, den er jeden Abend mitbrachte, und sah sich Quizshows an, bis er seinen ersten Kontrollgang machen mußte.

Wie das Yarid-Team festgestellt hatte, wurden selbst die Putzfrauen überwacht. Montags, mittwochs und freitags putzten sie die allgemein zugänglichen Räume – Büros, Flure, Treppen und Toiletten –, aber an einem Dienstagabend würde der Safeknacker nicht gestört werden. Samstags kamen sie vormittags, um unter Aufsicht des Portiers, der sie dabei nicht aus den Augen ließ, die Privatbüros zu putzen.

Der Nachtwächter versah seinen Dienst offenbar immer nach dem gleichen Schema. Er machte drei Kontrollgänge durchs Gebäude – um zweiundzwanzig Uhr, um zwei Uhr morgens und dann noch einmal um fünf Uhr – und überzeugte sich davon, daß alle Türen abgeschlossen waren.

Zwischen Dienstantritt und erstem Kontrollgang saß er vor seinem Fernseher und verzehrte das mitgebrachte Abendessen. In der längsten Ruhezeit, zwischen zweiundzwanzig und zwei Uhr, döste er, stellte zuvor aber seinen kleinen Wecker, damit er die nächste Runde nicht verschlief. In dieser Zeit wollte der Safeknacker seine Arbeit erledigen.

Gemütlichs Büro mit der entscheidend wichtigen Tür hatte er bereits gesehen. Diese Holztür war massiv, aber zum Glück nicht mit einer Alarmanlage gesichert. Das Fenster wies eine Alarmanlage auf, und er hatte die schwach erkennbaren Umrisse zweier Trittplatten zwischen Parkett und Teppich gesehen.

Um Punkt zweiundzwanzig Uhr hörte er den Fahrstuhl nach oben rattern, als der Nachtwächter seinen Kontrollgang begann, bei dem er im obersten Stock anfing, um zu Fuß die Treppe hinab in die Eingangshalle zurückzukehren.

Eine Viertelstunde später beendete der ältliche Mann seine Runde, indem er die Tür der Herrentoilette öffnete, kurz Licht machte, um das mit einer Alarmanlage gesicherte Fenster zu kontrollieren, das Licht ausknipste, die Tür wieder schloß und in die Eingangshalle zurückging. Dort beschloß er, sich noch eine Quizshow anzusehen.

Um 22.45 Uhr verließ der Safeknacker bei völliger Dunkelheit die Herrentoilette und schlich in den dritten Stock hinauf.

Für die Tür zu Herrn Gemütlichs Privatbüro brauchte er eine Viertelstunde. Dann glitt auch der vierte Sperrstift des Zylinderschlosses zur Seite, und die Tür ließ sich öffnen.

Obwohl der Safeknacker an einem Klettband um den Kopf eine kleine Stirnlampe trug, benutzte er eine größere Stabtaschenlampe, um den Raum abzusuchen. In ihrem helleren Licht konnte er die beiden Trittplatten unter dem Teppich umgehen und sich dem Schreibtisch von der ungeschützten Seite nähern. Dann schaltete er sie wieder aus und arbeitete mit der Stirnlampe weiter.

Die Schlösser der drei oberen Schreibtischschubladen waren über hundert Jahre alte kleine Messingschlösser, die sich problemlos öffnen ließen. Nachdem er die Schubladen herausgezogen hatte, steckte er eine Hand ins erste Fach und tastete die Rückwand nach einem Knopf, einem Riegel oder einer Vertiefung ab. Nichts. Erst eine Stunde später wurde er in der dritten Schublade rechts unten fündig: Seine Finger ertasteten in der Rückwand des Fachs einen nur etwa zweieinhalb Zentimeter langen Messingriegel. Als er ihn nach rechts schob, war ein leises Klicken zu hören, und zwischen den Intarsien am Sockel des Schreibtischaufsatzes sprang eine kleine Klappe einen Zentimeter weit auf.

Das Fach dahinter war nicht sehr tief – kaum zwei Zentimeter –, aber es reichte für zweiundzwanzig Blatt dünnes Papier aus. Jedes Blatt war ein Durchschlag der jeweiligen Vereinbarung, die allein Abhebungen von den von Gemütlich verwalteten Kundenkonten ermöglichte.

Der Safeknacker setzte die mitgebrachte Kamera auf einen Abstandshalter, ein leichtes Stativ mit vier ausklappbaren Aluminiumstützen, das die Fixfokuskamera in genau richtigem Abstand hielt und dadurch scharfe Aufnahmen des unter ihr liegenden Schriftstücks garantierte.

Ganz obenauf lag ein Durchschlag der Vereinbarung für das Nummernkonto, das gestern morgen für den Kundschafter eingerichtet worden war. Das Blatt, das ihn interessierte, war das siebte von oben. Die Kontonummer kannte er bereits – der Mossad hatte zwei Jahre lang Geld auf Jerichos Konto eingezahlt, bevor die Amerikaner ihn übernommen hatten.

Um sicherzugehen, fotografierte er trotzdem alle zweiundzwanzig Blätter. Nachdem er die Cachette wieder geschlossen hatte, setzte er die Schubladen ein, sperrte sie einzeln ab, verließ Gemütlichs Büro und schloß die Tür hinter sich zu. Um 1.10 Uhr war er wieder in der Besenkammer.

Bei Geschäftsbeginn am nächsten Morgen ließ der Safeknacker den Fahrstuhl eine halbe Stunde lang auf und ab rattern, weil er wußte, daß der Portier die Bankangestellten nicht an ihren Arbeitsplatz zu begleiten brauchte. Der erste Besucher kam um 9.50 Uhr. Sobald der Aufzug an ihm vorbeigefahren war, schlich der Safeknacker sich aus der Herrentoilette, ging auf Zehenspitzen bis ans Ende des Korridors und warf einen Blick in die Eingangshalle. Der Platz des Portiers war leer; er war mit dem Besucher nach oben gefahren.

Der Safeknacker zog einen Piepser aus der Tasche und drückte zweimal auf den Rufknopf. Drei Sekunden später klingelte es an der Eingangstür. Die Empfangsdame schaltete ihre Sprechanlage ein und fragte: »Ja?«

»Lieferung«, kündigte eine blechern klingende Stimme an. Als sie den elektrischen Türöffner betätigte, kam ein großer, jovialer Ausfahrer in die Eingangshalle. Er schleppte ein in Plastikfolie verpacktes riesiges Ölgemälde.

»Bitte sehr, junge Frau, komplett restauriert und hängefertig«, sagte er.

Hinter ihm wollte die Eingangstür sich automatisch schließen. Aber dann kam eine Hand in Bodennähe um den Türstock und klemmte ein mehrfach zusammengefaltetes Stück Pappe zwischen Tür und Rahmen. Sie schien sich zu schließen, aber ihr Schloß schnappte nicht ein.

Der Ausfahrer stellte das Ölgemälde genau vor dem Schreibtisch der Empfangsdame ab. Es war riesig, mindestens anderthalb mal zwei Meter, und versperrte ihr die Sicht auf die gesamte Eingangshalle.

»Aber ich weiß nichts von...«, protestierte sie. Der Kopf des Ausfahrers kam seitlich hinter dem Bilderrahmen hervor.

»Sie brauchen bloß hier den Empfang zu quittieren«, sagte der Mann und legte ihr sein Schreibbrett mit dem Lieferschein auf den Schreibtisch. Während sie den Vordruck studierte, kam der Safeknacker die Marmortreppe herunter und schlüpfte geräuschlos durch die Tür ins Freie.

»Aber hier steht Galerie Harzmann«, stellte die Empfangsdame fest.

»Richtig. Ballgasse vierzehn.«

»Aber wir sind Nummer acht. Sie sind in der Winkler-Bank. Die Galerie ist drei Häuser weiter.«

Der Ausfahrer entschuldigte sich verlegen und zog mit seinem Gemälde ab. Dann kam der Portier von oben zurück. Sie berichtete, was sich ereignet hatte. Er schnaubte, setzte sich wieder auf seinen Platz gegenüber ihrem Schreibtisch und widmete sich erneut seiner Zeitung.

Als ein US-Hubschrauber Blackhawk Mike Martin mittags auf dem Militärflugplatz Riad absetzte, hatte sich dort ein kleines, erwartungsvolles Begrüßungskomitee eingefunden. Steve Laing war gekommen und hatte Chip Barber mitgebracht. Ein Mann, den er hier zu sehen erwartet hatte, war Oberst Bruce Craig, sein Kommandeur. Während seines Aufenthalts in Bagdad waren zwei der vier SAS-Schwadronen aus Hereford in den Nahen Osten verlegt worden, wo sie in den westlichen Wüsten des Irak operierten. Eine Schwadron war als Reserve in Hereford zurückgeblieben; die andere war in Ausbildungskommandos aufgeteilt in aller Welt im Einsatz.

»Haben Sie's, Mike?« fragte Laing.

»Ja. Jerichos letzte Nachricht, die ich nicht mehr funken konnte.«

Martin berichtete kurz, was ihn daran gehindert hatte, und übergab das schmuddelige Blatt Papier mit Jerichos Angaben.

»Mann, wir haben uns Sorgen um Sie gemacht, als Sie achtundvierzig Stunden lang nicht zu erreichen waren«, sagte Barber. »Sie haben großartige Arbeit geleistet, Major.«

»Nur eine Frage, Gentlemen«, warf Oberst Craig ein. »Kann ich meinen Offizier zurückhaben, wenn Sie ihn nicht mehr benötigen?«

Laing, der damit beschäftigt war, den arabischen Text so gut wie möglich zu entziffern, sah kurz auf.

»Oh, natürlich bekommen Sie ihn zurück. Mit aufrichtigem Dank.«

»Augenblick!« sagte Barber. »Was haben Sie jetzt mit ihm vor, Oberst?«

»Nun, er bekommt in unserem Stützpunkt drüben auf der anderen Seite des Flugplatzes ein Bett und eine kräftige Mahlzeit...«

»Ich weiß was Besseres«, sagte Barber. »Major, was würden Sie von einer Stunde in einer Marmorbadewanne, einem Kansas-Steak mit Bratkartoffeln und einem großen weichen Bett halten?«

»Verdammt viel«, antwortete Martin lachend.

»Gut. Oberst, auf Einladung meiner Leute bekommt Ihr Mann für vierundzwanzig Stunden eine Suite im Hyatt gleich hier in der Nähe. Einverstanden?«

»Okay. Dann bis morgen um diese Zeit, Mike«, sagte Craig.

Auf der kurzen Fahrt zum Hotel gegenüber dem CENTAF-Oberkommando übersetzte Martin den beiden Geheimdienstlern Jerichos Nachricht. Laing schrieb die Übersetzung mit.

»Das war's dann«, stellte Barber fest. »Unsere Flieger machen dort alles platt.«

Chip Barber hatte einige Mühe, den verdreckten irakischen Fellachen in der besten Suite des Hotels Hyatt unterzubringen, und als das geschafft war, fuhr der CIA-Mann schräg über die Straße zum Schwarzen Loch hinüber.

Martin entspannte sich fast eine Stunde lang in dem heißen Bad, wusch sich die Haare und benutzte das vom Hotel für Gäste zur Verfügung gestellte Rasierzeug. Als er dann aus dem Bad kam, stand im Wohnzimmer ein Tablett mit dem Steak und den Bratkartoffeln.

Er hatte erst zur Hälfte aufgegessen, als der Schlaf ihn übermannte. Er schaffte es gerade noch bis in das weiche französische Bett im Zimmer nebenan.

Während Martin schlief, ereigneten sich verschiedene Dinge. Ein Hoteldiener legte ihm frische Kleidung – Unterhose, Hose, Socken, Hemd und Schuhe – ins Wohnzimmer seiner Suite.

In Wien übermittelte Gidi Barzilai die für Jerichos Nummernkonto bei der Winkler-Bank gültige Vereinbarung nach Tel Aviv, wo nun ein entsprechendes Schriftstück mit identischem Wortlaut hergestellt wurde.

Karim holte Edith Hardenberg nach Geschäftsschluß von der Bank ab, ging mit ihr einen Kaffee trinken und erklärte ihr, er müsse für eine Woche nach Jordanien zurück, um seine kranke Mutter zu besuchen. Sie nahm ihm diese Ausrede ab, hielt seine Hand und bat ihn, so schnell wie möglich zu ihr zurückzukommen.

Ein Befehl aus dem Schwarzen Loch erreichte den Flugplatz Taif, auf dem ein Aufklärer TR-1A für einen Flug über den äußersten Norden des Irak startklar gemacht wurde, um dort den großen Rüstungskomplex As-Sharqat erneut zu fotografieren.

Der Pilot erhielt einen völlig neuen Auftrag, zu dem auch geänderte Koordinaten gehörten: Er sollte eine bestimmte Hügelkette am Nordrand des Dschebel al-Hamrin überfliegen und fotografieren. Als sein Staffelchef gegen die plötzliche Änderung protestieren wollte, erfuhr er, daß der Code lautete: »Jeremia befiehlt.« Der Protest verstummte.

Die TR-1 startete kurz nach vierzehn Uhr, und um sechzehn Uhr erschienen ihre Aufnahmen auf einem Bildschirm in dem reservierten Konferenzraum am Ende des unterirdischen Korridors, an dem auch das Schwarze Loch lag.

An diesem Tag war das Wetter über dem Dschebel bewölkt und regnerisch, aber mit Infrarotsensoren und seinem Wärmebilder liefernden ASAR-2, das Wolken, Regen, Hagel, Graupel, Schnee und Dunkelheit durchdringt, machte der Höhenaufklärer trotzdem seine Bilder.

Begutachtet wurden die Aufnahmen bei ihrem Eintreffen von Oberst Beatty von der U.S. Air Force und Major Peck von der Royal Air Force – den beiden erfahrensten Luftbildauswertern im Schwarzen Loch.

An der Planungskonferenz um achtzehn Uhr nahmen nur acht Männer teil. Den Vorsitz führte General Horners Stellvertreter, der umgänglichere, aber ebenso entscheidungsfreudige General Buster Glosson. Die beiden Geheimdienstler Chip Barber und Steve Laing waren anwesend, weil sie das Ziel benannt hatten und über die Hintergründe seiner Enttarnung Bescheid wußten. Die beiden Luftbildauswerter Beatty und Peck wurden gebraucht, um ihre Interpretation der Aufnahmen zu erläutern. Und dazu kamen drei Stabsoffiziere, ein Brite und zwei Amerikaner, die alle Beschlüsse mitschreiben und für prompte Ausführung sorgen würden.

Oberst Beatty begann mit einer Feststellung, die zum Leitmotiv dieser Besprechung werden sollte.

»Wir haben hier ein Problem«, sagte er.

»Dann erklären Sie's uns«, verlangte der General.

»Sir, als Positionsangabe haben wir die geographischen Koordinaten dieses Ziels erhalten. Eine zwölfstellige Zahl mit je sechs Ziffern für Länge und Breite. Aber das ist kein SATNAV-Wert, der ein Ziel auf wenige Meter genau bezeichnet. Wir sprechen hier von einem Quadrat mit einer Seitenlänge von einigen hundert Metern. Um ganz sicherzugehen, haben wir dieses Gebiet auf einen Quadratkilometer vergrößert.«

»Und?«

»Und so sieht es aus.«

Oberst Beatty zeigte auf die Rückwand des Konferenzraums, an der eine zwei mal zwei Meter große, erstaunlich scharfe, mit Computerunterstützung optimierte Vergrößerung hing. Alle starrten sie an.

»Ich sehe nichts«, sagte der General. »Nichts als Berge.«

»Genau das, Sir, ist das Problem. Es ist nicht da.«

Die Aufmerksamkeit der Offiziere konzentrierte sich jetzt auf die Spökenkieker. Schließlich waren das *ihre* Informationen.

»Was«, fragte der General langsam, »soll sich dort befinden?«

»Eine Kanone«, antwortete Laing.

»Eine Kanone?«

»Die sogenannte Babylon-Kanone.«

»Ich dachte, die hätten Ihre Leute alle vor der Auslieferung abgefangen?«

»Das haben wir auch gedacht. Aber eine scheint durchgekommen zu sein.«

»Das Thema ist längst ausdiskutiert. Als Trägerwaffe kommt nur eine Rakete in Frage. Oder ein Jagdbomber, der von einem getarnten Flugplatz aus startet. Keine Kanone kann eine genügend große Granate verschießen.«

»Diese hier schon, Sir. Ich habe eigens in London nachgefragt. Ein über hundertachtzig Meter langes Rohr, Kaliber ein Meter, Nutzlast über eine halbe Tonne, Schußweite bis zu tausend Kilometer – je nach verwendeter Treibladung.«

»Und die Entfernung von dort bis zum Dreieck?«

»Rund siebenhundertfünfzig Kilometer. General, können Ihre Jäger eine Granate abschießen?«

»Nein.«

»Und die Fla-Lenkwaffen Patriot?«

»Möglicherweise, wenn sie zur rechten Zeit am rechten Ort sind und sie frühzeitig erfassen. Wahrscheinlich nicht.«

»Der springende Punkt ist aber«, warf Oberst Beatty ein, »daß dort keine Kanone, keine Rakete steht.«

»Unterirdisch versteckt wie die Fabrik Al-Qubai?« schlug Barber vor.

»Die ist mit einer Autoverwertung getarnt gewesen«, sagte Major Peck. »Dort draußen gibt's nichts. Keine Straße, keine Fahrspuren, keine Hochspannungsleitungen, keine Sicherungsanlagen, keinen Hubschrauberlandeplatz, keinen Bandstacheldraht, keine Unterkünfte für Wachmannschaften. Bloß kahle Hügel und niedrige Berge mit Tälern dazwischen.«

»Und was ist«, fragte Laing, der sich in die Defensive gedrängt fühlte, »wenn sie mit demselben Trick wie in Tarmija gearbeitet haben? Wenn die Sicherungsanlagen so weit entfernt liegen, daß sie nicht mehr ins Bild kommen?«

»Daran haben wir schon gedacht«, bestätigte Beatty. »Wir haben in hundert Kilometer Umkreis alles abgesucht. Nichts, keine Sicherungsanlagen.«

»Nur reine Täuschung?« schlug Barber vor.

»Ausgeschlossen! Die Iraker verteidigen wichtige Einrichtungen immer – sogar gegen die eigene Bevölkerung. Hier, sehen Sie sich das an.«

Oberst Beatty trat an die Vergrößerung und zeigte auf eine Gruppe von Hütten.

»Ein Bauerndorf in unmittelbarer Nähe. Holzrauch, Ziegenpferche, weidende Ziegen im Tal verstreut. Außerhalb des Bildes liegen noch zwei Dörfer.«

»Vielleicht haben sie den ganzen Berg ausgehöhlt«, sagte Laing. »Das haben *Sie* mit dem Cheyenne Mountain gemacht.«

»Dort gibt's reihenweise Tunnels und Kavernen, ein regelrechtes Labyrinth hinter bombensicheren Toren«, stellte Beatty fest. »Aber Sie reden von einem hundertachtzig Meter langen Kanonenrohr. Wollte man das in einen Berg einlassen, würde er einstürzen und es unter sich begraben. Hören Sie, Gentlemen, das Verschlußstück, die Magazine und alle Unterkünfte können unter der Erde liegen,

586

aber ein Stück dieses Kanonenrohrs müßte aus dem Boden ragen. Tut's aber nicht.«

Alle starrten wieder die Vergrößerung an. Innerhalb ihres Quadrats befanden sich drei Hügel und ein Teil eines vierten. Der größte von ihnen war weder durch bombensichere Bunkertüren noch eine Zufahrtsstraße verunstaltet.

»Warum decken wir nicht einfach den ganzen Quadratkilometer mit einem Bombenteppich zu, wenn die Kanone dort irgendwo versteckt ist?« schlug Peck vor. »Der würde jeden Berg über ihr einstürzen lassen.«

»Gute Idee!« stimmte Beatty zu. »General, dazu könnten wir die Buffs einsetzen. Die walzen den ganzen Quadratkilometer platt.«

»Darf ich einen Vorschlag machen?« fragte Barber.

»Bitte sehr«, sagte General Glosson.

«Wäre ich Saddam Hussein mit seiner Paranoia und hätte eine einzige wertvolle Waffe dieser Art, wäre der Festungskommandant ein Mann meines Vertrauens. Und ich würde ihm befehlen, bei einem Bombenangriff auf die Festung die Waffe sofort einzusetzen. Kurz gesagt: Würden die ersten Bomben ihr Ziel verfehlen – und ein Quadratkilometer ist eine ziemlich große Fläche –, könnten die restlichen um Bruchteile von Sekunden zu spät einschlagen.«

General Glosson beugte sich nach vorn.

»Worauf wollen Sie genau hinaus, Mr. Barber?«

»General, falls das Versteck der Faust Gottes unter diesen Hügeln liegt, ist sie durch ein äußerst geschicktes Täuschungsmanöver getarnt worden. Die einzige Möglichkeit, sie hundertprozentig sicher zu zerstören, ist ein vergleichbares Unternehmen. Ein einzelner Jagdbomber, der aus dem Nichts zu kommen scheint, nur einmal angreift und das Ziel mit diesem einzigen Punktangriff zerstört.«

»Ich weiß nicht, wie oft ich das noch sagen muß«, knurrte Oberst Beatty gereizt, »aber wir wissen nicht, wo der Zielpunkt liegt... nicht genau genug.«

»Ich glaube, daß mein Kollege von Zielmarkierung spricht«, warf Laing ein.

»Aber dafür braucht man ein zweites Flugzeug«, wandte Peck ein. »Wie die Buccaneers, die Ziele für die Tornados markieren. Und auch der Zielmarkierer muß das Ziel erst einmal sehen.«

»Bei den Scuds hat's geklappt«, stellte Laing fest.

»Klar, unsere SAS-Männer haben die Raketenabschußvorrichtungen markiert, und wir haben sie weggeblasen«, sagte Peck. »Aber sie sind dort gewesen, ganz in der Nähe, höchstens tausend Meter von den Raketen entfernt, mit Ferngläsern vor den Augen.«

»Genau.«

Danach herrschte sekundenlang Schweigen.

»Sie schlagen vor«, sagte General Glosson, »Männer in die Hügel zu schicken, damit sie uns ein zehn mal zehn Meter großes Ziel markieren.«

Die Diskussion ging noch zwei Stunden weiter. Aber Laings Argumentation setzte sich immer wieder durch.

Erst finden, dann markieren, dann zerstören – und das alles, ohne daß die Iraker etwas merken, bevor's zu spät ist.

Um Mitternacht fuhr ein RAF-Korporal ins Hotel Hyatt hinüber. Da ihm auf sein Klopfen an die Tür der Suite nicht geöffnet wurde, ließ der Nachtportier ihn ein. Er marschierte ins Schlafzimmer und rüttelte den Mann, der in einem Frotteebademantel auf dem Bett schlief, an der Schulter.

»Sir, aufwachen, Sir! Sie werden drüben verlangt, Major.«

22

»Sie liegt hier«, sagte Mike Martin eine halbe Stunde später.

»Wo?« fragte Oberst Beatty ehrlich neugierig.

»Irgendwo hier dazwischen.«

Martin stand in dem Konferenzraum in der Nähe des Schwarzen Lochs über einen Tisch gebeugt und studierte die Aufnahme eines größeren Gebiets des Dschebel al-Hamrin. Sie zeigte einen etwa acht mal acht Kilometer großen Ausschnitt dieses Berglands. Er tippte mit dem Zeigefinger auf die Punkte, die er meinte.

»Diese Dörfer, die drei Dörfer – hier, hier und hier.«

»Was ist mit denen?«

»Die sind getürkt. Sie sind hübsch ausgeführt und perfekte Nachbauten echter Bergdörfer, aber sie stecken voller Wachpersonal.«

Oberst Beatty starrte die drei Dörfer an. Eines lag im Tal, keinen Kilometer von den drei Bergen in der Bildmitte entfernt. Die beiden anderen Dörfer standen auf etwas abgesetzten Hügelterrassen.

Keines war groß genug, um eine Moschee unterhalten zu können; tatsächlich waren alle kaum größer als Weiler. Jedes besaß in der Dorfmitte eine gemeinsame Scheuer, in der Heu und Winterfutter lagerten, und niedrigere Ställe für Schafe und Ziegen. Ansonsten bestanden diese Dörfer jeweils aus etwa einem Dutzend ärmlicher Behausungen: mit Schilf oder Wellblech gedeckte niedrige Bauten aus Lehmziegeln, wie man sie in Berggebieten des Nahen Ostens überall findet. Im Sommer mochte es in ihrer näheren Umgebung kleine bestellte Felder geben, aber nicht jetzt im Winter.

Das Leben irakischer Bergbauern im Winter mit eisigem Regen und sturmgepeitschten Wolken ist hart. Die Vorstellung, im Nahen Osten sei es überall warm, ist ein weitverbreiteter Irrtum.

»Okay, Major, Sie kennen den Irak, ich nicht. Warum sind die Dörfer nicht echt?«

»Lebenserhaltungssystem«, sagte Martin. »Zu viele Dörfer, zu viele Bauern, zu viele Schafe und Ziegen. Sie würden verhungern.«

»Scheiße!« sagte Beatty nachdrücklich. »So verdammt einfach...«

»Schon möglich, aber es beweist, daß Jericho nicht gelogen oder sich wieder getäuscht hat. Dieser Aufwand zeigt, daß dort etwas versteckt ist.«

Oberst Craig, der SAS-Kommandeur, war ebenfalls anwesend. Nachdem er halblaut mit Steve Laing gesprochen hatte, trat er jetzt an den Tisch, vor dem Martin stand.

»Was halten Sie davon, Mike?«

»Die Festung ist irgendwo dort. Bruce. Wahrscheinlich wäre sie zu sehen – mit einem guten Fernglas aus tausend Meter Entfernung.«

»Die Führung will ein Team hinschicken, um das Ziel markieren zu lassen. Sie kommen dafür nicht in Frage.«

»Unsinn, Sir. Zwischen diesen Hügeln wimmelt's vermutlich von Militärstreifen zu Fuß. Wie Sie sehen, gibt's dort keine Straßen.«

»Und? Streifen kann man ausweichen.«

»Aber was ist, wenn man doch einer in die Arme läuft? So gut wie ich spricht keiner Arabisch, das wissen Sie. Außerdem wird's ein HALO-Sprung. Von Hubschraubern können wir uns nicht absetzen lassen.«

»Soviel ich weiß, haben Sie in letzter Zeit mehr als genug Action erlebt.«

»Wieder Unsinn, Sir. Ich hab' überhaupt keine Action erlebt. Dieses Spionagegeschäft hängt mir zum Hals raus. Geben Sie den Auftrag mir. Die anderen sind seit Wochen in der Wüste unterwegs, während ich einen Garten gepflegt habe.«

Der Oberst zog eine Augenbraue hoch. Er hatte Laing nicht gefragt, was Martin genau gemacht hatte – das hätte er ohnehin nicht erfahren –, aber er war überrascht, daß einer seiner besten Offiziere sich als Gärtner ausgegeben hatte.

»Kommen Sie mit zu uns rüber. Dort können wir besser planen. Gefällt mir Ihr Plan, kriegen Sie den Auftrag.«

Noch vor Tagesanbruch stimmte General Schwarzkopf zu, daß es keine Alternative gebe, und gab sein Einverständnis. In der abgesperrten Ecke des Militärflugplatzes Riad, die allein dem SAS gehörte, hatte Martin dem Kommandeur seinen Plan unterbreitet, den Oberst Craig gebilligt hatte.

Koordinieren sollten den Einsatz Oberst Craig, zuständig für die Männer auf dem Boden, und General Glosson, zuständig für den späteren Jagdbomberangriff.

Buster Glosson trank morgens Kaffee mit seinem Kameraden und Vorgesetzten Chuck Horner.

»Hast du schon 'ne Idee, welche Einheit den Auftrag kriegen soll?« fragte er.

General Horner erinnerte sich an eine zwei Wochen zurückliegende unverschämte Aufforderung eines ganz bestimmten Offiziers.

»Yeah«, sagte er, »den geben wir der Dreihundertsechsunddreißigsten.«

Mike Martin hatte sich Oberst Craig gegenüber durchgesetzt, indem er – logischerweise – darauf hingewiesen hatte, daß er der ranghöchste verfügbare Offizier war, da die meisten der auf den Kriegsschauplatz am Golf verlegten SAS-Männer schon im Irak im Einsatz waren, daß er der Kommandeur der Abteilung B war, die sich gegenwärtig unter seinem Stellvertreter im Einsatz in der Wüste befand, und daß nur er fließend arabisch sprach.

Den Ausschlag hatte jedoch seine Erfahrung als Fallschirmspringer und Freifaller gegeben. Als Offizier im Dritten Bataillon des Parachute Regiments hatte er die Number One Para Training School auf dem RAF-Stützpunkt Brize Norton besucht und ihrer Wettbewerbsmannschaft angehört. Später hatte er den Freifallerkurs in Netheravon absolviert und war Mitglied der Red Devils gewesen – des in Fachkreisen besser als Red Freds bekannten Demonstrationsteams der Paras.

Die einzige Möglichkeit, das Zielgebiet im irakischen Hügelland zu erreichen, ohne die Wachmannschaften zu alarmieren, war ein HALO-Sprung – High Altitude, Low Opening – aus 25 000 Fuß Höhe, bei dem die Fallschirme erst in 3500 Fuß geöffnet wurden. Dafür konnte man keine Anfänger brauchen.

Die Planung des ganzen Einsatzes hätte normalerweise eine Woche gedauert, aber dafür fehlte diesmal die Zeit. Die Lösung bestand daraus, die verschiedenen Aspekte des Absprungs, des Geländemarschs und der Auswahl der Beobachtungsstellung gleichzeitig zu planen. Für das alles brauchte Martin Leute, denen er sein Leben anvertrauen konnte – was er ohnehin tun würde.

Auf dem SAS-Stützpunkt in einer Ecke des Militärflugplatzes Riad lautete Martins erste Frage an Oberst Craig: »Wen kann ich haben?«

Die Liste war nur kurz, weil so viele schon in der Wüste im Einsatz waren.

Als der Adjutant ihm die Liste vorlegte, fiel ihm ein Name sofort auf.

»Peter Stephenson, unbedingt.«

»Sie haben Glück«, sagte Craig. »Er ist erst vorige Woche über die Grenze zurückgekommen. Er hat sich wieder erholt und ist fit.«

Martin kannte Sergeant Stephenson schon seit der Zeit, als der Sergeant noch ein Korporal und er selbst während seiner ersten Dienstzeit beim Regiment Hauptmann und Schwadronschef gewesen war. Stephenson war wie er ein Freifaller und gehörte zum Air Troop seiner eigenen Abteilung.

»Der ist gut«, meinte Craig und deutete auf einen anderen Namen. »Ein erstklassiger Kletterer. Ich schlage vor, daß sie von denen zwei mitnehmen.«

Der Mann, den er vorschlug, war Korporal Ben Eastman.

»Den kenne ich. Sie haben recht. Den nehme ich jederzeit. Wen noch?«

Als vierter Mann wurde Korporal Kevin North aus einer anderen Abteilung ausgewählt. Martin hatte ihn noch nie im Einsatz erlebt, aber North war ebenfalls ein guter Kletterer und wurde von seinem Kommandeur nachdrücklich empfohlen.

Die Planung gliederte sich in fünf Sachgebiete, die gleichzeitig bearbeitet werden mußten. Martin teilte die einzelnen Aufgaben unter seine Gruppe auf und behielt selbst die Leitung.

An erster Stelle stand die Wahl des Flugzeugs, das sie absetzen sollte. Martin entschied sich ohne zu zögern für die C-130 Hercules, die beim SAS bewährte Absetzmaschine, von der am Persischen Golf neun im Einsatz waren. Diese C-130 waren alle auf dem nahegelegenen King Khalid International Airport stationiert. Eine noch bessere Nachricht erreichte ihn beim Frühstück: Drei dieser Hercules kamen von der 47. Staffel aus Lyneham in Wiltshire, die über langjährige Erfahrungen aus der Zusammenarbeit mit SAS-Freifallern verfügte.

Zur Besatzung einer der drei Maschinen gehörte ein gewisser Hauptmann Glyn Morris.

Als Elemente eines in Saudi-Arabien aufgebauten Transportsystems verteilten die britischen C-130 den in Riad angelieferten Nachschub auf die RAF-Stützpunkte in Tabuk, Muhurraq, Dhahran und sogar Seeb in Oman. Morris fungierte bei solchen Transporten als Lademeister, aber seine eigentliche Funktion auf diesem Planeten war die eines Ausbilders für Fallschirmspringer, und Martin kannte ihn bereits von früheren Sprüngen als Absetzer.

Trotz der weitverbreiteten Ansicht, daß SAS und Paras ihre Fallschirmunternehmen selbständig organisieren, unterstehen alle derartigen Einsätze britischer Teilstreitkräfte der Royal Air Force, und ihre Beziehungen zueinander werden von dem gegenseitigen Vertrauen bestimmt, daß die jeweils andere Einheit genau weiß, was sie tut.

Kommodore Ian Macfayden, der die Royal Air Force am Golf befehligte, stellte sofort die für das SAS-Unternehmen angeforderte C-130 Hercules ab, sobald sie von einem Versorgungsflug nach Tabuk zurückkam, und das Bodenpersonal machte sich daran, sie für den in dieser Nacht geplanten HALO-Einsatz umzurüsten.

Zu den wichtigsten Umrüstarbeiten gehörte die Einrichtung einer Sauerstoffkonsole auf dem Boden des Laderaums. Da die C-130 hauptsächlich in niedrigen Höhen flogen, hatten sie bis dahin keine Sauerstoffversorgung gebraucht, die den hinten im Laderaum mitfliegenden Soldaten das Überleben in großen Höhen ermöglichte. Hauptmann Morris wußte genau, was er zu tun hatte, und holte sich dazu aus einer anderen Hercules-Besatzung Flight-Sergeant Sammy Dawlish, einen weiteren Absetzer. Sie schufteten den ganzen Tag lang in der C-130 und waren bei Sonnenuntergang mit ihrer Arbeit fertig.

Der zweite wichtige Punkt betraf die Fallschirme selbst. Bisher waren noch keine SAS-Männer über dem Irak abgesprungen; sie waren mit ihren Fahrzeugen in die irakischen Wüsten vorgestoßen, aber in der Vorbereitungsphase auf den eigentlichen Krieg hatten sie ständig Übungssprünge absolviert.

Auf dem Militärflugplatz gab es eine große Klimakammer für Rettungsausrüstung, in der auch der SAS seine Fallschirme lagerte. Martin forderte je acht Haupt- und Reservefallschirme an und erhielt sie prompt, obwohl seine Männer und er nur je vier brauchen würden. Sergeant Stephenson bekam den Auftrag, tagsüber alle sechzehn Schirme zu prüfen und neu zu packen.

Diese Schirme waren keine Rundkappenfallschirme mehr, wie sie das Parachute Regiment benutzte, sondern moderne Gleitschirme. Diese rechteckigen sogenannten »Matratzen« bestehen aus zwei Stofflagen mit dazwischen angeordneten Luftkammern. Sobald sie sich nach dem Öffnen mit Luft füllen, bildet der Gleitschirm eine halbstarre »Tragfläche« mit Flügelprofil, so daß der Freifaller seinen Schirm, der wendiger und manövrierfähiger ist, bis zur Landung »fliegen« kann. Dieses Schirmmuster ist normalerweise bei Freifallvorführungen auf Flugtagen zu sehen.

Die beiden Korporale erhielten den Auftrag, alle übrigen Ausrüstungsgegenstände zu beschaffen und zu prüfen. Dazu gehörten vier Sprungkombinationen, vier große Bergen-Rucksäcke, Wasserflaschen, Helme, Koppeln, Waffen, HVCs – konzentrierte Kraftnahrung, die ihre einzige Verpflegung sein würde –, Munition, Erste-Hilfe-Päckchen... die Liste wuchs endlos weiter. Jeder von ihnen würde fünfunddreißig Kilogramm in seinem Rucksack mitschleppen und unter Umständen jedes Gramm davon brauchen.

In einem abgesperrten Hangar arbeiteten Flugzeugmechaniker an der Hercules, überholten ihre Triebwerke und warteten alle übrigen beweglichen Teile.

Der Staffelchef benannte seine beste Besatzung, deren Navigator mit Oberst Craig ins Schwarze Loch hinüberfuhr, um dort eine geeignete Landezone, die entscheidend wichtige LZ, festzulegen.

Martin selbst erhielt von sechs Technikern – zwei Briten und vier Amerikanern – eine sehr gründliche Einweisung in die »Spielsachen«, die er benutzen mußte, um das Ziel zu finden, seine Position auf wenige Quadratmeter genau festzulegen und diese Informationen an Riad zu übermitteln.

Danach wurden die verschiedenen Geräte bruchfest verpackt und in den Hangar gefahren, in dem der Berg aus Ausrüstungsgegenständen für die vier Männer ständig wuchs. Zur Sicherheit waren alle diese Geräte doppelt vorhanden, was die Traglasten der Männer weiter erhöhte.

Martin fuhr selbst ins Schwarze Loch hinüber, um sich mit den Planern zu beraten. Sie standen über einen großen Tisch gebeugt, der mit neuen Luftbildern bedeckt war, die eine weitere TR-1 erst an diesem Morgen kurz nach Tagesanbruch aufgenommen hatte. Diesmal war das Wetter klar gewesen, und die Fotos zeigten sämtliche Einzelheiten der Geländeformationen des Dschebel al-Hamrin.

»Wahrscheinlich«, sagte Oberst Craig, »ist diese verdammte Kanone nach Süden oder Südosten gerichtet. Folglich müßte der beste Beobachtungspunkt hier liegen.«

Er deutete auf eine Reihe von Felsspalten in einer Bergflanke im Süden der mutmaßlichen Festung, dem Hügel genau in der Mitte des Quadratkilometers, den der inzwischen gefallene Oberst Osman Badri bezeichnet hatte.

»Was die LZ angeht, liegt ungefähr vierzig Kilometer südlich ein kleines Tal... hier, wo das Wasser eines Bachlaufs glitzert.«

Martin betrachtete das Tal nachdenklich. Es war eine winzige Senke zwischen den Hügeln, etwa fünfhundert Meter lang und hundert Meter breit, mit den grasbewachsenen Ufern eines vermutlich nur im Winter wasserführenden Rinnsals zwischen großen Felsblöcken.

»Das ist die beste?« fragte Martin. Der Oberst zuckte mit den Schultern.

»Das ist so ungefähr die einzige. Die nächste liegt siebzig Kilometer vom Ziel entfernt; gehen Sie näher ran, riskieren Sie, bei der Landung gesehen zu werden.«

Dem Kartenbild nach wäre die kleine Senke bei Tageslicht kinderleicht zu treffen gewesen; in stockfinsterer Nacht, im freien Fall mit zweihundert Stundenkilometern durch eiskalte Luft, war sie leicht zu verfehlen. Dort unten würde es keine Signalleuchten, keine Fackeln zur Kennzeichnung des Landegebiets geben. Aus dem Dunkel ins Dunkel.

»Ich nehme das Tal«, sagte er. Der RAF-Navigator richtete sich auf.

»Gut, dann fange ich gleich zu rechnen an.«

Vor ihm lag ein arbeitsreicher Nachmittag. Seine Aufgabe war es, ohne Licht und in einer mondlosen Nacht nicht nur die Landezone, sondern einen Punkt im Luftraum zu finden, an dem vier fallende Körper unter Berücksichtigung der Abdrift seine Maschine verlassen mußten, um dieses winzige Tal zu erreichen.

Selbst fallende Körper treiben in Windrichtung ab; er mußte möglichst genau abschätzen, wie groß diese Abdrift sein würde.

Erst bei Sonnenuntergang kamen sie wieder in dem – für alle nicht an dem Unternehmen Beteiligten gesperrten – Hangar zusammen. Die C-130 Hercules stand betankt startbereit. Unter einem ihrer Flügel türmten sich die Ausrüstungsgegenstände der vier SAS-Männer zu einem kleinen Berg. Stephenson hatte ihre acht zweiundzwanzig Kilogramm schweren Fallschirme sorgfältig neu gepackt, als sei jeder einzelne für ihn selbst bestimmt.

In einer Ecke des Hangars war ein großer Kartentisch aufgestellt worden. Martin legte darauf eine aus dem Schwarzen Loch mitgebrachte Luftbildserie aus, um gemeinsam mit Eastman, North und Stephenson die Marschroute von der LZ zu den Felsspalten festzulegen, von denen aus sie die Festung notfalls tagelang beobachten wollten. Vor ihnen lagen zwei anstrengende Nachtmärsche, zwischen denen sie sich tagsüber irgendwo verkriechen mußten. Tagesmärsche kamen nicht in Frage, und ihre Marschroute war erheblich länger als die Entfernung in der Luftlinie.

Zuletzt packte jeder Mann seinen Bergen-Rucksack. Obenauf lag bei allen ein breites Webkoppel mit vielen Taschen, das nach der Landung gleich herausgeholt und umgeschnallt werden mußte.

Als sie damit fertig waren, wurden aus der Kantine Hamburger und alkoholfreie Getränke herübergebracht, und die vier Männer ruhten sich bis zum Abflug aus. Die Maschine sollte um 21.45 Uhr starten, damit der Absetzpunkt gegen 23.30 Uhr erreicht wurde.

Für Martin war die Warterei immer am schlimmsten; nach der hektischen Aktivität des vergangenen Tages erlebte er sie als endlos lange Antiklimax. Man konnte sich auf nichts mehr konzentrieren als auf seine Anspannung, auf seine Angst, trotz aller Kontrollen und Gegenkontrollen doch irgendwas Lebenswichtiges vergessen zu haben. Dies war die Zeit, in der manche Männer aßen oder lasen, nach Hause schrieben oder dösten – oder nur auf die Toilette gingen, um sich zu entleeren.

Um einundzwanzig Uhr zog ein Schlepper die Hercules aufs Vorfeld hinaus, und die aus Pilot, Kopilot, Navigator und Flugingenieur bestehende Besatzung begann mit ihren Kontrollen vor dem Anlassen der Triebwerke. Zwanzig Minuten später fuhr ein Kleinbus mit dunklen Scheiben in den Hangar, um die Männer und ihre

Ausrüstung zur Absetzmaschine zu bringen, die mit geöffneter Heckluke und heruntergelassener Rampe auf dem Vorfeld bereitstand.

Dort wurden sie von den beiden Absetzern, dem Lademeister und einem Fallschirmpacker erwartet. Aber nur sieben Männer gingen die Rampe hinauf und betraten das höhlenartige Innere der Hercules. Der Fallschirmpacker saß bereits wieder im Bus; er würde nicht mitfliegen.

Mit den Absetzern und dem Lademeister schnallten die vier Soldaten sich auf längs zur Flugrichtung an der Wand stehenden Sitzen an. Um 21.44 Uhr hob die Hercules in Riad ab und richtete ihren stumpfen Bug nach Norden.

Während die RAF-Maschine am 21. Februar in den Nachthimmel stieg, wurde ein amerikanischer Hubschrauber angewiesen, außerhalb der Platzrunde zu warten, bevor er dann seinen Anflug fortsetzen und am Rande des US-Sektors des Militärflugplatzes landen durfte.

Er war nach Al-Kharz entsandt worden, um zwei Männer abzuholen. Der Chef der 336th Tactical Fighter Squadron war von General Buster Glosson nach Riad beordert worden. Befehlsgemäß mitgebracht hatte Steve Turner den Mann, den er für seinen besten Piloten für Bombenangriffe im Tiefflug hielt.

Weder der Staffelchef der Rocketeers noch Hauptmann Don Walker hatten die geringste Ahnung, was dieser Flug nach Riad zu bedeuten hatte. Eine Stunde später erfuhren sie in einem kleinen Besprechungsraum unter dem CENTAF-Oberkommando, warum man sie hatte kommen lassen und um welchen Einsatz es sich handelte. Darüber hinaus wurde ihnen eingeschärft, daß außer Walkers Waffensystemoffizier, dem Mann, der auf dem Sitz hinter ihm mitflog, niemand von dem geplanten Unternehmen erfahren dürfe.

Dann brachte der Hubschrauber sie zu ihrem Stützpunkt zurück.

Bald nach dem Start konnten die vier Soldaten sich losschnallen und sich in dem von roten Deckenleuchten schwach erhellten Rumpf der Maschine frei bewegen. Martin ging nach vorn, stieg die Leiter zum Cockpit hinauf und unterhielt sich eine Zeitlang mit der Besatzung.

Sie flogen in zehntausend Fuß in Richtung irakische Grenze und begannen dann zu steigen. In fünfundzwanzigtausend Fuß ging die Hercules in den Horizontalflug über und flog in den irakischen Luftraum ein – scheinbar allein am sternenklaren Himmel.

In Wirklichkeit war sie keineswegs allein. Das AWACS-Flugzeug über dem Golf hatte Anweisung, den Luftraum um die C-130 herum ständig zu überwachen. Falls ein irakisches Radar, das auf ungeklärte Weise der Vernichtung durch alliierte Luftangriffe entgangen war, sie erfaßte, sollte es sofort angegriffen werden. Dazu flogen unter der Hercules zwei Rotten Wild Weasel mit, die Lenkwaffen HARM zur Radaransteuerung trugen.

Für den Fall, daß irgendein irakischer Jagdflieger auf die Idee kam, in dieser Nacht zu starten, wurde die C-130 links von zwei höher fliegenden Jaguars der RAF und rechts von zwei amerikanischen F-15 C Eagle begleitet. So flog die Hercules in einem schützenden Kokon aus tödlicher Technologie. Keiner der mitfliegenden Piloten wußte, warum sie die C-130 begleiteten. Sie führten nur ihre Befehle aus.

Hätte jemand im Irak in dieser Nacht die Hercules auf einem Radarschirm gesehen, hätte er vermutlich angenommen, das Transportflugzeug befinde sich auf einem Flug nach Norden in die Türkei.

Der Lademeister tat sein Bestes, damit die Gäste sich bei Tee, Kaffee, Limonade und Biskuits an Bord wohl fühlten.

Vierzig Minuten vor dem Absetzpunkt schaltete der Navigator kurz eine Warnleuchte ein, um den Zeitpunkt X minus vierzig zu signalisieren, und die letzten Vorbereitungen begannen.

Die vier Soldaten legten ihre Haupt- und Reservefallschirme an – erstere in Schulterhöhe, letztere ziemlich tief darunter. Dann kamen die Bergen-Rucksäcke, die mit dem schmalen Teil nach unten verkehrt herum zwischen den Fallschirmen auf dem Rücken getragen wurden. Ihre Waffen – Maschinenpistolen Heckler & Koch MP5-SD mit Schalldämpfer – wurden mit Schnellverschlüssen auf der linken Körperseite befestigt, und jeder der vier Männer trug seine persönliche Sauerstoffflasche vor dem Bauch eingehakt.

Zuletzt setzten sie ihre Sprunghelme und Sauerstoffmasken auf, bevor sie die Luftschläuche an die zentrale Sauerstoffkonsole anschlossen, deren tischgroßer stabiler Rahmen mehr als ein Dutzend großer Gasflaschen umgab. Als alle sieben Männer angeschlossen waren und problemlos Sauerstoff atmeten, wurde der Pilot verständigt, der nun begann, die Luft aus dem Laderaum in die Nacht zu entlassen, bis der Druckausgleich hergestellt war.

Das dauerte fast zwanzig Minuten. Die Männer saßen wieder da und warteten. Fünfzehn Minuten vor dem Absetzpunkt erhielt der Lademeister über die Bordsprechanlage eine weitere Anweisung aus dem Cockpit. Er forderte die Absetzer auf, den Soldaten durch Handzeichen zu signalisieren, ihre Luftschläuche an ihre eigenen kleinen Sauerstoffflaschen anzuschließen. Ihr Inhalt reichte für eine halbe Stunde, und sie würden drei bis vier Minuten Sauerstoff für den eigentlichen Sprung brauchen.

Zu diesem Zeitpunkt wußte nur der Navigator im Cockpit, wo sie sich befanden, aber das SAS-Team vertraute darauf, an der genau richtigen Stelle abgesetzt zu werden.

Unterdessen verständigte der Lademeister, der seine Anweisungen aus dem Cockpit über Kopfhörer erhielt, sich mit den Soldaten durch Handzeichen, bis er zuletzt mit ausgestreckten Armen auf die Lichter über der Konsole deutete.

Die vier Männer standen auf und bewegten sich langsam auf die Rampe zu, wobei sie Raumfahrern mit schwerer Ausrüstung glichen. Begleitet wurden sie dabei von den beiden Absetzern, die ebenfalls mit tragbaren Sauerstoffgeräten ausgerüstet waren.

Nun standen die SAS-Männer, von denen jeder die Ausrüstung seines Vordermanns überprüfte, an der noch immer geschlossenen Rampe aufgereiht.

Um X minus vier wurde die Rampe gesenkt, und sie starrten in fünfundzwanzigtausend Fuß Höhe in das tosende Dunkel hinaus. Durch ein weiteres Handzeichen – zwei hochgereckte Finger – signalisierten die Absetzer ihnen X minus zwei. Die Männer schlurften an die Rampenkante und beobachteten die noch nicht eingeschalteten Signalleuchten auf beiden Seiten der riesigen Öffnung. Die Lichter leuchteten rot, die Schutzbrillen wurden heruntergezogen. Die Lichter leuchteten grün ...

Alle vier Männer drehten sich nach links, so daß sie in den Laderaum schauten, und sprangen mit eingezogenen Köpfen und ausgebreiteten Armen rückwärts aus der Maschine. Die Rampenkante raste an ihren Gesichtern vorbei, dann war die Hercules verschwunden.

Sergeant Stephenson führte ihre Gruppe an.

Die vier SAS-Männer stabilisierten ihre Fluglage und fielen auf schräger Bahn geräuschlos acht Kilometer weit durch die Nacht. In dreitausendfünfhundert Fuß öffneten barometrisch gesteuerte Automaten die Verpackungssäcke, und die herausgerissenen Fallschirme entfalteten sich explosionsartig. In zweiter Position sah Mike Martin, wie der Schatten fünfzehn Meter unter ihm sich plötzlich nicht mehr zu bewegen schien. Im selben Augenblick spürte er den Entfaltungsstoß seines eigenen Hauptfallschirms; dann füllte seine »Matratze« sich mit Luft, und er wurde von fünfzig Metersekunden auf sechseinviertel abgebremst, wobei Verzögerer einen Teil des Stoßes abfingen.

In tausend Fuß über Grund löste jeder Mann die Schnappverschlüsse, die den Bergen-Rucksack auf seinem Rücken hielten, und ließ die Last nach unten zwischen die Beine gleiten, um sie mit den Füßen zu umklammern. Dort würde der Rucksack bis in hundert Fuß Höhe bleiben, um dann ans Ende seiner fünf Meter langen Halteleine aus Nylon herabgelassen zu werden.

Der Fallschirm des Sergeants kurvte nach rechts weg, also folgte Martin ihm. Der Himmel war sternenklar, und um sie herum schienen die dunklen Umrisse von Felsen und Graten aus dem Boden zu wachsen. Dann sah er, was der Sergeant schon vor ihm gesehen hatte: das Glitzern des Wasserlaufs in dem kleinen Tal.

Peter Stephenson ging mitten im Landegebiet nieder – auf weichem Moos und Gras, nur wenige Meter vom Bachufer entfernt. Martin ließ seinen Bergen an der Leine fallen, kurvte rechts ein, schien in der Luft stillzustehen, fühlte seinen Rucksack aufschlagen und kam glatt mit beiden Beinen auf.

Korporal Eastman segelte in ziemlicher Höhe über ihn hinweg, wendete, kam zurückgeglitten und landete keine fünfzig Meter entfernt. Martin, der damit beschäftigt war, sein Gurtzeug zu lösen, sah Kevin North überhaupt nicht landen.

Tatsächlich ging der Kletterer als letzter Mann ihrer Vierergruppe etwa hundert Meter von ihm entfernt nieder – aber nicht mehr auf dem mit Gras bewachsenen Talboden, sondern auf dem felsigen Gegenhang. Bei dem Versuch, näher an seine Kameraden heranzukommen, zog er an den Steuerleinen, als sein unter ihm hängender Rucksack aufprallte. Der seitlich abdriftende Springer, an dessen Gurtzeug die Halteleine festgemacht war, schleifte jetzt den Bergen hinter sich her. Der Rucksack wurde fünf, sechs Meter weit über den Hang geschleppt, bevor er zwischen zwei Felsblöcken steckenblieb.

Die sich ruckartig straffende Halteleine zog North schräg zu Boden, so daß er nicht auf beiden Füßen landete, sondern seitlich aufprallte. Wo er aufkam, lagen nur wenige Felsbrocken, aber einer von ihnen zerschmetterte ihm den linken Oberschenkel mehrfach.

Der Korporal fühlte seine Knochen ganz deutlich zersplittern, aber der Aufprall war so heftig, daß er alles Schmerzempfinden lähmte. Einige Sekunden lang. Dann kam der Schmerz in Wellen. North wälzte sich auf den Rücken, umklammerte seinen Oberschenkel mit beiden Händen und flüsterte dabei immer wieder: »Nein, nein, bitte, lieber Gott, nein.«

Obwohl er nichts davon merkte, weil es im Innern seines Beins passierte, begann er zu bluten. Einer der Knochensplitter des Trümmerbruchs hatte die Oberschenkelschlagader glatt durchtrennt, so daß sie sein Lebensblut in den zerschmetterten Oberschenkel zu pumpen begann.

Die drei anderen fanden ihn eine Minute später. Sie hatten sich alle von ihren in einer leichten Brise aufgeblähten Fallschirmen und den Bergen-Rucksäcken befreit und waren der Überzeugung gewesen, er werde das gleiche tun. Als sie merkten, daß North nicht bei ihnen war, machten sie sich auf die Suche nach ihm. Stephenson holte eine bleistiftdünne Stabtaschenlampe heraus und richtete sie auf das Bein.

»Oh, Scheiße!« flüsterte er. Sie hatten ihre Erste-Hilfe-Kästen, sogar Material, um Knochenbrüche zu schienen, aber nichts gegen Katastrophen dieser Art.

North brauchte Traumatherapie, Blutplasma, eine Operation – und das schnellstens. Stephenson lief zum Rucksack des Korporals, riß den Erste-Hilfe-Kasten heraus und zog eine Morphiumspritze auf. Aber North brauchte keine mehr. Während er verblutete, ließen die Schmerzen nach.

North schlug die Augen auf, starrte Mike Martin, der sich über ihn beugte, ins Gesicht und flüsterte: »Tut mir leid, Boß.« Dann fielen seine Augen wieder zu. Zwei Minuten später war er tot.

Zu anderer Zeit und an einem anderen Ort wäre Martin vielleicht imstande gewesen, seinem Schmerz über den Verlust eines Mannes wie North, der seinem Befehl unterstanden hatte, irgendwie Ausdruck zu verleihen. Aber dafür war keine Zeit. Das erkannten auch die beiden überlebenden Unteroffiziere und machten sich grimmig schweigend daran, zu tun, was getan werden mußte. Die Trauer würde später kommen.

Martin hatte gehofft, die benutzten Fallschirme zusammenraffen und damit das Tal verlassen zu können, bevor sie sich einen Felsspalt suchten, in dem sie ihre nicht mehr benötigte Ausrüstung zurücklassen konnten. Das war jetzt unmöglich. Erst mußten sie North unter die Erde bringen.

»Pete, Sie suchen alles zusammen, was wir vergraben müssen. Finden wir keine passende Mulde, müssen wir eine graben. Ben, Sie fangen an, Felsbrocken zu sammeln.«

Martin beugte sich über den Toten, nahm ihm Erkennungsmarke und Maschinenpistole ab und half dann Eastman, Felsbrocken zu sammeln. Mit Messern und bloßen Händen kratzten die drei Männer eine flache Mulde in den weichen Grasboden und legten den Toten hinein. Über ihm wurden ihre nicht mehr benötigten Ausrüstungsgegenstände gestapelt: vier geöffnete Hauptfallschirme, vier noch gepackte Reservefallschirme, je vier Sauerstoffmasken und -flaschen sowie alles Gurtzeug.

Danach begannen sie, Felsbrocken darüber anzuhäufen – jedoch nicht in Form eines Grabhügels, der hätte auffallen können, sondern scheinbar willkürlich, als seien dort Felsbrocken nach einem Bergrutsch liegengeblieben. Aus dem Bach wurde Wasser geholt, um die roten Flecken vom Gras und den Felsen zu spülen. Kahle Vertiefungen, in denen Felsbrocken gelegen hatten, wurden von Stiefeln eingeebnet und danach mit festgetretenem Moos vom Bachufer getarnt. Das kleine Tal mußte möglichst wieder so daliegen, wie es eine Stunde vor Mitternacht ausgesehen hatte.

Die SAS-Männer hatten gehofft, vor Tagesanbruch fünf Stunden marschieren zu können, aber die Arbeit dauerte über drei Stunden. Ein Teil des Inhalts von North' Rucksack – Kleidung, Wasser und Verpflegung – blieb darin und wurde mit ihm begraben. Die übrigen Gegenstände mußten sie unter sich aufteilen, wodurch ihre eigenen Rucksäcke noch schwerer wurden.

Eine Stunde vor Tagesanbruch verließen die drei Männer das Tal in bewährter Marschordnung. Sergeant Stephenson übernahm die Rolle des Spähers: Er marschierte mit reichlich Abstand voraus und überwand Grate und Hügelkämme nur kriechend – für den Fall, daß auf der anderen Seite eine unangenehme Überraschung wartete.

Ihre Route führte bergauf, und Stephenson gab ein mörderisches Tempo vor. Obwohl der kleine, drahtige Mann fünf Jahre älter als Martin war, konnte er die meisten Männer in Grund und Boden marschieren – und dabei noch einen fünfunddreißig Kilogramm schweren Rucksack tragen.

Dunkle Wolken zogen über die Berge, gerade zur richtigen Zeit, denn sie verzögerten den Tagesanbruch und verschafften ihnen so eine zusätzliche halbe Stunde. In eineinhalbstündigem Gewaltmarsch hatten sie etwa dreizehn Kilometer zurückgelegt und zwei Hügel und mehrere Grate zwischen sich und das Tal gebracht. Endlich zwang das heller werdende graue Licht sie dazu, sich ein Versteck für diesen Tag zu suchen.

Martin entschied sich für eine fast waagrechte Felsspalte unter einem Überhang, die, durch trockenes Gras und Buschwerk getarnt, unmittelbar über einem Wadi lag. Während es draußen Tag wurde, aßen sie ihre Rationen, tranken dazu etwas Wasser, hüllten sich in Tarnnetze und legten sich schlafen. Der Tag wurde in drei Wachen eingeteilt, und Martin übernahm die erste.

Martin rüttelte Stephenson um elf Uhr wach und legte sich dann schlafen, während der Sergeant Wache hielt. Kurz nach sechzehn Uhr wachte Martin auf, weil Ben Eastman ihm einen steifen Finger in die Rippen stieß. Als der Major die Augen öffnete, sah er, daß Eastman seinen Zeigefinger auf die Lippen legte. Martin horchte. Aus dem Wadi drei Meter unterhalb ihrer Felsspalte kamen gutturale Laute: Männerstimmen, die arabisch sprachen.

Sergeant Stephenson, der ebenfalls aufgewacht war, zog die Augenbrauen hoch. Was tun wir jetzt? Martin hörte eine Zeitlang zu. Die Männer waren zu viert, eine Militärstreife, die es satt hatte, endlos durchs Bergland zu marschieren, und müde war. Binnen zehn Minuten wußte er, daß sie hier ihr Nachtlager aufschlagen wollten.

Er hatte schon zuviel Zeit verloren. Spätestens um achtzehn Uhr, wenn die Abenddämmerung über die Hügel herabsank, mußten sie weitermarschieren. Er brauchte jede Stunde, um die restliche Strecke bis zu den Felsspalten im Hügel gegenüber der Festung zurückzulegen. Auch die Suche nach diesen Felsspalten konnte nochmals Zeit kosten.

Die Gespräche im Wadi unter ihnen ließen erkennen, daß die Iraker Holz für ein Lagerfeuer sammeln wollten. Dabei würden ihre Blicke bestimmt auf das Buschwerk fallen, hinter dem die SAS-Männer lagen. Selbst wenn sie nicht zu ihnen heraufkamen, konnte es Stunden dauern, bis sie so fest schliefen, daß Martin und seine Männer sich an ihnen vorbeischleichen konnten. Das durften sie nicht riskieren.

Auf ein Zeichen von Martin zogen auch die beiden anderen ihre zweischneidigen Kampfmesser, und die drei Männer glitten lautlos übers Geröll in das Wadi unter ihnen.

Als die Arbeit getan war, blätterte Martin die Soldbücher der toten Iraker durch. Dabei fiel ihm auf, daß sie alle den Nachnamen Al-Ubaidi trugen. Die vier gehörten dem Stamm Ubaidi an, einem einheimischen Bergvolk, und trugen die Abzeichen der Republikanischen Garde. Offenbar war in der Garde gezielt nach Bergbewohnern gesucht worden, um aus ihnen die Streifen zu bilden, die den Auftrag hatten, die Festung vor Eindringlingen zu schützen. Martin fiel auf, daß sie hagere, sehnige Gestalten ohne ein überflüssiges Gramm Fett am Körper waren.

Danach kostete es noch eine Stunde Zeit, die vier Leichen in die Felsspalte zu schleppen, ihr Tarnzelt zu zerschneiden, um sie damit zu bedecken, und die Zeltbahn mit Gras, Unkraut und Buschwerk zu tarnen. Aber als sie fertig waren, hätte nur ein äußerst scharfes Auge dieses Versteck unter dem Felsüberhang entdecken können. Zum Glück hatte die irakische Streife kein Funkgerät und stand im Einsatz offenbar nicht in Verbindung mit ihrem Stützpunkt. Nun würde sie nie mehr zurückkehren, aber mit etwas Glück konnten zwei oder drei Tage vergehen, bevor ihr Verschwinden auffiel.

Nach Einbruch der Dunkelheit marschierten die SAS-Männer weiter, versuchten im Sternenschein, die Umrisse von Bergketten wiederzuerkennen, die sie auf den Luftbildern gesehen hatten, und folgten dem Kompaßkurs zu dem Berg, den sie suchten.

Die genaue Karte, die Martin bei sich trug, war eine brillante Sonderanfertigung, die ein Computer nach Luftaufnahmen der

TR-1 gezeichnet hatte, und stellte ihre Route vom Landegebiet bis zum vorgesehenen Beobachtungspunkt dar. Wenn Martin zwischendurch stehenblieb, um die Anzeige seines GPS-Empfängers abzulesen und ihren Standort im Licht einer kleinen Stabtaschenlampe auf der Karte zu ermitteln, konnte er Richtung und Geschwindigkeit ihres Marsches bestimmen. Um Mitternacht waren beide Werte gut. Sie hatten schätzungsweise noch sechzehn Kilometer zu marschieren.

In den Brecons in Wales hätten Martin und seine Männer in solchem Gelände einen Durchschnitt von sechseinhalb Stundenkilometern gehalten – rasches Spaziergängertempo für Leute, die abends mit ihrem Hund Gassi gehen, ohne dabei einen fünfunddreißig Kilogramm schweren Rucksack zu schleppen. Trecken mit diesem Tempo war ganz normal.

Aber in diesem feindlichen Bergland, in dem überall Militärstreifen unterwegs sein konnten, kamen sie notwendigerweise langsamer voran. Sie waren schon einmal auf Iraker gestoßen und mußten jeden weiteren Zusammenstoß vermeiden.

Ein Vorteil, den sie gegenüber den Irakern hatten, waren ihre Nachtsichtgeräte, mit denen sie an Frösche mit Stielaugen erinnerten. Mit den neuen Weitwinkelgeräten sahen sie die Landschaft vor sich blaßgrün leuchten, denn diese Restlichtverstärker sammelten die in der Umgebung vorhandene natürliche Helligkeit, um sie auf die Netzhaut des Benutzers zu konzentrieren.

Zwei Stunden vor Tagesanbruch sahen sie das Massiv der Festung vor sich aufragen und machten sich daran, den Steilhang zu ihrer Linken zu erklimmen. Dieser Berg lag am Südrand des von Jericho angegebenen Quadratkilometers, und von einer der Felsspalten in Gipfelnähe aus würden sie die Südflanke der Festung – falls es sich wirklich um die Festung handelte – aus fast gleicher Höhe mit ihrem Gipfel beobachten können.

Sie stiegen vor Anstrengung keuchend über eine Stunde lang in raschem Tempo auf. Sergeant Stephenson an der Spitze folgte einem kaum sichtbaren Ziegenpfad, der um den Berg herum zum Gipfel führte. Knapp unterhalb des Gipfelplateaus fanden sie eine Felsspalte, die der Aufklärer TR-1 mit der Seitensichtkamera entdeckt hatte. Sie war noch besser, als Martin gehofft hatte: zweieinhalb Meter lang, eineinviertel Meter breit und etwas über einen halben Meter tief. Unmittelbar vor der Spalte befand sich ein gut halbmeterbreiter Sims, auf dem Martins Oberkörper liegen konnte, während Unterleib und Füße zwischen den Felsen steckten.

Die Männer holten ihre Tarnnetze heraus und machten sich daran, ihr Versteck vor den Blicken des Wachpersonals der Festung zu tarnen.

Verpflegung und Wasserflaschen wurden in die Koppeltaschen gesteckt, Martins technische Ausrüstung wurde ausgepackt, ihre Waffen wurden überprüft und bereitgelegt. Unmittelbar vor Sonnenaufgang benutzte Martin eines seiner Geräte.

Dieses Funkgerät war viel kleiner als das andere, das er in Bagdad benutzt hatte – kaum so groß wie zwei Zigarettenschachteln. Verbunden war es mit einem leistungsfähigen NC-Akku, der mehr Betriebszeit ermöglichte, als Martin jemals brauchen würde.

Das Einkanalgerät arbeitete auf einer Frequenz, die am anderen Ende Tag und Nacht abgehört wurde. Um Verbindung aufzunehmen, brauchte er nur wie vereinbart mit der Sendetaste zu »morsen«– und danach am Lautsprecher auf das Antwortsignal zu warten.

Der dritte Bestandteil des Sets war eine Antennenschüssel – faltbar wie die in Bagdad, aber ebenfalls viel kleiner. Obwohl er sich hier nördlich der irakischen Hauptstadt befand, lag sein jetziger Standort auch weit höher.

Martin stellte die Antenne nach Süden gerichtet auf, verband den Akku mit dem Funkgerät und das Gerät mit der Antenne und drückte dann auf die Sendetaste. Eins-zwei-drei-vier-fünf, Pause, eins-zwei-drei, Pause, einmal, Pause, einmal.

Fünf Sekunden später piepste das Funkgerät in seiner Hand leise. Viermal, viermal, zweimal.

Martin hielt die Sprechtaste gedrückt und sprach ins Einbau-Mikrofon: »Nach Ninive, vor Tyros. Wiederhole, nach Ninive, vor Tyros.«

Er ließ die Sprechtaste los und wartete. Aus dem Lautsprecher kam ein aufgeregtes Eins-zwei-drei; Pause, einmal, Pause, viermal. Empfangen und bestätigt.

Martin steckte die drei Teile des Funkgeräts in ihre wasserdichten Hüllen zurück, nahm sein starkes Fernglas mit und schob seinen Oberkörper aufs Felsband hinaus. Hinter ihm lagen Sergeant Stephenson und Korporal Eastman wie Embryos zusammengerollt in der Felsspalte, schienen sich dort aber ganz wohl zu fühlen. Zwei kurze Zweige hielten das Tarnnetz vor ihm hoch, so daß ein Schlitz entstand, durch den er das Fernglas schob, für das ein begeisterter Vogelbeobachter seinen rechten Arm gegeben hätte.

Während an diesem 23. Februar über dem Dschebel al-Hamrin die Sonne aufging, begann Major Martin, das Meisterwerk seines alten Schulfreunds Osman Badri zu studieren; die für Maschinen unsichtbare Qa'ala.

In Riad starrten Steve Laing und Simon Paxman den Spruchvordruck an, den der Funker, der aus der Funkbude gestürzt war, ihnen in die Hand gedrückt hatte.

»Verdammt noch mal!« sagte Laing beeindruckt. »Er hat's geschafft, er ist auf dem Scheißberg!«

Zwanzig Minuten später wurde diese Nachricht von General Glossons Dienststelle nach Al-Kharz übermittelt.

Hauptmann Don Walker war in den frühen Morgenstunden des 22. Februar auf seinen Stützpunkt zurückgekehrt, hatte den Rest der Nacht genutzt, um noch eine Mütze voll Schlaf zu nehmen, und sich kurz nach Sonnenaufgang an die Arbeit gemacht.

Bis Mittag war sein Plan ausgearbeitet, den er dann seinem Staffelchef vorlegte. Dieser Plan wurde nach Riad weitergeleitet und dort genehmigt. Nachmittags konnten die entsprechenden Flugzeuge, Besatzungen und Bodenmannschaften eingeteilt werden.

Geplant war ein Angriff mit vier Jagdbombern auf den irakischen Militärflugplatz Tikrit East, der weit nördlich von Bagdad in der Nähe von Saddam Husseins Geburtsort lag. Dieser Platz sollte nachts mit lasergesteuerten 900-kg-Bomben angegriffen werden. Don Walker würde das Unternehmen mit seinem gewohnten Rottenflieger und zwei weiteren F-15E durchführen.

Auf wundersame Weise erschien dieser Einsatz auf der Air Tasking Order aus Riad, obwohl er nicht schon vor drei Tagen, sondern erst vor zwölf Stunden ausgearbeitet worden war.

Die restlichen drei Besatzungen wurden sofort von anderen Einsätzen abgezogen und für das Unternehmen gegen Tikrit East eingeteilt, das voraussichtlich in der Nacht zum 23. Februar oder in einer der folgenden Nächte starten sollte. Bis dahin mußten sie jederzeit binnen einer Stunde einsatzbereit sein.

Am 22. Februar bei Sonnenuntergang waren die vier Strike Eagles startklar; um zweiundzwanzig Uhr blies man den Angriff ab, ohne ihn durch einen anderen Auftrag zu ersetzen. Die acht Flieger wurden aufgefordert, sich auszuruhen, während ihre Staffelkameraden starteten, um nördlich von Kuwait Panzer der Republikanischen Garde »abzuknipsen«.

Als sie im Morgengrauen des 23. Februar zurückkamen, mußten diese vier Besatzungen sich wegen ihrer Untätigkeit hänseln lassen.

Gemeinsam mit den Einsatzplanern wurde eine Route nach Tikrit East ausgearbeitet, auf der die vier Jagdbomber den Korridor zwischen Bagdad und der iranischen Grenze im Osten benutzen, über dem See As-Sa'dija eine 45-Grad-Kurve einleiten und auf Nordwestkurs nach Tikrit weiterfliegen würden.

Während Don Walker in der Kantine seinen Frühstückskaffee schlürfte, wurde er von seinem Staffelchef nach draußen gerufen.

»Ihr Zielmarkierer ist vor Ort«, teilte sein Vorgesetzter ihm mit. »Ruhen Sie sich gut aus. Sie haben eine anstrengende Nacht vor sich.«

Als die Sonne höherstieg, begann Mike Martin, den Berg jenseits des mit steilen Hängen abfallenden Tals zu studieren. Bei maximaler Vergrößerung zeigte sein Fernglas ihm einzelne Büsche; durch Veränderung der Brennweite konnte er das Blickfeld beliebig vergrößern.

In der ersten Stunde sah der Berg wie jeder andere in der näheren Umgebung aus. Er war wie die anderen mit Gras bewachsen. Auch seine Hänge waren stellenweise mit verkümmerten Büschen und Sträuchern bedeckt. Hier und dort traten kahle Felsen hervor, an einigen Stellen lagen kleinere Felsblöcke. Wie alle anderen Berge in Martins Gesichtsfeld war er unregelmäßig geformt. Zunächst war nichts Außergewöhnliches an ihm zu entdecken.

Von Zeit zu Zeit kniff er die Augen fest zusammen, um sie auszuruhen, legte seine Stirn für einige Minuten auf die Unterarme und suchte dann weiter.

Am frühen Vormittag zeichnete sich allmählich ein Raster ab. In bestimmten Sektoren des Gegenhangs schien das Gras anders zu wachsen als auf den übrigen Flächen. Es gab Stellen, an denen die Vegetation allzu regelmäßig wirkte, als sei sie in Reihen gepflanzt. Aber es gab anscheinend kein Tor – jedenfalls nicht auf dieser Seite des Berges –, keine Straße, keinen Weg mit Fahrspuren, keinen Ventilationsschacht für verbrauchte Luft aus dem Innern des Berges, keine Spuren gegenwärtiger oder früherer Erdarbeiten. Aber der sich verändernde Sonnenstand lieferte den ersten Hinweis.

Kurz nach elf Uhr glaubte Martin, ein Glitzern im Gras gesehen zu haben. Er richtete sein Fernglas nochmals auf diesen Fleck und stellte es auf maximale Vergrößerung. Die Sonne verschwand hinter einer Wolke. Als sie wieder hervorkam, wiederholte sich das Glitzern. Dann erkannte er die Ursache dafür: ein Stück Draht im Gras.

Martin blinzelte und sah erneut hin. Ein etwa zwanzig Zentimeter langer Draht, der sich schräg durchs Gras zog – Teil eines längeren Drahts mit grüner Plastikummantelung, die an einer Stelle abgewetzt war, so daß blankes Metall in der Sonne glitzerte.

Der Draht gehörte zu einem im Gras verborgenen Geflecht, das manchmal sichtbar wurde, wenn der Wind die Halme bewegte. Diese kreuz und quer gespannten Drähte bildeten große Rauten unter dem Gras.

Gegen Mittag konnte er das System aus Drähten besser erkennen. Auf einem weiten Gebiet der Bergflanke wurde das Erdreich von grünen Drähten auf einer darunterliegenden Oberfläche verankert; in den Rauten angepflanzte Gräser und Sträucher wuchsen aus den Zwischenräumen und verdeckten das grüne Drahtgeflecht.

Als nächstes erkannte er die Terrassierung. Ein Teil des Gegenhangs bestand aus Blöcken, vermutlich aus Beton, die gegenüber dem jeweils unteren acht bis zehn Zentimeter weit zurückgesetzt waren. Auf diesen künstlichen Terrassen war Humus aufgeschüttet worden, aus dem in waagrechten Zeilen Sträucher wuchsen. Wegen ihrer unterschiedlichen Wuchshöhen waren die Reihen nicht gleich zu erkennen, aber als Martin sich allein nur auf den Wurzelbereich konzentrierte, wurde ihm klar, daß die Sträucher tatsächlich in Zeilen wuchsen. Die Natur wächst nicht in Zeilen.

Er suchte noch andere Flächen des Berges ab, aber der Raster war unterbrochen und setzte sich dann weiter links fort. Am frühen Nachmittag hatte er endlich des Rätsels Lösung gefunden.

Die Analytiker in Riad hatten recht gehabt – bis zu einem gewissen Punkt. Hätte jemand versucht, den ganzen Berg auszuhöhlen, wäre er eingefallen. Der Erbauer dieser Festung mußte den Bereich zwischen drei Graten des Berges abgetragen und mit einer Kuppel überwölbt haben, so daß darunter eine riesige Höhle entstanden war.

Bei der Überwölbung des Hohlraums war der Erbauer den natürlichen Umrissen der Bergflanke gefolgt, hatte seine Betonblöcke in gleichmäßig zurückweichenden Reihen übereinandergesetzt, um Miniterrassen entstehen zu lassen, und hatte sie zuletzt von oben her mit Zehntausenden von Tonnen Humus überschüttet.

Als nächstes mußte der vor Erosion schützende Überzug angebracht worden sein: mit grünem Kunststoff ummanteltes weitmaschiges Drahtgewebe, vermutlich mit Haken am darunterliegenden Beton befestigt, hielt das Erdreich auf den Steilhängen fest. Danach war Grassamen ausgebracht worden, um in der Erde zu keimen, zu wurzeln und sich auszubreiten, während Büsche und Sträucher die in den Betonterrassen angelegten Vertiefungen ausfüllten.

Das im vergangenen Sommer angesäte Gras hatte einen ständig dichter werdenden verfilzten Wurzelteppich gebildet, und die Büsche und Sträucher waren durch Drahtgeflecht und Grasnarbe gewachsen, um die Bergflanke mit dem für dieses Gebiet typischen niedrigen Buschwerk zu überziehen.

Das Dach der Festung über der künstlich angelegten Kaverne war bestimmt eine geodätische Stahlbetonkuppel, die so gegossen war, daß auch sie viele tausend Vertiefungen enthielt, in denen Gras wachsen konnte. Auf ihr lagen sogar künstliche Felsbrocken in völlig natürlichen Grautönen und mit Streifen, die herabfließendes Regenwasser hinterlassen hatte.

Martin fing jetzt an, sich auf das Gebiet zu konzentrieren, in dem sich vor dem Bau der Kuppel der Rand des künstlich geschaffenen Kraters befunden haben mußte.

Etwa fünfzehn Meter unterhalb des Scheitelpunkts der Kuppel fand er, was er suchte. Dabei war er mit seinem Fernglas schon mindestens fünfzigmal über die kleine Erhebung hinweggeglitten, ohne etwas zu merken.

Dort lag ein flacher Felsblock, über dessen graubraune Oberfläche zwei parallel verlaufende schwarze Striche führten. Je länger

Martin diese beiden Linien betrachtete, desto mehr fragte er sich, warum jemand sich die Mühe gemacht haben sollte, dort hinaufzuklettern, nur um zwei Striche über einen Felsen zu ziehen.

Ein böiger Windstoß aus Nordwesten ließ das Tarnnetz vor seinem Gesicht flattern. Der Windstoß bewegte auch eine dieser schwarzen Linien. Als er dann nachließ, hörte die Bewegung auf. Damit war Martin klar, daß das keine Striche, sondern Drahtseile waren, die über den Felsblock hinwegführten und im Gras verschwanden.

Kleinere Felsbrocken umgaben den großen Block wie kreisförmig aufgestellte Wachposten. Wozu dieser Kreis, wozu die Drahtseile? Was würde passieren, wenn unter der Kuppel kräftig an diesen Drahtseilen gezogen wurde? Würde der Felsblock sich bewegen?

Gegen 15.30 Uhr erkannte Martin, daß dort drüben kein Felsen, sondern eine graubraune Plane lag, die von den kreisförmig angeordneten Felsbrocken beschwert wurde und sich mit den Drahtseilen seitlich wegziehen ließ.

Unter der Plane konnte er allmählich einen Kreis mit etwa eineinviertel Meter Durchmesser ausmachen. Martin starrte eine Abdeckplane an, unter der – für ihn unsichtbar – der letzte Meter des hundertachtzig Meter langen Rohrs der tief unter der Kuppel aufgestellten Babylon-Kanone gen Himmel ragte. Es deutete nach Südsüdosten, wo siebenhundertfünfzig Kilometer entfernt Dhahran lag.

»Entfernungsmesser«, verlangte er halblaut von den Männern hinter ihm. Er reichte das Fernglas nach hinten durch und griff nach dem hingehaltenen Gerät, das Ähnlichkeit mit einem Teleskop hatte.

Als er dieses Gerät ans Auge hielt, wie er's in Riad geübt hatte, sah er den Berg und die Plane, unter der die Kanonenmündung versteckt war – allerdings ohne die geringste Vergrößerung.

Das Gerät zeigte ihm vier V-förmige Winkel, deren Spitzen zum Mittelpunkt des runden Gesichtsfelds zeigten. Martin drehte langsam den geriffelten Einstellknopf, bis die vier Spitzen einander berührten und so ein Kreuz bildeten. Im Schnittpunkt aller dieser Linien lag die Abdeckplane, unter der sich die Rohrmündung verbarg. Martin nahm den Entfernungsmesser vom Auge und las den gemessenen Wert von der Trommel ab: 988 Meter.

»Kompaß«, sagte er, schob den Entfernungsmesser nach hinten und griff nach dem elektronischen Kompaß. Dieses Gerät kam ohne eine Magnetnadel aus, die sich auf einer Spitze gelagert über einer Windrose drehte. Martin hielt es ans Auge, peilte die Abdeckplane am Gegenhang an und drückte auf einen Knopf. Der Kompaß erledigte den Rest und zeigte ihm die Peilung vom eigenen Standort zu der Plane an: 348 Grad, 10 Minuten und 18 Sekunden.

Der GPS-Empfänger lieferte ihm den letzten noch benötigten Wert: seinen bis auf etwa fünfzehn Meter genauen Standort auf der Erdoberfläche.

Bei ihren beengten Platzverhältnissen war der Aufbau der Satellitenantenne mühsam und dauerte fast zehn Minuten. Riad meldete sich sofort, als er seinen Anruf absetzte. Martin las den Zuhörern in der saudiarabischen Hauptstadt langsam drei Zahlenangaben vor: seinen eigenen Standort, die Kompaßpeilung zum Ziel und die genaue Entfernung. Daraus konnte Riad alles weitere errechnen und dem Piloten seine Zielkoordinaten angeben.

Martin kroch in die Felsspalte zurück, wurde von Stephenson abgelöst, der auf irakische Militärstreifen achten würde, und versuchte zu schlafen.

Bei völliger Dunkelheit testete er um 20.30 Uhr das Gerät zur Zielmarkierung mit einem Infrarotstrahl. Es glich einer großen Stabtaschenlampe mit Pistolengriff, die aber rückwärtig ein Okular aufwies.

Er schloß das Gerät an seine Batterie an, richtete es auf die Festung und sah durchs Okular. Der ganze Berg war wie von einem riesigen Vollmond erhellt. Martin bewegte das Rohr des Restlichtverstärkers, bis die getarnte Mündung der Babylon-Kanone ins Bild kam, und betätigte den Abzug.

Ein unsichtbarer, scharfgebündelter Infrarotstrahl raste übers Tal hinweg, und Martin sah am Gegenhang einen kleinen roten Lichtpunkt. Er bewegte das Nachtsichtgerät, führte den Punkt bis zur Abdeckplane und ließ ihn eine halbe Minute dort. Dann schaltete er das Gerät befriedigt ab und kroch wieder unters Tarnnetz.

Die vier Strike Eagles starteten um 22.45 Uhr in Al-Kharz und stiegen auf zwanzigtausend Fuß. Für drei der Besatzungen war dies ein Routineangriff auf einen irakischen Militärflugplatz. Außer ihren Jagdraketen zur Selbstverteidigung trug jede F-15E zwei lasergesteuerte 900-kg-Bomben.

Die Luftbetankung unmittelbar südlich der irakischen Grenze durch den ihnen zugewiesenen Tanker KC-10 verlief normal und ohne besondere Vorkommnisse. Sobald die Vierergruppe mit dem Rufzeichen »Bluejay« aufgetankt war, drehte sie in lockerer Formation ab, nahm fast genau Kurs nach Norden und überflog die irakische Stadt As-Samawah um 23.14 Uhr.

Sie hielten wie immer Funkstille und flogen ohne Lichter, weil jeder Wizzo die drei anderen Eagles deutlich auf seinem Radarschirm hatte. Die Nacht war klar, und das AWACS-Flugzeug über dem Persischen Golf hatte mit »Keine Bildstörung« gemeldet, daß keine irakischen Jäger in der Luft waren.

Um 23.39 Uhr meldete Walkers Wizzo über Funk: »Wendepunkt in fünf.«

Alle hörten diese Meldung und verstanden, daß sie in fünf Minuten über dem See As-Sa'dija eindrehen würden.

Als sie eben die 45-Grad-Kurve nach links einleiteten, um Kurs auf Tikrit East zu nehmen, hörten die übrigen drei Besatzungen Don Walker deutlich sagen: »Gruppe Bluejay ... Führer hat Triebwerksprobleme. Ich muß umkehren. Bluejay drei, du übernimmst für mich.«

Bluejay drei war in dieser Nacht Bull Baker, der die andere Zweierrotte führte. Nach diesem Funkspruch ging alles auf unheimliche Weise schief.

Randy »R-2« Roberts, Walkers Rottenflieger, kam näher heran. Obwohl er nichts Auffälliges an Walkers Triebwerken entdecken konnte, verlor Führer Bluejay stetig an Leistung und Höhe. Mußte ein Pilot den Einsatz abbrechen und zurückfliegen, blieb sein Rottenflieger normalerweise neben ihm, falls das Problem nicht nur minimal war. Probleme mit den Triebwerken weit über feindlichem Gebiet waren keineswegs minimal.

»Verstanden«, funkte Baker.

Dann hörten sie Walkers Befehl: »Bluejay zwo, zu Bluejay drei aufschließen, ich wiederhole, zu Bluejay drei aufschließen und nach Tikrit East weiterfliegen.«

Sein Rottenflieger gehorchte ziemlich verblüfft und stieg wieder, um zu den beiden anderen Jagdbombern aufzuschließen. Über dem

See verlor Führer Bluejay weiter an Höhe; das konnten sie auf ihren Radargeräten beobachten.

Im nächsten Augenblick merkten sie, daß er das Undenkbare getan hatte: Aus irgendeinem Grund – vermutlich aus gewisser Verwirrung wegen des Triebwerksschadens – hatte er nicht die abhörsichere Have-quick-Funkverbindung mit Scrambler benutzt, sondern Klartext gesprochen. Und er hatte erstaunlicherweise ihr Angriffsziel erwähnt.

Draußen über dem Golf wandte ein junger USAF-Sergeant von einer der Konsolen des AWACS-Flugzeugs sich leicht verwirrt an den Einsatzleiter.

»Wir haben ein Problem, Sir. Führer Bluejay hat Schwierigkeiten mit seinen Triebwerken. Er will zum Stützpunkt zurückfliegen.«

»Okay, verstanden«, sagte der Einsatzleiter. In den meisten Flugzeugen ist der Pilot als Kapitän allein verantwortlich. In einem AWACS-Flugzeug ist der Pilot für die Sicherheit der Maschine verantwortlich, aber der Einsatzleiter entscheidet, welche Anweisungen über Funk erteilt werden.

»Aber, Sir«, wandte der Sergeant ein, »Führer Bluejay hat Klartext gesprochen. Hat das Angriffsziel genannt. Soll ich alle zurückbeordern?«

»Negativ, der Angriff geht weiter«, entschied der Einsatzleiter. »Weitermachen!«

Der Sergeant drehte sich völlig verwirrt nach seiner Konsole um. Das war reiner Wahnsinn; falls die Iraker den Funkspruch mitgehört hatten, war ihre Luftabwehr in Tikrit East bestimmt längst alarmiert.

Dann hörte er Walker wieder.

»Führer Bluejay, Mayday, Mayday. Beide Triebwerke ausgefallen. Wir steigen aus!«

Er sprach noch immer Klartext. Falls die Iraker zuhörten, würden sie alles mitbekommen.

Der Sergeant hatte recht: Die Funksprüche waren mitgehört worden. In Tikrit East zogen Flakbedienungen die Segeltuchhüllen von ihren Geschützen, und ihre Fla-Raketen mit Infrarotsuchköpfen warteten auf die anfliegenden Jagdbomber. Weitere Einheiten wurden sofort in Marsch gesetzt, um den See und seine Umgebung nach der ausgestiegenen Besatzung abzusuchen.

»Sir, Führer Bluejay ist ausgestiegen! Wir müssen die anderen zurückbeordern.«

»Verstanden. Negativ«, sagte der Einsatzleiter. Er blickte auf seine Uhr. Er hatte seine Anweisungen. Er konnte sich zwar nicht erklären, was sie zu bedeuten hatten, aber er würde sie ausführen.

Die Gruppe Bluejay hatte noch neun Minuten bis zum Ziel, wo sie ein heißer Empfang erwartete. Die drei Piloten flogen ihre Strike Eagles in verbissenem Schweigen.

An Bord des AWACS-Flugzeugs konnte der Sergeant noch immer den Leuchtpunkt von Führer Bluejay sehen, der jetzt sehr tief über dem See war. Die F-15E war offensichtlich aufgegeben und würde jeden Augenblick ins Wasser stürzen.

Vier Minuten später schien der Einsatzleiter sich die Sache anders überlegt zu haben.

»Gruppe Bluejay, hier AWACS, zum Stützpunkt zurückkehren, ich wiederhole, zum Stützpunkt zurückkehren.«

Die drei Strike Eagles, deren Besatzungen nach den Ereignissen dieser Nacht deprimiert und mutlos waren, brachen ihren Anflug ab und gingen auf Gegenkurs. In Tikrit East warteten die irakischen Flakbedienungen, die ohne Radar auskommen mußten, noch eine Stunde lang vergeblich.

Am Südrand des Dschebel al-Hamrin hatte ein weiterer irakischer Horchposten den amerikanischen Funkverkehr mitgehört. Der zuständige Offizier, ein Oberst der Nachrichtentruppen, hatte nicht den Auftrag, Tikrit East oder irgendeinen anderen Militärflugplatz vor anfliegenden feindlichen Maschinen zu warnen. Er hatte lediglich dafür zu sorgen, daß keine das Bergland überflog.

Als die Gruppe Bluejay über dem See eingekurvt war, hatte er Alarmstufe gelb ausgelöst, weil die Jagdbomber auf ihrem Flug vom See zum Militärflugplatz fast den Südrand des Dschebel al-Hamrin streifen würfen. Als eine der feindlichen Maschinen abstürzte, war er begeistert; als die restlichen drei nach Süden abdrehten, war er erleichtert. Er hob den vorsorglich ausgelösten Alarm wieder auf.

Don Walker war in Spiralen über dem See tiefergegangen, um in hundert Fuß über dem Wasser seine F-15E abzufangen und den Mayday-Ruf abzusetzen. Im Tiefstflug über dem As-Sa'dija gab er dem Bordcomputer die neuen Zielkoordinaten ein und drehte nach

Norden ins Bergland ab. Gleichzeitig schaltete er sein LANTIRN-System ein.

Das LANTIRN-System (Low-Altitude Navigation and Targeting, Infra-Red for Night) ist das amerikanische Gegenstück zu dem britischen TIALD-System. Sobald Walker auf LANTIRN umschaltete, sah er die Landschaft vor sich in allen Details durch einen Infrarotstrahl erhellt, der unter einem Flügel der F-15E austrat.

In seine Bildschirmdarstellung waren jetzt Kurs, Geschwindigkeit, Höhe und Zeit bis zum Abwurfpunkt eingeblendet.

Walker hätte den Autopiloten einschalten können, damit der Computer die Strike Eagle flog und sie in Täler und Schluchten hinabstoßen, dicht an Felsen und Steilhängen vorbeirasen ließ, während die Hände des Piloten untätig auf seinen Oberschenkeln lagen. Aber er zog es vor, die Schalterstellung auf »manuell« zu belassen und die F-15E selbst zu fliegen.

Mit Hilfe der vom Schwarzen Loch zur Verfügung gestellten Luftbilder hatte er seinen Kurs nach Norden durch die Berge so festgelegt, daß er kein einziges Mal höher als die nächsten Grate war. Er blieb tief, raste im Tiefstflug die Täler hinauf, sprang über Grate und Sättel und kam auf diesem Achterbahnkurs immer näher an die Festung heran.

Sobald Walker seinen Mayday-Ruf abgesetzt hatte, war Mike Martins Funkgerät zu neuem Leben erwacht und hatte ihn durch eine vereinbarte Folge von Piepstönen alarmiert. Martin war wieder nach vorn aufs Felsband gekrochen und hatte den Infrarotstrahl des Geräts zur Zielmarkierung so auf die knapp tausend Meter entfernte Abdeckplatte gerichtet, daß der rote Markierungspunkt genau die Zielmitte bezeichnete. Dorthin hielt er ihn jetzt gerichtet.

Dieses Funksignal hatte »Bombenabwurf in sieben Minuten« angekündigt, und Martin sollte die Position des roten Punkts bis dahin um keine Handbreit mehr verändern.

»Wird allmählich Zeit«, knurrte Eastman. »Sonst frier' ich mir noch was ab!«

»Dauert nicht mehr lange, Benny«, sagte Stephenson, während er die letzten Kleinigkeiten in seinen Bergen-Rucksack stopfte, »dann kannst du nach Herzenslust rennen.«

Nur das Funkgerät blieb unverpackt, um dann gleich wieder benutzt zu werden.

Auf dem Rücksitz der F-15E Strike Eagle hatte Tim als Walkers Wizzo dieselben Informationen wie sein Pilot vor sich. Vier Minuten bis zum Abwurf, dreieinhalb, drei... die Zahlen in der Blickfelddarstellung liefen rückwärts, während der Jagdbomber durchs Bergland auf die Festung zuraste. Er überflog das kleine Tal, in dem Martin und seine Männer gelandet waren, und brauchte keine zwei Minuten für die Strecke, die sie unter ihren Rucksäcken keuchend zurückgelegt hatten.

»Neunzig Sekunden bis zum Abwurf...«

Als der Pilot den Jagdbomber vor dem Abwurf hochzog, hörten die SAS-Männer südlich von sich das Röhren seiner Triebwerke.

Die Strike Eagle raste eben über den letzten Grat fünf Kilometer südlich des Ziels, als der Countdown zu Ende ging. In der Dunkelheit lösten die beiden torpedoförmigen Bomben sich von ihren Aufhängepunkten unter den Flügeln und stiegen durch die Bewegungsenergie noch einige Sekunden lang weiter.

In den drei Scheindörfern schreckten die Männer der Republikanischen Garde von dem ohrenbetäubenden Düsenlärm hoch, der plötzlich aus dem Nichts über sie hereinbrach, sprangen aus ihren Feldbetten und rannten zu ihren Waffen. Sekunden später schwenkten die Dächer der Gemeindescheuern hydraulisch betätigt zur Seite, so daß die darunter aufgestellten Fla-Raketen freies Schußfeld hatten.

Die beiden Bomben reagierten auf den Einfluß der Schwerkraft und begannen zu fallen. Die Infrarotsensoren in den Bombenköpfen orteten den Leitstrahl – jenen von der roten Zielmarkierung zurückgeworfenen unsichtbaren Strahlentrichter, den sie nicht mehr verlassen konnten, sobald er sie eingefangen hatte.

Mike Martin blieb ausgestreckt liegen, wartete, spürte den Fels unter sich vom Triebwerkslärm erbeben und hielt den roten Punkt unbeirrbar auf die Babylon-Kanone gerichtet.

Die Bomben bekam er überhaupt nicht zu sehen. Eben hatte er den blaßgrünen Berg noch durchs Nachtsichtgerät beobachtet; im nächsten Augenblick mußte er das Gerät absetzen und sich eine Hand schützend vor die Augen halten, als die Nacht sich in blutroten Tag verwandelte.

Die beiden Bomben detonierten gleichzeitig – drei Sekunden bevor der Offizier vom Dienst, ein Oberst der Republikanischen

Garde, tief unten im ausgehöhlten Berg auf den Feuerknopf drücken konnte. Das schaffte er nicht mehr.

Martin, der jetzt ohne Nachtsichtgerät übers Tal hinwegblickte, sah das ganze obere Drittel der Festung in Flammen stehen. Im Feuerschein erkannte er flüchtig ein massives Kanonenrohr, das sich wie ein waidwundes Tier aufbäumte, sich unter den Druckwellen der Detonationen wand und drehte, auseinanderbrach und mit den Trümmern der großen Stahlbetonkuppel in den Krater stürzte.

»Tod und Höllenbrand«, murmelte Sergeant Stephenson neben ihm. Das war keine schlechte Analogie. In der Tiefe des Kraters begann orangeroter Feuerschein zu leuchten, während die ersten Detonationen verhallten und die Berge wie zuvor in düsterem Halbdunkel lagen. Martin machte sich daran, den Code einzutippen, um Riad zu alarmieren, daß eine Meldung folgte.

Don Walker hatte die Strike Eagle nach dem Abwurf in eine 135-Grad-Steilkurve gelegt und zugleich stark nachgedrückt, um so schnell wie möglich auf Gegenkurs nach Süden zu gehen. Da er sich jedoch nicht über ebenem Gelände befand, sondern auf allen Seiten von Bergen umgeben war, mußte er höher als gewöhnlich bleiben, um keinen der umliegenden Gipfel zu rammen.

Das am weitesten von der Festung entfernte Dorf kam am besten zum Schuß. Für Bruchteile von Sekunden raste die F-15E über die Iraker hinweg – im Messerflug auf einer Flügelspitze nach Süden einkurvend –, als die beiden Fla-Raketen abgeschossen wurden. Dies waren keine sowjetischen SAMs, sondern die besten Boden-Luft-Raketen, die der Irak besaß: Fla-Raketen des deutsch-französischen Musters Roland.

Die erste blieb zu tief und raste hinter der Strike Eagle her, als sie hinter dem nächsten Grat verschwand. Die Roland kam nicht über den Bergrücken. Die zweite schrammte eben noch über die Felsen hinweg und holte den Jagdbomber im nächsten Tal ein. Walker spürte einen gewaltigen Schlag, als die Fla-Rakete den Rumpf seiner Maschine traf, das rechte Triebwerk zerstörte und es beinahe herausriß.

Die F-15E wurde durch den Nachthimmel geschleudert, viele ihrer empfindlichen Systeme fielen aus, und sie zog einen Kometenschweif aus brennendem Kerosin hinter sich her. Walker testete die Steuerorgane: ein matschiger Pudding, wo bisher jede Steuerbewegung präzise gewirkt hatte. Das Spiel war aus, seine Maschine gab unter ihm den Geist auf, sämtliche Brandwarnleuchten blinkten, dreißig Tonnen brennendes Metall würden demnächst vom Himmel fallen...

»Aussteigen! Aussteigen!«

Die Cockpithaube wurde durch einen Sprengsatz automatisch zertrümmert, bevor die beiden Schleudersitze eine Zehntelsekunde später hindurchschossen, senkrecht in den Nachthimmel stiegen, sich drehten und dann stabilisierten. Ihre Sensoren spürten sofort, daß sie in zu geringer Höhe ausgestiegen waren, sprengten die Gurte ab, die den Piloten an seinem Sitz festhielten, und schleuderten ihn von dem fallenden Metall weg, damit sein Fallschirm sich öffnen konnte.

Walker war noch nie ausgestiegen. Das Schockgefühl lähmte ihn zunächst, machte ihn unfähig, eine Entscheidung zu treffen. Zum Glück hatten die Hersteller auch daran gedacht. Während der schwere Metallsitz von ihm wegfiel, wurde sein Fallschirm ausgestoßen und entfaltete sich. Der benommene Walker fand sich in finsterer Nacht in seinem Gurtzeug pendelnd über einem Tal wieder, das er nicht sehen konnte.

Der Fall dauerte nicht lange, dazu waren sie viel zu tief ausgestiegen. Sekunden später kam ihm der Erdboden entgegen; er prallte auf, wurde von den Beinen gerissen, rollte sich ab und bemühte sich in verzweifelter Hast, die Schnelltrennverschlüsse seines Fallschirms zu erreichen. Dann war der Fallschirm weg, wurde vom Wind talabwärts fortgeweht, und er lag in kurzem Gras auf dem Rücken. Er rappelte sich auf.

»Tim!« rief er. »Alles okay, Tim?«

Er hastete talaufwärts weiter, um den zweiten Fallschirm zu suchen, denn er war sich sicher, daß Tim ganz in der Nähe gelandet sein mußte. Damit hatte er recht. Beide Flieger waren – von ihrem Angriffsziel aus gesehen – im übernächsten Tal niedergegangen. Am Nachthimmel im Norden zeichnete sich ein schwacher rötlicher Feuerschein ab.

Nach drei Minuten stolperte er über etwas und schlug sich das Knie an. Was er ursprünglich für einen Felsbrocken gehalten hatte, erwies sich im Sternenschein als einer der Schleudersitze. Vielleicht sein eigener. Tims Sitz? Er suchte weiter.

Don Walker fand seinen Wizzo. Der junge Offizier war richtig ausgestiegen, aber die detonierende Fla-Rakete hatte die Trennvorrichtung seines Schleudersitzes beschädigt. Er war an den Sitz gefesselt und mit dem nicht ausgelösten Fallschirm noch unter sich in felsigem Gelände aufgeschlagen. Durch die Wucht des Aufpralls hatte sein Körper sich zuletzt doch vom Schleudersitz gelöst, aber diesen Aufschlag hätte kein Mensch überleben können.

Tim Nathanson lag zwischen Felsen auf dem Rücken – in einem Gewirr aus zerschmetterten Gliedmaßen, sein Gesicht durch Helm und Visier verdeckt. Walker riß ihm die Sauerstoffmaske ab, nahm seine Erkennungsmarke an sich, wandte sich von dem rötlichen Feuerschein über den Bergen ab und rannte los, während ihm die Tränen übers Gesicht liefen.

Er rannte, bis er nicht mehr rennen konnte, und verkroch sich dann in einer Felsspalte, um zu rasten.

Zwei Minuten nach den Bombentreffern in der Festung bekam Martin Verbindung mit Riad. Er sendete seinen Erkennungscode und dann eine kurze Nachricht: »Jetzt Barabbas, ich wiederhole, jetzt Barabbas.«

Die drei SAS-Männer bauten das Funkgerät ab, packten die Teile ein, hievten ihre Rucksäcke auf ihre Schultern und beeilten sich, von diesem Berg runterzukommen. Überall würde es jetzt von Streifen wimmeln wie nie zuvor – nicht auf der Suche nach ihnen, denn die Iraker würden einige Zeit brauchen, um herauszubekommen, wodurch der Bombenangriff so präzise gewesen war, sondern auf der Suche nach den abgeschossenen amerikanischen Fliegern.

Sergeant Stephenson hatte den brennenden Jagdbomber angepeilt, als er über sie hinweggerast und dann abgestürzt war. Da anzunehmen war, daß die Maschine nach dem Aussteigen noch einige Zeit weitergeflogen war, mußte ihre Besatzung – falls sie überlebt hatte – irgendwo entlang dieser Peilung zu finden sein. Die SAS-Männer marschierten schnell, um ihren Vorsprung vor den Al-Ubaidis der Republikanischen Garde zu halten, die jetzt aus ihren Dörfern ins Bergland strömten.

Zwanzig Minuten später fanden Martin und seine Leute den toten Waffensystemoffizier der F-15E. Da sie nichts mehr für ihn tun konnten, marschierten sie weiter.

Zehn Minuten später hörten sie hinter sich Dauerfeuer aus

Handfeuerwaffen. Es hielt einige Zeit lang an. Auch die Al-Ubaidis hatten den Toten gefunden und in ihrem Zorn ihre Magazine auf ihn leergeschossen. Dieser Wutausbruch verriet jedoch auch ihren Standort. Die SAS-Männer hasteten weiter.

Don Walker spürte die Schneide von Sergeant Stephensons Kampfmesser kaum an seiner Kehle. Sie lag leicht wie ein Seidenfaden an seiner Luftröhre. Aber er hob den Kopf und sah die Gestalt eines Mannes, der über ihm stand. Er war dunkel und sehnig; die Pistole in seiner rechten Hand zielte auf Walkers Brust, und er trug die Uniform eines Hauptmanns der Gebirgsdivision der irakischen Republikanischen Garde. Dann sprach der Mann ihn auf Englisch an.

»Ein beschissener Augenblick, um zum Tee reinzuschneien. Sollen wir jetzt verdammt schnell abhauen?«

In dieser Nacht saß General Schwarzkopf allein in seiner Bürosuite im dritten Stock des saudiarabischen Verteidigungsministeriums.

Dort hatte er in den vergangenen sieben Monaten nicht allzuviel Zeit verbracht, denn er war meist unterwegs gewesen, um möglichst viele Truppenteile zu besuchen, oder hatte unten im Keller mit seinem Stab und den Planern gearbeitet. Aber in dieses geräumige und komfortable Büro zog er sich zurück, wenn er allein sein wollte.

In dieser Nacht saß er an seinem Schreibtisch, auf dem das rote Telefon prangte, über das er abhörsicher mit Washington verbunden war, und wartete.

Am Morgen des 24. Februar um 0.50 Uhr klingelte das zweite Telefon.

»General Schwarzkopf?« fragte eine Stimme mit britischem Akzent.

»Ja, am Apparat.«

»Ich habe eine Nachricht für Sie, Sir.«

»Schießen Sie los!«

»Sie lautet: ›Jetzt Barabbas‹, Sir. ›Jetzt Barabbas.‹«

»Danke«, sagte der Oberkommandierende und legte den Hörer auf. An diesem Tag um vier Uhr begann die Bodeninvasion.

23

Die drei SAS-Männer marschierten den Rest der Nacht hindurch im Eiltempo weiter. Vorwärts wie aufwärts behielten sie ein gnadenloses Tempo bei, das Don Walker, der keinen Rucksack zu tragen hatte und sich für ziemlich fit hielt, vor Erschöpfung keuchend nach Atem ringen ließ. Manchmal sank er auf die Knie, weil er wußte, daß er keinen Schritt weitergehen konnte und daß selbst der Tod besser als die unaufhörlichen Schmerzen in allen Muskeln seines Körpers gewesen wäre.

Wenn das passierte, fühlte er zwei stahlharte Hände, die unter seine Achseln griffen, um ihn hochzuziehen, und hörte Sergeant Stephensons Cockneystimme aufmunternd sagen:

»Los, Kumpel, noch 'n Stück weiter! Seh'n Sie den Grat da vorn? Vielleicht mach'n wir dahinter 'ne Pause.«

Aber sie machten niemals eine. Anstatt nach Süden zu den Ausläufern des Dschebel al-Hamrin zu marschieren, wo vermutlich motorisierte Streifen der Republikanischen Garde auf der Lauer lagen, hatte Mike Martin beschlossen, sich nach Osten ins Bergland an der iranischen Grenze zurückzuziehen. Dorthin konnten die Streifen aus bergerfahrenen Al-Ubaidis, deren Heimat dieses Gebiet war, sie nur zu Fuß verfolgen.

Kurz nach Tagesanbruch beobachtete Martin hinter und unter ihnen eine Sechsergruppe dieser Bergbewohner, die anscheinend fitter als die übrigen waren und den Abstand zu den Gejagten allmählich verringerten. Als die Republikanischen Garden den nächsten Bergkamm erreichten, sahen sie einen der Männer, die sie jagten, mit dem Rücken zu ihnen zusammengesunken auf der Erde hocken.

Die Al-Ubaidis gingen hinter den Felsen in Deckung, eröffneten das Feuer und durchlöcherten den Ausländer von hinten. Der Tote kippte zur Seite. Die sechs Männer der Streife kamen aus ihrer Deckung und stürmten vorwärts.

Sie erkannten zu spät, daß der Mann ein Rucksack war, der in einer Tarnjacke steckte und einen Jethelm trug. Die drei Heckler & Koch MP5 mit Schalldämpfer machten sie nieder, während sie die »Leiche« umringten.

Oberhalb der Stadt Chanaqin befahl Mike Martin endlich eine Marschpause und setzte einen Funkspruch nach Riad ab. Stephenson und Eastman hielten Wache und beobachteten das im Westen unter ihnen liegende Land, denn nur von dorther konnten Verfolger kommen.

Martin beschränkte sich darauf, Riad zu melden, sie seien noch drei SAS-Männer und hätten einen amerikanischen Flieger bei sich. Weil nicht auszuschließen war, daß sein Funkspruch abgehört wurde, gab er keine Position an.

Hoch in den Bergen, schon fast an der Grenze, fanden sie Unterschlupf in einer kleinen Steinhütte, in der sonst einheimische Schafhirten lebten, wenn sie im Sommer ihre Herden auf die Almen trieben. Dort hielten sie der Reihe nach Wache und warteten das Ende des viertägigen Landkriegs ab, während weit im Süden alliierte Panzerverbände mit Luftunterstützung das irakische Heer in einem neunzigstündigen Blitzkrieg zerschlugen und in Kuwait einrückten.

Am selben Tag, dem ersten des Landkriegs, kam ein einzelner Soldat vom Westen her in den Irak. Er war ein Israeli – ein Angehöriger der Kommandotruppe Sayeret Matkal –, auf den die Wahl gefallen war, weil er fließend Arabisch sprach.

Ein israelischer Hubschrauber mit Zusatztanks und den Hoheitsabzeichen einer jordanischen Maschine kam aus dem Negev und raste im Tiefflug über die jordanische Wüste, um den Mann dicht hinter der irakischen Grenze südlich des Kontrollpunkts Ruweischid abzusetzen.

Sobald der Hubschrauber seinen Auftrag ausgeführt hatte, hob er wieder ab und flog über Jordanien nach Israel zurück, ohne entdeckt worden zu sein.

Wie Mike Martin hatte der Soldat eine leichte, stabile Geländemaschine mit spezieller Wüstenbereifung. Obwohl sie zur Tarnung alt, klapprig, dreckig, rostig und verbeult aussah, war ihr Motor auf Höchstleistung getunt, und sie trug Reservekanister an zwei seitlichen Gepäckhalterungen.

Der Soldat folgte der Hauptverkehrsstraße nach Osten und fuhr bei Sonnenuntergang in Bagdad ein.

Die Sorge seiner Vorgesetzten um seine Sicherheit war übertrieben gewesen. Durch jenen erstaunlichen Buschtelegrafen, der sogar schneller als elektronische Medien zu sein scheint, wußten die Einwohner Bagdads längst, daß ihr Heer in den Wüsten Kuwaits und des Südirak vernichtet wurde. Bis zum Abend dieses ersten Tages hatte die AMAM sich in ihre Unterkünfte zurückgezogen und blieb dort.

Nachdem jetzt die Luftangriffe aufgehört hatten, weil alle Flugzeuge der Alliierten über dem Schlachtfeld gebraucht wurden, bewegten die Einwohner Bagdads sich wieder frei auf den Straßen und sprachen offen über den unmittelbar bevorstehenden Einmarsch der Briten und Amerikaner, um Saddam Hussein zu stürzen.

Das war eine Euphorie, die eine Woche lang anhielt, bis dann klar war, daß die Alliierten nicht kommen würden, so daß die AMAM die Bevölkerung wieder unter ihre Herrschaft bringen konnte.

Auf dem zentralen Busbahnhof wimmelte es von Soldaten, von denen die meisten nur Unterwäsche trugen, weil sie ihre Uniformen in der Wüste weggeworfen hatten. Sie waren Deserteure, die es geschafft hatten, den hinter der Front lauernden Erschießungskommandos zu entgehen. Sie verkauften ihre Kalaschnikows für den Preis einer Busfahrkarte in ihre Heimatdörfer. Zu Wochenbeginn brachte jedes dieser Gewehre fünfunddreißig Dinar; vier Tage später war der Preis auf siebzehn Dinar gefallen.

Der Infiltrator aus Israel hatte einen Auftrag, den er in dieser Nacht ausführte. Der Mossad, der eine wichtige Mitteilung für Jericho hatte, kannte nur die drei von Alfonso Benz Moncada im August des Vorjahres hinterlassenen toten Briefkästen. Tatsächlich hatte Martin zwei davon aus Sicherheitsgründen aufgegeben, aber der dritte war weiter in Betrieb.

Der Israeli hinterlegte in allen drei Briefkästen identische Mitteilungen, brachte die drei entsprechenden Kreidezeichen an, schwang sich auf sein Motorrad und fuhr nach Westen zurück, wobei er sich unter die in Massen dorthin strömenden Flüchtlinge mischte.

Er brauchte einen ganzen Tag, um die Grenze zu erreichen. Vor der Grenzstation bog er von der Fernstraße nach Süden ab, fuhr

624

nach Jordanien hinein, grub seinen versteckten Notsender aus und schaltete ihn ein. Der charakteristische Piepston des Senders wurde sofort von einem über dem Negev kreisenden israelischen Flugzeug empfangen, und der Hubschrauber kam zurück, um den Infiltrator wieder abzuholen.

Der Israeli hatte in diesen fünfzig Stunden nicht geschlafen und nur wenig gegessen, aber er hatte seinen Auftrag ausgeführt und war heil zurückgekehrt.

Am dritten Tag des Landkriegs kehrte Edith Hardenberg irritiert und verärgert an ihren Schreibtisch in der Winkler-Bank zurück. Am Morgen zuvor hatte sie einen Anruf bekommen, als sie gerade in die Bank hatte fahren wollen.

Der Anrufer, der tadelloses Deutsch mit Salzburger Dialekt sprach, hatte sich als ein Nachbar ihrer Mutter vorgestellt und ihr mitgeteilt, Frau Hardenberg sei auf dem Gehsteig vor dem Haus auf einer Eisplatte gestürzt und habe sich dabei ziemlich verletzt.

Sie hatte sofort versucht, ihre Mutter anzurufen, aber am anderen Ende war immer nur das Besetztzeichen zu hören. Als sie in ihrer panischen Angst schließlich das Salzburger Fernmeldeamt anrief, speiste man sie mit der Auskunft ab, der Apparat müsse defekt sein.

Nachdem sie die Bank angerufen hatte, um ihr Fernbleiben zu entschuldigen, war sie durch Matsch und Schnee nach Salzburg gefahren, das sie am Spätvormittag erreichte. Ihre Mutter, der nicht das geringste fehlte, war überrascht, sie zu sehen. Sie war nicht gestürzt, hatte sich nicht verletzt. Ungeklärt blieb auch, warum irgendwelche Vandalen ihre Telefonleitung außerhalb ihrer Wohnung gekappt hatten.

Als Edith wieder in Wien eintraf, war es schon zu spät, um noch in die Bank zu fahren.

Als sie an ihrem Platz erschien, zeigte sich, daß Wolfgang Gemütlichs Laune sogar noch schlechter war als ihre. Er machte ihr Vorwürfe wegen ihres gestrigen Fernbleibens und hörte sich ihre Erklärungen übelgelaunt an.

Der Grund für seine Niedergeschlagenheit blieb nicht lange verborgen. Gestern am frühen Vormittag war ein junger Mann in der Bank erschienen und hatte darauf bestanden, Herrn Gemütlich zu sprechen.

Der Besucher hatte gesagt, er heiße Aziz und sei der Sohn des Inhabers eines Nummernkontos mit beträchtlichem Guthaben. Sein Vater, hatte der Araber erklärend hinzugefügt, sei indisponiert, aber er wünsche, daß sein Sohn ihn in dieser Sache vertrete.

Danach hatte Aziz junior Schriftstücke vorgelegt, die ihn als Vertreter seines Vaters auswiesen und ihm unbeschränkte Vollmachten über das väterliche Nummernkonto gaben. Herr Gemütlich hatte diese Schriftstücke sorgfältigst geprüft, ohne irgendein Manko entdecken zu können. Also hatte er ausführen müssen, was der Besucher verlangte.

Der junge Kerl hatte darauf bestanden, sein Vater wünsche, das Konto aufzulösen und das Guthaben anderswohin zu überweisen. Und das, wohlgemerkt, Fräulein Hardenberg, nur zwei Tage nach Eingang einer weiteren Gutschrift über drei Millionen Dollar, durch die sich der Kontostand auf über zehn Millionen Dollar erhöht hatte!!

Edith Hardenberg hörte sich Gemütlichs Jeremiade still an und erkundigte sich dann nach dem Besucher. Ja, erfuhr sie, er habe mit Vornamen Karim geheißen. Und weil sie es gerade erwähne, er habe am kleinen Finger einer Hand einen Siegelring mit einem rosa Opal getragen – und in der Tat eine Narbe am Unterkiefer gehabt. Wäre der Bankier weniger mit seiner eigenen Empörung beschäftigt gewesen, hätte er sich vielleicht darüber gewundert, daß seine Sekretärin ihm so präzise Fragen nach einem Mann stellte, den sie nicht gesehen haben konnte.

Er habe natürlich gewußt, gestand Gemütlich ein, daß der Kontoinhaber irgendein Araber sein müsse, aber er habe nicht geahnt, daß der Mann ein Iraker sei – oder daß er einen Sohn habe.

Nach der Arbeit fuhr Edith Hardenberg heim und machte sich daran, ihre kleine Wohnung zu putzen. Sie schrubbte und wienerte sie stundenlang. Und sie trug zwei Pappkartons hinunter, um sie in den Großmüllbehälter auf dem Hof ihrer Wohnanlage zu werfen. Einer enthielt alle möglichen Kosmetika wie Make-up, Parfüms, Toilettenwasser und Badesalze; der andere war mit teurer Reizwäsche vollgestopft. Dann ging sie wieder hinauf und putzte weiter.

Die Nachbarn gaben später zu Protokoll, sie habe bis tief in die Nacht hinein Musik gespielt – nicht wie sonst Mozart und Strauß, sondern Verdi und vor allem ein Stück aus *Nabucco*. Ein Nachbar mit besonders scharfem Gehör identifizierte das Stück als den »Gefangenenchor«, den sie wieder und wieder auflegte.

In den frühen Morgenstunden verstummte die Musik, und sie fuhr mit zwei Gegenständen aus ihrer Küche mit dem Auto weg.

Aufgefunden wurde sie um sieben Uhr morgens von einem pensionierten Buchhalter, der mit seinem Hund im Prater spazierenging. Er hatte die Hauptallee verlassen, um dem Hund Gelegenheit zu geben, sein Geschäft im Wald abseits der Straße zu verrichten.

Sie trug ihren adretten grauen Tuchmantel, ihr Haar war zu einem Nackenknoten zusammengebunden, sie hatte dicke Baumwollstrümpfe an den Beinen und »vernünftige« Schuhe mit flachen Absätzen an den Füßen. Die über einen starken Eichenast geworfene Wäscheleine hatte sie nicht im Stich gelassen, und die Haushaltsleiter stand einen Meter von ihr entfernt.

Im Tod war sie ganz still und steif, ihre Hände lagen an beiden Seiten ihres Körpers, die Zehen waren ordentlich erdwärts gekehrt. Stets pedantisch ordentlich – das war Edith Hardenberg.

Dieser 28. Februar war der letzte Tag des Landkriegs. In der irakischen Wüste westlich von Kuwait war das irakische Heer umgangen und vernichtet worden. Südlich der Stadt hatte die Republikanische Garde, die am 2. August in Kuwait einmarschiert war, zu existieren aufgehört. An diesem Tag rückte die Besatzung der Stadt, die zuvor alles Brennbare in Brand gesteckt und alles Unbrennbare zu zerstören versucht hatte, in einer sich dahinschlängelnden Kolonne aus Halbkettenfahrzeugen, Lastwagen, Jeeps, Bussen und Personenwagen nach Norden ab.

Die Kolonne wurde dort angegriffen, wo die Überlandstraße nach Norden den Matla-Rücken durchschneidet. Eagles und Jaguars, Tomcats und Hornets, Tornados und Thunderbolts, Phantoms und Apaches stürzten sich auf die Kolonne und verwandelten sie in eine Ansammlung ausgebrannter Fahrzeugwracks. Da die zerschossene Kolonnenspitze die Straße blockierte, konnten die übrigen Fahrzeuge weder vor noch zurück, und der Einschnitt hinderte sie daran, die Straße zu verlassen. Viele in dieser Kolonne fielen, und die übrigen ergaben sich. Bei Sonnenuntergang marschierten die ersten arabischen Einheiten in Kuwait ein, um es zu befreien.

An diesem Abend nahm Mike Martin wieder Verbindung mit Riad auf und hörte die neuesten Nachrichten. Er gab seinen Standort an und beschrieb eine verhältnismäßig ebene Wiese in ihrer Nähe.

Die SAS-Männer und Walker hatten keine Verpflegung mehr, mußten Schnee schmelzen, um Trinkwasser zu haben, und froren erbärmlich, weil sie nicht wagten, ein Feuer zu machen, das ihren Standort verraten hätte. Der Krieg war zu Ende, aber das wußten die Fußstreifen in den Bergen möglicherweise noch gar nicht – oder es war ihnen gleichgültig.

Am nächsten Morgen unmittelbar nach Tagesanbruch landeten zwei von der amerikanischen 101. Luftlandedivision zur Verfügung gestellten Hubschrauber Blackhawk mit Langstreckenausrüstung, um sie abzuholen. Die Entfernung von der saudiarabischen Grenze war so groß, daß sie von einem vorgeschobenen Stützpunkt kamen, den die 101. nach dem größten Hubschrauberangriff der Kriegsgeschichte rund achtzig Kilometer jenseits der irakischen Grenze eingerichtet hatte. Selbst von diesem Stützpunkt am Euphrat aus war es ein langer Flug ins bergige Grenzgebiet bei Chanaqin.

Deshalb waren es zwei Maschinen, von denen die zweite zusätzlichen Treibstoff für den Rückflug transportierte.

Damit nichts schiefgehen konnte, kreisten acht F-15E als Jagdschutz über der Wiese, auf der getankt wurde. Don Walker starrte mit zusammengekniffenen Augen zu ihnen auf.

»Hey, das sind meine Jungs!« rief er. Als die zwei Blackhawks dann knatternd zurückflogen, wurden sie von den Strike Eagles begleitet, bis sie südlich der Grenze waren.

Auf einem vom Wind leergefegten Sandstreifen in der Nähe der saudiarabischen Grenze, den das zerstörte Kriegsmaterial einer geschlagenen Armee bedeckte, verabschiedeten die Männer sich voneinander. Die kreisenden Rotoren einer Blackhawk wirbelten Sand und Geröll auf, bevor sie Don Walker nach Dhahran brachte, damit er nach Al-Kharz weiterfliegen konnte. In einiger Entfernung stand ein britischer Puma-Hubschrauber bereit, um die SAS-Männer zu ihrem eigenen geheimen, streng gesicherten Stützpunkt zu bringen.

An diesem Abend erfuhr Dr. Terry Martin in einem behaglichen Landhaus im sanftgewellten Hügelland der Grafschaft Sussex, wo sein Bruder seit Oktober tatsächlich gewesen war – und daß er jetzt den Irak verlassen hatte und sich in Saudi-Arabien in Sicherheit befand.

Dem Wissenschaftler war vor Erleichterung fast übel, und der SIS sorgte für seinen Rücktransport nach London, wo Martin sein Leben als Dozent an der School of Oriental and African Studies wiederaufnahm.

Zwei Tage später, am 3. März, trafen die Befehlshaber der alliierten Streitkräfte in einem Zelt auf dem kleinen, kahlen irakischen Feldflugplatz Safwan mit zwei Generalen aus Bagdad zu Verhandlungen über einen Waffenstillstand zusammen.

Einzige Verhandlungsführer auf alliierter Seite waren die Generale Norman Schwarzkopf und Prinz Khalid Bin Sultan. Neben dem amerikanischen General saß der Kommandeur der britischen Truppen, General Sir Peter de la Billière.

Beide westlichen Offiziere glauben bis zum heutigen Tag, nach Safwan seien nur zwei irakische Generale gekommen. Tatsächlich waren es jedoch drei.

Die amerikanischen Sicherheitsvorkehrungen waren außergewöhnlich streng, um zu verhindern, daß irgendein Attentäter in das Zelt gelangte, in dem die Generale beider Seiten zusammentrafen. Eine ganze amerikanische Division – mit Front nach außen – sicherte den Feldflugplatz.

Im Gegensatz zu den alliierten Befehlshabern, die aus Süden kommend mit einem Schwarm von Hubschraubern eingetroffen waren, hatten die Iraker Anweisung, zu einer Straßenkreuzung drei Kilometer nördlich des Feldflugplatzes zu fahren. Dort stellten sie ihre Wagen ab, stiegen in mehrere amerikanische »Humvees« um und wurden von amerikanischen Fahrern in diesen gepanzerten Mannschaftstransportwagen die letzten drei Kilometer zum Flugplatz und zu einer Gruppe von Zelten gefahren, in denen sie erwartet wurden.

Zehn Minuten nachdem die Generale mit ihren Dolmetschern das Verhandlungszelt betreten hatten, näherte sich aus Richtung Basra eine weitere schwarze Mercedes-Limousine der Straßenkreuzung. Die dort errichtete Sperre wurde jetzt von einem Hauptmann der amerikanischen 7. Panzerbrigade befehligt, denn alle höheren Offiziere waren auf den Flugplatz gefahren. Die unangemeldete Limousine wurde sofort angehalten.

Hinten im Wagen saß ein dritter irakischer General, wenn auch nur ein Brigadegeneral, mit einem schwarzen Aktenkoffer neben sich. Weder er noch sein Fahrer sprachen Englisch – und der Hauptmann kein Arabisch. Er wollte gerade über Funk nähere Anweisungen vom Flugplatz einholen, als ein Jeep mit zwei amerikanischen Obersten am Steuer und auf dem Beifahrersitz vorfuhr. Der Fahrer trug das grüne Barett der Special Forces, sein Beifahrer das Abzeichen des militärischen Nachrichtendienstes G2.

Beide Offiziere zeigten ihre Dienstausweise vor. Nachdem der Hauptmann sie geprüft und für echt befunden hatte, salutierte er zackig.

»Die Sache ist okay, Hauptmann, wir haben den Dreckskerl schon erwartet«, sagte der Oberst mit dem grünen Barett. »Scheint durch 'ne Reifenpanne aufgehalten worden zu sein.«

»Dieser Koffer«, sagte der G2-Oberst und deutete auf den Aktenkoffer des irakischen Brigadegenerals, der jetzt sichtlich verständnislos neben seinem Dienstwagen stand, »enthält die Namen aller unserer Kriegsgefangenen, auch die der vermißten Flieger. Stormin' Norman will sie haben – und zwar sofort!«

An der Straßensperre standen jetzt keine Humvees mehr. Der Oberst mit dem grünen Barett stieß den Iraker grob in Richtung Jeep. Der Hauptmann war perplex. Er wußte nichts von einem dritten irakischen General. Aber er wußte, daß seine Einheit dem »Bären« vor kurzem unangenehm aufgefallen war, weil sie voreilig gemeldet hatte, Safwan schon besetzt zu haben. Unter keinen Umständen wollte er General Schwarzkopfs Zorn schon wieder auf die 7. Panzerbrigade lenken, indem er diese Liste mit den Namen vermißter amerikanischer Flieger zurückhielt. Der Jeep fuhr in Richtung Safwan davon. Der Hauptmann zuckte mit den Schultern und bedeutete dem irakischen Fahrer, seinen Wagen neben den anderen zu parken.

Auf der Straße zum Flugplatz fuhr der Jeep gut eineinhalb Kilometer weit zwischen in Reihen abgestellten amerikanischen Panzerfahrzeugen hindurch. Danach folgte ein freies Straßenstück bis zu dem Kordon aus Apache-Hubschraubern, die den eigentlichen Verhandlungsbereich absperrten.

Sobald sie die Panzer hinter sich hatten, drehte der G2-Oberst sich nach dem Iraker um und sprach ihn in gutem Arabisch an.

»Die Sachen sind unter Ihrem Sitz«, sagte er. »Los, ziehen Sie sich um! Schnell!«

Der Iraker trug die dunkelgrüne Uniform seines Landes. Zusammengerollt unter seinem Sitz lag die hellbeige Khakiuniform eines Obersten der saudiarabischen Special Forces. Er wechselte rasch Hose, Jacke und Barett.

Unmittelbar vor dem Ring aus Hubschraubern auf dem Vorfeld bog der Jeep in die Wüste ab, ließ den Flugplatz links liegen und fuhr nach Süden weiter. Jenseits von Safwan erreichte das Fahrzeug wieder die Überlandstraße nach Kuwait, das gut dreißig Kilometer entfernt war.

Überall waren amerikanische Panzer aufgefahren – mit Front nach außen. Sie hatten den Auftrag, das Eindringen feindlicher Kräfte zu verhindern. Die Panzerkommandanten in den Türmen beobachteten einen ihrer eigenen Jeeps, der mit zwei ihrer eigenen Obersten und einem saudiarabischen Offizier vom Flugplatz kommend die Sicherheitszone verließ. Folglich ging er sie nichts an.

Der Jeep brauchte fast eine Stunde bis zum Flughafen Kuwait International, der damals einer Trümmerwüste glich: von den Irakern ausgeplündert und unter den schwarzen Rauchwolken der im ganzen Emirat wütenden Ölfeldbrände liegend. Die Fahrt dauerte so lange, weil sie in weitem Bogen durch die Wüste westlich der Stadt führte, um so den wegen der zerschossenen irakischen Kolonne unpassierbaren Straßeneinschnitt durch den Matla-Rücken zu umgehen.

Fünf Kilometer vor dem Flughafen nahm der G2-Oberst einen Piepser aus dem Handschuhfach und sendete mehrere Kurzsignale in vereinbarter Folge. Darauf begann ein einzelnes Flugzeug seinen Landeanflug. Der provisorische Kontrollturm bestand aus einem Trailer, in dem Amerikaner Dienst taten. Die anfliegende Maschine war eine British Aerospace H.S. 125 – das Reiseflugzeug des britischen Oberbefehlshabers, General de la Billière. Das *mußte* seine Maschine sein, denn Farbgebung, Kennzeichen und Rufzeichen stimmten. Der Fluglotse erteilte die Freigabe zur Landung.

Die H.S. 125 rollte jedoch nicht zu dem zerstörten Abfertigungsgebäude, sondern zu einer entfernten Abstellposition. Dorthin kam wenig später auch ein amerikanischer Jeep. Die Tür öffnete sich, die Treppe wurde ausgeklappt, und die drei Männer gingen an Bord des zweistrahligen Reiseflugzeugs.

»Tower, hier Granby One, erbitte Startfreigabe«, hörte der Fluglotse. Er hatte gerade eine kanadische Hercules mit Medikamenten für hiesige Krankenhäuser im Anflug.

»Augenblick Granby One ... wo ist Ihr Flugplan?«

Damit meinte er: Nicht so verdammt schnell! Wo zum Teufel wollt ihr hin?

»Sorry, Kuwait Tower.« Der Pilot sprach knapp und präzise – lupenreines RAF-Englisch. Der Fluglotse hatte schon früher mit der Royal Air Force zu tun gehabt, deren Piloten alle so sprachen. Ein bißchen arrogant.

»Kuwait Tower, wir haben eben einen Oberst der saudiarabischen Special Forces an Bord genommen. Fühlt sich ziemlich krank. Gehört zum Stab von Prinz Khalid. General Schwarzkopf wollte, daß er ausgeflogen wird, deshalb hat Sir Peter seine eigene Maschine zur Verfügung gestellt. Erbitte jetzt Startfreigabe, alter Junge.«

In wenigen kurzen Sätzen hatte der britische Pilot einen Prinzen, einen General und einen zum Ritter geschlagenen General erwähnt. Der Fluglotse war ein Oberfeldwebel, der sich auf seine Arbeit verstand und in der U.S. Air Force Karriere machen wollte. Verhinderte er den vom amerikanischen Oberbefehlshaber gewünschten Abtransport eines kranken saudiarabischen Obersten, der zum Stab eines Prinzen gehörte, im Flugzeug des britischen Oberbefehlshabers, war das vermutlich nicht eben karrierForderd.

»Granby One, frei zum Start!« sagte er.

Die H.S. 125 startete, aber anstatt Kurs auf Riad zu nehmen, das eines der besten Krankenhäuser des Nahen Ostens besitzt, flog sie entlang der Nordgrenze des Königreichs genau nach Westen.

Die stets wachsame AWACS-Maschine sah das Reiseflugzeug, rief es und fragte nach dem Zielort. Diesmal behauptete die leicht arrogante britische Stimme, sie seien zum britischen Stützpunkt Akrotiri auf Zypern unterwegs, um einen von einer Mine schwerverletzten Offizierskameraden General de la Billières zu evakuieren. Der Einsatzleiter in der AWACS-Maschine wußte nichts davon, fragte sich aber, in welcher Form er Einwände erheben könnte. Indem er sie abschießen ließ?

Eine Viertelstunde später verließ die H.S. 125 den saudiarabischen Luftraum und überflog die jordanische Grenze.

Von alldem bekam der hinten in der Kabine des Reiseflugzeugs sitzende Iraker nichts mit, aber die straffe Organisation der Briten und Amerikaner imponierte ihm. Er hatte nicht recht gewußt, ob er auf den letzten Vorschlag seiner Geldgeber im Westen eingehen sollte – aber bei näherer Überlegung hatte er eingesehen, daß es besser war, gleich jetzt aufzuhören, anstatt noch zu warten und die Flucht später selbständig und ohne Unterstützung von außen wagen zu müssen. Bisher hatte der in dieser letzten Mitteilung skizzierte Plan traumhaft geklappt.

Einer der beiden Piloten in RAF-Tropenuniform kam aus dem Cockpit nach hinten und sprach halblaut auf englisch mit dem G2-Obersten, der dem Iraker grinsend zunickte.

»Willkommen in der Freiheit, Brigadegeneral«, sagte er auf arabisch zu seinem Gast, »wir haben eben den saudiarabischen Luftraum verlassen. Bald sitzen Sie im Flugzeug nach Amerika. Ich habe übrigens noch etwas für Sie.«

Aus der Brusttasche zog er ein Blatt Papier und zeigte es dem Iraker, der es mit großem Vergnügen las. Es war eine Aufstellung der Beträge, die auf sein Wiener Bankkonto überwiesen worden waren – insgesamt über zehn Millionen Dollar.

Der Oberst mit dem grünen Barett öffnete den Einbaukühlschrank und nahm Gläser und mehrere Miniflaschen Scotch heraus. Er leerte drei dieser Fläschchen in drei Gläser und gab jedem eines.

»Nun, mein Freund, auf Reichtum und Ruhestand!«

Er trank, der zweite Amerikaner trank. Der Iraker lächelte und trank ebenfalls.

»Ruhen Sie sich ein bißchen aus«, sagte der G2-Oberst auf arabisch. »In weniger als einer Stunde sind wir da.«

Danach ließen sie ihn in Ruhe. Er lehnte seinen Kopf gegen das weißbezogene Kissen und ging in Gedanken die zwanzig Wochen durch, in denen er sein Glück gemacht hatte.

Er hatte viel riskiert, aber die Risiken hatten sich ausgezahlt. Er erinnerte sich an den Tag, an dem er mit im Konferenzraum des Präsidentenpalasts gesessen und den Rais verkünden gehört hatte, der Irak besitze endlich – gerade noch rechtzeitig! – eine eigene Atombombe. Das war ein richtiger Schock gewesen, dem rasch ein weiterer folgte. Die Amerikaner brachen die Verbindung zu ihm ab, nachdem er ihnen davon berichtet hatte.

Dann hatten sie sich plötzlich wieder gemeldet, dringender als je zuvor, und wollten wissen, wo die Waffe versteckt sei.

Er hatte keinen blassen Schimmer gehabt, aber da eine Belohnung von fünf Millionen Dollar winkte, hatte er natürlich alles auf eine Karte setzen müssen. Dann war alles leichter gewesen, als er's sich vorgestellt hatte.

Dr. Salah Siddiqi, der unglückliche Atomphysiker, war in Bagdad von der Straße weg verschleppt, gefoltert und mit dem Vorwurf konfrontiert worden, er habe das Versteck der Waffe verraten. Während er unter Todesqualen versucht hatte, seine Unschuld zu beteuern, hatte er die Anlage in Al-Qubai und ihre Tarnung als Schrottplatz preisgegeben. Wie hätte der Wissenschaftler ahnen sollen, daß sein Verhör drei Tage *vor* dem Luftangriff, nicht zwei Tage danach stattfand?

Der nächste Schock für Jericho war die Meldung vom Abschuß der beiden britischen Flieger gewesen. Damit hatte er nicht gerechnet. Er mußte unbedingt erfahren, ob sie bei ihrer Einsatzbesprechung einen Hinweis darauf bekommen hatten, woher die Informationen der Alliierten stammten.

Seine Erleichterung darüber, daß ihnen nur mitgeteilt worden war, dort befinde sich wahrscheinlich ein Lager für Giftgasgranaten, hielt nur so lange vor, bis der Rais darauf bestand, es müsse einen Verräter gegeben haben. Das bedeutete, daß Dr. Siddiqi, der in einer Zelle unter der »Turnhalle« angekettet war, sofort liquidiert werden mußte – in diesem Fall durch eine massive Luftinjektion ins Herz, die eine Koronarembolie zur Folge hatte.

Auch die Aufzeichnungen über den Zeitpunkt seiner Vernehmung waren entsprechend geändert worden, so daß aus drei Tagen vor dem Luftangriff zwei Tage nach der Bombardierung geworden waren.

Den allergrößten Schock hatte jedoch die Mitteilung ausgelöst, der feindliche Angriff habe sein Ziel verfehlt, weil die Bombe sich an einem geheimen Ort namens Qa'ala, Festung, in Sicherheit befinde. In welcher Festung? Wo?

Irgendwann während seiner Vernehmung hatte der Atomphysiker erwähnt, der Erbauer der geheimen Festung sei ein gewisser Oberst Osman Badri von den Pionieren, aber eine Überprüfung des Mannes hatte gezeigt, daß er ein glühender Bewunderer des Präsidenten war. Wie konnte man ihn von dieser Einstellung abbringen?

Die Lösung bestand darin, seinen von ihm sehr geliebten Vater unter falschen Anschuldigungen verhaften und grausig ermorden zu lassen. Danach war der enttäuschte Badri Wachs in seinen Händen gewesen, als Jericho ihn nach der Beerdigung abgefangen hatte, um auf dem Rücksitz seines Wagens kurz mit ihm zu sprechen.

Der Mann namens Jericho, im Irak auch unter dem Spitznamen Mu'asib – Folterer – bekannt, war mit sich und der Welt zufrieden. Bleierne Müdigkeit, sicher eine Folge der Anstrengungen der letzten Tage, bemächtigte sich seiner. Als er sich zu bewegen versuchte, mußte er feststellen, daß seine Glieder ihm nicht mehr gehorchten. Die beiden amerikanischen Obersten sahen auf ihn herab und redeten in einer für ihn unverständlichen Sprache miteinander, die aber kein Englisch war. Er versuchte zu antworten, aber seine Lippen weigerten sich, Worte zu bilden.

Die H.S. 125 befand sich auf Südwestkurs, hatte die jordanische Küste überflogen und war auf zehntausend Fuß tiefergegangen. Über dem Golf von Akaba öffnete der Oberst mit dem grünen Barett die Fluggasttür nach innen, und ein tosender Luftstrom füllte die Kabine, obwohl das zweistrahlige Reiseflugzeug bei ausgefahrenem Fahrwerk fast seine Überziehgeschwindigkeit erreichte.

Die beiden Obersten zogen ihn hoch: ohne Protest, schlaff und hilflos, vergeblich nach Worten ringend. Über der blauen See südlich von Akaba verließ Brigadegeneral Omar Khatib das Flugzeug, stürzte ins Meer und wurde beim Aufprall zerschmettert. Den Rest erledigten die Haie.

Die H.S. 125 drehte nach Norden ab, kehrte in den israelischen Luftraum zurück, überflog Eilat und landete schließlich auf dem Militärflugplatz Sde Dov nördlich von Tel Aviv. Dort zogen die Piloten ihre britischen Uniformen und die Obersten ihre amerikanischen aus. Alle vier nahmen wieder ihre gewohnten israelischen Dienstgrade an. Das Reiseflugzeug wurde entlackt, bis keine Spur seines RAF-Anstrichs mehr zu sehen war, wie zuvor lackiert und dem Flugzeugcharter-Sajan auf Zypern zurückgegeben, der es zur Verfügung gestellt hatte.

Das Geld aus Wien wurde zuerst auf die Kanoo-Bank in Bahrain, dann auf ein anderes Konto in Amerika überwiesen. Ein Teil davon ging als Überweisung an die Hapoalim-Bank in Tel Aviv und wurde dem Staat zurückgegeben; der Betrag entsprach den Honoraren, die Israel Jericho vor seiner Übernahme durch die CIA gezahlt hatte. Den Rest, über acht Millionen Dollar, behielt der Mossad für seinen sogenannten »Vergnügungsfonds« ein.

Fünf Tage nach Kriegsende landeten zwei amerikanische Hubschrauber mit Langstreckentanks im Dschebel al-Hamrin. Sie baten nicht um Erlaubnis, holten keine Genehmigung ein.

Der Leichnam des Waffensystemoffiziers der Strike Eagle, Oberleutnant Tim Nathanson, wurde nie gefunden. Die Wachmannschaften aus der Republikanischen Garde hatten ihn mit ihren Maschinenpistolen durchsiebt, und Hyänen, Wüstenfüchse, Krähen und Gabelweihen hatten alles weitere erledigt.

Bis zum heutigen Tag müssen seine Knochen irgendwo in diesen kalten Tälern liegen, keine hundert Meilen von dem Gebiet entfernt, in dem seine Vorfahren einst an den Wassern von Babylon gefront und geweint hatten.

Sein Vater erhielt die Todesnachricht in Washington, saß Schiwe für ihn, sagte Kaddisch und trauerte einsam und allein in seiner Luxusvilla in Georgetown.

Der Leichnam von Korporal Kevin North *wurde* geborgen. Während die Blackhawks im Hintergrund warteten, räumten britische Hände den Steinhügel beiseite und bargen den Toten, der in einen Leichensack gelegt und erst nach Riad und von dort aus mit einer Hercules heim nach England geflogen wurde.

Mitte April fand eine kurze Zeremonie im SAS-Hauptquartier statt, einer Ansammlung von niedrigen Klinkerbauten am Stadtrand von Hereford.

Der SAS besitzt keinen eigenen Friedhof, auf dem seine Gefallenen bestattet sind. Viele von ihnen ruhen auf ausländischen

Schlachtfeldern, die allein dem Namen nach weitgehend unbekannt sind.

Manche liegen unter dem Sand der Libyschen Wüste, wo sie 1941 und 1942 im Kampf gegen Rommel gefallen sind, andere auf griechischen Inseln, in den Abruzzen, im Jura und in den Vogesen. Sie liegen in aller Welt verstreut: in Malaysia und Borneo, im Jemen, in Muskat und Oman, in Dschungeln und Eiswüsten und im kalten Atlantik vor den Falklandinseln.

Wo die Leichen geborgen wurden, sind sie nach Großbritannien überführt und zur Beisetzung stets den Angehörigen übergeben worden. Trotzdem ist auf keinem Grabstein der SAS erwähnt, denn das darauf verzeichnete Regiment ist die Stammeinheit, aus der der jeweilige Soldat zum SAS gekommen ist: Füsiliere, Paras, Garde, was auch immer.

Für die Gefallenen gibt es nur ein Denkmal. Im Mittelpunkt der »Lines« in Hereford erhebt sich ein niedriger, stämmiger Turm, der mit Holz verkleidet und in einem stumpfen Schokoladenbraun gestrichen ist. An seiner Spitze zeigt eine Uhr die Zeit an, deshalb ist dieses Bauwerk einfach als Uhrenturm bekannt.

Der Turmfuß ist von matten Bronzeplatten umgeben, in die alle Namen und die zugehörigen Todesorte eingraviert sind.

An diesem Tag im April gab es fünf neue Namen zu enthüllen. Einer war in irakischer Gefangenschaft erschossen worden; zwei waren bei einem Feuergefecht gefallen, als sie versucht hatten, ungesehen über die saudiarabische Grenze zurückzukehren. Ein vierter war nach Tagen in durchnäßter Kleidung und bei Minustemperaturen an Unterkühlung gestorben. Der fünfte war Korporal North.

An diesem regnerischen Tag waren mehrere ehemalige Kommandeure des Regiments anwesend. John Simpson war ebenso gekommen wie Earl Johnny Slim und Sir Peter. J. P. Lovat, der Director of Special Forces, war da – und natürlich Oberst Bruce Craig, der gegenwärtige Kommandeur. Und Major Mike Martin und einige andere.

Hier in der Heimat konnten die noch Aktiven das selten zu sehende sandfarbene Barett mit dem geflügelten Dolch als Emblem und dem Motto »Who Dares Wins« tragen.

Die Zeremonie dauerte nicht lange. Die Offiziere und Mannschaften sahen, wie das Tuch beiseite gezogen wurde, sahen die neu eingravierten Namen sich weiß und deutlich von der Bronze abheben. Dann grüßten sie und machten kehrt, um in Kantine oder Kasino zurückzugehen.

Wenig später setzte Mike Martin sich auf dem Parkplatz in seinen Kompaktwagen, lenkte ihn durchs bewachte Kasernentor und fuhr zu dem kleinen Landhaus, das er in einem Dorf in den Hügeln von Herfordshire noch immer besaß.

Auf der Fahrt dachte er an alles, was sich auf den Straßen und in den Wüsten Kuwaits, am Himmel über der Arabischen Halbinsel, in den Gassen und Basaren Bagdads und im Dschebel al-Hamrin ereignet hatte. Da er ein verschlossener Mann war, bereitete ihm wenigstens etwas Befriedigung: daß niemand jemals davon erfahren würde.

Schlußbemerkung

Aus jedem Krieg müssen Lehren gezogen werden. Geschieht das nicht, ist er vergebens geführt worden, und seine Gefallenen sind umsonst gestorben.

Aus dem Golfkrieg lassen sich zwei klare Lehren ziehen, wenn die Mächtigen nur bereit sind, Einsicht zu beweisen.

Die erste lautet, daß es Wahnsinn ist, wenn die dreißig führenden Industrienationen der Welt, die gemeinsam über fünfundneunzig Prozent aller High-Tech-Waffen und die Mittel zu ihrer Herstellung verfügen, dieses Material aus Profitgier an Verrückte, Aggressive und Gemeingefährliche verkaufen, nur um schnelle Gewinne zu machen.

Das Zusammenwirken von politischer Dummheit, bürokratischem Scheuklappendenken und materieller Gier hat es dem Regime der Republik Irak ein Jahrzehnt lang ermöglicht, in erschreckendem Umfang aufzurüsten. Die spätere teilweise Vernichtung dieses Militärapparats hat erheblich mehr gekostet als ihre Lieferung.

Eine Wiederholung ließe sich leicht verhindern, indem ein Zentralregister für alle Exporte an bestimmte Regime eingerichtet wird – mit drakonischen Strafen für das Verschweigen von Lieferungen. Mit dem Gesamtbild vor Augen könnten Analytiker anhand der bestellten oder gelieferten Materialgruppen und -mengen sehr bald feststellen, ob Massenvernichtungswaffen hergestellt werden.

Die Alternative besteht in der ungehemmten Weiterverbreitung von High-Tech-Waffen, die zur Folge haben wird, daß die Jahre des kalten Krieges uns als friedliches, geruhsames Zeitalter erscheinen werden.

Die zweite Lehre betrifft die Beschaffung von Informationen. Als der kalte Krieg zu Ende ging, haben viele gehofft, sie könne jetzt gefahrlos eingeschränkt werden. Die Realität beweist das Gegenteil.

In den siebziger und achtziger Jahren waren die technischen Fortschritte in der Elektronik- und Fernmeldeaufklärung so eindrucksvoll, daß die Regierungen der freien Welt sich von den Wissenschaftlern, die diese kostspieligen Wunder ermöglichten, weismachen ließen, Maschinen seien imstande, diese Aufgabe allein zu bewältigen. Die Bedeutung von »Humaninformationen«, das Sammeln von Informationen durch Menschen, wurde heruntergespielt.

Im Golfkrieg ist das gesamte Spektrum westlicher technischer Zauberkunst eingesetzt worden und hat – nicht zuletzt wegen seiner imponierend hohen Kosten – als praktisch unfehlbar gegolten.

Aber das war es nicht. Durch eine Kombination aus Sachverstand, Erfindungsgabe, Gerissenheit und harter Arbeit waren große Teile des irakischen Arsenals und die Mittel zu seiner Herstellung bereits versteckt oder so getarnt worden, daß Technik sie nicht aufspüren konnte.

Die Piloten sind mit viel Mut und Können geflogen – aber auch sie sind oft durch den Listenreichtum derer getäuscht worden, die diese Schein- und Tarnanlagen entworfen haben.

Die Tatsache, daß biologische Kampfstoffe, Giftgas und die nukleare Option nicht eingesetzt worden sind, ist ähnlich wie der Ausgang der Schlacht bei Waterloo »eine verdammt knappe Entscheidung« gewesen.

Letzten Endes hat sich gezeigt, daß es für bestimmte Aufträge an bestimmten Orten nach wie vor keinen Ersatz für das älteste Informationsbeschaffungsmaterial der Welt gibt: den menschlichen Augapfel, Modell eins.